幸福拉萨文库

经典篇

蓝国华 刘雅君 主编

拉萨文学

凝望拉萨的天空 没有谁不会成为诗人
缘于拉萨的天空 弥漫着诗一样的传奇

西藏人民出版社

图书在版编目（CIP）数据

拉萨文学 / 蓝国华，刘雅君主编 . -- 拉萨：西藏人民出版社，2023.7

（幸福拉萨文库 . 经典篇）

ISBN 978-7-223-07377-6

Ⅰ．①拉… Ⅱ．①蓝… ②刘… Ⅲ．①藏族－少数民族文学－文学研究－拉萨 Ⅳ．① I207.914

中国国家版本馆 CIP 数据核字（2023）第 078787 号

拉萨文学

主　　编	蓝国华　刘雅君
责任编辑	王剑箫
策　　划	计美旺扎
封面设计	颜　森
出版发行	西藏人民出版社（拉萨市林廓北路 20 号）
印　　刷	三河市祥达印刷包装有限公司
开　　本	710×1040　　1/16
印　　张	23.5
字　　数	372 千
版　　次	2024 年 10 月第 1 版
印　　次	2024 年 10 月第 1 次印刷
印　　数	01-10,000
书　　号	ISBN 978-7-223-07377-6
定　　价	98.00 元

版权所有　翻印必究

（如有印装质量问题，请与出版社发行部联系调换）

发行部联系电话（传真）：0891-6826115

《幸福拉萨文库》编委会

主　　　任　齐扎拉　白玛旺堆
常务副主任　张延清　车明怀
副　主　任　马新明　达　娃　肖志刚　庄红翔
　　　　　　袁训旺　占　堆　吴亚松

主　　　编　《幸福拉萨文库》编委会
执 行 主 编　占　堆　吴亚松
副　主　编　范跃平　龚大成　李文华　许佃兵
　　　　　　拉　珍　赵有鹏

本 书 主 编　蓝国华　刘雅君

委　　员　张春阳　张志文　　杨年华　张　勤
　　　　　何宗英　格桑益西　蓝国华　陈　朴
　　　　　王文令　阴海燕　　杨　丽　其美江才
　　　　　刘艳苹　杨从彪　　措　姆　王剑箫
　　　　　王彦杰　罗布次仁　南杰旺扎
　　　　　白玛央金　琼　吉　蒽青华　李美萍

导言

　　"如果你去过那里，没有谁会不喜欢那座城市。它高高在上，又低眉俯首；它典雅别致，又时尚大方；它具有浓郁的宗教情怀，又拥有真切的俗世气息。凝望拉萨的天空，没有谁不会成为诗人，因为拉萨的天空，弥漫着诗一样的传奇。"[1]"像30年代的巴黎之于欧美文艺青年一样，西藏——更确切地说是拉萨及其周边地区，成为80年代中国文学青年心目中的圣地。"[2]拉萨，相对内地而言，已经成为一座遥远的文学重镇；拉萨，相对西藏文学而言，无疑是雪域文学的高地。本书主要是对20世纪50年代以来拉萨文学发展的一次匆匆回眸、一次概要性介绍的尝试，文本内容以工作单位隶属于拉萨地区作家的创作为主，兼顾曾工作生活于拉萨并反映拉萨社会生活的部分作家创作的作品和文学活动。[3]

---

　　[1] 吴昕孺：《拉萨的天空，弥漫着诗一样的传奇》，见李素平：《拉萨印象》，北京：华文出版社，2010年版，第3页。

　　[2] 佚名：《西藏与写作姿态》，载于《中华读书报》1998年12月16日。

　　[3] 本书附录中摘录了拉萨但并不限于拉萨的作家描写拉萨社会历史变迁和自然地理风貌、历史名胜、风土民俗等相关的文字（包括新闻纪实和回忆录等作品），以便读者能更多地了解和认识拉萨。

一、掠影：你的前世与今生

拉萨[1]，曾叫吉雪卧塘，意思是吉曲[2]河下游的牛奶（肥沃）坝子；也名热萨，意思是山羊驮土的城；[3]后来改名叫拉萨，意思是释迦牟尼所在的地方，即圣城。据《西藏王统记》载，文成公主抵达拉萨时，这里名叫"热模切塘"，周围还有沙滩、草坪和森林。当时大昭寺地区是一个湖泊，叫"卧塘湖"。拉萨之名始于文成公主设计、堪舆和筹建大昭寺之时，[4]正如一首民歌唱道："圣地拉萨何处建，拉萨建在湖坡上。"（《圣地拉萨》）岁月更迭，今日的拉萨不仅是一座独具魅力的高原古城，也是一座充满活力的现代化城市，是西藏自治区的首府和政治、经济、文化的中心，历史悠久，风光秀丽。其位于西藏中部稍偏东南的雅鲁藏布江支流拉萨河中游，地跨东经89°45′—92°37′，北纬29°14′—31°03′，东邻林芝市，西连日喀则市，北接那曲市，

---

[1] 拉萨又名"惹萨""逻裟"或"逻些"，后逐渐转音为拉萨，藏语意为"圣地"或"佛地"。"拉萨"一词最早见于公元806年赤松德赞立于拉萨河南岸的噶迥寺碑上（另一说，见于公元9世纪初唐蕃舅甥会盟碑）。清代《西域同文志》记载："拉萨：西番语谓佛地也。番俗尚佛，故名。"在元代，帝师八思巴将"逻些"译作"裕萨"；清代康熙时曾称拉萨为"招地"，雍正时将拉萨译作"罗萨"，乾隆时译作"喇萨"，道光时复译"拉萨"，光绪时承之，从此，拉萨一名沿用至今。

[2] 在今天的拉萨河流域曾居住着一个姓"吉"的氏族部落或家族，因此，后来该河流域得名为"吉若"，而流经该区域的河即为"吉曲"，意为"吉氏部落领地的河"。"吉曲"河段大致是从今墨竹工卡县的直贡地方至曲水县。因为人们在拼写"吉曲"即拉萨河时，往往习惯于在"吉"字后面加上一个后缀字"拉"，所以"吉曲河"又意为幸福河。见达瓦：《古城拉萨市区历史地名考》，北京：社会科学文献出版社，2014年版，第1、245页。

[3] 因用"白山羊驮土填湖"，修建了著名的大昭寺而被称为"热萨"，即汉文史料中的逻些，意为山羊土城。见达瓦：《古城拉萨市区历史地名考》，北京：社会科学文献出版社，2014年版，第2页。

[4] 据记载，当时人们称大昭寺为"惹萨"，"惹"藏语意为"山羊"，"萨"藏语意为"土"，"惹萨"藏语意为"山羊驮土"。当时汉文把"惹萨"音译为"逻娑""逻些"，故汉文史籍称"逻娑""逻些"，于是人们把"惹萨"之名献给大昭寺和拉萨古城。见马新明：《拉萨史话》，北京：社会科学文献出版社，2015年版，第21页。

南与山南市交界,辖五县(当雄县、曲水县、墨竹工卡县、尼木县和林周县)三区(城关区、堆龙德庆区、达孜区)。[1]拉萨地势北高南低,由西北向西南倾斜,西北部为藏北草原的南缘地带,平均海拔在4500米以上,中南部拉萨河谷和雅鲁藏布江河谷,平均海拔在3500米左右,地势平坦。南北最大纵距202千米,东西最大横距277千米。由于地势高耸,河谷平原狭长,受下沉气流的影响,全年多晴朗天气,降雨稀少,多夜雨,冬无严寒,夏无酷热,属高原温带半干旱季风气候。年平均气温在1.5~7.8℃。全年日照时间在3000小时以上,素有"日光城"的美誉。全市总面积近30000平方千米,全市户籍人口52万,[2]有藏、汉、回、蒙古、满等30多个民族,藏族人口占87%。

拉萨是1982年我国首批公布的24座国家历史文化名城之一,也是全国文明城市、中国优秀旅游城市、全国双拥模范城市,连续多年荣获百姓幸福感最强城市称号。这里历史文化悠久灿烂,风土人情奇特,名胜古迹众多,自然资源丰富,地理环境殊要,生态环境净美,是一座圣城、高城、名城、

---

[1] 1951年西藏和平解放。1954年,西藏地方政府在西藏设立6个宗管(基巧),统辖103个宗、谿。拉萨隶属卫区总管,下辖12个宗、14个谿。1956年,设拉萨基巧办事处(地级),下设3个宗级办事处、7个宗、21个谿卡,拉萨地区除拉萨城仍隶属卫区总管,其余各宗、谿均隶西藏自治区筹备委员会拉萨基巧办事处管辖。1959年10月,拉萨平叛后,拉萨军管会和基巧办事处相继撤销,建立拉萨市,直属自治区筹备委员会管辖。1960年1月,成立拉萨市人民政府,下辖8个县、4个县级区。1961年,拉萨市撤销4个县级区,合并成立城关区。1962年,撤销旁多县并入林周县。1964年7月,林芝专区撤销,林芝、米林、墨脱、工布江达4县划归拉萨市。1965年,西藏自治区成立,拉萨市成为自治区首府。同年8月,拉萨市人民政府更名为拉萨市人民委员会,辖12个县(区)人民委员会。1968年9月,拉萨市成立革命委员会,取代市人民委员会。市革委会下辖12个县(区)革委会。1982年,市革委会撤销,恢复建立市政府,下辖12个县(区)人民政府。1986年,林芝地区恢复成立,其原划归拉萨市管辖的4个县归建于林芝地区。见拉萨市地方志编纂委员会:《拉萨市志》,北京:中国藏学出版社,2007年版,第3—4页。另,2015年国务院批复同意撤销原拉萨市堆龙德庆县,设立拉萨市堆龙德庆区。

[2] 2013年数据。见拉萨市地方志编纂委员会办公室:《拉萨年鉴2014》,北京:方志出版社,2014年版,第338页。

要城、净城、新城，[1]也是一座古城。

1984年拉萨曲贡遗址考古挖掘证明，早在四五千年前，这里就有人类定居，从事渔猎劳动，广泛使用磨制石器，发明了制石、制陶、制骨等技术。[2]另据史料记载，公元7世纪以前，西藏高原分布着40个或者20个较小的邦，其中，活跃于拉萨河谷的有三四个，如早期发祥于朗地吉木雪（今日喀则市南木林县境内的香曲河流域）的苏毗部落曾将其中心迁移到吉曲河流域的岩波地区（今拉萨市以北的彭波），并以此为中心，统治着整个拉萨河流域及周围地区，成为公元6世纪西藏高原势力强大的部落之一。[3]另外，在今拉萨市墨竹工卡县直贡地区和曲水县江乡一带，还分别存在森波杰·赤邦松和吉若·江俄的地方势力。[4]可见拉萨河谷一带此时已有一定程度的开发。

公元629年，发祥于山南的悉补野部落首领囊日伦赞被人投毒暗害身亡，其年幼的独子松赞干布继位，将权力中心由山南迁到卧塘，即拉萨，并进行了四次较大规模的土木建设。第一次是松赞干布迁址后，组织民众在拉萨兴建宫殿、寺庙、民房，修路和改造河道等；第二次是松赞干布在布达拉宫南侧为尼泊尔王妃修建了扎西谢也拉康；第三次是修建位于拉萨北郊9千米处的帕邦卡；第四次是唐文成公主入藏后修建大昭寺和小昭寺以及镇魔寺等。[5]其后，公元9世纪吐蕃赞普赤热巴巾时期一度扩建，基本形成拉萨老城的雏形。但从总体看，由于松赞干布去世以后，赤德松赞时期，民众生活主要集中在今天的山南一带，因此拉萨古城的发展非常缓慢。特别是朗达玛死后，吐蕃

---

[1] 拉萨是藏传佛教的"圣城"，历史文化的"名城"、藏区稳定的"要城"、青藏高原的"净城"，改革开放的"新城"；见齐扎拉：《贯彻落实中央精神 探索本地发展道路——拉萨市六大战略对"5+1"总布局和"四个全面"的遵循与创新》，载于《科学社会主义》2016年第2期，第80—85页；拉萨是一座圣城、高城、净城、新城。见人民网：《十八大代表、拉萨市委书记齐扎拉谈创建幸福美丽拉萨》，2012-11-16[2017-10-07].http://fangtan.people.com.cn/n/2012/1116/c147550-19606437-2.html.

[2] 马新明：《拉萨史话》，北京：社会科学文献出版社，2015年版，第17页。

[3] 朱普选：《拉萨古城形成的历史地理初探》，载于《西藏民族学院学报》（社会科学版）1992年第3期，第54—59页。

[4] 廖东凡：《拉萨河，从古流到今》，载于《中国西藏》（中文版）2002年第5期，第40—45页。

[5] 马新明：《拉萨史话》，北京：社会科学文献出版社，2015年版，第18—20页。

地方政权瓦解,拉萨也随之衰落,在赤松德赞时期就曾受雷击火焚的布达拉宫,[1]遭此兵燹,更是残败不堪,一片凄凉景象。元时,几代蔡巴万户长被封为司徒,并授予管理拉萨和拉萨河流域的权力,他们曾投资并动员民工加固拉萨河堤,疏通市区水道,建造民房,整修八廓街,修建蔡巴寺、贡堂寺,保护布达拉宫,修葺大、小昭寺。明代,帕竹地方政权集资加固拉萨河堤,在拉萨河上架桥、设渡口。宗喀巴及其弟子在拉萨郊外新建甘丹、哲蚌、色拉三大寺,并维修大昭寺。以大昭寺为中心、八廓街为代表的环绕大昭寺的"回"字商业街建筑格局形成。

由于新兴的格鲁派遭到以日喀则为首邑的第司藏巴汗的敌视和压制,从17世纪开始,前后藏不断争战,拉萨是他们反复争夺的地区,为此,拉萨一带饱受战火的蹂躏。直到17世纪中叶,五世达赖喇嘛罗桑嘉措受清朝皇帝册封,建立政教合一的封建农奴制政权,作为政教中心的拉萨才有了新的发展。这一时期,在清中央政府的支持下,布达拉宫得到扩修,同时建驻藏大臣衙门,各地贵族也纷纷到拉萨建私宅庭院,街道由八廓街扩展到药王山。到清嘉庆年间,拉萨居民已有5000多户,人口达3万之多。

由于自然地理条件和思想意识上的封闭保守,特别是政教合一封建农奴制度的桎梏,西藏和平解放前,拉萨城区面积不足3平方千米,有所谓"西至宇拓桥,南至三怙主庙,北至小昭寺,东至清真寺"之说,且没有任何现代意义上的城市道路、照明、给排水、绿地、通信、能源等基础设施。[2]环绕大昭寺的八廓街在当时算是繁荣的商业区,但街巷狭窄污秽,冬季沙尘蔽日,凄凉萧条,夏季遍地泥泞,臭气熏天。居民大部分居住在光线昏暗、土石结构的藏式雕房内,贫民和乞丐则蜷缩在破烂帐篷内。工业除了一些生产藏香、氆氇及各种宗教用器等手工业作坊,仅有一个小型发电厂和一个造币厂。教育方面,不过几所进行宗教教育的学校和一些贵族家庭办的私塾学馆。医疗卫生方面,人民缺医少药,健康得不到保障,仅1925年流行的天花,就

---

[1] 公元641年,文成公主嫁到西藏,松赞干布专门"别建官室,以居公主","为公主筑一城以夸后世"。是为布达拉宫修建之始。

[2] 拉萨市地方志编纂委员会:《拉萨市志》,北京:中国藏学出版社,2007年版,第708—709页;达瓦:《古城拉萨市区历史地名考》,北京:社会科学文献出版社,2014年版,第8—9页。

导致拉萨一地死了7000多人。交通运输上基本靠肩背畜驮。[1]

拉萨真正进入快速发展阶段，是在西藏和平解放以后。

1951年5月23日，西藏地方政府和中央人民政府签订了和平解放西藏的《十七条协议》，西藏回到祖国的怀抱，彻底摆脱了帝国主义的羁绊，拉萨也迎来了新的发展契机。在这一时期，随着1954年川藏、青藏公路通车，拉萨的经济建设开始起步。在此前后，拉萨城市开展了部分供电、医疗、文教、交通道路等公共设施建设及河堤修筑工作，夺底水电厂、拉萨河防洪堤、当雄机场、拉萨大礼堂、自治区筹委会办公大楼、拉萨招待所、拉萨汽车修配厂、拉萨运输站、拉萨中学、西藏地方干校教学楼等一批建筑工程相继开工建成。

然而，西藏少数上层分子不甘心昔日殿堂的衰朽，为了维护他们腐朽的封建农奴主利益，于1959年在拉萨悍然发动了旨在分裂祖国的武装叛乱，中央随即命令解散原西藏地方政府，同时在西藏人民的热情支持下开展平叛改革，废除政教合一的封建农奴制度，百万农奴翻身当家做主，拉萨的建设也随之加快。1960年拉萨建市，1961年开始进行拉萨城市规划，1962年提出初步规划方案，方案对城市中心区的道路骨架、给排水系统做出规划。1965年西藏自治区成立，中央直接划拨专款用于拉萨市政建设，这是民主改革后拉萨市政建设的第一个高峰。拉萨大桥、贡嘎机场、拉萨文化宫、图书馆、西藏迎宾馆、自治区粮食局、北京西路、康昂多南路、宇拓路等均在这一时期新建或改建。1974年进行流沙河改道，消除了流沙河给城市人民生产生活带来的灾患，并为后来城市向西北的开发奠定了基础。

党的十一届三中全会后，1982年，国家投资2708万元用于拉萨市政建设；1984年，中央确定援助西藏43项重点工程，其中拉萨市区18项，绝大多数为市区公共服务设施建设。[2]中央第三次西藏工作座谈会后，拉萨各方面的建设进一步加快，能源短缺、物资匮乏局面得到极大缓解。进入21世纪以来，2001年，中央第四次工作座谈会确定由国家投资200多亿元修建从格尔木到拉萨的世界最高铁路——"青藏铁路"，并于2006年通车。同时，国

---

[1] 屠小华、程竹敏：《历史文化名城——拉萨》，载于《河南大学学报》（哲学社会科学版）1985年第1期。

[2] 拉萨市地方志编纂委员会：《拉萨市志》，北京：中国藏学出版社，2007年版，第708—709页。

家先后几次投入巨资，对大昭寺、布达拉宫、罗布林卡等一大批历史文化遗产进行修缮和保护：2004年国家投资1.5亿元对布达拉宫广场进行改扩建工程；2006年5月，国家又投资对宗角禄康（龙王潭公园）周边环境进行改造和整治。

党的十八大以来，在以习近平同志为核心的党中央的坚强领导下，拉萨市委、市政府带领全市各族人民，认真贯彻落实新时期中央治藏方略，全面深入推进"党建统市、环境立市、文化兴市、产业强市、民生安市、依法治市"六大战略，各项工作取得了新的显著成绩，进一步开创了全市跨越式发展和长治久安新局面。

今日拉萨，政通人和，民族团结，人民安居乐业，树上山、河变湖、暖入户，市场供应应有尽有，一座座具有民族特色的高楼大厦拔地而起，一幢幢宽敞明亮的藏式民房遍布城乡，一条条宽阔平坦的道路纵横交错，空中航线、地上交通、信息网络联通世界。特色产业扶持安民富民，公共文化设施便民利民。日间各种建筑星罗棋布、错落有致，夜间炫彩霓虹五颜六色、与星争辉，恰如一首歌中所唱的"拉萨的夜色多么美／多么美／比那天堂还要美／还要美"，[1]"夜光城"与"日光城"交相辉映，竞奇斗美。老城的历史文化得到有效保护，现代新区的发展得到科学规划，人们的精神面貌焕然一新。新近得到国务院批准实施的《拉萨市城市总体规划（2009—2020）》更是将"东延西扩南跨、一城两岸三区""四桥三射""一个疏散、两个引导、三个集中""八桥五射""二环、七横、九纵"[2]绘入蓝图。届时，一座山青水碧天蓝城靓的高原生态绿城、一座底蕴深厚人文荟萃的历史文化名城、一个景观独特风光旖旎的国际旅游胜地、一座人民幸福社会和谐的现代化繁荣都市，将以更加亮丽的风姿呈现在世人的面前。这是一座生态之城、一座文化之城、一座特色之城、一座活力之城，这是生态的拉萨、人文的拉萨、特色的拉萨、现代的拉萨、幸福的拉萨。

"今日的拉萨真漂亮，多亏党的好主张……幸福的生活万年长，拉萨古

---

[1] 桑诺词曲：《拉萨夜色美》，另有李永才词《拉萨夜色美》。
[2] 2017年3月12日《拉萨市城市总体规划（2009—2020）》获国务院批准实施。

城开新花，感谢伟大的共产党。"正如《逛新城》[1]这首耳熟能详的歌曲所唱到的，今日拉萨的发展得益于党的英明领导，得益于党的金子般的好政策。纵观西藏和平解放60多年来，拉萨在党中央、国务院无微不至的亲切关怀和全国人民鼎力相助的无私支援下，在自治区党委、政府的正确领导下，各项事业从无到有、从小到大，经历了从黑暗走向光明、从落后走向进步、从贫困走向富裕、从专制走向民主、从封闭走向开放的光辉历程，实现了经济社会跨越式发展、人民安居乐业、生态环境持续良好、文化繁荣进步、民族团结巩固、宗教和睦和顺、社会和谐稳定的大好局面，创造了短短几十年跨越上千年的人间奇迹。

今日的拉萨人民正以更加昂扬的姿态，紧密团结在以习近平同志为核心的党中央周围，为建设更加团结美丽健康幸福的新拉萨而努力奋斗。

二、拉萨：雪域文学的高地

文学是拉萨经济社会发展的升华，是拉萨文化发展的内在体现和缩影，也是检验这个城市文化水平高低的一个标准。拉萨文学，在历史的长河里，在大起大落中，去其糟粕，取其精华，留下了宝贵的财富。文学之拉萨，有适宜酝酿和生产文学艺术的肥沃土壤。20世纪50年代，随着一大批部队文艺工作者进藏，唱响了西藏社会主义文学的新声，拉萨当代文学也随之起步。这一时期，高平、杨星火、刘克等诗人、作家蜚声文坛；与之同时，擦珠·阿旺洛桑、江洛金·索朗杰布等本地学者、诗人也以昂扬的激情汇入时代大合唱。1959年，西藏民主改革以后，拉萨文学有了新的发展，内地一批作家及地方工作者和大学生相继进藏，汪承栋、李文珊、李佳俊、廖东凡等，为西藏和拉萨文学的发展做出了贡献。特别是改革开放以后，自20世纪70年代末至80年代初以来，拉萨文学进入快速发展的新时期，演绎了精彩的华章。既有恰白·次旦平措、朗顿·班觉、单超、徐官珠、廖东凡、冀文正、杨从彪、闫振中等一批中年作家推出重要作品，更产生了色波、皮皮、李知宝、佘学先、冯少华、杨金花、陈亮、刘志华、益西拉姆等一大批年轻的优秀作家和诗人；

---

[1]《逛新城》创作于1959年，集体作词（邓先恺执笔）。

同时，部队军营也培养了一批才华横溢的青年作家，比如蔡椿芳、曾有情、李小渭，他们在区内的《西藏文学》《西藏日报》《西藏民俗》《主人》《拉萨河》《拉萨晚报》，以及区外有关报刊媒体的扶持下，活跃于雪域文坛，大大推动了拉萨文学的发展，乃至引领西藏文学走向全国，走向世界。20世纪90年代后，特别是进入21世纪以来，藏族作家罗布次仁、次仁央吉等佳作不断，白玛玉珍、格桑玉珍等或推出文集，或崭露头角；张羽芊、凌仕江、刘一澜、罗洪忠、杨双旺、蕙青华等的创作逐渐成熟，你追我赶，进入丰收期。加上"拉漂"文学创作，可以说，目前拉萨文学的创作正处于稳步前进和五彩斑斓的可喜时期。

回顾拉萨文学的发展，既经历曲折，又亮点纷呈，折射和代表了西藏文学发展的心路历程和重要成就，是西藏文坛变化的晴雨表和风向标，也是雪域文学的高地。这不仅在于拉萨是西藏的首府，是西藏政治、经济、文化的中心，是西藏社会经济文化发展最快的地区，拥有得天独厚的自然地理、社会历史和人才资源优势，也是拉萨文学创作本身的体现。

以诗歌创作来说，始倡于拉萨文坛的"雪野诗派""雪海诗派"在20世纪80年代蜚声国内，领风气之先，在文坛占据重要地位。1988年由上海同济大学出版社出版的徐敬亚等编的《中国现代主义诗群大观1986—1988》，在"雪海诗派"条目下所列成员即有黄帆（黄伦生[1]）、摩萨（闫振中）、洋滔（杨从彪）、蔡椿芳（于斯）、马丽华、黑非（陈亮）等人。他们均为西藏文坛的活跃人物，有的后来还成长为享誉国内文坛的著名作家。其中，杨从彪是拉萨"雪海诗派"的杰出代表，也是拉萨诗歌繁荣兴盛的组织者和主推手之一，更是20世纪80年代以来拉萨文学发展的见证者。杨从彪在西藏拉萨生活30多年，曾在《诗刊》《人民日报》、香港《文汇报》《大公报》，以及美国《侨报》等百余家国内外报刊发表文学作品300多万字，出版诗集10部，编辑（编著）出版18部文学作品集。更为可贵的是，他在自己从事创

---

[1] 黄伦生（1955— ），笔名黄帆、黄森，河南省民权县人。1979年6月毕业于河南农学院，同年进藏，在拉萨市农业局工作，1985年7月调入拉萨晚报社，曾任拉萨晚报社副总编辑。1990年调回河南民权。1983年开始发表作品，著有诗集《西部流连》，小说《街上，一串迷人的红气球》《烦恼的秋风》《青幽幽的雪光》《决非虚构》《河边月色》等十余篇，散文《拉萨街头小景》《今日八廓街》《在拉萨》等，报告文学《他无愧于这块土地》等。

作的同时，还以编辑独到的眼光和极大的热情发现、帮助、提携了一大批文学新人，如曾有情、李小渭、杨辉麟、蒽青华。全国著名瑶族画家李知宝在诗歌创作方面也是独树一帜。尽管他主攻绘画，但他休憩之时依然不忘吟诗作赋，诗歌被《星星》《诗刊》选用，诗词在《拉萨晚报》上大量刊发。在歌词创作方面，不仅老一辈的作家徐官珠创作了大量脍炙人口的作品，20世纪90年代从拉萨市民族歌舞团成长起来的词作者刘一澜也已成为西藏词作的领军人物，由其填词的歌曲《天上的西藏》《欢聚拉萨》《咱们西藏》《梦中的绿洲》，不仅唱响大江南北、家喻户晓，还荣获中宣部"五个一工程奖"、原文化部"文华奖"及才旦卓玛艺术基金奖等40多项奖项，出版了作品集《亲近太阳的人》《内心的旷野》等，进一步推动了拉萨和西藏文学的发展。杨双旺，这位21世纪后涌现出来的文坛新秀，迅速成长起来，为文坛所瞩目，其新作《文成公主》一经发表，即引起高度关注。他的作品呈现给人们的第一印象就是豪迈、刚健、大气，其情、其景、其理自然地结合，让人震撼。杨双旺的作品以诗词居多，其古体诗词深受好评。

小说创作方面，色波是20世纪80年代西藏小说创作当之无愧的主将之一，他与扎西达娃、马原、龚巧明、刘伟、佘学先、金伟、李启达、金志国等一道推动了西藏新小说的形成和发展。而朗顿·班觉的《花园里的风波》和《绿松石》，作为西藏和平解放以来第一部西藏藏语小说和第一部藏语长篇小说，在整个当代藏语小说创作中具有里程碑意义。女作家冯丽（即皮皮）在任职《拉萨晚报》文学副刊编辑期间开始步入文坛，她创作的以西藏生活为题材的中短篇小说不断地被发表和转载，如《光明的迷途》《有天井又带回廊的房子》等，在当时的国内很有名气，笔名"皮皮"一度还是"先锋派"的代名词。20世纪90年代开始文学创作的藏族作家罗布次仁，他的小说《夏日无痕》一经发表即反响强烈。2014年他又因一部《冬虫夏草》获得天津市第23届"东丽杯"全国梁斌小说大奖而引起关注。2016年，他的短篇小说《葡萄树上的蓝月亮》由《芳草》杂志以头条重点推出。目前，他已成为西藏文坛的生力军，作品多次被选入国内多种选集和图书，他与次多合作翻译了入围第八届茅盾文学奖的西藏第一部藏文长篇小说《绿松石》。张羽芊（即多吉卓嘎），是21世纪以来拉萨文学界迅速升起的一颗耀眼新星。2009年6月由西藏人民出版社出版的《藏婚》，不仅被认为是首部反映西藏传统婚俗的长篇传奇小说，而且她本人也凭借这部小说创造了该社的多项纪录：西藏人民出版社第一位拿版税的作家，西藏人民出版社出版的文学图书第一位首印达到 2 万册的作家，第一位小说再版的作家。继《藏婚》后，张羽芊又推出了两部长篇小说《玛尼石上》和《西藏生死恋》。期中，《西藏生死恋》发行 20 多万册，刷新了西藏题材小说销量的新纪录。此后，长篇小说《金城公主》《文成公主》以及多部散文集、游记等的推出，更是奠定了她在西藏文坛多产畅销小说作家不可撼动的地位，她本人也当选为西藏作协副主席。

  在散文创作方面，凌仕江是继马丽华之后西藏作家在国内文坛引起广泛关注的一位重要作者。20 世纪 70 年代出生的凌仕江，于 90 年代中期开始创作，并在 21 世纪初以散文创作崛起于文坛并引人注目，其作品发表于《青年作家》《解放军文艺》《中华散文》《北京文学》《文汇报》《大公报》《羊城晚报》《江南》《十月》《散文》《美文》《天涯》等国内众多知名报刊，常被《读者》《新华文摘》《青年文摘》《散文选刊》和《当代文萃》等转载，被收入《大学语文》及各类选本数十种。2003 年，他的文章《你知西藏的天有多蓝》入选春季高考语文试卷，名声大振，之后相继又有 10 多篇作品进入各大名校考卷试题，以至众多教辅出版商找到他，约他合作出版教辅书籍，并以丰厚的经济回报作为条件要他亲自设计考题；而他大量的作品出炉不久，就被各大报刊争相转载。[1] 迄今，凌仕江已出版散文集《你知西藏的天有多蓝》《飘过西藏上空的云朵》《西藏的天堂时光》《说好一起去西藏》《西藏时间：16 年的坚忍与苍茫》《我的作文从写信开始》《藏地圣境》《天空坐满了石头：最初的寻觅，最后的归程》《骏马秋风》等多部，斩获路遥青年文学奖、首届中国西部散文奖、西藏自治区"五个一工程奖"、四川日报散文一等奖、全国报纸副刊散文金奖、第四届"冰心散文奖"、第六届"老舍散文奖"等诸多奖项。他的散文创作掀起了中国散文创作的新浪潮，他本人也被誉为"西藏，不倒的青春骑手"。[2] 杨辉麟，这位 1969 年 17 岁便参军到了拉萨的高产作家，不仅发现和培养了拉萨部队一批年轻的文学、新闻

---

  [1] 潘乃奇：《凌仕江：用青春定格"西藏时间"》，载于《四川日报》2011 年 10 月 28 日第 15 版。

  [2] 王宗仁：《序：西藏，不倒的青春骑手》，见凌仕江：《你知西藏的天有多蓝》，广州：花城出版社，2004 年版，第 4 页。

创作人才，而且创作出版了大量的散文作品。自 1992 年起，至今已出版《神秘的处女地》《西藏东南角》《极地天河》等散文作品集近 20 部、700 多万字，在国内获奖 40 多次。由他编著的西藏旅游文化系列丛书，是目前西藏个人编著文字量最大、内容涵盖最全面、涉及范围最广泛的普及读本，包括西藏的宗教寺庙、神山圣水、藏舞藏戏、婚俗葬仪、雕塑建筑、绘画服饰、饮食风土、文化民俗等方方面面，为西藏的旅游文化发展做出了重要贡献。罗洪忠，继"珞渝文化第一人"冀文正之后，继续深耕墨脱人文地理 20 多年。他是从军旅走出来的学者型纪实散文作家，三次进入极端艰险的雅鲁藏布大峡谷地区作田野考察，采访曾在那里工作生活、从事人文研究的地方群众、部队官兵、专家学者达 120 多人，整理口述资料 150 多万字，查阅文献资料 220 多万字，先后到北京、郑州、陕西向有关专家、学者请教，多年不间断地同国内知名人文专家、学者进行交流、学习和钻研，历经 17 年历练，撰写了"人文雅鲁藏布大峡谷"三部曲，被认为是国内首次全面展示雅鲁藏布大峡谷人文历史、人文风情和人文科考的长篇人文地理纪实文学。《中国西藏》杂志称赞："这三卷书，可以说是一部气势恢宏的珞渝人文画卷，是研究雅鲁藏布大峡谷文化的经典之作。""人文雅鲁藏布大峡谷"丛书获得"第三届中国大学出版社图书奖优秀学术著作一等奖"，引起文学界、文化界和学术界的极大关注。他纪实性的散文创作，特别是将学术性与文学性相融合的笔调，不仅开创了西藏文化人类学散文创作的新局面，更引领了西藏散文创作的新风尚。

　　在民间文学方面，拉萨作家也做出了突出的成绩。长期致力于西藏民间文学艺术搜集整理和研究的廖东凡，推出了西藏民间文化丛书，成为了解和研究拉萨民间文学和民俗乃至西藏民间文学和民俗的经典读物。20 世纪 50 年代进藏的老十八军冀文正，更是被誉为"珞渝文化第一人"，著书 20 多部，总计 500 多万字，填补了中国文化史中珞渝文化的空白，对研究珞巴族、门巴族的历史、神话、民歌、谚语、文学故事等提供了目前最为完整、丰富的第一手资料。《拉萨晚报》原总编辑闫振中，也投入了大量的精力收集整理民间文学作品，出版了《西藏民间故事》。闫振中还根据民间故事创作了长篇叙事诗《文顿巴与美梅措》，根据藏族故事编创了长篇叙事诗《努木姑娘》。在他的带动下，当时在墨竹工卡县工作的作家张彦丽、熊忠彦、李毅、张恒传、孙涛等也写过不少墨竹工卡县的民间文学和现代文学作品。随十八军进藏的徐官珠在创作诗歌、歌词的同时，也十分注意吸收民间文学的营养，并对民间故事进行改编，创作了《波姆达娃》《阿木龙》等。洋滔广交藏族朋友，收集整理藏族民歌、情歌近千首，部分发表在《人民日报》《民间文学》《解放军文艺》等报刊上，出版了《西藏民歌》一书，有的被上海文艺出版社收入中国民歌集。西藏民间文艺家协会会员、中国书法家协会会员、拉萨市书法家协会副主席冯启双[1]留心于西藏歇后语的搜集。几十年来他搜集了大量的藏族歇后语，内容包括农业、牧业、气象等各个方面，2009年8月四川民族出版社出版了由其搜集整理的专著《西藏歇后语》。其中，有很大的篇幅与时代发展息息相关，比如"老阿妈捏糌粑——真抓实（食）干""天气预报——看天说话""崔永元的节目——实话实说"；也有不少针砭时弊、辛辣讽刺的内容，比如"哈巴狗上楼梯——只顾往上爬""珠峰顶上做报告——高谈阔论""珠峰顶上竖梯子——高攀"；还有许多来自高原生活的歇后语，具有浓厚酥油糌粑味儿，比如"牦牛的肚子——草包""牦牛背后扬鞭——吹（催）牛""珠峰顶上盖大楼——高见（建）""珠峰顶上挂灯笼——高招（照）"；同时，还有许多歌颂社会主义新生活的，比如"藏北草原的牦牛——吃喝不愁""长江源头放糖——甜头大家尝"；其他如"珠峰顶上竖雷达——最高境（警）界（戒）""潘多登上珠峰顶——巾帼不让须眉""珠峰顶上握手——崇高的友谊""登珠峰拄拐杖——助一臂之力""珠峰神女拜王母——走上层路线""背着唢呐上珠峰——吹到顶了"，形象生动，诙谐幽默，既引人发笑，也令人深思，有着较深的思想性和艺术性。[2]冯启双也因此被认为是西藏歇后语的集大成者。

综上而言，拉萨文学以她突出的成就，见证了西藏文学的发展，为西藏文学的发展做出了重要贡献；同时，众多重要的文化出版传媒机构坐落于此，一大批优秀的作家和文艺工作者在此汇集，形成中心，辐射区内各市地，影响国内文坛创作，拉萨也因此当之无愧地成为雪域文学的高地。

---

[1] 冯启双（1948— ），四川省射洪市人。1965年入伍，在空军西藏某部服役，1971年转业到拉萨地方任职。

[2] 沈未兰：《冯启双与〈西藏歇后语〉》，载于《西藏商报》2009年10月12日第30版。

三、经典：走近心灵的约会

文学是人心灵的窗户，是沟通人与人的桥梁，是民族的形象，是文化的集中反映，也是一个地域社会发展变迁的时代体现。文学活动在拉萨有着悠久的历史。公元8世纪问世的《巴协》，记录了历史上部分重要人物、重大事件和流传的民歌、民间神话等口头文学。公元9世纪20年代至13世纪50年代，《玛尼全集》《五部遗教》《格萨尔王》等相继面世，并广泛流传于拉萨地区。特别是唐蕃时期，产生了大量有关唐蕃交往的诗作。《全唐文全唐诗吐蕃史料》就收录了60位诗人的218首诗歌，[1]其中，部分涉及使蕃之作。13世纪中期至17世纪40年代，印度的修辞学著作《诗镜》被翻译成藏文后，在拉萨又形成新的诗歌风格，历史文学、传记文学、戏剧文学三簇新花竞相开放，《西藏王统记》《青史》《智者喜宴》《新红史》等先后问世，格鲁派创始人宗喀巴撰写了大量著作。17世纪50年代至20世纪40年代，产生了《仓央嘉措情歌》和《候鸟的故事》等艺术情趣浓郁、特点突出、写作技巧精湛的代表作，[2]根敦群培的一些创作也体现了朴素唯物主义和人文主义等现代文艺思想的萌芽。而清时大量的军政官员进藏，也产生了诸多具有重要史料价值和情思极佳的咏藏诗词作品。这些作品大多是作者亲身经历的真实记录，既生动反映了我国内地人民与西藏人民交往交流交融的悠久历史，也吟咏了个人卫国安民之志，同时载述了丰富的历史风物。如颜检的长诗《卫藏》，从唐王朝与吐蕃的交往、联姻写起，历数了元明以来西藏地方与中央政府的关系，记述了中央政府对西藏地方的藩封和西藏地方领袖的入京觐见，以雄辩的事实说明了西藏自古以来就是我国不可分割的一部分。拉萨的唐柳、唐碑等也在多人的诗词中得到了记述，如："前朝一树垂杨柳，龙钟乱拖青尾。枝占春先，根填海满，遗恨文成同系……寻春游客，那识千余年事？"

---

[1] 吴逢箴：《送入吐蕃使诗浅析》，载于《西藏研究》1984年第4期，第57—64页；张瑛：《唐代吐蕃诗研究》，武汉：华中师范大学硕士学位论文，2012年。

[2] 拉萨市地方志编纂委员会：《拉萨市志》，北京：中国藏学出版社，2007年版，第1059—1062页。

（马若虚《台城路·唐柳》）"根株依佛土，栽植记唐年。"（杨揆《唐柳》）由高平编注的《清人咏藏诗词选注》一书就遴选了23位作者的216首诗词。[1]这些文学活动和文学作品，生动记载了拉萨的历史发展，也深刻影响了人们的文化生活，形成了人们潜在的持久的民族历史文化记忆，以及内在的审美艺术心理。20世纪50年代以后，拉萨当代文学发展起来，与传统古典文学相比，注入了新的活力，有了新的思想内容和艺术形式，展现出了崭新的风貌。

从人员构成上说，除民间文艺作品的作者，拉萨传统古典文学的创作者，多是上层贵族和高级僧侣，普通民众因文化教育的限制，很难进行文学创作，也无法欣赏这些文学作品，藏族之外的其他民族创作也十分少见，至于女性创作更是罕见。而拉萨当代文学，不仅有一大批专门的文学艺术工作者，而且随着文化教育的普及，文学作品已经进入寻常百姓家，特别是在日常工作的闲暇时间，产生了不少业余文学创作者，出版发表了大量优秀的文学作品，极大地丰富和充实了人们的日常精神文化生活，包括民间文艺工作者在内的作家也受到人们的尊重。藏族、汉族、回族等各民族的作家齐头并进，还培养了一批优秀的女性作家。

从艺术形式上说，拉萨传统古典文学作品包含诗歌、小说、散文、传记、戏剧、神话、传说、故事等多种样式，既有规制成熟、格律严谨、音韵谐美之作，也有散韵相兼、字数长短不拘、格调明亮清朗的作品，特别是民间文学的创作，喻象生动，语近口传，通俗流畅，色彩斑斓，但总体而言，格局有限，形制拘囿，特别是受《诗镜》讲究修辞影响，文辞华美，寓典烦琐，乃至艰深晦涩、玄奥难懂，创作文字也基本上是藏语文。与之相比，拉萨当代文学发展之始即承接内地白话文运动的丰硕成果，自由活泼，通俗晓畅；同时继承传统古典文学包括民间文学的形式，兼收世界现代文学发展的有益成分，诗歌、小说、散文、戏剧等全面发展，现实主义、浪漫主义、现代主义等创作手法形式不拘，藏语、汉语，乃至双语和多语创作竞相发展，艺术风格多样，雅俗兼具，丰富多彩，充满生机活力，为广大人民群众所喜爱。

从传播媒介上看，拉萨传统古典文学除口传，多为刻板印刷，发行极其

---

[1] 高平：《小议清人咏藏诗词（代前言）》，见高平：《清人咏藏诗词选注》，北京：中国藏学出版社，2004年版，第1页。

有限,仅为少数人阅存。近代出现的报刊及电台等,也不过昙花一现。而拉萨当代文学在发展之初,就极为重视向社会大众普及,广为传播。西藏和平解放十八军进藏时即随带文艺演出队,高度重视文艺宣传影响工作,创作了大量短小的戏剧、歌曲和快板诗等,内地的许多报刊也发表或转载西藏作家创作的文学作品。十八军先遣队在从昌都出发的第二天,即1951年7月26日,就创办了名为《新闻简讯》的报纸;由西北进藏的十八军独立支队,也在香日德召开进军西藏誓师动员大会之际,于1951年8月28日创办了《草原新闻》。其后,1956年4月22日,《西藏日报》藏汉文版创刊。1953年7月,筹建拉萨有线广播站,10月1日,西藏第一座有线广播站——拉萨有线广播站正式播音。1958年12月28日,拉萨有线广播站进行无线电广播试播并获成功。1959年元旦,广播站以"拉萨人民广播电台"(今"西藏人民广播电台")的呼号,每天用藏汉语播音8小时,由此,拉开了西藏人民广播事业的帷幕,西藏的电子传播时代翩然而至。1970年,西藏新华印刷厂建立。1971年,西藏人民出版社建立。1976年9月,西藏电视台筹备组正式成立,10月,拍摄了纪录片《欢腾的高原》,并像电影一样巡回放映。1977年,《西藏文艺》创刊。1983年,《拉萨河》创刊。1985年8月20日,西藏电视台正式成立。[1]至此,西藏自治区印刷出版、报纸、刊物、广播、电视等综合一体的传播格局基本形成,极大地推动了拉萨文学的发展。进入20世纪90年代以后,互联网开始在大众中出现,尤其是进入21世纪以来,随着电子信息数字技术和移动及便携式通信的发展,微信、微博、微视频以及客户端等也迅速发展起来,大众传播呈现出传统媒体与网络新媒体竞相角逐又彼此融合共生共长的新局面。拉萨文学的传播媒介也经历了从"铅与火""光与电"到"数与网"的发展历程,而这些都极大地影响了拉萨文学本身的发展,文学受众也随之进一步普遍化、大众化。一些作品先是在网络上发表,继而才进行纸质出版,乃至改编成影视作品;而一些读者也多是先从网络或影院等观看了影视作品,继而才观看纸质作品;甚至一些作家在创作过程中,也是先在网络等媒体上发表部分章节内容,继而在读者的意见和公众舆论的影响下,再接续完成创

---

[1] 周德仓:《西藏新闻传播百年:瞬间与永恒》,载于《中国民族报》2007年4月6日,第626期。

作。可以说，与拉萨传统古典文学相比，拉萨当代文学发展的传播媒介已经发生了根本性的变化，特别是随着数字信息和互联网的发展，呈现出多元化、及时化、融合化等特点。

从思想内容上看，拉萨传统古典文学深受藏传佛教思想的影响，宗教神话色彩浓厚；同时，由于政教合一封建农奴制度的影响，主人公也多是上层贵族或僧侣阶层，普通百姓的苦乐难以得到普遍和真实的反映，审美趣味、价值立场也有极大差别，对于劳动人民和新生事物大多采取保守及排斥的态度。拉萨当代文学本质上是人民的文学，坚持"二为方向"和"双百方针"，主张生活是艺术创作的源泉，提倡文学创作要贴近实际、贴近群众、贴近生活。为此，其作品内容丰富多彩，题材广泛多样，人物形象真实，涉及各行各业各阶层各领域。时空跨度横向纵深多维拓展，作家创作自由和个性得到尊重和鼓励，艺术探索和创新意识不断增强，时代气息浓厚，女性文学、历史文学、传记文学、军旅文学、都市文学等蓬勃兴起。可以说，今日的拉萨文学，立足西藏和拉萨本地各族人民的火热生活和改革实践，植根中华民族优秀传统文化沃土，与祖国各族人民互学互鉴，充分汲取世界文化的有益养分，百舸争流、百花齐放，努力发展面向现代化、面向世界、面向未来，民族的科学的大众的社会主义人民文学。

综上而言，拉萨文学发展就是要坚持以人民为中心的创作导向，在深入生活、扎根人民中进行无愧于时代的创作，为满足人民过上美好生活的新期待，提供更加丰富的精神食粮。

面对时代的发展和人民的呼唤，拉萨文学发展要进一步加强人才队伍建设和组织建设。1994年，拉萨市召开首次文学艺术代表大会，成立拉萨市文学艺术界联合会，同时成立拉萨市作家民间文学家协会，团结了一大批文学艺术工作者，为拉萨文学的繁荣发展做出了重要贡献。然而，随着拉萨市改革开放和市场经济发展的进一步深入，加上西藏特殊的自然地理环境，一批作家、编辑内调和退休后，出现了人才流失和人才不足的现象；而另一方面，又有大批文学爱好者进入西藏，他们或旅居或工作生活于拉萨，自发组织文学社团，进行文学相关活动，有的还出版发表了许多文学作品，在文学圈内和社会上具有一定的知名度和影响力，如"拉漂"文学创作即是如此，他们是进一步推动拉萨文学发展可资利用的巨大资源。这就需要进一步加强相关组织机构包括各群众组织和城乡社区单位的服务管理。在这方面，拉萨市文联和作协等文学组织机构应积极作为，进一步深化体制机制改革，创新管理服务模式，提升管理服务水平，不求所有，但为所用，主动上门，灵活组织，热情服务；同时，进一步加大发现和培养本地区特别是基层各县区文学创作人才的力度，倡导和带领作家深入生活、扎根人民，以充分发挥团结引导、联络协调、服务管理、自律维权的基本职能，推进拉萨文学事业的大发展大繁荣。

拉萨文学发展，要进一步加强传播媒介建设，重视传统媒体和新兴媒体的融合利用。1983年，由拉萨市文教局主办的文学刊物《拉萨河》创刊。1985年《拉萨晚报》创办后，《拉萨河》作为文艺副刊移交给《拉萨晚报》办。1994年拉萨市文联成立后，《拉萨河》复刊，直至2004年停刊。其中，《拉萨河》文艺副刊改为《拉萨晚报》之《日光城》栏目延续至今，始终发挥了文艺阵地的作用。进入21世纪，面对信息技术和新媒体的迅速发展，拉萨作家和有关组织机构要主动适应社会发展的新趋势，跟上时代前进的新潮流，在重视传统纸质报刊书籍传播的同时，充分利用网络新媒体，如网站、微信、微博、手机客户端等媒介，加大拉萨文学在网络和大众间的传播宣传力度。

拉萨文学发展，要进一步加强影视文学和网络文学的创作。由于各种因素的影响，西藏迄今没有专业的电影制片厂，但从20世纪50年代开始，就拍摄了《农奴》《雪山泪》等一批优秀影片，拉萨个别作家也创作了一些剧本，拉萨市部队作家曾有情等后来成为国内著名的编剧，《凭什么爱你》《天仙配》《王屋山下的传说/愚公移山》《牡丹亭》《当兵的人/十一级台阶》《妈祖》《天仙配后传》《麻姑献寿》等上演后，均有较好的口碑和舆论反响。皮皮的长篇小说《比如女人》，被改编为电视剧《让爱作主》播出后，也获得了称誉。但总体来说，相对于诗歌、小说和散文的创作，拉萨文学的影视创作是较为薄弱的。而影视作为一门综合性的艺术，融合现代科技，并兼具视听两方面的优势，在大众中具有强大的影响力，因此，拉萨文学发展，应加强影视文学包括微电影及舞台戏剧的创作，同时加强网络文学的开拓，以进一步扩大影响力。

拉萨文学发展，要进一步倡导作家深入生活、扎根人民。拉萨文学的发展存在区域不平衡的现象。这一方面表现在人才队伍大多集中于拉萨市区；

另一方面也表现在作品反映的内容大多聚焦于拉萨及其周边，对于各县区特别是基层和偏远的农牧区，反映较少。这就需要我们在加大发现和培养基层文学创作者的工作力度的同时，让作家们进一步深入实际、深入生活、深入群众，深入到各县区去，与农牧民打成一片，切实体验农牧民群众的日常生产生活，感受他们的喜怒哀乐，触摸时代的脉搏和温度，而不是仅仅停留在城市生活的表象，沉迷少部分人的寂寞哀愁，浮光掠影地摄取一些风土民俗，只有这样，才能不断提升拉萨文学的原创力，推动拉萨文学的创新。

总之，经典的拉萨文学，是拉萨社会历史生活变迁的形象见证，是贴近人们心灵的歌声，传播着正能量，给人以精神的慰藉，让人平静与崇高，积极而向上。拉萨这片热土给予作家们创作灵感、丰厚滋养，作家的优秀创作也必将给这片圣洁的土地带来更多的诗意遐想。

目录

第一章　小说

单超 / 002

朗顿·班觉 / 006

色波 / 010

冯丽、张羽芊 / 014

佘学先、敖超、冯少华 / 023

罗布次仁、次仁央吉 / 037

王义明、张彦丽、孟梅英、蒽青华 / 045

第二章　诗歌

擦珠·阿旺洛桑、江洛金·索朗杰布、恰白·次旦平措 / 058

闫振中、杨从彪、陈亮 / 067

徐官珠、刘一澜、杨双旺 / 080

杨剑冰、李文华、蔡椿芳、曾有情、周世通、陈雪涛 / 091

赵培民、刘志华、李素平、格桑玉珍 / 112

罗布旺堆、杨俊富 / 125

第三章 散文·报告文学

冀文正、廖东凡、杨辉麟、罗洪忠 / 134
张静璞、肖干田 / 153
李知宝 / 160
刘延、杨金花 / 164
白玛玉珍 / 170
凌仕江 / 173

第四章 《文成公主》与民间文学

大型音乐史诗实景剧《文成公主》/ 182
三套集成与拉萨民间文学 / 188

第五章 文学刊物与文学交流

《拉萨河》杂志 / 196
《拉萨晚报》及其文学副刊《日光城》/ 201
拉萨作家知多少:"文学拉萨"与"拉漂"创作 / 209

参考文献 / 218

附录 作家笔下的拉萨 / 221

后记 / 349

第一章
DI YI ZHANG

小说

单超

> 在记忆的长河中，每个人都有难忘的事情。在西藏新生的那些疾风暴雨的日子里，有无数人物和故事，就像我们修筑二千多公里的川藏公路，牺牲了许多可爱的战友，国家花费的开支，把五个银圆并排起来，可以从北京连到拉萨一样，使人永志在心。
>
> ——单超：《布达拉宫的枪声》，西安：陕西人民出版社，1982年版，后记

单超（1930— ），笔名萨钉、白寒，安徽省萧县人。1948年参加中国人民解放军，淮海战役后随部队南下，在康西被编入十八军五十二师进藏先遣队。历任十八军文工队区队长、拉萨市委宣传部干事、西藏自治区党委宣传部干事、文化处负责人、西藏黄梅戏剧团团长、西藏文联筹委会负责人。1966年3月调入安徽省宿县（今宿州市）地区工作，任地区文联秘书长。1980年6月调入中国社科院文学研究所。1956年开始发表作品，1983年加入中国作家协会。著有长篇小说《布达拉宫的枪声》《活鬼谷》，中篇小说《天涯情丝》《彭雪枫》《飞来的礼物》《女活佛历险记》《血泪诗篇》《康生和女秘书》《大海的回声》，短篇小说集《燃烧的雪山》《单超短篇小说选》，报告文学《雨过天晴》，民间故事集《蝴蝶泉（西藏神话故事）》《牛奶沟》《雪原红花》《民间故事：仙桃园》，电影文学剧本《活鬼》等。

单超的涉藏小说深刻描绘了西藏各族人民解放前的悲惨生活，鞭挞了吃人的农奴制度，热情讴歌了解放后西藏地区的巨大变化，以及各族人民群众在社会主义革命和社会主义建设中表现出的积极、明朗的精神面貌，塑造了

一大批鲜明动人的人物形象。

在短篇小说方面，《顿珠和仲嘎》是单超的代表作之一，原载于《四川文学》1963年12月号。作品书写了顿珠和仲嘎夫妻二人大公无私投身新西藏建设，勇斗前农奴主代理人强巴，保卫社会主义革命胜利果实的故事。中篇小说方面，《天涯情丝》塑造了被叛乱分子裹挟出国、流亡美国的藏族大学生达瓦茨仁历经险阻，终于回归祖国，与情人德及卓嘎团聚，投身社会主义建设的故事。单超以敏锐的目光关注流亡海外的藏胞的生存境遇，谱写了藏胞对祖国无限眷恋的情怀。长篇小说方面，《活鬼谷》塑造了女军医韩笠误闯活鬼谷，治病救人，争取各族被凌辱的农奴们的信任，终于解放了被封建领主污蔑为活鬼的农奴们的故事，塑造了韩笠坚强、智勇双全、不畏艰险的军队门巴形象，揭露了各族人民在农奴制度下非人的生活情态。作品节奏明快，叙事有的放矢，一些描写也较为细腻。如罗扎用十块银圆收买扎西卓玛那段：

罗扎暗想，拉萨的贵族老爷们，在号召杀死金珠玛的布告上，也太肯出大价钱了，什么一个金珠玛的头二百银圆，一个小干部的头二百五十银圆，一个大官的头五银圆……好像银圆就像山上的石头一样，随手可以捡起一大把！十块就十块吧，惹恼了我，不定哪天我也会把你送上天堂，你存的钱再多，还不全得归我！搞个巫婆来，还不像喝杯青稞酒那样容易！

罗扎伸手打开一个裹着牛皮外套的小木箱，在里边抓了一把，数了数，是十一个银圆，他又扔回一个，递给女巫：

"这下没什么说的了吧？"

短短的一句"又扔回一个"，把罗扎的贪婪和吝啬的本性刻画得栩栩如生。《布达拉宫的枪声》叙述了1959年西藏平叛的故事，时间集中在1959年3月间，情节集中，叙述紧凑，人物刻画也较为鲜明。其中，不仅正面人物赵慧渠、任佩英、芭桑、副参谋长等个性突出，给人留下深刻的印象，古桑巴、采力玉准、强巴扎西、本巴多杰等反面人物也没有一味刻板描绘，而是力争有血有肉。如仲依本巴多杰领受主子古桑巴的暗杀任务后，作者对本巴多杰有具体的心理描写，既表现了他内心的不甘和怨恨，也反映出农奴主的残酷和狠毒。

"拉斯！"仲依毕恭毕敬地退了出去，心里却充满了无比的愤怒。他想："你为了自己的女儿，一点也不把我当人看，不但要把我留在虎口里，还急急忙忙把我赶出罗布林卡！我反正难免家破人亡，倒不如……"仲依一怒之下，刚到门外忽然转回身来摸出手枪。他望着古桑巴肥大的脑袋，似乎看见那脑袋已经中弹开花，白色的脑浆和猩红的血混合着往外喷涌！啊，不行，那样一来，我的老婆孩子也要完了呀！仲依像个鼓不起气来的羊皮风箱，软蹋蹋地低下了头。

而本巴多杰回家与老婆诀别那一段，使得其人物形象进一步立体鲜明：

昨天晚上，本巴多杰离开古桑巴以后，回到自己房中长叹一声，差一点昏倒。他那漂亮的老婆忙问为什么发愁？他也不作回答，悄悄亲吻了一下两个熟睡的孩子，流着泪说：

"如果我再也见不到你们的话，你不管嫁给什么人，可别丢下我的孩子不管！"

他老婆好像让人戳了一刀，问道：

"我不懂你的话，我害怕！"一边大睁两眼望着他。

本巴多杰把金手表、金戒指、玉镯、珠宝项链一齐取下，交给老婆说：

"给孩子，也是给你！"

他老婆哭着求他说出原因，他说了接受的差使后，流泪笑道："我如果能再见到你们，你就是四品官的太太啦，为我祈祷吧！"

他老婆紧紧抓住他：

"不，不干，我什么也不要，只要和你在一起！"

"不干，那就得死！"

"死也死在一起！"

"傻瓜！"

"那就去投降，人家优待俘虏！"

"出得去吗？"

他老婆大哭，死死抓住他。

"古桑巴只允许我在家停三分钟，现在时间已到，愿佛爷保佑你！"仲依推开昏沉沉的老婆，窜出门去，离开罗布林卡，消失在一片黑暗中……

这一段描写表现了本巴多杰对家庭的眷恋和作为父亲的舐犊之情，同时也表现了他的无奈境遇和侥幸心理，以及出于阶级本性的垂死挣扎和顽固不化。其他如洛桑群培家中赵慧渠与洛桑群培的对话，也很好地反映了处在历史潮流中西藏贵族上层中间派的犹疑不定和观望心理。

总体来说，单超的创作主题鲜明，感情饱满，时代印记突出，叙述手法大多为传统现实主义，故事情节通晓流畅，人物、故事等大多有着作者的切身体会和人物原型。作者在《活鬼谷》的后记中说道：

长期生活过的地方很难忘记，同过甘苦的人们的奇特经历，不但深深激动了自己的感情，而且常常迫使自己把它表现出来——这便是我写《活鬼谷》的心情。

在徒步跋涉、进军西藏的艰苦日子里，有一支部队的协理员掉队迷路，误入一个被称作"野人区"的山谷。那里，灾难深重的受苦人把自己叫作"活着的鬼"，不准与外人交往，但仍然是领主的奴隶。遇有误入此山谷的人，男的要当"活鬼"们的奴隶，女的要做"活鬼"们群婚式的老婆，很难逃脱出去。然而，那位心灵手巧的协理员，却在同志们焦急地寻找时安全归了队，还为交了一批"活鬼"朋友而高兴。这件事始终萦绕在我的心头，直至一九七九年，才先写成电影剧本，后写成小说。[1]

《布达拉宫的枪声》后记中也说道：

这部书中的人物，大多有真人真事作模特儿。他们当中，有的当时就为西藏的新生献出了宝贵的生命；有的则在后来西藏的社会主义建设中鞠躬尽瘁，把白骨埋在了雪山脚下；有的积劳成疾，正在休养和治疗中；有的仍然坚守在高寒缺氧的世界屋脊上，像老骥伏枥一样，为建设幸福美满的新西藏而战斗不息。[2]

作者早年曾搜集整理过多部西藏民间文学作品，这也使得其小说善于吸取民间文学的营养。如《活鬼谷》扎西卓玛翻过一道山岗哼唱的情歌："悬崖上的鲜花美不美？／只有大鹰才知道；／神女的怀抱暖不暖？／幸运的人儿才知道……"拉姆唱的《泉水之歌》："啊……／南飞的大雁，／请你停一下翅膀，／就是不口渴，／也把山泉尝一尝，／我们的山泉甜又香。／你要问这是为什么？／因为来了金珠玛姑娘！／呀啦嗦……"《百鸟衣歌》："啊……／开满鲜花的草坪上，／邦锦花最漂亮；／景色美丽的山谷里，／百鸟衣最吉祥！"

---

[1] 单超：《活鬼谷：后记》，沈阳：春风文艺出版社，1983年版，第352—355页。

[2] 单超：《活鬼谷：后记》，沈阳：春风文艺出版社，1983年版，第352—355页。

这些均可看到西藏民歌的影响。其他如对文成公主入藏故事、梦魂草传说等的引用，也是作者长期关注西藏民间文学的结果。

朗顿·班觉

> 我们要永远团结和友爱，/如兄似弟的情谊要发展。/要用互爱之心连接在一起，/各献所长得四方美名传。/要使我们的光彩照五洲，/要使我们的香气飘高原。/要使广大土地到处鲜花开，/要使彩虹永远挂蓝天。
>
> ——朗顿·班觉：《花园里的风波》，耿予方译，见全国少数民族文学创作获奖作品丛书编辑组编：《短篇小说集》，北京：人民文学出版社，1983年版，第444—463页

朗顿·班觉（1941—2013），藏族，生于西藏自治区拉萨市。1948年赴印度学习英文。1955年赴北京中央民族学院学习。1959年3月参加西藏的平叛斗争和其后的民主改革，年底，担任拉萨市第二小学教师。1966年3月调到拉萨市师训班任教。"文革"开始不久，到农场劳动。1969年12月到林芝毛泽东思想班学习，1973年回到拉萨市师训班（后改为拉萨市师范学校）工作。此后一直到1980年，先后在学校担任过保管员、管理员、采购员、驾驶员等。1981年担任拉萨市师范学校教务科副科长，同年，在首次西藏文艺工作者代表大会上，被选为西藏文联委员、作协理事。1983年加入中国作家协会，同年调到拉萨市文化局文化科任副科长。1987年4月任拉萨市宣传部副部长。1990年任拉萨市文化广播电视局副局长。曾历任《拉萨河》杂志、《拉萨晚报》副主编、主编，拉萨市文联副主席、作协主席，西藏作协副主席，中国少数民族作家协会理事等。创作有《心中的歌》等百篇藏文歌词，著有文学评论《阿古顿巴》《嘎其巴鲁教言》，论文《拉萨人的服饰》，诗歌《颂人民教师》《圣

地重游》等。诗歌《颂文学之春》发表于 1980 年《西藏文艺》创刊号，这是作者第一篇正式发表的作品，1986 年获五省区藏族文学创作诗歌一等奖。短篇小说《花园里的风波》[1] 发表于 1980 年《西藏文艺》第 2 期，是西藏和平解放后第一部藏文短篇小说，于 1981 年获全国少数民族文学创作短篇小说奖，并被编入西藏高中课本及西藏大学等高等院校的当代藏族文学讲义。长篇小说《绿松石》[2] 于 1982 年在《西藏文艺》连载，是西藏和平解放后西藏第一部藏文长篇小说，于 1985 年获西藏长篇小说一等奖，1993 年获第四届全国少数民族文学创作长篇小说奖，[3] 同年获珠穆朗玛文学艺术奖，1996 年获拉萨市圣地文学奖。

长篇小说《绿松石》是朗顿·班觉的代表作之一。作品以 20 世纪 20—30 年代为时代背景，以一块不寻常的绿松石为主线，引出了一系列的血泪故事，活脱脱地展示出班丹一家三口人的悲惨命运，写出了宗本（县长）、代本（团长）、米本（拉萨市市长）、桑旺钦波（噶伦）等有权势的少数封建领主互相串通、狼狈为奸、欺压群众、为非作歹的肮脏灵魂和丑恶行径，向我们展示了西藏旧社会各阶层人物的生活画面。小说以主人公班丹的爷爷在圣湖边捡到一块上好的绿松石开始叙述。爷爷将这块绿松石视为神赐之物，作为传家宝传与班丹的父亲平措。地方长官得知后，千方百计地想得到这块绿松石，并为此将平措夫妇投入监狱。在妻妹玉珍的帮助下，平措夫妇逃出监狱，流落他方，但玉珍却作为人质在长官府上做了终身奴隶。此后，流浪中平措的妻子宗巴病重，临终前，嘱托父子俩前往拉萨朝圣，将绿松石献给佛祖。平措带着幼儿翻山越岭来到拉萨，将这块绿松石供奉在了大昭寺的释迦牟尼佛像前。但这块宝石很快又进了拉萨米本的腰包，继而在拉萨演出了一幕幕争

---

[1] 汉文版由洛桑译，发表于《西藏文艺》（汉文版）1983 年第 2 期。耿予方译文见全国少数民族文学创作获奖作品丛书编辑组编：《短篇小说集》，北京：人民文学出版社，1983 年版。

[2] 也译作《璁玉》《松耳石》《松耳石头饰》《顶珠》等，《西藏文艺》1982 年第 1 期开始连载，后由西藏人民出版社 1985 年 8 月出版，汉文版由次多、朗顿·罗布次仁翻译，刊于《长篇小说选刊》2015 年第 3 期，并由西藏人民出版社 2009 年 8 月出版。

[3] 吴重阳、吴畏：《中国少数民族现代作家传略（第三集）》，西宁：青海人民出版社，1992 年版，第 333—334 页。

夺此宝的闹剧。流落拉萨的平措父子被商人扎拉收留,成为仆役。平措父亲病死在大昭寺门口,遗言要儿子班丹好好活下去,并找到姨母玉珍。班丹在扎拉家长大,并负责接送小姐益西嘎珠到代本府上学文化。益西嘎珠在代本府与贵公子晋美旺扎相识相恋。晋美旺扎将自己的附魂宝玉实则是平措供奉在大昭寺释迦牟尼佛像前的绿松石送给了益西嘎珠。班丹偶然发现这块宝玉与自家的那块绿松石十分相似,满怀疑虑,遂请代本为之查证。代本佯装应允,暗地里却设计欲置班丹于死地。原来,代本就是迫害班丹一家的原地方长官,而晋美旺扎是代本凌辱玉珍后所生,因其姐嫁与桑旺钦波噶伦一直无子,便将女奴玉珍的儿子骗来,送给姐姐做儿子。在一次酒宴上,玉珍突然看到儿子,失声大哭,后来悲惨地死去。而益西嘎珠则是代本与商人扎拉的妻子赛珍所生。晋美旺扎与益西嘎珠实为同父异母的兄妹。那块绿松石是拉萨米本讨好桑旺钦波噶伦的行贿之物。为了防止班丹知道真相报复,代本设计将其投入监狱欲将其除掉。班丹的好友,贫家女子德吉得悉真情后将之告知班丹。在公堂之上,班丹揭穿了绿松石的秘密。班丹的揭露虽然使桑旺钦波震怒(他原不知道儿子非妻子所生)、代本狼狈,但一干人等并未因此得到惩处,班丹也未获得真正的自由。最后,班丹被代本的爪牙捆绑起来准备秘密杀害。在千钧一发之际,又是好友德吉救了他,并和他一起走向茫茫无际的雪山草地。[1]

《绿松石》以现实主义的手法,将时代背景同人物的命运紧密联系,对西藏社会上至噶伦下至乞丐的生活,以及旧西藏的传统风俗礼仪,如贵族家庭的宴客礼仪、妇女服饰风貌和旧西藏官阶分布和等级制度等,进行了细致入微的刻画和描写,揭示了当时社会的主要矛盾,向人们展示了旧西藏各阶层人物的生活画面。同时,小说在叙述方式上第一次运用白话文,淡化了传统藏族文学中过分强调语言华丽的文风,着力追求语言的朴实、真挚、简明、生动。尤其是人物的对话以拉萨口语为主,又通过精心的锤炼,使其成为较为优美的文学化语言,凸显了作品的真实感和通俗化。[2] 作品成功地运用了

---

[1] 耿予方:《西藏50年·文学卷》,北京:民族出版社,2001年版,第273—279页;马丽华:《雪域文化与西藏文学》,长沙:湖南教育出版社,1998年版,第59—61页;特·赛音巴雅尔:《中国少数民族当代文学史》,北京:北京十月文艺出版社,1999年版,705—707页。

[2] 次多:《藏文创作的当代藏族文学述评》,见《西藏文学丛书》编委会:《镌刻在西部的忠诚——西藏报告文学评论选》,北京:中国藏学出版社,2007年版,第246—247页。

代表不同阶层的特殊语言，如贵族阶层所用的敬语、礼仪用语等，丰富了当代藏语言文学的创造。[1]特别是与传统藏语言文学相比，作品没有笼罩在浓厚的宗教神话氛围之中，而是将笔触集中于真实地反映现实社会生活之上，并在一种家族式的文本结构中，鲜活地展示了藏族文化的精神特质及其历史记忆。[2]为此，小说发表后，在整个藏区引起了空前的反响，成为藏文现代文学创作的典范之作，也成为西藏传统文学与现代文学的分水岭，具有里程碑式的意义，它开辟了现代藏文文学创作的先河，[3]在拉萨文学和西藏文学发展史上留下了不可磨灭的印记。

《花园里的风波》是作者的另一代表作。这是一篇寓言小说，接近于童话。作品以拟人化的手法，借白蜀葵、黄玫瑰相互讥讽的对话展开故事，引发了红海棠、牵牛花、彩斑花的议论，直到蜜蜂发言，才平息了争吵。作家以花喻人，嫉妒成性的白蜀葵、见风使舵的牵牛花都是现实生活中人的化身。花园主人玉珍充满爱心，心胸开阔，强调了团结的重要性，使花园的花重归于好。[4]作品通过这样一则寓言故事，阐明了不能孤芳自赏、嫉妒他人、趋炎附势，只有相互关心、相互友爱才能得以共同发展的生活哲理，表现了民族团结友爱的内在主题。[5]在叙述方式上，作品借鉴藏语言古典文学"贝玛体"——以散文笔法叙述故事发展，人物对话则使用诗歌的模式，文风清丽，语言幽默，既与古典文学一脉相承，又没有古典贝玛文体的晦涩、玄奥，而是通俗得像一首首民歌，明丽晓畅，清新自然，给人新颖的艺术感受。[6]

---

[1] 丹珠昂奔：《丹珠文存》，北京：中央民族大学出版社，2013年版，第243页。

[2] 俞世芬：《诗化的藏地民族志——评朗顿·班觉的长篇小说〈绿松石〉》，载于《当代文坛》2009年第3期，第85—88页。

[3] 李鲁平：《身与心》，北京：中国青年出版社，2013年版，第313页。

[4] 王泉：《中国当代文学的西藏书写》，长沙：湖南师范大学出版社，2012年版，第109页。

[5] 葛建中：《世界屋脊上的灵魂之书——评〈当代藏语小说译选集〉》，见达洛、完玛冷智：《当代藏语小说译选集》，西宁：青海人民出版社，2009年版，第438页。

[6] 张炯、邓绍基、郎樱：《中国文学通史》第11卷《当代文学·中》，南京：江苏文艺出版社，2013年版，第398—399页；李佳俊：《当代藏族文学的文化走向——浅析新时期藏族作家不同群体的审美个性》，见《西藏文学丛书》编委会：《镌刻在西部的忠诚——西藏报告文学评论选》，北京：中国藏学出版社，2007年版，第207—208页。

色波

> 这就是有一天他从杂乱单调的笛声中突然发现的那首被后人称作"啜泣"的曲子。从那天起，他每天都要重复地吹奏几遍，但直到他临近离开这个世界的时候，仍然没有触摸到那个梦的真实形状。于是，他把竹笛、啜泣和梦一起扔给了他的后人。
>
> ——色波：《竹笛，啜泣和梦》，载于《西藏文学》1984年第9期

色波（1956— ），本名徐明亮，藏族，生于四川省成都市。1972年年底在湖南省凤凰县第一中学读完高中后进藏，1973年考入辽宁省沈阳医学专科学校，1975年毕业，先后在西藏墨脱县医院、墨脱县德兴区卫生所及拉萨人民医院工作。1983年调到《拉萨河》杂志任编辑，1988年调到《西藏文学》任编辑，后任副主编，1998年内调，任职于成都市文联。色波于1982年开始小说创作，兼作文学理论和文学评论，是西藏新小说的代表人物。创作有《幻鸣》《在神鹰的翅膀下》《在这儿上船》《圆形日子》[1]《昨天晚上下雨》《香巴拉之路》《海螺号响了》《乌姬勇巴》《星期三的故事》《八月是个好季节》《竹笛，啜泣和梦》《归宿》《传向远方》等作品，出版个人小说集《圆形日子》，与扎西达娃联合出版小说集《风马之耀——新的西藏文学》[2]，主编出版"玛

---

[1] 北京：文化艺术出版社，1991年版，西藏当代作家丛书之一。

[2] 色波的《竹笛，啜泣和梦》《幻鸣》《在这儿上船》《圆形日子》4篇小说，被日本牧田英二教授译为日文，与扎西达娃的小说合编，译名为《风马之耀——新的西藏文学》，于1991年8月1日出版。

尼石藏地文丛"[1]等。

小说集《圆形日子》收录了色波的《传向远方》《幻鸣》《竹笛，啜泣和梦》《在神鹰的翅膀下》《在这儿上船》《圆形日子》《小巷黄昏》《苍蝇》《昨天晚上下雨》《八月是个好季节》《永不止息的河》等11篇中短篇小说。其中，《传向远方》讲述的是雅鲁藏布江一个小村庄的故事，主人公嘎嘎大叔20多年来，几乎每天都到山口榕树下，呼唤离他远去的"胖胖的，大眼睛"的女儿；在等待呼喊女儿回来的同时，嘎嘎大叔一个人耕耘土地。起初，乡亲们对他真挚的呼唤还能保持一种同情和关注，感到十分哀伤；后来，有人觉得他太痴；再后来，人们对他的呼喊声习以为常，就再没有人去劝他了。如果他病了没有出门，人们反而会感到很奇怪，人们需要他的呼喊声让生活恢复常态。小说末尾嘎嘎大叔因醉酒跌入雅鲁藏布江中的最后一声惊天动地的呼喊，让人们重生了对他的同情，唤醒了人们的麻木精神和对他存在的证明。《幻鸣》是一篇魔幻现实主义小说。讲述了一个在印度流浪20多年的门巴族青年亚仁回家乡寻找父亲的故事。叔叔不知去向，母亲客死他乡，亚仁怀着强烈的归乡情绪，回国寻找父亲。他不知道父亲的名字，只知道他的笛子吹得很好，费了很长的时间，在经历了"鬼树"下古怪老人的惊吓、在泉边结识菊尔登的女儿、在山洞里与冬德尔的妻子相遇的三个情景后，他终于打听到了父亲的下落。这时他才意识到父子两个的遭遇竟然那样的相似，自己的命运就是父亲经历的重复：叔叔带着母亲跑了，留下了自己的儿子。这是一个圆形的轮回。《竹笛，啜泣和梦》以门巴族竹笛的由来为题材，讲述了一个孤独老人关于竹笛、啜泣和梦的故事，老人有虎、豹、熊、猴四个伙伴，伙伴们在它们各自离去时在竹笛上分别挖一个孔，现在的四个音孔就分别代表了这四种野兽，老人思念伙伴们时弹奏的曲子成了后来门巴族人喜爱的乐曲《啜泣》，而老人的梦，作者自始至终也没有点明内容，恰似什么也没有，却什么都有。《在这儿上船》写几位年轻男女去江边玩耍，回来的时候寻找渡船停靠地点和等待渡船的故事。

---

[1] 2002年，色波主编了由四川文艺出版社出版的"玛尼石藏地文丛"的四卷本当代藏族文学丛书，丛书共辑录了《智者的沉默·短篇小说卷》《月光里的银匠·中篇小说卷》《前定的念珠·诗歌卷》《你在何方行吟·散文卷》4部文学作品集。

《在神鹰的翅膀下》《圆形日子》《小巷黄昏》《苍蝇》《昨天晚上下雨》《八月是个好季节》，被称为色波的"拉萨小说"系列。这些小说展现了在城市化进程中，拉萨城里的人们的传统生活方式受到了不小的冲击和影响以及在古老与现代的冲突中人们的不同态度。《在神鹰的翅膀下》描写了经常光顾一家小热饮店的几个青年客人每次来热饮店里喝饮料的情景。他们每个人都个性十足，追求新鲜事物，喜欢喝马德里的咖啡，喜欢伴着收音机里的音乐跳舞，他们每个人都有自己的梦想；然而，他们却常来热饮店里混时间。小说展现了面对现代文明的注入不同群体的态度。帕多吉和卓玛就是当时一部分拉萨青年人的代表，他们为了理想而热情追求，然而却始终无法在现实与理想之间找到正确的桥梁，于是他们浮躁，不切实际，甚至无所事事；女店主拉姆依凭着现代的生活方式，咖啡、收录机、彩色电视机，吸引着更多的顾客，收入颇丰；而其中仍然存在着愚昧和本土意识，毛孩的新闻让更多人相信是神的旨意。一个个人、一个个场景都展现了当时拉萨的真实面貌。《小巷黄昏》描绘的是一个电视剧的拍摄现场，篇幅短小，里面的演员、围观的人们都做着一些莫名其妙的事情，因为人们都不知道应该说些什么，应该干些什么，巨大的无聊充斥着周围的一切。《苍蝇》写一个醉汉闯入一家甜茶馆闹事，硬说杯里的茶叶是苍蝇，最后在女店主母爱般的安抚中清醒了过来；醉汉恢复了平静，他变得宛如一只小羊羔般温和听话，并且清醒地走出了茶馆。小说中醉汉的胡闹行为使烧茶女人善良宽厚的性格和宁静的内心得以彰显，但在如此的反衬效果中，我们也不禁要为醉汉们在现实生活中所做的那些无聊举动而叹息。《昨天晚上下雨》写的是一对曾经相爱的藏族青年男女在一个晚上老是喋喋不休地讨论"昨天晚上下雨"的话题，始终没能谈到别的，两人冗长而单调的对白终于使本来有限的激情也荡然无存。《八月是个好季节》写的是一起发生在生意兴隆的叫作"羊角"甜茶馆的抢劫凶杀案，店里只有三个人，一个店主、一个伙计和一个女店员，在深夜要打烊的时候，两个似乎是同伙计认识的年轻人莫名其妙地闯了进来，他们是来打劫的。劫匪与店主、伙计的关系不清不白，抢劫凶杀更像是朋友之间的内讧和群殴，最后，店主和劫匪中的一人死了，另一个劫匪受到了判决，而女店员与一个珍宝商私奔了。由于此案扑朔迷离，始终也没一个真相，最后成为人们茶余饭后的谈资。

　　《永不止息的河》是一部以援藏、进藏汉族人的现实生活为题材的中篇

第一章 小说

小说。主人公曾国军年轻时当解放军副连长进藏,转业后几十年在地方当厂长,西藏耗尽了他意气风发的青春岁月,给了他两个不听话的孩子和脆弱的身体。小说围绕他在内调的时候所经历的风风雨雨展开,色波完全用一个汉族人式的视觉来审视曾国军们对于西藏现实的看法和他们即将离开西藏的各种复杂的感受以及一种真实的矛盾心理。

色波创作的年代,正是西藏文学追求新发展的时期,大部分作家都在为西藏文学的发展寻求出路。追寻本土文化,突破固有文化的樊篱,是作家们需要解决的一个问题。拉美的魔幻现实主义给了色波新的出路,然而,他并没有完全模仿,如何写西藏,如何写平凡人的人生,如何看待人生的孤独与无聊,色波加入了自己独有的理解。色波创作的小说数量不多,但是他短小精悍的作品却能给我们带来深深的思考。

色波的创作意识不拘一格。同样的素材,在他的笔下往往生出奇异的花朵。在大多数人热衷于把西藏描绘得天花乱坠的时候,他是沉静冷漠的。他独辟蹊径,用自己的视角展现西藏的方方面面。在墨脱的经历,让他走进了门巴族,了解了那些古老的故事。这些古老的故事成了他最原始的素材,经过他的艺术加工,成了一篇篇不同寻常的小说。《竹笛,啜泣和梦》就完全取材于门巴族竹笛这一乐器的由来,在讲述故事的同时,耳边奏响的仿佛是乐曲《啜泣》。在色波的引领下,我们也想去寻找那个梦,那个不可说的梦。在感受神秘的古老文明的同时,我们不得不折服于门巴族的浪漫主义精神。而《幻鸣》既写出了门巴族的婚俗,又让人感觉到一种循环,没有终点,也没有起点,而是不断地循环重复。在我们惊讶于不同民族的婚俗时,色波给了我们更深的思考:我们的追求、我们的人生意义,在既定的命里只是一些瞎折腾,一种历经岁月的轮回。在人生这个大圆形里,我们该做何选择?这正是色波值得我们钦佩的地方。他能用简短的篇幅、平常的故事、不同的组接,为我们探讨出人生的许多哲学。他的许多作品中都有这种轮回的圆形意识,这无疑是对人生的深层追问。

色波是一个有责任心的作家。在他的"拉萨小说"系列中,在面对城市化和现代化的进程中,色波敏锐地看到了人们在城市化进程中的盲从、固执,甚至是无所适从。一些人选择了跟风,却流于表面;一些人故步自封,没有主见,没有思想,人云亦云。色波将人们在面临现代文明时的各种各样的心理通过语言和行动直白地呈现出来,没有指责,也没有同情,只是用真实的笔墨描述了这一时期的社会现象。

色波是神秘的,因为他那双明亮的眼睛,总是捕捉我们看不见、猜不透的命理;色波也是孤独的,因为他那颗超凡的心,总是凌驾于常人之上,诉说真实的存在;色波更是难以理解的,因为他始终坚持自我的文学体验,不盲从,不忘本。

在圆形结构中,在无聊与孤独中,在现实与梦中,色波一直在找寻、找寻……

冯丽、张羽芊

> 我又想宣布这里是我的故乡
> 已经遥远的拉萨啊
> 隐着一些凄楚
> 狗和我一起躲进伞下
> 慌乱中走过去的男人
> 多像我童年里喜欢的那个邻居
> ——皮皮:《片刻之一》,载于《西藏文学》1996年第4期

冯丽(1963—),女,祖籍河北省,出生于辽宁省沈阳市,曾用名冯力,笔名皮皮。1985年毕业于辽宁大学中文系,同年进藏。在西藏期间任《拉萨晚报》记者、编辑。1990年内调,任职于辽宁省艺术研究所,后在电视台做过编导,在服装公司打过工,1998年调至春风文艺出版社任编辑,2004年任鲁迅美术学院教师。主要著作见于2009—2011年出版的《皮皮文集》,包括长篇小说《别恋》《比如女人》《渴望激情》《所谓先生》《爱情句号》,

长篇随笔《不想长大》，中篇小说集《一个闲散之人的闲散》[1]，短篇小说集《全世界都8岁》[2]，散文集《如风如果》[3]，文艺评论《安东尼奥尼猜想及其他》[4]等。

纵观皮皮的写作历程，大致可以分为三个阶段。

第一个阶段，先锋实验写作。自1987年3月《光明的迷途》受到关注以来，皮皮便以其为数不多、篇幅不长的几个作品加盟到后来被评论家归档为"实验小说"的阵营里，[5]与余华、格非等一起被定义为"先锋派作家"享誉文坛，这一时期的作品主要有《光明的迷途》《全世界都8岁》《把她分给你一半》《异邦》《有天井又带回廊的房子》等。其中，《全世界都8岁》以一个疯子为中心，审视了向来被粉饰为花朵般的童心中的残忍与排斥；《光明的迷途》则以"成长小说"的文体，表现了两位身处不同生活环境的少女各自的生命体验；《异邦》讲述的是为情感苦恼的17岁女孩接受继母的建议，到舅舅居住的遥远的萨维城散心的故事；《有天井又带回廊的房子》以一个

---

[1] 除《自序》，收录《一个闲散之人的闲散》《危险的日常生活》《有天井又带回廊的房子》《一群孔雀》《犹豫》。

[2] 除《自序：永远停留在8岁》，收录《光明的迷途》《留神，因为你是女人》《闪失》《回音》《蜜月的故事》《外景》《城市轶事》《活着》《全世界都8岁》《左肾》《死亡时的天气》《异邦》《老头老太太之歌》《出卖阳光》《凉爽的绿豆汤》《总在河边坐着》《想去中国》。

[3] 除《序：散文的金贵之处》，分四部分，第一部分"里面"收录《如风如果》《九月的叙谈》《瞬间》《北方男人》《观者》《需要意会的一个瞬间》《什么样的笑容》《打败自己》《中国的柔韧》《乞丐》《为人》《水泥的森林》《母亲的奇迹》《玩》《诗意消失之后》《经验》《女流浪汉》《某一天的日记：关于羞愧的心情》《柏林姑娘》《致敬，向年轻人》《在任何一分钟里》《难说散文》，第二部分"外面"收录《重回拉萨》《八年前的一只猫》《残缺》《八角风情》《一个过去的小邻居》《尔乔，在梦中》《尔乔，在天堂》《走不进的世界》，第三部分"侧面"收录《为了愉快》《张爱玲的彻底》《美丽的绝望之花》《无法摆脱》《那个杀了杰西的鲍勃》《极端的端点》，第四部分"诗"收录《又在深秋》《秋天又来了》《黑色》《美丽》《今晚》《我呀》《一种心情和另一种愿望》。

[4] 收录《安东尼奥尼猜想》《关于博尔赫斯的一篇小说》《关于马原的一篇小说》《关于冯尼格的一篇小说》《关于横光利一的一篇小说》《关于海明威的一篇小说》《关于卡夫卡的一篇小说》《关于马尔克斯的一篇小说》《关于格林的一篇小说》《关于斯韦沃的一篇小说》《局外人的悲剧》。

[5] 徐岱：《游戏二种：论徐坤与皮皮的小说创作》，载《南方文坛》2002年第1期，第47—51，72页。

孩子的视角,讲述了另一个问题少年的青春经历。语言简练含蓄,叙述轻捷而又不乏某种隐蔽的逻辑,个性肆意又安静,显出一种刚出道的难得的老练。"皮皮在她的文学世界里营造出一个世外桃源,没有欺诈,没有不公平,没有生存的忧虑,没有情感危机。那时候皮皮仿佛是在用儿童的眼睛看世界。"[1]

第二个阶段,情感通俗写作。1990年回到内地以后,因个人情感和生活问题,皮皮较长时间很少写作。1997年春风文艺出版社"布老虎"丛书推出的《渴望激情》是她的一个转折。摄影师尹初石和妻子王一多年生活在一种平静和平淡的婚姻中,在外人看来,他们是幸福、美满的。尹初石曾三次背叛妻子,但那都是过眼云烟,浅尝辄止。第四次,他遇上了充满激情的戴乔,他为她疯狂了。这种疯狂让他在妻子面前无所遁形。王一是个典型的贤妻良母,如果不是丈夫的地下恋情东窗事发,她会一如既往地安守于妻子、母亲和老师这三个角色。突如其来的打击让她几乎疯狂,她难以接受丈夫移情别恋的事实。这时外籍老师康迅的出现让她产生犹豫。最终,西方人对待爱情的认真和勇敢加上对丈夫隐情的发现,为王一走出贤妻良母的樊笼投入康迅的怀抱推波助澜,并从欲望的苏醒中体悟到挡不住的生命诱惑。《渴望激情》的出版和风行使写作20年的皮皮从严肃文学的营垒中走出来,走向大众。此后是《比如女人》(2000)、《所谓先生》(2001)、《爱情句号》(2005)、《别恋》(2010),等等,这些书籍的写作使皮皮迅速成为畅销书的宠儿,并奠定了她作为情感通俗写作畅销作家的地位。其中,《渴望激情》《比如女人》《爱情句号》被称为皮皮的"爱情三部曲",并均被改编成电视剧播出;《别恋》被誉为是中国版的《廊桥遗梦》。这些作品大多以"一个特殊的群体(中年男女)以特殊的情感方式(多为婚外恋)去诠释她对两性关系中深情与爱情两难的价值体认"。[2]

第三个阶段,心理悬疑写作。2011年皮皮出版了新作《黄昏的下落》。小说写了发生在北方一个叫恒远的城市中的关于谋杀的故事。整个故事纵横交错。一起女刑警齐安没有破获的悬案,由一个学过犯罪心理学的女"怪人"

---

[1] 夏榆:《皮皮:我在文学的旁边》,载于《南方周末》2004年11月19日。
[2] 程嘉琦:《得与失的两难境地——从小说看皮皮的价值体认》,沈阳:沈阳师范大学硕士学位论文,2012年。

中途接手，循着已经存在的线索轨迹，寻找潜在的新线索，最后追到案件的源头——一个令人大吃一惊的结局：凶手并不是凶手，而是另一个心随死者的绝望者。

　　总体来看，不论是早期充满先锋特性的短篇小说，还是后来在爱情婚姻中摸爬的长篇创作，抑或《不想长大》对童年记忆的舔舐和对岁月静好的怀念，《黄昏的下落》对处于"精神边缘人物"的关注，皮皮始终在表达她复杂的情绪，并试图在她的小说中探究人类情感情境的各种可能。或许正是因为作者有如此的内在诉求，故她的作品的外在地域表现并不突出。于是有《异邦》这样的借兄弟民族的风水宝地和边塞远方的风俗人情，来营造一种最后的浪漫气息、平衡一点汉文化的世俗之气的作品。[1] "皮皮走的是从短至长的循序渐进的道路。她前期的作品以短篇为主，写得都十分聪明，具有相当的可读性。不管这些小说究竟有多少'意思'，有一点是可以肯定的：透过这些小说人们能够清晰地意识到时代风尚与社会心态的改变。作品中的主人公们哪怕是带有作者自身影子的人物，都已走出了曾在中国女作家里风靡一时的顾影自怜的风格，带着一种自嘲式的眼光审视周围的世界。"[2] 不过，就前后期创作风格的对比来看，前期作品有些过于腾挪、跳跃，不免显得晦涩、苍白。这一点，作者在一篇文章中曾谈道："我最初的创作实验性较强，后来我又尝试通俗小说创作，今天回过头看，心里很安慰：我不仅看见了早期实验小说的虚弱苍白之处，而且也看见了后来通俗小说创作的种种弊端和写作缺陷，这两种比照也帮助我找到了早期小说之所以虚弱的原因。"[3] 更为根本的或许是其独特的视角使然：既不在"里面"也不在"外面"。正如作者自己所说的："我只知道，它的好处是让我有了一个独特的视角：我既不能从里面看，因为我不是里面的；也不能在外面看，因为我在里面。"[4]

---

　　[1] 徐岱：《游戏二种：论徐坤与皮皮的小说创作》，载于《南方文坛》2002年第1期，第47—51，72页。

　　[2] 徐岱：《游戏二种：论徐坤与皮皮的小说创作》，载于《南方文坛》2002年第1期，第47—51，72页。

　　[3] 皮皮：《回过头看一下》，载于《鸭绿江》2001年第6期，第67页。

　　[4] 皮皮、程永新：《与西藏有关》，载于《作家》2002年第1期。

> 爱了就是一生，牵手就是一辈子。
>
> ——羽芊语，见沈未兰：《〈西藏生死恋〉：剔除掉琐事 一本只剩下生死爱的书》，载于《西藏商报》2010年5月8日第15版

张羽芊（1969— ），女，藏族，西藏自治区昌都市人，又名多吉卓嘎，笔名羽芊、沙草。1999年定居拉萨。系中国作家协会会员、拉萨作家协会会员、西藏作家协会副主席、鲁迅文学院作家班17期学员。2008年开始小说创作，迄今出版了10部小说和游记散文：《藏婚》（西藏人民出版社2009年版）、《玛尼石上》（华文出版社2010年版）、《西藏生死恋》（文化艺术出版社2010年版）、《藏婚2》（西藏人民出版社2010年版）、《不迟》（时代文艺出版社2011年版）、《驴子爱上拉萨河》（金城出版社2013年版）、《金城公主》（西藏人民出版社2013年版）、《守望布达拉——强巴格桑的人生经历》（西藏人民出版社2014年版）、《第三只眼睛看西藏》（西藏人民出版社2015年版）、《文成公主》（西藏人民出版社2015年版）等，并创作有关达曼人的影视剧本和小说，同时在网络上连载以夜场女性为主人公的都市情感长篇小说《崖上花》等。

《藏婚》作为羽芊的成名作，主要讲述了草原上兄弟共妻的生活。卓嘎深爱着她的家长嘉措，又必须竭力在五兄弟中周旋，做到不偏不倚，感情在夹缝中左右为难。作为家长的嘉措一方面深爱着妻子，和弟弟扎西形同情敌；另一方面又对一夫一妻制充满期待，与情人好好纠缠不清。对嘉措不能忘情的好好在藏历新年之际孑然一身冒着风雪追到嘉措的家里，看到的却是嘉措对卓嘎的百般呵护，对他们关系的竭力隐瞒，被嫉妒冲昏头脑的好好把有孕在身的卓嘎推下房顶，致使她从此失去了做母亲的权利。为弥补内心对卓嘎的愧疚，好好骗过所有人，独自生下她与嘉措的儿子，取名天天，偷偷地把孩子送给卓嘎，一个人回到北京生活。此时，嘉措家里为了延续香火，已经另娶央宗。在家人的默许下，卓嘎在拉萨照顾外出打工的男人，央宗在家乡照顾老人，天天也渐渐长大，聪明可爱，日子就这样周而复始地过了三年，直到好好再次出现。好好的婚姻生活并不幸福，与婆婆和小姑关系恶劣，丈夫明在生意渐有起色后又和朋友发生婚外情，得知真相的好好愤而离婚，再次前往拉萨。偶遇嘉措，旧情难忘的二人带着天天生活在一起，朝夕相处的日子使得好好更难放弃自己的孩子，终于，嘉措又一次离去的行为彻底激怒了好好，她带走了天天。明白真相，失去儿子的卓嘎再难原谅嘉措，与扎西领取了结婚证。好好发现儿子无法忘记卓嘎阿妈，也终于想通，与嘉措一起带着天天回到草原与卓嘎团聚，没有了感情纠葛，卓嘎和好好如朋友一般相处融洽，只是没有了阻碍的嘉措和好好却难以再续前缘。

如果说，《藏婚》通过描写兄弟共妻、姐妹共夫的传统婚姻制度下藏族青年男女对爱情的理解，重在表现传统与现代的撞击，那么，《玛尼石上》则通过前生今世的轮回讲述了一段生死相随的爱情，时间与空间的距离在爱情中得到融合。主人公莲从儿时开始就一直做着一个奇怪的梦，总是梦到一位美丽的藏族姑娘维色卓玛和一位活佛洛桑晋美缠绵的爱情生活，还有一只蓝脖子鸟扑簌着翅膀将她从梦中惊醒，而莲的后背也有一个和梦里的蓝脖子鸟一模一样的胎记。长大成人后的莲婚姻失败，前夫带着儿子去了国外，满身伤痕的莲决定解开梦之谜，于是和好友卓一航结伴前往昌都和阿里。一路上，他们结识了巴桑，遇到了卓一航的侄女云儿，莲还养了一只金色的小藏獒，为它取名尼玛。寻梦解密途中，莲终遇真命天子洛桑单增，他是岗日部落的继承人，也是一位活佛。原来莲、洛桑单增就是一百多年前维色卓玛和洛桑晋美的转世。八世德穆活佛洛桑晋美和维色卓玛相恋触犯戒律遭到流放，痴情的维色卓玛带着她的藏獒尼玛千里追随着爱人的脚步到了流放地，洛桑活佛为当地百姓看病，维色卓玛负责采药和照顾病人，两人受到当地百姓的极大尊重。消息传到洛桑的老师旺堆那里，他感到前所未有的耻辱，派人毒杀了洛桑。火葬仪式举行的那天，精心装扮好的维色卓玛纵身跳下悬崖殉情，尼玛也忠心殉主。前世受尽磨难未能相守的恋人在今生得以重续前缘。众人的前世之谜也随之解开，巴桑是洛桑师傅旺堆的转世，云儿的前世则是维色卓玛的侍女，卓一航的前世是悄悄爱着维色卓玛的师图法师，今世他依旧只是把对莲的感情埋在心底。

《西藏生死恋》力图表现一段藏北草原最纯粹的爱情，在这个故事里，生死不渝的爱恋与抛却时空距离的追寻表现得浑然一体。生活在羌北草原的公扎和措姆是一对青梅竹马的恋人，二人不顾家族仇恨的影响，坚定地相爱。然而就在公扎三年期满退伍回乡的日子，等候公扎的措姆却被一只突然出现的白熊喀果咬死，从远处赶来的公扎没能救下爱人，他亲自背着措姆去了天葬台。从此，公扎发誓，要不惜一切，找到喀果，替措姆报仇，只有这样才能告慰逝去的爱人。为了这一信念，公扎一人一枪一马一腿牦牛肉两度深入无人区，苦苦追寻喀果的踪迹。生活在上海的风是一位年轻貌美又有才干的都市白领，一次偶然的机会，她来到西藏旅行，被困无人区，在生命即将走到终点之时，恰巧被追寻喀果踪迹的公扎所救。公扎坚毅、至情至真的个性深深打动了风，回到大都市的风脑海里总也无法抹去公扎的身影。于是，风决定再次前往西藏北部无人区，寻找只有过短暂接触便已深爱着的公扎。再度进入无人区的风两次差点儿命丧黄泉，风的义无反顾使得公扎万分感动，爱的种子在共同经历生死的公扎与风心中萌生，只是公扎时时想起措姆，无法投身于新的感情，执着的风在草原上扎起帐篷，等着公扎爱她如爱措姆一样。

不难看出，羽芊小说作品总是由三角关系组成，构成了小说创作颇具特色的三角爱情模式：几女一男式，如卓嘎、好好、嘉措，措姆、风、公扎，莲、云儿、卓一航；几男一女式，如洛桑、卓一航、巴桑、莲，嘉措五兄弟、卓嘎，嘉措、扎西、明、好好。通过这些错综复杂的三角关系，羽芊力图表现纠缠不清、迷失自我的现世爱情，阴阳相隔、无悔等待的生死爱情，前世追随、今生相守的轮回爱情。诚然，三角关系是爱情题材创作中常见的模式，一旦涉及男女情爱，多半会出现三角恋，选择此类题材进行创作，很难不落入窠臼。而羽芊的爱情小说之所以能在市场中占有一席之地，并取得不错的销量，不仅与西藏题材有密切的关系，与作者对爱的诠释也有着紧密的联系。

那么，张羽芊作品中的爱，是怎样表现的呢？两兄弟嘉措和扎西同样深爱着卓嘎，他们表现的方式却各有不同，嘉措徘徊，扎西专注。嘉措既向往

第一章 小说

一夫一妻的婚姻,又不能违背自己作为"家长"的责任,既深爱着妻子卓嘎,又不能忍受与自己的兄弟分享她,于是和情人好好始终纠缠不清,最后害了自己的妻子。弟弟扎西却是个倔强得如牦牛一般的男子,在新婚之夜看到卓嘎沾满泪痕的脸,又在成婚后的第一个清晨看到披着一身朝阳提着木桶劳动的卓嘎,便从此固执地不肯再爱上其他女人。"后来扎西告诉我,他怎么都不会想到,在新婚后的第一个清晨,我会出现在挤奶场上。他说,那个早晨,我提着牛奶桶,腰上扎着氆氇,逆着光走来,看家狗秋珠摇着尾巴跟在身后,影子长长的,美极了,那是他这辈子看到的最美的画面!我就这样提着一桶牛奶,披着一身霞光,在那个氤氲的清晨里,走进了扎西的心里,一生一世!"在这段一个妻子和两兄弟之间的三角关系中,没有对错之分,只有传统与现代,习俗传统与个人需求的冲撞。卓嘎始终只有一个,家庭也是一个整体,不可分割,注定了相爱的三个人只能痛苦。

张羽芊笔下的藏族男子对待自己爱情的执着读来颇震撼人心,深情的扎西、坚毅的公扎、霸道的洛桑单增都塑造得栩栩如生。

爱,又如何追寻?在张羽芊笔下,男性总是用自己的方式向他们深爱的女子表达自己的爱,而女性的爱情相对更得来不易,总要经历许多磨难,结果却并不尽如人意。

综观张羽芊塑造的几个女性人物,维色卓玛与莲是两个人物,却拥有一个灵魂;卓嘎与好好,一个是传统藏族女性,一个是现代都市女性,看似生活在永远不会相交的轨道上,偏偏成了情敌;措姆与风虽共同爱着一个男人,但是没有硝烟弥漫的爱情战争,因为她们早已阴阳相隔。这些女性角色因爱相互触碰,因爱互生摩擦,她们在作品里艰辛地爱着的同时成就了张羽芊一部又一部有关西藏的爱之书。张羽芊也试图用自己的笔表现一种超越爱情的爱,一种在传统与现代、时间与空间多维度撞击与融合下,更显真挚、更为稀少、更加倔强、更为深刻的爱。当然,正是爱得如此沉甸甸,才使得张羽芊的作品更彰显高格。

爱,能否救赎?张羽芊笔下的男男女女,爱得混乱,爱得痴缠,爱得痛苦。读过她的作品,涌起的不是对爱情的向往,而是思索。她笔下的人物总是在爱的世界里往来奔走,似乎总也没有尽头。当然,张羽芊也试图让他们得到解脱。孩子是纯洁的,不受世俗污染的,《藏婚》中卓嘎与好好因为天天的降生而各自得到心灵的宽慰。好好把自己的亲生儿子送给卓嘎，弥补了自己导致卓嘎不能生育的愧疚；卓嘎得到天天，满足了自己做母亲的心愿。其次通过我佛慈悲，佛有好生之德来表现。《西藏生死恋》中奄奄一息的风和世代与毒蝎子居住的纳仓德巴后人因为药师佛的现身而重获新生；维色卓玛与洛桑晋美的转世莲与洛桑单增因一只转经筒的启示，终于续了前世未了的情缘，冥冥中也离不开佛的指引。然而平静只是暂时的，结局总是风起云涌，张羽芊笔下的爱似乎只有短暂的平静，永远无法彻底救赎。卓嘎与好好终又发生冲突。好好时时思念着自己远方的儿子，终于带走了天天，并留下一封书信告诉卓嘎，天天是她的儿子，卓嘎既然要回了自己的男人，就不能同时得到儿子，这样公平合理。纵然风的爱让公扎万分感动，但他依然不能忘记措姆，留给风没有期限的等待。莲与洛桑虽能相守一生，然而莲却必须为前一段感情伤痕累累，必须有个不圆满的前世，诸多例子都证明爱不能救赎，经历过大痛之后获得平静才使爱显得厚重。张羽芊笔下的爱情本就不是少女情怀。十余年的定居，数次的游历，带给张羽芊心灵的成长。她在用自己的笔诉说着一个道理，只要追寻不止步，爱就会永远伤痛，在佛看来，红尘的世界里没有纯粹，爱情只在自己的世界里纯粹。

综观羽芊目前已出版的十部小说和散文，无论是《金城公主》《文成公主》对历史人物的情感演义，还是《藏婚》《玛尼石上》《西藏生死恋》《不迟》的现代情感纠葛，均写得凄艳动人、绝美空灵，《驴子爱上拉萨河》《守望布达拉——强巴格桑的人生经历》《第三只眼睛看西藏》则展示了藏地人与物的别样纯粹；网络连载的《崖上花》更是人物众多、情节曲折，主人公多舛的人生经历和坚强不息的性格，给人留下了深刻印象，其题材亦是对拉萨文学和西藏文学创作的一次拓展。

佘学先、敖超、冯少华

> 活在这个世界上，总得刻意地去换一换生活方式，寻求一种新奇，就像鱼们总喜欢追逐新鲜的水源一样。只要走出去就会知道，这个世界还有别的一面，跟人类的营造无关的一面：展示在我们面前的，是大自然的本色。
>
> ——佘学先：《在西藏腹地穿行》，见佘学先：《不再狩猎》，拉萨：西藏人民出版社，2007年版，第4页

佘学先（1957— ），生于湖南省怀化市靖州苗族侗族自治县。1980年毕业于湖南师范学院黔阳分院中文系，同年进藏，任拉萨市一中教师。1987年任《拉萨晚报》文学副刊编辑。1990年调入西藏自治区文联，任《西藏文学》小说编辑。1993年内调湖南省文化厅，任《文化时报》编辑部主任。此后辗转北京、昆明等地，任文化传播公司总经理、民办学校副校长等职。2014年重返西藏，任《西藏文学》特邀主编。佘学先于20世纪80年代初开始发表文学作品，作品散见于《西藏文学》《西藏群众文艺》《主人》《小说选刊》《青春》《萌芽》《芙蓉》《中国西部文学》等刊物。2007年，西藏人民出版社出版了他的西藏题材作品集《不再狩猎》[1]《向往天葬》[2]。

佘学先西藏题材的小说创作大致可以分为三类：一类是描写20世纪80年代进藏大学生生活的，主要有《夏季的躁动》《人不是候鸟》《我们》《向往天葬》等，其中又以教师生活居多；第二类是基于西藏高原特殊的自然地理环境，或以动物为主题，或描写人在恶劣环境中的境遇，凸显人性的复杂

---

[1] 佘学先：《不再狩猎》，拉萨：西藏人民出版社，2007年版，第27页。
[2] 佘学先：《向往天葬》，拉萨：西藏人民出版社，2007年版，第206页。

及自然的雄浑，在物竞天择、适者生存下思索人与自然的关系，抒写生命的赞歌，比如《雪崩》《走出荒原》《迷蒙的山》《藏羚羊传奇》《壮烈的雄獐》《不再狩猎》《公牛之死》《最后的蜻蜓》；第三类是以西藏本地人生活为主或将内地与本地并置，赞赏藏族人民性格的古朴、率直、纯真，反映出作者对不同文化碰撞、交流及现代对传统冲击的思考，比如《西部来的人》《一念之间》《狼皮帐篷》《次仁为什么不打猎》《山顶上的夕阳》《鼻烟壶》《迷途》《平台》。这里仅对其以进藏大学生为题材的小说做一简要介绍。

《夏季的躁动》描写了三个大学毕业的青年，各自出于不同的原因来到西藏北部一个偏僻的县中学任教。县城里的人加起来不足六百，只有一家一天只开两小时门的国营商店和两家个体经营的小卖部，邮车一个月来一次，《平原游击队》《地道战》《地雷战》《打击侵略者》等是电影院的常映影片。赵建波，绰号疯子；徐跃进，绰号骆驼；杨涛，绰号情种，三个人性格不同，但是作者把他们放在一个特定的人文环境中，外部环境的艰苦和寂寞，在他们内心深处产生了强烈的震撼和冲突。由于生活的经历与方式不同，他们在这一冲突中也表现出了不同的追求意识。赵建波——情感热烈，敢恨敢爱，在经历了撞破校长私情、王素玲自尽等事件后，申请内调；徐跃进——性格怪僻，疾恶如仇，与草原女子德吉央宗的邂逅，让他陷入情网，而同事杨涛的小报告及随之而来的交代和检讨，让他最终离开学校，走向草原深处；杨涛——心胸狭隘，性格懦弱，为了当上副校长四处钻营，甚至不惜告密，然而，最终他并没能如愿，依旧捧着教科书继续粉笔生涯。虽然三个人的结局不一，但在那个特定环境中，他们又都同样体验到了生活的艰辛与苦涩、无聊与寂寞、痛苦与欢笑，对生活、对理想、对人生有了更加深刻的认识。在这篇小说中，作者以飘逸洒脱而又凝重细腻的笔触对西藏北部草原的自然、社会和民俗做了全景式的描绘，展示了生活在这块土地上的人们复杂的心理状态和情感波澜，带有一种浓重的浪漫抒情色调。同时该小说表现出作者从社会的、自然的、经济的、历史的和文化的多种角度来透视和认识这块土地，来探寻纷繁复杂、博大神秘的人生。[1]

---

[1]周韶西：《执着的追求，坚实的步履——1991年〈西藏文学〉小说创作评述》，见周韶西：《梦中的西藏》，拉萨：西藏人民出版社，2012年版，第242—243页。

第一章 小说

《人不是候鸟》描写的也是进藏大学生的生活，不过与《夏季的躁动》不同，主人公的生活背景从西藏北部草原换到了城市拉萨。小说通过比"我"低两届分配在那曲一个边远小县的"家乡水"到重庆去参加全国畜牧业会议短暂停留拉萨拜访主人公的情景，带出我（田建国）、怀西、阿黄三个拉萨中学老师的生活，从而也折射出20世纪80年代部分进藏大学生的理想与奋斗。阿黄，投机钻营，热衷于发财赚钱，最终因为推销了质量不过关的五吨建筑材料微沫剂给建筑公司，造成国家几十万元的损失，被公安局"请"去了。怀西，有文学才气，发表了一些文学作品，希望调动单位去从事文学创作，但因校长卡住不放未能如愿，最后与女友冯丽一起申请到县里去教书。"我"似乎有些超脱和麻木，对"什么都无不愿干，什么都不想干，干什么都烦"。"我"认为："人在年轻的时候总以为自己前途无量可以大显身手，其实到头了什么也不是，人活着就那么回事。你捞得再多再好有屁用，两手空空而来两手空空而去，没见过谁死后还能从这个世界上带走什么。""一个人哪怕一辈子待在房里不出门还是活在生活的圈子里，难道一定要慷慨激昂野心勃勃才算生活？"但在经历了一系列事件，特别是在"家乡水"的潜在刺激下，"我"终于从迷茫失落中重新找到自我，发现自己还真能干点事，从而重新端正自己的生活态度，对事业有了新的追求。

《向往天葬》写的是进藏大学生援藏期满内调离开西藏的故事。"我"、梦白、沙子都是进藏的大学生，在拉萨教书，后来"我"跳槽去了一家报社。8年后，根据文件规定可以内调。沙子父母双全，理所当然地回到他父母所在的那座南方城市。"我"则有相爱的妻子在湘江边上的小县城等候。遇到麻烦的是梦白。他是独子，母亲5年前去世，父亲在江苏一个工厂里当看门人，不幸的是，在梦白内调的关键时刻去世了。父母的离世，让梦白成了孤儿，回去已举目无亲，家乡已成了另一处异地他乡。然而，比这更让梦白难以接受的是，偏见和误解带来的沉重的失落感。正如小说写梦白在酒后发泄道："其实问题并不在于走得了走不了，或者走到哪里去，我想不通的是自己这八年怎么了？八年前大学毕业时，我有机会留在省城，最不济也可以分到父母的那个城市。我当时是毕业生中最拔尖的人物之一。我不愿就这么按部就班地过，总觉得这世界很大，应该出去做点什么，结果来了西藏。""在西藏，我问心无愧地工作了八年，付出的代价要比内地工作多得多。八年期满了，我突然觉得很累，很希望换一个环境休息，调理一下。但这时我才发现，通往内地的门全关闭了，我已经不是当年足以自傲的大学生，而变成了别人眼中的累赘，好像我一出生就在西藏一样。我也给内地的一些学校写过信，包括我的母校。他们回信的理由除了学校超编，进城户口不好解决，接受条件不充分等外，有的还在来函中说你长期在西藏工作，缺乏业务能力训练，难以胜任教学。他妈的，怎么转眼之间成了落伍者？成了被人同情和嘲讽的对象？""我连回家的权利都没有吗？"小说的开头，正是"我"和沙子准备两天后乘机离开拉萨之时，但梦白的意外死亡，让我们不得不退掉预订机票。梦白是死在川藏公路上的，在某一个险恶地段连车带人翻进了雅鲁藏布江。"我"和沙子依照他的遗嘱，将他天葬。对于梦白的死，"我"难以相信和理解。小说中写道："我真弄不明白，他游泳技术特棒，怎么会被淹死？除非他不愿意活。""开始，我还听见他划水的声音，等我游到岸边回头看时，他已经改变了方向，不紧不慢地往河中心游。"或许他那时真是在欢乐地游着。他的躁动消失了，忧郁消失了，"他一下又一下沉着地划着水，向远方的亲人们游去"。梦白正是以这样的方式实现了他最终的回归，而天葬是否就是彻底的轻松、超凡脱俗的飞腾？小说的结尾：在清晨军营的进行曲中，"我回过头，看着远方的拉萨市区想：又一天开始了"，给人深深的思索。

《我们》讲述的也是以进藏大学生生活为主的故事，同时反映了当时拉萨文学艺术圈的几种生活取向和艺术观。"我"，老二，报社的记者；刘永革，老三，国内一所有名大学油画系的毕业生，进行油画创作；老大，作家，进行文学创作。老三住在八廓街。他在单位上有一间房子，但他从来没去住过。他认为周围都是汉族人，说的是汉话，谈的是内地的事，穿的是汉族人的服装，没有一点儿西藏气氛。待在那种地方，又何必来到西藏呢？拉萨骚乱时，老三失踪了。"我"和老大到处找他，最后在看所守里找到了他。原来骚乱那天，他到屋顶上看到底出了什么事，被拍到旁边有两个比他高一个头的牧民打扮的人，一人手上握着一块面包大的石头，正聚精会神地准备往下扔，遂被当作主谋抓了起来。那两个牧人是俩兄弟，是西部草原的猎人，到拉萨来朝佛，说是有人朝他们放味道很难闻的烟，他们就朝放烟的人扔石头。澄清误会后，老三被释放了。后来，老三决定跟随牧人俩兄弟去草原。"是的，我要到草原上去……这些年在拉萨画呀画，画雪山画草原，其实连自己也搞不清画了些什么。因为我还从没到草原去过。""从东部草原走到西部草原,从冈底斯山走到念青唐古拉山,从雅鲁藏布江走到珠穆朗玛,我们想到哪里就用双脚走到哪里。那时候我们再回到拉萨,你就会说:'啊,拉萨!你真小!'"老大对老三的举动颇不以为然,"你们以为八廓街里的那些小巷子就是简单的小巷子?你们以为大昭寺前那些被朝拜者的身体磨光了的青石板是简单的青石板?不是的,那是高不可攀的天深不可测的潭,是写满了艰奥难懂的文字的书。我这辈子只要能读懂一条巷子或一块青石板就他妈受用无穷了。"而"我"突然产生了一种从未有过的感觉:"在拉萨这些年过得太无聊了,自以为什么都懂,其实什么也没弄懂。"小说还借用老大写作的一篇作品,在故事中讲述了另一个故事,而这实际上是作者对传统与现代的思索。

总的说来,佘学先的小说创作大多是写实的,具有现实主义的风格,但个别作品也颇有魔幻之意,比如《永无止境的旅行》《偷猎》。

> 傍晚,我在这里站了一整天的时候,默默地告诫自己不要再以一个外乡人的身份暂居这里,我要融入进去,以一个主人翁的姿态来理解并热爱这座城市。
> ——敖超:《拉萨·虚构爱情》,见敖超:《假装没感觉》。拉萨:西藏人民出版社,2009年版,第1页

敖超(1968—),籍贯重庆市,在拉萨市长大。历任西藏自治区文化厅西藏艺术研究所副所长、《西藏艺术研究》副主编、自治区群艺馆馆长、非遗保护中心主任等职,系中国作家协会会员、西藏作家协会理事、拉萨市作家协会副主席、鲁迅文学院第11期作家高级研讨班学员、第八届茅盾文学奖评委。1991年在《西藏日报》发表诗歌处女作《一种体会》,2002年开始小说创作,2009年由西藏人民出版社出版小说集《假装没感觉》。另有诗歌《城市一组》《铁马》《夏天》《我看见》《英子》《致雪花》《向祖国敬礼》

《冬日的阳光》《固体》《有一个早晨》《一个场景的叙述》《有感冬天》《叶落与情绪》，散文《西藏片段》《怀念马啦》《一次环保之旅》《关于休假的记忆》，报告文学《卓然群芳雪莲花，一颗赤心留羌塘——记全国优秀组工干部祁爱群》及歌词若干。其中，诗歌《愁绪断句》获炎陵杯全国诗歌大赛二等奖，短篇小说《假装没感觉》获西藏作家协会颁发的"新世纪文学奖"。

小说集《假装没感觉》共收录敖超中短篇小说9篇，包括《拉萨·虚构爱情》《去拉萨离婚》《生命中所不能承受的》《玩过了》《我把我的女友嫁出去了》《我不认识你》《假装没感觉》《我的上世纪最后一天》《夏天的故事》。这些小说都是以拉萨为中心，以男女主人公的爱情与友谊为主题，这些青年有藏二代，有拉漂，也有本地人，敖超通过自我的认识与体验，探索了在拉萨的新一代青年对爱情、对友谊、对人生和自我的解读和认识。"从这部作品集中，已经展露出敖超对生活现象的精微探查和对文学的精神性追求。他的小说有着细腻的情感，精微的叙事，尽管关注的是芸芸都市中男女的情感生活，但透过这些或琐碎或纯情的情感小说，我们可以看到敖超对普通人生存困境的探查，他将人生最细微处的尴尬处境呈现在读者面前，呈现出精神的真实和心灵的疑难，有着在平淡中直面人生困境的勇气。"[1]

其中《拉萨·虚构爱情》的主人公是一位"拉漂"，小说中的"我"是一个在内地活的风生水起的老板，在某一天之后，突然想看鹰飞翔，突然觉得只有在西藏才能切身感受到在天空飞翔和近距离接触太阳的感觉，于是来到了青藏高原。"我"在这里寻觅，在这里等待，也在这里失去，爱情中的两人无所谓对错，只有缘分的深浅。"我"暗恋着白玛，享受着阿珍的爱，偶遇曾经的崔淑英，在经历了一段又一段感情之后，"我"才发现白玛爱的人是普琼，阿珍放弃了对我的爱，崔淑英也无望而走。"我"感受了普琼和刘哥的友谊，感到没有一个留下来的理由，决定离开西藏。"我"体悟到西藏并不是所有人的归宿，"我"还得继续寻找。

《去拉萨离婚》讲述的是一个藏二代的故事，李小西的父亲在西藏的医院工作了一辈子，没感受过妻子的温柔，没享受过天伦之乐，把自己的

---

[1] 徐琴：《写作是一种高远的精神追求——关于敖超的小说创作》，载于《西藏文学》2013年第3期，第110—112页。

一生献给了西藏人民。没有身临其境，李小西无法感知父亲在西藏的一切。进藏之前，在她心里，父亲和弟弟只是一个称谓，那是共同的血液联结在一起的无法改变的东西；进藏之后，她重新认识了父亲和弟弟在雪域高原上的奉献和付出，那是建构于血缘关系之上的认可和敬畏。一直想去西藏，想看看父亲每张照片上的布达拉，然而父母的离异，李小西的西藏梦一直搁浅，直到她决定离婚时，她选择了拉萨，让拉萨来践行一段承诺，让拉萨来找回失去的梦想。短短的五天之行，让李小西了解了西藏，原谅了父亲，也表达了对弟弟李小藏的愧疚，更为重要的是，她挽回了即将逝去的婚姻，丈夫文杰的自我反省，最终赢得了李小西的信任。在拉萨，他们是幸运的，他们找回了曾经的爱情与梦想。

《生命中所不能承受的》以日记的形式来展开故事，解读一家三口在面临生活压力时各自的心事。女儿小美自尊心强，渴求同学们的羡慕，喜欢穿名牌在同学们中间增强注意力，在面对外界的诱惑时，在父亲无法满足自己的虚荣心时，她不介意妈妈的"出轨"，一次又一次接受叔叔王烨的馈赠，直到被任娜娜揭穿。母亲许梅是矛盾的更是痛苦的，矛盾之处在于对自我和家庭的认识，痛苦的根源在于生活的压力和丈夫的迁就。和王烨共同的西藏记忆，让两个人到中年，厌倦生活的老兵开始重拾青春，寻找一场爱恋，而婚姻和家庭的责任让许梅和王烨不敢走得太近，已经过了为自己勇敢一次的年纪了，刻在心灵上的只能是青藏高原的青春记忆。父亲韩卫国，一个没有主见的儿子，一个没有自我的丈夫，一个只懂付出的父亲，工作上的兢兢业业没有挽回下岗的困境，生活上的任劳任怨没有换来妻子女儿的理解，长期的自我压抑导致了最终的恶果。所有的不快和艰难，都在小美抡起书包砸向父亲的那一刻结束了。

《假装没感觉》通过回忆的方式讲述了青年男女复杂的恋爱故事。"我"为了央金抛弃了娜姆，央金为了卫东抛弃了"我"。到最后，爱情使"我"筋疲力尽，"我"孤身一人回到拉萨，继续经营着"西藏小屋"。经历了爱情的得与失，我还得在今天生活。

《我把我的女友嫁出去了》《我不认识你》《夏天的故事》都是以爱情为主题的故事，故事中的主人公，都渴望爱情，渴望爱人，或主动，或被动，有甜蜜，有辛酸，个中滋味只有自己能够品尝。这三篇作品均以爱情为主线，通过对爱情不同的理解,加深了对自我和爱情的认识。其中,《夏天的故事》是一篇短篇小说,简要描写了男女主人公的爱情,此外,也展示了扎根的见义勇为和央央的英雄情结。扎根离去,留给央央的是无尽的爱和骄傲。

《玩过了》《我的上世纪最后一天》以友谊为主题,故事中的年轻人迷失在城市,弄丢了自我,在友谊的温暖下,他们一起疯,一起闹,一起失去,一起获得。

此外,敖超在2012年第5期《芳草》杂志上发表了小说《獐子》。这是敖超对其以往小说面貌、创作追求有所突破和创新的一次尝试。作品讲述的是关于父辈亲情的故事。小说以"我"梦中反复出现的獐子切入,以参加叔叔的葬礼展开,困惑在我心中30多年的问题随着父亲和叔叔的相继离世而真相大白。30多年没有见过叔叔,没有回过家乡,在父亲的闭口不谈中他们远离了我。在我的层层追问下,姑父和阿佳普次帮助我找到了父亲不愿提起叔叔的原因,也解开了我心中的疑惑。父亲一心想把农村的叔叔随军带到城里去,为了争取这个机会,叔叔不得不在父亲的逼迫下放弃自己心爱的姑娘阿佳普次;为了早日给叔叔办随军,父亲违背军纪将枪交给叔叔去扎西寺涉獐取香,在与獐子的周旋中,叔叔准备开枪,而朋友多布杰告诉他:"在寺庙不能杀生!"就在与多布杰争抢手枪时,叔叔误杀了多布杰。为了不影响父亲的前程,家乡的人们让叔叔承担了所有的后果,叔叔被判刑入狱。因为父亲让叔叔农转非进城,才使得叔叔双手沾满鲜血,所以叔叔至死也不原谅父亲,而父亲也一生都在忏悔中度过。

敖超是一个感情丰富、根植现实的作家,他关注藏二代与当地人,关注"拉漂"一族。正如他自己所说的:"抒写这个时代,我必须找到一个切入点。藏二代便是我长时间叙述的对象。"[1] 他写藏二代的成长经历,写他们对西藏的情思与守候;他写青年一代的友谊、爱情,写他们关于生命的体会;他也写游走于西藏追梦的人,写他们在西藏的得与失。青春时的迷茫,中年时的自我,老年时的自得,在拉萨这座圣城里上演着,人生的几个阶段在敖超的笔下被真切地体现出来。"敖超小说的主人公总和西藏有解不开的

---

[1] 顾野生:《敖超:一个人的朝圣路》,2014-01-09[2017-03-06].http://www.chinatibetnews.com/lyrw/rwbj/zjxz/201501/t20150130_287885.html.

缘分，执着一份西藏情结。他或她或因父辈的原因在西藏长大，并生活于斯；或因执着于对西藏的神秘而向往西藏，游历西藏，他们或许只是西藏的过客，却往往在那里平复骚动的内心世界，柔软因生活重压而日趋坚硬粗鄙的感觉。作者正是基于这样的西藏情结，努力使小说文本与时代、社会和西藏生活保持了应有的联结，从不同的维度给我们展示了一幅幅现实社会的生存本相。"[1]

"藏二代"是拉萨一个耳熟能详的词，大多数人关注的是他们表面的鲜艳，而很少倾听他们内心的痛苦。敖超紧紧抓住了这一点，在他的小说中，藏二代们也是平常人，他们有喜有悲，有苦有乐，童年深刻的高原记忆，让他们离不开拉萨。所以，刘哥只能选择离婚，"是因为我离不开这里了"（《拉萨·虚构爱情》）。没有其他的理由，这是一种固执的甚至愚笨的坚守，这种直至心灵的不舍使刘哥放弃了青梅竹马的爱情，放弃了父子的天伦之乐。我们会埋怨刘哥，可是我们无法忽视他的执着与眷念，这是藏二代中的一类，他们无法享受条件优越、氧气充足的内地生活，依然坚持留在西藏，过着缺氧却自由快乐的日子，这是成长里抹不去的西藏情怀。藏二代中还有一类人，他们生长在内地，对于西藏一无所知，他们眼中的西藏是父母的讲述，是那经典的布达拉留影，是电话里遥远的思念，更是对父母的无声埋怨。李小西就是这一类人，从小没有父亲的陪伴，缺失父爱，对西藏是一种陌生又想亲近的情感，就像对父亲一样。这样的藏二代有很多，因为父母都在西藏，因为高原，他们不得不留在内地，从小没有父爱母爱；然而，他们长大后渴望了解西藏，读懂父母，这是因为他们也同样流着西藏的血液。敖超是藏二代的一员，这何尝不是他的心理感受，这些切身的体会成了他笔下永远的记忆。

许多人把西藏当成神圣的天堂，他们漂流到拉萨，以为在西藏可以找到爱情，可以找到生命中的自我，而对自我认识不彻底，不管走到哪里，心里还是会缺失。所以，"我"还是离开了拉萨，"我走了，与来的时候一样，什么也没有"（《拉萨·虚构爱情》）。"我"并没有在西藏，在拉萨找到属于我的"爱情"或者"生命的意义"，这只是来西藏大队伍中的一个小小

---

[1] 朱霞：《承受生命中所不能承受的——敖超小说解读》，载于《西藏文学》2008年第3期，94—96页。

的"我",一个平凡的"我"。走的时候"我"才发现,拉萨是魔幻的,它不会让每一个人都满载而归,这就是敖超眼里的拉萨。拉萨不是每个人的终点,它只是人生的一部分。

爱情、友谊是青春时期不变的主题。爱或者被爱,拥有或者失去,都是那如花岁月里最美的记忆。在享有爱情的日子里,他们学会了珍惜,学会了如何去爱,即使爱得残酷,也愿牺牲自己;在友谊年华里,他们见证彼此的喜怒哀乐,见证经历中的成长。敖超告诉我们,这就是我们的青春,真实的青春。匆匆流逝的是容颜,流不走的是那勇敢无畏的心和深深的情谊。

生命所不能承受的是什么?是金钱、欲望、地位、虚荣心,还是不对等的婚姻?"敖超以看似平静的心写来,里面没有高高在上的理性的批判和道德说教。历史和记忆、现实和虚构、小事和大时代、轻与重、苦难与救赎,经由敖超的叙事,呈现出了别样的人生关怀,每个个体在历史的存在中都是微小的,都是需要拯救的。"[1]我们的一生中有太多的东西是生命所不能承受的,不论是初识世界的花样少女,还是饱尝艰辛的硬汉男子,在现实面前,敖超直指人类心灵深处脆弱的一角,用简短的篇幅让我们看到人性的真实和无奈。

敖超的作品有一种"拉萨式的亲切",[2]语言看似平淡,却是经过文火细煎慢炖淬炼出来的,轻松的叙述中自有一种直抵人心灵的沉重。

---

[1] 徐琴:《写作是一种高远的精神追求——关于敖超的小说创作》,载于《西藏文学》2013年第3期,第110—112页。

[2] 列冈:《敖超的那些第一人称》,载于《西藏文学》2008年第3期,第84—85页。

第一章 小说

> 去西藏当然出于理想主义情怀，没有理想的西藏生活几乎一天也过不下去，尽管我们从没想过非要改变什么，但我们至少改变了自己。
> ——冯少华语，见洪黑：《我们至少改变了自己》，载于《西藏人文地理》2004年第7期

冯少华（1960— ），笔名水小化、二马、尼玛等，祖籍辽宁省。1984年毕业于锦州师范学院（今渤海大学）中文系，同年进藏。先后在拉萨师范学校、西藏青年报社工作。1997年内调到济南日报社。2013年当选为西藏自治区书法家协会第四次代表大会副主席。著有散文集《天湖之旅》[1]，文物考证《西藏玛尼石刻》[2]，小说《色拉挽歌》[3]《喜马拉雅绝唱》[4]《冬天的九种情绪》[5]《四面有风的日子》[6]《黑森林》[7]和《火焰》[8]以及诗歌作品等。

《色拉挽歌》讲述的是内地进藏的二马与本地姑娘洛桑白姆相恋，二人已准备将恋情告知家人，这时二马因去外地开会与洛桑白姆短暂分离，不料其间洛桑白姆却死于车祸。二马伤痛欲绝。在洛桑白姆进行天葬那天，二马在山梁上希望再看她最后一眼。几个外国游客试图用钱让天葬师允许他们观看天葬过程并拍照。愤怒的二马不由得从山脊上急切地滚下来阻止。本来是提着刀子向二马冲去的天葬师，看着眼角和每一个裸露的部位都在流血的他，最终将刀子又放下了。整个故事叙述节奏轻柔缓慢，叙述人称"你""我"交叉互补，将天葬现场和往事回忆紧密缝织在一起，绵密之中浸透迷离哀婉，

---

[1] 拉萨：西藏人民出版社2005年版。
[2] 北京：北京出版社2009年版。
[3] 载于《西藏文学》1988年第5期。
[4] 载于《西藏文学》1990年第4期。
[5] 载于《西藏文学》1994年第1期。
[6] 载于《西藏文学》1994年第5期。
[7] 载于《四川文学》1994年第8期。
[8] 载于《西藏文学》1995年第3期。

感人心肠。

《喜马拉雅绝唱》讲述的是驻守喜马拉雅的哨兵因大雪封山被困山谷的故事。"我"与格列因大雪被困在山上哨所，艰难生存。与格列相恋的门巴族姑娘措姆怀着身孕神奇地到哨所来找他，但这时格列已死于雪崩。于是，我与措姆在山上度过了一段日子，并帮助措姆生下了小格列。此后，山下的人找到了我们，我下了山，并准备把措姆也送回去。但措姆却不肯下山，而是决定永远留在山上。她要等格列，她相信格列总会回来。小说通过"我"与格列的对话和回忆，又穿插了士兵白瑞和拉姆的爱情悲剧、格列的弟弟契米死于西藏北部而格列被另一个拉姆救下、格列枪击赌斗解救措姆等情节。叙述总体上略显零散枝蔓，但细节描写较为生动细腻，特别是对大雪封山后的恶劣自然环境，人在困境绝地中的孤独恐慌、奋力挣扎的描写，凸显了人的内在生命力的顽强。而爱情故事的演绎，在诠释着爱情的忠贞和执着的同时，也留下了对生命意义的思考。

《冬天的九种情绪》《四面有风的日子》《黑森林》等小说可以看作是一个系列，[1] 鬼手是其间共同出现的人物，且均用侦探破案似的解谜叙述，似传奇和武侠创作，但又都没有完整的故事情节，一些人物有头无尾，许多线索也时隐时现，有的刚刚开始即戛然而止，未能贯穿始终，有些悬念的设置较为突兀，乃至玄虚。语言总体上讥诮干练，庄谐并致，木讷中不乏机趣，调笑中似有意显露粗俗或寓意暧昧，比如"屁股露甜茶馆""嘴唇歌厅""小屁股拉姆""妈来屁普布斯坦""两亩地""呱呱鸡""世界的尽头""世界的另一头"。小说似乎并不重视故事情节的表达，更多的是一种情绪、一种状态、一种现象或某种精神和意义的象征，比如人与自然及动物的存在、人文的精神和死亡主题。

以《黑森林》为例。在一个叫桑土的小镇上有一座桑土森林，这片森林一直以来都是镇上人打猎、采集野味的地方，其中有一个叫阿卜赛的老人是这个镇上优秀的猎人，在"我"还年幼的时候，他曾用枪射伤来偷吃桃子的

---

[1] 刊载于《西藏文学》1996年第6期的小小说《骚动的雨夜》《候鸟》《幽会》也具有类似的特征，比如人物"加地""道吉"。另外猎熊人阿卜赛老人、猎豹等在《喜马拉雅绝唱》及《黑森林》等作品中也雷同出现。

狗熊，因此这只熊便与这个老人在这片叫桑土的森林里产生了磕磕碰碰的纠缠，直到最后建立了一种非同寻常的友谊，而"我"也在这森林里度过了愉快的童年时光，现在正跟着阿卜赛在森林学习捕猎。直到有一天，一个叫鬼手的人来到这个小镇的甜茶馆，小镇开始变得不平静，桑土森林也同样变得不再平静。鬼手来了又去，一个瘸子也神秘地来到了这个小镇的甜茶馆，他见"我"第一面时，就对"我"曾经在森林里从一堆白骨身上捡到的一把有三十二颗宝石的猎刀产生了极大的兴趣，提出来要观看那把宝刀，"我"没有答应。此后，一个自称是格勒的商人出现在甜茶馆，但不久之后就离奇地失踪在了那片森林中。与此同时，瘸子对"我"的刀越来越感兴趣，在我一次次的拒绝下，瘸子威胁要"我"女人的生命，而"我"早已把刀放回了原地。为此，瘸子不得不跟着"我"去森林中取刀。

在森林里，"我"终于知道此刀的过去。原来10年前，多布桑疤眼儿为了逃避仇人的追杀，带着宝刀来到了这片森林，却被贪图此宝刀的贼鹦诺布杀害，不想贼鹦诺布却死在豹子的手里。10年后，"我"从这个人的白骨中捡到了这把宝刀。而就在此刻的森林里，"我"和阿卜赛目睹了更加震惊的一幕，那个跟"我"来取刀的瘸子被先前消失的鬼手用刀残忍地杀害了。原来，10年前，瘸子和他兄弟贼鹦诺布为了夺得多布家族的两把宝刀，先后杀害了鬼手多布杰的哥哥多布格和弟弟多布桑疤眼儿；10年后，鬼手和瘸子都又各怀目的来到了桑土，而那个消失在森林里的格勒其实是个警察，而且早已被鬼手杀害。小说在结尾揭开了阿卜赛老人的身份，原来他便是鬼手兄弟的爷爷多布·阿卜赛，鬼手在老人的劝诫下离开了森林。最终，森林的故事也随着老人和那只熊的同时死去而结束。

桑土森林是一块带有死亡气息的森林，故事中所有人的死都发生在这里，让人真切感受到森林的"黑"。在老人与"我"的最后一次谈话中，我们似乎能感觉到森林充斥着死亡的原因。

"瞧一瞧你画的是什么？"老人仍然闭着眼睛。

"两个捆在一起的女人。"我说。

"不，是四个捆在一起的女人。"老人说。

"是四个女人，真奇怪，两个脑袋四个女人，真奇怪。这就是两把刀合成的宝图吗？"我说。

"是两把刀合成的游戏。"老人说。

"游戏?"我说。

"是呵,游戏。重复死亡的游戏。"老人说。[1]

当"我"把宝刀上的神秘图案画出来并认为这个图案是宝图的时候,老人反驳说这只是重复死亡的游戏。森林的仇杀是随着宝刀的来临而来临的,宝刀不但本身镶有32颗宝石,而且在它的身上还藏着第33颗宝石,如把两把宝刀的第33颗宝石上的图案合并起来就能得到一幅宝图。如此巨大的诱惑力自然引起了人们的争夺,多布家族的人也因此而丧命,自然我们也知道了老人所说的重复死亡的游戏,只要这两把刀还在人世,争夺就不会停止,死亡也不会停止。然而森林里还有这样一个老人存在,他无意于两把刀上的价值,认为真正的珍宝就是这宝贵的生命,所以他快意于林间,情愿与一只狗熊纠纠缠缠,直到生命的尽头。在此,我们看到,森林只不过是见证这一切的地方,它本身并不邪恶和恐怖,只是由于人心的贪念和陋见,才招致了死亡的来临。小说在阿卜赛老人身上给出了破除这种贪念和陋见的答案。

冯少华的小说创作总体上具有较强的先锋试验性,并具有一定的魔幻色彩,如《四面有风的日子》中死去的桑姆一再出现。同时,相较于其散文和诗歌创作,冯少华的小说故事背景虽具有藏地色彩,经验却大多来自间接获得或内在想象,即使是带有较多内地大学生在藏生活经验的《骚动的雨夜》《候鸟》《幽会》等创作,也往往不是旨在特有民族文化精神的揭示和社会时代生活的诠释,而是较为远离平凡世俗的现实生活,乃至接近神秘和抽象的沉思或个人理想与意绪的表达,具有一定的游戏味和技术层面的探索。这或许与作者本人的小说观念有关。作者曾说:"直到你和你所要写的故事拉开距离,你才知道你要些什么怎样写、选择一种怎样的方式或者为什么……所以我总是对自己说:行了,让你的小说离生活远点儿!"[2]

---

[1] 龙冬:《聆听西藏——以小说的方式》,昆明:云南人民出版社,1998年版,第268—269页。

[2] 冯少华:《四面有风的日子》,载《西藏文学》1994年第5期,第4—25页。

第一章 小说

罗布次仁、次仁央吉

> 我相信拉萨河水会永远地流淌下去，您会像养育我的先辈一样养育我儿子的儿子和他们的儿子。您会依然美丽，如同您刚刚从那个远古的清晨走来时般地楚楚动人。
>
> ——罗布次仁：《诉说》，载于《西藏文学》2009年第1期

罗布次仁（1971— ），藏族，全名朗顿·罗布次仁，西藏自治区拉萨市人。1992年毕业于浙江警官学校，同年分配到拉萨市当雄县工作。1994年到拉萨市文联工作，任《拉萨河》编辑。系中国作协会员、西藏作协理事、拉萨作协主席，现在西藏作协工作。2004年开始从事文学创作。主要作品有散文《西藏的山》《诉说》《走访阳易地震灾区》，中篇小说《远村》[1]、《冬虫夏草》[2]，短篇小说《夏日无痕》《转经路上》《清晨》[3]《葡萄树上的蓝月亮》[4]《草原轶事》[5]，译著《绿松石》[6]等。作品先后获西藏新世纪文学奖、东丽文学大奖、西藏自治区"五个一工程奖"。《绿松石》入选茅盾文学奖，《远村》参评鲁迅文学奖。

---

［1］载于《西藏文学》2009年第2期。
［2］载于《芳草》2014年第1期。
［3］收入拉萨市文联编：《神圣之地——拉萨文学作品选》，拉萨：西藏人民出版社2007年版。
［4］载于《芳草》2016年第5期。
［5］载于《西藏文学》2017年第1期。
［6］与次多合译，载于《长篇小说选刊》2009年第3期。

罗布次仁的小说创作大多以人们的日常生活为切入点，揭示藏民族在现代化进程中的蹒跚与执守，物欲对精神的冲击，并寄寓对传统文化与现代都市文明冲突与融合的反思。其中，《远村》是具有代表性的一部中篇小说。作者以荒诞象征跳跃的笔法，讲述了一个有关藏民族现代化进程的时代寓言。作品以西藏一个不知名的偏远乡村为背景，通过普布一家的迁离、扎西老大爷的最终遁去、达龙寺的复建、邻村小女孩德吉由神奇变成凡俗、外乡人罗顿与远村村民的相处及其对远村的经营、远村村民生活的改善、格萨尔老艺人和哑巴的传奇等，写出了现代化进程带给远村村民实实在在的物质生活上的福祉与精神状态上的改变，反映了藏族区域的人们在时代变迁的社会大潮的裹挟下，思想、信仰与生活方式逐渐转变的生存图景，并揭示出这种转变是社会进步必然的趋势。

小说开头，普布一家人搬出了村子，村里没人知道他们是什么时候搬走的，更没有人知道他们搬到了哪里，但村里人"昨夜都梦到了普布一家人搬走了"。第二天去他家看时，发现梦中的事儿真的发生了。普布家门紧闭，门槛上坐着一个才四岁的小女孩，村民认出她是邻村阿加扎桑家的德吉。德吉哭诉道："我的家人都走了，撇下我一个人在这里，这些人可真没有良心，走之前也不跟我说一声，我一个孤老太婆，可怎么办呢？"

小说一开始就设置了不少悬念和谜团。邻村四岁的德吉怎么自称撇下"我一个孤老太婆"？作为养家糊口的成人普布与四岁德吉怎么是"老太婆"和晚辈的关系？普布为何搬家？搬到哪里？又为什么不跟乡亲打招呼就搬走了？扣人心弦的一连串的问题逼迫读者怀着好奇心继续往下看。原来小德吉被认为是普布母亲的转世。普布一家的搬迁实则象征着某种传统的消失，"普布家院墙到处出现了裂缝，西屋房顶的一角也塌倒了一大块"，寓意的正是人们熟悉的一种过去生活不可避免地悄然坍塌。

而扎西老人是古老传统文化的象征。他曾经作为一名僧人在达龙寺修行多年，虽然达龙寺在一次地震中坍塌了，但村里举凡有大小事都会去请教他帮拿主意。在与德吉的"法力"较量中，落败的他，感到自己在村民心中的威信没有以前那么高了，最终离去，企望复建达龙寺，并预示了远村可能遇到的威胁。在出门远行之前，他托付给村民一张普布留下的契约，"谁拥有了这份契约，谁就可以掌管我们的村子"，并特意叮嘱："三年以后，村子里会来一个外乡人……我给你的契约不能给他，千万不能给他，不管他用什么方法都不能给他。"

扎西大爷预测到的"外乡人"，就是带来异质文化改变远村传统文化形态的罗顿，他是现代文化与新观念的象征。但是，逃荒来到远村的罗顿并没有想方设法取得契约，而是通过身体力行的引导使村民自然而然地将他当成远村的掌管者，这象征着传统世俗权力的契约在现代化进程中自然而然地被村民遗忘。而小说中德吉由女活佛到凡人的转变，则带有转型时代的夹缝人的色彩。当德吉后来作为女活佛转世被接走时，正赶上春耕的第一天，村民们不听罗顿的劝阻执意送行，结果是"上天降下灾祸"，整个地区大旱无雨，青稞歉收。在这里，作品展示了传统文化形态与自然生产规律之间可能遇到的矛盾。

小说最后讲述了一个说唱了一辈子格萨尔的老艺人授徒的故事，并戏剧性地将一个哑巴设置为格萨尔故事的最后传承者，而这个哑巴在格萨尔的故事失传十年之后的一天清晨，竟然奇迹般的说话了，情节神奇荒诞，令人唏嘘深思。

作品中，作者有意淡化故事发生的时代、社会背景，淡化异质文化给人们的生存方式带来的巨大的冲击波，淡化故事的写实风格，用自由联想和蒙太奇手法展示人物的精神世界和心理真实，通过夸张和虚实交错的艺术笔触来写人写事，编织情节，反映错综复杂的历史、社会和生活，书写了一则在现代化进程中物质不断丰富、人们视野不断开阔的背景下，民族传统特色不可避免地有所削弱的时代寓言。作者在云淡风轻的叙述背后，提出了在加快现代化进程中如何葆有民族特色文化的时代性课题。在以罗顿为象征的现代化生活方式引导者和以扎西大爷为象征的西藏传统信仰保持者之间的角逐中，扎西大爷只能作为一个令人尊敬的曾经的长者被人们怀恋，而罗顿却切切实实成为现实的掌管者，现代化进程对西藏传统文化形态的改变以不可动摇的姿态逐渐渗入村民的生活当中。小说结尾，作者以格萨尔王这一具有传统神奇色彩的英雄人物回归的方式，乐观地表达出现代化的进程虽然会导致一些民族古老传统消失，但是根深蒂固的民族信仰与文化形态却难以随之一并消逝的态度。[1]

　　作者的中篇小说《冬虫夏草》也反映了现代物质追求对传统生活习俗的冲击。塔本草原上的牧人最忌杀生，总以为杀生多了，拜佛念经磕头都不能减轻罪孽。努培小时候就有一样特殊的本领，他站着能寻见一米开外的虫草，而牧人们趴着凑近草地细细寻找，好一会儿才能寻见一两根。牧人们都说，努培有秃鹫的眼睛。但努培对那些像虫子一样的草，却生出无限的怜悯。他放牧时，生怕牛羊吃到虫草，总把牛羊赶往虫草少的牧场。即使到了藏历四月，草原上长满了冬虫夏草，他也是把牛羊赶到更远的牧场。他曾经不止一次向牧民们说过，挖虫草会遭报应，他永远不碰虫草。山那边的亚培则不顾这些，他不仅靠挖虫草、倒卖虫草发家致富，在拉萨置办了房产，而且不惜将铅丝插入品相差的虫草中以劣充好。尽管他造假的手段越来越高超，但随着得手次数的不断累积，一种巨大的后果也聚集起来。随着虫草生意的异常火爆，在虫草上做手脚的人多了起来，他时常听到某人被打被抓之类的消息，这更增加了他的恐惧。在请求僧人为他算了一卦之后，他决定离开拉萨。这一年，塔本草原的赛马节如期举行。与往年不同的是赛马节上新增了一项内容：评选当年的"虫草王"。所有牧民将这一年采挖到的个头最大、品相最好的虫草展示出来，经过一番评比之后，在这些虫草中选出"虫草王"。然而，让整个塔本草原的牧人感到不可思议的是，获得"虫草王"称号的竟然是努培。虽然人们依然清晰地记得他说过永远不碰虫草，这事在塔本草原上议论了一阵子，但很快就被人们遗忘了。现在，牧人们依然念念不忘地说着那些过去的事情，说努培有秃鹫一样的好眼力。作者正是通过亚培与努培在有关虫草不同经历上的对比，折射出现实物欲对人们精神的冲击。其中既有大环境的熏染，也有个人内在的退守。努培的转变与虫草市场的兴起，包括"有多少虫子都用身子换"的皮肉交易无疑有着内在的关联。努培第一次看见这些女子，他的心怦怦地乱跳，"那些女子单薄的衣着没能裹住身子，白皙的肌肤随处可见"。当警车呼啸着开进草原，那些女人被带上警车离开草原时，努

---

[1] 徐燕：《现代化进程中民族文化的困境——以罗布次仁小说〈远村〉为例》，载于《安康学院学报》2013年第4期，第74—77页；汪潞：《碰撞与融合——民族形态的一种诠释——读罗布次仁小说〈远村〉》，载于《西藏文学》2009年第2期，第90—93页；次仁央宗：《我读〈远村〉》，载于《西藏文学》2009年第3期，第110—112。

培的眼前浮现出她们第一次进入商店时的情景，也想起了她们微醉在柜台上的情形，心里莫名生出一丝同情。作者含蓄地点染出努培在欲望冲击之下复杂的心境。而亚培的回归，更多的是心灵内在的退守。亚培一回到塔本草原上，回想起在城市里做过的那些见不得人的事儿，心里会立刻聚集起强烈的罪恶感，使他陷入无边的悔恨中。但在城市里他从没有过任何罪恶感和悔恨，相反他为自己的这个本事骄傲不已，有时甚至想在众人面前显摆一番，炫耀一下自己娴熟且精湛的手段。而回到草原，他又对自己在城市里所做的事儿，产生了巨大的羞耻感和罪恶感。亚培痛恨自己做下这样没良心的事，还曾暗下决心，回到城里，再也不去做这档子事儿；然而回到城里，他就像换了个人，觉得自己在草原上的想法有些幼稚可笑，在城里该怎么着还怎么着。作者以从容清淡的笔墨不动声色地反映了市场经济法则对草原传统生活观念的侵蚀，以及人们在这种侵蚀之下内在心灵的躁动与退守。

　　罗布次仁的一些短篇小说善于抓住日常生活中的一些细节，凸显民族传统文化伦理观念与现代社会生活的冲突，并凸显对纯净心灵的美好追求。如《转经路上》中的"我"是一个藏族人，"我"的奶奶转了一辈子经，是一个虔诚的佛教徒，但我却利用藏族戒杀放生习俗，在萨卡达瓦节到拉萨河捕鱼，并以此卖钱。《清晨》中被打的"小偷"，实际上是被真正的小偷反咬一口的受害者，但除了转经的老阿妈劝说，"菩萨保佑，你们去劝劝他们，叫他们别打了，小偷也是人，也是爹妈生的，就可怜可怜他吧"，围观的群众都在叫好，即使得知真相后，也没人有去追小偷的打算。《草原轶事》中我对格桑嫁给次嘎四兄弟心生不满，表面看是同情格桑被物质财富束缚，暗含对"一妻多夫"现象的批判，实则是想保留自身内心深处那一份美丽的纯净。《葡萄树上的蓝月亮》中的尼玛潜意识中想，如果扎西老头年内去世了，占堆的女儿拉姆的婚礼举办不了，那么他就可以不用随礼而给儿子买辆摩托车。由此，他做了一个扎西老头突然去世的梦。然而，醒来后他却真的听说扎西老头不行了。因此，在送扎西老头去县城时，尼玛原本"可以避开雨水的肆虐"，但他"连往里挪一挪的想法都没有"。扎西老头"哪怕一条皱纹稍稍变深，尼玛心里都会惊起一场波澜，似乎一场无法阻挡的灾难降临到了头上"。当车辆到达村前头山顶，"尼玛双手合十，闭着眼默默地祈祷。这只是个简单的仪式，其他人很快上了车，尼玛似乎全身心沉浸在他的祈祷中，车上的人催促了好几次，他也没有理会，看着他虔诚矗立祈祷的背影，他们也就不好再去催"。此时的尼玛，我们似乎能看见他正在经历心灵的洗礼，"在篇尾尼玛虔诚矗立祈祷的背影里，一切终似归于宁静，但就在这宁静之中，我们所能感受的也许还能更多"。[1] 小说总体以尼玛的内心意识为主线，"行进舒缓流畅，充满了生死的思考、佛性的秉持，是作家在现代化进程中，对民族性与大众化、传统性与现代化、同质文化与异质文化之传承与冲击、坚守与突围的絮语与独思"。[2]

罗布次仁的小说创作关注本族文化与外来文化的碰撞，城市与乡村生活的矛盾，传统与现代文明的冲突，语言平实，人物简练，节奏舒缓，突出细节真实，情节大局多松散虚幻，重内在的逻辑关联，具有较浓厚的民族文化气息和生活气息。

> 命运，总是眷顾勤奋的人；命运可以改变，只要你有目标。
> ——次仁央吉语，见晓勇：《荆棘中收获华彩人生——访第九届少数民族文学创作"骏马奖"得主次仁央吉》，载于《西藏日报》2009年3月1日第2版

次仁央吉（1962—   ），女，藏族，出生于西藏自治区日喀则市，系中国作家协会会员、西藏自治区作家协会会员。1987年毕业于西藏大学藏文系。1987—1989年任教于西藏日喀则市拉孜县中学。1989—2002年任教于拉萨

---

[1] 黄国辉：《宁静无处拾捡——读朗顿·罗布次仁短篇小说〈葡萄树上的蓝月亮〉》，载于《文艺报》2017年1月23日第5版。

[2] 芳草杂志社：《第五届汉语文学女评委奖最佳审美奖授奖辞》，2016-12-18[2017-03-19].http://news.hbtv.com.cn/p/421453.html.

市第二中学，其间，1993—1994 年在北京西藏中学任教。2002 年至今在西藏自治区拉萨中学任教，2007 年评为藏文高级教师。1983 年开始发表作品。著有中短篇小说集《山峰云朵》（2007）、散文集《人在旅途》[1]（2014）、长篇小说《花与梦》（2016）及短篇小说若干。中短篇小说集《山峰云朵》2008 年获第九届全国少数民族文学创作骏马奖，短篇小说《山峰云朵》2005 年获第二届"岗坚杯"藏文文学创作奖，短篇小说《失去甘露的幼苗》[2] 2001 年获第三届章恰尔文学奖。

中短篇小说集《山峰云朵》由西藏人民出版社 2007 年出版，收录作者的 7 篇小说：《山岩上的小草》《缘分》《秋天的黄叶》《山峰云朵》《失去甘露的幼苗》《模糊的路》《同学情》。其中，《山岩上的小草》以白央为主人公，描写了养路工人的生活。《缘分》借助主人公达珍揭示了聘用教师单平的人生境遇，表达了对西藏基层教师生活的关切。《秋天的黄叶》反映了在社会经济发展的大环境下，西藏妇女职工的命运。《山峰云朵》是作者的代表作之一，主要反映了 20 世纪 60—70 年代西藏农村的社会面貌，着重表现西藏基层教育情况。中学毕业的巴桑普赤老师来到贫困落后的普奴村，在这里点燃知识的火焰，精心培育色珍、多吉等学生。在巴桑普赤的培养下，色珍靠知识改变了命运。作者不仅描写了 20 世纪 60—70 年代西藏处于动荡不安和变革中的农村社会面貌和时代环境，控诉了"四人帮"和"左"倾路线对西藏社会和人民精神的伤害，具有"伤痕小说"的特点，而且用深情的笔触描写了巴桑普赤老师和色珍之间深厚的师生情谊，具有心灵的温情和人性之美。《失去甘露的幼苗》描写了单亲家庭的生活和教育。小时候的朗杰本有一个幸福的家庭。三岁时父亲旺多到内地学习考察半年，在此期间母亲拉巴措姆和同事年扎有染，并怀上孩子，回来后得知真相的旺多与妻子离异。此后不久，关爱朗杰的爷爷达杰去世。失去母爱和爷爷的朗杰内心十分痛苦。

---

[1] 散文集《人在旅途》作为"惠民文库·原创选读系列藏族女作家丛书"，由青海民族出版社 2014 年出版，分为"回忆是美好的""人在旅途""文学赋予的荣誉""骨肉情"四个单元。总体上她的散文倾向于选用反映妇女及青少年生活的题材，表现其对这类群体的人文关怀和对社会的关注。

[2] 又名《退色的青苗》《未灌溉的麦苗》，原载于《章恰尔》1998 年第 3 期，作品汉译文由次仁罗布译、克珠群佩校，发表于《西藏文学》2006 年第 3 期。

父亲想尽一切办法拉近与儿子的距离。其间，一度与同样离异带着两岁女儿的昔日恋人德吉同居，但由于朗杰始终无法接受，不得已分开。此后，旺多沉迷于赌博，且赌瘾越来越大，对儿子朗杰更是疏于照顾。随着年龄的增长，朗杰更加仇视妈妈，并产生厌学情绪，频繁地逃学到馆子和茶馆里去看录像。为此，老师桑杰找到旺多。得知情况的旺多悔恨不已，决定要当一个好爸爸。作品叙述语调平静，却内蕴深情，给人思索和关切。

2016年推出的长篇小说《花与梦》，是作者多年潜心观察、积累生活素材创作的一部现实题材作品，也是西藏藏族女作家用藏语创作的第一部长篇小说。作品通过四个农村姑娘到城市，经历从渴望幸福生活到艰难挣扎，从坚守最后的底线到向生活低头，最终在良心的谴责和身体的病痛中幡然醒悟的历程，展现了现代化进程中，西藏农村女性的艰难抉择。作者在作品里勇于批判和揭露社会丑恶现象，对生活在基层的农村女性命运充满同情和怜惜。[1] 小说在讲述四个姑娘在喧嚣中挣扎的同时，也颂扬了那些敢于追求梦想的平凡人。

次仁央吉是拉萨用藏语创作并笔耕不辍的女作家之一，其作品大多取材于现实生活，并注意将自己丰富的人生阅历和创作经验注入其中。如《山岩上的小草》中的养路工人生活，即与作者本人曾当过养路工人的经历有着千丝万缕的联系。作者出身于一个养路工人家庭，1979年14岁时才开始上小学，半年后辍学，当了一名养路工人。而《山峰云朵》《失去甘露的幼苗》等关注儿童和教育，显然也与作者本人的中小学从教经历有关。至于《花与梦》等作品中关于女性和农村与城市生活的描写，无疑嵌入了作者曾在农村生活的体验，并反映了其作为一个女作家的身份立场和观察视角，表达了其特有的生活思考和人文关怀。总体而言，次仁央吉的小说以反映妇女儿童生活的居多，"折射出爱在女性和少年成长中不可或缺的意义"。[2] 作品多为现实题材，关注教育及农村和城市的变迁，关切底层普通人物的命运，并流露出作者对人性的温情和关怀。描写以细腻见长，突出人物的心理变化。故事主

---

[1] 参见佚名：《次仁央吉长篇小说〈花与梦〉作品研讨会在拉萨举行》，2016-07-31[2017-10-09].https://www.tibetcul.com/news/wx/364.html..2016年7月29日，西藏作家协会、《西藏文学》编辑部举办了次仁央吉长篇小说《花与梦》的研讨会。

[2] 王泉：《中国当代文学的西藏书写》，长沙：湖南师范大学出版社，2012年版，第176页。

题突出而又不流于单一，复线叙述内涵丰富又不显枝蔓横杂，给人以审美愉悦，并令人反省和深思。[1]

王义明、张彦丽、孟梅英、蒽青华

> 是小平同志提出的改革开放给了我新的生命，给了我步入企业界、新闻界、文学界和政界的机会，给了我老有所养、老有所为和施展才华的广阔天地。
>
> ——王义明：《岁月长河·后记》，北京：作家出版社，2006年版，第226页

王义明（1944— ），女，四川省绵阳市人。中专文化，临床主治医师。20世纪70年代进藏，1976年至1982年在拉萨市城关区光明乡（现为夺底乡）从事医疗工作，1982年回到城关区卫生科，分管地方病、城市卫生工作。1985年任拉萨市贸易信托公司副总经理，1987年任总经理，1988年当选为拉萨市计划生育协会理事、副秘书长，后当选为西藏自治区计划生育协会理事，1991年兼任拉萨市硼矿硼肥厂厂长。系拉萨作家协会理事，拉萨第六、七、八届政协委员，拉萨市、城关区两级工商联常务委员。曾在市级以上报刊（电台）发表报告文学、小说、散文、诗歌、新闻作品千余篇，近百万字，小说《幸福》[2]获2004年"中华纵横"全国文学大赛小说一等奖，纪实报告文学《青

---

[1] 有关次仁央吉作品内容的介绍参引了嘎玛旺扎、胡沛萍等关于次仁央吉创作评述的未刊稿。

[2] 作品深入生活，反映现实，讴歌时代，弘扬主旋律，以"幸福工程"救助贫苦母亲、提高人口素质为主题，颂扬母爱，呼唤爱心，融化残冰，撒播和谐福音。

藏线上的女司机》[1]获2006年宁夏银川举办的"为党旗争光彩的人"全国大型报告文学银杯奖，另获国家及市级以上奖项多次。代表作有长篇纪实文学《岁月长河》[2]。

《岁月长河》共十四章，前十三章主要讲述的是作者本人的人生岁月，最后一章收录作者三篇小说和五首诗。"这是一部理想之书、奋斗之书、磨难之书、善良之书、用心血凝成的人生之书。"[3]作品第一章"孽种出世"主要讲述的是作者的童年、少年时代。作者的父亲毕业于黄埔军校，是国民党的一名军官，母亲祖籍东北，"九一八"事变后，随女主人流落西安，1939年嫁与父亲，后随父亲转战南北，1944年于内蒙古生下作者。国民党败退后，父亲举家逃返老家四川，1950年被枪决，留下作者姐妹三人与母亲及爷爷奶奶生活。母亲靠编售篾货经商及帮人做衣服、纺纱持家。其间，经历小妈欺凌及母亲嫁人、作为右派下放农村劳动、母亲受继父虐待继而离婚等生活曲折。第二、三、四章"接受锻炼""远嫁他乡""血腥武斗"，主要讲述的是作者在四川农村接受锻炼，被骗嫁到山西与小樊结婚、离婚，避逃云南与已有家庭的"郝"同居生子，"文革"期间卷入血腥武斗，"郝"与学生婚外情导致作者与"郝"的关系破裂等事件。第五至第十三章主要讲述的是作者进藏后的生活，包括在拉萨市城关区夺底乡从事卫生医疗工作，在拉萨市贸易信托公司、拉萨市硼矿硼肥厂等任职的艰难经历。其中，为藏族同胞天葬、接生、看病，自学藏语文，撰写新闻稿件及文学作品，驾车驰骋青藏线，放弃"铁饭碗"下海弄潮，冒着风沙到西藏北部采硼矿，处理家庭纠纷等经历，生动体现了作者热爱学习、坚强不屈、敢闯敢做的拼搏个性。作者积极参与"幸福工程"等慈善事业，体现了作者大爱无私的情怀。从中，我们不仅看到一位历经漫长岁月的艰辛与苦难的坚韧与顽强的女性形象，"了解自建国以来一个普通的中国妇女所面临的各种历史背景下的生活

---

[1] 西藏自治区成立40周年大庆期间，《青藏线上的女司机》曾在《西藏商报》全文发表。作品主要叙述了作者在20世纪80年代驾车独闯青藏线的经历，体现了在艰难的环境下一种难能可贵的人文精神。

[2] 北京：作家出版社2006年版。

[3] 洋滔：《序：福从苦中来，善报天下人——王义明长篇纪实文学〈岁月长河〉》，见王义明：《岁月长河》，北京：作家出版社，2006年版，第1页。

景况"[1]，也触摸到作为边疆民族地区的拉萨由计划经济转向市场经济初期所暗涌的大潮，体会到藏汉之间相亲相爱、互帮互助、血溶于水、无私奉献的浓浓民族情。

另外，该书收录的短篇小说《路在脚下》，讲述的是主人公扎西对命运的抗争。扎西在年轻时就骤然残疾，重拾生活信心的时候又失去了母亲，在这样的打击下，扎西在老师同学的关心、父亲的支持下，依然顽强地学习生存技能，终于为自己点亮了生活的明灯，成为一个对社会有用的人。《尼玛和达娃》中，尼玛虽然幼年时右腿留下残疾，却没有自暴自弃，达娃热心善良，乐于助人。在互相帮助、互相鼓励及援藏医疗队的治疗下，尼玛终于和其他人一样能够去追逐远方。《不归途》讲述的是吸毒人员罗凯戒毒不成，最终割脉自杀的悲剧，表达了作者对毒品的沉痛控诉。

王义明的作品大多具有较强的现实生活意义，具有纪实风格。她是一个有心人，走到哪儿写到哪儿，不管是刮风下雪，还是天寒地冻，总是把自己所看到的新事物记在心上，"就是骑马也在打腹稿，一到住地，就记下来"[2]。作者努力学习藏语文，可用藏文撰写新闻稿件，语言简洁直率，感情朴实真挚，流溢着坚强和乐观的情绪。作品中的主人公无论经历了什么，大都能以坚强、乐观的心态重新出发，即便是《不归途》这样的悲剧，我们依然能够看到罗凯的家人对他的坚守和不放弃。这种风格，与作者本人的人格是分不开的。王义明年幼时父亲便去世，母亲在极度艰难的情况下抚养她们三姐妹成人，照顾她年迈的爷爷奶奶，在残酷的生存条件下，王义明养成了坚强、吃苦耐劳的性格。她很早就能够养家糊口，在经历了两次失败的婚姻之后，在第三次婚姻的引领下，她来到西藏。在这片土地上，她坚强、勇敢地生活，无论是在牧区，在雪山，还是在企业负债百万元的困境中，她始终都没有畏惧、

---

[1] 王义明：《岁月长河》，北京：作家出版社，2006年版，第227页。

[2] 王义明撰写了大量的新闻通讯，并多次获得《西藏日报》优秀通讯员荣誉，其文学创作很大程度上可以说是由此起步的。"我目睹了藏区发生的新鲜事，提起手里的笔，将所见所闻写下来，寄给《西藏日报》、西藏人民广播电台、拉萨广播站，陆陆续续发表了《金珠玛米教我"驾"铁牛》《闪光的青春》《坚持按劳分配政策　实行"五定一奖"制度》《拉萨市城关区想方设法多积肥》《光明公社及时除虫灭病》《嘎玛才旺不怕"冒尖"》等文章。"见王义明：《岁月长河》，北京：作家出版社，2006年版，第106页。

退缩。她一无所有,仍轻装上阵。"抛去自己生活中的砖,引来自己事业上的玉,这是镀亮人生苦旅最好的方式。"[1]或许正是这样的人生经历,使得她的作品如同她的人一样奇崛之中见平实,爽利之下蕴温情,泼辣利索之间有一种不屈不挠的顽强和韧性。[2]

> 站在缤纷的街灯下,蓝云却想着西藏的天,是那样的蓝,碧蓝;西藏的云,是那样的白,洁白。她庆幸自己这一生,有缘与那里的蓝天白云融合在一起……
>
> ——张彦丽:《蓝云》,拉萨:西藏人民出版社,2010年版,第668页

张彦丽(1954—),女,满族,笔名祎心、静华、扎西卓玛,辽宁省兴城市人。1968年8月,到农村插队落户当知青六年。1976年毕业于辽宁锦州农学院农机系,同年8月进藏,在墨竹工卡县唐家区插队落户当知青两年。1978年9月后历任墨竹工卡县中学教师、县人大办副主任、县委宣传部副部长。1988年8月调拉萨市工作,历任文化广播电影电视局办公室主任,拉萨市政协副秘书长,文化广播电影电视局党组副书记、局长,兼拉萨市作家协会副主席、西藏作家协会会员,中央组织部、中央统战部第九期挂职干部。

---

[1] 洋滔:《序:福从苦中来,善报天下人——王义明长篇纪实文学〈岁月长河〉》,见王义明:《岁月长河》,北京:作家出版社,2006年版,第2页。

[2] 作者在《岁月长河》的后记中说:"凭借在我国20世纪60年代初三年经济困难时所学的那么一点拼音字母,争分夺秒,和时间赛跑,全力以赴,不辞辛劳,经过几年工作之余的奋战,完成了这部纪实文学。"见王义明:《岁月长河》,北京:作家出版社,2006年版,第227页。

任山东省济南市天桥区委副书记、西藏自治区党委直属机关工委《西藏机关党建》杂志专职特约编辑、《西藏体育》杂志专职策划兼编辑、西藏达氏集团副总裁、西藏自治区冬虫夏草协会副会长兼秘书长等职，创办西藏岁月文学艺术工作者协会，任常务副会长。20世纪80年代开始写作，有短篇小说、散文、报告文学、西藏民间故事等两百余万字在报刊发表，著有长篇小说《蓝云》[1]《雪绒藏布》[2]等；执笔完成的大型主题歌舞舞台剧本多次演出并荣获原文化部文华奖；编撰西藏第一张多媒体光盘《辉煌五十年·西藏》；另有电视专题片《石莲》《沸腾的拉萨》《走进拉萨》《美丽的春光》及歌曲等播放演出并获奖；策划并编辑"西藏岁月系列丛书"[3]及报告文学《鹰之歌》[4]《圣地艺苑奇葩——记拉萨市歌舞团30年》[5]等。

长篇小说《蓝云》（上下册）约90万字，主要描述了20世纪70年代进藏大学生在西藏的青春、爱情与事业，激情、理想与奋斗。内容曲折而真实，呈现了西藏民俗文化、历史变迁和藏汉民族的团结。作品主人公蓝云身世奇特，父亲扎西是拉萨一贵族家长子。1950年，因政治和家族财产分割的冲突，

---

[1]《蓝云》（上下册），拉萨：西藏人民出版社，2010年版。

[2] 据读秀搜索，《雪绒藏布》为张彦丽著作，大连出版社，2014年版。故事发生在世界上最高的地方，以神山、圣湖、蓝天、白云为舞台，以瑰丽的藏地文化为背景，描写了在那个理想主义还存有最后一抹霞光的年代，在那个青涩纯真的年纪，一群中国最后一代革命知识青年作为浪漫主义的实践者的一段人生。这是首部披露20世纪70年代进藏大学生在藏工作、生活与爱情的史诗性长篇巨著，第一次向世人展示自愿到祖国海拔最高、最偏远的地方插队落户的知青们鲜为人知的神奇人生，介绍了中国最后一代浪漫主义诗人们的藏地心路历程。另据9192中文网和榕树下网站发布，《雪绒藏布》作者为益喜美朵，作品是一部描述20世纪70年代进藏大学生藏地生活的小说，向世人展示了70年代那批援藏知青的青春与爱情、无悔与浪漫。主人公蓝云身世奇特，父亲为西藏解放后第一批到北京学习的藏人子弟，与北京大学的教师、蓝云之母相爱，一起返回西藏。父母因为政治问题被迫离婚，母亲带着蓝云返回北京。18年后，蓝云长大，与一批大学毕业生一起，来到西藏墨竹工乡插队当知青。

[3] "西藏岁月系列丛书"（包括《高原魂》《金质的哈达》《彩霞东来》《喜马拉雅丰碑》《雪域风华》《守望》《我们的西藏岁月》《雪绒藏布》《高原的记忆》《墨竹河》《源》），大连：大连出版社，2014年版。

[4] 责任编辑为张彦丽、杨从彪，拉萨：拉萨市文化广播电视局，1989年版，其中收入祎心（张彦丽）《鹰之歌》，第158—169页。

[5] 成都：成都出版社，1992年版。

带着弟弟逃到扎尼玛，与当地女子米玛结婚，生下了实为弟弟与米玛的儿女丹杰与古桑措姆。其后，扎西被送到北京中央民族学院学习，与身为教师的蓝云之母相爱，后一起返回西藏。后因政治等问题，扎西与蓝云之母被迫离婚，6岁的蓝云随母返回北京。初中毕业后，蓝云到东北当知青，5年后回北京上大学。大学毕业后，为了寻找父亲和哥哥，自愿进藏，扎根落户到墨竹工卡县唐加区一村扎尼玛当农民。小说以蓝云到扎尼玛为开头，以蓝云与韦寒新、丹杰、朗色、小刘等人的感情纠葛和事业奋斗、人生追求为主线，语言淳朴平实，顺叙与倒叙叠加，在故事的曲折进行中展现藏地的民俗与时代进程，呈现出知识青年浪漫主义的一段人生。其中，因小刘在通邮上暗中作梗，蓝云与恋人韦寒新产生误会，两人崎岖的情感波折令人心酸纠结，而小刘与韦寒新之间的波澜曲折，既让人对其为追求自身幸福而不择手段，破坏韦寒新与蓝云之间爱情的行为产生痛斥和厌恶，同时，其知青父亲返城抛下她与母亲，以及她与韦寒新结婚又离异的结局，又让人不禁唏嘘而心生同情。书中穿插了几对进藏青年的爱情故事及老一辈进藏干部在藏奉献的人生经历，各有特色，有鲜明的时代烙印。尽管蓝云多次恳求，但村里宁愿将上面分发下来的康拜因联合收割机荒置也不让其使用的描写，让人对边疆民族地区的经济发展产生深深思考。书里以蓝云为主线的每一个人物所发生的故事都能够在现实生活中找到原型，他们各自上演着自己的人生悲喜剧。但作者并没有完全复制现实，也没有过分拔高超越现实，而是以女性特有的温婉与细腻的笔调述说着那段西藏岁月。小说中隐藏着诸多漫不经心却娓娓动听的细节，让我们看到了大学生知青从遥远的北方来到举目无亲的世界屋脊，又在这里把自己融入藏族人民之中的真真切切的经历和波澜起伏的心路历程。小说主人公那种无私奉献、任劳任怨的精神，是作家内心折射的阳光。

张彦丽的小说叙述手法单一而独特，对蓝云形象的塑造，细腻生动，多线并置，波澜曲折，给我们留下了深刻的印象。

第一章 小说

在与命运的不断抗争与服从中，西藏岁月无声无息地从我的手指间溜走，青春流逝，山河更美。对我来说，岁月是一条永不停止奔腾的河流，就像滋润、养育过我们每一个人的拉萨河，它来自高原雪山，而那里就是我今生今世灵魂的永久住所。

——孟梅英：《西藏缘》，载于《西藏文学》1997年第5期

孟梅英（二排左四）与她的学生们

孟梅英（1963— ），女，生于山西省太原市，笔名晓梦。1987年于山西大学外语系毕业后进藏，在拉萨一所中学担任英语教师，1997年离藏返晋。此间，她以"晓梦"为笔名在《西藏日报》《拉萨晚报》《西藏文学》《拉萨河》《山西日报》等多种报刊上发表了散文、小说、诗歌等作品。其中《雪莲仙子》获《拉萨河》征文二等奖，散文《如歌的高原》获《散文》月刊纪念奖。[1]1997年，孟梅英历时6个月创作了长篇小说《西藏缘》，刊载于《西藏文学》1997年第5—6期，1998年1—4期。

《西藏缘》大约35万字，除序篇与尾声，共分六章，第一章为"走进西藏"，第二章为"青春之恋"，第三章为"拉萨生活"，第四章为"伤心生存"，第五章为"天堂之路"，第六章为"魂断高原"。小说主要围绕主人公李蝶进藏、在藏、离藏的故事展开，反映了20世纪80年代内地援藏大学生的事业、爱情与生活，既是与作者同时代的援藏大学生心路历程的反映，也是拉萨近十年社会经济发展状况的反映。正如书中所说："我们走进西藏，因为想走进太阳；我们热爱西藏，因为我们青春的火焰燃烧不息；我们依恋西藏，因为她成就了我们年轻的梦想；我们建设西藏，因为我们歌颂我们的青春。"[2]作者歌唱青春、歌唱爱情、歌唱生命，其中既有建设西藏的无私奉献，也有热泪涌动的诚挚友情，更有对美好爱情的热切向往和对青春的美好回忆。

---

[1] 林彬：《援藏归来的才女》，2008-03-27[2014-12-01].http://blog.sina.com.cn/s/blog_4deb902301008w34.htm.

[2] 孟梅英：《西藏缘》，载于《西藏文学》1997年第5期，第38页。

小说主人公李蝶与岳琪、王小毛、张心雄、雨虹等是大学同学，1987年，他们怀揣着对西藏朦朦胧胧的印象，刚刚毕业时的迷茫和雄心，以及青春时代特有的潇洒快乐的浪漫感，作为八年援藏大学生来到了西藏，从而也开始了他们步入社会后的新生活。李蝶是一个文静、美丽、喜欢诗歌的女孩子，也爱唱歌和跳舞，信仰勤奋，崇拜辉煌。进藏后，她被分配到拉萨一所中学教授英语，不久，便被英俊潇洒早她三年进藏的校友陈丰收深深吸引，与他忘情相恋。然而，丰收却已娶妻生子，他们之间的爱情注定会不了了之。其后，李蝶虽然收获了藏二代团结族建原的爱情，但心上已伤痕累累，加之看到朋友们在藏经历的曲曲折折与分分合合，最终，八年之后，在参加完丰收的葬礼后，李蝶与建原带着对未来的迷茫和憧憬以及对西藏的深深眷恋，离开了西藏，远赴美国。

陈丰收，李蝶的校友、学长和初恋情人。他外表儒雅灵秀，英俊逼人，风度翩翩，同时也聪明过人，才华横溢，意气风发，有很强的组织能力，雄心勃勃，准备在西藏大展宏图。在小说中，这是一个复杂的人物。一方面，他最初从川藏线进藏，的确想在西藏干一番事业，并具有较强的研究能力，对西藏的经济社会发展进行了调研和思考之后撰写了《珠穆朗玛模式》《西藏发展问题评述》两部理论著作，受到关注和好评；另一方面，他年轻气盛，居高临下，气势逼人，不懂得收敛，以致受到排挤，由最初在报社从事理论宣传及新闻工作到某政府部门从事政策研究工作，后到阿里某县任常务副县长。特别是他对李蝶的爱情，暴露出其内心的自私和阴暗。为了仕途，他最终抛弃了爱情。可以说，这是一个私利心极重的个人主义者。不过，最后的结局却是，大雪围困县城时，他为了百姓的安危，冒险外出求援死于途中，奏响了一曲理想主义与英雄主义牺牲者的挽歌。当地群众为他举行了天葬。消息传到拉萨，李蝶与岳琪等为他买了墓地并举行了葬礼。

小说中的其他几个人物，比如岳琪、张心雄、王小毛、雨虹，也都在西藏这片土地上演绎了各自的人生悲喜剧，给人留下深刻的印象。如性格沉静而又具有韧性的王小毛，深深爱恋着李蝶，不远数千里追随着她来到西藏，后来考取北京研究生，继而攻读博士。对于丰收的死，他内心五味杂陈，心情复杂。岳琪一向活泼，快人快语，对朋友豪爽直率，却因经济犯罪被判入狱，出狱后，与妻子申请调回山西。性格内向的张心雄爱情受挫，自杀离世。研究高寒草原的苏平，因内地没有合适的接收单位，这边又不放，八年期满后，最终选择留在西藏。小说中的人物既有对未来的憧憬和迷茫，也有对现实的不满，然而，无论是踌躇满志，还是随波逐流，小说都真实记录了那一代援藏大学生的成长历程。年轻的不谙世事的学子们在现实中体会着人生百味，在艰苦的、陌生的环境中慢慢摸索着前行。

小说也生动记述了拉萨20世纪80年代中期经历骚乱之后到90年代中期近十年的发展变迁。譬如，书中写到作者第一次正面接触拉萨城的感观，"这座古老的城市真是太古老了，没有高楼，没有广告，没有滚滚车辆，柏油路也没有几条，大多数道路为高低不平的土路"[1]，而"四十三项工程后，在拉萨北郊有了造型优美的西藏体育馆，西郊有了拉萨剧院和拉萨饭店，古朴的拉萨市第一次有了华贵气派的豪华建筑，宗教气氛很浓的拉萨市走向现代化，古老的香火缭绕的庙宇与现代化建筑并存，信佛的朝拜者和拉萨街头的现代青年共在，布达拉宫也开始了重要维修。青年路成为一条初具规模的商业街，许多土路换成了柏油马路"[2]，至于"援藏期满的时候，拉萨已经发生了翻天覆地的变化。银行、邮局、菜市场就设在单位门口。十字路口的街心花园妖娆妩媚，另一个十字路口的牦牛铜像熠熠闪光，大昭寺香火缭绕，左旋柳又发新枝，翠绿诱人。样式考究，具有鲜明藏族色彩的藏式私人二层小楼比比皆是，团结新村人气充盈，大方气派的公用住房拔地而起。新式平坦的转经道上，转经祈福的人们秩序井然，安详平和，党的民族政策给了信教群众充分的自由"[3]。作者在推进小说故事进展的同时，十分注意在不同的时间节点，客观而巧妙地记述拉萨城市发展的变迁，使人们既感受到时代奋进的气息，又没有将之游离于故事和人物形象之外。

总体而言，《西藏缘》是一个关于援藏大学生的生活经历的故事，也是那个年代在西藏的内地大学生生活的一个缩影。作者用女性特有的细腻、感性的语调叙述了一个个鲜活生命在高原上绽放的青春，作品中字里行间的温柔气息，让人仿佛听到一位忧伤、美丽、善良的少女在向我们娓娓道来。作

---

[1] 孟梅英：《西藏缘》，载于《西藏文学》1997年第5期，第43页。

[2] 孟梅英：《西藏缘》，载于《西藏文学》1997年第6期，第88页。

[3] 孟梅英：《西藏缘》，载于《西藏文学》1998年第4期，第69页。

品中主人公对美好生活的向往，对做好本职工作的责任，让人们深深感动。透过小说故事，我们仿佛可以看到，那个艰苦而又纯真的年代，一批又一批大学生怀着赤子之心来到这片神秘的土地，奉献他们的青春，见证西藏的繁荣和发展，谱写下一曲曲平凡却动人的诗篇。

> 临别　你说我是你前世的一抹花瓣
>
> 只你独赏　唯你采摘
>
> 凋零亦追随至天涯
>
> 如是
>
> 我情愿做你前世的那抹花瓣
>
> 凋零亦与你相守
>
> ——蒽青华：《我是你前世的一抹花瓣么》，见谭五昌：《中国诗歌地理：拉萨九人诗选》，北京：新世纪文化艺术出版社，2013年版，第139页

蒽青华（1975— ），女，生于青海省循化撒拉族自治县文都藏族乡毛玉村。1986年进藏，1994年进入拉萨晚报社从事记者、编辑工作，系拉萨市作家协会理事。著有中篇小说《老马尔》《一个在情网里失落的老人》《死信》[1]，短篇小说《失落》《爱在古城》《无望》[2]《月明星稀的晚上》[3]，报告文学集《发展中的城关区旅游业》等。小小说《潜逃·奇遇》获四川宜宾地区文联"工商杯"小说征文优秀奖。

蒽青华的小说创作题材多为男女婚恋和个人情感，且多为第一人称叙述。

---

[1]《死信》，载于《西藏文学》1994年第6期。

[2]《失落》《爱在古城》《无望》，收入拉萨市文联《神圣之地：拉萨文学作品选》，北京：中国文联出版社，2007年版。

[3]《月明星稀的晚上》，收入鲁迅文学院《少数民族文学创作培训班作品集·2013年·西藏卷》，北京：作家出版社，2015年版。

如短篇小说《失落》即以"我"作为聆听者，通过聆听一位老人在生命尽头的一段有悖常伦之恋，表达了老人对美好爱情的渴望。"我"偶然在路边的长凳上发现了一位老人，他向"我"讲述了他的故事：老人在爱人去世之后，经常到他们年轻时热恋的湖边坐坐、看看。在那里，他爱上了一个十八九岁的年轻女子。但由于自己年老，便想把自己的小儿子许配给她。于是，老人以一个一直默默爱慕着女孩的流浪者的口吻给她写了一封信，并请一个陌生人交给女孩。同时，老人也给正在北京上大学的儿子写信，信中极力描述这个女孩的美丽，希望儿子可以爱上这个女孩。而女孩因为这些信件，渐渐陷入爱情的旋涡，变得更加美丽迷人，并一直在甜蜜、羞涩地等待着这个流浪者。不幸的是，就在老人的儿子同意回来见这个姑娘的时候，女孩的父母却以三千块钱的价格将其卖给了一个60岁的老头。最后，女孩在大雨中绝望地死去，并留下一封情意绵绵的信给那个从未谋面的爱人。老人在向"我"讲述完这个故事的第二天，也悄然地死去。

短篇小说《无望》以孩子的视角，讲述了姑姑的婚恋悲剧。姑姑在14岁的时候爱上了同村一个30岁的男人，她不顾家人的反对，与之私奔，并生下孩子，谁知那个男人竟不承认孩子是他的，而且还不择手段地把孩子害死了。姑姑深受打击，几近疯狂。后来，姑姑在亲人的照顾下逐渐康复。二十几年来，姑姑在外面闯世界，其间，她从来没有停止过对爱的渴望、对孩子的渴望，而且也确实有很多人追求她，有老人，也有午轻人。为了不欺骗他们，姑姑总是把自己的遭遇讲给他们，希望能得到理解。但追求者在知道姑姑的经历后，往往是高兴而来，扫兴而去。20年来，她期盼着，渴望着，追求着，孤零零地生活着，渐渐万念俱灰，认为爱情对于她来说从来都是无望的，但她却为那无望的爱情进行茫然的等待和挣扎。她怕深陷进去，因为有过这样的经历，她不知道这无望的爱情何时能结束。后来，姑姑与一个叫康克乐的男人交往，起初进展非常顺利，他们将婚礼定在一个月后举行。可是，不幸随即到来。得知真相的康克乐，在一天下午怒气冲冲地闯进家来，指着父亲和姑姑的鼻梁破口大骂，说父亲欺骗他，姑姑玩弄他的感情，还嚷嚷说不愿意和一个风流女子结为夫妻，骂完取下戒指狠狠扔在姑姑面前，无情无义地走了。姑姑伤心欲绝地疯了，在夏末的一个晚上，自杀身亡。

《月明星稀的晚上》借助一个中年女子因家暴无意走入红灯区出轨的故

事，表达了女性心灵和肉体的渴望被爱。女主人公丫一将近四十还未跨进婚姻的殿堂，后经朋友介绍认识了啫力，三个月后两人举行了婚礼，并有了一个女儿。但渐渐地，她发现在她心中曾经是最完美的、在别人眼里无可挑剔的丈夫啫力尽管阳光、幽默、风趣，缺点同样很多：记仇、猜疑、小气，甚至是个极其倔强、极端的个人主义者。比如，他会查看她的电话号码，查看信息，甚至偷听电话，跟踪，然后一一仔细地审问，就像审问犯了错的孩子一样。如果她回答得稍微有些不圆满，他就会醋性大发，摔东西，砸东西。这一次，他对她大打出手，甚至叫她滚出他的生活，滚出他的世界。本来她临走时是要带上女儿的，可已经来不及了，新一轮的拳脚又向她涌来，她必须逃跑。走出家门的她，在微凉的夏夜漫无目的地游走，不知不觉中，来到这座城市的红灯区。她被一个神秘的女人带进了一个小酒吧，并被介绍给一个男人一起喝酒。由于没有带钱，她被迫和这个男人进行性买卖，否则就要被抓去卖淫，而且她不仅要满足这个男人，还要留下足够支付所有费用的钱才行。原来这个男人是一个专门靠引诱女人、捞取钱财的家伙。最后，男人给了她钱，让她付了酒账，丫一也跟随这个男人到了他的住处。一路上，不仅有人跟踪他们，而且屋外还有人守着，防止她逃跑。在男人的房间里，"她想，她是绝对愿意来点真格的，比如强暴之类。这样想的当儿，羞涩的几抹红晕染上她的脸颊"。而当"红晕再度染满她的脸颊。不知道为什么，一种久违的温柔从心底升起，当这股柔情蜜意在心底蔓延之际，她全然忘记了这里的世界，忘记了自己的身份，甚至忘记了啫力和孩子。此刻，她只想和这个男人来一次浪漫"。"少女特有的那种羞涩和热情甚至柔情像要喷薄而出的洪水，阻挡很困难"，她的内心甚至有些渴望。当她躺在陌生男人的身边，望着昏暗的天花板，她有些奇怪，"即使她因为思想和行为都超出了道德范畴——在黑暗区里出卖了心和身子，心里却没有一丝一毫的负疚感，一点不安的感觉都没有"。清晨，她离开男人的住处，快步走到街面。"她双脚急促地朝前走去，脑海里闪烁的却是昨夜的事。"作者通过这样一个故事，反映了一个家庭妇女内心的孤独和寂寞，平庸、无聊的日常生活和家暴压抑了女人的心理和生理需求，她渴望激情，渴望"来点不一样的生活"。

蒽青华的小说创作注重女性内心隐秘世界的揭示，独语式的叙述温婉细腻，人物大多情路坎坷，性格敏感而情感浓烈，乃至于读者无暇去分辨这感情中的是是非非。

第二章
DI ER ZHANG

诗 歌

擦珠·阿旺洛桑、江洛金·索朗杰布、恰白·次旦平措

> 请听我们的歌声，藏族优秀的人民：／莫忘了毛主席的教导，／莫忘了解放军的英名，／莫忘了帝国主义的阴谋破坏，／莫忘了民族内部要团结紧！／我们要永远亲密一条心，／像水乳交融，像树干、枝叶紧紧地连着根！／爱国主义的思想，坚固得须弥山一样！／要当家做主，赶快建设祖国的新西藏！
>
> ——擦珠·阿旺洛桑：《金桥玉带》，见人民文学出版社选编：《我握着毛主席的手（兄弟民族作家诗歌合集）》，北京：人民文学出版社，1960年版。原译文见《人民日报》1959年4月29日

擦珠·阿旺洛桑（1880—1957），现代藏族学者、诗人，原名伯玛杰浪。生于日喀则市贵族德列饶登巴家，系台吉定甲家的兄长。5岁入色拉寺擦瓦康村为僧，后被认定为甘丹赤巴洛桑格勒活佛的转世灵童。6岁在色拉寺举行坐床典礼，开始学习佛经。21岁取得"拉然巴格西"学位。此后，游学西藏各地，遍访学者名流，进一步研究佛学理论、历史、文学、文法、诗歌、医药、星算等学科。曾任九世班禅的助理称霞（相当于侍读）及十三世达赖的私人秘书，并随同十三世达赖喇嘛去北京等地游历达5年之久，且同达赖喇嘛一起受到清光绪皇帝的召见。1911年4月至1912年1月受达赖喇嘛指派留学日本。返藏后，协同喜饶嘉措校勘《大藏经》，并任达赖喇嘛古甲森本堪布、娘热帕崩卡堪布，后因娶妻还俗，被罢免官职，并因此失去生活上的一切待遇。1945年受聘于国民党政府在拉萨办的国立拉萨小学任藏文教员。其后，因遭噶厦地方政府干预，多方刁难，被迫弃职。1951年年底，中国人民解放军进驻拉萨，擦珠·阿旺洛桑怀着无比喜悦的心情自愿参加了革命工作。初任西

藏军区藏文藏语训练班教员，西藏军区干部学校成立后，任副校长[1]。1952年西藏军区编审委员会成立，任常务委员，同时兼任西藏爱国青年联谊会委员、拉萨色兴小学董事长及副校长、西藏军区干部学校藏文老师，1956年又兼任报社新闻训练班的藏文老师，并任西藏日报社副总编辑。1957年，西藏反帝爱国与分裂倒退的斗争十分激烈，9月30日，擦珠在上班的路上被叛乱分子袭击受伤，医治无效，于12月1日不幸逝世。

擦珠眼界开阔，学识渊博，特别是在文学、诗歌、藏文文法方面具有较深的造诣。西藏和平解放后，地方各项事业的发展进步，激发着他的创作灵感，在繁忙的工作之余，他挥毫作诗，写下了不少脍炙人口的诗篇，衷心赞颂西藏的每一件发展进步事业，表达西藏人民发自内心的喜悦和团结一心建设新西藏的决心。他的主要作品有：为歌颂西藏和平解放而创作的《藏民齐欢唱》，为1953年1月爱国青年文化联谊会成立而创作的《爱国青年大团结》，1954年为歌颂两路通车创作的《金桥玉带》和《欢迎汽车之歌》，1955年为歌颂毛主席创作的《歌颂各族人民领袖毛主席》，为1956年5月31日中央代表团乘坐试飞成功的飞机返回北京而创作的《碧空银鸽》，为1956年7月1日党的生日创作的《歌颂中国共产党的诞辰日》《世人同声维护和平》，等等。有《藏文文法》《擦珠·阿旺洛桑诗集》（藏文）传世[2]。

---

[1] 有学者通过对擦珠活佛的学生强俄巴先生的访问和其他记载内容的研究，认为擦珠活佛没有担任过西藏军区干校副校长，也没有任教，但他经常参与学校的重大决策，帮助编写和审查教材。见强俄巴·次央、朗杰紫丹：《论著名学者擦珠·阿旺罗桑与西藏教育》，载于《西藏大学学报》（社会科学版）2013年第1期，第74—80页。

[2] 西藏自治区政协文史资料研究委员会：《西藏文史资料选辑》（第4辑），拉萨：西藏自治区政协文史资料研究委员会，1985年版；杨化群：《我所结识的西藏著名诗人、学者——擦珠·阿旺洛桑活佛》，载于《西藏艺术研究》1994年第1期；耿予方：《藏族当代文学》，北京：中国藏学出版社，1994年版；特·赛音巴雅尔：《中国少数民族当代文学史》，北京：北京十月文艺出版社，1999年版；秦永章：《擦珠·阿旺罗桑——西藏历史上第一位赴日留学生》，载于《中国西藏》2004年第1期；白润生：《中国少数民族工作者生平检索》，贵阳：贵州民族出版社，2007年版；《当代中国的西藏》编辑委员会：《当代中国的西藏》（下），北京：当代中国出版社，香港：香港祖国出版社，2009年版；拉巴平措：《缅怀先辈爱国情怀　继承先辈未尽事业——纪念著名学者、爱国诗人擦珠·阿旺洛桑先生逝世55周年》，载于《中国西藏》2013年第3期。

擦珠的诗富有爱国主义激情，大多反映重大的历史和现实题材，同时重视形象的塑造和意境的构置。《金桥玉带》是他的代表作之一，被广泛宣介评论。全诗八十行，可分为四个自然段。第一段写高原山河的壮美、奇险，衬托出修建公路所面临的艰难的自然环境。第二段分别描绘解放军开山劈石，忍受着高山的严寒和缺氧，终于修通了公路，在古壑天堑上架起一座金桥。第三段转向通车庆典的欢乐场面。第四段，诗人从康藏、青藏公路通车的欢乐场景中升华出来，抒发出这一重大历史事件带给人们的思想教益。最后以两句意味深长的诗句作结："汽车的歌声尚未停，／我心如白鸽，已经远飞去北京。"诗作融抒情叙事于一炉，既是一篇叙事诗，也是一篇抒情诗，结构宏伟，气势磅礴，生动描绘了青藏和川藏公路修建的全过程，表达了人民群众的心声，有力地鼓舞人民群众为建设新西藏而奋斗。诗作之所以取得成功，从艺术角度说，重要的在于作者圆熟地运用藏族古典诗词的技巧，把居高临下的俯瞰和身临其境的细微描写结合起来，把现实的场景和个人情感融为一体，随着思绪的腾飞，准确地捕捉到几个激动人心的场面，从而避免了流水账式的记录，赋予盛典以博大的内涵。[1]

诗人的一些诗作中的比喻也十分形象贴切，并富有民族特色，如《歌颂各族人民领袖毛主席》中将宪法比作檀香树，即颇有特色。檀香树在藏族人民心目中是圣洁、尊贵的。以檀香树比宪法可以说非常契合，有形象，有情感，既写出了宪法的崇高、光明，也写出了人民的思想感情。另外，他的一些诗的形式大多灵活自由，富于表现力。如《欢迎汽车之歌》，诗人以拟人的手法，通过汽车兄弟与自己对话，十分艺术地表达了自己的思想感情，亲切而别致：汽车兄弟对我说：／兄弟们远道不辞劳苦来，／响应毛主席的号召来，／有了中央的关怀才能到此来，／来为西藏的文化指大道，／来为西藏的经济设筵宴，／来为西藏的前途大放光明焰火，／不久公路还要布满全西藏。／要从铁路上迎接我们的长兄到此间。

总之，擦珠·阿旺洛桑的诗歌格调明朗清澈，有草原之宽阔、雪山之崇高、

---

[1] 李佳俊：《探索高原民族的奥秘》，拉萨：西藏人民出版社，1996年版，第82—83页。

奶水之香甜、巨火之热烈，有深刻的教育作用和美学价值。[1]他的诗作代表了人民的心声，反映了20世纪50年代西藏的真实风云。[2]

> 记得我在青春佳龄期，/伴同朋友一起混时光。/从未想过光阴使者来，/转瞬年过花甲六十强。/自己总是不知老将至，/一旦知晓总是空惆怅。
>
> ——江洛金·索朗杰布：《老少三人叙情》，耿予方译，见耿予方：《雪域文苑笔耕录》，北京：民族出版社，2000年版，第944页

江洛金·索朗杰布（1897—1972），藏族，诗人、学者、历史学家。父名江洛金·朗杰次旦，母名多吉央吉。6岁开始读写藏文，进入拉萨"甘丹厦"私塾学习。12岁起，随父到各地旅行、公干，熟悉官场礼仪，由格西喜饶嘉措等为其传授诗词、语法等课程，并到拉萨附近的寺庙接受有关宗教方面的各种知识。1916年，被十三世达赖喇嘛授予公爵的封号。1923年，赴江孜英军营地接受为期三年的训练，回到拉萨后被噶厦和藏军司令部派往印度采购军火。1925年，因参与由藏军总司令擦绒·达桑占堆为首的其他官员组织策划的企图扩充藏军的事件，被剥夺了"公"的爵位，贬为赛朗巴（四品）。1933年，被任命为阿里"堆噶尔本"，但他并没有前往阿里就职，只是派了

---

[1]丹珠昂奔：《藏族文化发展史》（下册），兰州：甘肃教育出版社，2001年版，第1125—1128页。

[2]黄波：《论当代藏族诗人擦珠·阿旺洛桑的诗美艺术》，载《西藏民族学院学报》（哲学社会科学版）2007年第5期，第39—42，58，123页。

一名代表前去顶替，[1]他本人则在拉萨附近的扎细联合制造厂充任达赖喇嘛的宠臣土登贡培的助手。1934年，因"龙厦事件"被流放到工布孜拉岗宗。[2]1936年，愤于西藏地方政府诸事不公，与土登贡培一同逃亡印度，在印度噶伦堡和邦达饶噶等人建立"西藏革命党"，1946年，在印英政府的威胁下失败。1947年，经其本人向西藏地方政府写信申请批准，回到阔别已久的故乡拉萨。[3]1951年西藏和平解放后，积极参与部分上层进步人士自发组成的旨在向解放军筹集、出售粮食的组织——拉桑岗堆的活动，为协调、解决进藏人民解放军的口粮、柴火做了大量的工作。1952年，西藏军区编审委员会成立，积极参与编委会工作，主持创办《藏文新闻简讯》（1956年改为《西藏日报》藏文版）并任编辑。同年，任拉萨小学筹委会委员，着手创办拉萨小学。拉萨小学成立后，任学校教务主任和副校长，主持学校日常事务。1953年起先后任雄竹基佐康（即粮行[4]）的主要负责人、西藏爱国青年联谊会副主任委员、中共西藏工委编审委员会委员、自治区筹委会委员、筹委会文教处副处长。1959年后，历任拉萨市军事管制委员会文教组组长、自治区筹委会文教处处长。1965年当选为西藏自治区第一届人大代表，任西藏自治区人委文管会主任、西藏自治区第二届政协副主席、第四届全国政协委员。1966年"文革"中，下放到居委会接受改造。1972年3月13日，因突发心脏病去世，享

---

[1] 由索朗杰布的姐姐德炯旺姆和姐夫前去代理。见廖东凡：《拉萨掌故》，北京：中国藏学出版社，2008年版，第330页。

[2] 据说，初到印度的江洛金·索朗杰布做过藏文教师，跟随根敦群培、邦达饶噶、巴布塔青，创作了随笔、诗歌等大量作品和《书牍轨范》等工具书，并与曲尼旺姆合作将一些英文作品翻译成藏文。见索穷：《时代见证者——江洛金·索朗杰布》，载索穷：《西藏记忆》，拉萨：西藏人民出版社，2010年版，第76页。

[3] 有学者指出，1946年4月26日，西藏地方政府请求印度政府将江洛金·索朗杰布等人遣送回西藏。江洛金·索朗杰布1947年经其本人申请，保证以后不参加任何政治活动后，才在西藏地方政府的批准下，回到了拉萨。其后直到1951年西藏和平解放没有担任过任何官职，一直待在家里，过着普通人的生活。见尕藏智华：《西藏江洛金贵族世家简史》，载于《中国藏学》2014年第S1期，第29—39页。

[4] 1953年年初，为了统管粮食买卖，既保证进藏部队的粮食供应，又兼顾城镇居民粮食需要，经过各方协商，在拉萨成立了历史机构——雄竹基佐康，即粮行。见索穷：《时代见证者——江洛金·索朗杰布》，载索穷：《西藏记忆》，拉萨：西藏人民出版社，2010年版，第79页。

年75岁[1]。

江洛金·索朗杰布少年时就擅长文章诗赋，从小就有能言善辩、博学多才的美誉。有资料记载："索朗杰布曾给锡金王室子女教授藏文，写过许多书信体的文章，翻译过一本描写第十四世达赖喇嘛选灵童、坐床经过的书，同时他还用30个藏文字母创作了各种藏文格式的藏文诗歌，仅旺曲朗杰搜集到的就有200多首，其叙事诗《老少三人叙情》（也有作《老少对白》[2]），通过一位老阿妈和两个年轻美貌的姑娘的对话，深刻地阐述了人生的道理，产生了较大的影响。"[3] "耿予方对《老少三人的叙情》曾评价道："《白发老人训诫》，是藏族老诗人江洛金·索朗杰布的名著。本世纪（20世纪）初，诗人客居印度大吉岭，夜读藏族学者孔唐·丹白准美《沧桑老人箴言》，面对当时国家、民族遭受帝国主义侵扰之苦，拉萨有家不能归，家有亲友不能聚，深感世态炎凉，慨叹之余，浮想联翩，手握竹笔，写下了这一发人深省的长诗。倾诉人生，意境深邃，语言生动，形象逼真，三藏流传，家喻户晓。今日重读此诗，对于洞察旧西藏赤橙黄绿青蓝紫色彩斑斓的心理活动和精神世界，仍有弥足珍贵的价值。"[4]

此外，《当代中国的西藏》一书介绍江洛金·索朗杰布在1962年曾发表作品《欢迎文成公主进藏》，该作巧妙地把历史上的文成公主和在上海戏剧学院毕业返回拉萨演出话剧《文成公主》的藏族演员联系起来，追索历史，纵观现在，热情歌颂了藏汉民族坚不可摧的团结和友谊。[5]值得一提的是，1958年，中央有关部门组织了70人的西藏社会历史调查组进藏工作，著名学

---

[1] 尕藏智华：《西藏江洛金贵族世家简史》，载于《中国藏学》2014年第S1期，第29—39页。

[2] 如有学者指出："五十多年里，当代藏族文学的发展大致经历了两个阶段。第一阶段是从西藏和平解放到党的十一届三中全会的召开，在这近三十年的时间里，西藏没有一个藏文的纯文学刊物。'西藏日报'藏文版文艺副刊上藏族诗人擦珠活佛发表了一些诗作，藏族文人当中流传着江坚·索朗杰布先生创作的韵体小说《老少对白》，当时的藏文文坛仅此而已，看不到更多的有影响的作品。这一阶段，我称之为'起步阶段'。"见次多：《藏文创作的当代藏族文学述评》，载于《西藏文学》2005年第5期，第141—149页。

[3] 旺堆：《西藏在述说》，北京：中国广播电视出版社，1995年版，第111页。

[4] 耿予方：《雪域文苑笔耕录》，北京：民族出版社，2000年版，第936页。

[5] 《当代中国的西藏》编辑委员会：《当代中国的西藏》（下），北京：当代中国出版社；香港：香港祖国出版社，2009年版，第316页。

者张怡荪率领《藏汉大词典》领导小组到拉萨地区收集词条。他们的工作得到了江洛金·索朗杰布等人的大力支持。他在受自治区党委、筹委的委托，亲自挂帅，组织在藏的祝维翰、洛桑多吉、洛桑土旺、德格赛格桑旺堆等学者对稿件进行审定、充实和完善的同时，还亲自为《藏汉大词典》中的《诗境论》修饰法三十五类的词条，逐一创作了诗例。[1] 为此，1978年10月，张怡荪在为《藏汉大词典》出版所写的序言中说道："许多热情支持这部辞书的藏族知识界人士，如江（洛）金·索朗杰布等，都已先后作古。旧雨零落，老成凋谢，初志待酬，感慨系之！"表达了这位汉族老学者对藏族知音的深深缅怀之情。[2]

> 一年最寒冷的季节——冬天，
> 西藏高原景象万千。
> 这是多么振奋人心的山河，
> 这是何等壮丽的一幅画卷。
> ——恰白·次旦平措：《冬季的高原》，耿予方译，见耿予方：《雪域文苑笔耕录》，北京：民族出版社，2000年版，第1099页

恰白·次旦平措（1922—2013），出生于西藏自治区日喀则市拉孜县拉敏家族，排行老三。1942年，以娘舅恰白之子的名义在原西藏地方政府任职，曾任索康·旺青格勒的首任侍从卫官、江孜宗本、吉隆宗本等。1953年参加革命工作，历任日喀则小学（亦称格萨尔庙小学）教员、教务主任、副校长。

---

[1] 索穷：《西藏记忆》，拉萨：西藏人民出版社，2010年版，第79页。
[2] 索穷：《西藏记忆》，拉萨：西藏人民出版社，2010年版，第79页；张怡荪：《藏汉大辞典》，北京：民族出版社，1993年版，第12页。

1960年，当选日喀则政协委员。1965年，当选拉萨市政协委员、常务委员、副秘书长，其间兼任自治区文联一、二届副主席。1978年，任第三届自治区政协常委、文史资料委员会主任。1983年开始历任西藏社会科学院副院长、研究员、顾问等职。其间还担任了"雪域文库丛书"的主编和《西藏研究》藏文编辑部主任。1986年，被原中华人民共和国文化部、国家民委、中国社会科学院和中国民间文艺研究会联合授予抢救《格萨尔》文化优异成就表彰书。1991年，成为享受国务院特殊津贴的专家。1988—2001年，当选为全国政协第七、八、九届委员。1996年，当选为西藏自治区人大常委会副主任。1998年，离职退休。1999年，被西藏大学聘为硕士生导师。2003年，任西藏自治区教材审查委员会顾问。2004年，任西藏文化保护与发展协会副会长。恰白·次旦平措是一位学识渊博的藏族历史学家、文学家，著述颇丰[1]。西藏社科院于2007年启动了恰白学术思想研究课题，出版"恰白作品与学术思想研究丛书"，其中收录了恰白·次旦平措的大部分著作。

就文学创作而言，尽管早在20世纪50年代中期，恰白·次旦平措就曾有过文学创作[2]，但为人所熟知是在改革开放之后。1980年，中央召开了第一次西藏工作座谈会，从此揭开了西藏新时期的序幕。新时期的到来给西藏带来了一个生机无限的大好时光，西藏人民也同全国人民一样为之喜悦、为之欢呼。经历了新旧西藏各个时期，阅尽人间沧桑的诗人恰白·次旦平措也不例外。激动的心情使他无法平静，文学创作的冲动像开闸的江水一样一泻千里。这一时期他创作发表了诸多藏文诗和文学评论，结集为《冬之高原》（诗歌13首、故事1则、评论5篇），列入"西藏当代文学丛书"由西藏人民出版社于1991年出版。其中《冬之高原》（又译《冬季的高原》）获1981年全国第一届少数民族文学创作奖、五省区藏学文学创作荣誉奖、西藏文学创作一等奖，《拉萨欢歌》（又译《欢乐的拉萨之歌》）获1985年全国第二届

---

[1] 先后出版发表了30多篇论文、4篇文史资料、22篇文艺作品、5篇文艺评论，及《西藏简明通史——松石宝串》《谚语释义》《夏格巴的〈西藏政治史〉与西藏历史的本来面目》等7本专著口述。见白玛朗杰、孙勇、仲布·次仁多杰：《口述西藏十大家族》，北京：中国藏学出版社，2014年版，第161页。

[2] 蓝国华、刘雅君：《为文不惟怜风月 一枝一叶总关情——浅谈恰白·次旦平措与新时期初的西藏文学》，载于《西藏研究》2008年第5期，第13—19页。

少数民族文学创作优秀短诗奖,《觉贡的房东》(又译《觉贡下榻的地方》)获五省区藏族文学创作一等奖。

《冬之高原》是以藏文噶协诗即回文诗的形式写出来的。诗作以藏文30个字母打头,按照字母顺序写下来,一般4句为一首,共计9首36句,一句之中长达15个字,写作难度颇大。该诗既遵守了传统藏文噶协诗的形式要求,又赋予了鲜活的现实内容。诗从西藏冬天的自然景象写起。诗人笔下西藏冬天是雪山环绕着大地,江河冰冻,万物凋零,然而在这冰冷的冬天,西藏广大农牧民的生产热情是高涨的。诗人用细腻生动的笔触描写了农牧民热火朝天的生产景象。一冷一热,形成鲜明对比,诗人运用这样的对比手法,烘托出今日西藏人民热情冲天的精神面貌。在诗的末尾用了这么一句话:"在冬日里的高原上,竟能看到如此打动我心的感人场面,如果到了绿树成荫、百花争艳时候的西藏,那激动的心情无法用语言来表达。"这句话升华了这首诗的思想境界,把诗人歌颂当今西藏大好形势的主题推向高潮。该诗描绘了在党的改革开放政策指引下,西藏高原处处呈现出一派经济发展、社会稳定、人民幸福的动人景象。[1]

《拉萨欢歌》是用句首叠字的格律写成。全诗三十四段,每段四句,每四句中第四句的句尾均用"拉萨欢"三个字结尾。在这首诗中,主题是描写拉萨翻天覆地的变化,歌颂变化带来的喜气洋洋的景象。作者通过娴熟的艺术手法,全面又细腻地展示了拉萨的变化,给人一种身临其境、倍觉亲切的感受。特别是传统修辞方法与现代修辞方法结合运用,珠联璧合,恰到好处。诗句也因此显得珠圆玉润,增色不少。如句首叠音修饰,"整整地球的顶冠,/白白雪山珍珠串。/缓缓四江碧玉带,/高高雪城拉萨欢"[2],使得诗句形式整齐,音调铿锵,极富节奏感和音乐美。再如,比喻的运用,"直直大梵天尺般,/平平公路纵横穿,/条条连接成棋盘,/片片景色迷人拉萨欢",把公路纵横穿错、相互连接形成的交通比作棋盘;"郁郁葱葱林园间,/皎皎屋宇巧装点,/绿绿广袤大草原,/串串珍珠嵌饰拉萨欢",把林园围绕的白

---

[1] 次多:《浅析恰白·次旦平措先生文学作品的思想艺术》,载于《西藏文学》2009年第5期,第173—176页。

[2] 译文见李学琴:《藏族文化散论》,拉萨:西藏人民出版社,1996年版,第206页。

色房屋比作镶嵌在大草原的珍珠等,形象生动,令人难忘。[1]

恰白·次旦平措的文学创作,既有深厚的传统藏文功底,又融入新时代的生活体验,其以传统手法反映新的时代、新的气象的一系列作品,在当时西藏文坛宛如一股清新的风,一下子吹开了人们封闭已久的心扉。他的文学创作并不亦步亦趋于古典规限,尤其是在内容表达上,不仅突破了宗教的拘囿,唱出了个人真实体验下情潮喷涌的心音,而且在时代的激荡下,真情流露中还散发出生气盎然的现代气息,与新时期初西藏当代藏语言文学创作中涌动的另一股不羁的自由体文学创作潮流,一道构成了西藏当代藏语言文学发展中对现代性向往的时代探求。[2]

闫振中、杨从彪、陈亮

> 在北部的夜空
> 沿着三月的脊背望去
> 那里有一个漂泊的星座
> 他的名字叫牧夫
> ——摩萨(闫振中):《牧夫星座》,见摩萨:《第三极牧歌》,桂林:漓江出版社,1988年版,第86页

闫振中[3](1944—),回族。又名姆萨,笔名摩萨、野牧,生于河南省开封市。初中和高中毕业于开封市第二中学。1965年考入西藏民族学院攻

---

[1] 译文见张天锁:《评恰白·次旦平措的组诗〈拉萨欢歌〉》,载于《西藏民族学院学报》(哲学社会科学版)2008年第5期,第58—61、168页。

[2] 蓝国华、刘雅君:《为文不惟怜风月 一枝一叶总关情——浅谈恰白·次旦平措与新时期初的西藏文学》,载于《西藏研究》2008年第5期,第13—19页。

[3] 又作阎振中,如《第三极牧歌》作者简介中"摩萨原名阎振中"。

读企业管理，1967年毕业，1969年起在拉萨市墨竹工卡县工作，1984年年底调到拉萨，2004年退休。历任拉萨市墨竹工卡县委秘书、宣传干事，拉萨市委宣传部文教科副科长、科长，拉萨晚报社总编辑，西藏自治区藏语文工作指导委员会办公室指导处副处长兼《藏语文工作》杂志主编，《中国税务报》驻西藏记者站副站长，《西藏文学》杂志社副主编、主编等职。1973年开始发表作品。1982年与吴雨初、魏志远、洋滔三位诗友一起创立了"雪野诗派"。著有诗集《第三极牧歌》（1988），散文集《西藏文化之旅》（1995）、《西藏秘境》（2000）、《西藏梦境》（2006），长篇报告纪实文学《进藏英雄先遣连》（2006）、《喜马拉雅丰碑》（2014），收集整理编辑民间故事集《西藏民间故事》等。短诗《四季歌》获1980—1981年西藏自治区优秀文学作品三等奖，长诗《檀木姑娘》获1982—1983年西藏优秀文学作品二等奖，组诗《中国龙》获1988年中国·星星杯诗刊创作大赛一等奖，诗歌《老牧人之死》获1988年少数民族诗歌有奖赛优秀奖，《进藏英雄先遣连》获2009年西藏自治区党委宣传部颁发的"五个一工程奖"。

　　闫振中是个多面手，在从事报刊编辑及其他工作之余，既写散文，也写小说[1]和报告纪实文学，对于民间文学如《格萨尔》等也有较多涉猎，然而其最初发轫并引人注目的是诗歌创作。1973年年初，诗人出差到拉萨。一个偶然的机会认识了《西藏日报》文艺副刊的编辑蔡本湘，他拿出自己随身携带的笔记本，上面写有几首小诗。没几天，他发现自己的文字在《西藏日报》上变成了铅字。这便是他的处女作。[2]此后，诗人一发不可收，将更多的精力放在了诗歌的创作上，迄今已创作了千余首诗歌，散见于全国50多家报刊。其中，既有政治诗、抒情诗、叙事诗，也有仿民歌和古体诗词，"第四代""第五代"等现代诗风的探索在他的创作中也留下了明显的印迹。[3]这里，我们仅简要介绍诗人两首早期的叙事诗作《檀木姑娘》《美梅措与文顿巴》及诗集《第

---

[1] 如《绿水青山》（见云峰等：《高原的春天》（小说集），拉萨：西藏人民出版社1975年版）、《猎人的伤疤》（见《西藏短篇小说选》，拉萨：西藏人民出版社，1984年版）。

[2] 夏荷：《摩萨其人》，见韩燕、白朗主编：《西藏当代文化名人》，成都：四川文艺出版社，1991年版，第432页。

[3] 李佳俊：《诗人，寻找你的位置——浅析摩萨的诗探索》，见李佳俊：《文学，民族的形象》，拉萨：西藏人民出版社，1989年版，第307页。

三极牧歌》。

《檀木姑娘》《美梅措与文顿巴》均直接取材于西藏民间故事。

《檀木姑娘》[1]叙述的是藏族人民对强权暴政的不屈反抗。老木匠强桑的女儿琪美因不愿给国王唱颂歌,被豹头将军带领的官兵放箭射杀。多年后,埋葬琪美的地方长出了一棵紫檀树。强桑用这棵紫檀树按女儿的模样雕刻出一个美丽的姑娘。裁缝扎西见到后,给檀木姑娘缝制了一件彩裙,画匠格苏给檀木姑娘画出丰腴的肌肤,勇士索巴则用深情的六弦琴复活了她的灵魂。正当这对痴男怨女在苦难中倾诉衷肠时,早已埋伏在草丛中的白浪王的兵马将他们双双捉住。白浪王企图以荣华富贵引诱檀木姑娘做自己的妃子,当他前去搂抱时,竟是一尊木头,遂恼羞成怒,下令戕害檀木姑娘。最终,檀木姑娘吹旺大火,烧毁了王宫,并与勇士索巴结成眷属。这首诗构思精巧,剪裁得当,叙述优美,语言流畅凝练,整个诗篇使人读起来觉得情趣盎然,特别是对索巴和檀木姑娘的塑造,非常感人。[2]

《美梅措与文顿巴》[3]叙述的是一对青年男女坚贞的爱情故事。两个古代藏族部落世代为仇,但两个部落的新一代——河西"辖"部落土司的女儿美梅措与河东"怒"部落土司的独生子文顿巴却产生了纯洁的爱情。当他们遭到反对和迫害时,双双以死殉情,并最终化身为茶与盐融合在酥油茶中,难分难解,永不分离。这首诗立意深邃,反映了西藏历史上部落之间的争斗,歌颂了民族团结的精神。[4]

《第三极牧歌》由漓江出版社1988年出版,收入作者53首诗歌。1982年,诗人与诗友一道举起了"雪野诗"的大旗,诗风由早期民歌体和颂歌体的清

---

[1] 载于《西藏群众文艺》(汉文版)1983年第1期。

[2] 克俭:《青藏高原上的回族诗人:摩萨与王度》,见宁夏大学回族文学研究所:《回族文学论丛》(第1辑),银川:宁夏人民出版社,1990年版,第125页。

[3] 见《叙事诗丛刊——民间叙事诗专集》(第三期),郑州:河南人民出版社,1982年版;《西藏群众文艺》(汉文版)1983年第1期摘登;《西藏文学》2014年第3期(题名《美梅措与文顿巴——取材自西藏民间故事〈茶和盐的故事〉》,相较1982年版本,2014年版在文字叙述上做了较大改动,但故事情节基本未变)。

[4] 克俭:《青藏高原上的回族诗人:摩萨与王度》,见宁夏大学回族文学研究所编:《回族文学论丛》(第1辑),银川:宁夏人民出版社,1990年版,第125页。

朗转变为刻意的清俊和冷峭。1984年调入拉萨市后,现代诗情与民族之风和古典之气相互交融,诗人开始崇尚沉雄、高旷的诗风,追求澄净悠远、丰盈醇厚的美学境界。随着视野的进一步开阔,诗人开始注重思想与情感的充分对流,诗的骑士风度逐步向现代人的真实感情转移。哲学的静穆,生命的顿悟,雪域西藏的神奇、神秘、神圣交织于笔端。[1]我们通过聆听闫振中的"第三极牧歌",能够清晰地看出诗人经过反思的裂变。那从浪峰滑向浪谷的轻盈的牛皮船,那挺拔雄壮、耸入云霄、可望而不可即的大雪山,那淳朴敦厚的藏族阿妈,那情意绵绵的多情姑娘……诗人站在新的美学高度,调动自己的艺术才华,给自己的诗插上了想象的高飞的翅膀,赋予其敏睿智慧的空灵和令人眼花缭乱的隽丽,显示出一种强大的力度和历史的包容量,深沉、雄浑、壮阔,洋溢着一种阳刚之美:"我是大草原的一匹野马/是雪山内脏之火哺育的精灵/我的高昂的头 体现着/高山峡谷不加修饰的高贵/用阴峻的凌厉的目光/将大草原黑沉沉的岁月穿透"(《野马》);"猎人向着多雪的黑森林/走去 他凭着/一把弯刀狩猎/大峡谷因雾遮云壅而漫长/喝一口酒/就一首冬藏的歌"(《猎人》);"可他 你能将所有的灾难和风暴/踏灭在蹄下 当他的马鬃/从云天的常春藤上掠过的时候/马头又会崛起大草原昂奋的历史/这男子汉的胸膛/任所有季节的浪潮拍击"(《羌塘汉子》)。

同时,诗人撷取雪山草原一些物质和精神的形象,进行深刻的思辨和反省,上升为哲理,在表现"阳刚之气"的同时,也赋予"阴柔之美",如《寂寞》:"寂寞是羊儿吃草的声音/寂寞是白云的诉说/假如大草原没有寂寞/牧人就没有那许多爱/就没有那许多歌……"

宗教在闫振中的诗中也有体现,但诗人并不对宗教本身做什么评价,不做先入为主的批判,也不发悲天悯人的感慨,[2]而是在客观的呈现中让读者去挖掘和思索一个民族成长的历史和人类存在的本身。如《佛灯》:"每一盏佛灯/都是一个太阳/闪闪烁烁/经堂里/排列着许多宇宙//世界如此之大/须弥山是一尊红柱耸立/三十三层天/有六道轮回/四个部洲/七大

---

[1] 夏荷:《摩萨其人》,见韩燕、白朗主编:《西藏当代文化名人》,成都:四川文艺出版社,1991年版,第434页。

[2] 克俭:《青藏高原上的回族诗人:摩萨与王度》,见宁夏大学回族文学研究所编:《回族文学论丛》(第1辑),银川:宁夏人民出版社,1990年版,第124页。

圣湖/都被那些金塑的佛祖占据//人在哪里/人在哪里/佛祖执着明灯寻找"。再如，《朝圣者》："他倒在朝圣的路上/倒成一个疲倦的、永恒的微笑"。

闫振中的诗歌，立足于西藏大地，具有质敛、冷峭、刚劲的艺术风格，回荡着一种阳刚壮美之气，给人以恢宏、苍茫、混沌的意象感。在题材撷取上，醉心于古朴、博大、壮美的客观物象。情感抒发和形象塑造上，倾向于情绪的大幅度跳跃和意象的叠加，多角度、多层次地动态化地描绘景物，并寓理性于空灵之中，注意形象的象征性和暗示性。语言则偏重于凝重、坚硬，透出一种冷峭之气。

> 马累了风累了唯有勇气不累
> 远山波动着他征服野马的兴奋
> ——洋滔：《驯马手》，见洋滔：《驭马手》，桂林：漓江出版社，1988年版，第18页

杨从彪（1947— ），笔名洋滔，生于四川省达州市达川区管村镇高寨村一个农民家庭。1954年就读于达县管村中心校，1963年7月毕业于四川达县管村中学，1987年通过国家自学考试获得大专文凭。1965—1972年在四川达县管村公社中、小学任教。1973—1983年在西藏拉萨市任中、小学教师和从事教育行政工作。1983—1985年任《拉萨河》副主编、主编。1985—1993年任《拉萨晚报》副总编（主管副刊）、《拉萨宣传》副主编。1993—2003年《拉萨河》复刊，他任主编。1993年加入中国作家协会，为西藏作协理事、拉萨市文联党组成员兼秘书长、拉萨作协副主席、中国散文诗学会理事、中

国通俗文学研究会会员、中国晚报协会理事、"西藏和平解放60周年建党90周年丛书"副主编、《东方文艺》副主编兼诗歌主编、《中国诗人报》编委会主任、达州市诗词学会、《大巴山诗刊》《新时代文学》《诗人周刊》等多家社团和报刊顾问。自1965年在《通川日报》文艺版发表诗歌处女作《大巴山上开新田》以来，他在国内外100多家报刊上发表诗歌、小说、散文、儿童文学、报告文学、文学评论300多万字。出版《崛起的珠峰》（1987）、《驭马手》（1988）、《多情的世界》（1991）、《雪海》（1996）、《西藏民歌》（2008）、《亲情》（以杨从彪为主要作者的合集、2009）、《洋滔文集》（三卷、2016）、《亲情》（二、2017）等诗（文）集10部；编辑（编撰）出版报告文学、散文、诗集等17部。曾获西藏文学十年奖（1985—1995），拉萨政府文艺最高奖——第一、二、三届圣地文学艺术奖及《诗刊》《中国作家》《文艺报》等国家级和省市级文学大赛奖项百余次。

　　杨从彪对诗歌创作情有独钟，伴随着时代和诗歌的发展，他的诗也随之呈现出不同的特点。早期诗歌偏重借鉴传统诗歌的表现手法，内容大多为生活和政治的抒情诗，且具有较浓厚的民歌风味。比如："青稞苗变成你绿油油的青丝／果树林是你绚丽的衣裙。//日月星辰为你佩起灿烂的明珠，／多情的白云给你披上柔曼的轻纱。"（《给山理发》）"闪吧——朝霞的结晶，／流吧——香甜的味道。//请风品品：有多香，／让云看看：有多好。"（《摘苹果的时候》）"每一张笑脸都像鲜花，／每一支歌儿都像大江。//舞姿里亮着坦荡的舒服，／歌声梳理着一天的力量。"（《晚会》）这些诗均以两句为一节，句式整齐，层次清晰，韵律流畅，画面明朗。再如《眼睛——献给青年》，以四句为一节，共分八节，赞颂和劝勉青年勤奋学习。诗人热情赞颂那对眼睛并被她深深吸引，"你的秋波流出了神韵，／是那样深深地把我吸引，／我愿在这波浪里游泳，／游到心岸撷取爱的结晶"，但诗人又发问："昨天，你的话儿热得发烫，／把我初放的情鸟引向迷惘，／今天，盛开的鲜花顿时枯萎，／是谁偷去了你那炽热的眼光？"诗人对此难以理解，心生疑惑，"这是两汪深沉的大湖／湖波里浅藏着一对珍珠，／珠光在贪婪地追求知识，／要把它熔铸于青春深处"。原来主人公是在知识的海洋里汲取力量，是勤奋拧成缕缕红丝将她的眼球绕满。这眼球上的血丝，是用智慧织成的一张大网，要网起一串串丰收。"这是一对双管导弹口，／爱和恨的合金把它铸就，/别看它有着不眠的静谧，/只是没到爆发的时候。"多么奇特的联想，又是多么生动的比喻，难怪诗人最后情不自禁地写道："这里是生产情感的车间。"对于杨从彪的诗作，著名诗人梁上泉曾评价说："你的诗不乏中国古典诗歌的优美意境，但也比较现代，不陈旧，很新鲜。"

其后，在现代诗潮的影响下，杨从彪的诗风也一度追求新变，他与友人一道发起倡立"雪野诗"和"雪海诗"，认为"苍茫、空古、怪僻的雪海，能生长无数的遗憾，生长佛的灵性，生长孱弱的格桑花和傲横的太阳，也一定能生长出像样的诗来"。他们"崇尚沉雄、高古的诗风，追求魔幻而簇新，诡奇而醇厚的美学境界"[1]，并宣称要"用自我的心灵的烈火，炼出生活的真善美，抨击假丑恶，表达强烈的喜怒爱憎"[2]。在这一思路的影响下，杨从彪的诗歌开始更多地关注西藏的地理历史文化，以及隐藏在日常生活背后的民族成长性格及人性的悲喜，比如《格萨尔王》《仓央嘉措》《青年喇嘛加措》《阿爸》《醉汉》《当雄草原上的老汉》《达娃》《西部草原上的男人》《骑手》《牧人》《征服》《残碉楼——一个王朝留给子孙的遗物》。作者写"喝酒是草原上男人们的嗜好/酒所燃起的火焰属于野性/是战胜寒冷的宝剑/他们可以没有酥油没有奶茶/没有皮袍没有女人但不能没有酒"（《西部草原上的男人》）；写"性格的粗犷/赢得了细腻的爱/无谓的拼搏/才有鲜花的敬慕/畅饮三碗藏酒/又飞跃起来了/马，在淌汗/脖子上飘扬的哈达/紧系信任和赞声"（《骑手》）；写"那群狼恨死了你/而一碗碗藏酒/总是为雄性的胆量助兴/使你成为草原权威的主宰者"（《牧人》），恣肆张扬，读者读得热血沸腾。然而作者更多的是以沉静的笔调抒发对历史和民族的思考，且往往通过老人这一意象将昨天、今天和明天联系起来，引发人的纵向思索。如《阿爸》中的那位被天葬师仅用十分钟就解剖完的阿爸，"日子越来越疲倦/小花猫的叫声老了/它兴奋地咬你的脚/小孙孙的哭声老了/你回味草原陌生的勇气"。《老人》中那位由一场夹杂着雪暴的峡谷风把他从阿妈肚子里接到这个高寒乐园的老人，"他呼吸着蓝色的透明的空

---

[1] 《雪海诗宣言》，见徐敬亚、孟浪、曹长青等：《中国现代主义诗群大观1986—1988》，上海：同济大学出版社，1988年版，第391页。

[2] 《雪野诗编者语》，载于《西藏文艺》1983年第1期。

气／（没有污染的空气／与文明世界隔绝的空气）／他从来不过问小河沟以外的人们／而小河沟以外的人们／倒密切地关注着他呢"。《当雄草原上的老汉》中的那位雪海的儿子，"他是雪海的儿子／雪海是他的摇篮／他吃原始社会遗留下来的青稞／从没喝过啤酒"。"他是孙孙的好朋友／他讨厌儿子的迪斯科／也白眼儿媳的高跟鞋／孙子七岁上学去了／他更加沉默／沉默成一尊岩石／天空幽远了往事"。是的，他是雪海的儿子，雪海是他的摇篮，但"他终于没有长大／在摇篮里睡着了／再也没有醒来"，令人不禁引发更多的思索，乃至对人的生活和生命本质进行探寻。

经历了"雪野"与"雪海"的一番骑射逐猎，杨从彪对诗的理解又有了新的认识，更加注重诗的平民意识和口语化叙述。无事不写诗，无情不写诗，无理不写诗，真切地展现他所经历的生活画面，采取客观化的审美和叙述态度，追求生活的原生魅力，展示生活的原生状态，坚持创作的平民立场，表达他对生活的感悟，有哲理但不艰涩抽象，有细节而不琐屑繁赘，看似平淡却有深意，形似通俗却又内涵雅趣。特别是一些承接他一贯亲情书写的作品，通俗浅近，内蕴真情，读来深切感人。如《二月二十日晨记》，"我和妻儿走过张家湾梁上／过了那道梁／我再也看不到母亲了／于是往回走了几步／只见送行的人们都回家去了／唯独母亲站在那棵桉树下／她孤零零地站着／一动不动／我的心好酸／好疼／……我是一个有罪的儿子／难以尽到自己的责任／母亲八十个春秋／凋零成暮冬／……／／啊母亲／我会按你说的去做／做一个真正的——人"。再如《我走了，妈妈》，"我走了妈妈／我要去远方／去远方做事你千万别流泪／泪会濡湿你身边的小太阳你的小孙孙／不要让殷殷抽泣咬伤了他甜蜜的梦呓／……妈妈我把心儿留给你／你会感到慰藉和欢快的／孙儿是你儿子活生生的立体像我不骗你／妈妈／你要散步他就是你的拐杖／……我走了妈妈说实在的我心里真难受／一滴滴思念落在你手上又凉又疼／你将它滋润的新芽移植于雪野"。这是诗人献给母亲、献给家乡的发自肺腑的深情，没有任何花言巧语的雕琢，没有呼天抢地的呐喊，全是不加修饰的白描和直抒胸臆。再如，《寄妻》（之二）[1]，"从南方的南方这部风

---

[1] 《崛起的珠峰》（1987）与《亲情》（2009）均收录有此诗，但文字略有不同，本处选用《亲情》。

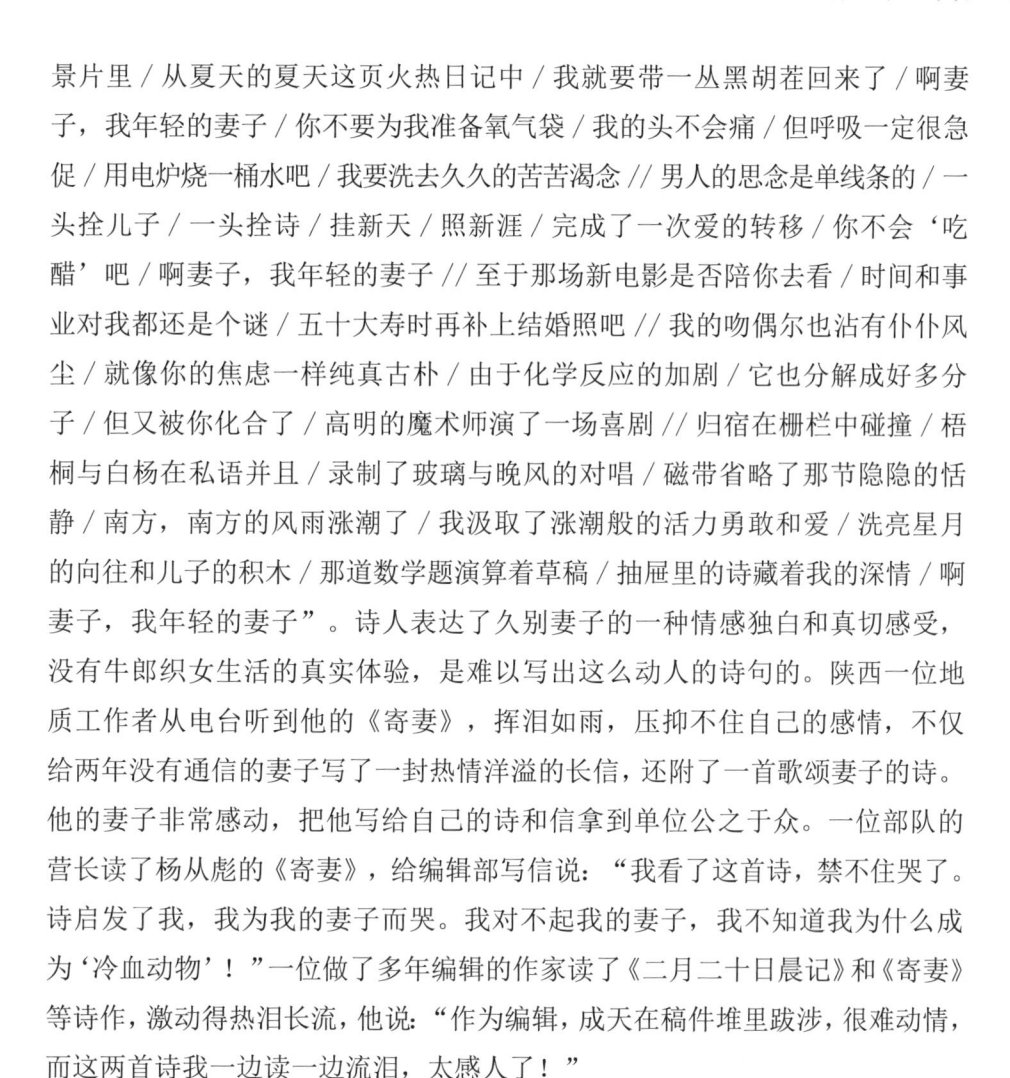

景片里／从夏天的夏天这页火热日记中／我就要带一丛黑胡茬回来了／啊妻子，我年轻的妻子／你不要为我准备氧气袋／我的头不会痛／但呼吸一定很急促／用电炉烧一桶水吧／我要洗去久久的苦苦渴念／／男人的思念是单线条的／一头拴儿子／一头拴诗／挂新天／照新涯／完成了一次爱的转移／你不会'吃醋'吧／啊妻子，我年轻的妻子／／至于那场新电影是否陪你去看／时间和事业对我都还是个谜／五十大寿时再补上结婚照吧／／我的吻偶尔也沾有仆仆风尘／就像你的焦虑一样纯真古朴／由于化学反应的加剧／它也分解成好多分子／但又被你化合了／高明的魔术师演了一场喜剧／／归宿在栅栏中碰撞／梧桐与白杨在私语并且／录制了玻璃与晚风的对唱／磁带省略了那节隐隐的恬静／南方，南方的风雨涨潮了／我汲取了涨潮般的活力勇敢和爱／洗亮星月的向往和儿子的积木／那道数学题演算着草稿／抽屉里的诗藏着我的深情／啊妻子，我年轻的妻子"。诗人表达了久别妻子的一种情感独白和真切感受，没有牛郎织女生活的真实体验，是难以写出这么动人的诗句的。陕西一位地质工作者从电台听到他的《寄妻》，挥泪如雨，压抑不住自己的感情，不仅给两年没有通信的妻子写了一封热情洋溢的长信，还附了一首歌颂妻子的诗。他的妻子非常感动，把他写给自己的诗和信拿到单位公之于众。一位部队的营长读了杨从彪的《寄妻》，给编辑部写信说："我看了这首诗，禁不住哭了。诗启发了我，我为我的妻子而哭。我对不起我的妻子，我不知道我为什么成为'冷血动物'！"一位做了多年编辑的作家读了《二月二十日晨记》和《寄妻》等诗作，激动得热泪长流，他说："作为编辑，成天在稿件堆里跋涉，很难动情，而这两首诗我一边读一边流泪，太感人了！"

　　杨从彪始终以一颗赤子之心书写着西藏、家乡和亲人以及我们这个时代的社会生活。他的诗歌语言通俗晓畅，力扬民间价值和平民精神，以现实主义的低吟浅唱凸显人文关怀，以沉实深情的浓墨重彩彰显地域文化，为我们深入浅出地勾画出了高原生活及人内心世界的丰富多彩和亲情的光彩夺目与浩渺激动。

　　值得一提的是，杨从彪在搞好创作的同时，还努力做好编辑工作，发掘了一批作家、诗人，比如中国著名作家马原、马丽华、曾有情、扎西达娃、魏志远、吴雨初、杨晓敏，都在杨从彪主编的刊物和报纸上发表过诗歌或小说。马原的小说《冈底斯的诱惑》最先发表在《拉萨河》上，改成中篇后又被《上海文学》刊用，闻名于世，成为中国小说 100 强。杨晓敏后来成为纯文学一流刊物《百花园》《小小说选刊》的主编，是当代中国文坛上的风云人物之一。《解放军文艺》主编刘立云说："西藏诗歌我们是通过《拉萨河》发现的，原来这里是一块诗歌宝地！"

与此同时，他还是西藏诗坛十分活跃的组织活动家。他不仅参与创办《拉萨河》《拉萨晚报》，还参与了拉萨市文联的创办工作，多次举办笔会，比如协助西藏作协办好"太阳城诗会"，举办过四次大型西藏诗歌朗诵会，每次人数均在 300 人左右；编辑出版了《拉萨河》"百家诗会"专号，艾青、贺敬之、流沙河、汪承栋等为诗会题词，西藏老、中、青三代诗人几乎全部在诗会亮相，展示了西藏诗歌创作的力量，检阅了西藏诗歌创作的阵容，同时，国内诗人北岛、杨炼、廖亦武、韩东、小海等也在诗会亮相，成为国内诗人的一次大合唱。[1]

> 你灵光如霞将我魂灵净化
> 你灿烂如火将我如盾如墙的棺椁焚烧
> 你空灵超脱我如古海样崛起
> 你莽悍恢宏我如雄狮而昂奋
> 啊，中国　西部
> 我——的——高——原
> ——陈亮（黑非）：《特提斯古海抒怀》，
> 见陈亮：《黑非诗稿》，郑州：河南人民出版社，1993 年版，第 4 页

陈亮（1958—　），笔名黑非、晓晨，河南省人。童年和少年时代随父

---

[1] 刘家黎：《诗人洋滔：从大巴山吟唱到雪域高原》，载于《达州日报》2008 年 1 月 7 日第 3 版。

母走南闯北。1974年下农村劳动改造，1979年毕业于河南大学中文系，同年进藏，曾任职于《拉萨晚报》。1989年内调河南，任河南人民出版社《中州书林》编辑，后下海经商。陈亮的10年青春岁月留给了西藏高原，也在高原脊背上留下了几百首诗和十几篇小说、散文、报告文学等。他的第一篇作品《情系天涯》，发表在《拉萨河》季刊上；后弃小说而专心写诗，有300多首诗发表在国内报刊上。第一首诗《唐柳》发表在1982年的《西藏日报》副刊上。诗歌《钱的世界》获首届《诗刊》"珍酒杯"新诗大赛三等奖，《女人就是草原上的根》评为《星星》"三十年优秀抒情短诗"，《野雪的世界》获《西藏青年报》"五四"新诗大赛三等奖。著有诗集《黑非诗稿》，由河南人民出版社于1993年10月出版。

在拉萨期间，陈亮与洋滔等人发起倡导"雪海诗"，组织"中国小诗大展"，在《拉萨晚报》连续两期用三个版刊登诗歌，并举办了国内第一次"我最喜欢的中国十大青年诗人"活动，被视为"第三代诗歌雪野派代表诗人之一"[1]。收录在《黑非诗稿》中的80多首诗歌共分三个部分。

第一部分《西藏组诗》，主要是对西藏高原自然风物的描绘和赞颂，对藏族人民生活和地域历史文化的所思所想，比如《高原驼铃》《特提斯古海抒怀》《冈仁布奇感怀》《七月，高原城》《雪顿情》《羊卓雍错情思》。《特提斯古海抒怀》中，作者面对苍茫的高原连发数问，"狂风如潮浪砂砾而舞的是你高原吗/冰雪如剑锋银色如光寒冷四季的是你高原吗/牧羊如云绿茵无际星夜篝火帐篷三弦如歌如泣的是你高原吗/长发曲卷缨穗如鞭而盘红脸膛宽肩膀性格如牦牛的也是你高原吗"。几行长句，犹如倾泻不断的江河，汹涌而来，气势不凡，引人关注。再如，《羊卓雍错情思》，"旋了无数个圈/总算到你的山顶了/那湖拓宽了绿绿的荒野/远处雪峰耀眼辉煌//嗷呵呵……/嗷呵呵……//……/面对雄奇壮观的景象/我神游的思绪说不出一句/由衷的感受/只有用高亢的号叫/抒发对你的赞叹/让山群回响呼应//嗷呵呵……/嗷呵呵……"面对雪山冰峰的雄奇，碧空净蓝的湖水，作者似乎

---

[1] 陆建：《在诗中同时在现实中生活——读陈亮的诗〈十二行，赠昆明朋友〉》，见陈亮：《黑非诗稿》，郑州：河南人民出版社1993年版，第150页；洋滔：《西藏灵气和福气的闪光——西藏诗人昊夫、陈亮在中原片段》，2010-11-26[2016-02-18].http://blog.sina.com.cn/s/blog_64cb5a980100n8lf.html.

找不到描绘的句子、抒情的语言，只能高亢地号叫，让"嗷呵呵……"回荡于天地山野之间。然而也正是这一声"嗷呵呵……"写出了雪山的气魄，以及高原的雄浑和壮伟。作者在对高原情不自禁地产生崇敬和膜拜的同时，也对生活在这片土地上的人们进行了关注和深思。如《那群人，这座城》写随着时代的发展，"有那么一群人／目光里睁大着惊恐／耳朵钻进的每一声音响／都是陌生／他们不再用额头和肌肤／痴情地磨砺石头""他们挺直了腰身不再将脊背弯曲／他们甩去了显示威武的腰刀／昂然走进了繁华"；《草原组诗》中女人不是草原上的根，"草原上的女人总不能再像阿妈和阿妈的阿妈／点亮酥油灯然后闭上眼睛让他们吹熄一代又一代"；《甜茶馆里的男人和女人》，"进茶馆是男人们的事情／女人是不进茶馆的／你是女人你只能给男人们倒茶"，直到有"一天你的茶馆突然闯进一个女人／一个吊耳环挂项链涂口红和你一样年轻的女人"，你对这一规矩产生了疑问，"你突然问女人不坐茶馆的来源／谁也说不清这是何年何月订的戒律／何时何月何年开始执行／反正上辈人这样说下辈人就得这样做"，然而，你不愿这么做，不愿守着这样的规矩，"你说你要出远门是想走走看看／你走了从此再没有回到茶馆"，但"你走后的日子里总有女人走进／你的茶馆和男人一起聊天喝茶"。封闭的世界总是要被打破，古老民族获得新生，女人的地位自然发生变化，然而，这不仅仅是一个女人的变化，也是一个民族的变化。

第二部分《爱的履痕》，可视为以爱情为主的情感记录，比如《草莓》《门》《等待的日子》《一种情绪》《野玫瑰》《影子》《刺莓》《相思鸟》《爱情岛》《邮》《明信片》。其中既有"爱的情愫是／一枚小小的邮票"的相思，也有对"当初那杯茶／苦香的滋味"的回味；而《钱的世界》则让人思索亲情、爱情与金钱的天平，责任和情感的重量，"比如说昨天／我的父母／为了一个存折／争吵了几个黑夜／母亲带着几个耳光走了／父亲抹一脸唾沫去了酒馆／剩下我和奶奶／一晃十年过去了／十年晃去了奶奶／／比如说今天／给妻买不起电冰箱／她吻了吻我也走了／我的爸爸能走／如今我这个做爸爸的／我不能走／我走了／儿子可没有奶奶"，读来令人心酸。

诗集的第三部分《梦与墓碑》，主要是作者对人生、对自己、对诗歌或对理想的思索与陈述。比如《致大海》（组诗）、《十二行，赠昆明朋友》《黑非的卧室》《玻璃心》。作者想在世纪的边缘建筑一座城，一座我们的城，他相信"我们的城／将以巨人的辉煌／跨上新世纪的征程"(《我们的城》)；他等待日出，"以沉默之时急促的喘息／等待辉煌"，他呼唤"给我一个大海"(《致大海》)，他说，"我说过我见过大海之后我就是大海"(《十二行，赠昆明朋友》)。"在鸟儿鸣响之后／清风岁月又是清风，／在等待希冀之后／短暂的不约而遇又是永远的无望之果／遥遥无期的日子数去的时光再将／重新数起，如熄灭的火焰再将重新点燃"。这重新点燃的或许就是作者心中不灭的理想之火、诗歌之火。

陈亮的诗歌追求纯粹而深刻、简洁而透明的韵致，虽常有口语白话入诗，但自有一种含而不露的深远。如诗歌《拉萨时节》[1]，"每天都懒洋洋地睡到十点半也不愿起床／三顿饭合成两餐加上一次牢骚照样吃饱／骑上车去大街看挂着脖铃的圈毛狗和／横冲直闯的放生羊／使劲跺脚把楼板震得乒乓作响／纷乱的节奏他们说是踢踏舞的乐章"。再如，诗歌《在说过、笑过／送你走过／之后……》，表面看，似在街头嬉皮无忌地号叫，仔细品读，却令人欲哭无泪、欲笑无颜，大实话或是露骨的自白道出了一代人的忧郁和期待。[2]

---

[1] 陈亮：《拉萨时节》，见徐敬亚、孟浪、曹长青等：《中国现代主义诗群大观1986—1988》，上海：同济大学出版社，1988年版，第391页。

[2] 王浩：《体验与追索——读陈亮的诗〈等待一种声音〉》，载于《西藏文学》1988年第8期。

徐官珠、刘一澜、杨双旺

> 青春的翅膀／随大军向西飞行／在奇寒的玉峰银岭／青春留下火热的诗文／在修建铁鹰起落的甘孜／青春把十里跑道铺平／在通向拉萨的五彩路上／留下永不消逝的歌声／青春耕耘千年荒地／青春紧贴农奴心灵
> ——徐官珠：《人生春秋》——一个战友告诉我》，见徐官珠：《拉萨河从我心中流过》，北京：中国文联出版社，2001年版，第68—69页

徐官珠（1932—2005），笔名信鸽，湖南省凤凰县人。早年就读于湖南省沅陵县尚志小学、朝阳中学，肄业于常德市白云中学高中部。1949年12月参加中国人民解放军，在十八军五十师文工团当队员。随军入藏后，任西藏波密军分区文工队队副。1954年曾到西南军区文工团学习，第二年回藏，在塔工分工委任队副，开始发表作品。1957年到拉萨市歌舞团工作。历任拉萨市歌舞团专业文学创作员、创作组组长、业务副团长、二级创作员、《拉萨河》副主编、《西藏歌舞》编委、中国作家协会会员、中国作家协会西藏分会理事、西藏自治区政协委员等。曾在《人民日报》《民族文学》《民间文学》《西藏日报》《延河》等报刊发表诗歌、歌词、歌剧、小说、评论、民间故事等。编著有短诗集《雪域诗情》《凤凰锦羽》《拉萨河从我心中流过》，叙事长诗《德吉》，歌剧集《波姆达娃》等。担任《西藏古典音乐朗玛》歌词翻译之一。作品《我家乡的拉萨河》《一串星星》《情思》获首届珠穆朗玛文艺奖，《爷爷和孙子》《哈达永挂韶山村》《要问丰收哪里来》《藏汉团结描新画》《门巴新歌》《我爱你呀拉萨》《敬酒》《愉快的星期天》《快把路加宽》《两

个格桑》等获省级以上文艺会演奖[1]。

徐官珠是最早一批随军进藏的文工团员、军旅诗人,他的诗具有鲜明的时代气息和民族风格,他热情歌颂人民领袖,歌颂共产党,歌颂解放军,歌唱新生活,歌唱民族团结,歌唱祖国边疆西藏的壮丽河山,他对人民充满热爱,对部队充满深情,对西藏情深意长,他无怨青春的付出,赞美高原的生活,奏响时代的鼓点,他把这一切都化作笔下一串串动人的诗行,唱响一首首奔放昂扬的歌。他的诗清新亮丽,节奏明快,鼓舞人心,既善于吸收民间文学的营养,质朴直率,又具有古典诗歌的意境,韵味悠长,特别是谱成曲后,词韵相谐,传唱甚广。

如《祖国的边疆新西藏》,"祖国的边疆新西藏哎/飞跃在社会主义的大道上哎/红心巧手绘新图,/艰苦创业豪情壮,/(索亚拉索)/群山湖泊献珍宝,/林海雪原建工厂哎。/铁人精神传高原,/大庆红旗放光芒,/(索呀拉里索哎)/世界屋脊凯歌嘹亮。/高原工人齐欢唱……/人定胜天斗志旺,/(索亚拉索)/万里青稞翻金浪,/千里草原牛羊壮哎。/革命红旗迎风展,/幸福红花遍地开放,/(索呀拉里索哎)/世界屋脊捷报飞扬。/翻身农奴齐欢唱……/春色满园百花放,/索亚拉索/东风浩荡展红旗,/祖国建设战果辉煌哎。/军民鱼水情意长,/团结战斗保边疆,/(索呀拉里索哎)/世界屋脊铁壁铜墙。/高原军民齐欢唱,声声歌唱/红太阳,啊/声声歌唱红太阳。/人换思想地换装,/毛主席光辉照西藏。/人换思想地换装,/毛主席光辉照西藏。/(索亚拉索)"[2]该诗创作于20世纪60年代初。当时,张国华将军经常说:"西藏是个美丽富饶的地方!你们想一想,专搞民族工作的同志把西藏都看成如此荒凉,其他人就更不必说了。有的人说,西藏不长树,

---

[1] 阎纯德:《中国文学家辞典:现代第5分册》,成都:四川文艺出版社,1992年版,第665—666页;中国作家协会创作联络部:《中国作家大辞典》,北京:中国社会出版社,1993年版。

[2] 本歌词有多个选本,如西藏人民出版社:《西藏革命歌曲选》,拉萨:西藏人民出版社,1972年版,第73—77页;西藏人民出版社:《西藏创作歌曲选》,拉萨:西藏人民出版社,1985年版,第148—151页;蔡朝东:《战士喜爱的歌(第3集)》,昆明:云南人民出版社,1990年版,第97—100页;世界图书出版公司:《深情的怀念——颂歌献给毛泽东(歌曲集)》,上海:世界图书出版公司,1993年版,第131—133页。

没有花，除了雪山还是雪山。你们都是搞创作的，应该通过作品来歌唱西藏，让全国各族人民都知道西藏不仅有巍峨的雪山，还有花，美丽富饶。"为此，张国华要求徐官珠等人赶快写些歌唱祖国边疆西藏的作品来。徐官珠接受任务写出了该诗，杜林谱曲后，录制成了唱片，流行全国。[1] 该诗不仅消除了以往人们对西藏的荒凉印象，也写出了军民共建美丽西藏的火热激情和高昂斗志，同时把人民对领袖的热爱寄寓其中，写出了西藏的新变化。

徐官珠关于西藏境内较少民族——门巴族、珞巴族的诗歌也带来了一股清爽的新风，如《门巴新歌》，"祖国展出万幅画／有一幅啊是咱新门巴／新的春色新的雨露／新的种子新的鲜花……／新的山水新的道路／新的笑声新的家……新的口弦新的歌／新歌洒满新图画"。[2]《访珞巴（组诗）》，"朝阳跳进雅鲁藏布江，／拍洗着绚丽的金翅膀，／我踏碎冬晨的霜花，／飞步在插入云天的山道上；／两脚虽然快如飞，／但难把要访'珞巴'的心儿赶上"。[3]《珞巴山村太阳升》，"珞巴山村太阳升啰，／共产党光辉暖人心，／心花怒放永不落，／共产党的恩情唱不尽哪，／唱不尽哪，／唱不尽！／过去哟刀耕火种，／如今哟铁牛把地耕。／新开的梯田稻花香，／新修的水渠哟盘山岭，／牛羊满圈鸡成群，／（古能安古能安）笑语荡满珞巴村。／（古能安古能安）腰刀弓箭惹人爱，／（古能安古能安）手镯项链更迷人。／（古能安古能安）啊／／珞巴山村太阳升啰，／共产党光辉暖人心，／心花怒放永不落，／共产党的恩情唱不尽哪，／唱不尽哪，／唱不尽！／过去哟树叶遮身，／如今哟花布作围裙。／野花丛中彩蝶飞，／竹林深处哟翠鸟鸣，／家家充满读书声，／（古能安古能安）欢歌荡满珞巴村。／（古能安古能安）遍山野果红似火，／（古能安古能安）苍松翠柏更迷人。／（古能安古能安）啊"[4]。

徐官珠关于边防战士的诗歌写得也很有特色，善于设问、叙事和比兴，一环扣一环，联想奇特，初看情理之外，细想却自然贴切。如《我的山歌长翅膀》：

---

[1] 黄惠运：《"佛光将军"张国华》，载于《党史文苑》2012年第15期，第6—12页。

[2] 西藏人民出版社：《西藏创作歌曲选1965—1985》，拉萨：西藏人民出版社，1985年版，第223—228页。

[3] 徐官珠：《拉萨河从我心中流过》，北京：中国文联出版社，2001年版，第25页。

[4] 西藏人民出版社：《西藏创作歌曲选》，拉萨：西藏人民出版社，1985年版，第230—233页。

"哎！我的山歌哟长翅膀啰，／哎！飞舞飞舞在高原上啰！／哎！飞舞在辽阔的蓝天上啰。／日月听了不愿落，／彩云听了不游荡，／冰河听了浪花开，／雪山林海献宝藏。哎！不是我的歌喉赛过金号角，／是因为党把春天带到了高原上……"[1]《边防军谱写乐曲》这首诗也写得也别具一格，作者开始并没有正面叙写边防军到底谱写了什么样的乐曲，而是通过拟人化的问答，引出"不会编曲的大兵"，继而用比喻的手法，写出边防军谱写的乐曲实际上就是他们日夜在边防的巡行，"高原哨所的早晨，／飞舞放歌的百灵，／人间能编善唱的鸟儿呀，／别笑不会编曲的大兵，／编曲的大兵，／你看他们画好的五线谱，／就是那五条光亮的路径／再看！／他们谱写的音符，／就是那日夜辛劳的脚印。／啊／百灵呀！／你听，／你听呀，／百灵；／西藏人民在弹奏心弦，／演唱大兵谱写的乐曲《安宁》／《安宁》／《安宁》"[2]。全诗生动诙谐，比喻贴切，形象自然。诗人也善于运用对比手法，以此赋予诗歌强烈的冲击力，表现新旧西藏人民生活的巨大变化。如《格桑骑马去何方》："一只金色的凤凰，／披着朝霞飞向东方，／翻了身的格桑骑马高歌出村庄。／哎，歌声追骏马，／鲜花送姑娘，／马蹄踏碎云雾，／嗒嗒嗒嗒嗒嗒嗒嗒／格桑的歌声迎出红太阳啰。／啊／翻了身的格桑，／骑马高歌去何方？／从前她哟出村庄是不是也骑马高声唱？／翻身前，／她当奴隶出村庄，／为领主赤着双脚支差去远方。／鞭痕遍身怒火燃／千愁万恨满胸膛。／如今啊，／她去首都北京把那大学上。／光荣幸福的格桑去到北京把大学上啰。／带上我们百万颗红心啊，／献给毛主席，／各族人民心中永远不落的红太阳。／一只金色的凤凰披着朝霞飞向东方，／翻了身的格桑骑马高歌出村庄。／哎，欢送的歌声追骏马，／路旁的鲜花送姑娘啰，／马蹄踏碎山中云雾，／格桑的歌声迎出红太阳啰。"

另外，徐官珠的儿歌创作也大都情趣盎然，韵律欢快，生动活泼。如《藏族少年积肥歌》："小鸟还没有飞出窝嗦呀啦嗦呀，／兄妹拉手出村庄出村庄呀……要问兄妹哪里去？／请看背上的积肥筐呀。／／小鸟有翅飞不远嗦呀啦嗦呀，／兄妹一步二尺长二尺长呀……要问兄妹有多大？／小小的脚

---

[1] 西藏人民出版社：《西藏创作歌曲选》，拉萨：西藏人民出版社，1985年版，第101—104页。

[2] 徐官珠：《拉萨河从我心中流过》，北京：中国文联出版社，2001年版，第94页。

跟碰粪筐呀。// 小鸟还不会找食粮嗦呀啦嗦呀，/ 兄妹积肥上山岗上山岗呀……/ 劳动本领从哪儿来？/ 请看阿妈的劳动奖状呀。// 小鸟歌唱红太阳嗦呀啦嗦呀，/ 兄妹歌唱共产党共产党呀……/ 多积肥呀多打粮/ 建设西藏我们的家乡呀。"[1]《边防少年天天向上》："小小红松向阳生长，/ 边防少年天天向上。/ 祖国的青山，在心中屹立；/ 祖国的绿水，在心中流淌。/ 啊！巴扎咳！/ 啊！巴扎咳！/ 咳！/ 咳……"[2]

徐官珠的西藏诗作，大多明白晓畅，清丽明亮，便于谱唱。一些诗还具有古典韵味，又与白话相融，韵脚整齐匀称，情意委婉悠长，如《情流——藏历年中的一股温暖的情流》："万只雪蝶扑窗飞，/ 千首酒歌劝人醉，/ 我倒琼浆出银壶，/ 玉液流进蝉金杯……/ 新的糌粑等你尝，/ 新的美酒等你醉，/ 新的藏靴等你穿，/ 新的耳环等你佩，/ 新的六弦等你弹，/ 新的竹笛等你吹，/ 新花等你来浇灌，/ 新房等你快些回。/ 莫在异国望月圆，/ 莫在暗洒思乡泪……"[3]诗歌对身处异国藏胞的劝回诚挚恳切，充满绵绵深情。

徐官珠早年进藏，长期扎根西藏，曾多次到过农村和草原，去过边防哨卡，住过海拔五千多米的地方，似乎伸手就能摸到星星和月亮。[4] 读他的诗总能勾起人们对老一辈人建设西藏的艰苦岁月和他们战斗热情的回想，让人们看到他们的曲折和坎坷、青春和热血、奋斗和付出。那是一个时代的诗与理想，一个群体的浮沉与奉献。

---

[1] 载于《歌曲》1964年第6期。
[2] 西藏人民出版社：《我是高原向阳花——庆祝西藏自治区成立十周年（少年儿童歌曲集）》，拉萨：西藏人民出版社，1975年版，第49—51页。
[3] 西藏人民出版社：《西藏诗选》，拉萨：西藏人民出版社，1984年版，第87—88页。
[4] 徐官珠：《拉萨河从我心中流过·后记》，北京：中国文联出版社，2001年版，第157页。

第二章 诗歌

> 一条长路通向远方／一颗雄心正在流浪／曾想回到人群拥挤的地方／可总是找不到我的方向……跪在地上，让心流浪／真想化作一缕阳光／只要心中珍藏热望／我的生命永远不会冰凉
>
> ——刘一澜：《心在流浪》，见刘一澜：《亲近太阳的人》，拉萨：西藏人民出版社，2001年版，第6页

刘一澜（1970— ），笔名刘澜，甘肃省天水市秦安县人。1993年进藏，先后任职于《西藏青年报》、拉萨市民族歌舞团、西藏自治区歌舞团。1997年开始从事歌词创作，迄今已创作有1000多首歌词，系国家二级编剧，西藏青联委员、西藏作协会员、西藏音协会员。主要著作有散文集《亲近太阳的人》《内心的旷野》，歌词代表作有《咱们西藏》《欢聚拉萨》《天上的西藏》《梦中的绿洲》《南迦巴瓦》《爱在思金拉措》《你走过的地方》《远大飞翔》《我是一朵格桑花》等。作品曾获国家原文化部"文华奖"、中宣部"五个一工程奖"、自治区"五个一工程奖""珠穆朗玛文学艺术奖""才旦卓玛艺术基金奖"等国家或省级奖80余项。

回顾刘一澜目前为止的歌词创作，大致可以分为三个阶段。[1]1997年至2000年这三年，是刘一澜作词生涯的第一个阶段，也是他创作的第一个高峰期。当时他未满30岁，开始作词便呈现出"井喷式"的状态，那时他似乎有用不完的精力。作者本人回忆道："印象最深的是，有一段时间我在43天之内每天写一首，就这样接连写出43首歌词。"一晚上他甚至一气呵成写出了七八首歌词。那时他说："作词是五分钟之内的艺术。"这一时期，刘一澜创作的歌词不仅多，而且精，很多佳作都是在这一时期的习作中初具模型。《天上的西藏》《咱们西藏》《欢聚拉萨》等是这一时期的代表作。《祖国的西藏》

---

[1] 吉美琴：《词作家刘一澜：词海扬帆，妙笔安澜》，载于《拉萨晚报》2015年11月8日第5版。

为他斩获第八届文华奖，这一时期，他还接连获得了第七届、第八届中宣部精神文明建设"五个一工程奖"。这个时期他的作品大多是跟时代主旋律相结合，作品质朴，光华满盛，比如《天上的西藏》，"朝圣的路上总有／阿妈放飞祈祷的经幡／仰望高原总有圣地千年／不化的雪山／／珠穆朗玛是那古海的巨浪／我为你神奇的传说歌唱／天上的西藏　哦／阿妈的胸膛／养育生命的天堂／／雅鲁藏布江映照生命的太阳／我在你圣洁的光芒里向上／天上的西藏　哦／神奇的地方／通向圣洁的天堂／／啊　哦　天上的西藏／阿妈的胸膛／养育生命的天堂／依呀呀啦嗦／天上的西藏／一曲呀啦嗦掠过天堂"。"珠穆朗玛是那古海的巨浪……"这样的神来之笔，没有博大胸怀的人着实难以写出。他将珠穆朗玛峰比作巨浪，不仅形象生动，还将珠穆朗玛峰崛起的历史都写了出来。成千上万年前，西藏是一片汪洋大海，地壳运动导致"世界屋脊"西藏的诞生，也诞生了"屋脊上的屋脊"珠穆朗玛峰。千万年的岁月与沧桑巨变，被刘一澜融入短短的一句歌词里。读之，其气势之恢宏，实在令人叹为观止。这首歌能够获得"五个一工程奖"，堪称实至名归。

进入西藏歌舞团工作后，从2000年至2010年这10年的时间，刘一澜迈入专业创作歌词的第二个阶段。在这10年里，他进行了大规模专业化的创作，写了很多关于西藏大美自然风光的歌词，他将这些歌称为"山水歌"。《梦中的绿洲》《南迦巴瓦的诱惑》等是这一时期的代表作。这个时期，刘一澜的歌词越写越短，并力求摆脱长久以来西藏的歌曲中田园风光式的结构，以一种文化上的亲近，把个人的感受放大到与听众的共鸣，并力求在歌词中寻找闪光的语言，去碰撞人性的火花，擦亮受众的心灵。而这些都来自他内心对大自然的感念，[1]比如《梦中的绿洲》[2]："我看见／看见一道彩虹／划过马蹄眷念的草原／我看见／看见可可西里／藏羚羊多么恬静安详／／我听见／听见一声汽笛／掠过放飞牧歌的帐房／／我听见／我听见万里羌塘／黑颈鹤在欢快／欢快地歌唱／／蓝天白云下／邦锦梅朵为你盛开／南来北往的风／伴着牧歌与你同行／呀啦嗦／梦中的绿洲／梦中的绿洲是我生命的家园"。整首词意境优美，旋律悠扬，并没有直接描述青藏铁路，而是将其淡化为汽笛

---

[1] 佚名：《刘一澜：〈天上的布达拉〉守望者》，载《西藏商报》2003年4月。
[2] 2003年铁道部举办"青藏铁路杯"青藏铁路建设歌曲征集活动，《梦中的绿洲》入选。

这一意象，只通过对山水景物的描写表达出一种喜悦兴奋的心情。细细品读这些诗意盎然的词句，西藏北部万里羌塘草原的壮阔与柔美立时在脑海里浮现，[1]凝练、生动，给人无穷无尽的回味。

2010年以来，刘一澜的作词风格迎来了又一次转变，这时他进入作词生涯的第三个时期。在这个时期，刘一澜的歌词里增加了通俗歌曲里常见的爱情元素，完成了与时代的又一次接轨。《爱在思金拉措》《萨迦路上》《珠峰的雪花》可视为这个时期的代表作。这个阶段，刘一澜的作品在押韵上更为严格，节奏上更为讲究，创作技法上也更加成熟，比如《爱在思金拉措》："桑日思金拉措湖畔 / 格桑梅朵盛开的时候 / 湖面荡起一圈圈水波 / 那是我俩心海缠绵的情思 / 桑日思金拉措湖畔 / 有缘恋人相会的时候 / 绵绵情歌飞翔了云霄 / 那是我俩真情不变的誓言……"歌词融情于景，风光如画，情意绵长，雅俗共赏。

刘一澜被誉为"主旋律的快刀手"[2]，对此他并不讳言，甚至说自己"对主旋律忠心耿耿"，因为自己是从西北最穷的地方走出来的孩子，能过上现在的生活，他由衷地感激社会，赞颂党。他认为"他们这一代人"有很浓的理想主义色彩。他强调自己喜欢写所谓振奋人心的主旋律歌词，因为我们的民族在这个时代更需要振奋人心的东西来为自己的前进鼓劲。[3]对于自己的歌词创作，他认为是诗，是颂歌，颂扬西藏、赞颂时代，贴近群众、贴近"主旋律"的诗，他在用听觉感知西藏，用诗歌演绎天籁。[4]

---

[1] 吉美琴：《词作家刘一澜：词海扬帆　妙笔安澜》，载于《拉萨晚报》2015年11月8日第5版。

[2] 谭思颖：《西藏词作家刘一澜：主旋律的"快刀手"》，载于《西藏日报》2006年8月22日。

[3] 张琪：《刘一澜的两极生命形态》，载于《西藏日报》2005年7月30日。

[4] 李进祥：《刘一澜：用听觉感知西藏　用诗意演绎天籁》，载于《西藏日报》2010年9月9日第6版。

> 迢迢追梦路，孑孑赴雪原。巍巍布宫旁，滚滚雅江畔。……莘莘追梦人，孜孜不知倦。耿耿秉怀正，腾腾热情燃。碌碌勤伏案，步步奔波繁。条条街巷里，历历足迹遍。沥沥汗珠热，颗颗洒田间。……牢牢把导向，深深入民间。……去去功利远，事事躬行先。独独恋文坛，灼灼群芳艳。
>
> ——杨双旺：《五古·梦之路》，载于《西藏日报》2014年8月8日第3版

杨双旺（1973— ），山西省洪洞县人。毕业于山西师范大学。历任拉萨市委宣传部宣传科副科长、科长，堆龙德庆区委常委、宣传部部长，拉萨市网信办主任，拉萨市文学艺术界联合会副主席、主席等职。自9岁发表诗始，迄今杨双旺已发表各类文学作品300多篇，获各种奖项10多次。其中，发表于《拉萨晚报》的快板《我们的新堆龙》，获2011年西藏自治区庆祝中国共产党建党90周年和庆祝西藏和平解放60周年征文一等奖；京韵梅花大鼓《文成公主》，2016年在第九届中国曲艺牡丹奖曲艺大赛（长治赛区）比赛中获得文学入围奖。

杨双旺多才多艺，在诗、词、歌、赋、曲艺创作等领域均有不俗的表现，对书法、美术、文艺评论等也有所涉猎。特别是诗词创作，独树一帜，其浓郁的古典意境为拉萨文学增添了一份独特的色彩。多年的基层工作经历，在为他的文学创作提供丰富素材的同时，也使其作品具有质朴的生活气息。祖母的慈爱，母亲的辛劳，孩提时代的苦乐，青春岁月的燃烧，基层生活的酸甜苦辣，工作之余的闲情逸趣，豪迈的事业激情，细腻的儿女情长，作者均以心为琴，谱文之华章。如其写乡愁的《八声甘州》："陋室孤灯暗，辗转不眠，寒星泛愁。千种离愁别虚，甸甸压心头。……无奈山重水复，纵归心似箭，情思孔刘。念白发翁媪，今可安康否？……太惆怅，任风带去，乡愁如酒。"既有情景描写，又有情感抒发，情景交融，读来感人。再如，诗歌《当雄新歌》："当年／我怀着一颗火热的心／走出大学校园／心灵飞翔的翅膀／带我来到当雄草原／刚一到／心头就像遭到冰水浇／——现实与想象之

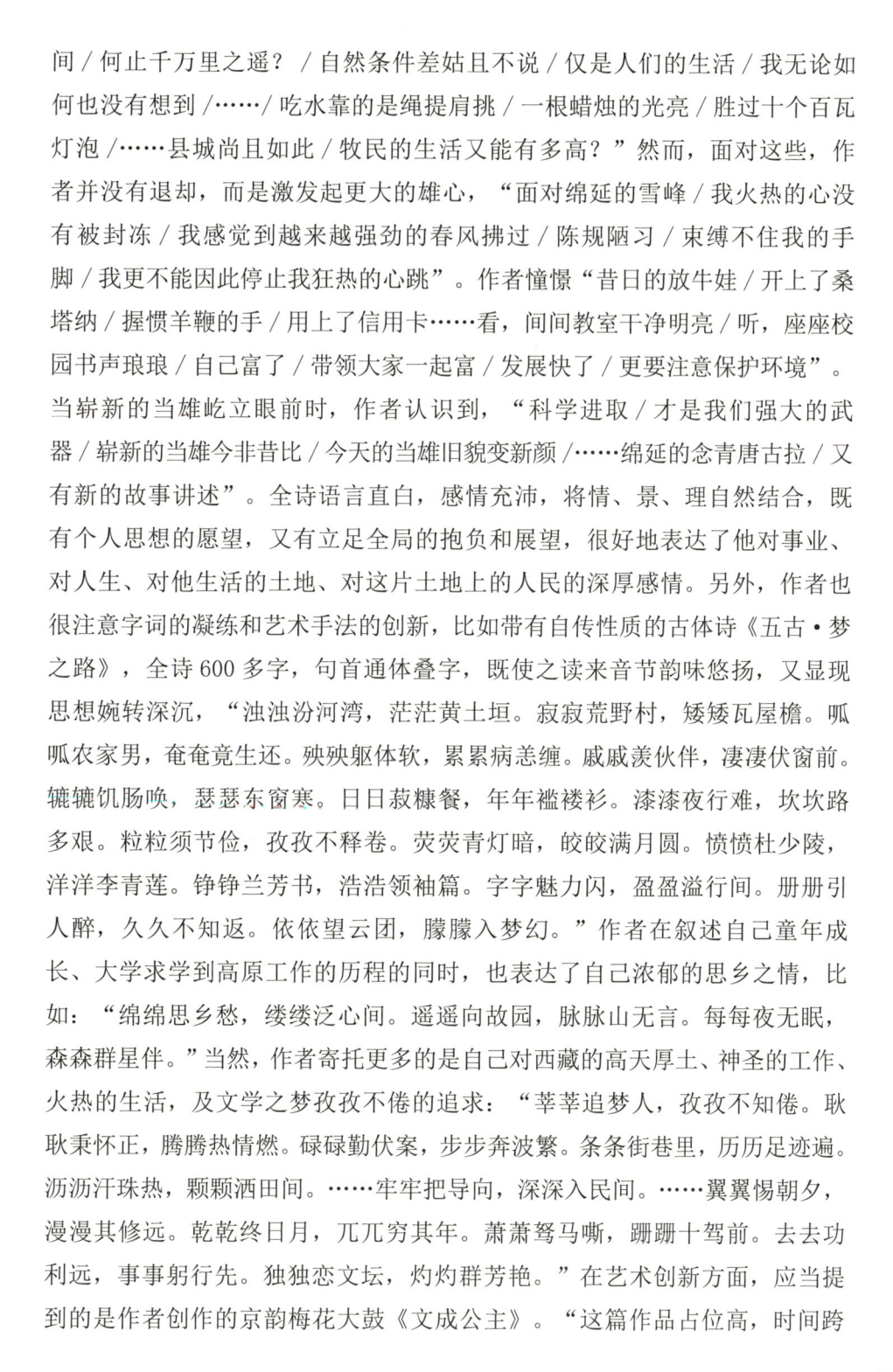

间／何止千万里之遥？／自然条件差姑且不说／仅是人们的生活／我无论如何也没有想到／……吃水靠的是绳提肩挑／一根蜡烛的光亮／胜过十个百瓦灯泡／……县城尚且如此／牧民的生活又能有多高？"然而，面对这些，作者并没有退却，而是激发起更大的雄心，"面对绵延的雪峰／我火热的心没有被封冻／我感觉到越来越强劲的春风拂过／陈规陋习／束缚不住我的手脚／我更不能因此停止我狂热的心跳"。作者憧憬"昔日的放牛娃／开上了桑塔纳／握惯羊鞭的手／用上了信用卡……看，间间教室干净明亮／听，座座校园书声琅琅／自己富了／带领大家一起富／发展快了／更要注意保护环境"。当崭新的当雄屹立眼前时，作者认识到，"科学进取／才是我们强大的武器／崭新的当雄今非昔比／今天的当雄旧貌变新颜／……绵延的念青唐古拉／又有新的故事讲述"。全诗语言直白，感情充沛，将情、景、理自然结合，既有个人思想的愿望，又有立足全局的抱负和展望，很好地表达了他对事业、对人生、对他生活的土地、对这片土地上的人民的深厚感情。另外，作者也很注意字词的凝练和艺术手法的创新，比如带有自传性质的古体诗《五古·梦之路》，全诗600多字，句首通体叠字，既使之读来音节韵味悠扬，又显现思想婉转深沉，"浊浊汾河湾，茫茫黄土垣。寂寂荒野村，矮矮瓦屋檐。呱呱农家男，奄奄竟生还。殃殃躯体软，累累病恶缠。戚戚羡伙伴，凄凄伏窗前。辘辘饥肠唤，瑟瑟东窗寒。日日菽糠餐，年年褴褛衫。漆漆夜行难，坎坎路多艰。粒粒须节俭，孜孜不释卷。荧荧青灯暗，皎皎满月圆。愤愤杜少陵，洋洋李青莲。铮铮兰芳书，浩浩领袖篇。字字魅力闪，盈盈溢行间。册册引人醉，久久不知返。依依望云团，朦朦入梦幻。"作者在叙述自己童年成长、大学求学到高原工作的历程的同时，也表达了自己浓郁的思乡之情，比如："绵绵思乡愁，缕缕泛心间。遥遥向故园，脉脉山无言。每每夜无眠，森森群星伴。"当然，作者寄托更多的是自己对西藏的高天厚土、神圣的工作、火热的生活，及文学之梦孜孜不倦的追求："莘莘追梦人，孜孜不知倦。耿耿秉怀正，腾腾热情燃。碌碌勤伏案，步步奔波繁。条条街巷里，历历足迹遍。沥沥汗珠热，颗颗洒田间。……牢牢把导向，深深入民间。……翼翼惕朝夕，漫漫其修远。乾乾终日月，兀兀穷其年。萧萧驽马嘶，跚跚十驾前。去去功利远，事事躬行先。独独恋文坛，灼灼群芳艳。"在艺术创新方面，应当提到的是作者创作的京韵梅花大鼓《文成公主》。"这篇作品占位高，时间跨度长,创作难度大。从文学性来讲,语言高雅丰富,具有古典美和古诗词意境;从选材来讲,立意高远,选择了著名的历史人物和事件;从定位上看,避免了儿女情长的俗套,而是站在民族团结、藏汉融合的高度。"[1]确实,整首词大气恢宏,既具文学艺术的高雅特质,又有曲艺表演的艺术美感,作者在结合大鼓的抑扬顿挫、句子长短结合交错的特点的同时,更融入了自己对藏汉融合、民族团结的浓浓深情,[2]比如作品的结尾写道:"从此后,吐蕃大地扬新风,六畜兴旺五谷丰登。社会进步民安定,民族团结共繁荣。文成在藏四十载,名垂青史功千重,藏民族奉其为'绿度母'。你看那公主庙闪闪千年酥油灯,布达拉耸立万丈晴空,公主柳轻拂千年和风,万里羌塘洒满千年旷世情,千古绝唱流传万年唱大风。"

在作者的创作中,有时代的风云激荡,有血浓于水的脉脉亲情,有自强不息的人生信念,有敬业乐业的工作精神,有日常生活的乐趣,有旅途览胜的兴感,有对人生命运的叩问,有对人与自然和谐共处的感悟,他写至亲,写挚友,写百姓,写美景,写情义,写生活中和自己有关的一切,内容实在,情感真挚。或正如他本人所言:"我以我手写我心,我以我心问我情。"作者写的既是个人的经历,也是时代的剪影,见证着社会的变迁。

---

[1] 京韵梅花大鼓《文成公主》作曲,曲艺家韩宝利语,见缪英:《文化看台我区作家杨双旺京韵梅花大鼓》,载于《拉萨晚报》。

[2] 魏山:《西藏青年作家杨双旺:我手写我心 我心问我情》,载于《西藏日报》2015年3月4日第12版。

杨剑冰、李文华、蔡椿芳、曾有情、周世通、陈雪涛

> 就是这个在艰难中绿了全身的孩子／在边关沉沉的雪线上／一遍又一遍饱尝高寒缺氧／一次又一次饥饮漫山冰雪／用他顽固得残酷的执着／拥抱孤独而又告别孤独／紧握阳光一路艰辛又一路痛苦／把着希望一路呼喊又一路寻找／苦苦找寻关于故乡关于军队关于高原／关于祖国众多深沉的音符／苦苦找寻关于人类关于生命关于爱情／关于人生命运的精神家园／苦苦找寻关于生活、情爱、精神、思想的／人性与神性／始终把着青春和青春火焰凌空升腾的度数
>
> ——杨剑冰：《少年，故乡的歌唱》，见杨剑冰：《静静的河流》，北京：中国三峡出版社，2004年版，第5—6页

杨剑冰（1961— ），曾用名杨剑兵、杨建斌，笔名啸剑，四川省安岳县人。1978年入伍进藏。一年后随部队到拉萨市米林县甲格驻防，后任拉萨炮兵某独立团政治处宣传股长。1991年至1995年入昆明陆军学院和云南大学中文系学习进修。1998年调到那曲。历任战士、文书、新闻报道员、宣传干事、股长、班戈县人武部政工科科长、索县人武部副部长、那曲军分区政治部宣保科科长、尼玛县人武部政委等职，上校军衔。2005年转业落户西藏那曲，现居成都。系中国作家协会会员、中国诗歌学会会员、中国散文学会会员、中国散文诗学会会员、中国报告文学学会会员、西藏作家协会理事、四川省散文学会常务理事、西藏那曲市作家协会副主席。自1981年4月，第一篇稿件被西藏电台采用，迄今发表作品近千件，先后获《解放军报》《战旗报》《西南民兵》《西藏民兵》及西藏军区征文一、二、三等奖、优秀新闻作品奖、优秀报道员奖20多次；并在《花城》《人民文学》《解放军文艺》《西南军

事文学》等全国和省市近百家报刊上发表诗歌、散文、散文诗、小说、文学评论、报告文学等 160 多万字；出版诗集《高原，蓝色的雪风》（1993）、《爱情雪》（1994）、《风铃摇唱》（2004）、《静静的河流》（2004），报告文学集《守望西藏》[1]（1998）等。

20 世纪 80 年代中期，西藏诗坛曾先后兴起"雪野诗"和"雪海诗"，杨剑冰就是在这时开始其文学之旅的。他在部队一边搞新闻报道，一边利用业余时间从事文学创作。首篇报告文学《处女地上的群像》，于 1987 年发表在西藏《主人》杂志上，并被其他报纸连载且获征文二等奖。杨剑冰的文学创作，涉及多类体裁，尤以诗歌较为偏爱。其诗作大致可分为以下四个方面的内容：一是描写高原军旅生活的，可称为战士的歌；二是对雪域自然地理和历史人文变迁的诗性表达，可称为雪域礼赞；三是对个人情感世界特别是对摇曳爱情的细腻体味，可称为情感牧歌；四是对人类生命和精神及思想的探索，可称为理性哲思。其诗歌风格总体上阳光硬朗，豪放劲健，即使是一些浅吟低唱的爱情诗作，也透露出一股高原军人的冷峻和沉着。

杨剑冰笔下的军旅生活继承了老一代诗人的乐观精神和火热情怀，并在不屈的生命意识中具有一种别样的洒脱。如《进军，向西》开篇写道，"北京，某一个灿灿的日子／两只大手从空中划一道弧线说／进军，向西／于是，乐山大佛的子民就沸腾了／那一群踏过万水千山的汉子就向西了"，"在天寒地冻需要歌曲的季节／高万丈的歌子在二郎山顶就诞生了"，这不是一般对往事的缅怀和评说，而是渗透着诗人对革命前辈进军西藏表现出的乐观主义精神的深入理解，反映出诗人顽强的自我人格对历史的认同。在书写当代军人生活时，他的音调依然是昂扬的，"在西藏　我们／把着边关的哨位／就像把着自己的脉搏／就像知道自己属于什么／因为那些鸟瞰的云朵／载着远方的城市和村庄／也载着寂寞孤独／但青春红雪／永远向着蓝色的太阳"（《雪光》）。《西藏兵》中"你只要眨几下眼睛／就会感觉四周凝固的东西叫石头／叫空虚得发慌的天空""这种带有西藏各种味道的东西／像牛奶面包／还是别的食品／我说不清／那味道反正让我们落泪"，真实地展现了诗人在特殊环境下的凄苦感受。但诗人毕竟有着积极昂扬的生活态度，他的诗篇并没

---

[1] 1999 年获西藏作家协会第二届"新世纪文学奖"。

有停留在哀吟之上，而是赋予它对人生、命运和作为军人职责的思考。他紧接着写道，"让我们寻思生与死和爱与孤独／这些生命永恒的主题／被你们吟得像山一样深刻／那些全部含义堆如喜马拉雅／有如红雪绿雪在阳光风中舞蹈"。个人的痛苦显得次要，他把笔伸到了普通士兵更细微的情感空间，使他的诗获得了更广泛的生命。如《哨所的节日》："不变颜色的日子／天空一贫如洗／士兵的往事也被遥远成冰冻期／逢年过节／不是西藏边防士兵的节日／看电影看演出／也不是士兵的真正风景／他们真正的节日／是开山收信的日子。"《界碑·月下》则以浪漫的笔触，抒发了边防战士对祖国、对故乡的眷恋之情，"我的边山野寂寞如石"，但"高空祖国悬挂的竖琴／明亮的音质带着几多暖意／缓缓飘来了／联通故乡的气息／弥漫我心灵的村庄／小屋　哨位　界碑／这时也充满竖琴不觉的音响"。同时，诗人不无深意地在《因为一种声音》中写道，"古战场篝火早已熄灭／雪线却依旧站着苍凉的士兵"，令人不禁对战争和历史及生命深思。[1]

在关注军旅生活的同时，杨剑冰把笔触也伸向雪域高原沧桑的社会历史及浓厚的宗教、文化与独特的自然氛围之中，显示出诗人对这片自己生息、战斗的土地的一往情深。如《我们，拥抱西藏》，"六十年过去了／六十年，光耀的六十年／在高天厚土／在阳光的风雪中／那些热爱西藏／拥抱西藏的人们／那些五十六个民族的后裔／走进西藏，都是一面面光灿的旗帜／都是一部部奉献完整的故事／并且都凝聚着太阳的血液／那些形象灿烂而又生动／使得西藏大地一片明亮／使得西藏青春焕发／满面红光"。再如，《漫步十八军开荒的旷野》，"六十年过去了／古老中国一个甲子的纪年／如今十八军将士仍然青春透亮／喜马拉雅山脊挥写的史诗／铸就的精神红光闪耀／而那些镐锹铁臂舞动的声音／仍在今天的高天厚土响成一片／今天西藏的幸福／就是镐锹最初刨出来的／吉祥的高原／就是在他们手中诞生的啊"。作者缅怀十八军英勇的将士，缅怀为了西藏、拥抱西藏的那些众多的前辈和先驱，同时也激励后来的人们面朝阳光、拥抱阳光，握住希望再创辉煌。作者对西藏的自然风光和民族文化也给予了关注，如在《我的草原》中写道，"骑着时

---

[1] 吴平：《雪域的吟唱——读杨剑冰诗集〈高原，蓝色的雪风〉》，载于《当代文坛》1994年第3期，第74—75页。

代征战的红马／怀着牧笛牧歌的明天／焦渴地推醒你吧／我梦中一丝不挂的大草原"，寥寥几笔，写出了草原的粗犷和豪情。《拉萨，三月上午的太阳雪》则写道，"风儿柔冷／太阳也如此柔冷／阳光的金带／斜挂天宇，装点／拉萨的山河成青衣少年／这时，雪花飘摇／总是如此轻舒而舞／如此浪漫而又纯情／天使般的温情丰满拉萨／使冷色的基调逐日柔软"，笔调柔软而细腻，别有一番韵味。

杨剑冰长久战斗在拉萨，战斗在西藏高原，母亲病故未能送终，父亲生病也难尽孝，相爱的天府恋人难以忍受离别之苦而离开了他……这些都在他内心世界留下了沉重的烙印，激起他情感的层层涟漪。20世纪80年代末，他饱含深情写下被誉为西藏当代"三别"的组诗《痴情，寄给遥远的雪山》。第一首《儿子·石头》，写父母对在西藏当兵的儿子的思念。"儿子睡的是石头垒成的床／于是石头便亲切起来／后来　石头便成了您儿子……／有时摸到石头就像摸到儿子的脸／久久地　久久地都不想把手拿开"。第二首《杨树·丈夫》，写妻子对丈夫的思念。杨树是五年前丈夫入伍时栽下的，她坐在树下，闭上眼睛，就能感受到丈夫宽阔的胸膛，而他在西藏的雪线上，怎么走也走不出她的心、她的柔情。第三首《玻板下·爸爸》，写小儿子对远在西藏当兵的爸爸的一段令人泣血的情感经历。在小儿子心目中，爸爸是英雄的解放军，但当爸爸回来时，他又觉得那样陌生，甚至不准他挨一下妈妈，此刻，"解放军和妈妈都背过身去／很久很久都没有说话"。这种让人落泪心酸的场面，写得非常真实。再如，《多情的少尉》："再一次托起沉重的雁羽／再看一眼凝固了血泪的信笺／孤独的感叹号和句号的组合／错了吧／分明是永恒的纪念／／'我永远属于你'／成了昨天／抹去多难哟／浅蓝浅蓝的斑点／／起风了，／脚下／，／边山／凄泣地传递'我要温暖'的呼喊／扯痛少尉多情的心／每个细胞都在痉挛／／是因为嘴角太缺柔情／还是因为边山、弯月过多的冷峻""她累倒了，／娇柔的身心／病榻前常常笼罩着另一个男人的身影（多情的少尉无法在哨卡给予她的那个男人给了许多许多）／她特别需要实实在在的温情。"我们仿佛看到了少尉疲累的身躯和泣血的心。爱情是人们普遍都要经历的感情，杨剑冰的爱情诗总体上具有一种天然去雕饰[1]的朴素美和真情实感的诚挚体悟。

---

[1] 何开四：《杨剑冰和他的〈爱情雪〉》，载于《当代文坛》1994年第3期，第48页。

另外，在杨剑冰的诗歌中，还有一部分寄寓着他对人类生命、精神和思想的哲学思考，耐人咀嚼，让人思索。如《把握世界的一种方式》，"不要因为伤痛而诅咒／也不要因为眷恋才告别／我的朋友／因为世界的物质／一切皆流啊"；再如，《树·我们·地球》："站在地球边沿才认识自己／于是，我便学习在子夜观天／午时伫立沉思／地图前／一次真切的痛哭／从此，我不再有语言／……站在世界屋脊的山口／面对斑驳岩壁／抚摸沧海桑田的伤痕／翻动岩石页片／我发现东亚大陆／如我手掌的纹路／那片空间／清晰而又模糊／／我们告别我们吧／我们多么丑陋／尽管我们也是实实在在的骷髅／其实，我们什么也不是。"杨剑冰用诗开导我们，启迪我们。读这样的诗，我们总感觉在收获，在前进。

在西藏这片高天厚土，杨剑冰用冷静的激情照耀诗歌，写出了一个当代高原边防军人独到的生命体验和人生感悟。他在拉萨部队工作了10年之后，接着又去了过去被称为"无人区"的不毛之地。他的如此"特立独行"，从条件优越的城市往穷乡僻壤走，往愈加高寒的边荒走，无疑是以自身的实际行动，诠释诗歌闪亮的生命核质。

> 我，一个小人物／带着寒意／淹没在芸芸众生中／继续穿行在小街上／走过了春夏秋冬／经历了风霜雨雪／踏平了坎坷峥嵘／饱尝了酸甜苦辣／靠着不懈的追求和奋斗／一切都自然而有规律
> ——李文华：《路遇》，载于《西藏文学》2010年第2期

李文华（1963— ），笔名木子文、木子华等，陕西省咸阳市人。1982年10月入伍，在中国人民解放军驻拉萨某部服役，任战士、文书、新闻报道

员等。1985年10月，到《西藏日报》社学习。1986年10月退伍，到西藏某机关从事秘书工作，1987年10月，调入拉萨市人民政府任秘书。1990年考入四川省经济管理学院。毕业后，先后在拉萨市人民政府办公厅、西藏自治区某政法机关任职，现为拉萨市作协副主席。1984年至今，在《人民日报》《西藏日报》《拉萨晚报》《西藏文学》《拉萨河》《西南工商报》《拉萨宣传》《西藏公安研究》《西藏发展论坛》《培训与通讯》《国家安全通讯》等报刊上发表散文、小说、诗歌、通讯及报告文学近千篇（首），部分文学作品获省市级奖，在区内外获奖近30次。有诗歌和散文入选《公仆之歌》《中国当代警官文集》《援藏人》等多种文学选本。出版有诗文集《天上拉萨》（2005），诗集《西藏行》（2008）、《西藏礼赞》（2010）、《这里是我可爱的家乡》（2016）等。

在文学创作上，李文华经历了两个阶段。第一个阶段是1984年到1989年。这一阶段他主要是以写散文、通讯、报告文学和新闻报道为主，曾多次荣获《西藏日报》《拉萨晚报》等报刊年度优秀通讯员，西藏军区新闻报道三等奖，《西南工商报》作品一、二、三等奖等荣誉。第个二阶段是，1990年以后，特别是进入21世纪以来，他的诗歌创作日益丰硕。

李文华的诗歌既歌颂英雄楷模，也赞美普通干部职工和老百姓，既描写男女爱情，也歌颂西藏自然风光，较全面地展现了"老西藏"的创业精神和西藏各项事业所取得的辉煌成就，让更多的人了解西藏，走进西藏，建设西藏。他的诗歌大都充满激情、豪情，弘扬时代主旋律，语言朴实，明白如话。诗体既有自由清新的新诗，也有不少严谨整饬的古典格律诗。

他的诗集《西藏礼赞》是他诗歌创作的一个高峰，这部诗集比他过去的诗更加圆熟，向人生的深度开掘。他坚持现实主义和浪漫主义相结合，梳理自己的诗歌脉络，既有对他生养之地的强烈感情，也不乏对西藏风土人情的讴歌，他不断将与西藏有关的意象和激情频繁地展示在他的诗歌中。诗集在联系历史、现实和自我介入的过程中，将他对西藏的向往、炽热的钟爱客观地表达了出来，有厚重的地域色彩，诸如写青藏铁路的组诗以及《拉萨河谷》《西藏的江南》《打工的白玛》《格萨尔》《雪顿，拉萨名片》《在定日远眺珠峰》《珠峰山下农家乐》等，独具特色。

西藏的人文地理造就了李文华的诗情，他大爱的露水凝成思想的晶体，渗入骨髓，展现在我们面前的是一个饱经沧桑、阳光灿烂的西藏，它的富足、贫困、原始与美丽滋养着诗人的文笔。历史与现实结合后，李文华的西藏抒情也就成了一首首美丽的赞歌。从中我们可以看到其诗歌的阳刚之美和阴柔之丽。《第五次西藏工作座谈会》《老西藏精神》《扶贫》《宗角禄康公园》《大雪》《和谐藏家》《柳梧大桥》《八廓街》《朝圣的人》《路桥丰碑》《在布达拉宫广场上》《赶牦牛的小姑娘》《绿色天街》……在我们面前历历在目，活灵活现。作为一个具有深厚积淀的诗人，李文华对西藏大爱无疆的写作，使其在拉萨诗歌创作中独树一帜。

其诗《宗角禄康公园》含义丰富，隐含着诗人对当下写作状态以及写作处境的一种思考，同时，也无疑是对个体生存状况的一种描摹。李文华的自我生命被一种力量穿越，甚至显得有异于一般的诗人："剪簇蜡梅盆中插，香怡心脾关不住。恬适度假叹春光，休管他人喜读书。"（《自嘲》）这种形象的自喻无疑是有自我倾向的。李文华体味到了一种虚无以及由此产生的现实的磨砺。对现实的思考常常诱发诗人特有的孤独，在这种情况下，诗人常常陷于追忆过去，进而从历史中寻找答案的挣扎之中。"叶茂枝繁／绿荫如云／翠色盖地／姿态各异／虬枝苍劲／枝条繁茂／倒挂在／宗角禄康的水面上／宛如少女翩翩起舞／唐旋柳／千百年来，寒风使你／旋转，形成独特的风景／你沧桑的手臂／在历史枝头上／牵起姻缘／藏汉一家亲"（《唐柳》）。诗歌以一千多年前文成公主栽下的唐柳为载体，寄寓在诗中的情感十分透明、纯洁，他在这种具有缅怀倾向的意象里完成着自己思考的转移。诗人注重美感与抒情，这是合情合理的。

李文华没有忘记吸收西藏民间文学的营养，取其精华，去其糟粕，古今融化，为我所用。他对祖国大好河山有一种割舍不断的恋情，在拉萨，在西藏南部，在西藏北部，在草原，在寺庙，在神山，在故乡，在蜀地，在京城，在江南，在塞北……无不留下他的足迹和挂念，无不留下他的身影和歌声。

诗集《天上拉萨》《这里是我可爱的家乡》，大多数作品都有西藏各族人民战天斗地的昂扬豪情、高亢激昂，诗人不管是写党和国家领导人，还是写自治区或拉萨市领导干部，不管是写孔繁森这样的楷模，还是写青藏铁路的普通工人，都是满怀豪情，极力高唱英雄的赞歌、时代的赞歌，这是李文华作品的基调、主调，他写中央和区市领导对西藏人民的关心，写西藏人民齐心协力奔小康的奋斗精神，都是出自内心的没有造作的声音。他在获奖作品《高原魂》中写道："望着向前延伸的路基／他们仿佛看到了／火车穿过雪山／穿过草地／穿过高原……／看到了迎着火车／挥动花环和哈达奔跑的少男少女……"他唱出了青藏铁路豪壮的奋斗之歌、英雄之歌、希望之歌。李文华不少诗歌激情浩荡，慷慨陈词，对世俗，对旧的传统，对腐败，对人性的冷漠，对不良风气的犀利批判精神，让人难以忘怀。《我的"老西藏"父亲》等作品写出了作者和"老西藏"的一种特有的感情，激发人的斗志。《敬礼，老师》《公仆》《献给妈妈的歌》《眼睛里是圣洁的太阳》《最鲜艳的是格桑花》《普通农家》《援藏人》《一个道班工人》《牧民乐》等作品衷情凸现，溢于言表，情真意切，感人至深。

李文华在西藏度过了自己美好的青春，他对高原产生了纯真执着的深情，高原的阳光赐给他光荣的"高原红"，林间的那条小路，铺满他透明的思绪，拉萨河边高高的白杨，倾听过他的絮絮情语。这不是谁的巧妙安排，而是他在苦苦追寻自己的理想，追求生命的本真。他的诗歌倾尽了他对西藏的一往情深。

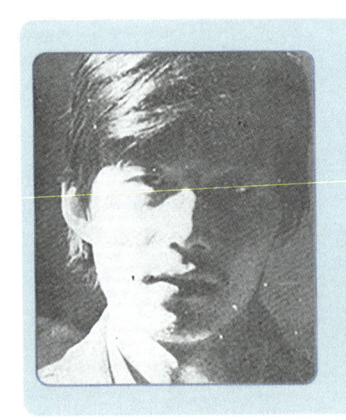

> 我的朋友／到了拉萨，你一定要了解去草原的路／一定要熟悉去草原的路——／……／虽然从拉萨去最近的草原／好马也得跑上三天
> ——蔡椿芳：《从拉萨去最近的草原》，见《岗仁布钦及其它》，拉萨：西藏人民出版社，1988年版，第45—46页

蔡椿芳（1964— ），笔名阿石、于斯、乐小天，湖北省新洲区人。1980年考入郑州高射炮兵学院通信专业。1983年毕业后进藏，在拉萨某山地

旅任职。1988 年调至西藏军区创作室，历任西藏军区政治部文学创作员、中国作家协会西藏分会副主席。1993 年转业后在四川成都某厂从事宣传工作，1996 年被聘为四川省巴金文学院创作员。著有诗集《岗仁布钦及其它》(1988)、《降临》(1991)，小说《在春天回想一个比我年长的女人》(2004) 等。

在 20 世纪 80 年代的诗歌创作领域，蔡椿芳是一位高产的诗歌创作者，他的诗歌在艺术追求上有着自己鲜明的倾向。收录在《岗仁布钦及其它》中的五十余首或长或短的诗歌，几乎看不出它们所产生的时代背景。这种回避时代风潮的创作追求并没有使得蔡椿芳的诗歌失去自己的艺术价值，反倒使得我们看到 20 世纪 80 年代西藏文坛多元化的创作状况。

蔡椿芳的诗歌虽然回避了带有普遍性倾向的颂歌模式和地域文化书写风潮，但在对那些不起眼的事物的描写、刻画方面，却有其独到之处。蔡椿芳的诗歌留给我们的第一印象是对客观存在物复制般的刻画、再现。诗人喜欢把自己看到的事物，不管是人们的生产劳动，还是自然万物的变化，以及田野街头的瞬间景象，都会用具有"实录"意味的笔触复制下来。由此，在他的诗歌里，我们可以看到千百年来静默如斯、高耸入云的巍峨大山，奔流不息、亘古不变的无声河流，像化石一样凝重古老的石头、泥土，充满力量与生机的牲畜和庄稼，广阔无垠的草原等；也能看到在田野里辛勤劳作的男男女女，出没于深山老林里的威武的猎人，不辞辛苦虔诚朝圣的佛教信徒，游荡在八廓街的各色行人，以及毫无怨言地坚守在工作岗位上的工人兄弟。

蔡椿芳对生存万象的复制与再现，并不是一种毫无主观介入的客观行为。虽然他的诗歌的确在情感流露上非常内敛，在观念意图的表达上相当含蓄，但他的诗歌在内敛与含蓄中还是透露出了诗人对笔下万物的情感投入和理性思考。在情感上，蔡椿芳对出现在自己笔下的各种事物都怀有一种真诚的敬意，对于它们的存在形态与行为方式，给予了足够的尊重，从不在诗歌中评头论足。这是他的诗歌只注重客观描述所产生的一种艺术效果。情感上的内敛与敬意限制了诗人对客观对象的直接评述，也限制了诗人对客观物象的看法与认识。但这并不意味着诗人完全放弃了对自己笔下的描写对象的智性思考。看似不动声色，甚至有些冷静的描绘，其实包含着诗人对周围事物的整体性认识。这种认识就是，一切存在都是自然而然的，就像命中注定的一样，任何事物以这样或那样的模样或方式出现在特定的环境中，都是不需要理由的，都是可以接受的。这就是诗人对自己身处的万物世界的一种体认。《阳光雨》是这种体认的集中表现,"所谓阳光雨／就是有阳光的时候／也有雨／有雨的时候／也有阳光／阳光与雨一起落下／所谓阳光雨／就是这样／就是你走在夏日的高原上／走在简易铁皮房子之间的时候／分不清敲击铁片的沙沙声／是阳光的声音／还是雨的声音／也分不清打湿衣服的／究竟是雨水还是阳光／所谓阳光雨／就是这样啊／有歪歪斜斜的小雨的时候／也有白白净净的阳光／使你抬起头来／看天空的那一瞬／眼中有阳光／也有雨水"[1]。阳光雨是什么?所谓的阳光雨就是有阳光的时候也有雨。按照常规的理解,这样的解释显然是一种毫无意义的解释。但诗人却自以为是地不断解释。这不是诗人智力思维上出了问题,显然是他有意为之的审美行为,或者说诗人刻意以这样一种语义循环的解释来表明自己的立场：阳光雨本质上是什么并不重要,重要的是它以这样一种方式存在着,你能感受到它的存在就行,仅此而已。在此种认知观念的指引下,世界万物的存在也就无所谓好坏、利弊,因为它们随时都是可以转换的。再如,《为哲蚌寺门口的一位盲人喇嘛题句》,"你不知道太阳已经落下去了／你还在哲蚌寺的门口坐着／诵经／人们纷纷赶回家去／因为黑夜／就要来了／／多么好／你看不见黑夜的来临"[2]。蔡椿芳的诗歌往往在漫不经心的描述中,透露出具有哲理意味的人生感悟。这种不直接言明诗歌寓意的内敛式感悟,对读者来说是一个很大考验,因为很多时候,这样的诗歌留给人的印象是平淡如水,似乎仅仅是语言词语的简单堆积。

　　蔡椿芳的诗歌在艺术特色方面最显著的特征是语言的直白、简洁。蔡椿芳的诗歌语言很少有修饰性的形容词、副词,此类词语的缺乏意味着诗人对我们非常熟悉的修辞手段,如比喻、夸张、拟人等的摒弃。诗人追求的是把进入自己眼帘的客观事物尽可能以原本的面目清晰地展现出来,而不在乎语言本身丰富的审美因子,也不在乎诗歌因为语言的直白、简洁而失去丰富的艺术文化内涵。即使是对大自然风景的描写、刻画,他的诗歌中也难得出现修饰性的语言。看得出,在语言的直白、简洁方面,蔡椿芳做得相当彻底。

---

[1] 蔡椿芳：《岗仁布钦及其它》,拉萨：西藏人民出版社,1988年版,第84—85页。
[2] 蔡椿芳：《岗仁布钦及其它》,拉萨：西藏人民出版社,1988年版,第43页。

比如《土河》，"土与河是一种颜色／都很黄／我都分不清岸和水了／牛皮船这时／就像搁在土上一样／斜成45°的阳光／温暖地涂着河面／河面很静／如秋天深翻之后的土地／你坐着没动／躯体亦如黄土堆积而成／而牛皮船就像／搁上黄土一样／粘住不动／在西部七月的下午／你总是这样／收起木桨／一直等到看不见太阳"[1]。这样的语言表达方式中，我们看不到同时期西藏诗歌在描写类似的自然景物时，经常出现的诸如高远、宏阔、坚毅、古老、深沉等充满了诗人主观化情绪体验的词语，相反，整个诗歌完全用一种通俗直白，看上去毫无诗人主观意绪的词语组合排列而成。

与语言直白、简洁相适应的艺术特征是语调平静、节奏舒缓。蔡椿芳的诗歌语调和节奏就像在平地上流淌的液体一样，既没有喧嚣也没有曲折回旋。这种语调和节奏与诗人所要客观清晰地展现事物存在的"本真"状态的艺术追求相吻合，也透露出了诗人个人对静态隐秀之美的偏好。

阅读蔡椿芳的诗歌，很容易让人想起20世纪80年代中后期在内地诗坛风靡一时的第三代诗歌。现在还没有明确的线索证实蔡椿芳受过第三代诗歌的影响，但就他的诗歌所表现出来的艺术特征和主题意旨来说，与第三代诗歌有着很大的精神内质与艺术特征上的相似性。第三代诗歌在艺术追求上的那些主要特征，在蔡椿芳的诗歌中几乎都存在。比如，语言的直白、语调的平和随意、节奏的舒缓、情感的内敛、对诗歌宏大主题的摒弃拒斥。唯一不同的一点是，内地第三代诗歌的降格程度更为彻底，对世俗物象的表现带有无所顾忌的玩世不恭的态度，以至于低俗无聊的场景和阴暗萎缩的心理常常出现在诗歌当中。反观蔡椿芳的诗歌，在降低诗歌的宏大意味的同时，却没有滑向低俗无聊，语言始终干净整洁，情绪心理处于健康常态之中。因此，在一定程度上，可以把蔡椿芳的诗歌看作是对内地第三代诗歌的呼应，但其区别也是存在的，不能混为一谈。

---

[1] 蔡椿芳：《岗仁布钦及其它》，拉萨：西藏人民出版社，1988年版，第2—3页。

他呼吸了几口风暴的烟辣味儿
突然感到诗潮胀得脑子难受
信手把笔插进雪层
便奇迹般的长出串串写兵的诗句
——曾有情：《我们是怎样爱上诗的》，见曾有情：《浪漫高原》，香港：南洋出版社，1990年版，第97页

曾有情（1964— ），重庆市梁平区人。1982年入伍，1983年进藏，历任西藏日喀则军分区战士、拉萨教导大队学员、拉萨三〇八团宣传干事、西藏军区政治部创作组创作员。1991年考入解放军艺术学院文学系，1992年毕业后调入总参某部机关任职，2005年转业到地方。1983年加入西藏作家协会，成为当时最年轻的会员，现为中国电视剧编剧工作委员会理事、中国作家协会会员、中国电影文学学会会员、北京作家协会会员。主要作品有诗集《浪漫高原》（1990）、《神性》（1991）、《雪哨》（1991），长篇系列小说"都市三部曲"《隐痛》《凭什么爱你》《假的爸真的妈》（2006）[1]，长篇报告文学《传令三军》（1995）、《无网不胜》（1998），影视剧本《凭什么爱你》（2007）、《天仙配》（2007）、《王屋山下的传说/愚公移山》（2008）、《牡丹亭》（2010）、《当兵的人/十一级台阶》（2011）、《妈祖》（2012）、《天仙配后传》（2012）、《麻姑献寿》（2014）[2]等。

1982年，曾有情入伍后不久，因不断在《西藏日报》《西藏文学》等区内外报刊上发表诗歌，被选拔到军分区文化学校任语文教员兼班主任，一年后，考入拉萨教导大队步兵排长分队学习，毕业后分到拉萨某部任宣传干事，1987年调入西藏军区政治部创作室任创作员。在这期间，他创作了大量带有

---

[1] 另有合著《愚公移山》（2007，曾有情、熊诚）；《天仙配》（2007，熊诚、曾有情、周濯街）。

[2] 影视剧本均为上映时间。此外，曾有情还为自己和他人的影视剧写过主题歌，创作过不少歌词，在报纸上开过漫画专栏，为杂志画过不少题图和插图，为书设计过封面。

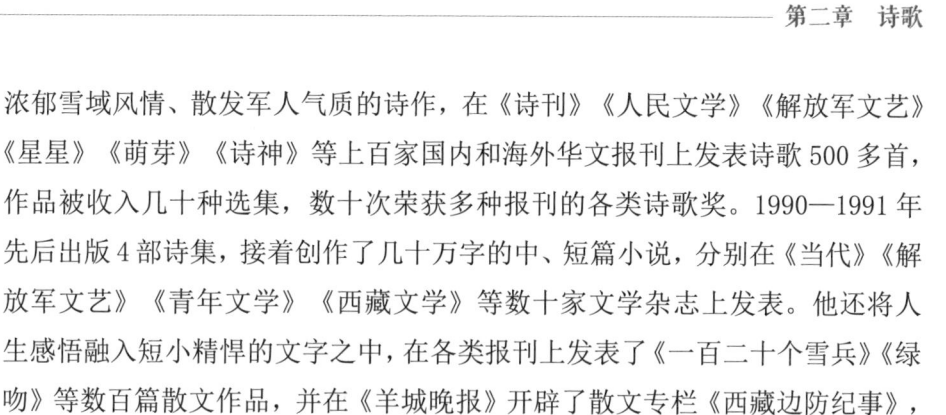

浓郁雪域风情、散发军人气质的诗作,在《诗刊》《人民文学》《解放军文艺》《星星》《萌芽》《诗神》等上百家国内和海外华文报刊上发表诗歌500多首,作品被收入几十种选集,数十次荣获多种报刊的各类诗歌奖。1990—1991年先后出版4部诗集,接着创作了几十万字的中、短篇小说,分别在《当代》《解放军文艺》《青年文学》《西藏文学》等数十家文学杂志上发表。他还将人生感悟融入短小精悍的文字之中,在各类报刊上发表了《一百二十个雪兵》《绿吻》等数百篇散文作品,并在《羊城晚报》开辟了散文专栏《西藏边防纪事》,其作品屡被《读者》《青年文摘》《新华文摘》《散文选刊》等有影响的刊物转载,散文《一只手套》《开往春天的列车》《国歌》被收入多省中小学语文教材及全国各类语文考试试卷。同时,他写了长篇报告文学《传令三军》,发表于《解放军文艺》1995年第3期,被《文汇报》从当年5月14日开始长达数月全文连载,几十家报刊也分别做了节选转载。1998年创作了长篇报告文学《无网不胜》,由解放军文艺出版社出版,获得了原总参谋部文艺创作优秀奖。2005年,离开部队自主择业后,曾有情又回归小说创作,短短一年内,完成了长篇系列小说"都市三部曲"的创作,并由安徽文艺出版社于2006年出版。此后,曾有情再次改变创作方向,从事影视编剧,并于2014年,荣获"十佳电视剧编剧"称号[1]。纵观曾有情的创作历程,从诗歌到小说、散文和报告文学,再到影视编剧,每个阶段都有不俗的表现和骄人的成绩。这里主要介绍其在20世纪80年代的诗歌创作。

可以说,曾有情是以军人的气质、军人的风姿步入雪域诗坛的。五彩纷呈的雪域军营生活是他创作的源泉和优美诗篇的所在[2],他的诗总是充溢着火样的激情和青春的朝气,语言生动,想象奇特,善用比拟和通感等修辞手法,庄谐并举,趣味盎然,一些联想和对比看似突兀乃至不无悖论和荒诞,实则内蕴丰富,饱含哲理,引人沉思,真挚地抒发了戍边战士的情怀,凸显出自己独特的美学追求和艺术风味。如《和平是什么》中"和平是健壮的男人撇下妻儿/到远处去/又从远处带着军功章凯旋/或者永不回来"的奉献精神;

---

[1] 2014年,中国广播电影电视联合会主办的"第10届全国电视制片业十佳评选"揭晓,曾有情被授予"十佳电视剧编剧"称号。

[2] 许意:《雪域诗人的抒情风度——青年诗人曾有情速写》,见韩燕、白朗:《西藏当代文化名人》,成都:四川文艺出版社,1991年版,第390—391页。

《看蚂蚁打架》中"两个战功赫赫的将军／挥舞蚁爪高喊冲锋／硝烟弥漫／熏黑净洁的瞳仁",使我"逐散蓝军白军"的"忽有所悟";《战争土地》中"目光深入雪域土地／看到白骨的根不枯的含义"的战争沉思;《雪鸽子》中用雪捏鸽子从而"使你职业的真正注释是养鸽人","每天都向太阳投去一只雪鸽子","相信鸽子会涉过国籍／如太阳的境界净化土地的烟尘／温柔整个世界"的军人信念,无一不展示他切入生命本质的艺术锋芒,透彻人生的体验,价值取向、审美体系、文化积淀与性情修炼水乳交融,洞穿军人的职业色彩,博悟一种"兵味儿精神"的幻化与神圣使命风格的唤引。[1]《古寺与哨所》"都有戒律的锋芒／各自铺开崎岖的规范／穿军装和披袈裟的人／从同一地点出发走不同的路",《他站在大昭寺前》"军装代替了藏袍／举手礼彻底更换了叩拜的姿势／只有涂满高原色的脸庞和弧形的大腿／能够辨出他和信徒的体内／流的同是猕猴人的血液／""匍匐状重复着／使他想起一场战斗他的战友们／在红光中扑下去再没有起来／比他们虔诚一千倍地扑下去了／他的头颅只在战友墓前叩过"等等,既凸显了诗歌的地域特色,也注入了诗人对西藏历史文化和时代发展及军人本色更深层次的思索。

和平年代的军营虽然淡去了硝烟炮火,但军营本身就意味着奉献和牺牲,军人用青春和生命诠释着责任和忠贞,由此我们看到了《冰雕》中"身躯替倒下的电杆／而／站／立",被冻成冰雕的"女神",《高原雨季》中用"身体锤炼一身巨响""没有拉拉战友的手就加宽了路面／加宽了清明节的面积"的班长。《森林中》诗人"狠狠地诅咒画上的那只野兽／狠狠地诅咒森林不是艺术",因为"那一夜我巡逻的战友／丢失在另一片森林"。雪域高原的边防哨所艰苦异常,更不用说年轻的军人还要独守那份冰雪的孤独和寂寞。战士们一方面是钢铁战斗集体中坚强的成员,另一方面又是血气方刚、渴望爱情的年轻人。为此,诗人既咀嚼出雪域士兵浓浓的国防意义,也描绘出青春的五彩斑斓和跃动的旋律,比如《噢,裙子》《没有写过情书的兵们》《拉萨,一群醉酒的士兵》《女话务兵》《女兵宿舍》《女儿墙》《女兵悄悄走向爱情树》。同时,诗人有意把困苦写得更轻松一些,把艰辛写得更容易一些,

---

[1] 洋滔:《战士·意象·心灵(序)》,见曾有情:《神性》,拉萨:西藏人民出版社,1991年版,第2页。

具有哲思的深度和"怪味胡豆"般的雪域荒诞情趣，令人深思难忘，从而也使其更为形象生动、真实感人，丰富了诗歌的内涵与诗人的人生。[1] 如《我们是怎样爱上诗的》："趁一个周末我们凑在一起／七手八脚八连长一米八的个子／塞进一首短。诗"自然气候的差异虽然将天府丘陵与边哨雪塔定格成温度计上正负的刻度，但"站在负数里成为正数这便是我们的价值"，"有时我们也羡慕天府风可仅仅是羡慕"，因为"我们知道一旦奢望温差就会更大"。《女兵》中喂鼠这一"奇特的业余爱好奇特的兴趣"，看似矛盾，却又在情理之中，因为，"猫死了／而兵们仍更为顽强地／活在没有对手的孤独里"（《悼猫》），"嗅着梦的香味尖嘴"虽然"把她们的夜／啃得遍体鳞伤／连浑圆的落日也被嚼得支离破碎"，但它们"太讨厌太气愤太……饥饿太可怜"，于是"她们便从牙缝里掏出一个馒头几块巧克力／用嬉笑调匀小块小块的休息时间拌成佳餐"（《女兵》）。而《屋檐上的音乐》中"印着液体花纹的水井和山涧／在向零度以下越走越远的严寒中丢失／一切源头的唇边没了流动／好在太阳始终充满热情／因此就有了屋檐上的音乐／就有了12345671／像眼泪般掉进汽油桶／钢钎敲出这些块状的死去的音乐／让它沸腾起力量"，但"喂着一帮子吃音乐的人／吃了音乐仍不是贝多芬"，因为"他们不愿欣赏自己的干渴／他们没那么浪漫却照样守边防／连那个抱吉他的战士／也望着老是不满的油桶／使劲地收集口中的润滑油／就像最高明的音乐家／在枪声面前失去了乐感一样……"

曾有情正是以这种独特的语言和奇特的联想，将传统与现代、中国和外国的诗歌技巧熔为一炉，把读者带入万花筒般的诗的殿堂，让读者领略雪海风光和士兵广袤的内心世界的同时，袒露出深沉的情怀与人生忠贞的信仰和作为军人而首先是人的良知走向。[2] 他的诗总体上具有一种洒脱、豪爽、幽默的情致，而又不乏现代主义的色彩。[3]

---

[1] 洋滔：《战士·意象·心灵》，见曾有情：《神性》，拉萨：西藏人民出版社，1991年版，第5页。

[2] 洋滔：《战士·意象·心灵（序）》，见曾有情：《神性》，拉萨：西藏人民出版社，1991年版，第4页。

[3] 邓荫柯：《峭拔俊逸　明亮纯净——读〈芒种〉诗歌漫笔》，见邓荫柯：《文朋诗侣集》，沈阳：辽宁民族出版社，1998年版，第21页。

> 感受阳光／在日光城／是一件极快乐极快乐的事情／／根本不需要什么／在街上拖着自己的影子行走／阳光便洒落在你的身上／很热很惬意／／你咂了咂嘴／似乎觉得阳光很有韵味／没有风／原初的山峰很湿润／涨潮　是拉萨河／／感受阳光／然后　与它一同入梦
>
> ——周世通：《感受阳光》，见周世通：《浪漫之旅》，成都：西南交通大学出版社，1992年版，第71页

周世通（1968— ），笔名野风、周野、丁乂，生于四川省营山县。1989年入伍，在拉萨某部服役。1992年退伍到成都铁路局工作。曾担任文学刊物《蜀道风》执行副主编、《芙蓉锦江》诗刊副主编，系中国作家协会会员、四川省作家协会全委会委员。主编并编著《蓝白红诗文库》（中英对照10卷）、《西部文学书系》（12卷）。出版诗集《浪漫之旅》《彳亍的野风》《隐之诗》[1]，图文游记《天路之旅：青藏铁路（成都—拉萨）自助旅行手册》《映像川藏》[2]等。1997年获四川省"五一文学艺术奖"，诗集《彳亍的野风》2003年获第四届四川省文学奖。

周世通的诗歌创作从内容上看大致可以分为八类：青春爱恋、都市生活、高原军旅、铁路人生、自然形胜、历史文化、政治抒情及公共事件等。

在早期创作中，诗人个体感悟的内心化描写较多，注重感觉，讲究意象，善于抓住瞬间感受，并将感觉融入多种侧面进行语言上的意象安排，风格"平和冲淡、舒徐自在，充满宁静、幽怨的气息和浪漫、轻柔的色彩"[3]。诗人敏感而多情，流连秋天、落叶、雨季、阳光、森林和雪景，淡淡的哀伤、幽

---

[1] 成都：西南交通大学出版社，1992年版；成都：四川民族出版社，2002年版；成都：四川美术出版社，2013年版。

[2] 成都：四川美术出版社，2006年版；北京：清华大学出版社，2014年版。

[3] 杨晨：《在孤独与浪漫之间——野风（周世通）诗印象（代序）》，见周世通：《浪漫之旅》，成都：西南交通大学出版社，1992年版，第3页。

怨的情绪，写得真挚温婉，不乏哲思，比如，"秋天是写诗的季节／特别是在秋天的边沿／雨后的日子"（《林中散步》）；"走在深秋的小径上／落叶从我头上纷纷坠落／我的心就再一次沸腾／看见的是诗／是诗的音符在飘／坠入／我的记忆我的灵魂／／当我再一次仰头时／所有的落叶都是我的诗"（《所有的落叶都是我的诗》）；"我只好在那缠绵的雨中／任成熟的雨滴打湿记忆"（《任成熟的雨滴打湿记忆》）；"雨柔柔地飘洒着／给林海洗浴／你在林中静静地遐想／在缠绵的雨中／你湿淋淋地低声歌唱"（《在森林中行走》；"独坐铁皮房内／听雨／是一种快乐／／……其实／听雨并不仅仅是一种快乐／还有很多很多／听过雨的人就会知道"（《听雨》）；"看云／常可以看出一种人生／一种东方式的哲学／"（《看云》）。诗人童年在"山村度过"，又在高原军营中经受过雪域的阳光、风雪的滋养，对于城市，这个现代文明的产物，他似乎有些不适应，有些隔膜，无法融入其中，[1]他感到孤独、多余、压抑，甚至有些荒诞，"声音是多余的／阳光是多余的／天／开始下雨／我们也是多余的"（《我们》）；"那个上午／城市大街上充满着一股奇特的女人味／这是我始料不及的／也并不像我原先想象的那样"（《想象》）；"出租车无聊地驶来／扔包袱般扔下几个无聊的人"（《现实写意》）；"当我想抓住城市的一角／体味具体的幸福／我发现在这拥挤的城市／我是孤独的／就像天空／那一只突然掠过的　鸟"（《城市》）。诗人怀念高原，"想象自己站在一种高度／享受那过剩的日光和风雪／是多么温暖和惬意"（《想象》）然而，诗人也只能是想象高原，因为"当我真正背过身去／我就感觉到／在以后的许多日子里／我只能站在一种高度想念我的高原"（《想念高原》）。这是地理的高原，也是精神的高原，是诗人纯洁、宁静心灵的追寻和向往。

周世通离开西藏军营以后，一直在坚持在写作。从部队到铁路，对于他的人生是一个转折，对于他的诗歌创作也是一个转折。他开始"摈弃了以往的一些浮华、柔软与随性，而强化了对生命与人性的思辨、挖掘与尊重"[2]，比如《雪地，守望小店的小女孩》，"雪赶集似的成了熟客天天光顾……／／小

---

[1] 朱先树：《情感的三原色——周世通诗歌印象》，见周世通：《隐之诗》，成都：四川美术出版社，2013年版，第206页。

[2] 梁平：《隐之诗：倾听花园里的其它回响》，见周世通：《隐之诗》，成都：四川美术出版社，2013年版，第2页。

女孩玩着别人遗弃的玩具佯装快乐／这掩饰的快乐，哆哆嗦嗦……／／卖火柴的小女孩早已走进了童话。雪，越来越大／此时，守店小女孩无法平息打战的牙齿／这牙齿只好啃着冷风，取暖"。诗人用真切的画面和真挚的情感给出了"雪地，守望小店的小女孩"的形象，这个形象让人百感交集。[1]在语言修辞上，诗人注重拉伸和开掘汉字的内在张力，通过丰富乃至乖张的隐喻和联想，反映他对历史、自然、社会特别是一些公共事件的思考与反省，给人冷峻、悲悯，甚至刺痛和撕裂感，从而反映了他的社会担当和批判精神。比如《祭：甘肃校车遇难儿童》，诗人如同亲临现场："没棺材，没坟地，没花圈，没玩具，什么也没有／有的，是那空旷寂静，且冷漠的荒野／为掩埋而出山的铁锹，哑口无言／挖坑的动作，疑似钝刀割肉／疼痛如撕裂般，席卷而来……"诗人借用一把"出山的铁锹"来代替自己"哑口无言"的疼痛，"铁锹"变成了钝刀，不仅不能挽救生命，而且让土地都能够生出剧烈疼痛。其他如有关于"轧""追""旱""井""脊""淹""腔""孤""乌""畜""唠""房"等一系列汉字的深入解剖和现实联想，"我们都能看见诗人剑戟挥舞出凛冽的寒光"。[2]另外，诗人还有关于"清明""谷雨""立夏""白露"等与传统二十四节气相关的系列组诗，及对大足、彭山、大观、罗城、望鱼、元通、长征沿线等有关地方性知识的行游诗，从中我们可以看见诗人野性之风和灵性之气的兼容，反映了他对历史和文化的深入思索，同时，也开掘了他更为深厚而宽敞的创作空间。

总之，作为一名浪漫的旅人，高原风寒冰雪的强悍没有抹去他诗歌的秀丽、清婉、哀伤和淡雅，[3]倒有一种迂回与纤柔、清冷而飘逸的诗风："此时，古城垛上旗帜与嘉陵江上的帆影／似麦浪般冲撞挤压。／擂鼓声中／热血在兵器上奔走／／……梦醒。剑柄不知去向，斜刺入房是月光／乏力的我单衣湿透。将军解甲／在昨晚读过的书里。"（《昭化拾梦，隐藏悲伤的头在走动》）

---

[1] 朱先树：《情感的三原色——周世通诗歌印象》，见周世通：《隐之诗》，成都：四川美术出版社，2013年版，第203页。

[2] 梁平：《隐之诗：倾听花园里的其它回响》，见周世通：《隐之诗》，成都：四川美术出版社，2013年版，第4页。

[3] 洋滔：《从军旅诗人到铁路诗人》，见周世通：《隐之诗》，成都：四川美术出版社，2013年版，第211页。

作为一个彳亍的行者,他常常是相机、画笔、画外音并用,以艺术家的视角和心像向人们截取一路的风景,"雪光铺在纯蓝的天空下／散发一种／愉快干净的气息"(《山尖》);"我的双腿插在群山之间／我知道／再向前迈出一步／就走进了太阳"(《黎明》)。作为一个敏感捕捉"迎面而来的隐喻"者,他小心地划拨"心灵的小舟,驶向精神的高地","他的笔,如锋利犁铧,深入历史荒原,犁出一道深深的沟壑"[1],人生的苦乐,生命的悲欢,悯世的情怀,都隐藏在诗的字里行间,透露出正义与良知的骨感以及人性的温暖:"小寒刚过,大寒来临。当挨过最冷的寒／春花就会依次地绽放。天堂或人间。"(《寒,或十三的死亡之约》)

青藏高原／我缺氧的心脏／在零下四十度的潜伏中蜷缩／疾驰的车轮与生命的距离／长年累月的碾碎梦般的希望／……／／青藏高原／我缺氧的心脏没有冻僵／冰雪覆盖着酒杯的荒凉／我的希望始终让我怀想

——陈雪涛:《青藏高原》,载于《西藏文学》2010年第4期

陈雪涛(1973—2010),笔名荒流,贵州省毕节市人。1990年10月服役于西藏某部,1993年12月退伍后寓居拉萨从商并写作。1995年12月结业于鲁迅文学院作家班;1999年7月毕业于毛泽东文学院作家班。先后被聘用在拉萨市副食品公司、西藏寰亚贸易有限公司、西藏人民广播电台广告中心、

---

[1] 孙贻荪:《诗,心灵的瀑布——读周世通诗歌》,见周世通:《隐之诗》,成都:四川美术出版社,2013年版,第202页。

拉萨市文联《拉萨河》杂志社、《援藏会刊》杂志社等部门工作。有近百篇文章散见于各类杂志和各种丛书，系中华诗词学会会员、中国诗歌学会会员、中国国际文学艺术家协会会员、西藏作家协会会员、拉萨市作家协会会员、《拉萨河》杂志社副主编、《援藏会刊》杂志社主编助理。2010年4月16日，自缢于家中。诗歌《曼荼罗》获1995年中国首届新作家代表大会三等奖，《神女峰》获1998年12月第三届"东方杯"全国诗歌大赛银奖，《青藏高原》[1]获2000年第二届全国青年文学优秀作品奖，并荣膺2000年度"中国诗星"称号。由其领衔创作的歌曲《藏族人家》[2]获2007年第十届全国精神文明建设"五个一工程奖"。

陈雪涛的诗歌融古典与现代于一炉，凝重而不失大气，不羁中显露孤愤，常常怀抱希望，却不免失望，乃至绝望。胸中积压块垒，诗酒之中独自体味彷徨于生命的脆弱，激情而又敏感多思，冷硬警语追求超脱豪放却又时显贫瘦形骸。比如《涉江·答YX》："我涉江于拉萨河的源头／伤怀的热泪涌动于酒杯／那与世俗日渐消瘦的形骸／贫乏地剥开思想遗忘的皮／从极地的旷野与落日流放／／上古圣人登高之襟怀／足令古今阿谀者自惭形秽／荡一叶牛皮筏静观垂钓／本是独善其身的传统隐逸／我却自作多情的忧郁不止／这思考包含的憧憬和怀疑／感染着整个社会的病态／／月光下与雪山一同成长的少女／默默地为大地献出护身的香草／我的痛苦是一滴英雄泪……"作者本质上是一个理想主义者，怀有极大的抱负，正如他在《夜雨寄怀甲格雄文索诗

---

[1]《青藏高原》，曾分别载于《西藏文学》2003年第2期、2006年第1期、2010年第4期，并选入《神圣之地——拉萨作家作品选》（北京：中国文联出版社2007年版），作品有多个版本，个别字句有所出入。比如《西藏文学》2006年第1期中的"剑　在这里锈蚀／枪　在这里锈蚀／和平年代战争在这里锈蚀"不见于《西藏文学》2003年第2期的版本，而2003年第2期版本中"挥动阳光般炽热的十字镐／与满是顽冰的唐古拉诗意对话"及"歌声漫过绵延的雪山／生活羊肉汤般的滚烫"，在2006年第1期版本中改为"挥动阳光般炽热的十字镐／与满是顽冰的唐古拉最后决斗"及"歌声漫过绵延的雪山／生活羊肉汤般的温馨"。

[2]《藏族人家》作词：陈雪涛、刘忠寿、黄枰；作曲：洛桑三旦、天骄。这首歌曲生动地表现了藏族人家迎接青藏铁路经过家门前的喜悦心情。雪域高原洒满党的温暖阳光，西藏人民歌唱美好生活。歌词简练，形象生动，旋律具有鲜明的地域特色，充满民族特色的演唱风格更彰显出青藏高原的纯朴之美。见中国作家网，http://www.chinawriter.com.cn/2009/2009-09-18/77108.html，2016年4月1日引用。

并答》中所言："治国敢问修身事，济世欲谋庙堂筹。"但生活的不如意，却常常使其难展襟怀："江天惘然移俗累，雪山嵯峨费时忧。渔樵惯看花落尽，惆怅空负少年头。"理想与现实的差异，特别是生活的窘迫，使得他的诗歌也充满某种矛盾，甚至有些苦涩和贫寒，仿佛奔突的思绪总被某种东西束缚，这也使其一些诗歌意象纯粹而又多义。

诗歌《青藏高原》可视为作者的代表作。诗歌开篇"青藏高原/我缺氧的心脏/在零下四十度的潜伏中蜷缩"，活画出青藏高原自然地理环境的高冷，以及人在这种环境里的生理生存状态，但也唯其如此，才更显"八一军旗下文明的滋生"。这是和平年代，"剑 在这里锈蚀/枪 在这里锈蚀/和平年代战争在这里锈蚀"，在没有炮火硝烟的战斗中，年轻士兵的"青春在军装悲壮的僵硬中/挥动阳光般炽热的十字镐/与满是顽冰的唐古拉最后决斗"。原先的闭塞已被打破，"信息高速公路从大洋彼岸/像玻璃杯一样把文明传递"，世界变得透明，而历史也随着"光缆穿越冻土留下的歌声/拉响小提琴断弦的风雪"。诗歌似乎是写和平年代里的一群年轻士兵在唐古拉山挥动十字镐，填埋光缆或进行建设的场面，但又不仅仅于此，"跋涉被短暂的希望遗忘/痛苦被尘封的历史贿赂"，尽管朝圣的信徒转经已经疲惫，却"又一次被经幡的召唤引渡/花岗石的墓碑忧伤而又绝望"。作者这里的言辞隐晦，却饱含批判。"生活 羊肉汤般的温馨"，这是现实的生活，是实实在在的生活，是可感可触的生活。全诗的可贵之处是没有将笔墨停留于对一般场面的描写和对士兵忍受高寒、切实奉献的表面颂扬，而是将之与对西藏这片土地的历史和社会文明变迁的沉思结合起来，将信仰与希望结合起来，既写出了当代高原士兵的艰苦，也写出了这片土地的沉重，充满了对青藏高原在千年宗教影响下的步履蹒跚与凝滞的沉重追问。"我缺氧的心脏没有冻僵"，"我的希望始终让我怀想"，作者最终还是怀抱希望的，虽然这希望是对绝望的希望。作者的这首诗歌感情内敛，语言奔放中又有收缩，从而使意义凝结，内涵丰富多层。

另外，作者与吕雄文共同创作的长篇政治抒情诗《雪山红日》[1]曾引起

---

[1] 吕雄文、陈雪涛：《雪山红日——献给西藏自治区成立四十年》，载于《西藏文学》2005年第5期，第168—172。

较大的反响。该诗共计 1860 行，采用记叙、抒情为主的自由体式的诗歌文学形式，由"小序""曙光""雪山红日""播撒温暖""雪域丰碑""光辉历程""光辉前程"七个部分组成，分重点、多侧面地进行创作，突现主题。诗歌以西藏各项事业发生的翻天覆地的深刻变化为时代主题，讴歌共产党的伟大和社会主义制度的优越性，坚定一心一意跟党走、建设社会主义新西藏的理想信念；把美好的精神食粮奉献给祖国人民，是为西藏的繁荣稳定及跨越式发展留下值得纪念的一页而创作的一部时代赞歌。[1]

赵培民、刘志华、李素平、格桑玉珍

节日萌思载远情，
雪莲格桑情谊浓。
青稞酒香常梦饮，
念忆绵绵日光城。
——赵培民：《情寄拉萨·题记》，载于《西藏日报》2013 年 5 月 5 日第 3 版

赵培民（1945— ），河南省驻马店市人。1965 年 7 月从西藏民族学院财会专业班毕业后分配到西藏工作。1965 年 8 月至 1967 年 3 月，在"西藏三大教育工作团第二团"拉萨地区农村工作队做"三大教育"工作，系驻村工作队队员。"三教"结束，分配到中国人民银行拉萨市中心支行工作。1983 年 12 月调到北京中国工商银行总行。系中国金融作家协会会员。1980 年在《西

---

[1] 佚名：《长篇诗歌〈雪山红日〉反响强烈》，2005-11-08[2016-04-01].http://news.sina.com.cn/o/2005-11-08/00407382179s.shtml.

藏日报》文艺副刊发表诗歌处女作《储蓄员的幸福》，之后的两三年时间里，先后发表了《牧女照相》《老农金员》《幼芽》《酒韵》《难忘的记忆》等多种题材的诗作几十首。在诗歌创作的同时，兼写散文和诗歌评论，《诗，应有自己的艺术特征》《洋槐花盛开的时节》《拉萨储蓄所的变迁》《情寄拉萨》《人生易老天难老》等诗评与散文先后被《西藏文艺》《西藏日报》《拉萨晚报》刊登。1984年至今，笔耕不辍，在《人民日报》《金融时报》副刊和《金融作家》《金融文坛》月刊、《金银滩》文学、《大巴山诗刊》《平型关文艺》《友情》文丛等报刊上陆续发表诗歌、散文100多篇（首）。作品曾先后获国家和省市级一、二、三等奖及优秀奖。2014年，出版了《诗歌散文作品选》[1]，他在自序中写道："在20世纪的60年代中期，我用热血沸腾的心，催动青春的步伐，迈出了藏民族学院的大门。与许多学子一起，被强劲的时代之风吹向世界屋脊的圣地——西藏拉萨。随之，我的梦——诗人梦，也就在雪莲花怒放的地球之巅，奔流不息的拉萨河畔，情不自禁地绽放……"

　　严格说起来，赵培民的创作，始于"文革"结束后的70年代末。那时搞创作的目的是锻炼文字功力，努力做到取材和语言叙述的准确流畅，训练观察事物的敏感性，提高写作能力。由于从事金融工作，他还写新闻报道，反映拉萨市各级银行的工作经验、工作成就、先进人物的事迹。多年来发表不少文章，两次被评为《西藏日报》优秀通讯员。80年代初，步入诗歌创作领域。刚起步就得到西藏著名诗人洋滔和《西藏日报》副刊编辑黄铁男、王崇寿等老师的热心帮助和扶持。功夫不负钟情于诗歌的孜孜追求者。1980年拉萨格桑花开、吊金钟嫣然闪烁的时节，赵培民的诗歌处女作《储蓄员的幸福》在《西藏日报》副刊发表，从此一发不可遏制，创作激情高涨。西藏"雪野诗派"诗人洋滔经常向他传授诗歌写作技巧，热心为他修改诗稿，不断给予鼓励。得益于良师指导和生活源泉的双重润护，他的创作后劲勃发。从发表处女作至今，他已在《人民日报》《西藏日报》《金融时报》《经济日报》《中国商报》《中国老年报》《城市金融报》《拉萨晚报》《西藏文学》《拉萨河》《金融作家》《金融文学》《金银滩》《平型关文艺》《中国金融工运》《友情》

---

[1] 北京：中国金融出版社，2014年版。

等多家报刊和书籍上发表诗歌、散文、诗评、书评、随笔等两百多篇（首），获第六届"中华颂"文学艺术大赛一等奖，中国金融作家协会第一届全国文学二等奖，首届全国金融文学大奖赛诗歌类三等奖，加入了中国金融作家协会。

  作为中国金融作家协会会员，赵培民的西藏情结难解，他的诗情与日光城的亮丽身影相拥相伴。他退休后，依然难以收笔。2013年在《西藏日报》文艺副刊发表的诗歌《难忘的记忆》，2014年发表的散文《拉萨储蓄所的变迁》，从不同的角度唱响拉萨发展变化的主旋律、正能量。对拉萨——他的第二故乡的自然风光、人文风俗，抒发纯情的诗意礼赞。

  赵培民把自己最美好的青春献给了拉萨的金融事业，也献给了雪域诗歌创作，他反映拉萨题材的诗歌，富有真情实感和直抒胸臆的纯真，早期诗歌尽管艺术表现手法不是多样化，但并不浅白单薄，意境深邃隽永。他写草原牧民对时代变化心灵感应的《牧女照相》，他反映支援西藏建设的金融工作者高尚情操的《老农金员》，都极富思想意义，坚持人民性，讴歌真善美，有自己的个性特征。他的诗学观念稳健正统，不盲目跟风，不被诗坛"后现代派西化喧嚣"迷眼，坚持护卫诗歌的本真品质，歌颂新时代新面貌。他让诗与"地气"相通，从不无病呻吟地发泄小情调。他写诗总是有感而发，以昂扬气势抒发"大我"情怀。比如《人民日报》发表的《山村古井》，《金融时报》发表的《银行二题》《祖国啊，你正年轻》,《金银滩》文学发表的《大山深处》，都体现出作者"诗言志"的创作理念。"你走了，我来了／成群结队，似蜜蜂寻觅永久的花季／／昨天，账页排列单调而古老的记忆／今天，数码幻化金融自助的多韵体／日子的拔节令人眼花缭乱／ATM，演绎理财路上的新机遇／／数字化动力摧垮蜗牛爬行般的习俗／时世变迁就像翻过一页纸／／金融乐谱标示美声唱法的新曲／按键弹奏你今天的辉煌／屏幕映现你向往的诗情画意／你面前的阳光溢出金黄的蜜汁／耀眼的花束绽放不老的情绪／／假若没有春风春雨的孕育／假若大地依然严寒冰封／何来花香熏醉蓝天／何来蜜蜂酿造的奇迹？"（《ATM机》）人们司空见惯的ATM机，也就是银行的取款机，谁也没有去注意它，更别说去挖掘它的诗意了。可赵培民却发现了它的深刻含义，从ATM机发现了一个时代的变化，他看到了ATM机开出绚丽的花蕊，他闻到了ATM机的芳香招引来梦幻般的追随，"汗水泛暖孵出密码，译成蓄积的心愿，把渴望与期盼放飞"，给了ATM机无限的诗情画意和想象。

赵培民善于在一些不为人所知的事物中挖掘诗，发现诗。他从不把写诗当作私人的玩兴独语，也从不表达颓废心态的"小我"情绪。诗人洋滔说："赵培民的诗抒情严谨、意象优美，正能量。他的诗歌理念传统而新奇。"

> 我忽然看到了你的绿草，蔓延在旷野/白色的羊群随着清澈的流水缓缓移动/那是七月的最后几天，/寒风呼啸/时而强烈的阳光跃动在无边的戈壁荒滩/牧羊人走出帐篷，/跨上瘦小的马匹/他那嘹亮的声音悠然回荡
> ——刘志华：《朝圣的季节》，载于《西藏文学》1988年第2期

刘志华（1962— ），生于湖南省安仁县。1983年毕业于成都科技大学电力系统及自动化专业，同年进藏，先后在拉萨电力调度所、《拉萨晚报》《西藏文学》编辑部工作，在藏11年。1994年回内地，先后从事外企办事员、个体、央视纪录片编导、职业经理人等职。写过包括诗歌、小说、评论等体裁的文章，大多散见于当年的一些文学期刊、报纸、选集等。2008年3月发表于网上的"西藏问题之我见"系列（约20万字），引起各方关注。

在20世纪80年代组诗及史诗鸿篇巨制的热潮之下，刘志华也在建构着他的诗歌大厦。长（组）诗《朝圣的季节》[1]（1987）、《落日的回音》[2]（1992）、《光与水》[3]（1999）可视为其代表作。《朝圣的季节》主旨在于呈现和思

---

[1] 载于《西藏文学》1988年第2期，作于1987年10月。

[2] 组诗共14节，2、5、10、11节载于《西藏文学》1992年第1期，1、2、4、5、7、8、9、12、13节载于《西藏文学》1992年第6期。

[3] 载于《西藏文学》1994年第1期，作于1990年11月，见诗人网上帖，2005-08-17[2015-12-15]http://paowang.net/post/2089154.

索宗教神性给予人们的某种前定的影响。正如作者在题记中引用茨威格的话："正如一种疾病很少在它发作之前被人发觉一样,一个人的命运在它变得明显可见和其已成为事实之前也很少被察觉。在它从外部触及人们的灵魂之前,它早已一直在内部,从精神到血液中主宰一切了。"藏传佛教在西藏社会有着长期的根深蒂固的影响,精神文化的烙印有时也仿如生物物质的基因一样,内在于人们血液中代代遗传。但作者早已尖锐地指出"这是失去先知的时代",如此,纵然"伴随着一代又一代婴儿的哭声／朝圣者的额头布满了鲜红血迹／有人悄然死去,默无声息／人世间的一切宛如春梦飘然而去",但也只能相信,相信"也许释迦没能及时指明另一种生活／相信圣迹之后的世俗依然没有建立",乃至"只有相信／只有相信圣迹才能被圣迹拯救"。在这里,作者不独对宗教如此深入地浸入人们的生存事象进行了呈现和思索,如若联系 20 世纪 80 年代西藏社会宗教狂热的反弹,也可以说是对社会发展的一种预言性思辨。

当然,作者的思索并没有停留于此,继神性之后,作者在《光与水》中展开了对人的生命存在以及"天际望乡"的进一步探索。人的生命或者说一切生命均诞生于光与水中。正如诗中所说,"长路漫漫,我、你、他是代词;光与水分别是动词","只要一步踏入,瞬间就可以返回故土","最初的时刻,光从水中分离空气／人还是鱼,鳞片闪烁"。这里的光和水就是生命。"青叶""无处藏身的叶片""无味的青叶"是光与水的作用,是生命的蠕动,它们"依附相似的光芒,恪守各自的法则,种属、行事与成长的方式"。而诗中的"蓝鸟"既是生命的信使,也可寓意为生命的追求,或者说像梅特林克《青鸟》中的那只青鸟一样,凝聚了人类的一切欲望与追求,以及追寻之外的追寻过程,它本身即意味着"太阳"的运行和生命之光普照。作者苦苦地探寻着生命的真谛,他倾向"一滴叶尖上的珠露是一座城市的精液,废弃粗粝的砖、冰冷的水泥",他"在桥梁、混凝土以及水塔底部,我采撷来自森林的落叶,绳索和水车换下的挡泥板,无意中获得了母亲年轻时珍藏的发丝"。然而,他又疑问,"如此奏鸣的叶片／远在流水尽头,光照之外／生者和死者的话语／一天天脱尽躯体的光泽／唯有空壳是众人的欢愉／——也许终归只是一种形式"。"这是蓝鸟吗?它不在空中飞翔,它四处瞭望,桥梁早已落成,牛羊的嘶鸣也有些不伦不类"。由此,作者企望"寺主啊,给我一只铜钵,／让我浪迹天涯"。然而正如那重复的谣曲："从前有个豆腐匠，名叫长庚／他每天做一锅豆腐，喝三两烧酒／豆腐卖三毛钱一斤，店是公家的／从前有个豆腐匠，他养了一只鹦鹉／鹦鹉学舌：从前有个豆腐匠／每天做豆腐喝烧酒，店是公家的。"生命的意义何在？难道仅仅是鹦鹉学舌，重复经历、经历重复？作者实际已经进入无尽的"天际望乡之旅"。在这些追问和思索都没有明确的答案之时，作者寄寓于文学和艺术，诚如他在《朝圣的季节》中所说："我常想为什么选择了文学"，因为"你注定被选中了"。这既是作者个人的个性使然，也是他终于"相信了那些千万里跋涉的朝圣者／相信了婴儿和妇女，朝气蓬勃的／儿童和青年，愉快——生活和幻想／这就是文学和艺术"。由此，作者发出质问，"谁说（青年艺人）他们必须说出明天的话语"。

也许是对于神性和生命以及文学艺术的追问过于沉重，也过于抽象，又或者作者本身无法应对突异的社会给他造成的措手不及，作者在《落日的回音》中开始思考"归程"，并更多地选择了对于日常情绪的叙述，希图轻松释然，"这时我能想起什么／回口清醇的青稞酒香味／在榆木新碗中揉出酥油和麦粉／新收的菜籽，牛犊鸣叫的声音／放生羊的犄角，梦中姑娘"。然而，作者又分明意识到"生命如此短暂／又怎能一错再错"。因此，"有一天我找那些牧女调情／说些漫无边际的闲话／而她们，忽然看穿了我的秘密／只好独自游荡／再也想不起回家的路程"。这时的文学和生活，似乎也仅仅是一种过程，"那些日子，没有特征可以记忆；随处可闻的犬吠，只在静夜涌上心头；关于文学和生活，男人和女人，一瓶烧酒过后，通宵达旦的兴奋随黎明丧失所有的活力"，"也许有一天，我会听到一声召唤／……有人高呼：生活、真理、爱情啊"。但这些对于作者来说，无不是落日的回音，"我坐在阳台上／天空时阴时晴／我想只要有太阳／日子就会爽朗起来"。作者在自我宽慰的同时，也寄托着长长的无奈。

刘志华具有较强的诗歌意识，且耽于哲理沉思，其诗歌探索既艰辛深邃，也别具一格。他在诗歌中所反映的个人心路历程，颇能代表与其同时进藏的那一批人的所思。他的诗作从艺术上说，大都充满象征和复调。象征主要在于运用繁复的意象或隐语，以表达作者对神性与生命的内心思索。复调则在于通过组诗的结构形式，运用多人称对话及矛盾反语，以形成诗歌内在的张力和冲突。然而，过多的跳脱和碎片化，也扰乱了读者历史的、文化的、心理的各种既有假定,给读者和语言的关系造成危机,使得诗歌之内的各元素各说一套,它们聚在一起成为一座意义的"巴列塔",同时也是众神喧哗、杂语共存的世界。

> 看到经幡,就想起了信仰的暖/那种前世今生的轮回,让人迷恋/看到牛羊,就想起了生命的短/那种追名逐利的生活,实在可叹//看到荒漠,就想起了日子的慢/那种天荒地老的诺言,风轻云淡/看到自己,就想起了诗人的浪漫/那种天马行空的遐想,没人阻拦
>
> ——李素平:《高原的感觉》,见李素平:《拉萨印象》,北京:华文出版社,2010年版,第96页

李素平(1964—),四川省渠县人。1985年进藏,先后在西藏波密县扎木中学、人行西藏林芝市工布江达县支行、人行林芝市朗县支行、农行西藏山南市中心支行、农行西藏分行等单位工作。在《中国监察》《金融时报》《中国城乡金融报》《西藏日报》及凤凰网、西藏之窗等媒体发表诗歌、散文、通讯、论文数百篇,系拉萨市作家协会会员,著有诗集《拉萨印象》(2010)等,2013年与西藏诗人共同出版《中国诗歌地理——拉萨九人诗选》和《格桑花开——西藏诗人十人行》,被诗评家喻为"继杨牧之后又一渠县籍边塞诗人"。[1]

---

[1] 吕鼎:《李素平用生活写诗》,载于《西藏商报》2014年2月28日第31版。

第二章 诗歌

　　李素平的诗总体上文笔细腻，婉约疏淡，情思有致，略带伤感，古典中蕴含先锋。2010年由北京华文出版社出版的《拉萨印象》一书，是作者的第一本诗集，收录诗歌133首，共分两辑——《写给拉萨的诗　我是拉萨之子》及《最美的礼物　这是我用心给你的》。前者主要是诗人写给拉萨和写在拉萨的诗歌，作者用诗歌记录了拉萨的春夏秋冬，有春的娇羞、夏的生机、秋的萧瑟、冬的荒凉，也有午后的阳光明媚、夜的瑟缩，他用诗歌记录了自己的爱恨情仇、希望和失望、寂寞和孤独、幸福与痛苦、辛勤与汗水；后者主要是赠诗，包括送给朋友的诗、父亲的诗歌、母亲的诗、爱人的诗、自己的诗等，真实记录了一段段纯洁的爱。[1]

　　李素平对于拉萨有着深切的感受，拉萨是他的家，他是拉萨的儿子，他写给拉萨的诗就是一个儿子写给母亲的诗，那是一种羊羔跪乳的感恩。"天空蓝得心醉／那是拉萨心灵的颜色"（《拉萨印象》），这是一个孩子对母亲的深情凝望，他陶醉了，望着拉萨蓝得几乎不真实的天空，那是一种透彻，更是一种圣洁，那是母亲最甜美的笑容，又有谁能不陶醉呢？拉萨在悄悄地变化——"立交桥在红山脚下穿梭／火车站在柳梧新区坐落／现代元素装点着古城生活"（《拉萨印象》）。不仅是现代化的崛起，哪怕是一枝嫩芽的绽放、一片秋叶的落下，哪怕是夕阳西下、秋雨洒落，都像一颗颗原子弹一样在诗人的心里爆炸，这是一种灵魂的撞击，蘑菇云幻化成一首首美丽的诗歌。

　　诗人有着一颗敏感的心，拉萨的春夏秋冬对应着诗人心中的各种体悟。"天幕挤出拉萨隆冬的脸／被白雪侵染的天边／放映着五味的梦魇／无限拉伸的信仰／撕破脆弱的心脏／用灵魂的碎屑／堆砌朝圣苦难的高僧"，在这首《拉萨冬天的模样》中，几乎看不到描写拉萨冬天的语句，但是隆冬的脸、干涩的脸，让苦难变作欢乐。从不起眼处着笔，于无声无形中运势，让诗像箭一样，有了很强的穿透力和杀伤力，击中读者的心，让人感同身受。[2]再如，《拉萨的春天》，"拉萨春天来得有点晚／街边的桃花和绿柳／渐暖的阳光和笑脸／在春风里凝想成一声听得见的问候／乍暖还寒的天气／在渴

---

[1] 陈跃军：《拉萨的幸福——写在李素平诗集〈拉萨印象〉出版之际》，见李素平：《拉萨印象》，北京：华文出版社，2010年版，第186页。

[2] 陈跃军：《拉萨的幸福——写在李素平诗集〈拉萨印象〉出版之际》，见李素平：《拉萨印象》，北京：华文出版社，2010年版，第186页。

望生机的日子游走／临近五月的一场大雪／给拉萨涂了一层千年不变的圣洁／悠远的牧歌和鹰叫／划破了拉萨香烟弥漫的长空／虔诚佛教徒用等身的叩拜／丈量着来生春天的长度／来自异域他乡的都市人／怀揣着一颗伤痕累累的心／来到这个陌生宁静的城市／恢复透支的梦想和生命／不同肤色的男女老少／在神的诱惑下来到拉萨／住着家庭旅馆 吃着粗茶淡饭／领略人世最高的春天／拉萨的本地人／似乎对季节并不敏感／享受着阳光和宁静／世代守着漂浮在恬淡之上的桃园／拉萨的春天／在莲花盛开的佛的宫殿"。异域他乡的都市人，肤色不同的男女老少，他们的到来，为着莲花盛开的心域之旅，这是拉萨的美丽。[1] 而"拉萨的本地人／似乎对季节并不敏感／享受着阳光和宁静／世代守着漂浮在恬淡之上的桃园"，正如诗人曾说："西藏没有人们要找的任何东西，外面的苦难和疾病，西藏不缺一样；外面的困惑与迷茫，西藏一样不少。西藏是人间，与所有的人间一样，净从心生，圣由善起。明澈良善之人来到雪域高原，方能领略蓝天白云的无言大美与玄秘宝藏。"[2] 品悟着两种不同的生活，来自异域他乡的都市人的追求和寻找，以及本地人的豁达和世代相守，诗意的背后蕴藏着诗人哲理和灵性的思索，给人深深的启悟。

诗人后期的一些诗歌创作，诗歌意象从繁复回归朴素，那些让人眼花缭乱的比兴大为减少，以浸润了人生经历和智慧的日常语言来写自己的诗歌，平淡之间蕴含哲理，语句简短而清澈，谋求用最少的字词来表现诗歌内在的张力。[3] 如《窗外，不规则的世界》，"结构很重要，内容很重要／角度很重要，色彩很重要／但与美相比，他们都不重要／美，已经瘦成骨架了／，说不准，还得到骨架以外去寻找"；《多余的我，多余的美》："别怪我，我没有骨头，我是多余的／我在多维次的空间被游走。被轮回。被折磨／一切，都是透明的。／包括我的心／我是小的宇宙，宇宙是大的我"。其他如《春天

---

[1] 颜若水：《把心带回家——序〈中国诗歌地理：拉萨九人诗选〉》，见谭五昌：《中国诗歌地理：拉萨九人诗选》，北京：新世纪文化艺术出版社，2013年版。

[2] 吴昕孺：《拉萨的天空，弥漫着诗一样的传奇》，见李素平：《拉萨印象》，北京：华文出版社，2010年版，第5页。

[3] 吴昕孺：《窗户很小，却框住了整个世界》，见陈跃军：《格桑花开——藏地诗人十人行》，北京：中国文联出版社，2013年版，第33—34页。

是一只或许的手》《抵达彼岸》《飞翔，或许》《躯壳》等更加追求诗人内在的情绪，思辨意味浓厚。

我只唱我的歌儿

眼睫上的冰晶

像蝴蝶轻舞

笑也不笑

我是独尊的女王

——格桑玉珍：《歌唱》，载于《中国诗歌》2014年第2期

格桑玉珍（1983— ），女，藏族，出生于青海省，2006年毕业于中国人民大学，同年进藏工作，任职于拉萨市国税局，系西藏作家协会会员、中国少数民族作家学会会员。创作有诗歌、散文、小小说等，作品散见于《西藏文学》《丽江文学》《中国作家》《在场》《中国诗歌》《诗选刊》《诗刊》等，部分诗歌作品入选《中国年度优秀诗歌2011卷》《中国好文学：2013最佳诗歌》[1]等选本。

格桑玉珍诗歌的内容大致可分为三类：第一类是对高原初始文明和独特自然风貌的追溯和赞颂，如《冬风吹》[2]《去世界的顶端呼唤爱》。这类诗歌语势峻急，颇显力度，比如《冬风吹》"全世界的冬天都聚集在一起／从海拔八千八百米的地方／高高托起所有庙宇和神龛，供奉的哈达／再用最澄

---

[1] 《我是一粒尘》入选杨志学、唐诗主编的《中国年度优秀诗歌2011卷》，北京：新华出版社2012年版；《歌唱》《我是一粒尘》《黑猫》入选张清华主编的《中国好文学：2013最佳诗歌》，南京：江苏文艺出版社2014年版。

[2] 2013-12-5[2017-07-24].http://blog.tibetcul.com/home.php?mod=space&uid=14307&do=blog&id=205373.

澈的冰，点燃天地的眼睛/漫天里只有冬风吹"，起首即以漫天的冬风烘托出了喜马拉雅的壮伟和雄浑，珠穆朗玛的冰洁与高耸，写得颇有气势。再如，《去世界的顶端呼唤爱》[1]"叫嚣的世界将要把耳朵震碎时，/地心里静卧的宝藏和山心沉睡的岩浆一起/沸腾/奇怪的河流，有丰饶的上游，疯狂的下游/和干涸的支流/一只颓败的鹰下落俯冲，再下落俯冲/在只有薄雾和寒冰的极境里/穿越重重的日光和月光/前往世界的最顶端/呼喊天神赐给的真谛和/人类最初的语言/——把世界裹进母亲的摇篮，/再往地心和山心还有那些河流里，/重新灌溉甘甜的乳汁——/它去喜马拉雅呼唤爱"，把高原的浑茫描写得既有高度又有深度，而那只下落俯冲，再下落俯冲的鹰的形象，在只有薄雾和寒冰的极境里，也显得格外奇崛和冷峻，从而也凸显了作为人类原初文明——雪域高原喜马拉雅的古远和浑厚。

  第二类是对人类物欲的批判，表现了作者对人与自然包括动物之间的生态悯怀及对个人内在精神追求的重视。如《一个男人和一条颓败的狗》[2]："一条绳索联系着他们/一起走过一条怏怏的街/街旁的卡车里，坐着很多男人/他们都有黑红的脸蛋子，汗液从四面八方窜出来/这些荷尔蒙旺盛的家伙/在迎面的瞬间，好好地互望了一眼/他们没什么不同/只是那条狗/那条个头大得吓人的狗/连头也没有抬/它正踱步，四条腿缓缓划过黏稠的空气/好像有风掠过辽阔的草场/红缨子还骄傲地系在它的脖子上/有些脏的皮毛依旧闪着光泽/一条绳索联系着它和那个打算卖它的男人/一起走过一条怏怏的街"。再如，《不是金芒——写给一则触目惊心的新闻》[3]，作者通过与操场上一头獒犬的拍照及獒犬的死亡，祭奠那些离开草场和牧区的藏獒，那些注定的悲剧，从而也有力地控诉了人类为了自己的炫奇而不顾藏獒生存环境的无耻与贪婪。"纵然有王的风姿，可你是一头可悲的獒犬/铁笼里的王子，不再奔跑的猎手/如同被合上的书，再束之高阁/蒙尘的寂静里，除了漠然，还能有什么"，"但我也加入了无耻的队伍，举起相机拍摄你/并

---

  [1] 2013-12-5[2017-07-24].http://blog.tibetcul.com/home.php？mod=space&uid=14307&do=blog&id=205373.

  [2] 2017-01-19[2017-07-24].http://www.pinlue.com/article/2017/07/2406/003601864820.html.

  [3]《格桑玉珍诗歌精选》，2016-426[2017-07-27].http://wx.tibetcul.com/xrxz/tj/201604/38504.html.

急于应用爆破式的信息与人分享：瞧啊，多帅的一头獒／瞬间，无数艳羡之词装满了我虚荣的口袋"，"直到很久很久后的今天，／我在一则新闻里看到一摊触目惊心的血迹／看到几个强壮的男人共同担起一具獒犬火红的尸体／我才焦怯地重新回看你的照片，那不是金芒／那不是金芒啊！那只是你战栗的汗毛！／一些你作为活物，唯一留存的线索／仅此而已。再无其他。"另外，作者对个人内在精神的重视胜于对外在物质的追求，如《匍匐》[1]："我在这条路上匍匐。／蓬头垢面，／顾不上打理容颜，／但是心里美呵，／觉得路是金子铺成的，／遍地金光。／／一些衣冠楚楚的人经过我，／脸上挂着莫测的笑……他们中的一位，／似乎动了恻隐之心，／她犹豫地走向我，／像花瓣儿悄悄绽开那样，／像野草隐秘地吐绿那样，／然后俯下身，／对我窃窃私语……／一些珠宝从她油腻的身躯垂下来，／它们在自由的空气中惊叹，／窸窸窣窣！／／我没听清她的话。"再如，《歌唱》[2]："你轻佻的脚步和香味儿／从我身边经过／阴暗的嘴角／蓄满无尽的欲望／我只唱我的歌儿／连眼睛也没有睁开／爬满虱子的袍子／突然光鲜得像一件新衣。"第三类是个人情感的浅吟低唱和温情触摸。这类诗歌大都轻盈朦胧，场景静谧，既有淡淡的怅惘，又始终追求光亮，表现了作者内心的敏感和细腻以及对生活的执着与乐观。如《我是一粒尘》："午夜时分／我坐在书桌前／由衷地感叹着自己的愚钝／和卑微／／我像一粒尘／不／我就是一粒尘土／飞旋在阳光耀眼的七彩光环下／无数尘埃中的一粒／／你以为我／迷失了方向吗／又以为／我被那光刺得昏了头脑／／不是的／我飞旋执拗着我的方向／愚钝又卑微／却无限地接近着太阳的光芒／／我是一粒／幸福的尘埃呢。"再如，《是金子总会发光》[3]："你相信星辉，相信晨曦，／相信苍茫中的万丈光芒，／你相信露水，相信草莽，／相信浩瀚中的万众生灵。／那就做大地的宝藏，／做苍茫中的万丈光源。／那就做启明的微星，／在浩瀚中福祉众生。"

另外，作者有些诗歌写得也较为轻松明快、俏皮有趣。比如《光》："请

---

[1]《格桑玉珍诗歌精选》，2016-426[2017-07-27].http://wx.tibetcul.com/xrxz/tj/201604/38504.html.

[2] 载于《贡嘎山》（汉文版）2015年第5期。

[3]《格桑玉珍诗歌精选》，2016-426[2017-07-27].http://wx.tibetcul.com/xrxz/tj/201604/38504.html.

不要关窗呵／我别无所求／只是／在这个初春的清晨／飞来看看你。"再如，《拉萨茶》："苏州的冷饮店里，有拉萨茶卖。／拉萨茶是什么味道啊？／红茶、牛奶加肉桂，很特别。／卖茶的小伙子刚晒过太阳，／笑起来露一颗小虎牙。／做茶的工夫，我打量店里，／一面红砖墙上，特醒目挂一幅裱好的照片，／笑眯眯的小伙子鼻子冻得通红，／背后是和他的橙色冲锋衣一样鲜亮的珠峰的太阳。／茶好了，加了冰块儿呷一口，／啊妈妈！这可不是拉萨茶。"《诗刊》的推荐语即说道："在这里诗中的茶是不是拉萨茶并不重要，诗中的藏式俏皮就是一杯很好的拉萨茶，简单有趣的生活诗。"[1]

  格桑玉珍的诗歌创作呈现出风格多样化的特征，其文学创作的体裁内容也较为广泛，具有多方面的可塑性。以她在大学期间的处女作《我的故事》来说，这篇精短的小说，其中的荒诞色彩以及其后的一些小说和散文创作中表现出来的对日常生活及现代都市情感的涉猎，也反映出其具有文学创作的多种可能性。但不管怎么说，对文学的执着追求和对生活认真的态度，始终是其写作的丰厚内蕴，正如她自己所说："我选择投入、认真地生活，像选择直冲云霄的葡萄藤一样，大胆地朝着梦想的方向走下去。投入地去做每一件我认为有意义的事情，细细品尝我人生所耗费的每分每秒的滋味。风雨之后见彩虹，终有一日，我也会成为我的梦想的宠儿。即使无人欣赏，一个人绽放，也如此美丽。"[2]

---

[1] 载于《诗刊》2015年第14期。
[2] 格桑玉珍：《一个人绽放，也如此美丽》，载于《西藏文学》2009年第3期。

罗布旺堆、杨俊富

> 从海边/走到天边/只为走到你的身边/从天间/走近凡间/只为走近你的心间。
>
> ——罗布旺堆：《拉进思念》，见罗布旺堆《拉萨，我向你走近》北京：中国文联出版社，2012年版，第9页

罗布旺堆（1965— ），本名范月军，江苏省东海县人，1993年进藏，现为拉萨罗布房产信息有限公司负责人、拉萨市作家协会会员。经商、写作之余，热心公益。在《拉萨晚报》《西藏商报》《援藏会刊》《贵州民族报》《诗选刊》《中国诗歌》等发表诗歌300多首。著有诗集《拉萨，我向你走近》（2012）等。诗歌《走进阳光》曾获2000年"回味·这十年"《西藏商报》有奖征文比赛优秀奖；《格桑花开》获得2011年"好生活杯·我眼中的幸福拉萨"征文比赛三等奖，并入选《我眼中的幸福拉萨》；《格拉丹东》《拉萨城的姑娘》入选《中国年度优秀诗歌2011卷》；《感恩拉萨》入选《中国年度优秀诗歌2012卷》；《陪我转经的女人》入选《2014中国诗歌排行榜》；《纳木错·穿在地平线上的珍珠》《生如夏花》《小小心愿》《拉萨男人》入选《国际汉语诗歌第一卷》。

罗布旺堆的诗感情真挚，语言朴实，节奏轻快，意象明净，内容多为对高原自然风物和社会事象特别是对拉萨一地的赞颂，以及对爱情的歌吟、亲情的眷念、节庆日的祝福、生活的感悟、社会弱势的关怀及生命的礼赞等，涉猎颇为广泛。其中，对拉萨的颂歌表现了作者对拉萨的真挚情感和深切热爱。作者出版的第一部诗集即名为《拉萨，我向你走近》，同时，作者有意

把之后的第二、三部诗集命名为《拉萨 爱的天堂》《拉萨 生命的目的地》，可见其对拉萨之爱的热烈。在诗人的笔下，"拉萨的春天／若隐若现／像远去的情人的脸／梦幻在爱的天边"（《拉萨的春天》）；"拉萨的秋总是天晴／太阳睁大眼睛／一颗颗悠闲的心灵／牵着一个个与世无争的生命"（《拉萨之秋》）；"拉萨的冬天／是太阳的脸／亲情和友情永远不变／拉萨的冬天是少女的脸／爱情永远不变"（《拉萨之冬》）；"拉萨人的心中充满了善良／人与人之间从不会设防"（《初冬的拉萨》）；"拉萨城的姑娘哟／格桑花开一样"（《拉萨城的姑娘》）。在诗人的心中，拉萨不仅是爱的天堂，是生命的目的地，也是他前世的恋人，生命中最温暖的家，是他一生的牵挂，"相思的泪水　飘在天涯／梦中的家乡　开满格桑花／拉萨　前世的家／今生　割舍不下对你的牵挂／／……拉萨　美丽的家／幸福在你温暖的阳光下／拉萨　今生的牵挂／无论我在海角天涯"（《拉萨　一生的牵挂》）。拉萨河谷的柳让他迷醉，拉萨的夜雨是他热情的泪，他已和拉萨融为一体，"我是一只飞来的候鸟／在拉萨守望／虽然没有一间房子／属于自己／我却有爱的记忆／虽然没有一寸地皮／写上我的名字／我却有心灵的湿地／享受阳光　温暖／感受蓝天　美丽／／虽然没有一座雪山／伴我流泪／虽然没有一片草原／让我挥鞭／我的眸／一样迷恋这里的白云／我的心／一样热爱这里的天空／／拉萨啊／我深深爱恋的都市／我生命的泉水／早已融入你／神秘的福地／拉萨啊／我蜗居经年的古城／我情感的每一个细胞／都和着你的脉搏跳跃"（《蜗居拉萨》）。幸福的拉萨、浪漫的拉萨、亲爱的拉萨，在即将短暂离别之际，诗人写下《拉萨，让我再看你一眼》："在拉萨　让我再看你一眼／我怕离别的泪水湿透双肩／我怕转身的脚印压痛思念／我怕挥在夜色中的手／找不到明天／／……拉萨　让我再看你一眼／你的笑脸　永远那么灿烂／你的容颜　永远让人爱恋／你的慈祥你的善良　永远印在我心间／明年春天一定回到你身边。"诗人希望与拉萨同行，愿做拉萨河里的鹅卵石，他对拉萨的爱不是表面的，不是小我的，而是充满了诚挚之情的无私奉献的感恩的大爱。正如诗人曾说道："这里给了我一切，我有什么理由不赞美她，不热爱这里的每一寸土地，不回报这里的同胞呢？"[1]正因如此，诗人才写道："我愿是一场春天的雨／洒满你的每一条街／每一条巷／与你相吻的每一滴泪花／都是一朵朵阳光下的温暖／／我愿是一片夏季的云／舍不得离开你的天空／无论来自东边还是西边的风／都不能把我带走／即使我碎成一缕一缕／月光下也会在你的心中相聚／／我愿是一栋秋天的庭院／当繁华落尽／夕阳西下／裸露的都是感恩的颜色／留下的都是依恋的风景／因为我的家在你圣洁的天堂／／我愿是一朵洁白的雪花／感恩你啊拉萨／我经历了风吹雨打／因为心中有爱就不会害怕／我漂泊了千万里啊／只为在你的世界融化。"（《感恩拉萨》）诗人已将他诗人这个身份，和拉萨这座城市融在一起，势必一直走到人生的尽头，并把这当作生命中最大的骄傲。[2]

罗布旺堆写亲情的一些诗也十分真挚感人，如："今年回来／我漂泊了好多载／阿妈满头的黑发已不在／脸上的皱纹里写满母爱／在阳光下等待／那一刻我才懂得真爱／小时候我很乖／干农活时背在背上／阿妈不忍放下来／我皮肤白／阿妈说像城里的孩子／现在政策好／回来吧　不要在外面跑／阿妈已老／／跪在阿妈面前／我泪流满面／百善孝为先／我明白不变的是天地的容颜／我长大了／阿妈老了／满口口袋剩左边的／上下两颗牙／对付一些较硬的食粮／把土豆煮得烂烂／把糌粑和成稀饭／／阿妈啦／从藏历新年开始／支撑您生命的夕阳／孩儿就是您的第三颗牙齿。"（《阿妈的牙齿》）他的一些诗联想丰富，比喻奇特而又准确，给人留下深刻的印象，比如"你是一颗痣／时间的长河里／你是一粒五彩的石子／玛吉阿米／落在八廓街的天使"（《玛吉阿米》），再如，《纳木错　穿在地平线上的珍珠》《八廓街　拉萨的乳名》，也都令人难忘。

诗人的语言大多直白浅近，却形象生动，白描如画，给人质朴亲切之感。比如："在这里　静思　写诗／接近牛　羊　狗　鸡／人与人之间没有距离／山在后水在前　云一丝／歌在前舞在后　酒一杯／／美丽的其奴／雅鲁藏布江北岸的一个小山村／羊卓雍错隔江相望／成群的候鸟栖息在村庄／桃花开在春

---

[1] 裴聪：《"我愿做拉萨河里的鹅卵石"——罗布旺堆不解的拉萨情》，载于《西藏日报》2013年10月31日，第11版。

[2] 裴聪：《"拉萨，我用一生走向你"——诗人罗布旺堆和他的拉萨情结》，载于《西藏日报》2013年11月27日，第12版。

天的阳光／／村背后是一片雪山／雪山中有一个泉眼／一年四季水流不断／圣洁的泉水／养育了一代又一代的其奴人／／村中有三百年的核桃树／有二百年的柳／有一百岁的老人／村两边的山上有／野羊　野驴　野葱／有羊群踏成的一条条羊肠小道／／藏历新年期间／呛是大家的　一起喝／塔玛是大家的　一起抽／席是大家的　一起唱／春天是大家的　一起晒着太阳／／初一就开始喝酒　打巴勒秀／初二换上新达菊／初三去拜佛／初四去跳舞／初五去赛马……／／在这里生活真好／融在大自然的怀抱／清清的空气　凉凉的风／鹅卵石的小道／将一家一家连着／也连着一颗颗单纯而善良的心／／美丽的其奴／俯视着高原的第一条江／仰视着圣湖／那天空一朵朵白云／永远飘在其奴人心中／／美丽的其奴／候鸟的家园／明珠般镶嵌在雅鲁藏布江边上／如果你想感受她的美丽和善良／春天　请来到她的身旁。"（《美丽的其奴》）

另外，诗人关于爱情及节庆日的祝福和其他生活感悟类的诗，也大多情真意切，质朴感人，唯情感宣泄过于直露，应稍加节制、有所内敛。

> 在夏日的拉萨／我看到远处洁白的峰巅／那是至高无上的雪……／这纯洁的白／应该没有重量／才能站得那么高／他却重重地碰亮了我的目光和心灵／点燃我的惊奇和神往／这至高无上的白／这来自天堂纯洁的祝福／我站立布达拉宫的广场上／仰望着感受着／并在四川夏日的梦里／一次次再见
>
> ——杨俊富：《雪峰》，载于《巴中文学》2015年第4期

杨俊富（1966—　），本名杨进富，又名坡坡地等，四川省德阳市罗江县鄢家镇高峰村人。1984年高中毕业回村务农，当过小学代课教师、县政协委员，2003—2006年到西藏的拉萨、那曲、安多等多处建筑工地做工，2013

年离开建筑工地到成都一家文化公司任职，为四川省作协会员。有诗歌、小说、散文、影视剧本等数百首（篇）作品散见于《人民日报》《诗刊》《中国诗人》《绿风》《星河》《山东文学》《佛山文艺》《延河》《风流一代》《四川文学》等100多家国内外报刊，获首届中国十大农民诗人奖、三星堆文学奖等，与人合著有诗集《江浦草》[1]、30集古代电视文学剧本《太阳井》[2]、长篇历史传奇小说《蜀盐说》[3]等。其间，关于西藏生活体验的作品《藏族达志》[4]被多家刊物发表，《藏女扎桑》发表于2012年《佛山文艺》第12期，关于西藏的组诗《文成公主》等发表于贵州《经济信息时报》[5]等刊。

杨俊富只念过两年高中，1984年秋回到农村种地，农闲时跟随村里的砌砖师傅在建筑工地学技艺。拉萨，是他心中的向往。"总有一天我要去拉萨！"这个梦想一直揣在杨俊富心中。2003年，杨俊富终于有了到拉萨打工的机会，这让他兴奋不已。他同七个农民工乘上西去格尔木的火车，又转乘长途公共汽车前往拉萨。在翻越唐古拉山时，车子坏在半山腰。一天一夜没吃没喝加上缺氧头疼，杨俊富与乘客们经历了一场死亡挑战。后来，杨俊富把这次经历写成一篇散文《去天堂的路上》[6]。到了拉萨，杨俊富在圣城花园的建筑工地上打工。一个叫达志的藏族小工特别喜欢给杨俊富打下手，杨俊富也特别喜欢这个纯朴、聪明的藏族小工。他通过达志，了解了不少藏族同胞的风

---

[1] 署名周贞籍、龙敦仁、杨俊富，北京：华文出版社，2010年2月版。

[2] 署名刘裕国、肖云星、龙敦仁、杨俊富，北京：中国戏剧出版社，2013年版。

[3] 署名刘裕国、肖云星、龙敦仁、杨俊富，北京：人民日报出版社，2016年版。

[4] 见2012年《佛山文艺》第11期，《德阳日报》2013年1月16日，《拉萨晚报》2013年5月2日。作品中的藏族主人公将汉族杨姓朋友的"杨"误为"羊"，汉族主人公则将藏族朋友的名字"达志"误为"呆子"。《藏族达志》与《藏女扎桑》可视为姊妹篇，两篇作品分别描写了汉族工人在拉萨打工的故事及藏族女工在内地打工的生活，反映了藏汉民族的友好交往，同时，也表现了藏族工人性格的真诚和爽朗。

[5] 如《经济信息时报》2011年2月25日第12版，以《西藏写意》（组诗）为题，发表了作者的《文成公主》《朝佛者》《纳木错》《与牦牛合影》《当了一回藏民》等5首诗歌；《德阳日报》2011年7月27日发表诗歌《那年藏北雪灾》等。

[6] 收入陈跃军、刘昕主编的《相约西藏去放牧》，呼和浩特：内蒙古人民出版社，2010年版。

土人情。[1]这年5月,杨俊富的父亲被查出胃癌,而且是晚期,这无异于晴天霹雳,杨俊富想回家照顾父亲,却没有路费,加上当年正是非典时期,沿途盘查,隔离严格,这让杨俊富寝食难安,万分悲痛。在7月,杨俊富凑够路费时,父亲已撒手西去。悲痛中杨俊富写下《父亲,您是我心中永远的王》:"那天我正在布达拉宫广场闲逛/手机铃声突然响起/妻子悲切的声音从电话里传来/像我第一次来到高原时的缺氧/'爸……爸……去……世……了'几个字/哽咽得她好长时间才缓过气来//而噩耗爬上高原并不缺氧/声若惊雷,震得我一阵晕眩/比过五道梁还严重//我用晕眩的目光/把布达拉宫移上白云的肩膀/我用悲切的力量/把它寄往我沉痛的家乡//父亲,我不能亲手为您垒坟/就请您住进这天堂的宫殿/然后,做我心中永远的王。"[2]杨俊富在拉萨等地打工三年多,为他后来写与拉萨有关的文学作品积累了大量素材。

杨俊富一边打工,一边写作,不断有写西藏、写拉萨的作品见诸报刊。2011年11月29日,《南方都市报》一篇大型综合报道《高原淘金梦在天路那头分岔》与读者见面,其中写杨俊富的章节是《四川德阳杨俊富写诗成为异乡唯一寄托》。拉萨市作协原副主席洋滔说:"杨俊富的诗有生活,有激情,有意象,有思想,反映底层生活、农民生活,有许多思想火花和独到的亮点。"如:"她双掌作揖/然后双臂平伸/然后匍匐而下/在大昭寺前的石板地上/写下一个大大的'大'/……这个三合一的动作/不知要重复多少次/我只知道她从家乡的石头房子到大昭寺,/一直用这个三合一的动作/丈量着从家乡到大昭寺的路/丈量着佛祖的爱和世道的艰辛。"[3]作品没有陷入对藏族宗教生活一般性描写的俗套,而是从宗教信仰中品味出

---

[1] 2014年1月29日,《西藏日报》刊登了裴聪写的《工地上的友情——杨俊富和达志的故事》。

[2] 引自2014-03-10[2017-10-09].http://blog.sina.com.cn/s/blog_6927f5bb0102ehda.html. 关于写给父亲的诗还有:《坡坡地的高粱》《父亲终于把自己种进了泥土》《稻田里的父亲》《我的汗珠滴在父亲的汗珠上》《父亲去了 老黄牛孤独着》《种下》《父亲站成了一块墓碑》《站在父亲面前》《月光下,麦地里的父亲》,均写得朴实质朴、真情流露,感人至深。

[3] 许黎娜:《高原淘金梦在天路那头分岔》,载于《南方都市报》2011年11月29日,第AA19版。

"爱和世道的艰辛",让人咀嚼回味。诗歌《文成公主》,"带去的/不只是对松赞干布的爱/和释迦牟尼的十二岁等身金像/更用汉室先进文化的钥匙/开启了雪封之门//那时,你已启动了/第一辆送文化下乡的大篷车/那时,你已成了/中国第一个援藏干部",不循旧例,给人新意。再如,《认识一个新兵》,"他来自江南水乡的一个小镇/高中未毕业的年龄稚气未脱/高原的紫外线给他烙上了特有的高原红/微笑时的牙齿却白得灿烂/他在休息时喜欢看我做泥工活/他说他父亲也是建筑工/他说看到我就想起他父亲//他说他喜欢网络游戏/那天在那曲城玩了个通宵/被班长罚站了一个星期的岗//他说他现在不玩了 要多读点书/这我信。因为他站在我面前时/手里还握着一本书";《守护拉萨大桥的士兵》:"我看见他挺直的站姿/像挺立高原的山峰/威严 坚定 英武/他敏锐 和平的目光/如同高原的阳光/从没离开过对拉萨大桥的照耀//高原风摇他 挺立/高原雨打他 挺立/高原阳光扎他 挺立/高原雪埋他 挺立/——挺立 军人坚守岗位的神圣姿势//为一个坚定信念 挺立/只愿拉萨大桥/永远挺立在祖国的胸前";《我为军营铺地板砖》,"来到这里 我才知道/这是驻守那曲军分区油库重地/12名战士的寝室/这六间陈旧的铁打的营盘/我不知来去了多少流水的兵/现在 我要通过我建筑工粗糙的大手/为远离父母 保家卫国的年轻士兵/为这些同我读大学的儿子一般年龄的军人/铺上光滑 整洁 美观的地板砖//……我要把我对军人的敬仰和爱/也通过我的技艺彻底体现出来"[1],语言质朴,感情热烈,让人感动于他真诚的诗情。

杨俊富在拉萨等地的打工生活,给他留下了终生难忘的印象,他也写下了不少反映拉萨风土人情和打工的诗歌。拉萨人民记住了他,拉萨文艺留下了他深深的足迹。

---

[1] 见杨俊富:《我为军营铺地板砖(组诗)》(《我为军营铺地板砖》《岗楼》《认识一个新兵》《那年藏北雪灾》《守护拉萨大桥的士兵》《一个传说》),引自 2011-11-29[2017-107-09].http://blog.sina.com.cn/s/blog_6927f5bb0100q7uk.html.

第三章
DI SAN ZHANG

散文·报告文学

冀文正、廖东凡、杨辉麟、罗洪忠

> 在墨脱，没有我没爬过的溜索、没去过的村庄，全县大人小孩都喊我"米米老冀"。"米米"就是珞巴话"爷爷"的意思。
>
> ——郭潜：《珞瑜情》，见罗洪忠等：《媒体传情——冀文正其人其事》，成都：四川民族出版社，2011年版，第27页

冀文正（1933—　），河南省邓州市人。1948年中学毕业后在开封市参军，参加了淮海战役、解放南京、进军大西南、成都会战、川西剿匪。1950年二野军大毕业后随十八军进藏，1951年在波密工作。1954—1970年到墨脱县工作，曾任民政科副科长、县委常委、县办公室主任等职。1970年调堆龙德庆区工作，任农牧局局长。1980年调到拉萨任自治区残疾人联合会任秘书长，1988年在西藏自治区民政厅离休。进藏后，冀文正不仅学会了藏语，识藏文，而且到墨脱工作后，较快地掌握了门巴语和珞巴语，无须翻译就能与群众进行交流和沟通。冀文正长期从事门巴族、珞巴族两个民族的风情、故事、传说、神话、谚语和歌谣等民间文学、文化的采集和研究，曾28次翻越喜马拉雅山，全程16次沿江往返大峡谷，其中包括离休后的当年及1991年和1997年3次重返墨脱采风。在墨脱十余年的工作和生活中，冀文正深入基层，与当地人民打成一片，和他们结下了深厚的友情，被当地门巴族和珞巴族群众亲切地尊称为"米米老冀"（米米珞巴语意为爷爷）。作为中华人民共和国成立后最早接触珞巴族和门巴族民俗文化的先行者，冀文正早在20世纪50年代就断断续续向外界披露过门巴人和珞巴人独特而又神奇的民俗风情，引起全国广大读者和文化界专家学者的浓厚兴趣。或者与冀文正的披露密切相关，导致政府有关部门组织专家学者深入喜马拉雅山区进行多年的科学考察，

国务院于1964年和1965年相继批准确认门巴族和珞巴族为我国境内的单一民族。由于冀文正对珞渝文化的杰出贡献，被誉为"研究珞渝文化的奇人""珞渝文化第一人""抢救珞渝文化第一人""珞渝文化的图书馆""喜马拉雅山峡的民俗学家""为两个少数民族命名的民俗学家""创造西部神化的人"等。[1]除出版有《珞渝情歌》《门巴族风情录》《珞巴族风情录》等著作，2011年四川出版集团、四川民族出版社出版了《峡谷流风——冀文正门巴族珞巴族民间文学探访》（8部，包括《门巴族珞巴族谚语》《门巴族民间故事》《珞巴族民间故事》《珞巴族动物故事》《门巴族歌谣》《珞巴族歌谣》《莲花遗韵——墨脱记事》《媒体传情——冀文正其人其事》）[2]，较为全面地反映了其研究著述和创作。

由成都时代出版社于2002年出版的《门巴族风情录》和《珞巴族风情录》，是十一届三中全会以来，在我国文化界学人考察和研究少数民族历史文化的热潮推动下，在长期田野考察基础上撰写出来的全面、生动描绘门、珞两个民族民俗文化的开山之作。虽然两部风情录的谋篇布局不完全一致，但都凭借他自己的耳闻目睹，紧紧抓住现实生活中具有民族文化内涵的物象，分别细致地描绘了门巴族和珞巴族群众生产生活、社会交往、宗教信仰的方方面面，涵盖了这两个民族的繁衍过程、历史沿革、风俗文化、信仰图腾和从原始部落演进到社会主义大家庭的整个历史过程，并从各个层面揭示和论证了他们在抵御外来入侵、开发祖国边疆的漫长岁月中所创造的珞渝文化。这里有奇诡壮丽的地理环境，也有沉雄慷慨的民风民情，有饶有风趣的婚风婚俗，更有遗风独具的丧礼葬仪……从独特的宗教祭祀，到令世人困惑的"雪人之谜"，其独特的视角不仅让专家学者耳目一新，也让广大的读者丰富见闻，增长知识。两部风情录的叙述有点有面，科学性与趣味性珠联璧合，语言质朴，栩栩如生，

---

[1] 草山云：《米米老冀》，见韩燕、白朗《西藏当代文化名人》，成都：四川文艺出版社，1991年版，第436页。《冀文正：为两个少数民族命名的民俗学家》，载于《名人》1998年第8期。王晓辉：《冀文正：珞渝文化第一人》，载于《西藏旅游》2001年第5期；袁永生：《老兵老照片故事——纪念中国人民解放军建军80周年》，成都：四川美术出版社，2007年版，第208页。

[2] 其中《媒体传情——冀文正其人其事》是有关媒体和相关人员对其人和其事的介绍与评论。

极富情趣，弘扬着灿烂的传统文化，增强着民族的自豪感与自信心。[1]

2011年出版的"峡谷流风"丛书体系更为庞大，内容进一步丰富，既涵盖了门巴族、珞巴族两个少数民族的历史渊源、人文景观、社会风情、民间故事、歌谣、谚语，以及大峡谷的自然地理风貌，还包括作者在墨脱工作生活的回忆录等，丛书在为民族学家、民俗学家、民间文学研究者提供门巴族、珞巴族这两个少数民族珍贵的平面、形象的丰富资料的同时，也为中印边境的历史专家学者提供了第一手资料，对于了解珞瑜地区社会经济的发展及党的民族政策也有着重要的参考价值。特别是其中的《莲花遗韵——墨脱记事》回忆录，大部分曾公开发表于20世纪西藏和平解放初的50年代和改革开放后的八九十年代，蕴含着许多感人肺腑的事迹，也洋溢着感人的精神力量，让我们看到了一位老革命、老西藏为了西藏民族的解放和发展，不畏艰辛、以苦为乐、勇于奉献的崇高精神。例如，《"到刀嘎去"》这篇文章记述的是1955年作者与战友到刀嘎地方发放农具的情况。去那里的路是雅鲁藏布大峡谷最艰险的地段，跨沟一个接一个，来往的人极少。一路上深涧、夜雨、飞雾、寒雪、飓风自不必说，加格普巴与当文普巴之间的路段尤其艰险："头顶是直插云端根本无法攀登的陡壁，脚下是300多米的深渊，山腰是大自然赋予人类通行的空间，这段300多米长的路尽是弯弯曲曲的80多度的斜石，斜石时宽时窄，最窄处不足50厘米，长着厚厚的苔藓，比抹油还滑。"然而，面对这些困难，作者与战友们没有退缩、没有怨言，情绪是饱满的，心情是愉快的。"因为我们知道，革命工作本身就是艰苦的，尤其在一个刚刚开辟的新区，门巴和珞巴父老兄弟在观察我们的行为，从我们的一举一动上来判断好坏，得出自己的结论。要使人民信赖我们，热爱咱们的党，就要做大量的宣传教育和实际工作才能奏效。今日，我们冒着极大的风险去为珞巴人办实事，这本身就是感动人的行为。我们在祖国的边防吃点苦、受点罪，对于动员群众、发动群众共同建设边疆有现实意义。所以，我们对于艰苦没有过多的考虑，事在人为，再苦再累，坚持一下就克服了。胜利和幸福是从艰苦中提炼出来的。

---

[1] 参见李佳俊：《深山里淘出来的金子——喜读冀文正的〈珞巴族风情录〉〈门巴族风情录〉联想到西藏民俗学的广阔前景》、申玉琢：《两朵展示珞渝文化的奇葩——喜读冀文正介绍门巴族和珞巴族的两部新著》，见罗洪忠等：《媒体传情——冀文正其人其事》，成都：四川民族出版社，2011年版，第148—149、159页。

让祖国边疆的人民过上更加美好的生活，这是历史赋予我们这一代的伟大使命，虽苦点、累点，但价值很大，意义深远。我们这一代人多吃一点，是为了让后代少吃苦；我们走险路，是为了让后代骑马、坐车。"[1]正是抱着这样的信念，作者与战友们穿行在茫茫的林海里，攀登在咆哮的雅鲁藏布江畔悬崖峭壁间，克服种种艰难，终于走出了险道，到达了目的地。在去甘丹区的路上："我们的手、胳膊、脸被锋利的芭茅叶划出了一条条的血口，感到剧烈的疼痛。李永华的左脚背被蚂蟥咬了7个伤口，化脓三天了，移步相当困难，痛得忍不住掉下了眼泪。我们身背行李，汗流浃背，又没有水，口渴得要命……但是，想起那些长年累月在这路上，背着行李、百货和药品，来来往往为珞瑜人民服务的工作人员，我们的劲头就大了起来。咬着牙，忍着渴，待太阳滑到西山顶上时，我们爬到了雪山脚下的石洞里，风景优美的雪山草地呈现在眼前。在'无人区'里走了两天，我们的衣服没干过，也没有多余换洗的，寒风一吹，浑身冷得直打寒战。为了取暖，大家一边烤火，一边背靠着背坐在那里聊天、'睡觉'。小李风趣地说：'在大城市也享受不到这种待遇。'逗得大家哈哈大笑。"(《甘丹来了"新汉人"》)[2]进驻珞瑜后，由于交通不便，大雪封山，粮食不足，一无后援，二不准购粮，形势十分严峻，但作者和战友们就靠着既无盐又无油，一天四两粗粮和棕树、芭蕉根、野菜煮成的糊糊，投入了紧张的开荒活动。"什么叫幸福？我们认为，用汗水换来劳动果实，自力更生渡过难关，在墨脱站住了脚，扩大了影响，取得了头人和群众的信任，这就是幸福。"(《吃饭问题》)[3]是啊，这就是作者的享乐观，这就是作者的幸福观，这里也凝聚了作者那一代人崇高的革命英雄主义和革命乐观主义的开拓奉献精神。由于交通阻隔，墨脱被称为"雪域孤岛"，物质、文化生活相当缺乏，没有报纸、收音机、日历，雪开山季也仅能同家乡往来通信一次，来自内地的有些同志曾与家乡姑娘有书信往来，但两地维

---

[1] 冀文正：《"到刀嘎去"》（1957），见冀文正：《莲花遗韵——墨脱记事》，成都：四川民族出版社，2011年版，第21页。

[2] 冀文正：《甘丹来了"新汉人"》（1984），见冀文正：《莲花遗韵——墨脱记事》，成都：四川民族出版社，2011年版，第25页。

[3] 冀文正：《吃饭问题》（1991），见冀文正：《莲花遗韵——墨脱记事》，成都：四川民族出版社，2011年版，第102页。

系的是情谊，却难以建立家庭，个人的婚恋问题十分突出。作者的一篇题为《经受考验》的日记，既是20世纪50年代进藏青年婚姻恋爱观的真实写照，也给我们留下了许多有益的启迪："个人对婚姻问题的态度应该如何？一方面要完成繁重的工作任务，另一方面是爱情的烈火熊熊燃烧，矛盾来了，咋办？目前，康藏地区的工作尚未全面开展，异性不会大批调来，我们身居边防前哨，异性更不会调来，这就意味着个人必须服从组织的需要，必须暂时放弃个人利益，不应当过于考虑个人问题。"（《痴情的珞巴族姑娘》）[1] 有一次，作者给一位珞巴族姑娘治愈了疟疾。"她爱上我了，天天傍晚在村头倾诉衷情，她唱道：'天上圆圆的月亮，请不要匆匆走向西方。我和情人相会，想借用你的银光。'"（《前言》）[2] "当时，我们在少数民族地区开展工作，有严格的婚姻纪律，结婚需组织审查批准。加上我们到珞瑜工作时间还不长，我们的一言一行都会在群众中造成很大影响，甚至会引起坏人造谣中伤，造成工作困难。"（《痴情的珞巴族姑娘》）不得已，作者借故婉拒了姑娘的爱意。"姑娘为此唱了好几天忧伤的歌：'太阳翻山走了，落下一片黑暗；情人抛弃我走了，留下满腹心酸。'"（《痴情的珞巴族姑娘》）[3] 这也促使作者暗暗下定决心，要努力采集浩如烟海的民间文学，这一干，就是数十年，直到离休仍然执着于此。1991年7月，冀文正离休后第二次去墨脱采风，当时拿不出给最小的儿子冀建边下个月上学的生活费，他只得托原单位财务人员从工资中代为支付，可等到他三个月后搜集资料回来时，见到小儿子冀建边已成了拉萨街头的流浪儿，靠乞讨过日子，原本身体健壮的小儿子瘦得皮包骨。原来他托付的财务人员以他欠账为由，没有给他小儿子钱，上学的儿子无奈之下逃学流落街头。看到这一情景，坚强的冀文正不由得掉下了眼泪，这全是因为他对珞瑜文化的痴迷啊。[4] 然而也正因为如此，凭着对珞瑜文化

---

[1] 冀文正：《痴情的珞巴族姑娘》（1994），见冀文正：《莲花遗韵——墨脱记事》，成都：四川民族出版社，2011年版，第174页。

[2] 冀文正：《珞巴族民间故事·前言》，成都：四川民族出版社，2011年版，第2页。

[3] 冀文正：《痴情的珞巴族姑娘》（1994），见冀文正：《莲花遗韵——墨脱记事》，成都：四川民族出版社，2011年版，第175页。

[4] 罗洪忠：《一套难得的墨脱史书》，见罗洪忠等：《媒体传情——冀文正其人其事》，成都：四川民族出版社，2011年版，第267页。

的满腔热爱，凭着顽强执着的坚持不懈，这位出生在旧社会、文化功底并不深厚的老者在雪域高原这片土地上"不用扬鞭自奋蹄"，结出了累累硕果，谱写出了"晚霞更比朝霞红"的壮丽篇章。

20世纪50年代，冀文正是作为一个解放西藏的十八军战士最早进入墨脱开展民族工作的，他早期的调查研究绝大部分是为了给领导机关制定民族政策提供翔实资料。他真正意义上的自觉的民俗写作是在八九十年代边学习边工作的艰苦过程中形成的，这也迫使他离休以后仍然长期留在西藏，并克服身体和物质上的种种困难，多次徒步重返墨脱进行再调查。[1]综观其创作，感情真挚，激情流泻，语言朴实，不事雕琢。虽然作者自称其撰写的书稿为"初级产品"，但第一手采集来的资料是难能可贵的，为学术研究提供了丰富的"矿藏"。而没有人开矿就没有大工业的生产，因此，冀文正对门巴族和珞巴族所做的工作，是一种开拓性的工作，历史定会留下这笔宝贵的财富。[2]

> 世界上没有卑微的工作，只有卑微的思想境界。西藏道路，我必须从零公里走起，从自己的脚下走起。
>
> ——廖东凡：《我的西藏故事》，北京：中国藏学出版社，2008年版，第35页

廖东凡（1938—2017），湖南省宁乡市人。1956年考入北京大学中文系，

---

[1] 李佳俊：《深山里淘出来的金子——喜读冀文正的〈珞巴族风情录〉〈门巴族风情录〉联想到西藏民俗学的广阔前景》，见李佳俊：《雪域作家的智慧和追求》，拉萨：西藏人民出版社，2011年版，第142页。

[2] 上海民俗文化学会会长仲富兰教授语意（1990），见罗洪忠等：《媒体传情——冀文正其人其事》，成都：四川民族出版社，2011年版，第281页。

1961年毕业，同年进藏工作，在藏 24 年，曾任职于拉萨市文化局、西藏自治区文化局、西藏文联筹备组等部门，主要从事群众文艺和民间文化工作。1984年在中国民间文艺第四次全国代表大会上，被推选为协会常务理事，并被任命为书记处常务书记。1985年调到北京，任民间文艺研究所所长，1990年调至中央统战部，任《中国西藏》杂志社社长、总编辑。除歌词、小说、曲艺、藏戏、报告文学、评论等，主要著作有《西藏民间故事（第1集）》（执笔，1982）[1]、《雪域西藏风情录》（1991）[2]、"世界屋脊上的神话和传说"（主编，4部，包括《神山之祖》《黑面王子》《橘子姑娘》《天湖仙女》，2004）[3]、"廖东凡西藏民间文化丛书"（6部，包括《拉萨掌故》《节庆四季》《神灵降临》《灵山胜境》《雪域众神》《藏地风俗》，2008）[4]、《我的西藏故事》（自传体回忆录，2008）等。

廖东凡是一位以田野调查为强项的藏学家、西藏民俗学家和民间文艺学家。自 20 世纪 60 年代初，从湘江之滨来到被称为"地球第三极"的西藏高原后，他较快地掌握了藏语，并且习惯了高原生活，和西藏各界有着广泛的接触，实地参与了各地的许多民俗活动。他曾多次深入西藏各地采风，考察民俗民风，调查社会历史，采录珍藏在西藏民间的故事和传说、歌谣和谚语。在风雪弥漫的西藏北部草原，在险象丛生的喜马拉雅深谷，在原始森林覆盖的林芝山区和被称为"人间绝域"的墨脱边塞，特别是在堆龙河、拉萨河、雅鲁藏布江两岸崎岖的路上，他都留下了足迹。他长期从事藏族民间文艺的调查、采录和研究工作，对西藏地区的民间艺术、风土人情、社会历史有较深入的了解。

《雪域西藏风情录》是廖东凡早期的代表作之一，由北京燕山出版社于1991年出版，经作者修订增补后由西藏人民出版社于1998年再版，获得珠穆

---

[1] 廖东凡（执笔）、次仁多吉、次仁卓嘎收集翻译整理的《西藏民间故事》西藏人民出版社 1982 年版，1983 年获全国民间文学一等奖。

[2] 廖东凡的《雪域西藏风情录》北京燕山出版社 1991 年版，西藏人民出版社 1998 年版，获珠穆朗玛文学奖。

[3] 廖东凡主编的《神山之祖》《黑面王子》《橘子姑娘》《天湖仙女》，湖北少年儿童出版社 2003 年版，获 2005 年全国少数民族文学奖。

[4] 据作者介绍，该丛书共有 10 部，《墨脱传奇》《喜马拉雅的囚徒》《浪迹高原的歌手》《布达拉宫下的人们》4 部待出。

朗玛文学奖。该书初版后，即获得好评，脍炙人口，成为西藏民俗学的名著。全书共分 9 辑：

1. 关于神·佛·地祇的传说：记述了 13 个故事；

2. 喇嘛·尼姑·寺庙：讲述僧人尼姑的生活和各种传说；

3. 女巫·神汉·巫术：记述了乃炯、拉莫雄姜、丹玛森康、噶顿、多吉雄丹等西藏几位著名的巫师、神汉及珞巴族跳鬼、祭鬼、杀鸡占卜习俗等；

4. 农俗·猎俗·食俗：包括农区的白石崇拜、召回青稞魂、织氆氇及珞巴族的猎神、狩猎方法、仪轨、木楼等；

5. 茶·酒·木碗：叙说了茶的历史及茶马互市和木碗等；

6. 新年·节日·娱乐：记述了有关节日的传说、渊源、节日仪式等；

7. 歌舞·藏戏·跳神：记述了藏戏的来源、演出形式及尼洋河谷的箭赛、箭歌和萨迦寺的冬夏季法会、直贡噶举派与扎什伦布寺的金刚神舞等；

8. 婚礼·葬礼·誓言：记述了扎囊、帕里等地的婚礼婚俗及夏尔巴人的抢婚习俗、藏族人的葬俗及墨脱人的发誓习俗等；

9. 艺人·乞丐·送鬼者：记述了流浪艺人的传说和见闻、活人中的鬼和送鬼者、拉萨布达拉宫顶的杂技等。[1]

书中叙述的西藏民俗情况相当丰富、具体和古老，有些材料也是新奇、鲜为人知的，确实是通览西藏民俗文化的一个重要窗口。[2] 阅读他的这部著作，读者仿佛身临其境，被作者带到了西藏的拉萨市井、高原的农村牧区，聆听一位熟悉地方典故的长者将当地的历史文化故事娓娓道来，既满足了自己对西藏这片神秘地域的历史文化认知的渴求，也得到一种精神文化的愉悦。[3] 作者从当地日常生活中的普通人的角度，用他们的语言询问并倾听，像老朋友聊天那样，照实而录。读者就像跟着一个藏族老乡在西藏城镇、农村和寺院里游走，像是到处都有他的熟人朋友或亲戚，来了就坐下喝茶谈天说地，说不定再小住几日，下地干活，入寺烧香。而那看似不经意的娓娓道来，

---

[1] 见《雪域西藏风情》条，见丹珠昂奔、周润年、莫福山、李双剑：《藏族大辞典》，兰州：甘肃人民出版社，2003 年版，第 900 页。

[2] 耿予方：《西藏 50 年·文学卷》，北京：民族出版社，2001 年版，第 233 页。

[3] 陈庆英：《序言——信仰的交流　心灵的沟通》，见廖东凡：《雪域众神》，北京：中国藏学出版社，2008 年版，第 1 页。

正反映了作者对雪域西藏民俗风情的熟稔,对日常百姓生活的深度融入。对于作者笔下的大多数对象来说,他不是外人,人家不需要在他面前遮遮掩掩,一个会瑜伽功的尼僧也会对他讲述自己练功的感受和故事;在别人眼中乱麻一团的西藏民间神灵,对他来说却熟得要命,连他们有什么嗜好和毛病都如数家珍;对一个寻常百姓内心细微的情感和想法,他更是了如指掌。尤为难得的是,作者笔下的神灵世界并没有给人神幻缥缈的感觉,从普通喇嘛尼姑到大德高僧,从神汉到巫师,从寺院盛典到乡村祭祀、民情习俗,都充满了人间烟火。同时,作者在叙述中尽量保持了这些民俗事项的原汁原味,除了写到美好时由衷赞叹,写到不公正时内心充满了对弱者的爱与同情,极少做旁观者的评价。[1]

"廖东凡西藏民间文化丛书"一共10种,中国藏学出版社2008年出版了其中的6种。丛书的诸多故事以藏语采集、以汉文笔录,兼以汉藏合璧的思维,全方位地展现了西藏本土传统文化,从神山圣湖的动人传说,到四季节庆的民间生活,从历史人物的掌故种种,到市井乡间的众生百相,从形态奇异的宗教护法,到壅塞雪域的三界诸神,内容辽阔深远,异常丰富。其中,有些是已经逝去的风景,有些正在发生着改变,或者添加了新的内容,作者将之分门别类,用自然流畅的语言,深入浅出地细致阐发,章法有致,不疾不徐,娓娓道来,生动传神,引人入胜。例如《八廓街,拉萨古城第一街》,作者先从圣城三条转经路谈起,由外及内,俯瞰全图,再由古至今,由物及事及人,从大昭寺西门顺时而绕,一一道来,再到商贸人文,乞丐、囚犯、藏兵、流浪艺人、仇杀打斗、节日种种,无不血肉饱满,鲜活有致。至于民间故事、歌谣谚语、人事掌故等,更是信手拈来,穿插其间,令读者印象深刻。如写到乞丐时,引述了一首乞讨歌:"大姐的模样真漂亮,/大姐的模样真漂亮,/前面看样子真好看,/后面看样子更漂亮。/苗条的腰肢像竹子摇晃,/雪白的脸蛋像初升的月亮,/秀美的头发像林卡马兰草,/走路的姿势像彩虹在飘荡。/大姐想给了,/大姐心在想,/乞儿想要了,/乞儿我在望。"[2] 写旧时藏兵,

---

[1] 宇光:《民间西藏——〈雪域西藏风情录〉的视角与时代背景》(打印稿),见耿予方:《西藏50年·文学卷》,北京:民族出版社,2001年版,第232—233页。

[2] 廖东凡:《拉萨掌故》,北京:中国藏学出版社,2008年版,第145页。

则引述了一首街谣:"天黑了不到八廓街去,/那里有坏蛋古松玛米;/这些古松玛米真叫坏,/把姑娘弄得要死不活的!"[1]作者在介绍邱桑寺的喇嘛庙和尼姑庵时,有意提及拉萨富商多仓的公子司曲拉和美丽的尼姑金色·强巴旺姆两人的爱情故事,并引述了拉萨盲人乐师阿觉朗杰编唱的一首流行歌曲"阿觉顶":"邱桑是活佛的住地,/翠绿的杨柳依依;/依依的杨柳枝头,/画眉鸟婉转鸣啼。//请看那边的草坪,/母犏牛走走停停;/犏牛的毛色美丽,/可惜牛角有别人的印记。"[2]使得古老的邱桑寺顿时也有了生气。概括拉萨几座尼姑庙的特点引述的民歌也十分生动:"在悬崖高处修行的,/是米穷热寺的尼姑;/在深山沟里方木的,/是嘎丽寺的尼姑;/在经堂佛殿里醉酒的,/是乃果冬的尼姑;/既有寺庙修行,/又过世俗生活的,/是仓宫寺的尼姑。"[3]其他诸如拉萨老房子的故事、贵族的宅院,物以人活,人因事显,历史和现实交织,令人不禁唏嘘,从而体悟物是人非、斗转星移、沧海横流的不尽沧桑。可以说该套丛书是作者以四十余年的功夫,遍阅史料,寻访口碑,踏勘清理,吃"百家饭"日积月累集腋成裘的结果,凝结了作者一生的心力,既是他对自己大半生西藏民间民俗文化研究的一次全面总结和梳理,也是西藏民俗写作方面集大成的代表之作。仅从丛书现有分卷本的命名来看,即涵盖了西藏民间民俗文化的方方面面,照顾周全又自成体系。尤为可贵的是,这多卷本的西藏民间文化论著,是他以顽强的毅力战胜病魔,在养病期间努力完成的。2002年年初,作者突发脑出血入院抢救,但大病初愈后不久,他即全力以赴投入这套多卷本丛书的创作当中。当大家都在为他的身体担心时,他却说要趁自己记忆力没有消退,头脑还算清醒之时,把他在西藏20多年中的亲眼所见、亲耳所闻、亲身所经历的民间文化和民俗掌故,逐一进行回忆梳理。朋友们知道,这是他这一生最重要的一个心结,于是不再劝阻。也正因为如此,这套丛书之于他,可谓人与书浑然一体,有其人才有其书,有其书更显其人。这些论著的字里行间,浸透了作者几十年的心血和追求,承载着作者汇集的学识和精神,散发着西藏风俗民情的浓郁芳香。

---

[1] 廖东凡:《拉萨掌故》,北京:中国藏学出版社,2008年版,第150页。
[2] 廖东凡:《拉萨掌故》,北京:中国藏学出版社,2008年版,第212—213页。
[3] 廖东凡:《拉萨掌故》,北京:中国藏学出版社,2008年版,第223页。

那么，是什么力量、什么精神支撑着他这样痴迷于完成这套丛书呢？是独具特色的西藏民风民俗文化激发了他笔耕不辍的热情，是西藏艰苦的工作环境将他的意志磨炼得如钢似铁，更是一个优秀文化工作者的良心与责任，支撑着他战胜一切艰难与困苦。这里既凝聚了他毕生的理想和信念，也迸发着和燃烧着他永不衰竭的生命的火焰。廖东凡在西藏工作20多年，始终坚持深入民众生活，和广大农牧民融成一片。他深深扎根于雪山大地，汲取新鲜的乳汁和营养，变成自己的血肉和灵魂，这使他不仅一步步走近了这个民族，走近了这个民族的文化，更走近了这个民族老百姓的生活空间和心灵世界，使之对西藏的文化有着深层次的理解和把握，并能真切而完美地表述出来。这样写出来的文稿，不仅是笔端倾斜出来的，而且是由心灵深处喷发出来的。这样的文字，不仅经过长期的积累，有着坚实的生活基础，而且经过长期的思索、咀嚼、提炼，既反映了民族文化丰厚的历史积淀和多元的文化成果，又表现了西藏本土文化多姿多彩的形态和散发出的特有芳香，既有学者的严谨风范和求实精神，又有艺术家特有的满腔热情。这样写出来的作品，不仅能获得有关西藏的真知灼见，而且有着浓郁的审美欣赏乐趣。阅读廖东凡先生的这套丛书，我们需要用心去体味，去理解，方能够读出书中的精髓。[1]

　　廖东凡的创作，有以下几个特点：从材料来源上说，大部分是经过作者本人当年艰难的实地调查、体验生活、采访当事人、寻根问底到处求教、找资料论证而来；从内容题材上说，大抵是20世纪60年代前后及七八十年代的西藏民间文化的鲜活形态，以及那个时代西藏民众生活的生活方式和思想形态；从写作方式上来讲，作者以实证的学术理念和研究方法，搜集和描述了存活于世的民俗事项，以科学的态度，基本上是原汁原味、不加修饰地把他所亲历的那个时代的西藏的风土人情、生活习俗、灵山圣水、高原风物记录下来，描绘出来；从语言风格而言，具有民间口述文学的特点，文字简明淳朴，通晓流畅，似行云流水，所论深入浅出，仿佛拉家常似的娓娓道来，令人倍觉亲切可信。

---

　　[1] 参见叶玉林、陈庆英、马丽华、刘锡诚、次旺俊美、边多等为《廖东凡西藏民间文化丛书》所写的序，及叶小文口述、弋扬整理：《我敬重这样的人——记我的朋友廖东凡》，载于《新湘评论》2008年第11期；廖东凡：《我们在世界屋脊上开采金子——〈西藏民间故事〉的编纂及其他》，载于《中国西藏》（中文版）2001年第5期，第37—41页。

第三章 散文·报告文学

> 这一夜，我喝醉了！醉在德尔工河畔，醉在一个古老民族的摇篮……
>
> ——杨辉麟：《西藏东南角》，拉萨：西藏人民出版社，1993年版，第23页

杨辉麟（1952— ），笔名杨子，重庆市铜梁区人。1958年入学。1966年"文革"开始，辍学在家务农。1969年冬参军进藏。1970年分到拉萨军分区林芝406部队，在司令部军务科任打字员。1973年任侦察参谋，奉命护送首长徒步去墨脱。1974年到米林搞兵要地志调查。1980年参加成都军区侦察参谋特种训练。1982年在米林进行侦察兵专业训练，锻炼生存能力，受到总参情报部的通报表彰。1983年任侦察科副科长，1984年任科长。1985年考入成都军区陆军学校文科大专班，1987年毕业。1988年任军分区副参谋长，9月授中校军衔，1990年晋升为上校军衔。1997年复员后，打过工，当过期货经纪人。杨辉麟从军校毕业返回拉萨、林芝后，写了不少小说、散文、诗歌和报告文学，送给《拉萨晚报》主管文艺副刊的副总编杨从彪阅审，希望杨从彪能赏识。杨从彪仔细阅读后，说："你的散文写得挺美，往散文方面发展吧。"后来，他的第一篇散文《墨脱颂》在湖北一家报纸发表。恒心铸金字，此后他的散文陆续在西藏、海南、北京、山西、四川等省市的报刊上出现。散文《珞巴风情》《门巴风情》《僜人风情》，被成都军区《战旗报》文艺副刊加编者按在同一个版面同时隆重推出。迄今，杨辉麟已在国内百余家报刊上发表散文百余万字，出版《神秘的处女地》(1992)、《西藏东南角》

（1993）、《极地天河》（1994）等 20 多部散文集[1]，700 多万字，是高产作家，在国内获奖 40 多次。

　　杨辉麟的散文大体上分为三类，一是写景状物，二是写人叙事，三是西藏史迹。其中，又以有关墨脱的写作引人注目。墨脱因地质结构十分复杂，20 世纪是全国唯一不通公路的县份，闭塞的自然地理环境使得墨脱有许多古朴的风俗和淳厚的民情不为世人所知。1973 年 6 月 18 日，任侦察参谋还不到一个月，杨辉麟就奉命护送成都军区首长徒步去墨脱，在翻越多雄拉山时，遇上罕见的雪崩，他躲闪不及，巨大的雪团把马打翻，使得他从马上摔下来，右手桡骨粉碎性骨折，合并腕关节肌腱损伤，左边的第三、四、五根肋骨折断，治好后仍经常疼痛，出现功能性障碍畸形愈合，被有关部门鉴定为七级残疾（当时叫三等甲级残疾）。第一次走墨脱，就给他留下了深刻的印象。雪崩和泥石流，险些吞噬了他年轻的生命。正是由于第一次墨脱之行的难以忘怀，为了让更多的人了解墨脱，此后，杨辉麟不辞千辛万苦，多次冒着生命危险，闯禁区，访民情，以自然清新、生动活泼、干净洗练的语言，质朴委婉、神秘莫测、引人入胜的艺术风格，描述墨脱人民五彩缤纷的生活，写下了《门巴族与米酒》《"鬼人"情话》《美妙动听的门巴族民歌》等一批颇有情趣、耐人寻味的篇章，栩栩如生地反映了墨脱人的风俗习惯，真实可信，生动别致。1993 年西藏人民出版社出版了他的散文集《西藏东南角》，全书共分四辑："奇异藏东南""藏东南风物""民族风情录""默默奉献歌"。在他的笔下，墨脱的险道、冰川、飞瀑、激流、鬼门关、老虎嘴、一线天、原始森林、珍禽异兽、野生动植物、石锅、拐杖、野人……给人留下奇特、怪异、迷人的景致，既摇曳多姿、生

---

　　[1] 迄今他已出版了散文集《神秘的处女地》（香港金陵书社，1992 年版），《西藏东南角》（西藏人民出版社，1993 年版），《极地天河》（四川民族出版社，1994 年版），《佛界——神秘的西藏寺院》（青海人民出版社，1997 年版，2007 年再版），《西藏佛教寺庙》（四川人民出版社，2003 年版），《西藏墨脱见闻实录》（西藏人民出版社，2006 年版），《西藏的民俗》《西藏的艺术》《西藏的雕塑》《西藏的神灵》（青海人民出版社，2008 年版，2009 年再版），《酷行西藏》（青海人民出版社，2008 年版），《西藏绘画艺术》（西藏人民出版社，2009 年版），《林芝军人》（天马出版公司，2010 年版），《西藏精典宫殿游》《拉萨精典寺院游》《日喀则精典寺院游》《山南　林芝精典寺院游》《那曲　昌都　阿里精典寺院游》（西藏人民出版社，2012 年版），《看西藏·藏族服饰》《看西藏·神山圣水》《看西藏·藏舞藏戏》《看西藏·婚俗葬仪》《看西藏·饮食风土》《看西藏·建筑艺术》（清华大学出版社，2014 年版）。

动形象，又层次分明、井然有序。直接描写瀑布的篇章《美丽的瀑布》《大拐弯瀑布》《背崩瀑布》，彼此各不相同，情趣盎然，即使是无意间遇见的瀑布，也呈现出不同的风姿。比如："两个小时后，我们在一块巨大峻峭的山石上坐下小憩，抬眼望，只见雪山峭壁之上，一瀑飞悬，喧闹如嬉耍顽童，沸腾似千军万马，活蹦乱跳晶莹洁白的浪花又像是无数珍珠抖落……阳光从对面山巅雪松的缝隙照射过来，给这白练镀上缤纷的彩虹，绮丽壮观……"（《风景明珠鲁霞》）再如："我们拐过突兀的山崖，正欲前行，突然传来震耳欲聋的响声。远处飞流倾泻，似千丈哈达悬挂云间。据向导达瓦介绍，那是流入邦宗湖的飞瀑。你看，那道瀑流自天而倾像银河倒悬，发出惊天动地的咆哮气势磅礴；坠至半空忽被峭石拦腰斩断，霎时雪浪飞溅宛如千万串断线的珍珠，纷纷扬扬，织一块永卷不尽的垂帘；珠帘之水沿壁立千仞的峡谷向下奔流，坠入邦宗湖，水石相击响声如雷……"（《邦宗的记忆》）另外，作者笔下的动物也十分有趣，如动魄惊心的猪豹之争："豹子前爪伏在石头上，龇牙咧嘴；野猪屁股靠在大树上，扬起嘴巴。豹子沉不住气了，一声长啸猛扑过去，野猪用前胯挡住豹子的利爪，再用嘴一拱，豹子跌出丈外。斗了四五个回合，豹子变招了：它向前一扑，在逼近野猪时，突转身子，尾巴猛地一甩，打得野猪哼哼直叫，扬扬长嘴，发起了攻击。豹子纵躲跳跃，躲过野猪的长嘴，照屁股叼上一口，伸出利爪，斜抓猪的眼睛，野猪眼里流着血，失去了目标，发疯地乱撞乱碰……过了一个时辰，豹子瞅准机会，前爪搭在野猪的肚皮上猛地一划，接着咬住脖颈，野猪'呼'地一下蹿起来，拖着豹子蹿进了密林深处……喧闹的森林复归寂静。"（《猪豹争雄》）憨态可掬的掏蜜黑熊："黑熊把毛茸茸的手掌伸进洞里，掏出一大块黄澄澄的蜂蜜，狼吞虎咽大嚼起来。蜂群不顾一切地向它涌去，对着它那无毛的鼻尖、嘴唇刺蛰。但黑熊的眼睛最要紧，不让蜂叮，总是双目紧闭。黑熊贪婪地掏着蜂蜜，其汁淌满腮帮和肚皮，直到吃饱了，才一松腿，重重地摔到地上，抓起一把泥土，使劲擦鼻子，并把爬在嘴上的蜜蜂揉死，然后大摇大摆地走了。"（《黑熊掏蜜》）作者善于发现和抓住不同时空中景物的细微差别进行描写。如写然乌湖："环顾四周林海茫茫，左岸浓绿的冷杉、云松、秃松，株株像撑天巨伞满目苍翠；右岸一片深秋满山遍野的白桦树，摇曳面面纤尘不染的'黄旗'，在秋风中瑟瑟作响；山坡上火红的枫叶点缀在白桦丛中，将然乌湖打扮得更加娇媚……从远处望去，然乌湖又是一番景致：它静静地躺在群山环抱之中像是一位睡美人，清澈碧透的湖水似一匹天蓝色的绸缎，不断变幻着迷人的色彩。黎明，一层白色的浓雾覆盖着然乌湖，渐渐地化成了一片薄薄的面纱，像有一只神奇的手轻轻地撕开了她的面纱，让朝霞羞红了她的脸。中午，烟波浩荡披满阳光，高空的白云和四周的雪峰清晰地倒映水中，把湖光天影融为一体。黄昏，墨绿色的山峦吐出缕缕白云，又渐渐地罩盖了湖水，最边是蓝色，往里颜色浅些似乎有点白，再往里又像是一匹深蓝色的缎子把浅色遮住，再往里又仿佛出现了墨绿色，那个深蓝蓝得晶莹浅蓝蓝得洁净墨绿绿得可爱。夜里，皓月当空，缀满星辰，显得格外清幽俊秀。"（《迷人的然乌湖》）作者先是环顾，从总体着眼，继而描写湖左岸、右岸的景致，然后是远观，接着描写黎明、中午、黄昏、夜里不同时间的然乌湖。其他如描写聂拉藏布江流域的风光、美丽的南迦巴瓦峰、背崩瀑布等均是如此，作者既注意空间的变化，同时也注意捕捉景物在一天之内，乃至一年之中的不同特点。

1994年，四川民族出版社出版了杨辉麟的又一部散文集《极地天河》。全书以游记见闻的形式，从雅鲁藏布江源头顺流而下，较详细地"流"出了雅鲁藏布江流域的山川风貌、秀丽景色、古镇新城、名胜古刹、历史传说、民族风情及丰富的物产资源。在杨辉麟笔下，这一切是那样神奇，那样美好，他融历史与现实于一炉，融风情与风物于一炉，把宗教文化和现代文明有机地结合起来，给读者提供了一个陌生世界的陌生景致。

值得一提的是，杨辉麟不仅自己潜心创作，还在拉萨部队发现和培养了一大批文学、新闻人才，培养了一批部队作家，比如周世通、余金泉、李智、胡天正、彭期国。他们有的加入了中国作家协会，有的加入了省市级作家协会，有的做了报刊编辑，有的成为宣传部门的领导或优秀干部。他所在的林芝军分区，文学创作和新闻报道每年都在西藏军区名列前茅。

> 人生，也许有很多东西都可以不在乎，但有一样却不能含糊，那就是生我养我的土地。
>
> ——罗洪忠：《峡谷风云——世界第一大峡谷人文历史解读·概述》，成都：电子科技大学出版社，2012年版

罗洪忠（1966— ），生于四川省渠县。1986年10月参军到西藏，分在拉萨某部道路二连，1988年9月就读于湖南长沙工程兵学院，1991年7月毕业后回到西藏，分到拉萨某部道路六连，1994年8月调入拉萨军分区政治部宣传科，开始报告文学创作，后到西藏军区后勤部宣传科、战旗报社驻西藏记者站、解放军文艺出版社等单位工作，历任排长、干事、科长和主任等职。2008年3月退役，在《拉萨晚报》从事编辑工作，2015年辞去报社编辑工作，专职从事写作。系中国作家协会会员，中国散文学会会员，西藏作家协会会员，四川达州文化发展研究会副秘书长、宕渠文化研究中心常务副主任。著有散文及报告文学集《边陲墨脱——西藏仅存的一神秘处女地》[1]《賨人故里——一幅用賨人文化碎片拼成的图》[2]、"人文雅鲁藏布大峡谷"[3]、《莲花遗梦——珞瑜文化第一人冀文正50年代墨脱口述史》[4]，合著《雪域红飘带：西藏文艺兵65年燃情岁月大写真》[5]等。

"人文雅鲁藏布大峡谷丛书"系作者的成名代表作，由《莲花圣地——世界第一大峡谷人文风情解读》《峡谷风云——世界第一大峡谷人文历史解读》《深峡淘金——世界第一大峡谷人文科考解读》三部长篇纪实报告文学组成，获得2012年度国家出版基金，并荣登教育部社科司、光明日报图书出版部和

---

[1] 上海：学林出版社，2012年版。
[2] 上海：学林出版社，2012年版。
[3] 成都：电子科技大学出版社，2012年版。
[4] 拉萨：西藏人民出版社，2015年版。
[5] 署名臧正轩著，由彭文山和罗洪忠合作完成，成都：四川人民出版社，2016年版。

中国大学生在线2013年度推荐的"中国高校出版社书榜",先后获得国家级图书奖优秀学术著作一等奖、第二届全国百种优秀民族图书,入围参评第三届中国出版政府奖图书奖等。丛书将文学性、史学性和资料性熔为一炉,向读者全面展示了墨脱县珞巴族、门巴族人文历史与社会风情,被认为是"第一本全面展示大峡谷人文历史的专著,第一本系统展示大峡谷人文风情的专著,第一本真实展示大峡谷人文科考成果的专著"[1]。其中,《莲花圣地——世界第一大峡谷人文风情解读》用散文笔调全景式展示了世界第一大峡谷的自然风光、人文风情和奇景奇谜,深入细致地描绘了大峡谷深处门巴和珞巴两个民族生活的方方面面,通过狩猎、建筑、饮食、服饰、礼仪等动态行为,将刀耕火种、狩猎生活、生殖器崇拜、人造石锅、以物易物、图腾崇拜、原始巫术等一个个活生生的画面展现在读者面前。《峡谷风云——世界第一大峡谷人文历史解读》用报告文学的笔法,从土著珞巴人猴子变人的神话、女儿国的传说、新石器神斧的发现、莲花圣地的由来、门巴人的迁入、珞门之争的出现、波密土王的统治、清军进驻白马岗、英印殖民者的入侵、解放军所做的开拓性贡献等,展示了雅鲁藏布大峡谷一个个真实的历史画面。《深峡淘金——世界第一大峡谷人文科考解读》以纪实文学的笔调介绍了早期到这里搜集地理军事情报的英国探险家R. 威尔科克斯、法国神父N.M. 噶拉克、孟加拉长枪队上尉E.T. 达尔顿、萨地亚政治官员列德哈姆等的考察随笔和文化成果,同时也记录了英印文化学者G.D.S. 敦巴尔、C.V.F. 海门道夫、V. 埃尔温、S. 罗伊,以及我国文化学者冀文正、姚兆麟、吴从众、李坚尚、刘芳贤、张江华、于乃昌、陈立明等在这个领域所取得的学术成就和研究过程,全方位展示了中外人文学家考察珞瑜文化的成果。[2]《中国西藏》杂志称赞:"这三卷书,可以说是一部气势恢宏的珞渝人文画卷,是研究雅鲁藏布大峡谷文化的经典之作,里面丰富的史料和行云流水的文笔,是可以打动读者的精品图书。"[3]鲁迅文学奖获得者次仁罗布说:"三卷丛书就是一篇篇优美

---

[1] 赵慧:《罗洪忠的〈人文雅鲁藏布大峡谷〉》,载于《西藏商报》2016年5月6日第40版。

[2] 黄家军:《追逐世界深峡的精彩——西藏作家罗洪忠"三部曲"》,2012-06-28[2017-07-12].http://book.ifeng.com/shuxun/detail_2012_06/28/15630478_0.shtml.

[3] 佚名:《〈峡谷风云〉〈深峡淘金〉〈莲花圣地〉——世界第一大峡谷人文风情解读》,载于《中国西藏》2013年第1期。

的文化散文，给人一种身临其境的感受，甚至能听到山涧瀑布响彻的声音，风卷树叶飒飒的轻叹声，雅鲁藏布江卷起千堆浪涛时的狂啸；能看到掩映在树林里雾霭迷蒙的村寨、悬浮在江河上摇晃的藤桥、背夫牵马走在乱石嶙峋山道上的场景；能让你感受雪山的巍峨耸立，神湖的宁静与深邃。这些文字给我带来了阅读的快感，身心的愉悦，可见作者对文字的驾驭能力和细致入微的观察力。"[1]确实，作者在文中的叙述不仅力避学术语言的枯燥，尽量将人物故事叙写得形象生动，即使是对自然风光、山川景物的描写，也都紧紧抓住时空的不同变幻，写得各具特色，摇曳多姿，如描写派镇的景色："派镇的春天是桃花的世界，阳春三月，沿雅鲁藏布江两岸，在田野里，山坡上，小村旁，尽是粉红色的桃花，大风一起，花瓣如同雪片满天飞舞，四处飘落。夏季来临，派镇是绿色的海洋，各种果树披上了绿装，与碧蓝的雅鲁藏布江水相呼应，南迦巴瓦雪山下的针阔叶林带也渐渐苏醒。秋天的派镇更是灿烂，雪山上层林尽染，落叶松、白桦林金黄一片，田野中的枫树火红耀眼，沉睡的小村庄被浓郁的秋色包围。"[2]再如，写聂拉藏布江流域的旖旎风光："春夏季节，渐雨渐晴，阳光照射所蒸发的大量水汽，一丝丝一缕缕，似万家炊烟袅袅升腾在森林上空，远远看去虚无缥缈。树下，皎皎白雪的山梨、白里透红的木兰、如烟似紫的海棠、娇艳娟丽的玫瑰、素净雅致的丁香、叶绿花紫的鸢尾、五彩缤纷的杜鹃，千姿百态，争芳斗艳。入秋，林中红彤彤的枫叶如火焰燃烧，累累果实挂满枝梢，大串的山葡萄、小串的五味子、棕绿的猕猴桃、嫩红的木瓜、诱人的山桃，数不胜数。冬天，莽莽群山，银装素裹，清风吹来万树摇曳，低沉浑厚的涛声昼夜不息，宛如一曲美妙动听的古林交响曲。"[3]描写背崩瀑布："背崩瀑布的盛夏，奇胜不可名状。每当一阵狂风暴雨，只见一瀑飞悬，犹如一条发怒的银龙出山，从半空中猛扑下来，气势磅礴，直捣雅鲁藏布江。其水声，或淙淙，或潺潺，或喧嚣，或隆隆，仿佛弦、管、鼓、钹并作，激荡起阵阵狂风，喷出如雹的急雨，封锁了整个山谷。

---

[1] 赵慧：《罗洪忠的〈人文雅鲁藏布大峡谷〉》，载于《西藏商报》2016年5月6日第40版。

[2] 《莲花圣地——世界第一大峡谷人文风情解读》，成都：电子科技大学出版社，2012年版，第25页。

[3] 《莲花圣地——世界第一大峡谷人文风情解读》，成都：电子科技大学出版社，2012年版，第57页。

夏秋两季，在背崩瀑布之上，晴天的清晨，景色更是神奇，只见山谷腾起股股乳色水汽，连片如絮，聚集为云。当朝霞初露时，云如海潮涌进山峦谷底，高耸山峰宛如大海中的岛屿。微风吹来，山顶忽隐忽现，茫茫云海随着朝阳的上升，逐渐收缩，有的变成了奇怪形状的云朵，有的变成了长长的白带……冬日，背崩瀑布别有一番风韵。在阳光的照耀下，珠飞玉溅，晶莹闪亮，当夕阳西下，阳光从西面山巅松柏的缝隙射来，给白练镀上一道绚丽的彩虹。暮春，背崩瀑布虽然没有狂怒的白龙，也没有散碎的珠帘，却见它从山顶飘下来，轻扬而舒缓，团团乳色雾霭渐升渐浓，升到了山顶相接处，便凝聚不动；它飘飘摇摇往下坠，最初像乳白色的纱绢，随后又变成淡青色的烟雾。"[1]

罗洪忠2016年出版的《莲花遗梦——珞瑜文化第一人冀文正50年代墨脱口述史》是一本口述记录，作品以冀文正60年前的所见所闻为背景，用口述的方式，将照片与口述记录、游记手稿等相互参照，介绍和解读了墨脱独特的人文生态环境，给人以鲜活的历史感。罗洪忠同年出版的《雪域红飘带：西藏文艺兵65年燃情岁月大写真》是一部合著，作者用图片、歌词与文字记录了西藏军区文工团65年来的历史，讲述了一段段不为人知的西藏往事，既是一份重要的边疆部队文艺工作史，一部浓缩了的西藏文艺史，也是一部新一代边防军人履职尽责的德育教科书。

罗洪忠经历了由一名军事记者、军旅作家向人文学者的转变。其创作具有较强的纪实性，文笔干净流畅，语言浅显易懂，叙述轻松有趣，给人以独特的人文审美情趣和厚重的历史纵深感。这既与作者对描述对象寄寓了浓浓的深情相关，同时也与其长期深入调查和注重学习积累紧密联系。如"人文雅鲁藏布大峡谷丛书"出版前，作者即已在墨脱县这块土地上笔耕20多年，先后3次进入雅鲁藏布大峡谷流域考察，采访120多人，整理口述资料150多万字，查阅文献资料220多万字，并连续17年不间断地从事相关资料收集、整理和研究，先后到北京、郑州、陕西向有关专家、学者请教，积累了第一手资料。《雪域红飘带：西藏文艺兵65年燃情岁月大写真》出版前，作者历时9年，寻访第一代进藏部队文艺老战士及其亲属，深入西藏军区部队并联

---

[1]《莲花圣地——世界第一大峡谷人文风情解读》，成都：电子科技大学出版社，2012年版，第63—64页。

系有关人员进行调查采访,广泛收集资料,反复征求意见,数易其稿,终于成书。正是这种饱含深情的投入和锲而不舍的坚持,成就了罗洪忠独特的文化纪实写作。

张静璞、肖干田

> 我与这块土地结下不解之缘,目睹并经历了西藏巨变,我不能不慨叹:半个世纪一瞬间,万里高原改容颜,布达拉宫可作证,沧海桑田换人间。
>
> ——张静璞:《沧海桑田换人间》,见拉萨市文联编:《神圣之地——拉萨作家作品选》,北京:中国文联出版社,2007年版,第233页

张静璞(1950—),笔名净瀑,河南省许昌市人。1966年10月进藏,在西藏军区生产部米林军垦团六连屯垦戍边,1971年1月,转业到昌都林场当工人,后抽调到昌都市社教团任副秘书长。1974年7月考入西藏新闻干部学校,1975年10月提前毕业,分配到西藏人民广播电台当记者编辑。1989年主持创办了《西藏广播电视报》。1993年调《拉萨晚报》任第一副总编辑,2000年借调到拉萨市委宣传部任《拉萨宣传》杂志第一副主编,系中国作协西藏分会会员、拉萨市作协理事。2010年退休。1972年在《西藏日报》发表处女作《奴隶入党》以来,采写了大量文学通讯、报告文学、录音报道、内参等,有50多篇作品获国家和自治区奖励。主要作品有:报告文学《套在三架马车上的黄金镣铐》《他们在沼泽地上崛起》《银幕背后的无名英雄》《篮球场上的"女法官"》《她是极地红十字大军的统帅》《风雪高原三十年》《又是一年春草绿——记西藏自治区矿产品经销管理局局长王继武》《有志者 事竟成——记青年主治医师旺堆自学成才》,小说《小洛桑的梦》,电

影剧本《布宫贼影》，诗歌《面对党旗》《界碑》《新年要挂快速挡》《孔繁森——雪域高高的山峰》，连环画《严冬寺院里的案情》[1]等。

张静璞的报告文学善于抓住人物的主要特点，大处落笔，描绘其成长经历和贡献成就。如《她是极地红十字大军的统帅》[2]主要叙写了时任西藏自治区卫生厅厅长、红十字会副会长次仁卓嘎，从一名旧西藏的奴隶成长为新西藏医疗卫生战线的领军者的成长经历和先进事迹。《风雪高原三十年》[3]主要叙写了西藏自治区卫生防疫站站长、副主任医师曾宪荣在西藏鼠疫、克山病、布鲁氏病菌、旋毛虫病等四大流行性疾病防治工作中做出的突出成绩和贡献。

另外，作者还紧贴时代脉搏，敏锐把握改革发展的新动向，成功塑造了一批在改革浪潮中搏击和沉浮的正反面形象。如《一个实干家的忧和喜》[4]，围绕西藏自治区机修厂三车间技术改造的曲折过程，叙写了20世纪80年代西藏在改革初期面临的繁难，批判了旧的经济管理体制、官僚主义，加上关系学对改革造成束缚的现象，并刻画了娄俊这一"宁折不弯、坚决干下去"的实干家的鲜明形象。出生于四川省剑阁县的娄俊，16岁报名参加志愿军，在部队里当了13年连长，1981年5月任西藏自治区机械修配厂党委书记，后兼任厂长。这时的机修厂是这样的一个局面：500多人的工厂调走了150多人，大多是技术熟练的老技工；原来的用户不再订货；效率颇高的铁锹生产线，也因为市场有限，商业部门另有进货而滞销停产。工人们上工瞪眼问车间干部："今天干什么活？"然后一排几十个挨着墙根晒太阳，从头晒到脚，从前胸晒到后背。"关！停！并！转！"像四枚手榴弹在娄俊的脑子里爆炸。"大锅饭"砸了，还有国家来养活？工厂怎样"活下去"？这些问题如挥不走的浓雾一样萦绕在娄俊这位厂里一把手的心头。在与干部工人们恳谈之后，

---

[1] 《许昌县志》编纂委员会：《许昌县志（1986—2000）》，郑州：中州古籍出版社，2009年版，第608页。

[2] 西藏优秀卫生防疫干部征文活动组织委员会：《在这块极地上——西藏优秀卫生防疫干部列传》，拉萨：西藏人民出版社，1989年版，第1—18页。

[3] 西藏优秀卫生防疫干部征文活动组织委员会：《在这块极地上——西藏优秀卫生防疫干部列传》，拉萨：西藏人民出版社，1989年版，第28—43页。

[4] 载于《西藏文学》1985年第3期。

他拍了板："找米下锅求生存！"然而，最初"天女散花"般的探索并没有成功，一算账，厂里承包修建的水塔，结算成本时，亏损达 4 万多元。其后，虽然用三包优质服务，为工厂找到了活路，但"没有拳头产品，企业只是摆在街头的杂货摊"，必须另找出路。这时，"二汽在全国各大城市成立东风车特约技术服务站，拉萨尚在考虑中"的电报进入他的眼帘。于是，当天他就回电："求见部长，坚决请求在我厂成立二汽特约技术服务站！"说干就干，三车间技术改造上马，1984 年 7 月 10 日，第二汽车制造厂拉萨特约技术服务站正式成立。然而就在典礼的第二天，有关部门前来检查，结论是："这项工程一无计划，二无质量保证，三无够格的设计师设计图纸，属于非法施工，施工队也不是指定的，必须立即停工下来。"其后，几经波折，娄俊深刻体会到改革的艰难，但他意识到："围在铁栅栏里，脑袋要是鸡蛋一碰就碎。企业搞改革，头上要装块钢板，还要带棱角，才拱得出来。"在《中共中央关于经济体制改革的决定》指引下，娄俊继续前进："二汽特约技术服务站建立之后，维修东风牌汽车的生意兴隆，开业两个多月，修理车子已有七百余台次，比建站前整整增加一倍。""但是，还必须有第二个拳头产品。要迅速找经济委、物资局……"在改革的征途上，娄俊又开始了新的探索。

《套在三架马车上的黄金镣铐》[1]则以刘家澄、葛丁元、丁泽洪三个反面形象，揭示了少数腐败分子在改革浪潮中的贪腐罪恶。刘家澄 54 岁，1951 年随军进藏，先后担任过秘书、科长、党总支书记、处长等职，1984 年升任西藏建筑工程局局长；葛丁元，57 岁，六级工程师，被指定为西藏基本建设局负责人；丁泽洪，49 岁，在一般人的眼里是一个精明能干的干部，担任西藏计划局局长后，曾被列为培养干部的第三梯队队员。然后就是这样几个顶着光环的干部，在诱惑面前倒下了，权力恰似一杯烈酒，"三人痛饮一番，如醉如痴，像酒疯子一般眼睛充满血丝，变得凶猛、骄狂，成了不折不扣的西藏基建领域中的'三霸'。"贪得无厌的"三霸"，把三把交椅连在一起，加上一帮"小喽啰"，细细织起关系网，拧起"三驾马车"的套绳，朝罪恶的深渊奔去。然而，"法律恰似锥子，罪恶挡不住它的锋芒"，最终三人得到了应有的下场，以贪污、索贿、受贿等罪名，被人民检察院向人民法院提

---

[1] 载于《西藏文学》1987 年第 4 期。

起公诉，依法被判刑。

张静璞的报告文学具有新闻敏锐性，时代感较强，语言干净利落，同时注意细节处理。如《套在三架马车上的黄金镣铐》中对刘家澄审讯时的描写："一叠审讯记录摆在了刘家澄面前，按规定让他签字。长期官居要位，官大脾气粗的刘家澄似乎仍在行使'局长'职权。'我已阅，同意上述记录。'他在审讯记录上写道。经办案人员多次指出，他才醒悟过来：'噢……不能像阅批文件那样在审讯记录上签字……'"将刘家澄的官样作态描绘得入木三分。再如，丁泽洪被逮捕时的描写："在轮到丁泽洪在逮捕证上签字的时候，他的两只手也在颤抖。这位本来写得一手好字的局长，签在逮捕证上的大名却歪歪扭扭。"将丁泽洪的内心崩溃和恐惧软弱表露无遗。另外，作者的一些散文，特别是根据个人切身经历所写的一些回忆文章，读来真切感人，比如《沧海桑田换人间》[1]《在西藏工作的点滴回忆》[2]，通过新旧西藏的对比和对往事的回忆，让人真切感受到西藏和平解放以来的沧桑巨变和老西藏的艰苦耐劳与朴实奉献。

> 古老的冰川覆盖下奔腾的溶浆，厚厚的地壳已止不住它冲击的能量。这是一片神奇的大地，辞退过大海，招来了雪山，山海的摇篮，产生了一个同样神奇的民族。她像雪山一般宁静，要是她吼起来，就要让整个世界震惊。
> ——肖干田：《雪山之鹰》，见肖干田：《遥遥天国路（报告文学集）》，成都：西南交通大学出版社，1991年版，第25页

---

[1] 拉萨市文联：《神圣之地——拉萨作家作品选》，北京：中国文联出版社，2007年版。
[2] 载于《河南文史资料》2014年第4期。

肖干田（1950— ），笔名慈海，生于湖南省沅江市。1977年毕业于南京航空学院飞机设计系，同年进藏。历任西藏大学讲师，《西藏大学学报》编辑、副编审，中国高校校报协会理事，西藏文艺理论研究会特邀研究员，拉萨市文联委员等。1981年开始发表作品，2005年加入中国作家协会。著有文学评论集《雪域诗歌与散文》[1]，报告文学集《遥遥天国路》[2]《东噶·洛桑赤列活佛传》[3]，散文集《羌管悠悠》[4]，藏译汉著作《湧莲藏真——藏传佛教前译派密宗传承源流》[5]，长篇小说《平静的岁月》[6]等。

报告文学在肖干田的文学创作中占有重要的位置。他的作品善于将人与事结合起来，并突出写人。这些人物按其社会身份划分，既有学者、艺术家、作家、科技工作者、干部，也有养路工、战士、学生、社会青年等。其中，《白螺号的回声》是其人物报告文学的代表作之一，也是他的第一篇报告文学。作品最初发表于1985年第2期的《西藏文学》。作品成功塑造了东噶·洛桑赤列这位经历过新旧社会变革、新旧文化熏陶，由一名农奴成为著名的藏传佛教活佛，由一名俄让巴密宗师转变为接受马克思主义的教授，成为著述等身的大师级学者的生动形象。作品刊发后，又被西藏广播电台播放了一年，产生了较大影响，以至于作品中的主人公东噶教授上京开会时，学术界人士就说，西藏白海螺来了，欢迎欢迎。[7]作品不仅善于抓住主人公人生经历的几个主要片段，突出其坎坷人生的主要特征，在激烈的矛盾冲突中突出人物自身的成长，而且在具体细节的叙述上十分注意节奏张弛，将紧张与舒缓有机结合，叙述跌宕有致。如东噶·洛桑赤列考拉让巴格西论辩的最后一段。

突然，一位身穿下密院格西服的高个子——著名的哲蚌寺格西阿旺，用

---

[1] 《雪域诗歌与散文》，北京：中国文联出版社，2003年版。
[2] 《遥遥天国路》，成都：西南交通大学出版社，1991年版。
[3] 《东噶·洛桑赤列活佛传》（署名慈海），香港：国际炎黄文化出版社，2010年版。
[4] 《羌管悠悠》，哈尔滨：黑龙江人民出版社，2000年版。
[5] 仁真·吉美林巴：《湧莲藏真——藏传佛教前译派密宗传承源流》，洛珠加措、肖干田译，拉萨：西藏人民出版社，厦门：鹭江出版社，2001年版。
[6] 肖干田：《平静的岁月》，北京：作家出版社，2006年版。
[7] 肖干田：《病语》，见肖干田：《羌管悠悠》，哈尔滨：黑龙江人民出版社，2000年版，第141页。

手指了指会场门外，大声问：

"远远的地方有一棵矮树，有人一枪打去，树倒了，跑过去一看，倒下去的是一个人，被打死了，这个开枪的人有没有罪？"

东嘎·洛桑赤列亮开洪亮的嗓门，毫不迟疑地答道："知人装树开枪，有罪；以树装人开枪亦有罪；不知人在当树开枪，无罪！"

阿旺格西紧接着又问："父亲严厉管教孩子，棍棒击身而死，父亲有罪吗？"

年青活佛应声答道："父亲严于教孩子，打后身死，法律上要判徒刑，使之受牢狱之苦，但宗教上无罪。"

问："这父亲误毙孩子，下世有罪吗？有因果吗？"

答："无因果。"

问："佛祖传下来的佛经故事里说，误害人命，有五百代因果，难道有假？到底是有口皆碑的佛经故事对？还是神圣的佛经理论对？"声音提高到最高格，几乎是嚷起来。

色拉寺的喇嘛们，一个个为东嘎·洛桑赤列捏了把汗。会场寂静极了，静得仿佛能听到心跳声。看热闹的人们，好像接到无声的命令，骤然停止了转经筒的摇动，人们伸长脖子，张大眼睛，扯长耳朵……

"佛祖句句为圣言，但弟子口传难免失真，故事或说有因果，或说无因果，难从一面之言。我今天回答的是小乘教戒律问题，属宗教理论范畴，按理论观点看，那父亲下世无因果。"

会场紧张的空气顿时松弛下来，人们一齐发出"啧啧"的称道声。[1]

上述描写，问答之间环环相扣，高潮迭起，不仅将考格西的紧张气氛烘托出来，而且对于人物的塑造也十分生动，阿旺格西的逼人气势、东嘎·洛桑赤列的沉着冷静等，跃然纸上，如见其人。值得一提的是，作者自1985年发表这篇文章之后，并没有停止对主人公的追踪，而是持之以恒，坚持对主人公进行采访，不断深入描写对象的内心世界，并认真研读其有关学术著作，积累了大量的采访稿。由是，在东嘎先生逝世后，作者不仅接连发表了《西藏历史的真实写照——关于东嘎·洛桑赤列〈论西藏的政教合一制度〉一书

---

[1] 萧潇：《白螺号的回声》，载于《西藏文学》，1985年第2期，第29页。

的评述》[1]《永不消失的白螺号：访藏学大师东嘎·洛桑赤列先生》[2]等文，并于2010年出版了《东嘎·洛桑赤列活佛传》一书，进一步充实了有关细节，丰富了相关内容，使读者对东嘎先生的人生历程、研究成果、学术观点、治学精神有了更加详细的了解，比如其幼年生活、家庭婚姻、"文革"劳动、研读马列著作、出国访学经历，使东嘎教授的形象更为立体、鲜活。

另外，作者描写摄影家旺久多吉的《雪山之鹰》、诗人萧蒂岩的《雪域冰魂》等，也都形象生动饱满，各具特色。如描写萧蒂岩一出狱，就在那曲贴出了控诉的大字报，指责当时的革委会（筹）没有群众基础，是"黑筹委"。而当萧蒂岩被赶出地委机关院子，由那曲养护段的李家烈医生收留时，两人彻夜长谈，酒至数巡，"萧蒂岩诗兴大发，李医生赶忙递上纸笔"，生动地将萧蒂岩的傲然才情呈现纸上。至于描写牺牲战士群像的《黑颈鹤啊，请慢慢飞》，则笔墨凝重，深情款款。这篇文章记述了西藏自治区科委在墨脱进行的鸟类考察。由于天气状况，无法翻山，因此有六名解放军担任护送。在翻山的过程中，遭遇大风雪，副排长廖文强、战士索姆扎西、班长周世全等牺牲。作者没有用多么华丽的辞藻去修饰和歌颂，但可敬可爱的解放军战士，用宝贵的生命在为他人铺路，这样立体鲜活的人物，似就在我们眼前。作者字里行间传达出的那种真挚的情感令人读来宛如身临其境。

肖干田的报告文学作品大都注重用平实质朴的语言塑造丰满生动的人物形象，带着感情把人物写活，不仅写人们"做什么"，而且刻画人们"怎么做"，在写实的基础上，获得英雄赞歌的气氛，从而达到从生活到艺术的升华。[3]此外，作者描写自身经历的《病语》《长统屋的太阳》等，也真实感人。

---

[1] 肖干田：《西藏历史的真实写照（上）——关于东嘎·洛桑赤列〈论西藏的政教合一制度〉一书的评述》，载于《西藏大学学报》（汉文版），1999年第Z1期，第7—14页；《西藏历史的真实写照（下）——关于东嘎·洛桑赤列〈论西藏的政教合一制度〉一书的评述》，载于《西藏大学学报》（汉文版），1999年第4期，第13—19页。

[2] 肖干田：《永不消失的白螺号：访藏学大师东嘎·洛桑赤列先生》，载于《西藏大学学报》（社会科学版）2008年第1期，第1—5页。

[3] 叶玉林：《序》，见肖干田：《遥遥天国路》，成都：西南交通大学出版社，1991年版，第1—3页。

其长篇小说《平静的岁月》也有作者自身经历的烙印。[1]作者十分注意将笔下的人物与其所处的时代和文化相结合。正如作者本人所说："对我来说，想要写什么把它表达出来并不难。难的是对藏族文化的理解，不能理解就不能变为深刻的文字。"为此，作者在写作过程中，"不得不停下手中的笔，去找藏学专家、学者采访，和社会各界人士交流，翻阅许多资料，再拿起笔来，似乎找到了一处豁口，使劲往左右开拓，方能开辟一片新天地"。[2]或许正是这样一种执着的追求，才使得作者笔下的人物真实可信。

李知宝

> 也就是在那时，我身不由己地随着回归本土的艺术家群登上了雪域圣地，重新审视自己的创作历程，在雪山圣湖、寺庙神殿间寻寻觅觅……去苦苦追索那潜藏在高天厚土中最隐秘的生命的本源、本真的艺术、人生的意义。
>
> ——李知宝：《随笔》，见胡明哲主编：《东方岩彩绘画——李知宝》，北京：荣宝斋出版社，2008年版，第4页

李知宝（1951— ），瑶族，字及卜，笔名洛西，生于湖南省江华瑶族自治县。1969年12月参加中国人民解放军，在贵州服役。1973在湖南师范学院艺术系学习，1976年毕业，同年10月进藏，先后任西藏拉萨市一中教师，

---

[1] 作品以20世纪50—70年代的湖南乡村为背景，主要人物是生长在宁静小山村的萧祺和陈敬民，以他们二人的眼睛和行为反映了在复杂历史条件下，小人物的人性挣扎和选择，他们在经历了许多逆境磨砺之后，终于做出正确的价值判断，成长为国家栋梁。

[2] 肖干田：《难舍雪域高原（后记）》，见肖干田：《羌管悠悠》，哈尔滨：黑龙江人民出版社，2000年版，第219页。

拉萨晚报社编辑记者。1994年10月调拉萨文联工作，历任组联部副主任、主任，拉萨美协主席，拉萨市文联主席、党组书记，中国美术家协会会员，中国书法家协会会员，西藏书画院副院长，西藏美术家协会副主席，中国西部画院副院长，中国徐悲鸿画院艺术委员会主任，中国岩彩艺术研究中心副主任，原文化部重彩岩彩画高研班教授，陕西教育学院、西藏大学客座教授，国家一级美术师。1997年、1998年荣获拉萨市人民政府颁发的"圣地文艺基金奖"。出版有《当代名画家技法解析——李知宝重彩人物》《东方岩彩——李知宝》《当代最具学术价值与市场潜力的画家李知宝》等画册，另外，在从事美术创作之余，有诗歌、随笔和散文发表，[1]散见于《诗刊》《西藏文学》《西藏日报》《拉萨晚报》《拉萨河》等。

李知宝的散文结构严谨，意境优美，文字简洁。从主题内容上看，除日常生活感悟，大致可以分为三类：一类是藏地采风的纪事写景，比如《在益西家过夜》《情满唐绕山》《冬季藏北》《纳木湖畔大睡佛》《冬季山雀》；一类是感物抒情的怀乡忆旧，比如《毛栗》《归乡往事》《摔了个半死》《瑶人过年》；一类是艺术创作的切身感受，比如《读画记》《缔造童心世界》《文艺的春天》[2]。其散文创作中的景色描写细腻生动，如诗如画，浑然忘我。如他在《情满唐绕山》中写道："如果说，诗的境界中必须有山有水，那么，林芝的水色山光就是给诗人们预备的，古老的原始森林，新栽的河边杨柳，红的绿的，黄的紫的，漫山遍野，绵绵延延，气象万千，更有那远山的千年白雪，在蓝天白云下，将秋山冬水虚幻地吻着，山儿不动，水儿微响，亦秋亦冬，几疑置身仙境，真叫人想作几句诗来赞美这不知是秋是冬的景色。"再如《随笔》中，作者写到对西藏壁画的刹那感悟："此刻，我感叹天明天净荡尽一切，地混地沌包容一切。就在这一瞬间，我想到了五代董源的《潇湘图》：天真的墨点使起伏的大地弥漫出平淡浑然的景观，画面上的水与天

---

[1] 刘振虎：《书画同源：当代人物画家中书法家（人物卷）》，石家庄：河北美术出版社，2014年版，第18页；永州市《潇湘赤子》编辑部，中共永州市委党史与地方征集与编纂办公室：《湘赤子（第4辑）》，香港：天马图书有限公司，2002年版，第201页；王晶：《唐寅纪事》，北京：中国国际美术出版社，2011年版。

[2] 拉萨市文联：《神圣之地——拉萨作家作品选》，北京：中国文联出版社，2007年版，第143—190页。

荡尽了零碎的现实,只留下一种永无止境的气象,回荡在一两个笔墨元素、两三处空白之间……中国人在现实中追溯天人合一的精神空间在这里印证了,在西藏的壁画里印证了。夕阳西下之时,走出那似乎包罗万象、具有无穷语汇和充满不朽魅力的艺术殿堂,来到神山顶端。山顶静谧,残阳如血,铺排壮烈的群峰之巅像古老竖琴那一排排紧绷的琴弦,被夕阳和晚风熟练地拨动着。远处,晚霞染红了土丘的圆锥顶,玛尼石堆在山口路旁,石堆上、屋顶上的牛角透出几许神秘和庄严。"[1]诗画一体,入情入景,心物交融,令人感悟。另外,李知宝对事件、对白、人物心理的描写干净贴切。如他在《毛栗》中写道:"我常和一个叫戌古的小伙伴去山上捡毛栗。有一次,他上树去摇,我在树下捡,正高兴时,突然听到他咿里哇啦地怪叫着从树上掉下来,将我吓了一大跳,好在树下木叶很厚,泥土疏松,才没将他摔坏。可是,他又哭又叫,双眼肿起来,嘴角也歪了,怪模怪样,真可怕。原来树上有一窝吊楼蜂,将他蜇了个痛快。吊楼蜂是马蜂的一种,毒性非常厉害。按照老人的说法,得赶紧喝童子尿才能保住性命。于是,我撩起大裤脚就尿,他张开小嘴没命地喝,喝过我的童子尿后,他自己又撒了泡尿将蜂蜇处涂了个遍。这个方法还真灵,不但保住了小命,而且很快就止住了痛,消了肿。"娓娓道来,环环紧扣,吸取了小说的叙事特长,为散文增添了阅读情趣。

李知宝的散文创作还有一个特点就是情真意切,内敛而不张扬,读来却无不让人感到饱溢真情。如《摔了个半死》中,二十几年后,作者回乡在一辆三轮车上偶遇昔日的同伴,公社宣传队副队长、红卫兵副司令盘二狗。二狗因一次意外,滑下悬崖破了相,伤了身子骨,至今仍单身一人,如今人人都富裕了,只有他一人过着苦日子。为了不使他过于伤感,作者趁途中无事,给他讲自己也曾摔过好多跤的往事,"试图让自己也变成一只猩猩,'猩猩惜猩猩'"。二狗到站下车,作者也没有用更多的笔墨叙述,只是平静地写道:"戏狗仔下车之际,我趁帮他传递行李时,将一张一百元的票子偷偷塞进他的衣袋。车又开了,我们挥手道别。我看到他那歪斜的眼角滚出了些许泪珠,我的心更加沉重。"另如《归乡往事》中,叙述的是作者送妻回故乡生孩子

---

[1] 李知宝:《随笔》,见胡明哲:《东方岩彩绘画——李知宝》,北京:荣宝斋出版社,2008年版,第4—5页。

的故事。1981年2月，作者妻子怀孕5个月时，他决定请假回老家。那时，他工资低得连160元一张的飞机票也买不起，只好设法让妻子搭乘湖南援藏教师队的包机出藏，他则坐卡车走青藏线，翻唐古拉山，经格尔木、大柴旦，到达柳园后再改乘火车到西安与妻子会合。这一分手就是10多天。他们坐火车到达武昌时已凌晨3点，妻子临产了，但他早已将钱先寄回老家了，只好一边叫西藏汇钱，一边住每晚5毛钱的走道加铺，一天吃2毛钱一餐的饭。更让他伤心和痛苦的是，妻子难产，医生问他要大人还是小孩。"保大人！"他毫不犹豫，第一次做父亲的梦也就随之破灭了。[1] 对这一段往事的记述，作者没有更多地渲染其间的艰难曲折，仅是用淡淡的笔墨将事情的经过进行了叙述，结尾处也不过是一句"这件事已经过去了很多年，现在回想起来，仍百感交集，唏嘘不已——做人和做父母还真是不容易啊"的感叹。但从作者平淡的叙述中，我们却又能深深地感受到早期西藏生活的不易以及作者对妻子的深情和他对人生坎坷艰辛的豁达。

　　李知宝的散文创作虽然数量不多，但情事相融，诗情画意，令人动容。他对艺术创作，也有较深的体悟，大都结合实际，不落空谈。如《缔造童心世界》即紧密联系了作者自身教学的例子，读来真切。此外，他还创作了不少诗意、诗情和诗境俱佳的诗词，或题画赠词，颇有古典意境。如2013年7月，在拉萨举行的文成公主主题论坛上，应主办方的请求，他特地填了一首《踏莎行》："雪海无波，冰河有渡，千山难阻逻些路。且持清酒谢君王，征鸿莫问芳尘苦。梦断琼楼，姻联圣土，垂杨寺外飞花絮。当年赞普大风流，金戈化铁将犁铸。"让人领略到了他古诗词的造诣。[2]

---

[1] 唐晓君：《从千里瑶乡到万里雪域——记湘籍瑶族画家李知宝先生》，载于《民族论坛》2003年第9期，第45—46页。

[2] 汪璐：《融会贯通　能诗会画——李知宝其人其画》，见刘振虎：《书画同源：当代人物画家中书法家（人物卷）》，石家庄：河北美术出版社，2014年版，第21页。

刘延、杨金花

> 当你读到这封信,我已经离开了这里。我知道已不会再来,但仍希望着有一天来到这儿,在那高高的无字的石碑上,刻下几行碑文。同时,再悄悄刻上一行小字:这儿,曾经有过她和我。
>
> ——刘延:《这儿,曾经有过》(又名《红皮日记和桦树皮信》),见刘延:《彩虹升起的地方》,拉萨:西藏人民出版社,1987年版,第99页

刘延(1931—)女,笔名徐香,四川省古蔺县人。1938年后在古蔺县女子小学和古蔺县中学读书。1947年入四川省立泸州师范学校就读。1950年年初参加中国人民解放军第十八军,随军进藏,先后在西藏军区政治部文工团、体工队当演员和篮球队员。1955年转业到地方,曾任拉萨小学教员,1956年开始在《西藏日报》副刊发表诗歌和散文。1959年调到拉萨市文教局从事文化工作。1969年作为随军家属到北京开关厂当电钳工,后调到北京市朝阳区文化馆任业余文学辅导员,编辑《芳草地》小报。1982年加入中国作家协会北京分会。1985年组建朝阳文学创作协会,任秘书长、副研究员,参与编辑《中国校园文学》。主要作品有散文、报告文学集《彩虹升起的地方》(1987)、《跳舞去》(1993)、《聆听岁月》(2006)等。散文《嘤嘤鸟鸣》获《西藏文学》(1982—1983)散文二等奖,《跳舞去》获北京市庆祝中华人民共和国成立45周年征文佳作奖,《杜鹃花路》被多种文集选载并入选西藏高中语文课本。此外,刘延还创作了不少歌词,有20多首歌词选入作家出版社出版的《新民歌选》,歌词《我的家乡好》[1]获全国少数民族团结歌曲征集一等奖,《想

---

[1]《我的家乡好》,刘延、周艳炀词;白登朗吉曲。

念毛主席》（远飞的大雁）入选中国唱片《红太阳》二辑。

散文集《彩虹升起的地方》是作者身在西藏高原，用真实并且具有高原民族特色的语言描述自己对西藏和西藏人民的感情的代表作。著名散文家韩少华先生为此书写了名为"质朴的情愫"的序，在文章中，韩少华先生有言"初读几篇，如《滚滚桃江水》《嘤嘤鸟鸣》《宗山赋》，作为读者，我不免略觉失望。文章的笔致似过于平实，仿佛一任淳朴的情感把施展文思华彩的愿望克制下去。几乎没有什么对西藏高原那种原始气息和荒蛮色彩的描摹，……也似乎有意无意地忽略了对奇异习俗的渲染。而每一篇里，作者所努力表现的那种令人在举杯放歌之间就已心心相通的劳动者的友情，以及那种充盈洋溢在酒席间乃至高原上的真挚豪爽的气氛，却顿时淹没了我起初难免滋生的那点欲搜奇而不得的缺憾感。……然而作者的文思和笔路是那样地重真诚而轻奇异，……难道不正是作者将自己的身心置于藏族亲人之中而后产生的艺术构思的原动机制吗！"[1]

如其中的《杜鹃花路》一篇，开篇就写自己看到的色拉山麓的雄壮美景，然后笔锋一转，表明即使眼前美景如画，自己也无心观赏，只一心想看那杜鹃花路。然后就叙述这杜鹃花路中悲壮动人的英雄诗篇。解放战争中，战士为了追歼敌人的残余，从色拉山麓脚下的杜鹃花海中披荆斩棘，开辟出了一条杜鹃花路。最后，写自己在为受伤的战士包扎的时候发出了这样的感慨："我觉得浩瀚的杜鹃花海不如他心地宽，灿烂的杜鹃花丛没有他的心灵美。战士和杜鹃花路，是我们一代人的骄傲。"[2]从飞机上看窗外的白云，就像战士们被杜鹃花划破的棉衣里洁白的棉絮，是最美的风景。通篇都是真诚质朴的语言，战士躺在杜鹃花海中，作者觉得战士淳朴的情感比杜鹃花还要美丽耀眼，没有华丽的辞藻和修饰，用简单、淳朴的话语表达了对战士们的敬意。

再如《嘤嘤鸟鸣》一文，作者因病住进拉萨河边的一个林卡，在树林中与一对藏族兄妹尼玛、达瓦因模仿鸟鸣声模仿得惟妙惟肖而相识，在教这两个聪慧可爱的孩子藏文及绘画等知识的过程中，他们结下了深厚的感情。小

---

[1] 韩少华：《真诚而质朴的情愫——为刘延同志〈彩虹升起的地方〉》序，见刘延：《彩虹升起的地方》，拉萨：西藏人民出版社，1987年版，第2—3页。

[2] 《西藏散文选》，拉萨：西藏人民出版社，1984年版，第16页。

兄妹对当时身有病痛的作者十分喜爱和亲近，但后来因为突然发起了高烧就离开了那里。无论是作者后来看到署名为达瓦的获奖画作，还是回到拉萨河边那个已经改变旧日模样的林卡，作者对当年那对淳朴可爱的小兄妹始终心怀惦念："是的，鸟儿早已远远高飞了，他们本来就不该停留在这个小小的林卡里。我发现，这林卡还是这般的美哩，大概是因为太阳和月亮，曾把它们的光辉和情爱洒向这里吧！"[1]作者回到旧地，当年的歪脖柳树依然还在，她抱着柳树，心里虽有不能再见这对兄妹的遗憾，却更希望他们能够像鸟儿一样高飞，拥有属于自己的广阔天空。而自己回忆起当年与小兄妹共同相处的日子，这林卡承载了作者美丽的记忆与那对小兄妹质朴美丽的愿望，因此作者还是觉得，"这林卡还是这般的美哩"。作者用细腻温婉的笔触回忆了当年，读来令人心头温暖。在文章最后，作者对藏族小兄妹的期望，更是亲切与真诚，那种打从心底希望他们能够自由高飞的愿望，没有丝毫扭捏与做作，是一种真挚的期望与祝福。

此外，作者还有其他许多优秀的作品。如集结在《聆听岁月》中对一些劳动英模、企业家的采访，没有空泛的议论，而是用细节紧紧扣住人物的精神特征，使人们从经济建设的时代风云中看到了推动历史前进的力量所在。特别是对数十位老作家的采访，以简练的文字勾勒出他们的光辉业绩和令人钦敬的精神品格，给文坛留下了珍贵的史迹。[2]总的来说，刘延是一位善于抒情，笔触轻柔、明丽的作家，也是一位十分重视语言的凝练、简洁、流畅、清纯的作家，行文成篇比较严谨，并善于利用古诗词的积累，恰如其分地借用古诗词的名句以强化升华文章的思想主题和人物的内心活动。[3]其作品中大多是亲眼所见、亲身感受，却并不限于客观景物的描述，而是用女性作家独有的细腻笔触去感受那些生活场景和画面，创造出引人深思的美妙意境，用最真诚质朴的情感和语言打动人心。[4]

[1]《西藏散文选》，拉萨：西藏人民出版社，1984年版，第416页。
[2] 陈之光：《给刘延的信（代序）》，见刘延：《聆听岁月》，北京：中国文史出版社，2006年版，第2页。
[3] 叶玉林：《顽强的耕者（序二）》，见刘延：《聆听岁月》，北京：中国文史出版社，2006年版，第4页。
[4] 耿予方：《西藏50年·文学卷》，北京：民族出版社，2001年版，第119页。

第三章 散文·报告文学

> 多年以后,当她回忆进出藏的心情时,发现很像一个人出生死亡的过程:哭着来,忧伤着走。
> ——杨金花《魅力天堂——一位女记者在藏的十八年人生》,拉萨:西藏人民出版社,2007年版,第7页

杨金花(1963—),女,回族,山东省济阳区人。1980年2月入西藏咸阳民族学院学习机要业务,9月进藏,先后在日喀则地委机关科、日喀则市定日县机要组工作。1986年10月调入《拉萨晚报》任副刊编辑,1985年考入中国新闻学院学习,两年后回藏任新闻记者。1997年10月调回山东济南,任职于济南报业集团。1984年开始发表作品,著有长篇散文《魅力天堂——一位女记者在藏的十八年人生》[1],长篇小说《天堂高度》[2],中短篇小说《有雪的冬天》[3]《绿色》[4]《生长野石榴的山坡》[5]《谎花》[6]《枯河的不远处就是雪溪》[7]《十字路口》[8],报告文学《流动的人们——记在西藏打工的内地人》[9]及诗歌《杨金花诗选》等。

《魅力天堂》系由西藏人民出版社推出的"藏羚羊丛书"之一,主要内

---

[1] 杨金花:《魅力天堂:一位女记者在藏的十八年人生》,拉萨:西藏人民出版社,2007年版。

[2] 杨金花:《天堂高度》,拉萨:西藏人民出版社,2007年版。小说主要叙述了主人公康丽因爱情失意从拉萨到县城迪县工作生活的故事。在这里她不仅收获了医生郭林的爱情,也经历了自身的成长,见证了白志勇、小戴、林秀丽、老吕、成立辉、侯玲等人的分分合合、生生死死。

[3] 载于《西藏文学》1991年第2期。

[4] 载于《西藏文学》1991年第6期。

[5] 载于《西藏文学》1993年第3期。

[6] 载于《西藏文学》1994年第1期。

[7] 载于《西藏文学》1994年第4期。

[8] 载于《当代小说》2008年第9期。

[9] 《内地人在西藏》,拉萨:西藏人民出版社,1996年版。

容是作者2004年进藏历程的记录，是作者对自己青春岁月的回溯。作品真实地呈现了作者在藏18年的人生历程，也生动地展示了改革开放以来西藏经济社会文化发生的翻天覆地的变化。在书中，作者以一位外人的身份从新疆的叶城进入西藏阿里地区，之后又到了日喀则、拉萨、林芝、山南等地，种种惊喜，种种回忆，错综环绕。全书共分为六章：第一章，"缘分：没有约定的开始和结束"，主要是按时间顺序追述了作者进藏到拉萨，在定日、日喀则、拉萨等地的工作、生活情况，其中包括对色拉寺、帕邦喀、羊卓雍错、纳木错等地自然风光和社会历史民俗风物的介绍。第二章，"阿里——如梦的净土"，叙述作者乘车从新疆入藏的情况，其中既有让人心悸的大阪、搓板路，也有让人寻觅和感动的古格遗址，既有让人喟叹的班公柳，也有让人深深怀念的孔繁森，边境小城普兰和悬空寺获赠舍利子也让人感触良多。第三章，"重走从前路"，叙述作者回到日喀则、拉萨寻找和重走曾经工作和生活过的地方。第四章，"林芝：山里有没有神仙"，叙述作者畅游巴松措、鲁朗、千年古桑、柏树王等景点的情况，并回忆了有关人和事。第五章，"山南：浸透神话传说的土地"，叙述了作者对雍布拉康、昌珠寺、藏王墓、桑耶寺等景点的观感及其相应的历史文化知识。第六章，"再别西藏"，作者深情回忆了与昔日好友、同学的真诚友谊及交往，并表达了自己对西藏的依依不舍和深深眷恋之情。

杨金花用平淡朴实的语言，把自己"将青春献给高原，将记忆留在西藏"的真实经历付诸笔端。在写作时，作者没有刻意粉饰掩藏什么，而是将阳光的灿烂及阳光之外的阴凉一起呈现给读者——恶劣环境下的生存、朋友们的聚散离合甚至作者的个人感情经历都逐一进行了梳理。[1] 她的故事太平凡，平凡得只是进藏队伍中的一个小人物，她的故事又是那样典型，折射着无数援藏同志的缩影。那一代人，把忠诚献给了国家，把青春献给了西藏，留给自己的是损伤的身体和无尽的思念，思念光秃秃的群山，思念荒芜的小城，思念西藏。西藏对于杨金花他们那一代人来说，是艰辛，是寂寞，也是价值的梦想地，一句"我愿意"就浩浩荡荡地挺进了西藏，开始的兴奋和新奇换作了日日夜夜的苦守，他们把青春给了西藏，把梦想付诸西藏的建设。这种

---

[1] 黄杰：《我在天堂的日子——访〈魅力天堂〉作者杨金花》，载于《中国民族报》2007年10月12日第11版。

自我奉献难能可贵,他们的艰苦我们无法体会,只能从其文字里找寻那时的勇气和无悔。

读她的散文,我们依稀能够看见当年的定日,那个珠峰脚下的小城,干燥得冒烟没有一丝绿色的地方,破旧的政府大院,办公室宿舍混合一体的平房,就是这样的环境,造就了一群可爱的人,富有浪漫气息的惠玲,乐于助人的水文,留在珠峰的登山者,爱好运动的我,他们用乐观演绎生命的坚强,用真诚感化藏族同胞,为着各自的使命,在雪域高原挥洒热血。

他们就这样顽强地生存下来,克服缺氧,战胜高寒,在与大自然一次又一次的较量中,用心品味着西藏的一切。"没错,在西藏长期的生活改变了我的人生轨迹。高原的粗犷大气让腼腆的我变得开朗,人与人之间的单纯、友好,使我的心中充满快乐,还有珠峰脚下寂静中的阅读、扎什伦布寺后山转经路上诗情的寻觅、在乡下采访时梳有无数小辫的藏族小姑娘天真的笑脸,以及与我的藏汉族朋友们的友谊,这一切的一切都为我的人生增加了色彩和厚度。"[1]正是这一切,感染着杨金花的心灵,触动着她对人生、对西藏的思考。"然而,离开高原是我们逃不掉的宿命,想念高原又是我们必须面对的现实。"可以说,西藏孕育了她的思想,造就了她真实的灵魂,西藏的点点滴滴,幻化成她笔下绵绵的思念。那些苦难却快乐的年华,成为她生命中最珍贵的部分。青春岁月,是人的一生中最美丽的篇章。不管我们经历什么磨难,承担什么痛苦,它依然是我们生命中最珍贵的记忆,《魅力天堂》即是一部作者致青春的书。

报告文学《流动的人们——记在西藏打工的内地人》,主要通过一系列典型人物的典型事迹,反映了西藏和内地各民族的交往交流交融,也反映了时代蓬勃涌起的改革大潮势不可挡,只有积极投入激流之中,才能傲立于潮头。作品中的人物,均是人们日常熟悉且平常可能接触到的,比如,从青海西宁转战广西北海再到西藏拉萨开旱冰城的邹学政,从内地到拉萨开诊所的四川南充人杨光盛,从河南来投奔表哥却发现表哥已经身亡,不得已在当雄镇上为人挑水的大狗,从浙江金华到当雄综合商场为人钉鞋的钉鞋匠葛龙水,

---

[1] 黄杰:《我在天堂的日子——访〈魅力天堂〉作者杨金花》,载于《中国民族报》2007年10月12日第11版。

从长春到拉萨与人合办画廊的王红兵、王红卫，退伍回重庆后二上高原的雅黛美容美发中心老板李勇，从甘肃到草原上做珠宝生意的马明放、马天祥，从四川崇州到拉萨开美发店的吴良忠。作者正是通过这一系列异地流动的人们的生活状态，试图告诉人们，流动是一种生存方式——一种当今社会不可缺少的生存方式，当然，流动不是流浪，从而也提出了时代和社会问题，提醒人们重视。

杨金花的创作大多重实际和切身体验，感情真实，语言朴素，至于其早期的一些创作，颇有试验先锋色彩，特别是对女性意识的挖掘，值得关注。

白玛玉珍

> 文学感动了我，文学支撑着我，无论在怎样的情况下，因为有文学，我的心灵有时似明镜，有时似天平，有时似天空，又有时，文学是我生命导航灯，总会引领我走出困惑与无知，凡事都会豁然开朗。而很多时候，文学就是我倾诉情感和爱意的一种完美的方式，这样的方式成就了我对文学的执着与坚持，让生命的历程与情感的走向在这样的方式中一目了然地被记载、被怀念。

——白玛玉珍：《因爱感动》，见白玛玉珍：《雪莲心语》，拉萨：西藏人民出版社，2014年版，第11页

白玛玉珍（1971— ），女，藏族，生于西藏自治区那曲市安多县。1989年考入中央民族大学汉语系，后转入藏语系就读。1993年毕业后，分配到拉萨电视台，从事过翻译、记者、编辑等职。2000年11月，调入拉萨市文化广播电影电视局办公室任副主任，2003年任办公室主任，2013年任拉萨市民政局党组副书记、局长，系西藏作家协会会员、拉萨市作家协会主席。自

1989年在中央民族大学校刊上发表处女作散文《野草赞》至今，白玛玉珍在《西藏文学》《西藏民俗》《西藏日报》《西藏青年报》《拉萨晚报》《西藏旅游》《主人》《西藏妇女》等报刊上发表散文、小说、诗歌等文学作品数十篇。结集出版有散文集《欢乐的高原》[1]《雪莲心语》[2]。

"白玛玉珍的散文记录的大多是身边的人和事，是个人情趣和个体存在的状态以及或快乐或伤感的心灵体验。"[3]她用简洁的笔触为我们勾画了一幅幅雪域高原的美景，用细腻的感情为我们讲述了一个个温情的故事。她抒写母亲的美丽，记录女儿的成长；她讲述凡人的故事，述说高原的变迁；她用心灵感悟真实的生活，她用切身的体验记述高原风土民俗的多姿。她对亲情、友情、爱情以及故土和人生的追忆与思考，让人们深切感触到她敏感而细腻的内心世界。她爱母亲，"一直珍藏的一把木梳，留有母亲淡淡的发香，总能给我许多的温情和憧憬"（《梦中的苹果花》）；她是一个怀旧的人，"案头母亲生前用过的、带着淡淡发香的一把木梳，我从不舍得洗去它齿缝中夹着的汗垢，那是母亲在病魔的折磨中留下的汗渍，每一滴都曾让她的身躯和我的心无比疼痛过，留着它就等于留下了那份刻骨与铭心"（《曲吉的故事》）。她坦言："母亲去世后我才爱着她所爱，追求她所追求的一切，我想让母亲未尽的梦想在自己身上得以实现。那本是母亲临终唯一的奢望。""八廓街，对于姐姐和我有些不同，那是因为如今的家在这里变得近在咫尺，却远在天涯。"（《八廓街流动的色彩》）。她由对母亲的爱转化为对女儿的爱，继而又转化为对身为母亲的感悟："一个母亲，如一台永不关机的摄像机，用全部的执着和真心记录着爱女成长的点点滴滴，并将其铭刻、回味、怀想，在生命的从始至终！"（《大个子，小宝贝》）白玛玉珍就是这样用心灵浸润过的文字还原生活的本来面目，没有修饰，没有涂改，一切都是那样真，那样纯。无论是《姨妈的善良生平》，还是《美丽的弟媳》《我和婆婆》，都向人揭示，生命的意义不在于辉煌，而在于奉献，哪怕一生默默无闻。就好像父母为儿女操劳一生，妻子随丈夫清贫一生，丈夫为妻儿奔波一生，不

---

[1] 白玛玉珍：《欢乐的高原》，拉萨：西藏人民出版社，2002年版。
[2] 白玛玉珍：《雪莲心语》，拉萨：西藏人民出版社，2014年版。
[3] 普布昌居：《在人间的写作——品读白玛玉珍散文》，载于《西藏文学》2012年第1期，第35—37页。

问结果如何，其过程是动人的。也许，最终仍是平平凡凡，可那份真情挚爱却是无价的、非凡的。

她的心是那样平和，就像巍巍的雪山，可以闲看世事无常；她的心又是那样的敏感，随着拉萨河起起伏伏，担忧着陌生人的人生。她有一双善良的眼睛，看见了西藏北部草原人们生活的不易，看见了康巴同胞奔赴圣地拉萨不同的命运，看见了生活的美好与不幸，比如《佛光笼罩下的没落一族》《康巴滩的康巴人》《熊患与游侠》《佛诞节的转经路上》。而《乡村小歌星》里那位怀揣着"星梦"的十八岁大男孩——塔杰曲旺，虽然在繁华的都市里并没有登上自己梦想的舞台，但他在乡下简陋的酒吧里展现出的自信和自如，谁又能说他没有实现自己追逐的梦想呢？也许每个人都有自己的生活，而适合自己的也许就是最佳的生存状态。还有《八廓街流动的色彩》中的保姆卓玛措、顿央等，她们也都有着自己的追求和梦想。相比于塔杰曲旺由于自身条件的不足，而难以在都市中实现自己不切实际的梦想，卓玛措、顿央等的追求和梦想却更加现实和真实，她们有权利通过自身的努力和付出，去实现自己的追逐，哪怕这些努力和付出在旁人看来与世俗道德和伦理评判是那么不相符。然而，"对她们的选择还有什么话好说呢？"（《八廓街流动的色彩》）这或许正是平凡人的真实生活。

白玛玉珍热爱自己的家乡，热爱草原，热爱蓝天白云。她是大自然的好伙伴，在她的笔下，拉萨的吉曲河，日喀则的云，浪卡子的羊湖……都是那样富有生命力，深深地嵌在她的心里，化为亲切的文字娓娓流淌出来，让我们感受到了她对家乡的热爱与赞美，感受到了西藏的独特风光和世事人情。同时，她又是文化传播的使者，她用平实的语言，写出一篇又一篇介绍西藏民俗风情的文字，比如《永远的藏历新年》《雪顿节及其由来》《绿色饮品酥油茶》《恰青节》《藏裙，浓妆淡抹总相宜》《藏区的头饰》《难忘的吉祥天母节》《天葬，终极起点》《飘香四溢青稞酒》《青山绿水望果节》《嘎玛堆巴节，星光照清河》《独领时尚的藏式佳肴》，让我们在感受她对家乡热爱的同时，也了解了西藏多彩的民族风情和民俗文化。特别是《牧场上的童年》，既将西藏北部四季牧场的独特风情描写得摇曳多姿，又朴素真实地呈现了牧人们的日常生活和习俗，凸现了他们勤劳朴实而又善良的个性，而这些又自然地融入作者自身的成长记忆和对亲情的追念，深深地扎入她的脑海中，使"这份清新浪漫的回忆时时与我同在，激励着我做诚挚善良的人"。

另外，白玛玉珍还有一些类似独语的心灵散文，语言空灵华美，表述着她对生活的感悟和友情的追念，"流露出女性隽永笔调下无可奈何的情结"。[1] 如《草原孤鹤》中的慧："慧生前的泪水它们是看见过的，纤长的手指还逗弄过它们。魂随风万里，弄伊去处，又奈何魂飞魄散，朝为雾、暮作霞，萦绕群山；忽草原、忽沙漠，飘荡在阴阳里，找寻一双眼，想起来那双眼里燃烧的全不是慧，即使她还活着的时候。"情感缱绻缠绵，让人愁思怅然。

白玛玉珍在文章中袒露自己的喜怒哀乐，鲜明地亮出自己的人生态度。"她将自己心路历程中的失意与得意，忧郁与欢快一并记下。"[2] 文学之于她就是一种生活或生活的一种，或如她自己所言："文学就是我倾诉情感和爱意的一种完美的方式。"（《感怀生命》）

凌仕江

"西藏"是一种丈量，"故乡"则是一种回眸。在无数个灵魂像风的夜晚，我在西藏常常梦见风吹草动的故乡，醒来时，揉揉眼，我面对的是脚下一百二十多万平方公里的高天厚土，当我转身回眸故乡的时候，庞大的西藏早已在我体内驻扎下来……

——凌仕江：《西藏的天堂时光》，北京：地震出版社，2007年版，第169—170页

凌仕江（1975—　），生于四川省自贡市荣县。1993年入伍进藏，先后

---

[1] 张世文：《雪域西藏的文学母女》，载于《东方艺术》1997年第2期，第2页。

[2] 普布居昌：《在人间的写作——品读白玛玉珍散文》，载于《西藏文学》2012年第1期，第35—37页。

在连队当过红缨五导弹射击手、旅部宣传科报道员，2002年调入成都军区战旗歌舞团任创作员，2004年调回西藏军区文工团任创作员，2008年毕业于鲁迅文学院第九届作家班，2009年离藏回川。系中国作家协会会员、中国散文学会会员、巴金文学院签约作家。著有诗集《唱兵歌的鸟》（1997），音乐剧《雪山上的红盖头》（2004），小说《红纱巾飘起来》《失落》《极地婚礼》，散文集《你知西藏的天有多蓝》（2004）、《飘过西藏上空的云朵》（2005）、《西藏的天堂时光》（2007）、《说好一起去西藏》（2008）、《西藏时间：16年的坚忍与苍茫》（2011）、《我的作文从写信开始》（2012）、《藏地圣境》（2013）、《天空坐满了石头：最初的寻觅，最后的归程》（2014）、《骏马秋风》（2014）等。曾获路遥青年文学奖（1996）、延华杯诗歌奖（1998）、《读者》《青年文摘》最受读者欢迎奖（2006）、全国报纸副刊散文金奖（2008）、首届中国西部散文奖（2009）、西藏自治区"五个一工程奖"（2010）、第五届珠穆朗玛文学艺术奖（2010）、全军军事题材中短篇小说评奖（2010）、第四届冰心散文奖（散文集）、第六届老舍散文奖、《创作与评论》2013年度奖等。

凌仕江是一位有意识地在文体方面进行探索和转向的作家，在2000年以前主要从事诗歌创作，2000年以后则主要从事散文创作，其作品内容大体包括边防军人生活写实、个人成长经历追忆、故乡家园情怀阐发、亲朋故旧情谊叙写、西藏自然地理、历史人文介绍与内心感触等5个方面。作为西藏新生代军旅作家的代表人物，凌仕江带着一颗滚烫的心，用12年的军旅生涯和青春对话，用16年的雪域生活铸就散文之美，在远离尘埃的地平线上，他用真切的见闻说话，用冷静的眼光思索，用深刻的体悟书写，从而以静态文字的方式触摸到了生动而又不失真实的西藏。[1]

幼时的凌仕江爱好文学，在乡下金台小学读书，老师经常把他的作文在班上当范文讲评。进中学后，他开始有意识地写作。散文《乡村男孩》投给四川人民广播电台，被配乐播放，收到了天南海北的听众来信，坚定了他写作的信心和创作热情。1993年入伍后，他把少年的梦想打进背包，进入了西

---

[1] 李亚奇：《凌仕江：灵魂贴着西藏地平线的独语》，载于《读书文摘》2014年第22期，第15—16页。

藏的军营。他当新兵的地方坐落在两面环山、三方篱笆墙垛的无名山下，山上是原始森林，山侧面是雅鲁藏布江支流——尼洋河。面对恶劣的环境和单调的军营生活，他以笔为杖，开始独行在诗意的天空。"寂寞让我如此想象"，"那个时候，只为刚远离了南方都市的喧嚣而写诗，以为写诗就能找到人说话，以为将一些生硬的文字集拢和散去，就找到了自己，甚至还以为写诗就能驱散孤寂、活得充实。""当时的条件很艰苦，可每次阅读和创作总让我忘记所有的艰辛。"每当夜深人静，凌仕江便用被子将头蒙住，就着手电的弱光，一气读到天亮。有时，没钱买电池便用蜡烛凑合，在烛光下写累了，便一觉睡去。1995年，因创作的几首诗歌在部队的报刊上发表，凌仕江被调到林芝八一镇，1997年由于写作成绩突出，又被调到了拉萨某部。在这座有"日光城"美誉的古城，凌仕江的视野进一步开阔。在拉萨，凌仕江阅读了更多的作品，从古到今，从内到外，更多的时候是超越时空的交流。他在西藏特有文化中不断遨游，时而潜入，时而爬上岸静静地审视。1997年，游弋在凌仕江脑海里的贝壳和海螺串成一本诗集《唱兵歌的鸟》，受到读者的喜爱。凌仕江用诗讴歌西部军人的忠诚——"在平静的岁月里／自从把你当作一生的偶像／我就忽略了／哪天是生／哪天是死"。正是多思的年华，凌仕江被西藏纯净透彻的世界深深打动，那是一种被凌仕江命名为"西藏"的色彩，通过他笔端的渲染，即刻俘获了太多过去不了解西藏的人的神往西藏之心。[1]

2000年，凌仕江笔锋一转，全身心地投入散文创作。从《你知西藏的天有多蓝》《飘过西藏上空的云朵》，到《西藏的天堂时光》《说好一起去西藏》，再到《西藏时间：16年的坚忍与苍茫》，凌仕江的创作越来越成熟，越来越多的读者认识了凌仕江，并通过他的散文认识了西藏。诗歌的神韵与散文的精魂在他的作品中交相融合，使他的散文具备"诗化"般的语言与意味，轻灵而不失厚重，空幻又不流于斧凿，平和之中不乏热烈，热烈之中包含刚硬，安静时充满了自省，激情吞吐间自见真情。在他的笔下，西藏这片圣土似乎永葆明媚干净，西藏的天"天天天蓝"，西藏的雪"是心灵最好的

---

[1] 邹陈东、裘立华、夏洪平：《从落榜生到军旅作家——高考语文试卷文章作者的心路历程》，载于《中华散文》2003年第9期，第43—46页；凌仕江：《玩诗的痛苦》，见曾凡华：《军旅青春文库　第3册　生活卷》，北京：长征出版社，1998年版，第37—38页。

净化剂",西藏的风"装饰了宗教的完美",西藏的云是"一条通天的哈达,托起吉祥",总之,在作家饱含深情的笔墨里,西藏是阳光,是天堂,让他淡忘缺氧,对抗孤独,无视忧伤。[1]毋庸置疑,2003年是凌仕江散文创作的新起点。《你知西藏的天有多蓝》[2]一问世,便赢得散文界和军内外媒体的广泛关注,并入选2003年春季高考语文试卷。此后,凌仕江相继有数十篇散文作品入选全国各地各类初高中试卷或教辅材料。评论界称他是西藏散文的"青春骑手",是"用灵魂贴着西藏地平线独语的写作者"。从凌仕江《你知西藏的天有多蓝》《飘过西藏上空的云朵》《回到拉萨》《风过可可西里》《牧马人》《喜马拉雅的星星》《我的作文从写信开始》《一口井的年龄》《不死鸟》《达拉的墓碑》《背对父亲》《塔克逊的春天》等等这一系列进入全国各地名校考卷的文章来看,它们有一个共同的特点,就是汉语之美,美在作家丰富的创造性,这些文章或充满阳光、智慧、哲思,或是书写友爱、亲情、爱与痛、人性的美与丑,或表达积极、刚毅、美好,甚至玩味,它们被各地语文试卷翻来覆去地用着,陪伴一届又一届中学生走过如花的季节。[3]北京教育考试院命题处负责人曾这样回答《你知西藏的天有多蓝》一文为什么能入选2003年春季高考语文试卷。

一篇文章能否入选高考语文试卷,主要是看它对年轻学生的思想引导,《你知西藏的天有多蓝》一文集中表现了作者长期对西藏的观察和思考,从人文关怀的角度探讨了人与环境的和谐共处,不仅文字优美,内涵丰富,还具有出题的题眼。在命题之初,命题处语文组的全体出题人员精选了十多篇文章备选,其中不乏多篇名家之作。推荐该文的老师全文朗读了这篇文章,文章中"天天天蓝,与谁都无关;天天天蓝,与谁都有关"这句话深深打动了语文组的全体出题人员。最后取得一致意见:将《你知西藏的天有多蓝》这篇文章作为第四大题,并且以文章中作者通过对西藏天之蓝的赞美集中阐述环

---

[1] 李亚奇:《凌仕江:灵魂贴着西藏地平线的独语》,载于《读书文摘》2014年第22期,第15—16页。

[2] 凌仕江:《你知西藏的天有多蓝》,载于《中华散文》2002年第6期,第42—43页。

[3] 范宇:《作家凌仕江与我的文学路》,载于《兰州日报》2012年12月6日第11版。

境保护的重要性为题眼出了四道小题，总分值十八分。[1]

著名军旅作家王宗仁对《你知西藏的天有多蓝》这样评论。

读完《你知西藏的天有多蓝》，我掩卷沉思良久。你不能不佩服作者在这样一个看似漫无边际的范围里，精妙而出奇地捕捉到了散文的"核"。写西藏或拉萨天空的作家太多了，仕江高人一筹之处就在于他懂得从小窥大，以少胜多；他紧紧抓住"蓝天"二字，一层深似一层地追寻"蓝"与"天"之间必然的、生命般的关系。正如他所描述的那样，"西藏的天，天天都是蓝的"，它的蓝"当然是无声的，仿佛伸手便可以裁剪""……一只鸟便可以划破它的宁静。天，把心情蓝得很高，很畅，像立在天边的经杆，随着风的节奏而摇曳"。这种对"蓝"的挖掘达到了无与伦比的地步，可以说只有置身于西藏的蓝天下，并把心与蓝天贴在一起的作家，才会有这种切肤之痛的一针见血的体验。西藏的天蓝得实在与现实太远了，于是初到西藏的人便感觉有话要说了，抬头就问：这里的天干吗这么的蓝呀？他们苦思冥想地找答案，不惜"导致大脑缺氧"。他们见人就发出这样的疑问。然而没有一个正确的答案。为什么要提这个不值得一提的问题？"西藏的天和蓝是融为一体的。蓝与天之间的界限是白云，可白云早已跟随牛羊下山追风去了"，"你不必过分去追究太多的问题，在你抵达之前，西藏的天就这么蓝，在你离开之后，它还将依然的蓝，完完整整的蓝，永永远远的蓝"，只是因为"你看惯了灰色的天空，突然来到西藏就可能产生要把蓝与天分离的愚蠢想法"。其实，蓝天它本该就这么蓝，只是你"提出的问题这么难"，便得不到完美的答案。至此，西藏的天为什么这样蓝，你面对蓝天苦思冥想的问题为什么没有答案，全都说得明明白白的了。这篇本以描写"秋月春风、山水风光"的散文，以作家深邃的慧眼，便折射出不寻常的思想，使读者仿佛听到高山流水的潺潺脆响。[2]

凌仕江作品传递给我们的是雪域高原的壮美、沧桑、厚重和苍凉，他张开寂寞的翅膀飞翔在苍穹、雪山、草地、经幡和哨所间，哈达、转经筒、朝

---

[1]《中华散文》编辑部：《士兵文章何以入选高考试卷》，载于《中华散文》2003年第9期，第42页。

[2] 王宗仁：《序：西藏，不倒的青春骑手》，见凌仕江：《你知西藏的天有多蓝》，北京：当代中国出版社，2013年版，第6页。

圣的人，还有醉心的格桑花，在他的笔下都尽情绽放出纯粹的真诚，孤独的他陶醉其中。西藏成就了凌仕江，西藏的寂寞与孤苦，西藏的纯粹与湛蓝，成就了他。他一直认为，他之所以能写出成功的作品，与他在西藏长时间的兵生活经历分不开。就像他说的那样，不经历西藏的冽风，不浸润高山的雪水，不穿越西藏的森林与河流，怎么能够知道西藏的天有多蓝，又怎么能体会到西藏的风情有多么迷人。在他的作品里，西藏是一座修炼灵魂的大熔炉。雪域高原的神秘和边关军人的情怀，构成了他对西藏独特的生命感悟。他对当代西藏人的生活记录与思考，仿若一幅幅纤尘不染的画卷，质朴、纯洁、灵魂、诗意，令人神思。如果不是骨子里对西藏有着真诚的情感，作者写不出这样的文字。凌仕江说，西藏对于他来说是一个胜过他故乡的地方。他与西藏有一种血脉间的关系，这座高原养育了他写作的灵性，丰富了他的灵魂，使他的文字永远是那么"接地气"，永远有着一股西藏雪山白云间的圣洁味道。[1]

随着进藏时间的推移、写作手法的娴熟以及思想观念的转变，凌仕江写作的局部风貌发生了一些明显的改观，就写作内容而言，由最开始风景画卷式的藏地圣境描摹转向引人深思的人文历史，继而引申为对现代文明的关注。然而，与其他追求畅销写西藏的作者不同，凌仕江十分不屑于对西藏"探寻文化背后的隐秘"，不浮于描写她自然的瑰丽、博大、雄伟，更绝不猎奇式地撕开西藏的衣服去展示她的神秘和赤裸，而是保持一颗平常心与西藏平等对话，发现美、领悟美、记录美，可谓一切景语皆情语；就思想深度而言，由邂逅西藏到表达西藏进而深化为解读西藏。从中，既可以看到一个西藏当代边防军人和文学青年的艰难成长，也可以看到一个心灵跋涉者对文学的执着追求。随着写作思想的日臻成熟，凌仕江后期的一些作品，开始对时代变迁、往年旧事、人物素描、人生馈赠、人文历史、文化沉思、宝贵珍闻等系列见闻发表观点，隐去唯美背后那双悲伤的眼睛，取而代之的是审视和善意的目光，或登高望远，舒吐襟抱，或临风感怀，沉思冥想，或追踪溯源，探隐发微，使他的散文在轻松畅快的同时兼具小品文的哲思与韵味。[2]《西藏时间：16

---

[1]慕云歌：《把灵魂熨烫在西藏的地平线上》，载于《西藏商报》2013年5月17日第37版。

[2]李亚奇：《凌仕江：灵魂贴着西藏地平线的独语》，载于《读书文摘》2014年第22期，第15—16页。

年的坚忍与苍茫》是作者2009年离开西藏后出版的第一部散文集,由当代中国出版社于2011年出版。全书除序与后记,分为四辑:"遮蔽的夜晚""正午的抵达""荒芜的黄昏""早晨的冰雪",共收入50篇散文。在书中,凌仕江通过自己16年来与西藏的灵性对话,让读者跟着他一起,徜徉圣地,感知神圣,进行一场脱胎换骨的精神洗礼。[1]凌仕江曾花费16年的光阴,一遍遍走过西藏的四季。但在《西藏时间:16年的坚忍与苍茫》中,他却将这将一切浓缩为一天,这或许表达着他对西藏和对自我认知的四个阶段:初次抵达后的惊讶、惊喜、惊叹,在遮蔽的夜晚开始的迷惑、追问、思索,在荒芜的黄昏意识到的脆弱、荒谬、苍茫,最终因这些努力发现了清晨冰雪的洁白、透彻、清新。[2]16年,凌仕江不断在西藏这片热土上耕耘,他的笔锋深入雪山、蓝天、格桑花……他把灵魂全身心地融入他独有的"文化苦旅"之中。其中有许多看似平常的生活演绎,却充满着人生况味的故事。诸如高原军人压抑的性、狼与藏獒的爱情、年轻母亲痴痴等待孩子父亲、哨所战士十几年如一日地坚守,犹如一幅幅画面,触动着读者彷徨内心某一个隐隐的痛处,那么遥远,又那么真实![3]尽管书中大都来自一个人16年的体验,然而这样的所思、所悟,无不折射出作者对灵魂的拷问,对自然的崇拜,对一片地域的认知。这些浸透"藏元素"的文字,让读者领略到西藏的邈远与旷达,认识到他用双脚走过风雪哨所的恶劣环境与孤寂氛围,感知到在那片土地映照下的蓝天的深邃与澄澈。他笔下流淌的是一个有血有肉的西藏,既满足了读者对西藏的认知,又让人惊讶地发现原来大美的西藏在他笔下却是另一番被现实残酷了的风景,有着她独有的性格、气质。[4]

有评论说,凌仕江具有天堂般的美学西藏,凌仕江的美学西藏更突出地表现为他塑造的诗意的西藏,凌仕江的西藏是一个祥和的西藏、一个哲思的

---

[1] 陈琦:《用诗意的审美讲述苍茫:读〈西藏时间〉有感》,载于《晋中晚报》2013年6月13日。

[2] 曹木静:《西藏不远 高原不高》,载于《石家庄日报》2012年2月29日。

[3] 陈琦:《用诗意的审美讲述苍茫:读〈西藏时间〉有感》,载于《晋中晚报》2013年6月13日。

[4] 陈琦:《用诗意的审美讲述苍茫:读〈西藏时间〉有感》,载于《晋中晚报》2013年6月13日。

西藏。[1]无论怎么说，凌仕江已经找到了自己的方向和位置——属于自己书写西藏的风格。他的文章渗透着雪域高原的空灵与厚重，让整天被喧嚣的尘埃所及的都市人群豁然有了一种亲吻大地的惬意。[2]优雅唯美的文字，洒脱自如的叙述，朴实的写作基调，深邃的行文风格，丘陵与高原之间割不断的乡愁，淡淡的忧伤与充满善意和爱的目光，使他的文字独树一帜。

---

[1] 茂戈：《凌仕江：飞扬在西藏散文的蓝天——解读凌仕江散文及其他》，载于《西南军事文学》2010年第4期。

[2] 王典平、杨雨颜、柴彦明：《凌仕江：文坛新青年作家的另一面镜子》，见凌仕江：《说好一起去西藏》，北京：中共中央党校出版社，2008年版，第123页。

第四章
DI SI ZHANG

「文成公主」与民间文学

大型音乐史诗实景剧《文成公主》

走得到的地方是远方,
回得来的地方是故乡。
……
走不到的地方叫远方,
回不去的地方是故乡。
……
天下没有远方,人间都是故乡。
……
天下没有远方,有爱就是故乡。
……
天下没有远方,有爱就是天堂。
——《文成公主》,拉萨:雪域音像电子出版社

第四章 《文成公主》与民间文学

文成公主在西藏是一个家喻户晓的历史真实人物。关于她的民间传说、故事、歌谣及其他类型的文学作品有很多。在西藏传统的八大藏戏中即有《文成公主》的剧目，历年常演不衰，深受民众的喜爱。20世纪50年代以来，特别是民主改革之后，围绕文成公主的创作更是形成了一个高潮，如1960—1964年即分别有话剧、越剧、昆曲等艺术形式的《文成公主》[1]，80年代后，又分别出现了传统改编本、新编本及京剧与藏戏联袂本、歌剧本和影视本等，[2] 小说创作也有新的突破。[3] 大型音乐史诗剧《文成公主》有剧场版和实景版两个版本。主创人员阵容强大，除导演梅帅元、编剧张仁胜、文学顾问扎西达娃，顾问包括美朗多吉、平措扎西、何宗英、丹增次仁、刘志群、许明扬、丹增贡布、多吉才让、卫东、土登、洛桑扎西、格桑朗杰、觉嘎等诸多业界知名人士。其剧场版由中共拉萨市委员会、拉萨市人民政府、西藏自治区党委宣传部共同主办，拉萨布达拉旅游文化集团有限公司、山水盛典文化产业有限公司承办，于2012年10月10日在国家大剧院首演；实景版由成都域上和美投资有限公司的控股企业——拉萨市和美布达拉文化创意产业发展有限公司负责打造，于2013年8月1日在拉萨次角林中国西藏文化旅游创意园正式首演，这也是国内海拔最高的实景演出。

大型实景演出是近年来在全国各地兴起的一种舞台演出形式。演出以真

---

[1] 越剧《文成公主》，张步虹、林子编剧，天津：百花文艺出版社，1960年版。十场话剧《文成公主》，作者田汉，创作于1959—1960年，1960年4月在中国青年艺术剧院首演，同年五月号《收获》刊发（该剧有初创本和修订本两个版本，后半部分的情节变化较大）。昆曲《文成公主》，原著许宝驹，翁偶虹等改编，北京：北京出版社，1964年版。

[2] 西藏话剧团1980年演出了传统改编本《文成公主》，1997—2000年演出了新编本《文成公主》，2005年演出了京剧与藏戏联袂本《文成公主》。1999年内蒙古电影制片厂及中央电视台中国电视剧制作中心分别拍摄了电视连续剧《文成公主》。2001年北京作家出版社出版了由谭力、黄志龙共同创作的电视剧本《文成公主》（该本为央视拍摄底本）。2013年，第三届中国少数民族戏剧会演闭幕式演出了由西北民族大学创作的国内首部教学歌剧《文成公主》。2015年《电影文学》（第15期）刊载了缪天凯的电影剧本《文成公主》。

[3] 羽芊：《文成公主》，拉萨：西藏人民出版社，2015年版；刘忠：《文成公主》，澳门：人民科学出版社有限公司，2014年版。两人还分别创作了《金城公主》及《金城公主传》（羽芊：《金城公主》，拉萨：西藏人民出版社，2013年版；刘忠：《金城公主传》，澳门：人民科学出版社有限公司，2014年版）。

山真水为演出舞台,以当地文化、民俗为主要内容,创作团队融合演艺界、商业界大师,是中国人独创的一种独特的文化模式,是中国旅游业向人文旅游、文化旅游转型的特殊产物。[1] 演出依托的是自然山水、主题公园、园林风景等真实景观,此外,演出还需要借助音乐、舞蹈、现代灯光技术等艺术门类的配合,使其成为音、像与故事高度聚合的奇观,给受众以听觉、视觉和想象力的刺激。[2] 自2004年由张艺谋导演的大型山水实景演出《印象·刘三姐》在桂林阳朔横空出世以来,全国投资上百万元、有一定影响力的实景演出多达200多台。[3] 正是在这种大型山水实景演出如火如荼趋势的影响下,作为重要的中华民族特色文化保护地,在从文化大区迈向文化强区的过程中,作为"中国历史文化名城"、藏传佛教圣地的拉萨,倾力打造推出了大型实景演出《文成公主》。演出以"天下没有远方,人间都是故乡"为核心主题,生动讲述了文成公主嫁给松赞干布,实现唐蕃联姻,促进藏汉经济社会发展和民族文化交流的故事,展示了西藏文化的独特魅力与精神内涵,再现了一曲千年流传的民族团结赞歌,成为拉萨"文化兴市"的新名片。[4]

剧作在创作构图上,以"两线两点"为主,即实景剧空间的东和西的横线和上下纵线,两点指长安和逻些;整体结构由"一序五幕"构成,即该剧表现形式的流程分为一序五幕。[5]

第一幕《大唐之韵》(大唐长安·大明宫)。泥石裸露的旷野上,无数金色光柱从地下冲天而起,云蒸霞蔚中,一座金碧辉煌的宫殿载着上百名文武大臣与九夷五狄的客人从地下冉冉升起,一同升起的层层叠叠的飞檐构成大明宫恢宏的全景。众宫女、太监列于殿下高歌唐太宗《春日玄武门宴群臣》

---

[1] 佚名:《实景演出》,2012-10-13[2016-09-11].http://baike.so.com/doc/3580694-3765266.html.

[2] 许小娟:《〈文成公主〉实景演出拉萨"文化兴市"的新名片》,载于《西藏艺术研究》2013年第2期,第4—8页。

[3] 刘彦宏、聂艳梅、钱文颖、卢照、陈文婧:《山水间 城之源——"山水实景剧"与城市形象传播策略研究》,载于《广告大观》(综合版)2012年第4期,第101,103—123页。

[4] 许小娟:《〈文成公主〉实景演出拉萨"文化兴市"的新名片》,载于《西藏艺术研究》2013年第2期,第4—8页。

[5] 罗旦:《评大型史诗实景歌舞剧创作理念及其艺术特色——以〈文成公主〉为例》,载于《西藏艺术研究》2015年第1期,第63—67页。

诗节选:"韶光开令序,淑气动芳年。驻辇华林侧,高宴柏梁前。九夷簉瑶席,五狄列琼筵。娱宾歌湛露,广乐奏钧天。"这时,吐蕃求婚使团在吐蕃大相禄东赞的带领下,携千金万银、珠宝百箱,手捧国书,向大唐求婚。唐太宗将文成公主许配给松赞干布,赐十里嫁妆,并下旨释迦牟尼十二岁等身金像随公主同行。文成公主担负起和亲大任,与父母、亲人、大臣、宫女深深道别后与和亲队伍在"离故乡,离故乡,回得来的地方是故乡;去远方,去远方,走得到的地方是远方"这优美而嘹亮的歌声伴随下,离开长安,向吐蕃行进。

第二幕《天地梵音》(唐蕃·河界)。文成公主与和亲队伍艰难地行进在去往吐蕃的路上,路途遥远,思乡心切。随从合唱"走不到的地方叫远方,回不去的地方是故乡",侍女们哭作一团,但文成公主坚强果敢,毅然摔碎令人牵恋长安的日月宝镜,继续前行。藏族歌队与僧人们看着在远处行走的和亲队伍,并用歌舞和佛号念唱祝福着他们。众人合唱"天下没有远方,人间都是故乡"。

第三幕《高原之舞》(吐蕃·旷野)。和亲队伍依然在日复一日地前行。夜幕下,荒野中一处毡房点亮了酥油灯,帐篷渐渐变得通体透明。年轻的妻子怀抱刚出生的婴儿边喂奶边吟唱着优美的摇篮曲,丈夫用梳子给妻子理着一根又一根小辫子,并开心地逗着妻子怀中的婴儿,小男孩调皮地围绕着他们又跑又跳。帐篷内温馨的情景触动了文成公主心中最温柔的角落,她不由得上前观望,看着,看着,泪水流了下来,唱起了悲歌。这时,在灯光的切影中,传来蜜蜂飞翔的声音,松赞干布和花神相继来到她的身旁。花神组成圆形的巨大花环,围绕着她五彩缤纷地旋转。松赞干布接过侍女们采集的花露水为她洗发。几只藏羚羊和一群色彩鲜艳的鸟儿欢快地跳跃着,飞翔着。然而,渐渐地花神消失了,松赞干布也消失了,文成公主怅然若失。这时,天渐渐地亮了,文成公主仿佛听到松赞干布的歌声:"我想要生者远离饥荒,我想要病者远离忧伤。我想要老者远离衰老,我想要死者从容安详。我的梦想啊,只想要吐蕃成为人间天堂。"她摇醒众人,肩抵佛车,毅然前行。众人合唱"天下没有远方,人间都是故乡"。

第四幕《高原之神》(吐蕃·帕崩卡贡嘎玛如宫)。雪山太阳升起,吐蕃文字诞生。松赞干布用神奇的文字,记录下对文成公主无边的思念。而文成公主与和亲队伍正在险峻的雪山之间,拉佛车,顶着风雪步步难行。狂风大作，阴云四合，天空突然暗下来。一种沉闷而巨大的声音传来，送亲队伍停止了步伐。巨大的雪崩从天而降，文成公主倒地。舞台顿时漆黑一片。黑暗中，诵经声渐起。沉重的鼓声中，一群僧人缓缓向文成公主走去，并环绕着她围坐一圈。在僧人们渐渐放大的诵经声中，文成公主慢慢睁开双眼。长安执柳送行的姐妹，一路陪同的随从和侍女，松赞干布的身影，依次在她的眼前浮现又消失。她挣扎着起身。众人从远处呼喊着奔跑过来。众人合唱"天下没有远方，有爱就是故乡"。在山呼海啸般的合唱声中，一层雪山裂开了，又一层雪山裂开了，令人炫目的强光从雪山的裂口中直射出来。和亲队伍在文成公主和佛车之后，逶迤地走向前方雪山，走向金色的光芒之中。

第五幕《藏汉和美》（吐蕃·逻些）。历经千辛万苦，和亲队伍终于抵达逻些城，松赞干布和众臣盛情相迎，吐蕃百姓也赶来恭贺。在吐蕃众人"格桑梅朵鲜格桑梅朵艳，筑起座布达拉宫迎来一个天仙；格桑梅朵鲜格桑梅朵艳，英俊赞普漂亮公主相爱一万年"打阿嘎土的欢歌及众人"文成公主国色天香，自愿和亲天地景仰"的合唱中，侍女们为松赞干布和文成公主穿上藏式大婚的服饰，松赞干布显得英俊豪迈，文成公主更加光彩照人。两人深情地二重唱："蜜蜂落在我（你）的银簪，你的智慧（美丽）拨动我的心弦，万水千山，不断的情缘，亲爱的赞普（公主）啊，你（我）知道蜜蜂会认出我（你）的容颜。""美丽的梦想啊，只想吐蕃成为人间天堂"。歌唱声中，吐蕃的民众举起了各种成熟的粮谷、精巧的纺织机和五彩的锦缎、营造工具、经卷书籍、医疗器械等。所有人合唱："天下没有远方，人间都是故乡。天下没有远方，有爱就是天堂。"大家尽情欢唱，上下一片祥和。一群身着鲜艳盛装的现代藏族民众缓缓走上舞台，合入演出，渐渐幕闭。[1]

该剧时空交错，人物穿插，情节淡化，在地域民族文化的集中展示之外，主要突出了人物彼时心理和历史意境的整体描绘，写意的表达折射出历史和

---

[1] 实景剧《文成公主》的剧情，在王全金、卢勇军的《梦回大唐——藏地史诗实景剧〈文成公主〉欣赏》（载于《中国西部》2013年第35期）一文中有介绍。不过，实际演出的过程中不断有所创新，剧场版和实景版也有所不同，本书情节介绍主要依据雪域音像电子出版社《文成公主》文字版和音像版及实际演出综合而成。

人物亦真亦幻的绚烂。[1]相对于以往或以精心虚构来填补历史空白，或全凭想象而不顾历史事实的一些创作而言，该剧没有拘泥于历史的细节（服装道具、建筑器物除外），也没有费心营构人为的冲突，比如破坏和亲的人物、与其他人物的爱情纠葛，其矛盾主要集中在自然物象的艰难和故土乡亲的亲情之上，化解矛盾的则是"生者远离饥荒，病者远离忧伤；老者远离衰老，死者从容安详"的人类大爱。这就使得全剧尽管没有曲折的故事情节，但人物形象依然鲜明，特别是有关"故乡和远方"的回环复沓的歌唱，使得历史的大写意贯穿始终，给人留下深刻的印象。从艺术形式的表现手段而言，作为一种戏剧样式，正如有论者指出的那样，山水实景剧是一种失去身体的戏剧。这种戏剧样式的唯一目标，是制造出一席"视觉盛宴"，提供密集的视觉形象。在这个过程中，视觉景观淹没了演员的身体，使后者变成戏剧的某种道具，丧失了表现力与感知力。演员沦为机器，自己操纵自己，在规定的时间里，按要求摆出姿势、移动身体、发出声音。这种身体行为与身体体验的断裂，也发生在观众身上。他们的视觉疲于奔命，为了看到戏剧的全部而错失了戏剧的每个部分。[2]就此，大型音乐史诗剧《文成公主》也有着这方面的瑕疵。当然，从大环境来看，这或许是科技时代与现代消费发展交融过程中的一个历史误会，同时，也是对多媒质融合下，文学反顾自身即案头文学文本的一种提醒。

---

[1] 刘彦宏、聂艳梅、钱文颖、卢照、陈文婧：《山水间　城之源——"山水实景剧"与城市形象传播策略研究》，载于《广告大观》（综合版）2012年第4期，第101，103—123页。

[2] 周夏奏：《失去身体的戏剧——评山水实景剧》，载于《西部》2011年第13期，第143—147页。

三套集成与拉萨民间文学

浓香茶叶来自汉地,
汉茶出自汉地茶林,
使用檀香叶做成的。
要问汉茶运往何地,
汉茶的去向是西藏,
它给藏民带去好运。

——见贡桑坚赞、达娃扎西搜集,德庆卓嘎等翻译:《拉萨民间歌谣》,拉萨:拉萨市三套集成办公室、拉萨市群众艺术馆,1989年印,第115页

民间文学是广大劳动人民智慧的结晶,是一个民族文学的血脉,是为文艺创作提供资源的源头活水。藏族民间文学是我国民间文学的一个重要组成部分。在千千万万各式各样的民间文学中,有极其宝贵的精华部分。民间文学最贴近实际,最贴近生活,最贴近根基和底层,最贴近群众,最为人民群众所喜闻乐见,是原生态的文化,也是民族个性特征与独特精神的重要表征。保护和挖掘藏族民间文学,是对人类多元文化的贡献。拉萨是西藏文化的中心,是全国历史文化名城,有着丰富的民间文学遗产。拉萨有1300多年的历史,有著名的三大寺庙和布达拉宫、罗布林卡等名胜古迹。拉萨本身就是一座历史悠久的"博物馆"。

对拉萨民间文学,有关部门特别重视,搜集整理了大量资料,为继承和弘扬拉萨民间文学奠定了基础。西藏和平解放特别是党的十一届三中全会以来,拉萨市有关文化部门努力挽救一大批濒临消亡的民间文学遗产。重点做这项工作的拉萨市群众艺术馆,始建于1978年,他们在办公条件极其简陋的艰苦环境中,齐心协力,兢兢业业,奋力创业,组织有关人员深入农牧区,抢救民族民间文化遗产。搜集整理拉萨民间故事600多个,与拉萨市三套集成办公室一道刊印了《拉萨民间故事》[1]《拉萨民间歌谣》[2]《拉萨民间谚语》[3]，藏汉文版近百万字，并整理出《阿古顿巴的故事》《西藏前藏婚俗》等书籍。在市委、市政府的关怀和大力支持下，加上自治区群众艺术馆的通力合作，拉萨市群艺馆搜集整理并排练出大型民族歌舞剧《嘎尔》。通过深入调查，挖掘出《嘎尔》的历史渊源，写出《嘎尔》的词谱、舞蹈58个，并进行了录像。对格萨尔王的故事也做了大量的搜集整理工作，取得了一批很有价值的关于格萨尔王的民间文学资料。他们组织人员到市属七县一区（现为五县三区）了解传统民间文化艺术，全市县建立了文化馆，乡村建立了文化站、文化室，对民间艺人和藏戏队进行了统计，搜集到不少资料。1994年拉萨市文联成立，拉萨市作家民间文学家协会同时诞生，配合文化部门，全力搞好藏族民间文学和三套集成等工作，取得了丰硕成果。1995年，拉萨民间文学三套集成藏文版《拉萨民间故事（上、下）》《拉萨民间歌谣（上、下）》《拉萨民间谚语（上、下）》以内部资料的形式集中刊印。在此基础上，2009年西藏人民出版社经过一年多的编辑加工，予以正式出版。从内容上说，藏文版三套集成包括神话、人物传说、历史故事、歌谣、叙事诗、谚语等，它们以口耳相传的方式流传了千百年，受到无数民间智者的有意或无意识加工、琢磨，渗入了不同时代当事人的思想感情、想象和艺术才能，不仅表现了普通百姓的喜怒哀乐，也表现了他们追求和崇尚典范人格和崇高品质的愿望，是千百年来拉萨劳动人民思想、经验和智慧的凝缩。在风格上，藏文版三套集成语言朴素、简练，并有一定的程式和韵律，口语叙述性强，情节生动。[4]

  拉萨市的一些作家、诗人、艺术家也十分关注民间文学，注意从民间文

---

[1]《拉萨民间故事》（藏汉文版）作为《西藏民间故事集成》拉萨分卷之一，汉文版由拉萨市三套集成办公室、拉萨市群众艺术馆于1988年12月内部刊印，署名贡桑坚赞、达娃扎西搜集，德庆卓嘎、赛里麦、李小方翻译。

[2]《拉萨民间歌谣》（藏汉文版）作为《西藏民间歌谣集成》拉萨分卷之一，汉文版由拉萨市三套集成办公室、拉萨市群众艺术馆于1988年4月内部刊印，署名贡桑坚赞、达娃扎西搜集，德庆卓嘎等翻译。

[3]《拉民间谚语》（藏文版）作为《西藏民间谚语集成》拉萨分卷之一，由拉萨市三套集成办公室、拉萨市群众艺术馆于1989年7月内部刊印。

[4] 参见佚名.《拉萨民间文学三套集成问世》，2009-11-05[2017-10-10].http://blog.tibetcul.com/home.php？do=blog&id=68442&mod=space&uid=11314.

学中吸取营养，使自己的文学创作找到不竭的活水源头，他们为拉萨的民间文学默默无闻地做了许多工作和无私奉献，比如冀文正、徐官珠、廖东凡、闫振中、洋滔、张彦丽。其中，闫振中一直在拉萨市墨竹工卡县工作，长期到农牧区深入生活，了解墨竹工卡的风土人情、民风民俗、民歌牧歌、民间故事、神奇传说，搜集整理了大量的民间文学作品，西藏人民出版社出版了他的《民间故事》，《西藏文学》、河南人民出版社《叙事诗》丛刊发表了他根据民间故事创作的长篇叙事诗《文顿巴与美梅措》，《拉萨河》发表了他根据藏族民间故事编创的长篇叙事诗《檀木姑娘》，他还在内地和西藏一些报纸、刊物上发表了大量民间文学作品。在闫振中的带动下，墨竹工卡县的张彦丽、熊中彦、李敏、张开文、张恒传、孙涛等也写过一些墨竹工卡特色浓郁的民间文学和现代文学作品，《拉萨河》为墨竹工卡县办过文艺专辑，集中推出他们的作品。这批作者的作品在一些报纸和刊物上发表，影响较大。徐官珠把民间故事改编成歌剧《波姆达娃》《阿木龙》等，上演后深受西藏农牧民群众的欢迎。拉萨市文化局局长黄道甫"嫁"给了自己的藏族学生次仁卓玛，被誉为西藏当代的"文成公主"，退休后住在拉萨市东北郊"卧杰塘退休居民点"。他讲了一个文成公主与他住的地方卧杰塘的故事。当年文成公主远嫁西藏，抵达拉萨时，没有马上进拉萨城，在拉萨郊区黄道甫居住的这一带留宿了一夜。第二天，松赞干布派重臣前来相迎，重臣见到文成公主，第一句话就是"卧杰"（藏话，"辛苦了"的意思）。后来就把这一带叫"卧杰塘"，"塘"是坝子的意思。这个故事在拉萨几乎家喻户晓，人人皆知。黄道甫爱好民间文学，喜欢给报章杂志写点民间故事、笑话、谚语、藏族曲艺和新闻报道之类的稿件，成天忙得不亦乐乎，生活特别充实快活。20世纪80年代，时任原文化部部长的著名作家王蒙到拉萨考察指导工作，接见文艺界人士，看了文化局局长黄道甫说的民间故事和藏族曲艺折嘎，高兴地为他鼓掌，说他"演唱得情真意切，神态自如，是受藏族人民欢迎的艺术家"。[1]《拉萨晚报》以《拉萨的"阿古顿巴"》为题，发表了他挖掘拉萨市民族民间文艺的事迹，引起反响。杨从彪、杨新天将阿古顿巴的故事反复研读后，

---

[1] 洋滔：《现代"文成公主"》，见洋滔：《洋滔文集：散文精选1》，北京：团结出版社，2016年版，第272—274页。

写出了现代动漫剧本《阿古顿巴的新烦恼》三集，制作拍摄成功后，由西藏电视台播出，获得中央文明办、国家税务总局税法宣传一等奖。杨从彪根据民间传说创作的叙事长诗《彩虹》被《西藏日报》《华夏诗报》（加编辑点评）发表，引起很好的反响。杨从彪在拉萨市工作30多年，20世纪八九十年代几乎每年都要下乡，一边工作，一边收集整理拉萨民歌情歌，下乡最长一次是在当时属于拉萨管辖的米林县巴嘎乡，在那里一待就是半年时间。那是20世纪70年代末，杨从彪随市里派出的下乡工作组来到米林县巴嘎乡二组。这里地处雅鲁藏布江中游南岸，与印度毗邻，住着29户珞巴族和藏族人，为杨从彪和安七一搜集这两个民族的民歌创造了有利条件。他和安七一在做好本职工作的前提下，利用业余时间，搜集了不少藏族民歌，得到当地珞巴和藏族人民的大力支持。在绿油油的田间，在青幽幽的地头，在老百姓极富特色的简陋的木板房里，在他们烙饼的熊熊燃烧的火炉旁，在午餐的原野上，在耸入云霄的麦垛旁，在一望无际的绿茵如毯的牧场，在涓涓清水长流不息的小溪边，在雅鲁藏布江奔腾的涛声里……他们不知疲倦地和老百姓在一起，听他们唱，听他们讲，看他们翩翩起舞……杨从彪和安七一不择时间和地点，不讲条件和场合，不怕干渴和饥饿，有时候和老百姓吃在一起，玩在一起，劳动在一起，聆听他们心灵的倾诉，感悟他们崇高的精神。他们唱一句，安七一就记一句，唱两句，就记两句，唱一首，就记一首……劳动的汗水打湿了记录本，双手的尘土染黄了记录本。二组组长卓卓，把她和爱人谈恋爱时的民歌交出来；女青年歌手白玛拉姆，把她自己搜集的近百首民歌唱出来；"民歌老师"仁钦措老阿妈唱的民歌最多；乡党委书记加措专门抽出时间来唱民歌……在提供民歌的53人中，有的是七八十岁的老阿妈、老阿爸，有的是八九岁的小娃娃。老年人的歌最多，十来岁的小孩也可以唱上半个多小时……在巴嘎，他们半年时间搜集1077首民歌，陆陆续续在《民间文学》《星星》《绿风》《解放军文艺》《词刊》《人民日报》《西藏日报》《青海日报》等数十家报刊上发表了262首，获得过《民间文学》优秀奖，有的被上海文艺出版社收入书中出版，杨从彪自费出版了一部《西藏民歌》，300多页。这些民歌产生在这块辽远粗犷的高寒地带，令人亢奋，令人向上，这里特有的地理环境和大自然气候条件决定了藏族民歌充满豪放粗犷的旋律。[1]

综观拉萨民间文学，在漫长的不断传唱和叙述的过程中，虽然常常因时间、地域、环境、叙述者的不同，以及主观思想感情和情绪变化等，在形态或内容上有所变化，但都广泛反映了普遍的社会生活和人们的思想观念，也给予人们知识、教诲、鼓舞和希望，其叙述方式也接近百姓的审美习惯，文辞优美，充满奇情异彩。其中，以民间故事来说，拉萨地区流传的主要有四大类型。一是神话传说及向大自然宣战的故事。这类故事，惯用夸张的手法，把幻想和向往寓于故事之中，比如《唐东杰布的故事》和《青稞种子的来历》。二是颂扬机智人物反抗压迫剥削的故事，比如《阿古顿巴的故事》。阿古顿巴是和维吾尔族的阿凡提、蒙古族的巴拉根仓类似的人物。他机智幽默，常以巧妙的智慧嘲讽和惩治残暴的领主、伪善的喇嘛、贪婪的商人，给予人们教育和启迪。三是反映恋爱婚姻自由的故事。这一类故事反映了封建农奴社会对婚恋自由的桎梏和对年轻人青春活力的压制，表达了人们对理想爱情的美好向往。如《茶和盐的故事》，描绘两名土司仇人的子女相爱，发誓永不分离，但双方父母千方百计地拆散，最后男青年变成盐，女青年变成茶，当人们喝酥油茶时，盐和茶融为一体，再也无法把他们分开。《铁匠和小姐》反映冲破等级界限的婚姻，《橘子姑娘》《青蛙骑手》反映男女青年如何争取婚姻自由的权利。四是动物寓言故事。在这类故事中，动物和人一样，有恃强凌弱的、骄傲自大的、温顺胆小的、多谋善断的、诡谲狡诈的。动物和人之间，有的互助互爱，团结御敌，有的言而无信，以邻为壑。如《鹧鸪鸟的故事》，描写弱小而善良的鹧鸪鸟，从血的教训中认识到了狐狸的本性，从而发挥自己的聪明才智，报仇雪恨。动物故事中，人们把老虎和狼等，刻画为残暴、专横、凶狠、愚蠢的形象，而把兔子、羊描绘得善良、机智、勇敢。这些故事通过对动物拟人化的描述，更加形象易懂，更能给人一种哲理，从中汲取智慧和力量，激发人们为正义而斗争的勇气。[2]

从谚语方面说，拉萨谚语是拉萨人民在长期的生产和社会实践中总结概

---

[1] 参见洋滔搜集整理《西藏民歌》西藏拉萨市文联 2008 年内部编印，序言。

[2] 拉萨市地方志编纂委员会：《拉萨市志》，北京：中国藏学出版社，2007 年版，第 1064 页。

括出来的经验之谈。内容丰富广泛，语言简练通俗，形象生动贴切，寓理、格局、结构形式等都具有鲜明的地域特色、民族风格和浓郁的生活气息。如反映气象的谚语："嘎玛贡桑（拉萨市一地名）白杨绿，是种青稞适宜期。""冬寒春来早，播种期宜早；冬暖春来迟，播种期宜迟。""冬夏刮南风，不愁有雨雪。""中午乱刮风，旱在持续中。""云向东南跑，不雨现干旱；云向西北跑，三四日有雨。"反映辩证关系的谚语："香灯师如果太善于擦拭，会把金像擦成黄铜的。""聪明太过分，往往变愚蠢。""如知配置法，毒也可做药。"讲真理的谚语："真理和山谷深又远，谎言和田鼠尾巴短。""只有和尚使铃铛，哪有铃铛使和尚。""碱面拌糌粑，风吹一起跑。""杀山羊，惊绵羊。""杀母牛不如挤奶。"要求按客观规律办事的谚语："看水的流向划桨，应鼓的节奏跳舞。""看糌粑口袋的高矮吃饭，看险路河流的情况走路。"

　　民歌是大众生活和情感的自然反映。拉萨地区的民间歌谣内容丰富，其中，情歌占有较大比重，此外还有创世歌、劳动歌、时政歌、生活歌、儿歌、酒歌、等等，思想性强，艺术性高，结构紧凑，韵律悠扬朴实。特别是民主改革以后产生的新民歌，这些民歌以颂歌为主，大多采用新旧对比的手法，反映新时代的内容和风格，极富感染力。比如《新旧社会》："在旧社会里，／我们戴着铁帽子。／新社会来了，／我们摔掉了铁帽子。／／在旧社会里，／只有影子属于我们自己。／新社会来了，／我们有了一切权力。／／在旧社会里，／我们没有安身之地。／新社会来了，／整个草原都是我们自己的。"[1]这首民歌新旧社会的对比感特别强烈，形象的比喻反映了旧西藏的黑暗和罪恶，歌颂了新西藏的美好和幸福。感情真诚而朴素，思想明晰而高尚，艺术高深而妥帖。在唱"哎哟哟"时，音调特高，拉的声音特长，格外奔放。再如《阿爸和儿子》："阿爸是个放牧能手，／给地主放牧的羊群啊，／羊儿长得像小牛，／自己的儿子却瘦得皮包骨头。／／阿爸是个做活能手，／给地主种的青稞啊，／金黄的青稞有千万斗，／自己的儿子却挖野菜糊口。／／阿爸是个打猎能手，／斑花虎皮黄花狐皮啊，／全被狠心的地主拿走，／自己的儿子却穿着布绺绺。／／自从来了共产党，／阿爸像石头下的草儿出了头，／他给社里

---

［1］洋滔搜集整理《西藏民歌》，西藏拉萨市文联 2008 年内部编印，第 163—164 页。

愉快地放牧牛羊，/ 幸福和欢乐充满了儿子心头。"这首歌，叙述了一个能干的藏族农民，虽然放牧、种田、打猎是个能手，但劳动所得全被农奴主霸占，自己的儿子却难得温饱，这正是旧西藏的真实写照。而共产党一来，情况就起了变化，农民开始享受自己的劳动成果，生活才有了欢乐。[1]《到阿里》[2]歌颂了新时代新牧民的新生活："没有骏马不要去阿里，/ 去了也会冻死在那里。/ 那里的风可以吹走大山，/ 那里的雪湮没了河溪。// 这都是过去的传说，/ 现在完全变了天地。/ 汽车喇叭"嘟"的一声，/ 我们便到了美丽的阿里。"阿里是世界屋脊上的屋脊，边远而高寒，过去很少有人去阿里，那里号称"死亡之地"。现在，在共产党的领导下，修通了从拉萨到阿里、从乌鲁木齐到阿里的公路，乘汽车五六天即可抵达阿里，拉萨到阿里已经通航，到阿里已不是什么神话。这首民歌从一个侧面唱出了社会主义制度的优越性。这与诗人杨星火在1954年创作的诗《路》[3]有异曲同工之妙。

总的来说，西藏和平解放以来，随着民主改革的历史脚步，拉萨人民在共产党的领导下，推翻了三大领主的统治，当家做了主人，用发自肺腑的歌声尽情抒发翻身的喜悦和对毛主席、共产党的一往情深，对美好未来的无限憧憬。事实证明，没有民主改革的胜利，就没有拉萨当代社会主义文艺事业；没有党的关怀和支持，就没有拉萨文艺事业发展繁荣的今天；没有改革开放，就没有拉萨文艺事业今日的辉煌。拉萨作家和民间文学家通过民间文学的艺术形式展示民主改革后特别是拉萨改革开放以来政治、经济、人民生活、文化艺术、社会面貌等方面所发生的巨变，以生动的视觉形象及文字展现拉萨各行各业的发展变化。拉萨民间文学的发展，既有着深厚的民族传统文化积淀，也是拉萨人民热爱新生活的真情表达。

---

[1] 耿予方：《西藏50年·文学卷》，北京：民族出版社，2001年版，第83—84页。

[2] 洋滔搜集整理《西藏民歌》，西藏拉萨市文联2008年内部编印，第159页。

[3] 收入1957年上海文艺出版社出版的杨星火诗集《雪松》。与罗念一合作为歌曲《拉萨姑娘出嫁到远方》（又名《幸福的路》）。

第五章
DI WU ZHANG

文学刊物与文学交流

《拉萨河》杂志

> 我们的刊物要把主要精力放在扶植新人，培养新生力量上，这是我们义不容辞的光荣而艰巨的任务。当好"铺路石"，甘愿做"人梯"，是我们遵循的一条坚定不移的原则。
>
> ——何迎春：《让日光城文艺之花常开不败（代发刊词）》，载于《拉萨河》1983年试刊号

  1983年，由拉萨市文教局主办的文学刊物《拉萨河》创刊，同年8月出版试刊，到1985年夏，汉文版出版了10期，藏文版出版了4期。《拉萨晚报》成立后，《拉萨河》作为文艺副刊移交给《拉萨晚报》办。后来，《拉萨河》文艺副刊改为《日光城》延续至今。1994年年初，拉萨市文联成立，同时恢复《拉萨河》藏汉文版，直至2004年停办，其间汉文版出版了19期，藏文版出版了10期。何迎春、黄道甫、班觉、杨从彪、格村、罗布次仁先后担任藏汉文版主编。《拉萨河》为拉萨当代文学的发展做出了贡献，为拉萨乃至西藏和全国输送了一批优秀文学人才。汪承栋、叶玉林、徐官珠、益希单增、秦文玉、扎西达娃、马原、马丽华、色波、魏志远、张静璞、肖干田、贺中、索穷、洋滔（杨从彪）、李双焰、鲜明、李知宝、曾有情、杨剑冰、詹仕华、蕙青华、裴亚红等一批西藏老中青作家都曾在杂志上发表过作品。

  《拉萨河》所发作品的风格努力做到多样化，鼓励青年作家多读多写，深入生活，体验生活；要求作者既要创新，又要接地气，既有雅风野趣，又有才气；既要在典故和辞藻的丛林中飞花摘叶，又要在现实生活中挖掘文学珍宝。在雪花般的来稿中，编辑发现了一位大学生写的秋收的诗，从陕西寄来的打印稿，名叫杨争光。虽然作者当时并无名气，但编辑读他的诗格外亲

切流畅，一点儿也不费劲，不动声色的客观陈述饱含着作者火辣辣的情感，看似无情却有深情，看似"无我之境"的"冷抒情"，却蕴藏着一种不可抗拒的无形的巨大力量，编辑随即推荐发表。后来杨争光写了不少比诗还美的小说和影视剧本，并获得庄重文学奖，驰誉文坛。可以说，注重培养青年作家，注意发掘文学新人新作，重视与作者的交流研讨，是《拉萨河》的工作重点和特点之一。据不完全统计，《拉萨河》杂志95%以上的作者年龄在35岁以下，大都是战斗在各条战线上的青年业余作者，处女作占27%左右。如曾获飞天奖、金鹰奖的影视剧著名作家曾有情在《拉萨河》发表诗歌的时候刚满17岁，是西藏边防部队的一个小战士，编辑从来稿中发现了这位小诗人，他的诗虽然没有军人的磅礴气势和喜马拉雅的铮铮风骨，但是意象独特新颖，有些想象让人始料不及。《拉萨河·珠峰诗卷》（由诗人流沙河题写卷名）里办了个栏目，叫《喜马拉雅军歌》，在这个栏目里，曾有情的诗多次以头条发表。在拉萨市新一代青年作家和读者心目中，马原是很受青睐的人物之一，曾在中国文坛名声大噪，红极一时，至今不衰。他的小说《冈底斯的诱惑》最初就是在《拉萨河》上发表的，后来他将其改为中篇，发在《上海文学》上，最终被收入"中国小说一百强"，成为他小说写作辉煌的奠基石之一。而他的中篇小说《零公里处》虽然没能在《拉萨河》上发表，但慧眼识珠的编辑和一位作者将这部3万多字的已经翻得有些模糊的中篇小说重新抄正，最终在北京《丑小鸭》发表，获得好评。拉萨市团委一个叫通嘎的年轻人，在20世纪80年代托人给《拉萨河》送来一篇小说《悔恨》，小说立意好，味道浓，但文字功夫还不到火候。编辑和他一起逐字逐句地修改，这篇小说在《拉萨河》上发表后引起很大反响，受到读者好评。后来，《西藏文学》用很大篇幅重点推出他的小说，并多次获奖。至今通嘎还念念不忘那篇处女作的问世和修改情况。离拉萨上千里的拉萨甲格有一个叫李小渭的少尉，寄来一篇小说《穿军装的木匠》，编辑拆开信封，看见小说写在白纸上，字就像小学二三年级学生写的一样，歪歪扭扭，很差劲儿。编辑一看那字，心里就凉了半截，不想看下去。下班了，编辑不忍心丢了它，便把它带回家。晚饭后，编辑耐着性子读这篇近万字的小说，好家伙，越读越来劲儿，这个李小渭虽然字写得不好，但小说却写得不错！如果以字取文，这篇小说可能就被编辑丢进纸篓里去了。编辑忍不住给他写了一封长信，鼓励他写下去。写完信，看看表，时针正好指向凌晨2点。紧接着，编辑部派编辑、小说家色波不远千里，亲临甲格，去看望一个从未发表过作品的无名作者。色波从甲格回来，对大家说："李小渭在部队是做文字工作的，他写的工作总结文学性都很强。"《拉萨河》请他来参加和《西藏文学》联合主办的笔会。李小渭深为感动，调动了他的创作积极性，他在《拉萨河》发表处女作后，连续在《西藏文学》《西藏日报》《昆仑》《西南军事文学》《拉萨晚报》《珠穆朗玛》等报刊上发表小说和诗歌，一发而不可收。遥远的拉萨市米林边防一个叫蔡椿芳的少尉排长给《拉萨河》寄来一组诗，他当时也不过二十来岁。这个第一次给刊物寄诗的蔡椿芳，不仅写得一手工整漂亮的钢笔字，诗也意象纷呈，光怪陆离，气势雄壮，结构严谨。《拉萨河》以3个版面的篇幅发他的诗，不论是部队的诗歌栏目，还是其他诗歌栏目，都以蔡椿芳的诗歌打头，隆重推出这位青年诗人。后来，编辑部请他来拉萨参加创作研讨会，才知道他读大学时就在《诗刊》《芳草》等著名刊物上发表过诗歌。蔡椿芳头脑灵活，不仅为办好《拉萨河》出过不少好点子，还在《拉萨河》上发表了不少优秀诗歌。

至于西藏的益希单增、李佳俊、马丽华、魏志远、摩萨、吴雨初、李双焰、加央、加措、许明扬、杨晓敏、郭中朝、昊夫、蓝晓辉、詹仕华、裴亚红等，《拉萨河》先后都比较集中地发表过他们的诗歌或小说，有的还配发作者照片和创作经历以及评论文章。他们后来大都成为中国文学界活跃的作家或编辑，这批人大都加入了中国作协，如杨晓敏成为《小小说选刊》《百花园》的主编，是当代中国文坛上的风云人物之一。拉萨市的作者在《拉萨河》发表的就更多了。《解放军文艺》主编刘立云说："西藏部队诗歌我们是通过《拉萨河》发现的，原来这里是一块诗歌宝地呢！"

《拉萨河》还开辟有《小作家》《未来作家》专栏，发表了大量中小学生的文章。拉萨市六中学生红英的小说写得好，《拉萨河》不仅发表了她的小说处女作，还同时大胆地在封二刊登她的照片，对她寄予厚望。几年过去了，当一个亭亭玉立的女青年站在编辑部门口时，编辑已经不认识她了，她说她是红英，大学毕业回拉萨工作了，让编辑好惊奇。拉萨市七中学生王笑蓉在《拉萨河》举办的儿童文学大赛中，《小说二题》获得一等奖，这之后她创作积极性很高，写了大量作品。拉萨市一中初二学生常涛的科幻小说写得扑朔迷离，惊天动地，想象力相当丰富，原来他是个电脑迷，在电脑上玩游戏时，

第五章　文学刊物与文学交流

不少科幻游戏激发了他的激情，《拉萨河》连续推出了他的科幻小说，在学生和读者中引起反响。初中生谢均写的散文《后悔》，情节离奇，故事生动，情真意切，《拉萨河》的编辑将这篇文章推荐到河南出版社《作文》杂志发表，他收到上百封信件，得到国内20多个省市中小学生的赞扬。从《拉萨河》走出去的"小作家"，有的长大后真的成了作家。

一天，评论家、《西藏日报》副总编李佳俊满腔热情地给《拉萨河》编辑带来一个小女孩，还给了编辑一叠厚厚的小说稿，介绍说："她叫莼青华，给了我一些小说，我看还可以，您帮她看看，她受外国某些作家的影响较深，是我们拉萨市一棵小说创作的苗子。"莼青华当时没有工作，是个不上班的"打工妹"，她于拉萨中学毕业后在八廓街租了间房子，天天在屋里读书写小说，两年写了几十万字，很勤奋刻苦。听了介绍，编辑很感动，高度重视。编辑仔细读了莼青华的小说，细节、情节和整个小说构架都比较完美，人物内心活动描写十分细腻精湛，小说味浓郁，只是在语言上还需要斟酌推敲。编辑全力以赴改出了2篇，都是一两万字，让她抄正再改。《拉萨河》《西藏文学》各发一篇，读者反映很好，《西藏日报》还发了评论。她后来在《拉萨晚报》做编辑、记者工作，完成了一部14万字的长篇和好几部中短篇，小说还在内地获过奖。

为发现作者，《拉萨河》办过笔会，协助西藏作协办好"太阳城诗会"，举办过3次大型诗歌朗诵会。其中在西藏群艺馆和西藏文联举行诗歌朗诵会时，人数均在300人左右，团结了西藏和拉萨市大批诗歌作者。1984年《拉萨河》以专号形式举办了一次"百家诗会"，艾青、贺敬之、流沙河、汪承栋等为诗会题词，西藏和拉萨市老、中、青三代诗人几乎全部亮相，展示了整个西藏诗歌创作的力量，检阅了西藏诗歌创作的阵容。同时，国内诗人北岛、杨炼、廖亦武、韩东、小海、严力、刘湛秋等也在诗会亮相，成为区内外诗人的一次大合唱。"百家诗会"和《拉萨河》的诗歌，有5首被西藏文联评为二、三等奖，10多首获西藏军区创作奖，蔡椿芳、昊夫、洋滔等20多人的30多首诗歌先后被《诗刊》《诗选刊》《星星》诗刊及其诗集转载，受到诗评家徐敬亚、李元洛、刘湛秋、李佳俊、张隆高等的好评。

1985年，《拉萨河》办了一期小说特大号，发表了扎西达娃、马原、北岛、佘学先、蔡椿芳、金伟、裴亚红、摩萨、李启达、刘伟等的中短篇小说及其

作者照片。有的小说及其评论被《作品与争鸣》转载，引起全国读者对拉萨小说创作的关注。1995年，《拉萨河》与拉萨市作家协会一道办了"大学诗社社长们的诗""教育战线文学专号"。1996年与西藏作家协会一道举办"西藏诗歌研讨会"。1997年举办"儿童文学大赛"，发表百余篇儿童文学作品，出版《圣地儿童文学大赛获奖作品专号》。1998年，举办"小小说征文"，13位作者的16篇小小说获得优秀奖。1999年，举办"国庆50周年西藏民主改革40周年征文"，30位作者的28篇作品获奖，出版《民改40周年大庆专栏》。2000年，发表电影文学剧本《他从雪山来》。2001年，《拉萨河》卷二和卷三出版专刊专栏庆祝党的十六大胜利召开，发表了58篇文艺作品；举办了诗歌朗诵会；应《星星》诗刊之约，在拉萨组织了13位诗人的51首800多行诗歌，《星星》加评集中推出这批诗人，为新疆作协《西部》《绿风》诗刊、安徽《诗歌月刊》也组织过拉萨和西藏诗人的大组诗，都是加评隆重推出，引起诗坛的高度关注。

　　对于《拉萨河》的文学和诗歌活动，国内一些知名报刊比如《诗刊》《文艺报》《文学报》《作家报》《中国文化报》《深圳青年报》《精神文明报》，都曾做过报道。国内不少著名作家和诗人来函来电一致认为，这些年来，西藏文学特别是诗歌和报告文学发展之快，是他们始料不及的。著名诗人舒婷在给洋滔的信中说："我感觉到，诗歌正在走向中国的西部。"

　　为了团结更多的作者，20世纪80年代，《拉萨河》在国内征集到2000多名"拉萨河之友"，艾青、贺敬之、汪承栋和其他全国29个省市有名和无名作者踊跃参加，这支队伍既成了《拉萨河》创作来源的坚强支柱，也进一步扩大了刊物的影响力。

《拉萨晚报》及其文学副刊《日光城》

偶然与你见了一次面 / 在我失落的那一年 / 此后的每一天 / 都深深地把你想念 / 你那每一张容颜 / 你的每一页缠绵 / 都时刻将一颗纯真的心 / 带向了天边……《拉萨晚报》 市民心中爱的骄傲 /《拉萨晚报》 一座城市的坐标

——罗布旺堆：致《拉萨晚报》成立 28 周年

  《拉萨晚报》（藏汉文版）是中共拉萨市委机关报，在西藏自治区成立 20 周年前夕，1985 年 7 月 1 日创刊。原《拉萨河》杂志作为文艺副刊，移交给《拉萨晚报》来办。后来，《拉萨河》文艺副刊改为《日光城》，吸引和凝聚了一批优秀的作家。《日光城》也成为《拉萨晚报》一道美丽的风景线，自始至终发挥着它独有的文学阵地作用，为广大读者、作家和文学爱好者提供了最亮丽的平台，始终是拉萨乃至西藏文学青年施展才华的天地。副刊是《拉萨晚报》整个报纸最丰富和最活跃的版面之一，她犹如一双美丽的眼睛，时刻关注着需要她的每一位读者、作家、文学爱好者，以一颗敏锐、细腻的心发现他们的潜质，然后热心地、不遗余力地发掘其文学细胞渊源，引领其走进文学的殿堂，深受全国各地读者和文学爱好者的喜爱，《拉萨晚报》也成为一片肥沃的文学土壤。

  20 世纪 80 年代是拉萨文学发展历程中的一个重要时期，这个时期的拉萨文坛呈现出一片蓬勃景象，刚刚诞生的《拉萨晚报》之《日光城》文学副刊对此功不可没，为拉萨文学甚至整个西藏文学乃至全国文学的发展书写了浓墨重彩的一笔。纵观西藏和国内某些知名作家的历史，他们与《拉萨晚报》的关系源远流长。《拉萨晚报》是培养人才和出人才的地方，在全国文坛诗坛大有名气的著名作家扎西达娃、马丽华、马原、洋滔、李知宝、皮皮、佘学先、闫振中、色波、宁世群等,他们或是在《拉萨晚报》上发表过作品,或是在《拉萨晚报》当过记者、编辑,对《拉萨晚报》的发展壮大发挥过重要的作用。可以说,《拉萨晚报》之《日光城》文学副刊始终跟着拉萨文学历史的步伐在前进。《拉萨晚报》成立至今的30多年来,许多版面根据实际需要进行了改革、调整,扩充或者缩减,但《日光城》文学副刊始终没有改变自己的招牌名称——"日光城",没有放弃自己办报的初衷和理念,使其依然活跃如初,如一首清丽、淡雅、婉约的诗,深入人心,无人不晓。它也是继《西藏文学》《西藏日报》之后又个一诞生在拉萨的正规的文学之家,它的出现让许多读者、作家和文学爱好者欣喜若狂,认为"终于有了个让我们的作品问世的舞台了"(一位作者之言),稿件雪花般飘落而至,刊用量也相当大,以至于曾经出现过四开四个版面都发表文学作品的现象,这在国内报纸中是极其罕见的。翻阅履历,《拉萨晚报》之《日光城》文学副刊大致经历了三个发展阶段。

第一阶段自成立之初至20世纪90年代初。这一阶段为《拉萨晚报》之《日光城》文学副刊的发展、辉煌期。这一时期,拉萨文学的发展正值巅峰,许多作者的作品如相约一般,竞相莅临。在诗人闫振中、杨从彪、黄伦生担任《拉萨晚报》副总编辑期间,《日光城》文学副刊栏目也创办得红红火火,反响强烈,不仅在辽阔的雪域高原,而且在国内外都打响了《拉萨晚报》及其文学副刊《日光城》的牌子。通过《日光城》文学副刊,通过杨从彪、闫振中、陈亮、冯力、刘志华、李志宝、何朝辉、益西拉姆等主要编辑,发现、培养和团结了一大批作家,如今,他们的身影有的依然活跃在拉萨文坛,有的依然在《日光城》文学副刊上发表作品。著名诗评家蒋登科的诗歌处女作,著名诗人、《西北军事文学》主编马萧萧的诗歌都曾在《拉萨晚报》上发表过。曾有情,这位在国内报刊"满天飞"的著名影视剧作家,也是《拉萨晚报》活跃的青年作家之一,还被《读者》评为优秀作家,出版了十多部大著。著名作家毕淑敏的作品《想你的时候,其实是……》也在《拉萨晚报》上发表。杨从彪在《拉萨晚报》创刊28周年之际,回忆《拉萨晚报》时这样写道:"上世纪(20世纪)80年代,《拉萨晚报》'日光城'文学副刊率先在国内开展'中国十大青年诗人'评选活动,被评上的大多数诗人至今仍活跃在诗坛文坛;成功举办了'中国小诗大展';开辟了'文学新秀''小作家'等专栏,发表了大量业余作者的处女作;与西藏作协联办过'太阳城诗会',举办过3次大型诗歌朗诵会;《拉萨晚报》'日光城'文学副刊上发表过的诗歌,有的获西藏文联奖,有的获西藏军区奖,20多人的30多首诗歌先后被《诗刊》《诗选刊》《星星》诗刊及其诗集转载。"

《拉萨晚报》以最快的速度走向拉萨,走向西藏,走向全国,让区内外的人们了解,这与它的开创者杨从彪、李知宝、闫振中以及编辑们的努力和辛勤劳动是紧密联系在一起的。他们共同的特点是在国内外都有一定的知名度。他们积极发现和培养新人。拉萨"雪海派诗歌"发起人之一、著名诗人杨从彪不仅是《拉萨晚报》的开创者之一,亦是《日光城》文学副刊的奠基人之一,他从1965年开始发表作品,1993年加入中国作家协会,著有诗集《多情的世界》《崛起的珠峰》《雪海》《西天最后一片净土》(合著)、《驯马手》《亲情》《友情》《洋滔文集》(三部)等,曾荣获西藏文学创作十年奖,三次获拉萨市政府最高圣地文学奖。全国著名瑶族画家李知宝担任过《日光城》文学副刊的责任编辑,他担任编辑期间,发现和培养了不少新作者。他本人不仅在画坛成绩斐然,其诗、词、散文同样独树一帜,诗歌被《星星》《诗刊》等选用,散文《冬季山雀》《毛栗》《情满唐绕山》等被《西藏文学》《西藏日报》等报刊发表,还在《拉萨晚报》刊发过不少古典诗词。目前,杨从彪和李知宝虽已离开拉萨,但依然有诗词、散文、诗歌见于《拉萨晚报》。成就《渴望激情》《比如女人》《爱情句号》三部曲的女性作家皮皮(即冯丽)在担任《日光城》文学副刊编辑期间,大批作者都与她保持着密切的关系。

第二阶段为20世纪90年代初至2000年年初。《日光城》文学副刊继续不负使命,完成着每一项重任。增加版面,增设《松耳石》《星期天》《博闻》《风土人情》《校园生活》《家庭》《女性世界》《八小时以外》《读书》等栏目,受到读者喜爱。所刊登文章除了《博闻》为文摘,其他版面几乎都是刊登本地作者的作品。那时,《拉萨晚报》风土人情版是除"日光城"版关注度较高的版面之一。堪称"珞瑜文化第一人"的冀文正搜集和整理的大批民间故事就是在那时为人们所认识和了解的。《拉萨晚报》几乎每期刊登他的作品,而且篇幅很大,有时甚至整版都是他的作品。还有一位叫达·海馨的作者,其大量反映西藏民俗的作品《独特的西藏祭祀艺术》《西藏祭祀艺术的世俗性》

《赞神的世界》也几乎每期出现。冯启双是西藏歇后语的集大成者，他搜集整理的歇后语多达几千条，出版有《西藏歇后语》一书。《拉萨晚报》开辟专栏连续进行刊登，引起极大的关注，有读者写信说他们专门剪贴刊登在《拉萨晚报》上的冯启双的歇后语。白玛娜珍被认为是西藏当代文坛最具特色的一位藏族女性作家，她的小说《深居的女人》《走开》、诗歌《思念》就发表在《拉萨晚报》上。不仅如此，杨剑冰、李官明、傅志立、张广钧、娜珍、蕙青华、宁世群、刘一澜、次吉等的作品也在《拉萨晚报》上发表过。周世通的杂文《散文诗漫谈》、小说《哨卡一日》等发表后引起人们的关注。《幸福的花儿》《西藏 我的故乡》《童谣》曾经是雪域高原人人都会唱的歌曲，这些歌曲出自西藏著名词曲家李永才之手，而在此之前，这些诗词就已经出现在《拉萨晚报》上。张晓峰、杨金花、陈亮、肖绍华、傅志立、宁君、郭珍、和婧、于斯、龙刚、陈希胜[1]、刘志华等人一直是《拉萨晚报》最活跃的作者。

藏族作者的兴起是最引人注目的，一大批藏族作者的名字不断地见诸《拉萨晚报》，有发表《远逝的爱》的强巴曲珍，有发表《父亲 你听我说》和《顿悟》的央宗，《想你的雨夜》的索娜央金，《我爱家乡的芳草地》的多杰才旦以及《金色的望果节》的尼玛泽仁。格桑措姆是收获颇丰的藏族作者，《没有灯光的夜晚》《雪中情思》《一盆海棠花》……至今读来仍优美、简洁。

塔热·次仁玉珍，是西藏民间文学的佼佼者，尽管她已经过世多年，但她的名声依然因她的足迹遍布整个西藏北部草原而传播开来，并在文坛绽放。她不辞辛劳，走村串户地深入西藏北部草原，先后搜集整理出版了《藏北民间故事》《我和羌塘草原》等游记散文。她写的关于西藏北部草原的一些作品就经常发表在《拉萨晚报》上。

与此同时，李双焰、文治平、王勇、安守科、谢强、熊文彬、蔡晓东、周德仓等，更是《拉萨晚报》非常活跃的作者。《拉萨晚报》专门开辟有《文学新秀》栏目，盘鹰、野平、王勇、何平等不少新作者的作品频频出现。他

---

[1]陈希胜，又名陈西胜、陈希圣，1953年生于河南省封丘县。1978年考入西藏大学中文系，1982年毕业。1985年开始任《拉萨晚报》编辑、记者，系西藏自治区作家协会会员、拉萨市作家协会理事。自1983年2月在《西藏日报》发表处女作《命运》以来，陆续发表短篇小说70多篇，中篇《秦皇泽》（由3个短篇组成，分别为《秦皇泽小传》《一帆风顺》《火锅店》），散文200多篇，诗歌20多首，大型历史题材电影文学剧本《弘盛春秋》，文学评论近10篇。

们与新老作者一起，点燃了副刊燃烧的火光。

据史料记载，麻将起源于中国，原属皇家和王公贵胄的游戏，其历史可追溯到三四千年以前。在长期的历史演变过程中，麻将逐步从宫廷流传到民间，到清朝中叶基本定型。由于麻将复杂多变，刺激有趣，自诞生后，很快就成为整个中国最为盛行的博戏形式。无论是至高无上的皇帝、大权在握的重臣，还是一般的布衣平民、村夫俗子，都喜欢搓麻将、斗雀牌。这一事实固然反映了人们追求刺激、嗜好赌博的不良习尚，但同时也反映了麻将这种游戏活动本身无穷的、丰富的情趣。麻将之风盛行，引发了诸多社会问题。历史上的禁赌政策也时有发布。《麻将黑洞——禁赌的历史》就是一篇反映20世纪90年代麻将带给人们不良影响的作品。这篇杂文是西藏著名作家闫振中的优秀作品，1995年5月17日开始在《拉萨晚报》上连载，一度搅动了拉萨文坛。

孔繁森是当代领导干部的楷模，他在援藏期间，为民族大团结做出了很大的贡献，其先进事迹鼓舞和鼓励了许多援藏干部。1994年11月29日，这位党的领导干部的楷模不幸遇难，《拉萨晚报》多次做了深切缅怀孔繁森的专版。1995年，孔繁森同志逝世一周年，《拉萨晚报》根据拉萨市委、市政府的要求，开辟专栏做了"深切怀念孔繁森同志"的图片专版和副刊特刊，时任拉萨晚报社副总编辑、作家张静璞、闫振中分别写了《孔繁森——雪域高高的山峰》和《悼孔繁森》的纪念文章。1995年5月15日，《拉萨晚报》又做专版刊登了纪念孔繁森的文章，其中有郑焕明的《满江红·献给广大援藏干部》，李文华的《孔繁森赞》，王予华、刘北的《惜别——写给党和人民的好干部孔繁森》以及高美娟的《难忘却——忆孔繁森同志》。

《拉萨晚报》文学副刊开辟《迎接九七　香港回归》《喜迎香港》《祝福您　澳门》等栏目，刊登相关诗文，反映良好。

第三阶段为2000年至今。征文是近几年来报纸副刊打响自己品牌的一种手段。《拉萨晚报》之《日光城》文学副刊举办了几期大型征文活动。

2000年，为迎接中华人民共和国诞辰45周年，《日光城》文学副刊主办了"我和我的祖国"征文。

2004年，由拉萨市城市环境保护局主办、中铁大桥局集团有限公司青藏铁路工程指挥部与拉萨晚报社共同协办主题为"我爱我家　保护我们共同的家园"的征文。

2005年，寒假伊始，《日光城》文学副刊主办学生寒假作文征文。

每年的几大节日，元旦、三八妇女节、清明节、五一国际劳动节、六一儿童节、七一建党节、八一建军节、十一国庆节、端午节、中秋节，及藏历新年、春节等节庆，《拉萨晚报》都要做文学副刊特刊。

2011年，以"幸福拉萨、多彩雪顿"为主题的2011中国拉萨雪顿节于8月29日至9月4日在拉萨举行。为了充分展现拉萨人民幸福生活的精神面貌，拉萨市委宣传部和拉萨晚报社借拉萨市第20届拉萨市经济文化雪顿节，共同举办了主题为"我眼中的幸福拉萨"征文，结集出版了《我眼中的幸福拉萨》一书。

《拉萨晚报》小说连载是一大亮点。刊登时间长达几个月甚至半年的长篇小说有几部。刊登了历史报告文学《寻找周恩来》、电影文学剧本《圣洁的草原》，以及拉萨著名作家、拉萨晚报社记者陈希胜的中篇小说《净土》和西藏作家肖干田的小说《还俗》。1998年，外国文学在《拉萨晚报》连载，引起了不小的轰动。《金银岛探宝记》叙述少年吉姆一行人去荒岛寻宝的历险故事，描写了他们与海盗巧妙周旋、斗智斗勇、危险重重的斗争，突出了吉姆的勇敢机智和海盗头目的阴险奸诈，人物刻画生动，栩栩如生。小说情节紧张，充满悬念。《金银岛探宝记》由英国作家史蒂文森著，李阳翻译。连载后，《拉萨晚报》掀起全民阅读的高潮。毕淑敏作为深受广大读者喜爱的著名女作家，《红处方》是她的代表作品之一，《拉萨晚报》进行了连载，一时间在拉萨的街头巷尾成为茶余饭后争相传阅的对象。读者对《拉萨晚报》当年连载长篇小说的事记忆犹新，说那是《拉萨晚报》发展中的又一亮点。

《拉萨晚报》（藏文版）文学副刊成立后和汉文报纸携手发展，共同谋划，共同调整和改版，交相辉映，熠熠闪亮，加大了打造精品文学副刊的力度。副总编辑班觉是《拉萨晚报》（藏文版）的发起者之一，在他担任藏文版的编辑期间，培养和团结了一大批藏族作者，以学生为主的青少年藏族作者居多。他们有的至今依然在拉萨文坛绽放异彩，有的在国内外获得过不少大奖。班觉是一位优秀的藏族著名作家。他的藏文长篇小说《绿松石》曾荣获第八届茅盾文学奖，还被翻译成多国语言。把报纸送到基层是拉萨市委、市政府2009年为人民办的12件大事之一，自2009年1月1日正式启动以来，每期2万份的《拉萨晚报》（藏文版）将党中央及西藏自治区，拉萨市党委、政府的各项方针政策和国内外时事及科普知识，及时传达到了基层干部和群众当中，深受欢迎。据了解，目前《拉萨晚报》（藏文版）已进入拉萨市241个行政村、57个乡镇、28个社区居委会、7个办事处、246个中小学和250个县直机关单位和事业单位的1059家基层单位，还面向西藏农牧区和四川、云南、青海和甘肃等藏民族居住地区发行。如今，《拉萨晚报》（藏文版）成为基层干部群众学习领会党的方针政策的主要教材之一。随着《拉萨晚报》（藏文版）的扩展，其文学副刊的影响力也随之扩大起来，西藏各大中小学的稿件、广大基层群众的稿件以及来自全国各地的藏文稿件非常多，刊登量也很大。目前，《拉萨晚报》（藏文版）文学副刊每星期出三期，满足了广大读者的需求。

西藏是民间故事、神话传说的天堂，几乎每一座山、每一个湖泊、每一块石头、每一棵树都有传说流传于世。但是在历史的长河中，它们渐渐被人们遗忘，而有些有幸成为非物质文化遗产。挖掘、搜集、整理这些民间传说，吸引了大批的作家，他们踏遍青藏高原的每一个角落，不辞辛劳，呕心沥血，把挖掘和搜集来的民间传说和故事整理成书，很好地进行保护、传承和发扬。民间传说和神话故事大多出自广大农牧民之口，是他们劳动的成果，是历史遗留下来的散落在民间的宝贵文化，深受人们的喜爱。针对这一实际，改版后的《拉萨晚报》（藏文版）文学副刊开辟一块版面，专门刊登民间传说和神话故事，在读者中尤其是在基层农牧民中引起广泛的反响。日前，"民间文学"版也和文学副刊一样，每星期出三期。阿古顿巴的故事、拉萨姑娘、拉萨河的传说、三神女等这些脍炙人口的民间故事以及驴子和老虎、狡猾的狼的寓言等，还有不少谚语、歇后语通过《拉萨晚报》（藏文版）又一次闪闪发光，为整个《拉萨晚报》的发展做出了应有的贡献。

附：《拉萨晚报》创刊30周年"我与《拉萨晚报》的故事"有奖征文获奖名单[1]

特等奖

《第一张〈拉萨晚报〉凝结着我们的心血》（杨从彪）、《我与〈拉萨晚报〉报头题字》（李知宝）

一等奖

《有位老师叫晚报》（史映红）、《拉萨的记忆》（张少敏）、《我和〈拉萨晚报〉的情愫》（李文华）、《在黄昏的拉萨读晚报》（都成）、《我与〈拉萨晚报〉的情缘》（洛桑加央）

二等奖

《从读者到作者——致〈拉萨晚报〉成立30周年》（罗布旺堆）、《晚报情》（王义明）、《〈拉萨晚报〉，您是父亲的一双眼》（洪云钢）、《偏偏就喜欢——我与〈拉萨晚报〉》（次吉）、《我与〈拉萨晚报〉的情缘》（杨丽峰）、《在这里，读懂拉萨》（刘晓梅）、《感恩你的陪伴》（裴哲）、《晚报不晚》（曹大权）、《我为高原卷珠帘》（赵星）、《君住长江头——献给〈拉萨晚报〉的三十岁》（莫雨）

三等奖

《我收藏的第一期〈拉萨晚报〉》（王纪民）、《三代人的晚报情》（陈仲祥）、《〈拉萨晚报〉，灵魂的净土（组诗）》（路志宽）、《我与〈拉萨晚报〉不得不说的故事》（戴福发）、《为你呐喊，为你祝福！——致心中的〈拉萨晚报〉》（戴兰香）、《〈拉萨晚报〉，引领我飞翔》（吴兴刚）、《〈拉萨晚报〉独秀群芳》（刘春燕）、《爱的就是你——〈拉萨晚报〉》（辛彩梅）、《一纸墨香润高原——致〈拉萨晚报〉创刊30周年》（谢会时）、《使者》（央珍）、《我和〈拉萨晚报〉有个约会》（张泽军）、《三十年传递生命》（傅良均）、《永远的守望者庆祝〈拉萨晚报〉》（咚妮拉姆）、《晚报伴我走向文学创作成长之路——写在〈拉萨晚报〉创刊30周年之际》（董英伟）、《同你一起见证流年》（谢绍华）

---

[1] http://www.zhengjimt.com/index.php/zxdq/jiexiaobiaozhi/54270.html.

优秀奖

《难忘〈拉萨晚报〉那一缕墨香》（夏宇欣）、《〈拉萨晚报〉电子版带我追溯第二故乡》陈庆明、《情缘》（唐熙）、《〈拉萨晚报〉助我圆上文学梦》（钟志红）、《万水千山总是情——写在〈拉萨晚报〉创刊30周年之际》（钱海）、《爱上〈拉萨晚报〉》（张军停）、《谢谢你〈拉萨晚报〉》（何贵福）、《你我之间》（周宗甫）、《不经意遇见》（黄康）、《有你更美好》（苗云辉）、《悠悠三十年》（杨永权）、《千里之外的缘分》（倪贤秀）、《情系〈拉萨晚报〉》（黄显耀）、《难忘当年》（梁润怡）、《我和你有个约定》（张升平）、《我的生活因你而精彩——致〈拉萨晚报〉》（吴等辉）、《〈拉萨晚报〉相见恨晚的朋友》（张军）、《赞〈拉萨晚报〉》（景绍德）、《〈拉萨晚报〉让我重燃希望》（赵东山）、《一旦相知终难忘》（申嘉巍）、《用执着守候花开》（煊宇）、《久违了〈拉萨晚报〉》（徐永固）、《〈拉萨晚报〉"号外"》（何军）、《我与〈拉萨晚报〉的不解之缘》（张辉）、《〈拉萨晚报〉为我插上理想的翅膀》（鲁晨红）、《情节——致〈拉萨晚报〉》（王立云）、《沁园春·庆祝〈拉萨晚报〉成立三十周年》（罗仕明）、《30年精彩30年激情》（陈贤丽）、《三十年一路追求》（单素奎）、《守候》（孙维娟）

拉萨作家知多少："文学拉萨"与"拉漂"创作

"青藏苍茫，苍茫青藏。"这是西藏著名女作家马丽华《青藏苍茫》里的开篇句。青藏的苍茫、苍茫的青藏，西藏的神秘、神秘的西藏，拨动了多少人心底的弦，吸引了多少人前来一睹她的风采，急于融入她的怀抱，释放久封的心灵。而无论是从交通地理环境，还是社会发展程度乃至文化氛围而言，圣城拉萨往往是追逐梦想、寻求寄寓、释放心灵群体的聚集地，由此，加上本地作家的创作，"诗意的拉萨"与"拉萨的诗意"交相辉映，因词也形成了特有的"文学拉萨"景观。其中，拉萨的作家到底有多少，实在是难以确计。或者正如民谣中所言："古老的八角街上，窗户比门还多，窗户里的女郎，骨头比肉还软。"在拉萨文学中，拉萨的作家永远比已知的要多，文学的拉萨远比拉萨的文学更让人遐想。可以说,"文学拉萨"与"拉漂"创作分不开,或者更进一步说,某种程度上正是"拉漂"创作让"文学拉萨"成为一个现实。20世纪90年代,当"北漂""丽江混混""美漂"等特殊群体开始出现的时候,"藏漂"[1]"拉漂"这个特殊群体也出现了。这些特殊群体往往自成一体,长年居住在拉萨或者西藏其他地区,喜欢栖居在离城市较远的郊区;他们大多是来自内地的年轻人,也有一部分中年人,是目前流行的背包客、驴友、卖艺人……他们大多不大愿意与人接近,喜欢独来独往,喜欢搞一些"快闪"动作;他们耽于幻想,喜欢晒太阳、喝甜茶、尝酥油茶;他们大多从事自由职业,因为热爱西藏,迷恋拉萨,向往日光城,在高原城市义无反顾地挥洒青春。有人认为所谓的"拉漂",顾名思义,就是"在拉萨漂泊的人",与"北漂"相比,"北漂似乎过多地与失业、叛逆、乖张联系在一起",而"拉漂""则是与自由、恬淡、大大咧咧相关,似乎快乐得有点没心没肺的。城市的漂,多为融入城市而漂泊,而拉漂们,更多的是在精神上的漂泊和享受,尤其是享受"。[2]也有人认为"漂就是漂泊的意思,这里特指没有稳定的工作,又不想离开或者在努力寻找一个理由留下的从内地来的一小部分人,这里头不包含援藏或者长期在这里做生意的内地人。在西藏漂的称为'藏漂',在拉萨漂的称为'拉漂'。""这是一群寻找心灵港湾的人。这是一群有理想的人。这是一群热爱生活的人。这是一群真实的人。"[3]不管怎么说,有了"拉漂",也就有了"拉漂"创作的文学和反映"拉漂"生活的文学;而"拉漂"也已成为拉萨一种特有的文化现象,一个群体特有的生活方式。

"拉漂"具体是什么时候开始出现的,已难确考,但21世纪以来,"拉漂"

---

[1] 与"藏漂"相应的又有"藏飘""藏熬""藏獒"之说。所谓"藏熬""藏獒",指多年的"藏飘"。而所谓"藏飘",是指那些喜欢西藏,但又不是西藏人,年龄在18岁到40岁,没有固定职业,冬天回内地挣钱,夏天在拉萨度过的一帮人。这帮人是拉萨的一个特殊群体,他们每个人都有特殊的故事。说起西藏,跟你侃上三天三夜也说不完。晚上,他们从一个酒吧飘到另一个酒吧,聆听他人的故事,也向他人展示自己的故事。他们在寺庙里转悠,在廉价的出租房里睡大觉。就这样年复一年地飘在西藏,本地人给他们取了个形象的名称:"藏飘"。羽芊:《第三只眼睛看西藏》,拉萨:西藏人民出版社,2015年版,第17页。

[2] 洪舒靖:《去野吧,西藏》,北京:机械工业出版社,2013年版,第274页。

[3] 三郎:《拉漂的日子》,重庆:重庆出版集团,2012年版,第1—2页。

队伍逐年扩大却是不争的事实。在"拉漂"中,"拉漂"画家、"拉漂"作家、"拉漂"歌手、"拉漂"游离探险者是其中最突出的四个群体,总体而言又可称为"拉漂"艺术家或行为艺术家。他们往往通过自己的游历探险行为、文字作品、音乐、画布,利用行迹笔墨和音乐旋律表达另类人生,抒发内心的思想和寂寞。特别是观察、翻阅和聆听他们的作品,似乎都有一种不食人间烟火的味道,具有隐士和另类人的某些性质。他们在旅行、画画和写作甚至卖艺的同时,喜欢开客栈、酒吧、驴友旅行社等,一方面为维持生活,一方面利用这些经营场所,行走在雪域高原,由此也形成了一批记录所见、所闻、所想、所摄、所画的"拉漂"作家和画家。张萍、顾野生、陈桂芝、张婵、田勇、李初初、阿彪、王郢、三郎、大冰、顾倾城、咚妮拉姆等是近年来较为活跃的"拉漂"文学创作者。实际上,更早期的余纯顺、杨柳松、王者鲲等,也都有"拉漂"作家的某些特质。

张萍,21世纪以来较早的一位"拉漂",在圈内有极高的知名度。这位湖南籍的作家,2000年从北京飘到西藏拉萨,成为名副其实的"藏漂""拉漂"。初来乍到的她,没有固定工作,没有稳定的收入来源,却怀着做一名文学艺术青年的梦想。张萍最初的职业是绘画,举办过多次展览。她习惯在画作角落里写一段心灵对白。一次偶然的机会,她的文字被杂志社的一位编辑看中,经过8次修改后发表在该杂志上。这给了年轻的张萍勇气和希望,她开始拿起手中的笔尝试专栏写作。功夫不负有心人,她的作品频繁见诸各大报刊,她终于成为一位小有名气的作家。特别是经过几年的努力和积淀,张萍完成了洋洋17万字的《藏漂日记》,并于2014年由北京中信出版社出版了《藏漂十年》一书。当然,提起张萍,就不得不提她的丈夫蒋勇。蒋勇,画家,宁夏人,他读高中的时候,正值20世纪80年代,马原、马丽华、杨从彪、李知宝、贺中、车刚等大批作家和画家进藏,年纪不大的蒋勇时常流连在他们的作品里不能自拔,渐渐地对西藏的神秘遥远心生向往,渐渐地有了远赴的强烈愿望。2000年,他毅然背起行囊独身来到西藏,圆了他多年埋藏的"西藏梦"。在"拉漂"的日子里,张萍和蒋勇携手绘画,携手举办展览,演绎了一段经典的爱情佳话。现在,他们已经离开西藏,离开拉萨多年,但依然被圈内的人津津乐道。

顾野生,原名张文婕,一个80后的南方女子,一个有着诗意一般的江南

女子，为了来西藏，毅然放弃读大学的机会，放弃电视台的实习工作，孤身来到西藏。她也被认为是较早的"拉漂"作家之一。她当年的一部《朝圣》[1]就像她的名字一样，野火烧不尽，春风吹又生，在拉萨文坛刮起一股强烈的文学之风，影响了众多的作家，尤其是"拉漂"作家。2014年，顾野生又出版了《嫁给西藏》[2]一书。该书被称为是一部寓居西藏的女子所著的文化笔记。大多数人都向往去西藏观赏风景，期望净化心灵，却鲜少有人选择留下来，"嫁"给这一方圣土。然而作者喜欢过这样一种生活：在纯蓝色的天空下沐浴阳光，品淳朴的门巴族酿制的黄酒，与藏族同胞一起过吉祥天母节、燃灯节……即使离开家乡，漂泊在路上，但灵魂有了寄托，便不会感到颠沛流离，因为吾心安处即是家！

陈桂芝，女，1966年生，祖籍河南，笔名北风、风倾城、阿之等，西藏作家协会会员，栖居拉萨多年，痴迷写作。2011年参加山东西藏第七届作家高研班，2012年鲁迅文学院西南六省市第二届作家班学员，已经出版文集《飘在拉萨》[3]和《佛国》[4]等。她的一部魔幻现实主义著作《梦魇》[5]反响强烈。这本书以一对母子的漂泊生涯为主线，尽管故事纯属虚构，但反应的俨然是一个流浪女子眼中的西藏。

2006年，"拉漂"作家张婵的小说《逃到西藏也逃不出爱情》[6]让人眼前一亮。这篇小说讲述的是一个都市女子不辞辛苦，不远千里来拉萨，在拉萨邂逅爱情的故事。该书由湖南文艺出版社出版。书中作者虽然讲述了邂逅爱情的浪漫情怀，但主要是作者游历西藏所听、所见、所闻、所摄的真实写照。

田勇，70后诗人，出生于安徽，2006年到拉萨，著有长篇小说《雪山》《葡匐》《卓玛的婚礼》《拉萨浮生》《非洲哈达》，诗歌集《田勇诗选》《藏地悲歌》，哲思集《小树菩提》等，与人合创有民间及经营性的集诗院、画廊、咖啡馆于一体的"拉萨诗院"。

---

[1] 珠海：珠海出版社，2010年版。
[2] 北京：九州出版社，2014年版。
[3] 北京：中国文联出版社，2012年版。
[4] 北京：中国文联出版社，2012年版。
[5] 北京：团结出版社，2013年版。
[6] 长沙：湖南文艺出版社，2006年版。

阿彪，经历了从流浪到下海，从地方到机关，从富饶的河谷到干峭的高原，从孤独的帐篷到繁华的城市，这使得他不得不拿出笔来诉说土地与文化带给他的感悟。为此，也就有了2005年出版的散文集《西藏——天堂步行街》[1]。作者着眼于西藏的风物，尤其关注于那些铭刻在大地上的历史脉络，并通过这一线索，勾勒出了大地的沧桑与变异，为人们展现了一幅跌宕多姿的西藏地方历史和风俗画卷，并表达出真切的个人感受和人文关怀立场。

李初初，生长于湖北十堰，著有《走进喜马拉雅》[2]、《寂静苍穹下：回不去的旅人》[3]等作品。曾担任《博客天下》杂志主笔、《西藏人文地理》杂志首席编辑兼主笔等。从2005年起，为了放弃和遗忘，他多次进藏并辗转于这片土地。2012年出版的《神的孩子去西藏》[4]，将他历经西藏7年时间的所见所闻进行了讲述。

2013年，一部堪称绝美的西藏旅行文化百科书的小说《拉萨，时光静默如谜》[5]让人记住了女作者王郢。王郢是一位资深旅行者，2003年她开始涉足拉萨。她在拉萨开了家客栈，并以客栈为据点，深入拉萨的每个角落，用10年时间，记录身边的每一件事。起初，她的作品只发表在《时尚旅游》《新旅游》《炎黄地理》及《城市画报》等刊物上。2013年，她整理出自己10年的笔记，出版了《拉萨，时光静默如谜》。书中，作者用涓涓细流般的优美文笔，展现了一种绝美的空灵。2014年，作者又推出了《修心：和最爱的人去西藏》[6]一书，用其感悟的文字，诠释了西藏不仅仅是一方充满灵性的土地，更是一方充满智慧的土地。

王臣，"拉漂"之一。2008年2月，第一本长篇小说《浮光》因涉及同性恋题材，被《城市画报》和豆瓣网联合评选为2008年度十大争议书之一，并名列《城市画报》2008年度"私享书榜"第一名，该小说在读者中深具影响，

---

[1] 北京：中央文献出版社，2005年版。
[2] 北京：华文出版社，2006年版。
[3] 南京：江苏文艺出版社，2011年版。
[4] 北京：群言出版社，2012年版。
[5] 北京：九州出版社，2013年版。
[6] 北京：九州出版社，2014年版。2015年作者又出版了《徒步在未知路上》一书，该书主要写作者与2个法国旅伴去滇西北探险的有关故事。

被称作"80年代的《春光乍泄》";2008年10月,完成被称为"少年版《兄弟》"的第二部长篇小说《柢年》,因写作手法受到安妮宝贝的风格影响,一度被媒体称为"男版安妮宝贝",再引争议。2009年,开始出版"王臣·私享笔记"书系,并参与著名作家棉棉的"青少年无码与灰姑娘"图书计划;2009年9月、2014年4月、2016年6月,"王臣·私享笔记"书系《陌上香锦蔷薇织》《佳期如梦 爱如胭脂》《荼蘼花间惹尘埃》分别出版。2010年、2011年,推出《世间最美的情郎——六世达赖仓央嘉措的情与诗》《世间最美的情郎2》[1],引发关注。《世间最美的情郎》将仓央嘉措情诗品读与其生平相结合,具有唯美倾向。

三郎,真名黄鼎,20世纪70年代生人,2008年进藏,在拉萨开过酒吧、家庭客栈,后养藏獒,"拉漂"作家之一。他的处女作《拉漂的日子》2012年由重庆出版社出版后引发关注。作品的中心内容是作者孤身在拉萨的生活与情感记录。

大冰,本名焉冰,1980年出生于山东烟台,毕业于山东艺术学院。2013年因一本西藏游记《他们最幸福》[2]而引起"拉漂"的关注,后又出版了游记《乖,摸摸头》(2014)、《阿弥陀佛么么哒》(2015)、《好吗,好的》(2016)、《我不》(2017)等。这位飘过云南,在云南开创"丽江混混",飘过拉萨,又称第一位的"拉漂"作家,飘在拉萨的日子里,为了生活,开过酒吧,在街头卖过唱,结交过一批"拉漂"。他的《他们最幸福》出版后曾引起不小的轰动。目前,他已离开拉萨,又飘到云南,又在"丽江混混"耕耘着那一份独特的自留地。

洪舒靖,网名行者境界,生于福建省漳浦县山海小镇,曾任外企IT公司运营总监;旅行作家,旅游体验师,在多家旅游媒体、杂志、网站设有专栏。2013年推出路书游记《去野吧,西藏》[3]。该书是作者历时40天,从成都骑行到拉萨的成果。作者不仅用相机和文字记录下了川藏线上的众多美景和风土人情,还用朴实的笔触袒露自己的人生态度,以及对生命本质的一种探寻。

---

[1] 昆明:云南人民出版社,2010年版;北京:作家出版社,2011年版。

[2] 北京:中信出版社,2013年版。

[3] 北京:机械工业出版社,2013年版。

顾倾城，1991年生，湖北英山人，从小便对文学有着浓厚的兴趣和执着。为了追寻心中的文学梦与人生理想，大学退学独闯北京，其经历在同龄人眼中被视为90后新生代作家向传统社会和90后新生代发出的一次强烈的呼吁和呐喊，在2014年由《南风》杂志社发起并评选出的"中国90后十大作家排行榜"中，顾倾城荣登第五位。作者现居拉萨，供职于西藏传媒集团，为凤凰网专栏作家，武汉市作家协会会员，著有诗歌《流浪的心迹》《行尽江南，不与离人遇》等，文章散见于《青年文学》《意林》《西藏文学》《西藏旅游》等杂志。2015年出版西藏文化随笔《只为途中与你相见：旅居西藏媒体人的文化笔记》[1]。作品共分为拉萨印象、山南行迹、文化拾遗、路上风情和人物手记5个部分，记录了作者在西藏多年的文化风俗见闻和思考。书中，作者更多想要表达的是以一种文化人的视角来感触西藏，探寻藏文化的精神内核和藏族人民的文化生活。

咚妮拉姆，女，汉文名连小慧，湖南人，又有笔名小拉姆。中国诗歌学会会员、常德市作协会员，曾担任编辑、教师，进藏后从事旅游工作，并开有文玩土特产店，空余时间写作诗歌。已在《拉萨晚报》发表《祝福你　祖国》《放手》《远与近》《不必惆怅》等十几首诗歌。2016年出版诗歌集《青稞时光》。拉萨作家敖超评论道："咚妮拉姆的诗简洁透明，笔触有张力又不失细腻，越读越觉得生动富含哲理。她是用心灵讲述一个在藏工作和生活的湘妹子对西藏的认识和理解。"

宋晓俐，女，1978年生于山西省朔州市。2016年、2017年分别出版了被称为西藏情书系列的长篇小说《北京遥望香巴拉》《巴拉姆客栈》[2]。宋晓俐是网络媒体人，因为工作多次往返西藏，并且不可遏制地深爱着西藏。2015年，经过近十年的准备，宋晓俐决定动笔，用她独特的方式记录下这份情感。《北京遥望香巴拉》是宋晓俐第一本长篇小说，小说中讲述了3个从大学时代起就要好的女孩儿出于不同原因辗转于拉萨和北京寻找爱情。《白拉姆客栈》则以汉族女子端阳背负巨大秘密离开内地，与弟弟和小姨在西藏拉萨的小北郊开了一家名叫"白拉姆"的客栈为线索，讲述了一对四川夫妻

---

[1] 哈尔滨：黑龙江教育出版社，2015年版。

[2] 北京：台海出版社，2016年版、2017年版。

逃离孽缘、一个藏族少年执着寻梦、一个年轻女子游戏人生、一对藏汉青年的生死爱恋等故事。最终，通过这间小小的客栈，回归人性最美最纯的本性，爱情落地生根，梦想开出五彩的花。

　　以上是对21世纪以来一些"拉漂"创作的简要介绍。实际上，要完全概括"拉漂"创作的作品是困难的，一些"拉漂"作家的身份并不固定，在工作生活属地和单位体制属性之外，往往具有多重性。例如，西藏其他地市到拉萨市谋生并在体制之外从事创作的作家也不少，像20世纪90年代辞去公职从阿里措勤到拉萨从事自由撰稿的索穷[1]，以及出生于山南的藏族作家艾·尼玛次仁[2]等；而因生活等需要，在拉萨从事自由职业而长居拉萨，或返回内地的作家也有许多，如曾在西藏部队服役，后复员留居拉萨的诗人陈雪涛，从内地到拉萨从事房地产中介的诗人罗布旺堆，曾在拉萨等地打工后返回内地，被誉为农民工诗人的杨俊富等；至于来了又去，去了又来或不再来的作家更是不计其数，就更不用说那些到过拉萨或工作或游历，返回内地后写作有关拉萨题材或得益于拉萨经历给予创作灵感的作家了，如安妮宝贝、慕容雪村，乃至歌手赵雷。当然，这些作家又与一般的内地人写拉萨或纯粹地旅游性地介绍拉萨有所不同。第一，从文本内容上看，"拉漂"创作大多与"拉漂"生活有关，且以爱情故事居多，主人公大多为"拉漂"，而这些人物形象或来源于切身的真实体验，或取自他人的生活折射，但不管怎么说，"拉漂"始终是其关注的中心。第二，从文本内在的精神看，精神大于物质、寻找大于存在、理想大于现实，是这类作品的基本共同点，虽然有些作品也在拆解想象乌托邦，对宗教行为和文化历史进行辩证看待，力图还原世俗的西藏、世俗的拉萨，但作者内心始终有一个理想的模式，或者说始终存在着其个人想象的田园牧歌和瓦尔登湖。第三，从语言风格上看，"拉漂"创作往往处于轻浮和唯美两端，一方面用词呈现口水化、网络化、戏谑化、性感化，乃至暴力化倾向；另一方面，又极度追求语言的唯美、纯美乃至所谓的

---

　　[1] 索琼，又名索穷，本名索南次仁，1965年出生于阿里措勤。1992年辞去公职移居拉萨，成为自由撰稿人。除小说，著有《〈格萨尔王传〉及其说唱艺人》《娘容辖私塾的创办人仁增·伦珠班觉》《拉萨老城区八廓游》《西藏记忆》《绽放吧，雪莲花：西藏青少年内地求学记》等。

　　[2] 艾·尼玛次仁，1981年出生于西藏山南。中国作家协会会员，西藏作协会员。主要作品有长篇小说《天眼石之泪》、小说集《石头与生命》等，同时创作歌词、写作剧本、拍摄微电影。

绝美，提炼不够，凝练不足，难见质朴。当然，作为一个群体，乃至一种现实的生活方式的描写，"拉漂"创作反映了拉萨向现代都市转型的历史进程，其文学创作经验也给予拉萨文学乃至拉萨发展更多的文学想象空间。事实上，每个驻足的"拉漂"，都注定会与西藏和拉萨留下一段故事，而这些故事，无疑是一种难以割舍的情怀。

参考文献

[1] 安妮宝贝. 莲花[M]. 北京: 作家出版社, 2006.

[2] 白润生. 中国少数民族新闻工作者生平检索[M]. 贵州: 贵州民族出版社, 2007.

[3] 陈桂芝. 飘在拉萨——陈桂芝文集[M]. 北京: 中国文联出版社, 2012.

[4] 陈晓明. 中国当代文学主潮(第二版)[M]. 北京: 北京大学出版社, 2013.

[5] 陈志文. 我的拉萨[M]. 南京: 凤凰出版传媒集团、凤凰出版传媒股份有限公司, 2012.

[6] 崔忆, 贝贝, 宁心. 拉萨小时光[M]. 厦门: 鹭江出版社, 2010.

[7] 达瓦. 古城拉萨市区历史地名考[M]. 北京: 社会文献出版社, 2014.

[8] 丹珠昂奔. 藏族文化发展史(上下)[M]. 兰州: 甘肃教育出版社, 2001.

[9]《当代中国的西藏》编辑委员会. 当代中国的西藏(下)[M]. 北京: 当代中国出版社, 香港: 香港祖国出版社, 2009.

[10] 多平, 达瓦扎西, 格桑次多. 拉萨民间谚语[M]. 拉萨: 西藏人民出版社, 2009.

[11] 刘旭辉. 嫁给拉萨: 12位女子的拉萨生活[M]. 北京: 当代中国出版社, 2009.

[12] 尕藏才旦.拉萨怨[M].天津：天津古籍出版社，1994.

[13] 高鸿.爱在拉萨[M].北京：译林出版社，2014.

[14] 高翔.西藏"觉木隆"藏戏研究[M].北京：宗教文化出版社，2015.

[15] 格勒，雷桂龙，雷桂.拉萨十年变迁[M].北京：社会科学文献出版社，2008.

[16] 耿予方.雪域文苑笔耕录[M].北京：民族出版社，2000.

[17] 耿予方.藏族当代文学[M].北京：中国藏学出版社，1994.

[18] 韩敬山.金顶下的拉萨[M].广州：广东旅游出版社，2009.

[19] 洪舒靖.去野吧，西藏[M].北京：机械工业出版社，2013.

[20] 洪子诚.在北大课堂读诗（修订版）[M].北京：北京大学出版社，2014.

[21] 黄橙.一意孤行[M].北京：东方出版社，1999.

[22] 黄劲松.西藏：诗意的奔跑[M].成都：四川出版集团、四川美术出版社，2008.

[23] 黄静薇.西藏脸书1：一个时代的藏人肖像[M].海口：海南出版社，2014.

[24] 黄茵.一路向西[M].广州：岭南美术出版社，2006.

[25] 拉萨市地方志编撰委员会.拉萨市志（上下）[M].北京：中国藏学出版社，2007.

[26] 拉萨市文联.神圣之地　拉萨文学作品选[M].北京：中国文联出版社，2007.

[27] 李澍晔，刘燕华.八廓街：101个女"背包客"的内心独白[M].拉萨：西藏人民出版社，2008.

[28] 廖东凡.拉萨掌故[M].北京：中国藏学出版社，2008.

[29] 罗洪忠.人文雅鲁藏布大峡谷（三卷本，《莲花圣地》《深峡淘金》《峡谷风云》）[M].成都：电子科技大学出版社，2012.

[30] 马新明.拉萨史话[M].北京：社会科学文献出版社，2015.

[31] 马松.拉萨酒吧[M].呼和浩特：远方出版社，2005.

[32] 马丽华.老拉萨[M].南京：江苏美术出版社，2002.

[33] 马丽华. 雪域文化与西藏文学[M]. 长沙：湖南教育出版社，1998.

[34] 乔以钢，关信平. 社会发展与性别研究[M]. 天津：南开大学出版社，2014.

[35] 屈雅君. 中国文学——关于女性的叙事[M]. 北京：人民出版社，2014.

[36] 三郎. 拉漂的日子[M]. 重庆：重庆出版集团，2012.

[37] 宋晓俐. 北京遥望香巴拉[M]. 北京：台海出版社，2016.

[38] 宋晓俐. 白拉姆客栈[M]. 北京：台海出版社，2017.

[39] 索穷. 西藏记忆[M]. 拉萨：西藏人民出版社，2010.

[40] 特·赛音巴雅尔. 中国少数民族当代文学史[M]. 北京：北京十月文艺出版社，1999.

[41] 旺堆. 西藏在述说[M]. 北京：中国广播电视出版社，1995.

[42] 旺堆次仁. 拉萨历史沿革[J]. 北京：中国藏学出版社，1988.

[43] 王郢. 拉萨，时光静默如迷[M]. 北京：九州出版社，2013.

[44] 王郢. 修心和最爱的人去西藏[M]. 北京：九州出版社，2014.

[45] 王跃. 拉萨故事[M]. 成都：四川人民出版社，2002

[46]《西藏文学丛书》编委会. 镌刻在西部的忠诚　西藏报告文学评论选[M]. 北京：中国藏学出版社，2007.

[47] 霙子. 走进雪山[M]. 北京：长征出版社，2001.

[48] 张苹. 藏漂十年[M]. 北京：中信出版社，2014.

[49] 张彦丽. 圣地艺苑奇葩——记拉萨市歌舞团30年[M]. 成都：成都出版社，1992.

[50] 赵丰超. 下一站，拉萨[M]. 北京：中国电影出版社，2014.

[51] 赵嘉. 那时西藏[M]. 北京：中国旅游出版社，2007.

[52] 中共拉萨市委宣传部. 拉萨三十年1959—1989[M]. 拉萨：中共拉萨市委宣传部，1989.

[53]《中国少数民族文学作品选》编辑委员会. 中国少数民族文学作品选（第4册）[M]. 上海：上海文艺出版社，1981.

[54]《中国戏曲志·西藏卷》编辑委员会. 中国戏曲志·西藏卷[M]. 北京：文化艺术出版社，1993.

附 录
FU LU

作家笔下的拉萨

1951

西藏和平解放后，人民解放军先遣部队，于9月9日进抵拉萨，受到当地藏族、回族、汉族等各民族各界人民三万余人列队欢迎。

拉萨不仅是全藏的首府，是一个美丽的城市，也是全藏的政治、宗教、经济、交通的中心。

它的位置在拉萨河和雅鲁藏布江中间，高出海面3600米，是我国著名的建造在高地上的都市。

这城市的四周有狭小的平地——很适宜于种植农作物，而且风景美丽，所以喇嘛教徒说："拉萨是西方极乐地。"

拉萨的气候也比西藏一般地方的优良，雨季一过，天空经常晴朗，所以西藏人又叫它"日光城"。

……

拉萨对外交通有：从北面通过太昭、嘉黎到西康可到达四川成都，过去是商人贩运茶砖赴西藏贸易的大道，故称之为"茶路"，亦即是现在人民解放军进军西藏所经过的道路；另一条路是从北面通过黑河经青海可到达甘肃兰州，是藏族和蒙古族人民在宗教上朝拜往来之道；拉萨还有一条公路，南经雅鲁藏布江，过江孜达到中印边界的亚东，可通印度的大吉岭，与那边的铁路相连接，是英美帝国主义侵略西藏进出的孔道。再由江孜往西可到达后藏的日喀则。

拉萨城西北面有布达拉山，山顶建有布达拉寺，是达赖喇嘛驻在之所……寺高十三层，十分壮丽巍峨，是世界上有名的大建筑物之一。

可是，这个"西方极乐地"，过去是英美帝国主义者进行侵略西藏活动的中心，他们在这里榨取人民的财富，街头上到处拥挤着由破产农民和平民转变成的乞丐。现在，这个城市已经回到人民的手中，这个"日光城"已经出现了真正的光明，它是名副其实的日光城了。

——佚名：《拉萨》，载于《展望》1951年第12期。

附录　作家笔下的拉萨

1952

拉萨的藏、汉、回、蒙各族青年们有史以来第一次纪念自己的节日"五四"青年节。回到了祖国大家庭的西藏儿女们满怀着热爱祖国和要求进步的热情，开始走向他们光明的路程。从5月2日到4日，每天中午的时候，胸上挂着毛主席像纪念章的青年工人，穿着漂亮服装的男女知识青年，青年喇嘛和驻拉萨解放军的青年指战员们，从各街巷汇集到新建的拉萨小学校园里，连日举行了文艺联欢会，演讲会，纪念"五四"和庆祝新民主主义青年团西藏地区工作委员会成立的大会。校园里布置着用藏文、汉文出版的画报和祖国各民族青年们的幸福生活的照片。各族青年们在一起交谈，阅读书报，欢乐地跳舞歌唱。在各次会议上，各民族青年都用本民族的语言演讲。许多青年激动地说："我们有生以来第一次这样高兴，这新的生活是毛主席给我们的。"他们表示："我们要学习兄弟民族先进青年的爱国主义精神，在中央人民政府领导下彻底把帝国主义侵略势力赶出西藏去。我们这一代青年担负着建设新西藏的光荣使命。"在纪念会上，藏族女青年杨杰正领导大家高唱青年颂歌："团结起来，各民族的青年，驱逐帝国主义势力，在毛主席的光辉照耀下把西藏变成乐园。"……每天晚会后青年们都快乐地高唱着《帝国主义滚出西藏去》和《新中国青年进行曲》等歌走回家里。

这几天不仅拉萨的青年们欢欣振奋，许多老年和壮年人也参加了青年们的许多活动。年已73岁的藏族学者、诗人阿瓦察主和文学家金贡索都参加了墙报的编写工作和各次集会。老诗人阿瓦察主在会上朗诵了他赞美斯大林和毛泽东的诗，并教导青年们："你们必须认清谁侵害了我们，谁给我们幸福！这样，你们才能更忠实地跟着毛主席、共产党走。"为了满足拉萨青年们学习政治、学习新知识的迫切要求，入藏的专家和拉萨学者所组成的编译委员会，正加紧为青年们翻译小学、初中的课本和政治学习材料。阿瓦察主已用藏文编好了汉、藏民族关系简史。入藏的文艺工作者已搜集了许多优秀的藏族民间歌舞……并将内地的舞蹈和音乐介绍给西藏人民。西藏青年们今后的生活将会更加美好。

——佚名：《拉萨青年一代的欢欣》，载于《西南青年》1952年第10期。

4月的春天,拉萨是一幅美丽的风景画。碧绿的拉萨河从拉萨以东10里流向拉萨的西边。靠近山麓的地方,白雪皑皑的山头,倒映在河里。成群的野鸭和白鹤伫立在河滩上,或者自由地飞翔在天空和水面。傍着拉萨市区的拉萨河畔,是一长排树林。这里有西藏著名的仲及领卡、侧德林卡、孜付林卡、罗布林卡(林卡即公园)。公园里满布着西藏特有的柳树,4月的春天,柳树则开始发芽。

布达拉是一个高岗,在极目平原中,陡然涌起,位置在适当的山谷中。岗上有石脊,布达拉宫就建筑在这石脊上面;楼阁连云,建筑栉比……从布达拉宫往外望,拉萨全境,朗然在目;雪山环峙,茂林成荫,静静的河流,不绝地流着,蔚成白山清水的胜景。布达拉的确雄伟壮丽;西藏和平解放后的布达拉宫更洋溢着团结的喜悦的气氛。

——佚名:《团结快乐在拉萨》,载于《旅行家》1952年第11期。

1953

从面貌上去观察拉萨,今天是大大地改变了;从实质上去体会拉萨,今天的拉萨也是改变了。欢笑充满着拉萨,藏族人民唱着这样的歌来叙说他们的喜悦!

毛主席爱我们,像母亲爱着儿子。解放军用的钱,都是用的真银子。

这四句歌透露了藏族人民的喜悦,也讽刺了那些伪装着朋友面孔把西藏的银币、金币套汇到自己国内去的外国野心家!

解放刚一年,康藏高原的面貌已经起了极大的变化。先从拉萨说吧:原来堆积在大街通衢的如山的垃圾没有了,下水道畅通了,电灯放光明了,新的厕所每条街都有,新成立的清洁队每天出动打扫街道,街上再不像从前遍地屎尿,一下雨就泥浆没胫了。

银行、贸易公司、电信局、饭馆、人民医院,都迅速地设立起来。银行发放了农工商业贷款,稳定了物价,掌握了金融,举办了内外汇兑,合理地调整了银圆与外币的比率,使藏族人民不再吃尼泊尔商人套购物资、硬币,或货币贬值的亏了。(抗战末期,拉萨成了供给国内其他地区舶来品的主要基地，当时拉萨藏族人民手中握有卢比（印币）很多，尼商操纵金融，故意使卢比贬值，使很多藏胞流于破产）。为了有效地抵制帝国主义不收购占西藏出口的大宗羊毛，贸易公司大量地收购羊毛，以刺激生产。电信局沟通了拉萨与内地和西藏各地的联系。人民医院以每天诊治五百至七百人的记录给藏族人民诊断，挽救了很多人的生命，"'毛主席的门巴'（医生）救了我！"的话可以随时听到，为治好藏胞们的病，医疗人员也订立了出诊制度；去年的九月，又设立了病房，继续免费给藏胞们治病。

军区正在拉萨设立被服鞋袜、皮革、毛织和铁木等工厂，而且有了相当的基础。国营的建筑公司，已有木料厂在太昭，砖瓦厂在打泽宗附近，石灰厂也正在筹建中。此外拉萨正在修建电影院，这将是拉萨唯一的也是最新型的一个电影院。

我回来的时候，勘测公路的工程人员已经到拉萨了。现在康藏公路在拉萨已分作两路：一路箭头指向太昭，衔接住自昌都修来的公路；一路箭头指向江孜……通向日喀则和亚东。邮局的工作人员也来了。这一切都是在毛主席领导下成长起来的，只有在毛主席领导下，才能地覆天翻，把一切认为不可能的变成可能，把公路修到世界的屋脊上去，把荒野变成良田，把横断峡谷腰斩成平坦的公路。

为了建设西藏，从北京来的农业科学工作队在去年三月到了拉萨，他们正从西藏北部去西藏南部调查。农业实验场、畜牧实验场、血清厂、兽医门诊所、兽医巡回工作队正在筹设中。军区的"八一农场"，西藏工委的"七一农场"正培养着数百种菜蔬、果木、经济作物。

各种矿产的储蓄量，牲畜的数目，农牧业的操作技术，其后，土壤……都开始进行调查研究。拉萨河谷沿岸的荒地被开垦出来了，金黄色的麦粒，肥硕的葡萄、莴笋从地里长出来了……

"拉萨是真正的乐园了！"藏胞们都这样说。

——苏岚：《康藏随军行》，上海：上海中国旅行社，1953年8月版，第76—78页。

1954

前几个月，我们都是在大山深谷中穿行，每隔两天就要翻越一座大雪山。现在，我们来到了宽阔的拉萨平原。

在河流的尽头，可以看见青蓝色的山峦和半面积雪的高峰。无数条清溪汇合成一股深邃的碧流，蜿蜒曲折地向西南流去，两岸都是田地。在每一座小山的凹处，都有整齐的庄园，绿荫荫的树木环绕着红色、白色或杏黄色的房屋，这就是藏族农民世代居住的地方。前面的庄园附近是一座安静的寺院，金色的屋顶在闪闪发光。山顶上古代碉寨的残垣，依然显示着当年的英雄气魄。

正是秋收的时候，青稞已经上了垛，勤劳的藏族男女正在忙着打场，广阔的河谷里时常响起他们劳动的歌声。他们生活得那样乐观，那样活跃。在庄园上空，盘旋飞翔的鸽子，时常落到人们的身旁，附近河滩上停留着很多黄鸭和灰鹤，它们回过头来看安静的原野，啄啄背上的羽毛，发出几声悦耳的长鸣，使整个山谷响起了和谐的韵律。初到这里的人，哪会想到在万山丛中，还有这样美好的地方。看着和平的景象，我们的心胸也感到了无限愉快，更加广阔了。

……

我们走进了拉萨市区，市区已比以前繁荣得多了。

贸易公司的牌子挂在朱红的大门上。贸易公司曾以远高于过去的价格收购了藏族兄弟的羊毛，周转了四百家商户的资金。过去，因为交通运输不方便，帝国主义者故意压低羊毛价格，剥削藏民；现在藏商和贸易公司签订合同，以合理的价格把羊毛卖给祖国。在拉萨附近的大路上，随时都可以看见从西藏北部高原来的牧民，卖了自己的羊毛，买了茶叶和布匹，赶着牦牛，愉快地返回故乡。

贸易公司的西边就是中国人民银行，专门办理存款、低利贷款和国内外汇兑。藏族人民再也不会因帝国主义者控制货币比价而受到剥削了。拉萨的商业已经空前繁荣起来，1951年9月，全城的商店只有1290家，到1952年年底已经增加到1820家，资金也增加了1/2。

人民解放军进驻拉萨不久，就成立了门诊所。每天都有几百名来自各地区各阶层的藏族兄弟在这里得到免费治疗，它挽救了很多人的生命，改进了很多人的健康，最受藏族兄弟的欢迎。门诊所的同志到街上买东西时，藏族兄弟一定不要钱或少要钱，但同志们仍然按照部队纪律，把钱如数交给他们。还有很多藏族兄弟在治好了病后，又挂一次号，但不是为了治病。他们怀着极高的敬意，找到给他治病的医生，从怀里掏出一束鲜花或一些藏枣，塞到医生手里，说："用这个表示我的心意吧！"他们怕耽误别人的看病时间，说完就告别走开了。在拉萨，我们的医务工作者常常受到这种热情的感激和鼓励。很多医生同志也深受感动，已经下决心要长期留在西藏，终身为藏族人民的健康服务。1952年9月，在这个门诊所的基础上成立了拉萨人民医院。人民医院举行开幕典礼时，藏族人民送来了很多锦旗。藏族学者江罗坚先生在开幕典礼上讲了话。他年轻时曾到帝国主义者办的医院里去看过病，人家看他是藏族人，又没有钱，就朝他胸部打了两拳，把他赶了出来。现在，自己的医院成立了，江罗坚先生激动地说："今天，我再也不会挨拳头了。"

1952年8月，拉萨小学开学，600名天真活泼的藏族儿童，开始愉快地学习着本民族的语文和算数，他们唱歌，做各种体育活动和有趣的游戏。教师大多是藏族官员和大寺院中有学问的人……

现在，一条通往祖国内地的公路正在修筑中。我们从拉萨以东经过时，曾遇见西藏地方政府高级官员率领的几万名民工，在积极地修筑从拉萨到昌都的公路。到处是密密的帐篷，到处都可以听到愉快的歌声。他们白天紧张工作，晚上还要开小组会议交流经验，学习时事。这支建设祖国的劳动大军，热切地盼望能早一天和从昌都往西修路的同志们会师，热切地盼望早一天修好通往祖国内地的平坦大道。

拉萨附近地区的藏族农民，得到了人民解放军西藏军区的"农业无利贷款"，改善了生活。70岁的老农民群佩，以前因为没钱买种子，荒废了21亩地。1952年，他得到了贷款后，恢复了17亩地的耕种并得到了丰收，生活也富裕起来。人民解放军在拉萨郊外开发了几千亩荒田，成立了拉萨农场。耐寒的麦子和各种蔬菜作物都已经茂盛地生长起来，出现了西藏从来没有的收获量。很多藏族农民跑几十里路来农场参观，学习解放军先进耕作法，把自己的耕作经验告诉解放军；然后带着新的种子回去。拉萨农场的飞跃发展，对西藏的农业生产将会起很大的推动作用。

西藏解放了，拉萨解放了，新的事物和新的变化是说不完的。在解放了的西藏人民面前，展开了一种新的生活。过去的痛苦和今天的幸福成为一个鲜明的对比；将来会比现在更幸福。这鼓舞着藏族人民，使他们不怕困难，更加紧密地和各族人民团结在一道，争取更幸福更美好的将来。

我们在大山深谷中生活了一年，没有看到过报纸。到拉萨后，我们不仅受到同志们的热情接待，而且听到了很多关于祖国建设的消息。这些消息是多么宝贵，多么振奋人心啊！每个人都高兴极了。我们不愿意在拉萨停留太久，大家研究了今后的工作计划，马上继续前进。

——王大纯等：《在康藏高原上》，北京：中国青年出版社，1954年7月版，第20—25页。

12月25日，是康藏公路和青藏公路全线正式通车的日子。两条公路上各有一队汽车开到拉萨。这是千万藏族人民渴望着的喜日。

黎明前，拉萨市从冬季的晨寒中醒来。人们提前吃过了早饭，母亲打扮着孩子，小伙子和姑娘们穿上了鲜艳的新装。

太阳从东山升起，家家户户门前招展着五星红旗和彩旗，街头巷口贴上了巨幅标语，人群从市区和郊区涌向拉萨市东郊和西郊。当康藏公路上的彩车队从对岸开上拉萨河大桥桥头的时候，人群轰动着，他们摇着手里拿着的鲜花和哈达。

上午10点40分，中国人民解放军西藏军区司令员张国华和西藏地方政府代理噶伦噶章·罗桑仁增等走到了彩门前。张国华剪开了红色彩绸后，以高悬毛主席巨幅画像的彩车为先导的车队，缓缓地驶过来了，人群中立刻爆发出雷动的掌声和欢呼声。人们跳着，欢呼着。军乐和拉萨三大寺佛乐队的鼓号一齐吹奏起来。一条条雪白的哈达挂到了毛主席像上和彩车上。孩子们欢笑着跑过来，父母们和老师们把他们抱上车，他们把彩花献给筑路工程领导人员和筑路功臣模范们，许多孩子扑到他们的怀抱里。人群中抛出彩色花片纷纷落在英雄模范们的身上。藏族老妈妈喊着"毛主席万岁！"把花束掷到汽车上。人们还不断把慰问信和一包包的慰问品从车窗扔到驾驶室里，扔到车厢里。第一辆彩车上的人们就收到了二十多封慰问信和几十包慰问品。每封慰问信上都写着简短热情的话语。拉萨市爱国青年文化联谊会的信上说："亲爱的筑路英雄们！你们是毛主席的好儿女，你们完成了前人不能完成的艰巨事业。你们鼓舞着祖国各族的男女青年，特别是我们藏族青年。我们要向你们学习，为建设新西藏而奋斗。"第二部彩车快要驶过彩门时，远道赶来的牧民均巴多吉和他的五个伙伴，从人群里挤出来，急忙上了汽车，把许多条哈达挂在毛主席像上。他兴奋地说着："幸福啊，幸福啊！"从乡下来的藏族妇女们，看到了彩车上的毛主席像，连续喊着："毛主席！毛主席！"

11点15分，青藏公路也剪过了彩。车队开过来了，人们在鞭炮声中欢呼起来，藏、汉族青年们迎着车队翩翩起舞。

在雄伟的布达拉宫前面，两支车队和欢乐的人流会合了。两路筑路工程的负责人，两路的筑路功臣和模范们，紧紧地握手，互道辛苦。这里有数百名汉、藏、回、蒙等各民族的英雄模范。他们为了建设祖国边疆，胜利地完成了任务。今天他们一起到这里来庆祝公路通车，庆祝藏族人民的大喜事。藏族人民带着感激和敬爱的表情望着他们，为他们的会合欢呼。这时候，70多岁的藏族老诗人阿瓦察主，穿着新衣赶来。他在昨天深夜才译完庆祝通车的文件。今天，他喜不自禁地跑到青年们的行列里，挥起雪白的哈达，迎着两支车队跳着舞着，然后亲自把哈达挂到彩车上。

车队进入广场以后，两支巨大的人流变成了一片人海。扩音器传送出快乐的歌声，欢迎车队的礼炮连珠似的响着。

庆祝大会开始了。会场里有从祖国首都和各地远来的客人，有来自西藏和昌都市各地的代表，他们带来了各族人民的嘱托和心意。他们向筑路的英雄们赠献了几十面锦旗。大会上，在热烈的掌声中，拉萨藏族青年画家罗桑喜饶走到主席台前，双手捧着他画的毛主席画像，献给大会，他还写了一封感激毛主席的信。

1954年12月25日，是西藏人民永远难忘的一天。

——陈家琎：《狂欢的拉萨》，载于《新华社新闻稿》1954年第1673期。

1955

  拉萨的河流是这样安静，/ 为什么听不见发动机的响声？/ 东方已闪耀着星星，/ 为什么看不见汽车的踪影？// 战士骑着快马，/ 奔进了焦急的人群，/ "嘿，来了，/ 汽车来了，/ 我已听见轰轰的发动机声。"// "年轻的战士哟，/ 这不是发动机响，/ 是河风吹过山谷，/ 山谷发出的回声。"// 拉萨姑娘从远处奔来，/ 河风飘舞着她的衣裙：/ "啊嗬啊，来了，/ 汽车来了，/ 看哪，远处正扬起风尘！" / "性急的姑娘啊，这不是汽车扬起风尘，/ 是归家的牧童，/ 追赶着他的牛群。"（《等待》）

  战士们登上了山岗，/ 孩子们爬到树上，/ 人群像黑压压的树林，/ 在大风中一齐倒向东方。/ 忽然，车队隆隆震动河谷，/ 拉萨河边闪着金色的灯光，/ 人群像一条欢乐的河水，/ 奔向那金色的拉萨河旁。// 道路啊，/ 你今天为什么这样长？/ 雄鹰啊，/ 快借给我翅膀。/ 我要飞呵，飞到河边去，/ 看一看从北京开来的车辆；/ 我要飞呵，飞到河边去，/ 亲一亲驾驶员被风吹红的脸膛！（《飞呵，飞到河边去》）

  车灯照亮了拉萨的夜空，/ 金色的拉萨河谷人声喧嚷。/ 驾驶员刚刚推开车门，/ 立刻被人们高举在头上。/ 老爷爷好像回到了黄金的年华，/ "嗬嗬嗬嗬"笑得像孩童一般，/ 激动的阿妈，/ 眼泪里也闪着欢乐的亮光。// 金色的拉萨河谷人声喧嚷，/ 战士们的话像奔流的河水一样：/ "是不是甘孜城装上了电灯？" / "昌都是不是盖了很多楼房？" / "听说有座城市在森林中出现，/ 那是不是我们烧过营火的地方？" / 驾驶员正不知先回答谁，/ 一杯热茶又送到手上："同志，这是拉萨河水烧的茶，/ 你尝一尝，/ 我们日夜守卫的拉萨河水，/ 是不是又甜又香？" / 驾驶员正要回答，/ 那边跑来一群拉萨的姑娘，/ 她们拉着他的军装："走吧，亲人，/ 在那金色的林卡中央，/ 人们正等着你去跳锅庄"……（《金色的拉萨河谷》）

  ——杨星火：《金色的拉萨河谷》，载于《解放军文艺》1955 年第 3 期。

  在拉萨河蓝色的夜晚，/ 工人唱着歌在打桥桩，/ 电灯映照着拉萨河

附录　作家笔下的拉萨

水，/灯光像金色的龙游在水上。//是谁划着牛皮船，/打破了平静的水面？/是谁激动地呼喊着，/闪过金色的龙身边？//牛皮船靠近河岸，/他闪身跳上沙滩，/伸出颤巍巍的双手，/抓住那打桩少女的发辫！//"嗬！朗嘎！/你是嫌我胡子太白？/还是嫌我腰背太弯？/修这条通向北京的金桥。/怎能让爷爷躺在河那边？"//"松手吧！爷爷，/你看河上已漂着冰凌，/风刀会刮破你多皱的脸！"//"松手吧！爷爷，/你瞧这群打桩的伙伴，/都是身强力壮的青年。//"松手吧！爷爷，/你是不是忘了，/今年你已七十三！"//老爷爷仰天大笑，/松开了少女的发辫，/双手拉着打桩绳，/嘿哟嘿哟地呼喊：//"哼，年轻人，/看着我的胡子笑什么？/瞧！我这双拉打桩绳的手，/是不是比你们慢？！"

——杨星火：《拉萨河上的老爷爷》，载于《解放军文艺》1955年第7期。

来自拉萨的客人，/带着草原的芳香，/牛羊的欢叫声，/还在耳边萦荡。//今天来参观工厂，/又爱上马达的歌唱，/弦子没有它动听，/牧歌不及它嘹亮。//饱经风霜的面庞，/更感到炉火的温暖；/穿着大红衣裳，/更爱这铁水的彩光。//铁水急如流水，/好像拉萨河的波浪，/那横跨河上的铁桥，/就是这里出的钢梁。//钢梁像巨人的臂膀，/撑持着来往的车辆，/它是友谊的手哟，/伸到遥远的家乡！//家乡的群山峻岭，/蕴藏着无尽的宝藏，/宝藏等待着开发，/也急需这样的工厂。//藏胞走出车间，/怀着一个热切的期望，/期望那森林似的烟囱，/耸立在康藏公路的两旁。//代替那高原的云雾，/是煤烟的飞翔！/代替那滚动的雷声，/是机轮的震荡！

——梁上泉：《来自拉萨的客人》，载于《文艺学习》1955年第8期。

出了波密，汽车爬上色齐拉山顶，往下就是雅鲁藏布江及其支流冲积而成的工布地区。

工布地区河谷宽阔，农田、村庄和人工栽培的防风林历历如画。

汽车以每小时35公里的速度穿过工布地区的公路线，接着又翻越了康藏公路到达拉萨的最后一座大山——工布巴拉山。早就盼望着的拉萨平原出现在眼前了。

拉萨平原地势开阔、土地肥沃，是西藏地方主要的农业区。平原上阡陌相连，人烟稠密，每隔三五里，就有一个绿荫掩映的村庄。这里气候温和，出产青稞、小麦、豌豆等农作物。蓝天白云，汽车公路，农田水渠，房屋村庄，这一切构成了拉萨平原上美丽的风光。居住在拉萨平原公路沿线的藏民们庆幸着新生活的开始，他们说："公路修到了我们的家门口，彩虹从天上落到了地上，日子好过得多了。"

现在，拉萨平原上崎岖曲折的小道已经荒无人迹，长满了野草，代替它的是一条宽阔而平坦的公路。行人、汽车、大车、骡车、牦牛和小毛驴川流不息地来往在公路线上。从拉萨到乌苏江每走一趟至少要比以前走小路节省两个钟头。

拉萨平原公路沿线开始出现了新的繁荣。德庆设立了贸易公司，墨竹工卡的坐商较前增加了一倍。就连乌苏江这个只有二十多户人家、从前一根针线都买不到的小村落里，也不断有商贩来往，藏民们出门就可以买到盐、茶和布匹了。西藏军区在德庆东边山脚下修建的砖瓦厂，日夜冒着浓烟，大批的砖瓦正源源用汽车、马车和牛皮船，水陆兼程运往拉萨的各个建筑工地。墨竹工卡附近是土陶器的出产地。藏族工人们扩大了生产，计划还要修建新的房屋。在拉木村下拉萨河边的荒滩上，西藏军区参加农业生产的战士们还开垦出了六千多亩荒地，修建了许多大大小小的水渠。

明天是康藏、青藏两条公路同时通车拉萨的日子。随着一阵阵滚滚的烟尘，一大队汽车满载着物资和前去参加通车典礼的功臣模范们从工布巴拉山进入了拉萨平原，向着拉萨飞驰而去。休息时，听见从拉萨的来人说，已有上百辆的汽车开到了拉萨。

德庆，是从前骑马到拉萨最后的一个马站，距离拉萨有50多里，从这里就可以看到金碧辉煌的布达拉宫。参加拉萨通车典礼的汽车队聚集在这里。彩车已经装扮好了。

田野上燃烧着熊熊的野火，汽车驾驶员和当地的藏民们在一起跳舞。

从德庆到拉萨20多公里的公路线上，筑路工人们正在辅修路面。七八

部匈牙利出品的碎石机正隆隆地运转，吐泻着各种尺寸的碎石。在通往公路北边山脚的小路上，采运石料的工人们络绎不绝。这一带的石料都是坚硬的花岗岩石。工人们正耐心地用铁锤把坚硬的花岗岩石打成铺筑路面所需要的碎石。我听见一个满身沾着尘土的年轻工人在对他伙伴说："用这些天然的宝贵材料，再按照苏联先进经验修筑起来的'级配路面'，任凭汽车怎么跑，也跑不坏呀！"

离拉萨市还有2公里多路，汽车通过了拉萨河大桥。它像长虹一样横跨在碧波翻滚的拉萨河上。

修建拉萨河大桥的工作正在继续进行。高耸的柴油打桩机喷着黑烟，推土机不停地吼叫着，八九十个打桩工人在雄壮的劳动歌声里，举起了粗壮的臂膀和椿锤。架桥工人们为了在洪水上涨以前，胜利完成拉萨河大桥河滩部分工程的修建工作，他们正冒着河谷里的寒风和尘土，从黎明一直工作到黄昏，并且还把工作效率较开工初期提高了百分之六十。载运架桥所需木料的汽车一辆一辆地开到工地上。这些汽车装载着粗大的木料，远远望去活像一些"炮车"。大桥东端的河滩上堆积着很多钢架和铁件。每天都有成群的藏民前来架桥工地上参观。

多年来，拉萨河上只漂浮着载重三四百斤的半圆形的牛皮船，作为行人和物资的渡河工具。牛马要牵过河，就得把鞍具卸下来，几十个人在岸上追赶、鞭打、投掷石块，迫使牛马从河水中泅到对岸去。每当洪水上涨，过河的困难就更大了。牛皮船在急流的漩涡里直摇晃，望着船边滚滚的波涛，真教人胆战心惊。这时，泅在河中的牲畜有的被巨浪吞没了。在拉萨河两岸的藏族人民中，流行着这样的一句话："过一次河，半夜睡不着。"现在，行人和汽车都可以安稳地从大桥上来往通过，藏族人民是多么喜爱这座桥啊！

紧靠着拉萨城东沙巴"林卡"（相当于林园或公园）旁边躺着一大块黄草坪。康藏公路通车拉萨前，每逢星期天，人们到"林卡"或拉萨河边去玩，常常从这里经过，当时，谁也不去注意它。现在，这一大块荒草坪已经成为交通部公路总局第一工程局临时的汽车站，搭起了一排排白色的帐篷，堆放着许多修理汽车的器材、筑路工具和各种建筑材料。马达声不断轰鸣着。苏联出品的蓝色"吉斯"牌运输大卡车源源载运着物资来到这里，又从这里载

运着西藏地区的土特产往内地去。

……

西藏人民用最美好的词汇来歌颂康藏公路，说康藏公路是西藏人民通向幸福生活的"金桥"。

晚上，拉萨市有五个地方同时上映电影和戏剧，狂欢一直持续到深夜。

康藏公路通车拉萨后，紧跟着"雪封山"的季节就降临到青藏高原。拉萨城郊的远山上堆积着皑皑的白雪，呼啸的寒风不住掠过"林卡"上空。从前这些时候，拉萨城内的街头上只来往着稀落的商旅、行人和牲畜；现在，满载物资和各种建筑器材的汽车队，不断带着冰雪，鸣着喇叭，从大昭寺门前闹市的人群中奔驰过去，四乡的农、牧民拥塞在街头，购买汽车刚运来的内地货物。拉萨已不再是一个远离北京的地方。

……

欢乐的古城——拉萨，到处是欣欣向荣的景象。

——宗子度：《到拉萨去》，北京：中国青年出版社，1955 年 11 月版，第 50—57 页。

1956

在拉萨，每隔十二年要举行一次跑马射箭大会。最近一次应该是明年才举行，但是为了庆祝西藏自治区筹委会的成立，特别提前一年，在今年的五月五日举行……

跑马射箭大会是在拉萨市北郊的一个很大草坝上举行，参加的有三万多人，除了西藏地方政府僧俗官员、中央代表团的全体人员以及拉萨市民，四乡的农民牧民也都赶来参加。

上午十一时起，精彩的表演开始，四十多名穿着三百年前的战袍、带着弓箭、骑着彩鞍骏马的藏族青年骑士，在观众的热烈掌声中，首先表演了单骑和跑马射箭。为首的一人是金盔金甲，以后各骑士也都服装鲜艳，远看非常壮丽。骑士们在飞驰的马上用手分开缰绳，举弓连射三靶，每个靶相距只有五米，骑士们射完一箭后，要从背后的箭囊中连续取箭，因此既要勇敢，

又要动作十分迅速。在表演中，有五名射手连中三靶。骑士们接着手执火器，身背弓箭，腰插锐矛，进行更复杂的表演。这个表演要求他们用枪击头一靶，用箭射第二靶，再用矛刺第三靶，青年骑士索南多吉在上项表演中连中三靶，这次又都射中目标，激起了全场热烈的掌声。接着由西藏北部草原赶来的二十名牧民表演了骑术、放枪和在马上俯身拾物，二十一岁的骑手札西在一次跑马疾驰中拾起了放在地下的两条哈达。

西藏地方政府给参加表演的骑士们献了哈达，并送青稞酒进行慰劳，中央代表团也给表演者献了哈达，还赠送了纪念品。

——何思源：《拉萨随笔》，载于《旅行家》1956年第9期。

1957

运输车放开最快的速度，/轮胎上飞起滚滚的尘土，/草原野性的风把它吹上高空，/那景象使最美的云彩也要嫉妒。//阳光照着每辆汽车的车窗，/玻璃上射出耀眼的光柱；/这里，白天也有了探照灯，/一会射向成群的压路机；/一闪又射到工地的尽头。//在未来西藏的天空，/比云彩还要多的，/将不再是汽车荡起的尘土，/而是无数巨大的工厂喷出的烟雾！//在未来的西藏，/到处闪光的，/将不再是车窗射出的光柱，/而是耀眼的钢水出炉！//我们修筑拉萨机场，/绝不是单为拉萨人；/正是要西藏坐上飞机前进！/十万座大雪山是凯旋门！（《尘土与光柱》）

——高平：《拉萨机场工地组诗》，载于《红岩》1957年第1期。

彩色缤纷的拉萨河啊！/你是一幅艳丽的宽银幕，/还是一块绚烂的调色板？//在露水沾湿麦芒的早晨，/水面上浮泛着漫天的云霞；/在刚刚飘过雨丝的初夏，/万里长虹就在河心中倒挂……//从淡青变成金黄的菜花，/从稀疏变成茂密的林卡，/从浅褐变成暗绿的山峰，/都从你的波影中，看出自己的变化。//每到盛大、欢乐的节日，/有多少围裙拂动地上的鲜花；/人们在你的身边旋转，旋转……/水面上映着多少笑脸，掠过了多少

喧哗。//彩色缤纷的拉萨河啊！/你是一支赞美爱情的歌，/还是一幅描写新生活的画？

——顾工：《彩色缤纷的拉萨河啊！》，载于《星星诗刊》1957年第3期。

<hr />

拉萨城里充满了阳光唉，阳光照亮了布达拉宫墙唉，拉萨河水静静地流过城堡唉，把红旗的倒影啊映在水上唉。啊，哪里有这样好的地方唉，像我的拉萨故乡唉，不管走到哪里永远不能忘唉。

拉萨城里充满了歌声唉，歌声飞过了布达拉宫顶唉，林卡里的花儿快快苏醒吧，快快苏醒，幸福的春天啊已经来临唉。啊，哪里有这样好的地方唉，像我的拉萨故乡唉，不管走到哪里永远不能忘唉。

古老的拉萨城唉，愿你的青春永恒唉，在我们祖国的怀抱里，祖国的怀抱里，你会成为一颗啊明亮的星唉。啊，我的故乡唉，你是我的生命唉，我要走遍祖国的土地，歌唱你的新生唉。

——苏策：《拉萨之春》，见原中华人民共和国文化部艺术事业管理局、中国音乐家协会辑：《〈歌曲〉合订本第8集1957年7月号至12月号总第46期至51期》，北京：音乐出版社，1958年5月版，第1—2页。

1958

孩子，/捧着书包，/脖子上飘着红领巾，唱着歌子/蹦跳着走向学校；/爸爸，/打开自己的粮食/装进饱满的青稞，/扛起袋子/去公家为藏胞设立的磨坊/磨自己食用的糌粑；/爷爷，/把好几对镩铄拴在一起，/目送儿孙们出去/眼里充满幸福的泪，/要去打一把锄头。/这就是从前的世袭奴隶，/开始做一天的工作！(《一家三代》)

背上背着牛皮密缝的包，/装着凝炼的酥油，/口里唱着古老的藏戏，/却过着新生的日子。/这包酥油不是给贵族交债，/是给老婆和孩子泡茶喝，/怪不得越走步子越大，/像一匹发兴的骆驼！(《背酥油者》)

每一个店铺里，/装满了人，/藏人、回人、汉人……/真像一个大家庭。//藏

人要内地的砖茶，/回人要杭州的绸缎/汉人最爱拉萨的奇货。//一串笑脸出去，/一串笑脸进来/带走的是幸福/留下的是愉快。(《店铺》)

——王彤：《拉萨街头》（组诗），载于《星星诗刊》1958年第2期。

1959

革命的烈火冲散了阴雾，/苦难的童年永远结束！//再也看不见妈妈的含泪忧愁的脸，/再也不要受/地主的残酷的皮鞭。//今天：我们换上干净的衣裳，/涌到美丽的龙王塘。//这一片土地上，/一切都变了样！//帐幕里都是孩子们/欢笑的声音，/钢琴和皮鼓，应和着/狂欢的跳舞。/卖国的噶伦们玩够了的/湖心高楼，今天也该让我们来/享受，享受。//抬头看：/金色的太阳，/玉色的田野，/银色的山！/一阵快乐和骄傲/涌上心间！//我们的恩人呵，/毛主席，共产党！/如今我们有了一双/自由的手，/我们要在这自由的土地上，/建出一座乐园给你们看！

——冰心：《"六一"节在拉萨》，载于《天津日报》1959年6月1日。

布帘紧掩着窗户，/八角街蒙着雾纱，/春寒在拉萨行走，/一个少女抖在屋檐下。//她没有羊皮帽子，/细辫儿被冷风吹打；/背上的竹篓里，/是一捆夹竹桃花。//卖花！卖花！/走过赶早的骡马；/卖花！卖花！/来了磕长头的阿妈。//似乎没有人听见，/她在喊卖花；/更没有人看见，/她蹲在屋檐下。//太阳露出来了！/偏偏照在对门家，/卖花女，站起来，/想到那儿去暖一下。//少女刚要穿过街，/马蹄声，嗒嗒嗒！/呀！藏军骑马挥长鞭，/暴风似的卷来啦！……//受伤的卖花女，/仰面倒下！/藏军弯腰举起鞭，/从左从右朝她打！//嗒嗒！嗒……/可怕的蹄声走远啦。/春风啊，轻轻地，/扬起满地的落花。//受伤的卖花女，/扬手追赶飞起的花，/眼一黑，又倒下，/早晨的阳光照着她……/布帘迎风飘舞，/到处是吉祥的图画，/骡帮快活地响着铃子，/卖花女又来到拉萨。//她的长裙，/好像新鲜的叶子，/她的上衣，/好像背上的百花。//少女抬头走如风：/卖花！卖花！/少

女好像唱着歌：/卖花！卖花！//你买一束放窗前，/他买一束瓶中插，/都用清香的花朵，/装点翻身的家。//少女的花篓里，/剩下最后一把花，/无论谁来买，/她都不卖啦！/一条红绸子，/扎起这束花，/快步向着兵营走，/要见一个本部啦。//那天是他救起我，/驮上他的枣红马，/送到大军医院里，/交给一个女门巴……//卖花女，捧鲜花，/见人就说这番话。/找过来，找过去，/定要找到那个本部啦。//卖花女，别找了！/那个本部啦，/已经渡过拉萨河，/骑马远去了！//为了春天的鲜花，/为了千万个阿妈，/冲杀在深山峡谷，/露宿在月光下。//卖花女，等着吧！/薄冰似的叛匪快融化，/他会骑马回拉萨，/再拿鲜花去迎接他……

——张永枚：《拉萨卖花女》，载于《人民日报》1959年8月22日。

一株古老的雪松，/孤独地站立在拉萨河畔。/我们垦荒者的野营，/就扎在雪松的旁边。//早晨来了第一位客人，/是位牧羊老人，/脸上深深的皱纹里，/闪着痛苦的泪痕。//他拿起六弦琴，/低沉地拨响了琴音；/从他哀怨的歌声中，/我们知道了全部真情。//从他爷爷开始，/他家世代都是牧人，/瘦瘠的羊群，/伴送着贫穷的生命。//在他爷爷手中，/种下了这株雪松，/也种下了一个希望，/相传给自己的子孙。//他盼望河岸上的荒地，/有一天在睡梦中苏醒；/那时拉萨河畔，/春天将像雪松四季常青。//他的歌有一股无穷的力量，/给我们的理想插上了翅膀，/我们的血在涌呀！/恨不得马上实现老人的愿望。//老人向我们走近，/把我抱在自己的怀中，/兴奋得老泪纵横，/湿透了我的衣襟。//他抱着我的肩，/抚摸着古老的雪松，/望着河岸上这片荒地，/露出深情的笑容。（《一株古老的雪松》）

拉萨河畔的夜，/蓝得像透明的水晶。/我们爱围着帐篷外的篝火，/把农场的未来谈论。//手风琴总是夜的情人，/它激荡着我们的心，/是抒情之音还是劳动后的兴奋，/让我们的幻想插翅飞行……//总是深夜的寒意，/把我们轻声地提醒——/回帐篷里去吧！/做一个甜蜜的梦，/迎接战斗的黎明。（《夜》）

——徐大猷：《拉萨河畔的春天》，载于《安徽文学》1959年第15期。

附录　作家笔下的拉萨

1960

　　建国十周年前夕，当我刚刚结束了对阳泉钢铁工业的采访，准备转到晋中农村去完成另一个报道课题的时候，突然接到山西日报编委会的通知，组织上决定调我到西藏日报社工作。于是，我整理行囊，告别了培育我十多年的山西日报，在1959年9月19日的早晨，愉快地踏上了进藏的旅途。

　　……

　　10月4日下午，雄伟的布达拉宫终于在我们的眼前出现了。国庆十周年刚过去三天，只见拉萨街头牌楼高耸，红旗飘扬，还是一片节日景象……

　　拉萨是一座高原古城，它的海拔高度为3630米，所以人们说它是世界上最高的大城。我经常这样想，如果从内地看这里，我们就是生活在天空。但拉萨的气候很好，周围有群山环绕，市内树木特多，到处都是"林卡"(公园)。意译为"宝贝的公园"的"罗布林卡"，满有故宫兼晋祠的风味。特别宝贵的是，在白天拉萨很少不是晴天，所以它又叫"日光城"。早年进藏的"老拉萨"说，这里冬天没有东北冷，夏天没有南方热，一年之内可以过八个月春天。因为拉萨有这样好的气候，我们一到目的地，在进藏途中得下的头疼、气喘等毛病，便差不多全好了。

　　在中共西藏工委招待所休整、学习了几天，10月14日，便被分配到西藏日报社。从此，我便成为一名高原上的新闻战士了，我从内心里感到兴奋。

　　西藏日报社在紧靠布达拉宫的东面，和西藏人民广播电台、新华社西藏分社都相距不远。西藏日报分藏文、汉文两种版，编辑人员中也是既有汉族同志又有藏族同志；有些藏族同志和汉族同志，都是精通藏、汉两种语言文字。编辑部开会的时候，参加会议的人，差不多一个人可以代表一个省份，说起话来，南腔北调。报社的人员还少，设备也比较差，大家常常念叨，希望内地兄弟报纸有更多的新闻战友们到高原上来。

　　虽然西藏日报的人员比较少，设备比较差，但同志们的干劲十足。地方新闻组的同志，都是一人独当一面，有的甚至一人独当两面。整个工作是"一揽子"，人人都是"多面手"。每天，除了照常出版两种文字的两张对开四版报纸，大家还定期学习藏语、藏文和参加体力劳动。报社经营着一个小农场，今年共收获各种蔬菜 6 万多斤，除了自给，还支援了其他机关一部分。今冬，在报社的大院子里又建立起一个相当大的暖室，并加强了家禽、家畜的饲养工作。我们的口号是：争取在二年到三年内，做到副食品完全自给。眼下，全社职工正在纷纷编订跃进计划，准备为 1960 年的元旦献礼。

在这里，我们的生活和内地差不多，主要食物是大米，每天都可以吃到肉，有时也可以吃到白面。因为有了暖室，现在还能经常吃到新鲜的小白菜、菠菜和绿豆芽。人民电影院经常放映新电影，拉萨大礼堂和军区军人俱乐部也不断组织戏剧晚会。

到拉萨来已经两个多月了，其间，虽然通过学习、参观，对拉萨以至西藏的情况了解了一点，但距离熟悉这个地方还相差十万八千里。过去熟悉的或比较熟悉的东西，有许多都用不上了，估计在今后的工作中一定会有很多的困难。但我想，只要紧紧依靠党的领导和同志们的帮助，再加上自己的努力，这些困难总是可以克服的。

——李文珊：《从太原到拉萨》，载于《新闻战线》1960 年第 2 期。

你呵，蓝色的拉萨河，/静静地流着，流着……/从雪山的臂膀下流出来，/从拉萨河谷胸膛上流过。//七月，火红的朝阳，/把你装扮像璀璨的金河；/轻盈飘飞的晓雾，/用彩色的纱巾将你披裹。/你日夜荡漾着微笑，/唱不尽美妙动人的欢歌，/是什么牵动你不平静的心？/你呵，多情的拉萨河。//那金黄的油菜花，/含着露珠在阳光下闪烁，/凉爽的微风轻轻吹拂，/蹬动了金色的微波。/那辽远肥沃的田地里，/站着高过人头的青稞，/亿万支颀长的金箭，/遥指向天边的云朵。/这些，千年来，/你都未曾见过。//麦丛中扬起甜蜜的笑声，/互助组员倾吐着欢乐。/他们有的吸你乳汁六十年，/有的刚刚绽放青春的花朵，/过去被贵族叫作"会说话的'牛马'"，/都曾饱受皮鞭的折磨。/今天耕耘在自己土地上，/劳动再不是沉重的枷锁。/这些，千年来，/你也未曾见过。//翠绿的白杨频频招手，/邀你到林卡里做客，/看农奴的儿女戴上红领巾，/听他们纵情歌唱党和祖国。/纳金水电站又送来请帖，/请你去唱跃进的歌，/为的给你黑色坎肩上，/缀饰明珠万颗。/这些，千年来，/你更未曾见过。//欢跃的拉萨河，/我知道你乐些什么，/你哺养藏胞千百年，/今天，只有今天——/他们第一次尝到人生的甜果，/怎不激动你——母亲拉萨河。/如果失去自由的姑娘，/星光下常来洗屈辱的泪痕；/如果乞讨的流浪儿，/双膝跪河滩饮水填饿；/如果狂醉的农奴主，/在你身边乘凉取乐；/如果艳装的贵族小姐，/打着毒菌似的花伞缓步走过；/你比泪水还要苦咸，/你滚烫得像团怒火，/根据你的性格我推断：/你甚至宁愿干涸！//乌云永远地消逝了，/阳光下你扬起欢乐的水波。/看这七月的拉萨河谷，/沿河开放吉祥的鲜花，/遍地沸腾生活的赞歌。/你变得这样年轻俊美，/你变得这样激情磅礴，/深情的母亲，时代的明镜，/你呵，蓝色的拉萨河。

——汪承栋：《蓝色的拉萨河》，载于《诗刊》1960年9月号。

1961

从含恨饿死的阿爸手里，/接过浸染血泪的画笔，/画笔是唯一的祖传家产，/也传给你绝妙的手艺。//你手艺最高，/你身价最低，/像一颗蒙尘的宝珠，/被捏在贵族手里。//你咬紧牙给贵族绘象，/大象流泪哭泣；/你皱着眉给贵族描花，/花瓣纷纷落地。//飞鸟不展翅，孔雀不开屏，/盘膝静坐的佛也唉声叹气。/五十年你像块碧玉，/陷进了深深的污泥。//民主改革的春风，/吹展你脸上的笑意，/在十字街头的墙壁上，/你把人民的欢乐融入画里。//美丽的孔雀翩翩飞翔，/盘绕着灿烂的五星红旗；/吉祥的鲜花展苞怒放，/散吐着浓郁芬芳的气息。//你用画笔蘸满金色的阳光，/连同献上衷心的感激，/描呀、绘呀，/描绘永恒的太阳——毛主席！

——汪承栋：《拉萨画匠》，载于《长江文艺》1961年第12期。

1962

（女）雪山升起的红太阳，拉萨城内闪金光，翻身农奴巧梳妆，父女双双逛新城呀。

（父）女儿在前面走呀走得忙，老汉我赶得汗呀汗直淌，一心想看拉萨的新气象，迈开大步我紧呀紧跟上呀。

（父）哎！哎！为啥树干立在路旁，上面布满了蜘蛛网呀？（女）电线杆子行对行，纳金日夜发电忙，机器响来家家亮，拉萨日夜放光芒呀，爸爸唉（父）啊快快走哦（女）看看拉萨新面貌，（父）女儿唉唉唉等着我（女）哦看看拉萨新面貌，快快走来快快行呀，（父）哦呀呀呀呀呀呀。

（父）哎！哎！藏汉干部人真多，哥哥拿着铁锹在干什么呀？（女）毛主席教养的好干部，他和咱们是一家人，同吃同住同劳动，共同建设繁荣的新西藏呀，爸爸唉（父）啊快快走哦（女）看看拉萨新面貌，（父）女儿唉唉唉等着我（女）哦看看拉萨新面貌，快快走来快快行呀，（父）哦呀呀呀呀呀呀。

（父）哎！哎！这新楼房真奇怪，烟囱高哇门口挂个大木牌呀？（女）新建的工厂生产忙，拉萨天天在变样，为了农牧业大发展，工人大哥决心来支援呀，爸爸唉（父）啊快快走哦（女）看看拉萨新面貌，（父）女儿唉唉唉等着我（女）哦看看拉萨新面貌，快快走来快快行呀，（父）哦呀呀呀呀呀呀。

（父）哎！哎！为啥公路上尘土飞扬，为啥拉萨城内人来人往呀？（女）农牧物资大交换，城市乡村紧相连，团结一心互相支援，发展生产生活好改善呀，爸爸唉（父）啊快快走哦（女）看看拉萨新面貌，（父）女儿唉唉唉等着我（女）哦看看拉萨新面貌，快快走来快快行呀，（父）哦呀呀呀呀呀呀。

（父）哎！哎！为啥城内城外歌声响，为啥人人脸上放红光呀？（女）扩音器传来党的话，条条指示记心上，千方百计闹生产，跃进的歌声震山河呀，爸爸唉（父）啊快快走哦（女）看看拉萨新面貌，（父）女儿唉唉唉等着我（女）哦看看拉萨新面貌，快快走来快快行呀，（父）哦呀呀呀呀呀呀。

（女）新华书店真漂亮，（父）毛主席的彩像买一张呀。

（女）他领导我们当了家，（父）他是东方的红太阳呀。

（女）照得我们心里暖又亮，（父）幸福的生活万年长呀。

（合）拉萨古城开金花，感谢伟大的共产党。

——集体：《逛新城》（邓先恺执笔作词，李才生作曲，1959年创作，

1961年由西藏歌舞团在拉萨首次演出），见音乐出版社编辑部：《表演唱歌曲集》，北京：音乐出版社1962年11月版。

1963

  雪山是我阿爸，/云岭是我阿妈；/越千丈悬崖，/穿百里深峡，/练就我性格的浪花。//我爱新生的土地，/——羊群漫草坝，/金麦伴红荞，春风追骏马，/流不完的诗和画。//我恋和平的村庄，/——炊烟舞云纱，/牧笛招山歌，/笑语缠情话；/泻不尽的锦和霞。//黄河长江是我的姐妹，/祖国土地是我的家。/我欢歌接待邻邦朋友；/"远方的客人请你留下。"赏我抹红披绿，荡玉飘花；/览我半河林园，半河庄稼。/我愿溢出全部豪爽，/浇灌友谊的奇葩。//但谁敢欺我善良温柔，/风云变化我变化；/万柱波峰举尖刀，/千座浪山会爆炸，/谁敢夺我河中水，/谁敢套我铁锁枷；/且看湍急的漩涡，/就是铁硬的回答！

  ——汪承栋：《拉萨河的性格》，载于《诗刊》1963年第1期。

  高山戴上银色的白帽，/树木脱掉绿色的衣裙。/拉萨河啊，你这条洁白的哈达，/编织了布达拉宫下的歌音，/唤住了美丽的春神。//鼓在打，/号在吹，/擎着花的男女们跳在一起。/祝福吧！庆贺吧！/藏家已从地狱中站起，/分得了牛羊，分得了土地，/农奴真正做了自己的主人。//鼓在打，/号在吹，/铜铃声当当……/马蹄声嘚嘚……/看藏家乘跨的骏马，/也昂着头，显出骄傲的神气。//戴着白帽的高山也在张望，/脱了绿裙的树木也在窥探。/拉萨河啊，你这洁白的哈达，/编织着布达拉宫下的歌音，/唤住美丽的春神。//春神啊！/你是否飞向北京，飞向天安门？/请你带着藏家这条洁白珍贵的哈达，/献给各族敬爱的领袖/毛主席！

  ——天夫：《拉萨初冬》，载于《延河》1963年第3期。

1964

满天星斗离开了家,／牧人打马走拉萨;／一路走来一路唱哎,／止不住的高兴哟,／憋呀憋不住的话!／／毛主席派来"金珠玛",／从此草原起变化;／平定了叛乱闹改革哎,／分下了牛羊哟,／分呀分下了马!／／苦难的牧人大翻身,／吃上了糌粑喝上了茶;／喜得那瞎子睁开了眼哎,／喜得那哑巴哟,／会呀会说话!／／快马加鞭到了拉萨,／满城红旗满城花;／北京来的百货撩人心哎,／小学生的脸上哟,／飘呀飘彩霞!／／纳金电台放金光,／医院里的"门巴"赛过菩萨;／布达拉宫前起高楼哎,／千年的荒滩哟,／长呀长起了好庄稼!／／扬起响鞭我走得快,／串遍大街,走遍林卡;／兴旺的景象处处是哎,／牧人怎么能不唱哟,／新呀新拉萨!

——夏川:《牧人打马走拉萨》,载于《诗刊》1964年第4期。

1965

今天,拉萨骄阳当空,处处红旗招展,人人沉浸在欢乐中。

今天,1965年9月8日。这是多么不平常的一天!你看,百万翻身农奴的代表,穿着藏袍,带着满脸彩霞,涌进了劳动人民文化宫的会场。千百年来,他们第一次拿起选票,选举自己的当家人。

这一张不大的选票,谁拿着它,都感到它的分量是这样沉。千里"羌塘"草原的牧人,高原水乡墨脱的农民,边境线上的门巴人、珞巴人,雅鲁藏布江畔的藏族人,今天,也来到这庄严的会场里。

拿起这张选票,行使当家做主的权力时,怎么会忘记那苦难的过去?在那时候,三大领主是三座大山,压在农奴和奴隶的头上,翻不了身。他们有多少苦难!有多少血海深仇!向谁去诉?在那样的岁月里,没有做人的尊严,没有半点自由。是共产党,是毛主席的光辉,照亮了西藏,摧毁了封建农奴制度,解救了百万农奴。昨日的奴隶,变成了历史的主人,他们怎么能不激动万分。

你看,那几个代表,聚在一起,热烈议论。"这写的是谁,他能做咱们

附录　作家笔下的拉萨

的当家人？""行！他是和咱们一样的受苦人，能为党、为咱们翻身的农奴和奴隶办事情。"他们思量得多么严肃认真！你看，奴隶出身的布德，这个坚强的革命战士，他在平叛中被叛匪抓住，吊打了三天，挖出了双眼，他仍然坚决斗争。民主改革时，大家选他当了牧民协会副主任，他说："没有了双眼，我也要革命！"今天拿着这样的选票时，他似乎又见到了光明。他仔细地，轻轻地，从上到下，从左到右，把选票摸了又摸，然后写上自己心爱的当家人。

那个高举选票、走向票箱的姑娘不是门巴族的措姆吗？她怎么也抑制不住内心的兴奋和喜悦，尽管想显得很严肃，牙齿咬住，然而，还是笑出了声。可不是吗？在旧社会里，农奴和奴隶遭受压迫，而门巴族，却在这压迫的最底层，他们受压迫最深。现在，他们和其他民族一样，获得了自由和解放。这个贫苦农奴的女儿，不仅是自治区人民代表大会代表，还是全国人民代表大会代表。一个受压迫最深的苦孩子，现在能代表人民，管理国家大事。当她将这张选票投入票箱的时刻，怎么能不高兴呢？

你看，还有几个人，刚把选票送进票箱，就围着票箱鼓起了掌，边笑边唱地跳了起来。

翻身奴隶的代表啊！这一票，寄托着百万翻身农奴的心愿和希望，选定了建设社会主义新西藏的领路人。这一票，凝结着解放军的汗水和鲜血，有共产党、毛主席海一样的恩情。这一张小小选票的含义啊，千言万语说不尽！……从此，西藏将进入一个新的历史时期，它将迈开历史的步伐，走向社会主义、共产主义。

——伍杰：《欢乐的拉萨》，载于《人民文学》1965 年第 10 期。

1978

（女）雪山升起了红太阳，拉萨城内闪金光，翻身农奴心花放，父女双双逛新城呀。

（父）女儿在前面走呀，走得忙，老汉我赶得汗呀汗直淌。一心想看拉萨的新气象，迈开大步我紧呀紧跟上呀。

（父）哎，哎，为啥电杆行对行，电线多得像蜘蛛网呀？（女）劈山引水修电站，纳金电站发电忙，大小工厂马达响，拉萨日夜放光芒呀。（女）阿爸唉，（父）啊，（女）快快走！（父）哦！看看拉萨新气象，（父）女儿唉，（女）哎！（父）等等我，（女）哦！看看拉萨新气象！（父）看看拉萨新气象！（女）快快走来快快行呀，（父）哦呀呀呀呀呀呀！

（父）哎，哎，藏汉干部斗志昂扬，肩扛铁锹去何方呀？（女）常到农村去劳动，常去修建新厂矿，毛主席培育的好干部，生产劳动炼思想呀。（女）阿爸唉，（父）啊，（女）快快走！（父）哦！看看拉萨新气象，（父）女儿唉，（女）哎！（父）等等我，（女）哦！看看拉萨新气象！（父）看看拉萨新气象！（女）快快走来快快行呀，（父）哦呀呀呀呀呀呀！

（父）哎，哎，为啥男女老少穿新装，真像百花齐开放呀？（女）城乡物资交流会，产品多过天上星光，工农牧业大发展，一片繁荣新气象呀。（女）阿爸唉，（父）啊，（女）快快走！（父）哦！看看拉萨新气象，（父）女儿唉，（女）哎！（父）等等我，（女）哦！看看拉萨新气象！（父）看看拉萨新气象！（女）快快走来快快行呀，（父）哦呀呀呀呀呀呀！

（父）哎，哎，你听喇叭声音多洪亮，响彻长空震山岗呀。（女）北京播出了党的话，毛主席的教导人人记心上，高举红旗大跃进，阔步在社会主义大道上呀。（女）阿爸唉，（父）啊，（女）快快走！（父）哦！看看拉萨新气象，（父）女儿唉，（女）哎！（父）等等我，（女）哦！看看拉萨新气象！（父）看看拉萨新气象！（女）快快走来快快行呀，（父）哦呀呀呀呀呀呀！

（女）新华书店充满阳光，（父）毛主席的彩像买一张呀，

（女）翻身全靠毛主席，（父）毛主席是东方的红太阳呀，

（女）照得我们心里暖又亮，（父）幸福的生活万年长呀，

（齐）拉萨古城在前进，感谢伟大的共产党！

——徐官珠改词：《逛新城》，见《金色的雪山献哈达》编辑组：《金色的雪山献哈达　藏族歌曲选》，成都：四川人民出版社，1978年10月版，第70—73页。

附录　作家笔下的拉萨

1979

深夜。

初春的拉萨像再次沉入古喜马拉雅海底，——是这样的静谧、神奇。

一行行路灯如同宝珠，把乳白色的光华涂满鼓出嫩芽的树枝。街道旁的这两行银白杨，如同闪着异彩的珊瑚，向远方排去。远处音乐隐约的布达拉宫透出一派神秘，仿佛沉浸在历史的波涛里……

高原古城啊，此时你带我泅进历史长河，让我也同你一起沉入海一样深的思索里。

在这透出一派凉意的、拉萨早春的深夜，哨位上，我常想起高原在历史风涛中的过去。那蝎子洞的惨叫，人皮鼓的咚咚，领主仓库里霉烂结块的陈青稞，饥寒交迫的农奴反抗的怒吼……

清晨。

初春的拉萨像刚从古海底崛起——是这样的清新，充满朝气！

八瓣莲花山如出水芙蓉，每一瓣铺着薄薄春雪，一下子被朝阳染成粉红。还有几片金霞飘在她的花冠上，像秀美的花蕊在春风中颤动。布达拉宫沐浴在春风中，让朝阳点染着它的金顶、白墙、红宫。新城那一片片高楼、车间，白铁皮屋顶像银色浪花在晨霭中浮动。老城上腾起的柱柱炊烟，像条条蓝色的溪流汇入明净的海一般的天空。听，远处车队传来一片片马达声，郊区田野里拖拉机轰鸣……

年轻的高原啊，初春的古晨，历史的波荡浪涌，淘去你身上的泥垢，洗出你新的姿容！

拉萨早春的清晨，我和高原一起迎接扑面而来的新鲜生活，一同站在清冽的晨风中。(《我站在哨位上》)

——周长海：《初春的拉萨(散文诗)》，载于《西藏文艺》1979年第3期。

你的乳汁滋养我已有十年了。可今天，我却并不想把你比作母亲——拉萨河！

因为，我站在象鼻山旁，分明看到你是这样孩子气地蹦着，跳着，唱着，笑着……身边的这座纳金电站，不就是你的启蒙学校吗？

古老的拉萨河呀，我说的对吗？（我看到，拉萨河会心地笑了。）

是的，你毕竟是在苦难中长大的，像穷人家的孩子在磨难中早熟一样，你曾梦想，梦想，梦想着果真有那么一天，分担人民的忧愁，能为他们的生活而奔波——为穷人地里的青稞献上自己的激情，唱着歌儿为农奴推动磨糌粑的水磨……

可现在，你回想昔日的向往，自己也会觉得好笑——那时多么幼稚哟！

在这儿——纳金电站，你开始重新认识自己，认识生活；在这儿，你真正学会了想象，想着自己的力量，自己的前程；在这儿，你真正学会了思索，关于我们的时代，关于我们的祖国……一切，一切都这样富有诗意哟！

我从象鼻山巅东望，看着你——拉萨河，你徐徐进大坝，仿佛还在深沉地思索。啊，你是在想，是谁把你引进了这般境界吗？

我从象鼻山巅西望，看着你——拉萨河，你从电站机房下欢笑喷涌而出。啊，你是在高声谈论，怎样奔向未来吗？

是啊，拉萨河，在这儿你常听到人们的赞叹声——是你把神奇的宝贝——"电"——最先驮进了高原的新生活。你能不思索，能不激动吗？！

永远记住那些老师吧，拉萨河！——高原第一代电业工人、技术人员，他们把你引进了这浪漫的边境，从老师那儿听到学来的一切使你获得了多么神奇的力量哟！

永远记住这个日子吧，拉萨河！——1960年4月17日，那剪彩开闸的时刻，从那一天起，你像上了学的孩子一样，跑着，唱着去告诉雅鲁藏布江，关于电、工业、现代化……未来是多么的美好哟！

今天，我在这儿看着你——拉萨河，怎能不想：60年代第一个春天，当年的老西藏把你引进这启蒙学校，使你学到的东西这样多。现在，你正满怀期望地看着我呢，——看着我们将如何给你上好"现代化"这一课！

拉萨河哟，我说的对吗？（我看到，拉萨河从心窝里溢出了欢乐。）

……

拉萨夜市

当乳白色的灯光注满拉萨街道的时刻，我在路灯下走着。

附录　作家笔下的拉萨

我想起下午读报时看到的一条新闻了：拉萨市人民近来争相传诵，政府又做了八件好事，其中之一，便是商店增设的早晚服务部就有四个。

此时我竟想起郭老的那首诗——《天上的市街》来了……

现在，不正好去领略这诗的意境吗！于是，我踩着乳白的灯光，继续朝前走着，看着。

我已看到服务部门上那五颜六色的电灯了，听到从那儿传来的阵阵车铃笑语正飞入星空，漫进银河。

我走进服务部里了，灯光下，那藏族售货员忙碌着，手上的戒指在货架与顾客间不停飞动，像一颗小小的金色流星，载着幸福，传递着欢乐……

当我踏着乳白的灯光回到宿舍，推开窗户，眺望远处彩灯闪烁，那儿，是拉萨的又一处夜市吗？啊，多像一个新的星座！如果我们的郭老健在，来到世界屋脊，走进那新的星座，听听那儿的车铃笑语，看着眼前那"金色流星"来回穿梭，浪漫的诗情又将怎样溢出他的心窝？

我在房间里来回走着，想着，禁不住也想写诗了。当我走到书架前，顺手抽出一本民歌，随意一翻，一行怨歌在我眼前闪过：

　　天黑了不要到八角街去哟

……

啊，八角街，不就是拉萨老城最繁华的街道吗？为什么过去却流行着这样的歌？

我把书摊开在稿纸旁，陷入了深深的思索："拉萨夜市""拉萨夜市"……这题目包藏着多么丰富的诗意哟！

——周长海：《拉萨河，我说的对吗？（散文诗）》，载于《西藏文艺》1979年第4期。

1980

千年拉萨沧桑变幻的历史，记录着它的繁荣与衰败，记录着领主的豪华与农奴的悲哀。享受着无数香火的"救苦救难"的释迦牟尼佛和大慈大悲的救度母，始终没有给高原古城的居民带来多少福音。西藏和平解放前夕，拉萨的真正建设不外是寺庙、衙门、领主的高楼、别墅，余者一无所有。劳动人民居住的贫民窟风雨飘摇，满目是蚊蝇滋生的烂泥坑。在涂脂抹粉的贵妇小姐招摇过市的路边，一群群伤痕遍体、蓬头垢面的乞丐在呻吟。旧拉萨，千疮百孔，破败不堪，活像一个白发苍苍的老人哀号、挣扎在死亡线上。

当共产党的光辉照到青藏高原，布达拉宫下走过雄赳赳的金珠玛的时候，拉萨才变成了劳动人民的乐园；从前的烂泥坑，已铺成宽阔平坦的柏油路；路旁绿树成荫，居民楼上鲜花怒放，新建筑如雨后春笋，空中客机盘旋，地上轿车穿梭……今日的拉萨，已进入社会主义的灿烂时代。

——晋美、广澄：《千年沧桑话拉萨》，载于《西藏文艺》1980年第1期。

1981

时光飘逝了，像一缕变幻的云朵；/野火已经熄灭，留一堆焦臭的空壳。/可是，爱是不能毁灭的呀，/只要有生命，爱就能重新贮满心窝。//为了这爱，我愿像矿石焚化在火炉；/为了这爱，我愿像雨丝渗透在荒漠；/就为了这爱啊，我希望你只是一柄长剑，/劈杀拦路的妖孽，斩断贫穷的绞索。//我有过向往，在那霞光逆射的时刻，/你流的是奶汁，漂的是瓜果；/偌大的高原是婀娜多姿的少女呀，/你就是少女腕上的玉镯。//我有过规划，在那枯草抽芽的时刻，/你是珍珠的产床，你是工厂的命脉；/偌大的高原是威武健壮的骑士呀，/你就是骑士手中的金戈。//向往的，就像露珠在正午消隐；/规划的，也被风暴撕成碎末。/今天，我蹒跚着来到你的身前，/是悲是喜？我只凝望着无情的漩涡。//假若你是一架竖琴，我就该给你调弦定音；/假若你是一册画卷，我就该给你掸灰抹浊；/假若你是一截飞虹，我就该给你垫礅铆钉；/假若你是一柄长剑，我就该给你加热淬火。//我的疑虑太沉了，像暮霭弥漫在山坡；/我的担忧太深了，像流水堵塞在沟壑。//我知道，我有一座受了潮的仓库啊，/堆积着生了锈的颂词，变了调的赞歌。//我想躲避，却躲不掉求乞的瓦钵；/我想离开，却离不开凋敝的村落。/啊，我的爱绝不是一块深埋的矿石，/没有颜色，没有光热。//你不能再是高原紧了又紧的裤带；/你不能再是高原补了又补的围脖；/你再不能像那天上的银河啊，/有浩渺的烟波，却不能泛舸。//你不能再是钓誉者垂钓的良港；/你不能再是私营者圆梦的寓所；/你再不能像那千年的沼泽啊，/吐的是彩泡，搂的是污浊。//你不能再是蒿草疯长的世界；/你不能再是野鸭繁衍的行窝；/你再不能像那雨后的彩虹啊，/让失望随着幻想一同干涸。//你不能再是欺骗的面纱；/你不能再是谎言的唾沫；/你再不能抱着远古的牛皮船啊，/把80年代的曙光载驮。//你有过飘香的季节，醉心的收获；/你也有绚丽的地毯，香脆的苹果……/可是，那老羊皮、酥油和糌粑啊，/至今还不能让高原身暖肚饱。//我是你沙滩上的红柳，在慢慢枯萎；/我是你微波中的金顶，失去了光泽；/我是你用奶汁哺育着的土地啊，/像贫血的脸庞一样苍白。//我是你的一朵浪花，在岩石上开放；/我是你的一颗水珠，在阳光下闪烁；/我是你发源地的一座雪山啊，/我给你电的宝剑，雷的金钹。//要团结，就不该紧偎着惨痛的记忆；/要富裕，就不该死捧着化缘的斋钵；/要文明，就不该牢闭着陈腐的胸腔，/要飞奔啊，就该把崎岖的山道开拓。//我要打开你的快门，哪管日月晨昏；/我要放开你的磁头，哪管兽吼风啜。/摄下这贫富拼杀的年月呀，/洗去昔日的呓语，录上那重打地基的一声声"夯唷，夯唷……"//啊，拉萨河，我心中的歌。

——魏志远：《拉萨河》，载于《诗刊》1981年第4期。

1982

公元1982年。/拉萨。春，你是悄悄地/走来的吧？那些街树/伸着光裸的手臂，迎向你。/在这街衢，民族的古朴的街衢，/春所带来的/和暖和色彩/在这里流动；/牧民的羊皮袄子散发着/酥油和草原特有的香味；/他们的脚音豪放而坚实。/那些成垛的酥油/堆放在阳光下，/好像在展示着他们的富有与充实。/农民，从他们的责任田里/走来，/带来了不满足的目光；/他们用粗壮的手捧着/籽粒饱满的青稞，再用嘴吹一下，/又相互/交换着眼色，/好像在说：/它们是从冰冻的土层里/生长出来的，/又预示着一个/沉甸甸的秋。/人们穿着五彩的民族的/衣衫，好像初夏的草原和/摇着油菜的金色的花朵和／荞麦银白色花朵的田野。／这是雨后的大自然，在这里／流动着，多么耀眼。／还有那些飞旋着的车轮，／自行车、汽车、拖拉机的／车轮，穿过牦牛驮来的／收获的队阵，像永不满足的／追逐丰收的太阳，／在这里飞旋着……／／拉萨，在这些无数的街衢里／像泛着春水的河流，河水在／猛烈地流动着；／高原，我好像听到了你，／像是青稞的爆裂声"咯嘣""咯嘣"地／在我耳边响着。

——藏青：《拉萨街头》，载于《西藏文艺》1982年第3期。

山，蜂拥而来，／并不剽悍，但却奇突。／／云，丝丝出岫，／显得凝重，并不飘忽。／／一夜的潇潇细雨，／洗净满城街树。／山城在阳光下，／静静地／享受世界屋脊最长的日光浴。／／我真没有想到，／拉萨的阳光如此富庶。／于是，沿着拉萨河两岸，／沿着雅鲁藏布江的峡谷，／我的诗，走向帐篷，走向低矮的农户，／走向士兵，走向工人，走向干部……／／该有多美好，无须多做切片，／纯朴的语言，黝黑的皮肤，／袒露着每个人的精神世界——／一片又一片干净而肥沃的泥土。／并且，经过紫外线的消毒，／复苏的信念，正和着青稞／正和着踢踏舞，在同时成熟……。／这时，我才恍然有悟，／拉萨富有的阳光是来自何处？！

——黎焕颐：《拉萨风情》，载于《西藏文艺》1982年第6期。

高原的夜，／风轻、云淡，天空明朗。／伫立于世界屋脊，／似乎飞到了天上——／伸手，可攀摘星星，／纵身，能抱下月亮。／哦，银河，哦，月光！／在神秘的宇宙，／唯独你最柔美、安详。／／拉萨月呵，你似梦非梦，／给了我诗的翅膀，／不是吗，清澈的银河，／夜夜在我心上流淌……／哦，愿借明月的清辉，／冲洗我心灵的污垢；／愿引银河的清泉，／荡涤人间的荒唐！／拉萨月哟，请给我／开一扇幻想的小窗／让我乘你身旁飘浮的云片，／飞回我思念的故乡……

——郭蔚球：《拉萨月》，载于《人民文学》1982年第12期。

1983

  生活座钟上了发条的钟摆／立体音箱时缓时快的节拍／／公共汽车站／立着汉藏两种文字的站牌／车子却不常来／我读懂两个字／等待／／自行车后带着人／在林荫中骑得飞快／只有在路口想起什么／才不慌不忙跳了下来／（岗亭对面的山上／飘着一朵很美丽的云彩）／／狗无视人行横道线／在街心大摇大摆／挂着铃铛的羊／也露出一副悠闲神态／想高速行驶的司机／得学会一些儿忍耐／／全区最大的百货商店／最大的新华书店／面对面，八字儿排开／用物质和精神／把雪山和草原灌溉／／青海来的信徒／手中的转经筒旋转得滞呆／草原来的牧女／几十条发辫甩动得畅快／高筒藏靴／半高跟皮鞋／匆忙的和缓慢的脚步／把宽阔的路面挤窄／／啊！从八角街口／到自治区党委大门／填平了多少坑洼／疏通了多少阻塞／才拉成一条直线／连接了两个遥远的年代／／人民路，人民的路啊／我想画一幅速写／却忘了调研我的色彩（《人民路一瞥》）

  ——王燕生：《拉萨近景》（组诗），载于《西藏文艺》1983年第1期。

  原以为这是一片荒凉，／令我畏惧，／而眼睛里却常含着泪水。／热泪为何又要奔涌？／啊！为这不朽的天地，／围着缓缓西去的水，／我这样的如痴如醉。／／那如绢绸一样波动的／——是不息的天蓝色的流水；／那河滩一片耀灼的／——是乳白的卵石累累。／当曙光铺向浩瀚的苍穹，／拉萨河便以它的纯净和柔美，／托起金盘似的太阳，／并唤醒飞鸟的鸣啼，／婀娜的晨炊……／／啊，从群山环拱的阔野蜿蜒流过，／呼吸着四季变换的风，／喷吐着彩云飘浮的雄蕊。／温和的太阳／拥着那晴空的金黄，／那水波的翡翠，／那晶莹清爽的梦……／苦闷和空虚就在这梦的召唤下，／走向畅快和沸腾；／走向充实和葳蕤。／／而拉萨河啊！／在你暮近辉煌中／我又能追忆些什么！？／那旭日，那鸟语；／那暮霭，那熹微；／那岸边红叶缤纷的丛林；／那河谷麦田荡漾的金辉……／让思绪随着白云一同伸展；／让诗情化作那淌流的轻盈的碧水……//拉萨河，你那灿烂的金色啊，/把我熏陶得/——多情善感，/追求像老鹰一般地奋飞……

——常虹：《拉萨河秋色》，载于《西藏文艺》1983年第2期。

那扎草若碧玉，羊羔花如宝石……/金子也换走的是草原的夏天/当湿润的风拥来出浴的太阳/花朵儿草棵儿忙撑开小伞——/黄黄的嫩嫩的草蘑菇/是八月的馈赠、草原的时鲜//现在，这小伞给穿进牛毛绳/像一串串很大的项链。卖蘑菇的少年/是地区中学的住校生（暑假，他搭上/叔叔的大车来这儿，带来一角草原）/怯生生站在街口（藏族人没有叫卖的/习惯）/心思却飞得很远（他肯定在盘算）//给爱打扮的阿姐买条内地产的纱巾/给刚上学的弟弟买两本练习簿（对了还要/帮他用藏、汉文写上"次仁的本子"）/给自己……哎，他接住好多惊喜的目光/他羞涩而自信："生意"会好哩/因为人们喜爱着美味，犹如喜爱大草原（《卖蘑菇的少年》）

——马丽华：《拉萨街头》（组诗），载于《西藏文艺》1983年第4期。

1984

圆圆地球颠顶端，/皑皑雪山持珠链，/潺潺四水腰带缠，/高高西藏首府拉萨欢。

长长历史千年间，/久久闻名古城垣，/美美声誉举世罕，/处处流传称颂拉萨欢。

巍巍群山绕周环，/徐徐江水流旁边，/葱葱林苑遮日天，/密密村寨遍布拉萨欢。

滚滚奔腾拉萨河，/乖乖听从人使唤，/嫩嫩晶石堤坝里，/潋潋清水流淌拉萨欢。

悠悠荡漾拉萨河，/昂昂铁桥架上面，/荧荧电灯似星嵌，/灿灿光辉照耀拉萨欢。

附录　作家笔下的拉萨

直直大梵天尺般，／平平公路纵横穿，／条条连接成棋盘，／片片景色迷人拉萨欢。

黝黝柏油路两边，／齐齐成行树长满，／圆圆如伞枝叶旋，／爽爽荫凉宜人拉萨欢。

挺挺如香直竖杆，／灼灼电灯羞日惭，／漆漆黑夜白昼般，／亮亮日光之城拉萨欢。

郁郁葱葱林园间，／皎皎屋宇巧装点，／绿绿广袤大草原，／串串珍珠嵌饰拉萨欢。

高高居民住宅楼，／栋栋媲美相争艳，／净净晶窗棂百千，／一一幻景横生拉萨欢。

环环八角街周圈，／密密商店上百间，／盈盈货足集市繁，／芸芸百姓满意拉萨欢。

每每吃喝尝新鲜，／喷喷散香多餐馆，／洁洁碗碟盘里面，／香香饮食满满拉萨欢。

宽宽藏北大草原，／黄黄酥油蘑菇般，／红红牛肉羊肉鲜，／丰丰富富任选拉萨欢。

花花图案栽绒毯，／软软藏被和邦垫，／白白羊毛等副产，／样样充足有余拉萨欢。

代代风习相与传，／秀秀鞋帽和衣衫，／巧巧箱柜与桌垫，／比比皆是俱全拉萨欢。

上上下下北和南，／虔虔信女与善男，／雄雄大昭色哲前，／自自由由朝拜拉萨欢。

众众藏民不一般，／勤勤创史功盖天，／奇奇文物蜚声传，／闪闪发光更亮拉萨欢。

酷酷剥削消灭完，／蛮蛮压迫不复返，／安安闲闲奋斗果，／完完全全自享拉萨欢。

小小花绽众少年，／愉愉快快上校园，／渊渊知识勤学练，／速速精通成才拉萨欢。

长长不尽公路上，/快快汽车跑得欢，/远远往昔一日路，/径径直直时抵拉萨欢。

偶偶病魔把身缠，/分分厘厘用费免，/神神中西藏医全，/随随君愿就诊拉萨欢。

乐乐夏宴聚公园，/菌菌草坪德玉般，/艳艳百花竞开绽，/妙妙蜂歌悦耳拉萨欢。

浓浓树荫极乐园，/老老少少心舒坦，/珍珍肴馔茶酒饭，/人人随心享用拉萨欢。

曼曼舞蹈藏戏演，/轻轻歌乐声婉转，/瑰瑰影视动心弦，/多多节目消遣拉萨欢。

爸爸妈妈众老年，/少少儿女相扶搀，/专专注神看表演，/个个笑逐颜开拉萨欢。

大大城市四周边，/沃沃肥土好田园，/垂垂禾穗波浪翻，/澄澄五谷丰登拉萨欢。

高高山环后与前，/白白牛羊尽盈满，/年年四季奶不断，/香香乳品丰盛拉萨欢。

种种民族手工业，/连连千年相承传，/漆漆雨后春笋般，/统统恢复发展拉萨欢。

好好共产党领导，/疾疾西藏飞向前，/行行业业面貌变，/一一诉说不完拉萨欢。

短短三十年期间，/高高西藏换新颜，/再再思想政策端，/人人心悦诚服拉萨欢。

件件成就虽可观，/仅仅如此不自满，/竭竭尽力共奋勉，/飞飞驰骋前进拉萨欢。

紧紧团结兄弟般，/绰绰富裕物如山，/尚尚文明堪称赞，/新新西藏共建拉萨欢。

鼎鼎名流协林巴，/悲悲异邦思故园，/萦萦《忆拉萨歌》撰，/拙拙我诗非它般。

欣欣向荣新拉萨，/陶陶乐景万万千，/亲亲目睹又体验，/兴兴成此《欢歌》篇。

——见张天锁：《评恰白·次旦平措的组诗〈拉萨欢歌〉》，载于《西藏民族学院学报》2008年第5期（《拉萨欢歌》又译《欢乐的拉萨之歌》，获1985年全国第二届少数民族文学创作评奖诗歌奖）。

有人说我的故乡日光城拉萨是鲜花和歌舞的海洋，这并非过誉之词。朋友，只要你来到这里，你就会感到我们的拉萨，处处是五彩缤纷的世界，处处能听到旋律优美的动听的歌声……

我们拉萨人自古以来最爱栽种各式各样的花，拉萨是一个鲜花和歌声相伴的美丽的古城。

朋友，当你走进我们每一个居民居住的庭院，甚至在机关工厂工作的干部、工人家庭，也会让你看到红花惹眼春意浓的景象。在房前屋后都能看见那藤蔓攀树的蔷薇，秀丽妩媚的大丽，粉红色的喇叭花，你还能看到花大叶肥的芙蓉花。她们从每一个幸福温暖的家庭的墙边攀上窗棂，宛如一群群扎着彩绸"班典"的拉萨姑娘，向屋里伸着一张张幸福欢乐的笑脸。在一些家庭的窗台上，漂亮华丽的藏柜上，你常常会看到排列着的盆景。红艳艳的海棠，幽香的石竹，格外引人注目。

……

有人说歌舞和鲜花是一对孪生姐妹。是的，的确是在这样。我们青藏高原人民酷爱歌舞是闻名于世的，而我的故乡拉萨尤甚，男女老少无不精到圆熟。甚至行进在拉萨大街小巷，常常有歌舞之声从一个个窗户里飘散出来。

……

最能表现拉萨性格，把鲜花和歌舞紧密结合在一起的场所就是夏天的"林卡"（公园）……朋友，我相信如果你也在拉萨生活过一段，那同样你也会觉得，生活在拉萨，你处处感受到一种海洋的激昂，浪花的情愫。

——尼玛次仁：《鲜花和歌舞的海洋》，载于《西藏群众文艺》（汉文版）1984年第2期。

1985

如同从铅字横纵的道路 / 闯入另一个世界 / 拉萨——我看着你 / 我的新奇我的惊骇 / 掀动我的感情的潮水 / 沉落而又汹涌啊…… // 宽阔与整洁的 / 被生命的风暴鞭笞着的新城 / 像一头因欲望的折磨 / 而显得狂躁不安的巨兽 / 伸长街道锯齿的舌头 / 闪着高楼贪婪的目光 / 一步步 / 一步步地踏过 / 土巷的狭窄和粗陋 / 舔食着蜷缩在那里的贫困 / 与瑟瑟发抖的愚昧…… / 旧城,就在这尘烟弥漫的进攻里 / 像所有的卫道士那样 / 徒然地挣扎着 / 抗拒在 / 尖厉的哀号卷起朽腐的木梁 / 佝偻的断壁 / 沉重地跌落在 / 铲土机犬牙错立的街口…… / 自行车 / 像它的商标所赋予的那样 / 洒一路清脆和圆润 / 一排排 / 一串串 / 夹杂在汽车喇叭 / 抑扬顿挫的和声里 / 稳重地轧碎斑驳的树影 / 从一堵堵橱窗的花哨的反光中 / 轻捷地飞过 / 在八角街巷道的蛛网里 / 奋力绕过像蛇一样缓慢蠕动的 / 磕长头的队伍 / 市中心 / 在娱乐和消遣常常光临的 / 文化宫灯火通明的剧场里 / 高原的生活像冬天的盐湖浓缩着 / 浓缩在金丝绒起落的 / 豪华的舞台 / 在那开心地哄笑 / 尽情游逛和熨帖的地方 / ——鲜花玩乐的草坪 / 假山搂抱的亭阁 / 沥青和碎石焊接的十字街口 / 又一座十字街口…… / 也是一座人畜共用的 / 像草原一样辽阔和坦荡的 / 自由排泄污秽和腥臭的所在啊 // 拉萨,为了你坦率的表露 / 我的新奇与惊骇 / 怎能像惯于世故的 / 手捋银须的老人 / 保持他们山一样的缄默呢 / 节日林卡的欢歌 / 像它主人的穿戴一样 / 色彩艳丽地 / 在城市每一个角落穿游 / 伴随着它的 / 是低沉有力的化缘的叫声 / 这叫声虔诚地 执拗地 / 挨家挨户地叩打着每一扇门窗 / 以求得一块僵冷的馒头 / 或者一点糌粑的施舍…… / 再看看那冲赛康市场 / 那被精力充沛的喧嚣 / 搞得面红耳热的冲赛康市场啊 / 一沓沓土黄色的经文 / 以他们古朴的骄傲 / 怡然自得地 / 在牛肉和菜蔬摊的脚下 / 在耳环和项链闪闪发亮的身旁 / 在录音机与收音机 / 相互对抗的声波里 / 在太阳镜茶色党的视野中 / 在喇叭裤起伏的弧线上 / 默默地哼着 / 哼着令人瞠目结舌的 / 另一个世界的语言…… // 而每天 / 像血管一样给城市以青春和力量的 / 电视机的天线 / 也和身旁经幡的隐语 / 和寺庙香烟的舞蹈 / 在同一时刻 / 接受着太阳豪爽的抚慰 // 拉萨是古老的、年青的 / 娇媚的、狂放的 / 文明的、

附录　作家笔下的拉萨

粗野的混合体／就像一个因为生活磁石的吸引／而摆脱了虚幻的尼姑／袈裟的死寂／让围裙的斑斓扫灭了／而黑亮的发辫／还不曾晃动在双肩啊／／然而／你毕竟以这样豪迈的姿态／绝无愧色地／穿过历史的那一片片／蝎子和狼嗥蹂躏过的旷野／呻吟和哀泣覆盖过的旷野／走到了今天／／像一颗光彩灼目的恒星／牵引着高原的每一座山村／每一片草原的运转／而大昭寺不曾熄灭的佛光／也吸引着迷惘的人们啊／他们像一条条孱弱的小溪／从帐篷潮湿的羊毛垫子上／从木屋昏黑的锅台旁／沿着世袭的曲折的河床／吟诵着　嘟囔着／坚定地向你汇聚……／在大昭寺阴森殿堂的角落／战栗着／摊开他们的祈祷／他们的渴求……／又在陌生的／使生命为之呼啸的／一座座烟囱／一幢幢高楼的力的感召下／带走更深更沉的迷惘／祈祷和渴求啊……／而我／一个为你唱着赞歌和挽歌的歌手／却睁大着眼睛／看着你盈着泪水／咬着嘴唇／不用针刺抑制中枢神经／更不要普鲁卡因和氟烷的麻醉／举着消毒的剪子／剪着你已经溃烂的脓疮／日复一日　年复一年地／紧贴在你沸响的胸腔／听着那些／在时间和空间的乐池里／痛苦和欢乐交织的旋律／让它像江河一样／带走我滔滔的情思……／拉萨！我的新奇和惊骇／和你的青春与力量一样／是永远不灭的啊！

——魏志远：《拉萨》，见魏志远：《喜马拉雅古海》，西安：《长安诗家》编委会1985年3月版，第17—22页。

一群年轻人／修筑了这条路／以我们的名字命名的路／于是这条路永远年轻／／休息的日子里／我们喜欢来这儿随便走走／走在以我们的骄傲命名的路上／快乐地意识到自己正年轻／／这条路是年轻人的天下／有年轻人创造的崭新的风景线／录音机里飘出的／不仅仅是缓调儿牧歌／阳光下的牛仔裤滑雪衫／使少男少女们精精神神／上下班的车铃欢快地合唱／晚间有路灯下苦读的人们／这些使我们的眼睛不再够用／／这条路使更多的人明确／新鲜的时间观念和效率观念／开始攀登珠穆朗玛峰／把脚手架伸向春季的天宇／我们喜爱在这条路上随便走走／豪迈地意识到西藏正年轻

——赵东：《拉萨青年路》，载于《西藏文学》1985年第12期。

路旁的三色堇为谁而开？/门楣边的风铃响给谁听？/当黄昏染红河中的倩影，/旅人，你就是一颗星！//带来了远方云雀的欢鸣，/这欢鸣浸入河畔早春的梦；/带来了甜柔而芳香的故事，/这故事点亮了边城黄昏的灯。//那欢鸣的谐音发自你的琴弦，/这琴弦合奏这高原的微风；/那故事来自马驹遗失在篮筐里的/轻吻，/这轻吻荡起河水爱情的波声。//这里的一切都那般美丽、陌生/——高原、鸦鸣、牧羊女、朝圣/者和冰峰；/沿着岁月和生命的公路不断拓/进，/太阳照耀着爱和自由的群鹰。//路旁的三色堇为谁而开？/门楣边的风铃响给谁听？/当黄昏染红河中的倩影，/旅人，你就是一颗星！（《旅人》）

——何铁生：《梦中的拉萨河》，载于《人民文学》1985年第12期。

1986

我想念的拉萨，并不完美然而不乏其美。她很开阔。天空很低很低，偶尔路过几朵轮廓清晰的乳白的云。一觉着与蓝天这样接近，仿佛可以就餐那蔚蓝，不由得感到欣喜，感到一种超脱与豁达。她很敞亮。机关民房，多是平房，有楼不过三几层高（有人说，建高了怕空气更稀薄，当然是玩笑话，没有因地皮紧张而向高空发展的必要倒是真的）。在拉萨河谷还可以成数倍、数十倍地开阔，一直延展到四围屏风般簇拥的山下。那些山，旧称为"八瓣莲花山"，遥遥地拱奉着拉萨。听说在若干个世纪以前，还布满原生的丛林，由于战乱、砍伐、天火什么的，成了光秃秃的黄褐色的荒凉。我曾见到西北郊一带山腰很有几棵油绿的乔木，常想它们何以得天独厚呢？拉萨河傍着市区自东而西流过，为拉萨平添了几分柔美的紫色。尤其月夜徜徉于河畔，天空仿佛仍是海蓝色，只有大大的月亮和几粒星子，偶尔有几丝几瓣云片。月色澄澈中，河面悬浮着恬静的雾霭。人行河边，如诗如画，粼粼的波光相互碰击着，产生清脆的音效效果，给人以柔情、灵感和联想，只要待那么半晚，一辈子都难以忘怀。布达拉宫，堪作拉萨市徽。霞晖里，阳光下，气势宏伟，像披挂着金盔银甲的武士；溶溶月光中，如苍茫的海托举着飘忽的仙岛，又如夜市的天界宫阙。雨后，晴空罩着红墙金顶，清丽而雍容；雪霁，在满城冰清玉洁中更显得金碧辉煌……

……

我想念的拉萨，不乏其美然而并不完美，常常可以看到令人愕然、悚然以至黯然的情景。拉萨作为佛教圣地，天堂的象征，许多世纪以来，不远千里朝佛的络绎不绝，一直行进到今天。大昭寺前的青石板被膝盖磨得凹了下去，"甥舅会盟碑"被脑袋蹭得坑坑洼洼；而唐柳，也被虔敬的烟火熏得焦枯了……围绕大昭寺一周的是条周而复始的转经路。善男信女们在这条路上蠕动，走了许多代了，（真疲惫啊！）依然没走到尽头。大昭寺门首，匍匐在地的人们中，经常有一位蓬头垢面的妇女，带着小女儿磕长头。年七八岁的女孩模仿着妈妈，合掌举过头顶，凑在鼻尖，然后双手往前一扑，全身伏在地上，随即又起立，再合掌……有时，小女孩听见有孩子们的嬉笑声，忙循声望去，盯着几个戴红领巾、背书包的孩子直愣神儿。妈妈发现了，一把扯过她。于是女孩子便又无可奈何地重复那套机械动作。我不忍心再看下去。宗教固然是全球性的现象，但这种形式的原始程度恐怕应列为世界之最。正赶上了这个新旧交替的时代，不应因几片阴云封闭心的碧空。我常常思索我们这一代人的责任。给予宗教以否定和抨击是容易做到的，但问题恐远非那么简单。我有一个单纯的念头，就是加倍地工作，使现状日臻完美，美好得教天堂也相形失色，就不怕人们不皈依新时代了。

——马丽华：《想念拉萨》，见马丽华：《追你到高原》，拉萨：西藏人民出版，1986 年 11 月版，第 17—21 页。

八角街像一双合拢的手臂，环绕捧托着大昭寺。这是一条繁华的街道。街上的商店摊点星罗棋布、热闹非常，与大昭寺内庄严肃穆的气氛既矛盾又统一。六字真言与讨价还价声混在一起，柏枝的香火香烟与外国香水味混在一起，古老质朴的民歌与迪斯科唱在一起……佛教与尘世，宁静与喧哗，虚无与真实，灵与肉，天与地……这一切似乎形成了拉萨的魅力，使拉萨成为人们心目中的神秘之地、神圣之地、幸福之地。

——次多：《拉萨的八角街》，载于《西藏文学》1986 年第 4 期。

我曾经那么不幸地和你结缘 / 又那么不幸地与你分别 / 在这不幸中，我是那么有幸地认识了你 / 仙女的化身或是恶魔的鬼胎 / 这都是别人的话，而我说 / 我的真切感受是 / 一个在大海中生长的 / 一个在大地上崛起的 / 一个身着日光编织的彩衣的 / 一个起步走向世界的 / 我全心爱着的少女 / 我像那么多的人一样钟情于你 / 那么多的人像我一样痴恋着你 / 而我却不能像他们那样 / 拖着沉重的躯体爬向你 / 把宽厚的额头重重地磕在你的脚下 / 祈祷着——满足着我灰蒙的欲望吧 / 或是 / 带着贪婪的目光 / 把沾满血的手伸向你 / 妄想施展他们的淫威 / （这些事都是应该过去的 / 已经过去了的和即将过去的 / 令我这个竞争者抛弃的怒视的） / 我将能在你的良辰吉日里 / 那么痴情地倾听着 / 海涛在你的歌喉里流出的青色的节奏 / 我将能在春光明媚的时刻 / 那么开怀地畅饮 / 冰雪在你的胸怀里 / 酿造的乳白色的琼液 / 而今，在你走向世界的时刻 / 我这好青年 / 在你的东方 / 和着理想和现实的阳光 / 带去我心中的祝愿

——当周：《致拉萨》，载于《西藏文学》1986年第5期。

拉萨人的笑容 / 是一坛青稞酒 / 酿造发酵的情歌 / 一碗一碗地喝吧 / 让你忘掉所有的忧愁 // 拉萨人的剽悍 / 是一柄刀鞘 / 蛰伏着英勇 蛰伏着忠诚 / 刀在刀鞘里藏着 / 时常打量周围的人 // 拉萨人的美丽 / 是每家窗台上的格桑花 / 开满了姑娘们琅琅的笑声里 / 每一片嫩叶 / 都写着拉萨少女的天真 // 据说拉萨的三大寺里 / 铜身菩萨比人还多 / 每个拉萨人 / 至少都有一个保护神 / 为此到这里朝佛的人 / 都羡慕拉萨人的福气（《拉萨人》）

这是一首流传的民歌 / 每个拉萨男人都会唱 / 那歌词每人都填上一首 / 甜茶馆是拉萨人的创作室 // 是四拍子或三拍子 / 没有哪个人留意 / 这样的合唱不需要指挥 / 人们只是用目光调整节奏 // 所有的话题都在茶杯里盛着 / 让人不愿离开的女招待 / 不断送来新的情绪 / 三十个字母组合成天外奇谈 / 复杂的上加字和下加字 / 拉萨话在排列组合中一次完成 / 像糖 牛奶 茶叶熬得真有味 // 不管是大街深巷 / 拉萨的甜茶馆不难辨认 / 那些门前的车子歪七八扭地偎在一起 / 趁主人在里面高谈阔论 / 也学着招摇的样

子／做起迷人的广告（《甜茶馆》）

　　牧区来的姑娘嘴里常有一块奶渣／鼓鼓囊囊的十分可爱／其实那奶渣并没有什么了不起的／味道／它所以好吃／是因为姑娘们爱吃／是她们吃奶渣的样子好看／／最甜的糖不会这么持久／没有这么多回味／一块奶渣可以使她们脸上泛起春潮／牵动表情肌肉做着各种运动／嘴里含着一块奶渣／心里必有一番心事／要么是忧愁要么是欢喜／奶渣吃完之后／会有一串忍不住的歌悄悄溜出（《奶渣》）

　　是格萨尔王的故事／把我们引进拉萨雪谷／我执意要寻找那顶白帐篷／／你用忙乱的蹄步跟我来／勒马同我并肩走着／一起踏进那段传奇的章节／／许是英雄的史诗感动了你／为什么要跟我去找那顶白帐篷呢／进雪谷　你压根儿不是这个主题／／许多古老的传说都经不起考证／你却相信了那顶白帐篷／并相信我俩去找就一定会有／／我心里明白你早已找到了格萨尔／而且也早已拥有那顶白帐篷／因为你说我已找到了你（《白帐篷》）

　　——闫振中：《拉萨风情》，载于《民族文学》1986 年第 11 期。

1987

　　从那座／连山鹰也飞不上去的雪峰下来／我走进太阳城／／我在史书上见到过你／我在神话故事里听说过你／三大寺寒瑟的法号／布达拉断续的枪声／可今天，只有在斑驳的楼壁上／才能觅见你依稀的踪影／连老态龙钟的古旋柳／也绽放出新芽，树叶青葱／纯净的蓝天上永远悬挂一轮明镜／富有而多情的艳阳／毫不吝啬地抚摸着／结成蛛网的天线／状似蘑菇的太阳能／馨香袭人的花卉／林卡飘忽的舞裙／红领巾燃起一片片丹枫叶／新楼群抖擞着向空间延伸／物交会毗连起荷叶似的帐篷／招引着鱼一般串游的眼睛／沉思的黑眼睛／审视的黄眼睛／新拉萨像一个雄健的马拉松少年／乍离起跑线，跃上征程……／／哦，我是士兵／我不留恋美丽的太阳城／我要尽快回到雪山／用千般挚爱，万般钟情／去拥抱火红的太阳

　　——杨晓敏：《我走进太阳城》，见杨晓敏：《雪韵》，拉萨：西藏人民出版社，1987 年 12 月版，第 17—18 页。

1988

  这是我的经验／看云大有好处／先是从一片山坡飘向另一片山坡／后是慢慢化入石缝／或者它起自一片峭壁／止于一片峭壁／浑身抖动稀松羽毛／一点也不深奥／况且拉萨的天空那么纯蓝／云又那么纯白／你当然应该每天坐在窗前／看市郊山里的云朵／这是我的经验／在拉萨看云大有好处／特别当它静止山间的时候／你更要越过众多的建筑久久注视／并且你要记住它的样子／因为它会使你更加愉悦／以及安静／或者纯粹／而这时的一朵白云就不会有人比你看得更加重要／也只有这时你才了解／你和山间一朵白云的关系

  ——蔡椿芳：《在拉萨观云独白》，载于《西藏文学》1988年第3期。

1989

  七月的日光城，黄金的季节，迷人的季节，充满梦幻的季节。日光城的"太阳岛"则更富有诗意，她像一位浴女，恬静地躺在拉萨河的怀抱，与布达拉宫遥遥相对，她拥有丰盛的草木，她拥有成行的果树，她拥有成片的青稞、油菜地，草绿花香招蜂引蝶，也招来几多友人。

  如今，通往太阳岛的拉萨河面上已架起了一座宽两米、长百米的吊桥。

  七月的一天，我买了门票，同妻子女儿一起登上了吊桥，两边的栏杆上飘着黄色的、白色的、蓝色的经幡，桥下那纯净清澈的河水欢腾着由东向西流去，那飞溅起的朵朵浪花，就像颗晶莹的珍珠。桥面上人来人往，整个桥身随着人流的节奏轻轻晃动，如腾云驾雾一般。

  啊，真是一座迷人的岛，你瞧，偌大个太阳岛简直是一个绿色的世界，有直插云端的银白杨、山杨、逝天杨、箭杆杨，有飘逸妩媚的垂柳、管柳、长蕊柳、左旋柳，还有在砂石中傲然挺立的红柳，挂满绿果的苹果树、蜜桃树，还有一些叫不上名的野生植物，一片葱茏、一片绿荫，一个绿色的世界，随着微风，翻着绿浪。绿的诱人、花的清香，溢满全岛，令人陶醉。

  天上没有一丝云彩，蓝的如水，地上没有一片枯地，绿的如茵，在婆婆

附录　作家笔下的拉萨

的大树下，在绿茵茵的草地上，有的搭起一顶白色的帐篷，有的用几块塑料布或床单或各色的布围成一圈，真是星罗棋布，数也数不清，亲朋好友们围成一团，喝着酥油茶，品着青稞酒，打克郎球、打麻将、下棋玩扑克，有的聊天吹牛，有的随着收录机播放的美妙音乐跳藏舞，跳交谊舞，也跳迪斯科，欢笑声此起彼伏，处处飘散着醉人的茶香酒香。林荫深处，但见一对对情侣依偎在一起窃窃私语，也有静坐河边，背倚大树专心致志的读书郎，那河边还有悠悠自乐的垂钓者呢！

我们从一顶帐篷前经过时，被好客的主人拦住了，他是我的一位朋友。我们刚在草地上坐下，他新婚的妻子央金就为我和妻子、女儿倒了满满一杯青稞酒，妻子喝了一口咧着嘴不敢喝了，女儿则喝了一小碗，嚷着还要喝，大家都笑了。这青稞酒酸甜酸甜，大热天喝起来特别酸口，不过喝多了也会醉人的，你瞧！我朋友的阿爸是不是醉了，红红的脸，对着你只管笑，竖起大拇指一个劲地说："毛主席呀咕都、金珠玛米呀咕都……"

出了帐篷，我们穿过树林来到拉萨河畔，只见河边挤满了洗衣服的人们，男的、女的，赤着脚，高挽着裤子，尽情地洗着、拧着。洗累的人们，便摊开四肢、舒舒服服地躺在地上休息。那望不到头的河边沙滩上晾满了五颜六色的衣裙、被面床单、卡垫。藏族人晾衣服是不用牵绳拉线的，她们认为人间净土是最干净的，便把洗净的衣服晾在草地上、沙滩上，四周用石块一压。那一件一件、一片一片、红的、绿的、黄的，远远望去，真以为那是花海呢！

拉萨的七月虽然比不上南方炎热，但强烈的紫外线也会晒脱一层皮呢！烈日当空，正是下河游泳的好时光，一群光屁股的顽童，在河边戏水打闹，在河中畅游的男女青年非常尽兴。西藏江河乃冰雪所化而成，水面很热，而水底还是冰凉冰凉的，只有胆子大一点的小伙子才敢到深水处去畅游一番，有的上了岸便躺在灼热的沙滩上，用手抓起一把一把细沙顺着指缝慢慢撒在身上，慢慢增加热量，慢慢体味着舒适。

在这里，谁没有一番感慨，那来自世界各地的游客，激动地、兴奋地按动快门，拍下了一个个珍贵的镜头。

我们顺着河滩往东走，尽头只有树木，不见沙滩，是人们乘凉消遣的最佳境地。我们钻了一段树林，被眼前的一幕挡住了。只见七八位打扮得花枝招展戴着校徽的姑娘，站在河水中嬉笑着洗着野餐后的碗碟、刀叉，抓一把泥沙，在碗里一转，再到流水中一清，洗得干净了，大概这些最讲究的拉萨姑娘也把这从远方而来的河水当作圣水了。不一会她们又嬉笑着加入了自己的行列，在绿荫下，有百余名青年学生围在收录机旁，一边欣赏音乐，一边嬉笑打闹。不一会，在一面红色的团旗下，站了二十多位男女学生，当他们举起右手举行入团宣誓后，又举行了诗歌朗诵会，那内容丰富多彩，感情更是真挚。

随着那充满激情的诗句，我想起了现实，想到了朋友老爹的话："旧社会，逛林卡消暑度假，是达官贵人，只有穿着艳丽服装的富人才能在搭起的一个比一个高的帐篷里狂欢极乐，而一群群'邦古'（乞丐）和卖唱的流浪艺人只能眼巴巴地等候着达官贵人的施舍……"

如今，所有的人不仅可以穿着节日的盛装逛林卡，就连通向太阳岛的吊桥也是几户农民集资几万元修建的，啊！梦变成了现实。

拉萨河啊，拉萨河，清澈的河水奔流湍急，清澈的河水映衬着蓝蓝的天空。

太阳岛啊，太阳岛，你是年轻的岛，充满梦幻的岛、温暖的岛、幸福的岛，你充满了阳光，充满了歌声和微笑！

——郭中朝：《夏日"太阳岛"》，见郭中朝：《雪原情》，拉萨：西藏人民出版社，1989年9月版，第13—16页。

1990

春节连着藏历年，藏汉各族同胞互相拜年祝福，高原日光城拉萨沉浸在欢乐中。藏式小楼里，每有客人到来，主人就端起一个装满麦粒、人参果，插着酥油花板，青稞穗的"竹素琪玛"五谷斗，客人捏几粒麦粒扬撒开去，祝福"扎西德勒"（藏语，意为吉祥如意）。接着主人敬献青稞酒，客人诚挚地用无名指蘸点酒弹向空中，连饮三杯。

高原人热情好客，笃爱春光。每家窗台上，一盆盆倒挂金钟、海棠花充满春的笑靥。最吸引人的是佛龛、窗台前小铁盒装的绿油油的青稞苗。藏历年十几天前，人们就浸泡青稞种，催芽。到过年时，小盒里生机勃勃的青稞

苗将春的信息展现在人们的欢歌笑语中，伴随佳节祈丰年。

节日里，信步走到拉萨河边。我突然发现，柳芽开始萌发了！这使我大为惊奇。雪域高原古城的春，来得这么早！这个时候祖国大江南北有几个地方能见到柳树发芽？！

春光，你早！日光城，你早！

青藏高原这独特的地貌，向来被人们与南极、北极并称为地球三极。世界屋脊，高寒缺氧，遍地雪峰冰川，但并不是人们所想的那样到处都是冰雪，世界一片荒凉沉寂。雪山环抱中的古城拉萨，有常驻的春光。

拉萨，闻名于世的日光城。空气稀薄，天空明净，年日照3000多小时，太阳辐射能多，虽地处高海拔，却并不十分寒冷。日温差大，昼春夜冬，一天有四季；年温差小，四季无夏；隔里不同天，山头白雪覆盖，山下草木葱茏。三伏天，日晴夜雨，晚间山头降雪。三九天，夜里虽然寒冷，太阳一出来，即暖如三春。大自然给日光城的气候披上一层神秘的色彩，日光给拉萨城带来宜人的冬暖夏凉。

祖国的南方和北方的春景迥然不同。在江南，春打"六九"头，树枝儿慢慢发芽抽叶，悠然进入浓郁的春的境界。华北一带，春光久盼不来，立春不见春影，二月份过去了一周又一周，仍不见柳芽萌动。一天早晨，春光突来，才十天八天，树芽就突发半尺。上星期还穿着棉大衣，刚过了几天春的时光就换成短袖衫，春光就像飞机掠空倏忽而过，飞快地过度到了炎热的夏天。

拉萨的春，兼有江南的隽永和北国的刚毅，如一杯醇茶，让你悠悠然细细品味。春姑娘醉眼蒙眬，夜来醉卧，白日神游。一月下旬过藏历年时就眼见得柳树发芽，再过半个多月去瞧，还是一弯弯闭月羞芽，一脸醉态。又见柳芽，还是柳芽，问春柳何日妆成出闺？日光挑动柔柳的春情，柳芽儿欲开还闭。到了三月下旬，还是那么淡黄嫩白，远远望去，棵棵杨柳如鹅黄鸭儿在拉萨平坝卧塘缓缓游动。直到四月下旬，柳树才渐渐泛绿，一行行，一条条，一片片，是哪位柔情的书法大师的杰作，写满了大地，映绿了水波。

柳荫浓了，春光明媚。湛蓝的天空飘着几朵白云，拉萨河像一条彩带，绕着春的绿衣裙飘飞。

时令该是夏天了，拉萨仍然是春光融融，常春无夏，凌晨还有冬的余寒。

早穿皮袍午披纱，牧人的传统藏袍最能说明高原的气候，早晚皮袍紧裹，太阳升高后露出一只臂膀，午间日光灼热，皮袍束在腰间当裙子。夏天气温高时，日平均气温不超过 22 摄氏度，按气象学分，四季无夏，春秋相连。春光在这里流连徜徉，轻歌曼舞。

日光城之夏，避暑的胜地。一年之中难得的一个宝贵短暂的沐浴周。满河都流淌着春光，碧波里飘出春的赞歌。游个够，尽情地饱享春光。芙蓉出水，自然地裸露，生活的本来使一切创作失色。跑到草地上仰面长躺，满目蓝天，满怀舒坦，世界是那么博大而又清爽宁静。

日晴夜雨，农民的黄金，牧人的奶酪和美酒。拉萨的夏季，几乎每晚都有雨，往往到白天就放晴了。不管怎么下雨，中午总能出太阳。一夜喜雨，淅淅沥沥。早晨推开窗，只见山头都盖满了白雪，阳光照耀，雪山晶莹耀眼，白云如絮轻飘，天地间充满纯洁和神圣。

就在这个时候，你登高远望，极目天宇，一切都在你的视线中，头脑里圣洁坦荡，排除了一切杂念。

拉萨，春波荡漾的日光城，空气最洁净的佛教圣地。

西藏北部牧区的孩童跟随大人到拉萨，第一次见到树，惊奇地发问：这里的草怎么长得这么高？

老牧民带着满怀和煦的春光和瞻仰神宫圣殿的满足，回到草原，给牧邻讲述天国的神话。

像牛羊对绿原的眷恋，置身于绿树丛中，我眼望浓荫凝香，这么碧绿的树叶，莫非真会变成片片帆桨，将春光载到萧索的冬日去吗？

秋天确实来到了，伸手可触。树树金黄，与布达拉宫的金顶、红墙、白宫相映成一幅色彩明丽、风格洒脱的重彩画。我数点着落叶，一片，两片，嚓！嚓！嚓……满地金黄，都是春的精魂。每周一封写往内地的信中都报告说，树叶又落了多少。

日光城的冬日，有一个神奇的童话。冬天下雪少，气候干燥。一场薄雪，向阳山坡上很快融化，山哑口残留的雪成一道道弯曲的雪线，向蓝天倒现出一弯弯白虹。

公园的假山顶喷洒水雾，凝结成冰雕，像蓬蓬莲花盛开。暖洋洋的阳光将冰凌融变成一片蘑菇。串串春泪，滴答，凝固，尊尊冰雕挂上满身利剑。太阳刻出一匹骏马，月光改塑成猛虎。日光融融着意打扮，月刀闪闪精心雕刻。昼夜交替，大自然鬼斧神工，冰雕千变万化。这是只有日光城才有的奇景。

夜间滴水成冰，白日暖如三春。天空透明，强烈的日光普照。藏式楼房朝南开着宽大的玻璃窗，窗框涂成漆黑，尽情地采光，为寒夜备下足够的热能。池塘冰层薄不胜履，窗前月季常开不败。冬天的拉萨，最高气温能达十几摄氏度。在全国城市中，除了北回归线附近的广州、香港等几个城市，就数拉萨的气温高。

冬天，在拉萨似有似无。冬之后，给你一个长长的春尽享。

头顶暖烘烘的日头，漫步在原野上，我突然发现，细小的草尖从泥土里冒出来了！啊，春的绿精灵哟！

我在惊喜中沉醉，忘情地闭上眼睛……

——杨盛龙：《日光城春意》，载于《中国民族》1990年第4期。

1991

一、拉萨群山礼赞

山托着云，/云拥着山。/时而烟雾缭绕，/时而凝聚不散。/平凡中的神奇，/神奇中的平凡。/壮丽、雄伟、静穆、庄严，/像来自诸大的力士，尊者，/守护着拉萨人——几千年，/几万年

二、拉萨河礼赞

拉萨河，/流动的水晶石，/飘散着格桑花香。/造物主偏爱拉萨人——浅草、平沙、绿树林，/蓝天、白云、红太阳。/母亲的河啊，/藏族文明的发祥地。/你的儿女聪明、秀美，落落大方。/拉萨河、黄河、长江、黑龙江，/地球上这一大片土地，/就是世人憧憬的"世界东方"。/拉萨人，如今正昂起头颅，/迎接21世纪的曙光

三、拉萨人礼赞

这里的山川草木最容易产生幻想，/这里的男女老幼都喜欢跳舞歌唱。/歌舞织成了现实世界的和谐友善，/幻想追求的是心灵彼岸的绮丽风光。/他

们用心灵饮酒，/用心灵求爱，/用心灵歌唱。/这心灵像金子般纯真，/像青稞酒一样甜美芬芳。/他们似乎是一群刚刚从睡梦中醒来/的大孩子，/身披朝霞，/精力充沛地劳作在自己的土地上

——徐禾：《西藏组歌》，载于《民族团结》1991 年第 5 期。

1992

天气预报拉萨明天阴转小雨，我心里忽然难过得不行，仿佛看到傲然的山群纹丝不动，把我的家乡笼罩在凄寒之中。

其实，拉萨的雨通常下得很直率。

七八月份，正是拉萨的雨季。晚上，噼里啪啦的雨像跳舞一样，在我家院子里蹦个不停。当然，久久不能入睡的午夜，外面的雨听着也像一条老狗没完没了地舔着稀泥。

最好是黄昏时分，天还蔚蓝蔚蓝的时候，透过窗纱飘进来的纤纤雨丝，带着淡淡的青草味，轻轻撩你的脸，让人感到豁然，感到宁静。

在烈日当头的正午，拉萨也会突然有雨顽皮地冲下。刚把炎炎的路面弄得湿淋淋，一转眼又不见了。而太阳重新笑眯眯地出现时，雨又会在太阳的微笑里飘来飘去。那种太阳里的毛毛雨最赖皮了，半天不落下来，温热温热的。

在拉萨，雨总是很任性。有些时候你朝前一步是万里晴空，朝后半步就要挨暴雨乌黑的小拳头。那景象奇怪极了，好像倾盆的暴雨在向宁静的另一半天大喊大叫。而那一半则十分明朗，像个健壮的男子，对妻子的无理取闹置之不理，并逍遥自若。

尖利的闪电猛然间把西边的山刺成一溜蓝颜色时，我的心总要紧缩一下，不敢朝西边看。那里似乎潜伏着一连串恶毒、阴森的眼睛。接着，往往有轰天的闪雷。半夜雨终于漏下了，雷声更是炸得房子都在震动，把人脸一会儿撕成青的，一会儿撕成白的。真的想象山神妖怪就要出来拿人质问了！那样的黑夜，真吓人呢。然而到了清晨，好像什么也没发生过。到处散发着湿润的泥土味，阳光清爽地洒在林子里。

拉萨的雨大多在夜里说话，所以一般感受不到雨天的压抑。但是在西藏

北部草原上，无论白天还是夜晚，淋漓的雨遮天盖地，如同积满怨仇的女人。一眼望去，有走不完的荒原、旷野。大自然在雨中离人那么远，那么漠然。那些天上的雨呀，舞动蓬乱的长发，从早晨开始费力地拉呀拉，像要把裸露的岩石淋透，把群山荒原弄得奄奄一息。那种时候到草原上去，很可能遇到山洪，溢出来把你搅死在她的悲恸中。

唉，明天小雨就会在拉萨飘起来。可是家乡更深更远的地方，雪还要张开霜白的脸，坚定不移地吞并荒无人烟的天地。那种沉默的气氛，白皑皑一片，把所有汹涌的生命不留声息地掩埋了。一些隐隐约约挣扎过的痕迹，也慢慢消失在冰的波光里。

不过春天迟早会到世界屋脊落脚的。阴雨天里，爸爸妈妈会发现墙角下一片微微泛绿的草。远处山上，在蒙蒙的雨中，也会青一块，黄一片，连续起来，重叠成春的惊喜。

春，一定来得很慢吧。春寒把刚嫩起来的郊野又蒙上一层白霜。但是中午的太阳会是笔直笔直的，无论冬季还是春天，她无声的欢笑总是闪烁在每一片树叶上，闪烁在每个缝隙间。所以拉萨、西藏的天总是空空的，黄的、白的、绿色的经幡，带着各自浓郁的韵味，在天空中翩然……

重庆的朋友说简直想象不出西藏高原的蓝天白云，而我也难以描述重庆的阴雨天气。偶尔晴了，只见天边悬着个焦红的日头，像灼伤的目光，毒辣辣地放射着刺鼻的硝味。第一次见了，真不敢相信那就是西藏白灿灿的太阳。西藏的太阳好像透明的薄纱，那般明亮，那般耀眼。

是呀，不论什么时候什么季节，太阳永远亲切地爱抚着青藏高原。那儿有黝黑的儿童，硬朗的老人；有金黄的庙宇，红色的墙；还有坦荡的草原，碧蓝的湖泊……所以，我也想，这几天的雨就在拉萨多洒一阵子吧。虽然日光城会黯然一些，而夏季，群山则会伸展绿茸茸的臂膀，波动着，蔓延出去。羊群撒在山上时，就更像一粒粒闪动的珍珠了。清晨的风里，喃喃的祷告声也会悄悄飘起异样的兴奋……

呵，我多么思念拉萨的雨，雨中的拉萨。

——白玛娜珍：《呵，拉萨雨……》，载于《西藏文学》1992年第5期。

四月的高原，太阳明晃晃地照着，突然间雪花就漫天飞舞地飘落下来。雪花很大、很薄，在阳光映照下，很是耀眼夺目。我眯起了眼睛，欣赏这轻盈漫舞、从天而降的雪绒花。就这样，我竟被这雪、这太阳莫名其妙地感动了。

岁月流逝，我们走过了昨天，没有惋惜、没有眼泪。上大学时，我们曾说过："将来会有那么一天，我们要走得很远、很远。"如今，在这远方，在这闻名的世界屋脊上，当金黄的落叶堆满心间，我们却已不再是青春少年。

往事如梦如歌，高原如歌如梦。三年前，我们走向西藏，走向这片高原。在这皑皑的雪域，在这春荣夏秀、终年被太阳照耀的拉萨城，随着无数次东方发白，随着无数次日落星沉，那经历过的几多情愫、几多骊歌；那大学毕业时今天是桃李芬芳明天是社会栋梁的少年志向，终于越来越清晰。

我常常想起西藏北部，在寒冷的大风冬夜与藏族同胞一起烧的驱逐寒气的牛粪火前，与藏北建藏大学生彻夜长谈。那香喷喷的酥油茶、风干的生牛肉、富有雕塑感的为我们打酥油茶的红脸蛋女孩，以及啃食牧草的牛羊，都让我久久难以忘怀。

回到拉萨，那学校的悠扬钟声召唤我当了一名人民教师。我的学生纯真顽皮，让我喜欢，也让我烦恼。有一次，我与他们一起逛拉萨市热闹繁华的八角街，与学生纵目远眺，前面真好像是有条彩色的河流在怡然流动。学生奔跑着。小街两旁，五颜六色的彩珠、玛瑙、项链、手镯应有尽有。拥挤的人群里不时看见为寻求幸福在虔诚地磕等身长头的朝佛人。再拐弯，高高的经幡映入眼帘。停住脚步，默望微风中飘扬不止的经幡，心中油然荡漾起一种与藏族同胞同样的对生命祥和的渴望。我拉紧了学生的手，此时，我真想对学生说："我愿意成为你们的好老师。"

高原的黄昏，太阳像一堵墙挡在前面。我与朋友们一起迎着火轮般的太阳去拉萨河。拉萨河缓缓地、缓缓地向西流，我的那些朋友们竟为拉萨河的温柔感动。满天的夕阳下，看着这跳跃的河水，想着我为之献出青春与爱情的这块热土，竟是久久默然无语，沉思中，远处传来了藏族同胞悠扬的歌声：

白雪往下飘，

心中思故乡。

亲人的来信把幼时的情侣牵挂……

——孟梅英：《如梦的高原》，见《散文》月刊编辑室：《如歌的高原——

中华精短散文大赛获奖作品集》，天津：百花文艺出版社，1992年6月版，第99—101页。

1993

　　拉萨离太阳最近，/没有连阴梅雨，/没有扯不开的雾幔，/拉萨年年丰收阳光。/拉萨人在房子里待不惯，/节假日一家人到野外去，/在河边野餐、睡午觉，/和太阳亲近。/拉萨人的脸上红扑扑的，/那是太阳留下的亲吻。（《太阳城》）

　　八角街是个独特的地方，/八角街是条环行的街，/一边是大昭寺的高墙，/一边是旧时的贵族府邸。/八角街是石子铺成的，/八角街飘着柏枝的青烟。/八角街上的喇嘛席地而坐，/一边诵经一边收香火钱。/八角街上的行人如同闲庭信步，/一边逛街一边摇着转经轮。/八角街上货摊鳞次栉比，/货摊上的商品满目琳琅，从镶银的头盖骨到巴黎香水，从乾隆青花瓷到印度香应有尽有。/八角街上的街头艺人技艺超群，/说书弹弦子长袖善舞。/八角街上的少年乞丐理直气壮，/非有施舍绝不善罢甘休。/八角街上的姑娘个个身材苗条，/胜过大城市的服装模特。/八角街上的野狗逍遥自在，/真像是山坡上游荡的群羊。/八角街是个独特的地方，/融融世俗搅拌着逼人的威严，/头一次来我如履薄冰，/第二次来我流连忘返。（《逛八角街》）

　　——雷霆：《西藏组诗》，载于《诗刊》1993年第1期。

1994

　　回到拉萨/回到了布达拉/回到拉萨/回到了布达拉宫/在雅鲁藏布江把我的心洗清/在雪山之巅把我的魂唤醒/爬过了唐古拉山遇见了雪莲花//牵着我的手儿我们回到了她的家/你根本不用担心太多的问题/她会教你如何找到你自己/雪山青草/美丽的喇嘛庙/没完没了的姑娘她没完没了的笑/雪山青草/美丽的喇嘛庙/没完没了地唱我们没完没了地跳/拉呀咿呀咿呀咿

呀咿呀咿呀萨／感觉是我的家／拉呀咿呀咿呀咿呀咿呀咿呀萨／我美丽的雪莲花／纯净的天空中有着一颗纯净的心／不必为明天愁也不必为今天忧／来吧来吧我们一起回拉萨／回到我们阔别已经很久的家／拉呀咿呀咿呀咿呀咿呀拉呀咿呀咿呀咿呀咿呀／雪山青草／美丽的喇嘛庙／没完没了的姑娘她没完没了的笑／雪山青草／美丽的喇嘛庙／没完没了地唱我们没完没了地跳／来吧来吧我们一起回拉萨／回到我们阔别已经很久的家／来吧来吧我们一起回拉萨／回到我们阔别已经很久的家／来吧来吧来吧来吧来吧来吧来吧来吧来呀咿呀／／

——郑钧：《回到拉萨》，1994年。

其实，八廓街并不大，1个小时就可以转完。但她却让所有在这条街住过的人终生梦绕魂牵，让所有到过这里的人留下一个深刻奇特的印象。

在这里，大昭寺庄严的包铜大红门与街面上店铺的棕色小木门同时打开，虔诚的六字真言与唾沫飞溅的讨价还价声错杂混合，松柏艾草的圣火佛烟与法国、印度、英国的香水香料香烟肆意弥漫在一起，美元港币英镑藏币人民币大洋紧捏在一起，古老质朴的西藏民歌，与疯狂放荡的迪斯科同时高放。在这里，虔诚与钱财，佛国与尘世，精神与现实，喧哗与宁静，时髦与古拙同时共存。

可见，人们所说的八廓街，并不单指大昭寺、街道、店铺或街上涌动的人流。她的魅力、她的独特在于她不单纯，富有内容，有一种特殊的气氛。她既有神圣庄严的宗教气息，又有洒脱而充满活力的现代气派。浪漫的人、现实的人、年长的、年幼的、洋人与当地人、追求精神生活的人和追求物质生活的人，都可以在这里得到尽情满足。

……

在八廓街，人们热爱自己的佛祖，也热爱物质财富；佛热爱和平、热爱众生，也热爱热闹，爱发怒；神崇高伟大，也平凡渺小。各种各样的现象在这条街上，既矛盾又统一；各色各类的气氛在这条街上，既排斥，又融合。

——央珍：《拉萨有条八廓街》，载于《西藏民俗》1994年第1期。

附录 作家笔下的拉萨

1995

今日的拉萨古城就像人们置身于她周围的山峰时所发的感慨一样，这些山脉上没有丝毫现代的痕迹，城市也依然那样古朴。然而，正如藏民族开朗大方的个性一样，在这座城市古老的外围，她迎来并簇拥着她历史上无与伦比的现代文明：漂亮的饭店、宾馆、剧院和奔驰着各种车辆的林荫道，以及林立的商店和奔赴校园的少年男女。各类中小型和手工业工厂里的机器，震撼着这座城市，唤起人们对现代科学文化的渴望。

当那些不同肤色的人们踏上回归的舷梯，脸上已没有了莫测的神秘，却很轻松并愉快地说："这里不是印第安，我感觉是从现代埃及的古金字塔旁返回加利福尼亚，拉萨是一座真正的城市。"

是的，"真正的城市"，而不是一件神奇的古董，或者这件历史久远而精美的古董闪耀着金色的光芒，已置身于现代文明的江洋之中。

历史无法与现实抗衡，但现实中的拉萨人却不能不时常回过头去走回历史，作为一种信仰和崇拜，寺庙的烟火、端庄肃穆的佛像诱惑并吸引着他们精神的命脉。他们既不能无所羁绊地踏进今天现实，也无法摆脱他们心灵得以寄托的庙宇，任何一座寺庙前仍旧香烟弥漫酥油灯彻夜不眠，法号锣舞仍旧响彻拉萨每一个盛大的节日和庆典。古朴的八廓街上仍可以随处购买到佛教徒们用于祈祷和供奉佛祖的各种用具和器皿。

……

越来越多的藏胞们在现代文明的洗礼中，在市场经济大潮的冲击下，感悟到了另一种生活的乐趣。以物易物的传统贸易状态已消失殆尽，他们从羊群牛群的欢叫中走向城市，走向市场，走向世界。他们越发感到金钱能改变他们生活的方方面面，有了钱他们可以乘车去任何想要去的地方，可以购得他们所需要的一切东西。于是，他们学会了怎样使别人腰包里的钱变成自己腰包里的钱，怎样使自己的生意越做越大，越红火。他们唱着古老的高亢的牧歌，做起了一切可以赚钱的买卖……

传统意识与现代文明，商品意识与传统文化在拉萨在高原撞击着，融合着。83岁的阿旺拉姆，手摇转经筒，口念佛教六字真言，走入了古城仍在酣睡的黎明，踏上了这条她童年时代就开始行走的转经路，她把几乎全部的心血和汗水洒在了这条通往来世的没有止境的道路上，她深信自己此生来到这个世界是为了祈求来世的幸福。但她没有像她母亲或祖母当年带上她那样，带上自己的孙女，看到孙女背着书包，小鸟似的飞出家门，她脸上洋溢着欣慰的笑容和幸福的眼泪，她知道孙女必须靠她自己的智慧去创造以后的生活。

在一派美好的晚霞中，我们看到格桑多吉与卓玛央宗各自拿着一盏供奉佛祖的酥油灯虔诚地走进一座寺庙，但不久，我们又可以在灯光斑斓、电子乐震耳的迪斯科舞厅里，看到他们优美的舞姿。

索郎扎巴头系长长的红色发缨，高大健壮的体魄中，透着康巴人果敢无畏的豪气，着一身黄缎镶有豹皮边缘的藏袍，穿着一双意大利皮靴，大踏步向着机场上的波音飞机走去。他说这次广州之行，他可以赚得几十万元人民币。他笑声如鼓，能讲一口流利的英语。十年前，当18岁的他从康巴草原深处的帐篷里出来，走向拉萨时，就决心要做一个富翁。今天，他有自己的小轿车、卡车，在拉萨郊外有一幢漂亮的藏式别墅和一位美丽的拉萨妻子。他的哥哥斯达次仁往返于印度、尼泊尔和拉萨，帮他经营高档化妆品、首饰店和一家古玩店，弟弟阿嘎尼玛为他经营高档服装商行和一家卡拉OK酒吧厅，妹妹琼卓玛则每天要去八廓街私人办的语言学校学习日语……

实在不能说，我多么了解这座城市，她很年轻，与她所置身的高原一样年轻。当我看到一位美丽的少女沐浴在阳光下的拉萨河中，我看到了这座圣地的明天和幸福的未来，她的确很美，很年轻，充满着神秘。

——罗丹：《拉萨印象》，载于《民族文学》1995年第9期。

1996

没来西藏时，总把拉萨想象得太荒凉太冷寂。当我真实地踏在拉萨的大道上，看风中飘扬的金色树叶像一枚枚音符，感受无处不在的阳光如母亲的手，心中竟充满了生命的暖意。拉萨是中国唯一的没有现代高楼大厦的都市，然而作为都市应有的所有繁华在这里都一一展现。歌舞厅和美容厅鳞次栉比，出租车司机在收听"股市传真"，餐馆招牌上写着"生猛海鲜"，水果摊上卖着菲律宾香蕉……

当晚，友人带我到一家卡拉OK歌舞厅，说是要彻底纠正我对西藏的"偏见"。走进这家在拉萨只能算是中档的歌舞厅，装修颇为富丽堂皇，两侧包厢宾客云集，唯一的缺憾是没有乐队。据说，光顾歌舞厅的主要顾客是高收入的工薪人员和从商的藏胞，他们点唱的大多是《花心》《新鸳鸯蝴蝶梦》之类的港台流行歌曲。卡拉OK作为现代文明社会中的一种娱乐方式，从一诞生就远离田园山野，它把悠扬无羁、高亢任性的与大自然融为一体的曲调转变成都市人的感伤、压抑和躁动，即使在素有"歌舞圣地"的青藏高原也不例外。来这里的藏胞就像适应商品经济一样，很快就适应了围墙圈起来的小小空间。在这个空间里，没有善解人意的清风，没有可以聆听誓言的皓月，虽然身边也有如花似玉的姑娘，但是她不会为你唱忘情的歌，更多的是让你品味"人一走茶就凉"的西藏北部漠风。在这充满软语轻歌的舞厅里，唯有节奏强劲的迪斯科还能让人感受到野性和勇猛，藏胞踩着迪斯科的旋律，跳的是民族的舞蹈，奔放自由并充满锐气。我也情不自禁旋进舞池，竟忘了这里是海拔3600米的高原，直到感到呼吸艰难才抚着胸口回到原位。看着藏胞能自始至终不知疲惫地跳迪斯科，既钦慕又兴奋，我心目中的藏族人就应该是这样的剽悍刚烈……

——黄橙：《拉萨没有牧歌》，载于《丝绸之路》1996年第2期。

1997

作为一个旅行者，对拉萨的向往是一种挡不住的诱惑。在身临其境之前，拉萨的诱惑力仅停留在"神秘"之类的字眼上，一旦踏上这块土地，动人心魄的东西就具体而生动起来。

在另外的文章里，我曾把自己对拉萨的钟情归功于她那独特的人文景观和宗教氛围。如今，当我重新寻找我在那里停留长达四年的理由时，才发现，真正"功不可没"的是那里的阳光。

相信凡是到过拉萨的人都对拉萨的阳光有着自己独特的体验。作为举世闻名的"日光城"，拉萨最初给人的印象是一座没有阴影的城市——没有别的城市比她更坦荡更亮丽了。不知你是否注意到，拉萨的阳光极富人性，她已经超出了自然的意义。她不仅用她特有的温暖抚摸你的肌肤，还给你的灵魂提供清洁的水。走进拉萨的阳光，你没法儿不觉得走进了一池春水，你在里面痛快地畅游，痛快地洗涤，不必担心受到污染，因为她本身就是上好的除污剂。

……

到拉萨看风景，阳光不可不看。而到拉萨看阳光，林卡不可不去。

大概没有别的人比拉萨人更懂得休闲了。作为最健康的休闲方式，逛林卡几乎成了他们唯一的选择。每至周末或者别的节假日，拉萨所有的林卡都洋溢着他们的欢歌笑语……他们合家出动，带上布幔和帐篷，带上收录机、各种食物和青稞酒、酥油茶，选择一块绿茵茵的草地围上布幔，拉上帐篷，围住一方阳光。他们在阳光下分享食物，谈情说爱；在阳光下唱歌跳舞，玩起一种掷骰子的游戏，将阳光搅扰得心花怒放。

这时候，作为一位匆匆过客，无论你怀着什么样的动机，无论你是有意还是误入任何一顶帐篷，你都会受到友好的款待：先敬你三杯青稞酒，再为你捧上香喷喷的酥油茶。你不能不喝，你无法拒绝，因为你无法拒绝女主人阳光一般的热情和笑脸。你喝下去了，于是你感到人与人之间的距离没有了；你无须懂他们的语言，就可以同他们交流……

一年一度的沐浴节，是拉萨阳光最富诗意的表现形式。藏历九月，高原已有了寒意，有的人已穿上了冬装，沐浴节这天的拉萨河充满温馨和浪漫。女人们于这天来到拉萨河畔脱光她们的衣服，在清澈如镜、几乎没有污染的河水中洗涤她们的肌肤，洗涤她们的长发。想想看，如果没有阳光，面对刺骨的河水，再勇敢的女人也只有望而生畏。

阳光滑过她们的肌肤，将她们美丽的胴体渲染得更加美丽动人。她们嬉戏打闹，互相击水，将阳光抖落到河里，随水翻动，一忽儿波光粼粼，一忽儿粼粼波光……

也许她们不是为了洗涤，也许她们仅仅为了展示，展示她们对于生命的热爱。这些阳光的宠物们，这些最动人心魄的诗歌，这些高原的灵魂，正用她们特有的方式，为古老的高原造就着青春和童话。

——唐俑：《我在拉萨看阳光》，载于《朔方》1997年第5期。

1998

　　不论你是否到过拉萨，你一定听说过许多关于她的传奇。"日光城"就是她的美誉之一。我对拉萨的阳光情有独钟。

　　这是圣城特有的阳光，灿烂、明亮、洁净，绝不似许多现代化的大城市中的太阳那样，在严重的工业污染和雾霾中，竭力散射着无力的光芒。那太阳是昏黄的，你甚至可以直视它，令人难以相信那就是普照大地的精灵。而拉萨的太阳，才是真正的太阳，是自由的太阳。高原给了阳光以自由驰骋的天空。拉萨的阳光，透明、圣洁。光芒笼罩之处，群山、草原、河流、布达拉，无不闪耀着光辉。太阳只有在西藏，才显示出了她的全部魅力。

　　如果你要了解西藏，了解拉萨，了解藏民族，就应该首先用心来感受这阳光。因为，圣城的阳光会向你诉说高原的一切。

　　……在这里，不需要暖气，不需要空调，不需要一切污染空气的现代化的设施，只要太阳升起，你就可以享受到最为惬意的日光温暖。在阳光照耀之处，是不会感到寒冷的。夜晚，有上好的绿色燃料——干牛粪。在西藏的大部分地方，包括拉萨的许多家庭，还习惯于用干牛粪取暖。我想，这也许是无污染、全天然、又变废为宝的最著名的例证了。在拉萨，牛粪的价格不菲，但许多家庭还是坚持用牛粪取暖。他们也是在自觉或不自觉地保护着圣城的天空、保护着圣城的阳光。

　　圣城的阳光诉说着高原无私的奉献。无私的阳光总是在人们最需要的时候紧紧地拥抱着人们，绝不会抛弃你，就像高原之子——藏民族的为人一样。

　　圣城的阳光诉说着藏民族心灵的坦荡。圣洁的阳光荡涤着人们的灵魂，生活在这片神奇土地上的藏民族，沐浴着阳光成长，他们的面庞打着太阳的烙印，他们的胸怀如同透明的阳光一般坦荡。他们用真诚的心拥抱高原。

　　谁能不爱她呢？如果你来到拉萨，生活在拉萨，你就不能不爱她，就不能不为她的阳光所感动，爱她的阳光，爱她的土地……

　　圣洁的阳光是诉说圣城无疑是美丽的。一边是焕然一新的布达拉宫，一

边是宽敞的布达拉宫广场；一边是铸刻着神秘符号的转经筒，一边是现代建筑。古朴中透着现代的气息。圣城的阳光目睹着圣城的变迁。

每天早晨打开窗户，扑入眼帘的是灿烂的朝阳，透明、圣洁。每日都能拥有如此美丽的朝阳，难道不是大自然对高原之子的格外恩赐吗？

——王凤梅：《阳光，圣城的语言》，载于《西藏民俗》1998年第2期。

1999

古城春色

三月的拉萨悄悄渲染着春意，枝头的绿叶总是在你不经意间舒展。在绿树掩映的龙王潭湖心岛上，那古柳的身后一簇簇粉嘟嘟的桃花若隐若现，微风过处，携着淡淡的柳絮的清香和桃花的芬芳味道。想千年古柳后的那株桃，必是绰约而娇羞的仙女的化身，必是可望而不可即的美丽传说。

含烟的杨柳是春的水袖随风轻舞，有粉红的花瓣落入潭水，漫游在水中的鱼便有机会一亲春的芳泽。春去春又归，翔于水畔的红嘴鸥可是去年的相识？！

桃花树下，一位转经的老阿妈正在小憩，她手上的转经筒转动着年复一年的祈祷年复一年的虔诚。如果年轮倒转，也许年少的当年，她也曾有过桃花般的容颜，也曾有过铭心刻骨的爱恋……而依然未变的是转动的经筒以及桃花的颜色。

春，是庄严的，在这片圣洁的土地，在布达拉宫脚下，在药王山上经幡如林，无声，却是佛的旗语。古寺，红色的袈裟若隐若现，寺院内的那株桃树开得最早开得最茂，高高的榆树也已透绿。拈花微笑间，古寺的春天也透着几许灵气。

夏夜无风

今夜，是入夏以来少有的晴了，无风无云。抬头，又见星光闪烁，点点的星辰，如是夜空的精灵，又像是人家隐约的灯火，蓝蓝的天河里或许还搁浅着尚无结局的故事。

古城的夜色很安详，视野也很开阔。月，是在火红的晚霞燃尽之后，从洁白的云端升起的，她是那么轻盈、那么温柔地走来，又是那么安然可亲地俯瞰大地人间。我想，此刻的心灵无论在白日里经历了怎样的欢欣或是怎样的悲苦，该是在这般月色中抚平，沐浴月色，我们曾经蒙尘的心灵又显露出天真无邪的本来。世象万千，我们不能一一应对，有时甚至会无所适从，于是我们便在人群中去寻找真心朋友，而当真心朋友难寻，当亲人骨肉都已远离，有那么一种风景或许可以让你动心，有一种夜色或许可以品酩。

在这静静的夏夜，有月的朗照又何需有泪。

——浩子：《四季物语——春·夏篇》，载于《西藏民俗》1999年第1期。

拉萨，这座美丽的日光城，当我第一次踏上西藏的土地，最先见到的就是你了。那是在1975年的秋天，我还是个懵懂无忧的少年，我对高原的认识是那样的蒙昧，而当时的拉萨远没有现在的繁华景象，只觉得这里的天是那样的高，云是那样的白，蓝蓝的天空更令我产生了无穷的想象。多年以后，我随着当兵的父亲从拉萨走到亚东，从亚东走到日喀则，尔后又辗转到了山南。这时父亲退役回到了故乡，而我则考入了设在拉萨的西藏大学。大学毕业我去了阿里，如今，我又回到了拉萨。蓦然间我才发现，兜了一大圈，我又回到了初次踏上的这片热土，该是怎样的缘把我牵系？我已说不出来。但有一点可以肯定：这一生中我无论还将走到哪里，我的心永远也走不出高原，走不出拉萨，走不出布达拉。

第一次来到拉萨，雄伟壮丽的布达拉在我幼小的心灵留下的印象是神秘而庄严的。尽管那时我并不能了解它是怎样的一个象征，它是藏民族心目中怎样的骄傲。但那时的拉萨印象足以用布达拉的形象来代替。离开拉萨是要去亚东——一个离拉萨市很远的小县城。那里是一个山清水秀的地方，漫山的苍松翠柏四季常青。而春有绿、夏有花、秋有红叶、冬有雪来的日子，让贪玩的我感到新鲜而快乐。回不回拉萨，似乎已不再重要。当我考入西藏大学再次见到拉萨，再次见到布达拉，我的心是怎样的激动了，那种感觉远不止是旧地重游的兴奋和亲切。拉萨比我初次见到她时更美丽、更繁华了，而我也已不再是从前的小丫头了，但布达拉的形象依然是第一次见到的那样庄严、那样亲切，而此时的我早又从书本中了解了一些关于西藏的历史，在布达拉神秘的面纱后，是一个民族文明和智慧的辉煌。这种认识，使我不由得对布达拉肃然起敬了。想来，拉萨其实在我第一次见到她时，就已深深烙在了我的心灵，只是当时已惘然。

是拉萨成就了我对人生、对爱情的认识，可以说，拉萨已然成为我感情的一部分，她记述了我大学四年的学子光阴，记述了我对爱情的理解和向往。拉萨，是朝圣者心中的圣地，也是我心灵地图中的伊甸园。当我西去阿里又重回拉萨后，这种感受更加深刻了。

再次离开拉萨去阿里的某年的那个九月的清晨，天空下着雨，看着我熟悉的城市一点点消失在身后，我怎么也不敢去想：什么时候再回到拉萨？我的怀里揣着一包布达拉宫脚下的泥土，像是揣着一个珍宝。我的邻居是一个少言寡语的老者，虽然平时我们很少来往，但在临走之前，像是看穿了我的心事，他忽然很郑重地告诉我，去布达拉宫周围装一点泥土带走吧，回来时再把它放回原处，这样也许你会如愿的。……为了早些回到亲人的身边，为了早日回到圣地拉萨，我竟信了这一说法，于是便有一捧布达拉的泥土随我一同去了阿里。

狮泉河的生活是清苦的，想家的心情也是逃避不了的。半月才收到一封家书，而每次收到亲人来信，成了我最大的期盼。最难过的就是过年了，但不会忘记在新年钟声敲响的时候祈祷远在老家和拉萨的亲人平安、快乐，不忘为自己祈祷早日回家，早日再见到布达拉。在藏历新年的初三那天，人们总是要去登高望远，为家人祈福。而我也总是带着邻居们的孩子在这一天去登高、去转玛尼墙，把糖果恭敬地放地玛尼堆上。这样做也许会让人不以为然，然而，没有牵挂的灵魂是飘浮的，没有牵挂的心是空虚的。正是因为心中有牵挂，我才有了一个人独坐黄昏、独在乡野览云赏月的坦然。

当夕阳西下，天边的云彩便抹上一层玫瑰般的红晕，没有一点风的傍晚，一个人坐在屋檐下看云，什么都不想，什么也不说，却能真实感受到一种温馨。那次下乡，使我饱览了草原的云色。当我走在辽阔的草原上，看到放牧着的牛羊，看到蓝蓝的天和飘浮的云朵，当山野的风吹动我的衣襟，当我真切地嗅到草原的气息，我忘记了忧愁，忘记了自己是远离亲人的孩子。想到

附录　作家笔下的拉萨

初到拉萨时的茫然，想起亚东的青山秀水，想起日喀则有月光来照的晚云。在这样的景致里记取了关于"家"的温馨记忆，记取了我成长的经历。向往拉萨，并不是要忘掉亚东、忘掉日喀则、忘掉我生活过的地方，更何况每个人都有成长的经历，伴随你成长的山山水水不是说忘就会忘记的。

我的老家是在成都附近的一个小镇上，在我7岁那年离开了她，童年的记忆总是美好的，但是随着奶奶的去世，随着老家建设的变化，老家于我已是一个面目全非的伤心地，只有回到拉萨，重新拥抱温暖的阳光，又看到布达拉，我的心才会涌上回归的感动。在西藏生活了二十多年，二十多年的经历在我心中埋下了深深的西藏情结。也许，乡情原是要经过真切的体验和真心地投入之后才可以领悟的，而故乡，就是你投入地生活过的每一个地方。如果说家是生养我的故乡，那么，拉萨是我心灵的故乡。

向往拉萨，并不仅仅是因为她的日益繁华，更是因为她于繁华中依然的布达拉。她览尽人世的浮华与沧桑，在无言的注视里包容一切。她能容忍我最初对她的陌生和敬畏，也能接纳我今天对她热切的向往。她于繁华中掩不住的古朴，于车水马龙的喧闹中保持的沉静。这种古朴这种沉静于我有着无法抗拒的亲和力。也许正是这种力量招引着我：回到拉萨，回到拉萨！

——浩子：《回到拉萨》，载《西藏民俗》1999年第2期。

二月山桃初报春，沙风迭起卷黄尘。天偶暗，日长熏，轻寒伴暖柳荫阴。夜雨敲窗雷电频，清晨气爽昊天新。悬白日，蓊红云，九夏边城恰是春。素染千山入远空，古城郊野翠岚笼。霜月淡，露华浓，一河秋色竞流冬。雪压珠峰上九重，日光城暖化三冬。溪水岸，驻征鸿，高天暗动剪春风。

——高翔：《渔歌子·拉萨四季小景》，载于《西藏文学》1999年第5期。

2000

1980年前的拉萨，在一个年轻人的心目中，能产生梦幻般的想象。走在拉萨街头，随时能置身于虚渺的历史的氛围中，面对那每一幢都有着迷人传说的古老的石墙房屋，在旁边一个手摇经筒的老人喃喃低语的祝福声中，仿佛催眠般走进空灵的往昔。

走在城市街头，能感到夏日的拉萨被永恒的阳光照耀得十分疲倦，行人脸上和额头上冒着一层油亮的汗液，走在街上像一个个无声的幽灵在白日梦里飘游。汽车驶过烤烫的柏油路面发出湿漉漉的沾黏声……抬头仰望……布达拉宫神殿显得庄严神圣，它的金顶像火焰一样在阳光下熠熠闪耀……高大的红宫白墙上面有一千扇漆着黑框的小窗户，它们掩盖了历史的秘密。若干个世纪以来，那里面无数间神秘的小屋和殿堂里演出过多少罪恶和浪漫的故事几乎从不为世人所知晓：中世纪的野蛮、伟大的智者们的虔诚、残酷的权力争夺、宗教宁静的思索和世俗的爱情、流淌着酥油和鲜血的过道、金银珠宝和人骨头颅、情人的发丝和智慧的经书……

宫殿下面……城墙外的一片房屋是世俗区，居民家的窗台上摆着一盆盆花。小巷曲折幽深，路旁有摆摊的妇女，野狗们趴在墙根的阴影下蜷睡，院门前一两个无精打采的女人在闲聊。漫无目的地在这里的胡同小巷里游荡，自己就成为一个幽灵，站在胡同里，随便朝旁边一望，那低矮的门里，传来很有节奏的铃鼓声和诵经声。轻轻撩起沾满油垢的沉重的包毡门帘，里面光线昏暗，慢慢才看清是一间小经堂，柜子的几盏佛灯后面摆着几尊古铜佛像和几卷经书，一个低沉悲哀的声调像是从地下发出来的，角落里会盘坐着一个年老的尼姑，几许佛灯的微光映在她脸上若明若暗，她举着一只双面手鼓来回转动，发出特殊的脆响，另一只手提着一只金刚铃舞蹈般翻转着手腕，面对小柜前的花瓶和一束孔雀羽毛，她口中在喃喃吟诵神秘的经文。这个时候，你已经昏昏沉沉走近了西藏历史一段无法考证出年代的时期。

你情不自禁地回首那个遥远的拉萨，仿佛看见一个乡村的老人，喝着微酸的青稞酒，眼圈发红，捧着满是皱纹的干枯的脸，向他的儿孙们讲述着他心目中的昔日圣地拉萨繁华的市场、香烟缭绕的大昭寺、夏日林卡的逍遥，在他心中已成为永远无法抹去的遥远的追忆。他在半醉中情不自禁用苍老沙哑的嗓子唱起他最喜爱的一首歌："拉萨八廓街上，窗户比门还多。窗户里的姑娘，骨头比肉还软。"

他唱完以后抹去一把泪水，他在讲述，更像是在自言自语，嘟嘟哝哝断断续续，时而喃喃低语几乎使人听不见，时而高升快速地嘟囔几句，时而像睡着了似的出现长长的沉默，过一会又听见他发出含糊不清的呓语，接着几声快活的大笑又清醒地述说起来。这魔法一般变幻的富有感染力的声调梦一样深深攫住坐在他身边的儿孙们，他们昂起沉重的头颅，半张着嘴身体失重似的被带进缥缈悠远的年代里：细雨中的拉萨街头一片朦胧的宁静，屋檐下的雨滴声令人慵懒困倦。嗒嗒的皮靴踩在碎石铺成的小街里，一个窈窕的倩影走进了小巷的一扇门里。楼上传来伤感的歌声，一个落魄的疯癫诗人孤零零伫立在屋檐下背靠着潮湿的墙壁，抬眼凝望铅灰色的天空，歌声在迷茫的雨中飘去，空气里又飘来炊烟的气味。雨丝迎面拂来沾湿了他的头发和脸庞，睫毛上沾满细细的水珠在眼前迷蒙地呈现出一轮圣洁的白色的光环，从这轮光环中缓缓走过一队在世俗的人间历经磨难的西藏人：手摇经筒的干瘦的老太婆、蓬头垢面端破木碗的乞丐儿、高高的发结上插着金簪身穿华丽绸缎的官人、像踩在荆棘上脚步谨慎的仆人、背着包袱胡子上沾满鼻烟末的乡下农民、像澳大利亚袋鼠般将婴儿揣在怀中皮袍里的牧人……

——扎西达娃：《古海蓝经幡》，昆明：云南人民出版社，2000年1月版，第58—61页。

近年来，拉萨突然多了一个休闲去处，那便是朗玛厅。

……接连几天，每晚九点半之后，我……默默而有兴致地坐着，不仅是为了欣赏表演者，更想看看表演的背景。首先映入视线的是台前帷幕上方的八个藏戏脸谱，在彩灯的照耀下，各自显示所代表的藏戏流派。接着便是舞台背景的挂毯，挂毯是黑底色，上面凸现出黄色的金刚法轮图案，法轮正中镶嵌一个淡黄色的圆形灯。这样的休闲背景是任何地方都无法比拟的，强烈的文化意识给朗玛厅增添了几许神秘的色彩。

……室内装饰可以说是雅中突出民族特色。墙被分成几大块，悬挂着藏族特色的乐器，有古老的六弦琴、法号和小号；几幅挂画上，穿着西藏各地区民族服饰的男女微笑着欢迎各位来宾，柔和典雅的壁纸加上五色的灯光更

加衬托出带有吉祥图案、白蓝相间的门帘、蝙蝠等装饰的独特。在每个座席旁，摆放着绿色盆景，虽然是假的，但那种翠绿给人带来愉悦。我感觉自己轻松得悠然离开了生活的烦躁，进入了一种大自在的境界。

木板地上摆放座椅，舞池是用水磨石做成，室内的布局和装饰反差很大，从图案到色彩，从器具到内容……然而在朗玛厅中一切都显得那样和谐。

捧着一杯清茶居中而坐，可以清楚地看到台上的表演者，他们着藏民族服装，用二胡、六弦琴、洋琴和藏鼓演奏着，舒音乐知之甚少，但听着这优美的乐曲，我会陶醉，会不由自主地想到雪山、蓝天、雄鹰、草原；听着藏鼓铿锵有力的节奏，仿佛看到了劳动的艰辛和丰收的喜悦。听着、听着，我便会陷入对西藏风土人情的理解与想象之中，我有一种被融化的感觉。

每天晚上从十点半开始表演歌舞，其间夹有迪斯科舞曲和卡拉OK，大都到凌晨两点左右才结束。表演藏族歌舞的均是训练有素的歌舞团演员，四个多小时中，各种层次的来宾均可以获得一种精神上的释放和满足。

来宾中有我这样的工薪阶层，也有青年和老板，各种层次的人在同一环境中选择着不同的方式表现着自己，如果你静下来仔细观察，便可以真正理解形形色色的含义。

当心情特别紧张的时候，可以在此一展歌喉，吐出紧张找回平静；当你的心感到有点累的时候，可以在此蹦蹦迪斯科，劳其筋骨换来心理上的轻松；当你失意的时候，不妨来此欣赏一下优美的藏族乐曲，在感受藏族音乐魅力的同时，忘掉烦恼。朗玛厅，不仅可以尽情地放松自己，还可以从中透视到西藏的市井文化和民族风情，还可以感受到高原这片净土上真纯的歌舞给人的灵魂的抚摸。

——张力凤：《走进朗玛厅》，载于《西藏文学》2000年第5期。

2001

马格站在拉萨河桥上，四月，流域沉落，残雪如镜。城市在右岸上，白色的石头建筑反射着高原的强光，一直抵达北部山脉。布达拉宫幻影一样，至高无上，神秘地排列整齐而深邃，仿佛阳光中整齐的黑键，而它水中的幻影更接近音乐性，更像一架大管风琴的倒影，窗洞被风穿过，阳光潮水般波动，能听到它内部幽深而恢宏的凤鸣。河流静静流淌，拉萨河波光潋滟，如一张印象派的海报。是的，这个音乐般的城市，静物般的城市。

除了红宫，一些寺院呈现着绛红色调子，这个城市几乎是白色的，高音般的白，但细部，比如白色墙体中的雕窗则是鲜明的黑，明快，抒情，单纯色构成不同的色块，纯粹，简单，迷人。这是童年的城市，积木般的城市，他想起他曾搭建的那些好看的城堡，他在钢琴上幻想一个积木城市，但他无论如何没考虑过这么亮的阳光，甚至这是一个孩子也无法想象的城市，但白色的拉萨又的确是一个孩子的城市。多漂亮的阳光，全世界的孩子都应在这里与阳光相聚，与河流相聚，以决定他们的城市和未来。可以有一些白发老人，比如轮椅上的老人，推婴儿车的母亲，然后全是孩子。

——宁肯：《蒙面之城》，北京：作家出版社，2001年4月版，106—107页。

40多年间，我曾数十次到过日光城拉萨，每次看到那里的天空总是那么湛蓝、透亮，好像用一种特制的清水洗过的宝石一样清爽。说话的声波能碰到蓝天，伸出手来能触摸到蓝天。有人在描述拉萨的天空时讲了这么一句话："掬蓝天洗脸。"说得实在精妙。我则常常这样想，也许有贴着山顶的白云映衬，拉萨天空的湛蓝才越发显得深邃、纯净；也许有拉萨河畔草地的对照，它的湛蓝才更加鲜活、美丽。

拉萨天空的蓝色是属于那种纯粹得淋漓尽致、无拘无束的色彩。它蓝得可以发出声音，它可以把你的视线冻结，使之长久地凝固在天幕的某个地方，让你尽情而贪婪地享受人间的碧蓝所带来的无限宽阔……

——王宗仁：《拉萨的天空》，载于《新民晚报》2001年7月22日。

2002

拉萨的天给人的第一个感觉是蓝。关于蓝色的词语在内地的天空生着灰色的锈，却在拉萨的天上悠然微笑。它不是蔚蓝、碧蓝、深蓝……不是任何一种蓝。它仅仅是蓝，是原初的蓝，是蓝的极致，让你仿佛看到了先人造字时看到的天空。蓝色给人的感觉往往是忧郁的，拉萨的天的蓝却总是让人感到愉快，让人无所思。如果你看到拉萨的天还想问一声它为什么那么蓝，你不是呆子就是傻子。如同面对一杯美酒，你所需要做的仅仅是喝下去，而不是考虑它是高粱或者小米做的，它的酒精含量是多少。你只需静静地看就够了。拉萨的天是给人看的，而不是给人明白的。因为你永远不可能明白拉萨的天，那倒不是由于它的复杂，而是由于它的遥远。

拉萨的天遥远得让人怀念。它仿佛极近，近得你甚至可以想象出自己用笔管汲取它极其单纯的蓝色并缓缓书写出蓝色的文字；它却是极远的，你甚至只能低下头去凝视自己阳光下强烈的阴影，听凭它诉说你的孤独与某种不可及。你可能会注意到天空里缓缓飘荡的云彩，它们在你不经意的时候出现，又在你不经意的时候消失；你当然也会注意到这片天空下许多正在走着的藏人，步履缓慢，口中念着模糊的经文。他们从你身边走过，仿佛风尘仆仆，又仿佛不着一沙。站在拉萨的天空下，你会相信天地伊始时它就是这个样子，它的遥远只不过强调了这样一个事实，即天与地一旦分离便永远分离。人与自然又何尝不是？分离并不是最重要的，重要的是不要对你所离开的造成任何的伤害。我所奇怪的是，这片天空下有那么多的人信仰宗教。难道真正的宗教只是在天地分明的情况下产生，同时又表现出要与天地相融即进入永恒的强烈愿望？

分离是一个动词，分离的状态却是静。拉萨的天的那种静非言辞所能表达。你明明知道你的任何行动都不可能对它有丝毫的影响，却在不知不觉间屏住了呼吸。你很想对它表白你的热爱，却终于只是让滚烫的阳光融化成雪山下清凉的溪流。自然，拉萨的天也并不总是静的。它也有阴、晴，有雨、雪、雷、电、风。但正因有了这些变化，拉萨的天才不是一朵不败的假花。

其实所谓的感觉都仅仅因为陌生。所有的事物一旦熟悉，便仿佛不复存在。对于真正的拉萨人来说，只要每天早晨起床之后看到天空还在，便不会再想什么。他们已经看天是天，带着一些淡淡的满足和难以自觉的骄傲，慢慢开始自己一天的生活。

对于拉萨的天，你无法修饰，因为任何修饰都将显示出你的无助。它的美让你想起长老们眼中初到特洛伊的海伦,你根本不能以任何的描绘去让人明白你的感受,你只能惊叹。

——唐再:《拉萨的天》,载于《西藏文学》2002年第1期。

藏式小旅馆是拉萨的一种标志,自由居住创造了旅游者之间的自在关系,拉萨兼容并蓄的气度在那里充分体现。

拉萨是座流动的城市,太多的外地移民和旅游者令这座古老的佛都日益呈现兼容并蓄的开放气质。拉萨为旅游者提供了一种独一无二的旅游空间,同时也被来自世界各地千差万别的文化和风俗感染,国际化与古老的民族传统相互交融,住进拉萨独有的藏式小旅馆,这种感受就愈加强烈了。

沿拉萨最热闹的街道一路走过去,招牌并不显眼的藏式小旅馆们就隐藏在那些花花绿绿的店铺之中,它们都有不大的门面,中英文两种招牌和很明显的"藏式"标志。藏式小旅馆与普通旅馆的明显区别在于其馆舍建筑式样和外部装饰上是藏式的,一般是两三层的阁楼,楼梯狭长房间较小,这使得旅馆本身具有较多的公共场所,如院坝、过廊及面积不算宽敞的餐厅。

拉萨有名气的藏式旅馆不下十几家,它们大多是在只有几个床位的小旅店的基础上发展起来的,与草原牧民经营的"藏家乐"有着天然的血肉联系,又同时具备了欧美小旅馆的自由风范,在这里可以喝到纯正的酥油茶和地道的苏格兰咖啡,房间的布局特色是藏式的,居住方式却是欧式的,两者相得益彰的结果是使枯燥的旅途居住变成了饶有趣味的文化享受。

八角街附近的是藏式旅馆中特色鲜明的几家,它们坐落在拉萨市的繁华地段,与附近几家三星级宾馆相比生意毫不逊色。其中一家由一名叫攀多的藏族女子与老外合开。这种合作本身令每一位远道而来的中外游客都在这里找到了家的感觉。我们采访时正是旅游淡季,从苏格兰远道而来的英格拉姆女士已经在这家小旅馆住了近两个月。她说藏式小旅馆最初吸引她的是低廉的价位,现在她在这里找到了更重要的东西——旅途中的归属感。"在氛围独特的藏式小旅馆里文化和传统都不再是相对保守的概念,人们在狭小的空间里更容易相处,藏式居住布局让人觉得西藏不再那么遥远神秘,两种文化的碰撞变得随意和亲切，感觉很妙。有时我一连几天不出去，就在小旅馆里看书，找人聊天，能在一个遥远陌生的地方找到旅途中的归属感实在值得庆幸。"像英格拉姆一样，许多人带着冒险的激情来到拉萨，结果却发现这座在地理和文化上同样具有非凡高度的都市首先给予他们的是一种安详和平和。很多人从此爱上拉萨。小旅馆居住的日子让英格拉姆找到了称心的旅伴，是"真正可以一起上路的人"，他们准备五月份进入后藏。

随着来拉萨旅游的人越来越多，人们对居住环境的要求也越来越高。其间，许多地道的藏式小旅馆渐渐有了"星级"旅馆的气派，装修日益豪华，档次随之提高，小旅馆固有的特色却日渐消失了。只有一些规模较小或新开业的藏式小旅馆延续了最原始的朴素风格，深受外国游客的推崇。这些小旅馆将藏族特色与欧洲风情诗意地结合在一起，每一级台阶每一处回廊看似随意又独具匠心，吧台处丰富的自助旅游信息和房价标价全部是英文，地道的藏族服务生说着流利的英语，房间价位也较低，旅游淡季在 15～30 元一个床位，旺季则随行就市，可能会成倍翻涨。藏式旅馆还提供周到的家庭式服务，如出租自行车、提供中西餐、提供自助旅游信息，有的还能提供导游服务。在藏式小旅馆人们可以以主人的身份入住，成为一个松散的临时家庭，这让人们回想起美国西部的乡间酒吧和途中客栈，这两种完全不同地域文化产物同样将自由风格及民族特色融入行走者的旅行生活中，使文化的交流和影响更加随意和容易被人接受。这些藏式旅馆更多体现了旅游者之间的一种"自在关系"，使旅游真正成为一种生活方式，也使拉萨多了些与众不同的味道。

——小逃：《"藏式"自由居住》，载于《西藏旅游》2002 年第 2 期。

拉萨河是蓝色的。

40 年前的一个晴和的秋日，从大学毕业分配到拉萨的我放下简单的行装，便急不可待地去看拉萨河了。

我看见她那松耳石般的蓝色雪浪花，从云山雪谷奔涌而来，在我的心里留下了一片永生难忘、挥之不去的蔚蓝。她比我家乡的湘江和洞庭湖还要蓝，她比我后来看到的多瑙河和莱茵河还要蓝，她蓝得那样晶莹，那样别透，那样纯粹，像一匹刚刚抖开的蓝缎子，像满河跳荡不息的蓝色水晶，像融化了一大片高原深秋的蓝得不能再蓝的天空。

于是，我向这条蓝色的圣河顶礼致敬，用她清凉的雪水洗涤我身上的尘灰和整个的灵魂。

其实，在这以前，我对拉萨和拉萨河心仪已久，我努力搜寻和阅读相关的历史文化、传说、故事和歌谣。田汉先生在话剧《文成公主》中用"红山矗立，碧水中流"来描绘这里的风光地势，我觉得最贴切和精当。

从此，我在拉萨河边这座古城居留下来，长达25年之久，渐渐融入她深厚的文化积淀，感染她浓郁的民俗风情……每当我生活上、感情上受到伤害的时候，我总是要跑到拉萨河边、久久地在河边散步或伫立，把满腔的心思向这条蓝色的河倾诉。

从此，我对拉萨河、越来越熟悉越来越亲近了。

……

拉萨河发源于念青唐古拉山主峰，在林周县的旁多峡谷与桑丹岗桑雪山上流下来的热振河汇合，在墨竹工卡县的宗雪城堡前面，与拉里神山上流下来的雪绒河汇合；在墨竹工卡县的嘎采古庙前面，与工布巴拉雪山上流下的墨竹河汇合。就此形成了拉萨河的干流，洋洋洒洒，浩浩荡荡，直泻奔流150公里，最后在曲水县朗钦日苏象鼻湾和雅鲁藏布江合流，形成了雄伟壮观的蓝白相汇的高原奇观。

……

神山雪水流进拉萨河，拉萨河成了神河、圣河、药水河。老人们说：拉萨河水有八种功德；一甘、二凉、三软、四轻、五净、六香、七饮时不损喉、八喝过不伤胃，消除杂念，净化心灵，健康体肤，掬饮一捧，是人生一大造化。每年藏历八月，拉萨河南岸宝瓶山顶，天空弃山星升起，于是，成千上万的市民纷纷跳进拉萨河清波夜浴，这就是中外游客争相一睹为快的沐浴节。

拉萨河也有航运之利，航运主要靠牛皮船，这种航运工具，在公元1世纪前后已经出现在青藏高原的河流和湖泊上，它是用柳条支撑牦牛皮制成的，具有很强的柔韧性，不怕礁石和险滩，一只船大约能运载400公斤的人畜和货物，船夫们往往从墨竹工卡起行，经过达孜县（今达孜区）的德庆镇、拉萨城和曲水县的聂塘镇，大约三天时间，到达雅鲁藏布江的汇合口，从这里再转下山南的贡噶桑耶泽当等城镇。牛皮船只能日行，不能夜行，夜晚将船撑在河滩上，船夫们围着一堆火野餐，在月光下唱歌跳舞，讲故事。这种船只能顺水而下，不能逆水行舟，返程时船夫们就把牛皮船晾干，背着它翻山越岭回到拉萨河的上游，一只船60公斤左右，船夫的被子和食物由一只老绵羊驮着，和他相依相伴走过艰难的路程，羊铃叮叮当当的响声，也能消除一些旅途的孤单和寂寞。

拉萨河上有不少渡口，夏天用牛皮船摆渡，到冬春季节，就改用码头木船，还有多座铁索桥，最著名的要算拉萨铁索桥，这座桥是公元15世纪前期，西藏著名高僧唐东杰布，在当地柳梧宗城堡的女长官格桑的支持下修成的，这是当时轰动整个拉萨和西藏的一件大事，也是这位被尊为铁索桥活佛修建的第一座铁索桥，直到现在，桥墩还遗留在拉萨河南岸的乃东香卡村下面。从墨竹工卡往上还有唐家铁索桥、宗雪铁索桥、旁多铁索桥等，这些桥，我进藏以后还看到它们在继续使用，保存相当完好，并且不止一次路过，是当地的主要交通要道。这些桥一般是用6到8根铁索横架河面，中间用兽皮和牛皮，再铺上木板，走起来摇摇晃晃，再加上桥下河水奔腾湍急，响声如雷，让人头晕目眩，胆战心惊。

——廖东凡：《拉萨河，从古流到今》，载于《中国西藏》2002年第5期。

20世纪的80年代初，我到拉萨一下飞机，最感到不可思议的是，拉萨竟有这么多的树。一排排一行行，满目的葱绿。就是金碧辉煌的布达拉宫，香烟缭绕的大昭寺，也掩映在绿色的海洋中。八角街手持转经筒的老人以及前来朝圣的磕长头的信徒把牛毛、羊毛、哈达、经幡虔诚地挂在树枝上，同时也把一颗心托付给了这绿色。每当我看到这些，心中都有一股莫名的感动。

拉萨的树有杨树、柳树、桃树，还有毛竹、冬青之类，但河边上、公路旁还是以柳树居多。它们像高原人一样牺牲了美丽和柔弱，选择了坚韧和顽强。冬天它们把装扮自己的树叶送给朔气，只剩下铁灰色的树杈作为刀枪剑戟刺向蓝天，怒吼着向高寒缺氧宣战。春季它们把二月春风剪过的叶子再剪掉一些，把它们加厚，还要再涂些蜡质以减少水分的蒸发。

早晨，太阳刚刚照亮布达拉宫的金顶，树林里的小鸟就叽叽喳喳地催我们起床了，它们在树上做窝，在枝头嬉戏，我常常呆呆地看着它们，心也随着它们一起飞翔。傍晚，我们在林卡里漫步，闻着野草和树木的清香，脚下踩着厚厚的积叶，像走在软软的地毯上，探寻着西藏厚重的历史，回味着一个个美丽动人的传说，常常乐不思归。夏季，一场夜雨过后，林卡里冒出许多蘑菇，一群群身穿大红大紫服装的藏族少女背着竹篓在绿树丛中时隐时现，歌声回荡在蓝天白云间，成了拉萨一道亮丽的风景线。有时我们也跟着凑趣，碰巧也能拣一背篓的黄菇或金钟菇。

——艾英：《拉萨的树》，载于《时代风采》2002年第6期。

2003

我曾走过许多地方，但我唯独弄不清拉萨的方向。我为此曾无数次地研究过拉萨的地图，可是直到现在，我走在拉萨的街上仍然会迷路。

我一直弄不明白我怎么在大街上走着走着只因突然转了个弯就看不见人群了。高大威严的白色的石头房，雕花刻镂的木格窗，闪闪发光的金顶，空空的巷子不见一人，白晃晃的太阳晒得我直冒汗。从心里慢慢爬出的恐惧让我每每极其狼狈地从那些地方落荒而逃。

两年来，我已经习惯了喝酥油茶，习惯了吃奶渣，甚至学会了一些简单的诸如"我爱你"之类的藏语，可一看到白色的房子，我就紧张得喘不过气来。一位藏族朋友告诉我藏民喜欢把房子涂成白色是因为这里离太阳近，白色可以散光散热……

在拉萨我唯一逛之不厌的地方就是八角街。我害怕那些伸向远方永远没有尽头的路。八角街恰似一条圆形的街。一有机会我就会绕着大昭寺转上几圈，感受传统与现代、宗教与世俗、政治与商业在八角街这个万花筒里各显神通的魅力。

每次走在熙熙攘攘的人流中，目不暇接地看着那些来自江孜的卡垫、姐德秀的围裙、朗杰秀的氆氇、昌都的唐卡——我的心里就会无比的愉悦。佛光轻轻地普照在大地上，藏香静静地飘散在空气里，人们的脸上荡漾着甜蜜而满足的笑容,八角街就像一个气定神闲的妇人,等着慕名而来的人们去渐渐发现她的美丽神采。我曾去过无数个城市的无数条商业街,匆忙的脚步,喧哗的叫卖,让人不到半个时辰就会头昏脑涨、满面生灰。八角街又是一个例外。她能优雅地集繁华与安宁、热闹与悠闲于一处。人很多,但都能心平气和站在各自中意的摊铺前,耐心地仔细地挑选那些五颜六色的印度首饰、各式各样的手工藏刀、琳琅满目的铃铛、法器、佛珠、藏戏面具等等漂亮的小玩意儿。不时有笑声传来,可连那笑也是轻轻落落的,撩拨得游人心里痒痒的。如果你愿意,你还可以邀请三三两两从你身旁走过的身着阿里、昌都、山南等各地区民族特色盛服的藏女一块儿合影。她们微笑着大方地站在你身旁,质朴、纯净的笑容会让你想起背后那片悠远明净的蓝天。我不知道这些是否能足以成为我喜欢八角街的充分理由。但我仍然时不时地从这条围绕着大唐的文成公主亲自选址、设计的大昭寺的街道上买回一些新奇的华丽的小东西。

——任妮:《遗落在高原的某些片段》,载于《西藏文学》2003年第2期。

拉萨是一座流动的城市,大到援藏的干部,小到三轮车夫,高到崭新的楼房;矮到各地的小吃,无数的游人来此观光,无数的异乡人就这样客居于此……热情的藏族同胞,也许你并不认识,但他们的好客让你不好意思拒绝。离开拉萨的时候,登机前在机场忍受着饥肠辘辘,忽然闻到一股香喷喷的味道。两位藏族老妈妈在那边拿着暖瓶倒酥油茶。"多少钱一碗?"老人没说价格只是一个劲地说:"喝吧喝吧,好喝着呢。"原来她们不要钱,是为了送儿子去内地读大学特意带到机场让儿子喝点的。怀着感激刚喝了几口大妈又要添茶,按着内地的习惯我寒暄着"不要了",藏族老妈妈却说"必须要添的,这是我们的习惯"。多么热情的老人,多么让人暖烘烘的待客习惯!

——晓德:《来到拉萨》,载于《西藏文学》2003年第3期。

七月,我终于如愿以偿去了拉萨。

心里的梦,能实现,总是令人欣慰的。相信在很多朋友的心里,对西藏都有着一种愿望,因为那里太远,也因为那里的神秘,远得不能企及的总能

附录　作家笔下的拉萨

让我们渴望不已。从各种各样的文字和图片里我已经见识过了西藏的特色，比如特别蓝的天，特别白的云，还有那雄伟的布达拉宫，那让人肃然但有时又无法理解的宗教习俗。

在那里，你能感受到震慑，也能体会到平和，甚至会有脱胎换骨的感觉。所以，很长一段时间的浮躁之后，指望能在这一刻安静下来，这就出发了。

我们对西藏的了解一般是从拉萨开始的，拉萨是连接现实和梦想的桥梁，它的一头通往浮躁的外部世界，一头通往群山、雪峰、蓝天，以及无数的传奇。

对很多人来说，拉萨是遥远的，不仅在我们之外，而且在我们之上。在没有抵达之前，它通常以想象存在，在抵达之后，它以回忆存在。

……

现实中的拉萨是明朗清晰的，没有一丝暧昧，轮廓分明，周围都是山，群山之外依然是群山。山，光秃秃的；天，是蓝的，当然是很蓝的。这是西藏的商标，很难在别处看到这样的蓝天，扯天扯地，云则近在咫尺。

——小戏：《感觉拉萨》，载于《女性天地》2003年第5期。

罗布林卡的花草林木，不亚于我莺飞燕舞的家乡。而西藏博物馆，无论外观、布局还是内涵，都令人双眼一亮。它既充分体现了藏民族建筑的特色，又不照搬其样式；既是古老悠久文化的载体，又具有现代化的功能。馆内丰富的馆藏珍品让人惊喜和震撼。

诗意的拉萨，给我诗的灵感。我这样写道：

是不是离开太近，便日日在天上放牧羊群？

是不是哈达太多，

便在长空飘挂美丽的丝锦？

你有那么多云，

把蓝天拭洗得不染纤尘。

你有那么多云，

把人心爱抚得没有皱纹……

——陈志铭：《诗意的拉萨》，载于《中国文物报》2003年9月19日。

2004

　　阳春三月，又是春暖花开时，在人们不经意间，圣地拉萨也迎来了春天，草儿绿了，花儿开了，树木发芽了，然而还没等人们细心体会这盎然春意，感受春的气息，那骤阴骤晴、忽冷忽热、变幻无常的天气便让人强烈地感受到高原春天的特别之处。你看窗外时而狂风大作，尘土飞扬；时而阴云密布，甚至雨雪交加。在这种气候下，人的心情也变得沉闷抑郁，明朗不起来。独坐窗前，不免忆起刚刚逝去的艳阳高照、绚烂多彩的冬天。

　　……

　　一日午后与先生漫步至拉萨河边，在夏秋季波涛汹涌的拉萨河，此时水位已大幅度下降，整个河堤都坦露出来，河水随着河床的走势曲折蜿蜒、静静地流着，似在沉思，又似在为来年的惊涛拍岸积蓄力量。河边顺势裸露出一片片大小不一的沙滩，在河面较宽的水面上，一群群野鸭和不知名的美丽水鸟在悠闲自在地嬉戏捕食，时而潜入水中，时而浮出水面，更有一种美丽的大鸟时不时直立于水面，用舒展开的翅膀的下端拍打着水面滑出十多米远，身后留下一条长长的白色水道，其状俨然飞机起飞前在跑道上的滑行，而场面似乎更热闹，动作也更加优美。隔会儿，这些鸟如同得到命令般一起飞向另一片水域，我的眼睛追随着它们，目不转睛地欣赏这美妙景象。

　　在水位较浅的地方，可以清楚地看到阳光下缓缓流动的河水清澈见底，水面上微波粼粼五颜六色，深褐色、咖啡色、湖蓝色、水绿色、绛黄色等等许多色都闪耀着水晶般的光泽巧妙和谐地分布在一起，煞是好看。这奇异现象可能是由于河床凹凸不平和光的折射共同作用使然，到下午五六点钟时，河水在夕阳映照下更是五光十色，绚丽多彩，丰富的色彩从阴柔清亮的水中反射出来，更多了一种淡泊含蓄的沉静之美。看到此景，你不能不惊叹大自然的神奇之力，只有她才可以造就出如此丰富的色彩，也只有她才会把这些色彩和谐美妙、相融相异地组织在一起，我和先生沉浸在此美景中流连忘返，直至夜幕降临、寒气逼人时才意犹未尽地返家。

　　……

附录　作家笔下的拉萨

我住处步行约十分钟即可到达拉萨的另一美景——珍贵的城市湿地、天然氧仓拉鲁湿地，素来惧怕喧嚣繁华、喜好宁静清净的我便有幸常常徜徉于湿地周围，近距离地观赏它四季之变化。

湿地位于拉萨市北郊，南边紧挨二环路，北面便是连绵起伏的山脉。为了保护这一奇特的自然景观和高原上珍贵的天然氧仓，自治区政府投入了大量的人力物力，在二环路与湿地间筑起了一道绵延数千米的坚固美观的铁栅栏，栅栏内还修起了一条在城市中可称为护城河或防洪渠的小河，河水一年四季缓缓地流淌，水位或高或低，从不结冰，也从无浑浊。

每次漫步湿地边，看着那似乎无穷尽延伸的水草地，想象不出它的尽头或源头究竟在哪里，是什么样子。为了探个究竟，去年夏天，约了一位和我一样喜欢安静，喜欢大自然并且脚力不错的朋友，一起徒步出游了两次，一次往西走了五六个小时，一次往东行了三四个小时，然而终没到达它的边缘尽头。

这天，我们沿二环路往西，一直走到被树林掩映的通往区党校又一直延伸至山里的一条马路，这条路将湿地分为东西两部分，路两边各有两排碗口粗的大树长在深深的积水中，树下水面上漂浮着各种水草。穿过这条有着浓浓树荫的石子路再沿着湿地的北边缘继续西行，直到累得实在走不动才打住。

沿途所见是一望无际爽目的新绿，各种水草或高或矮参差不齐，但见或白色或浅黄或淡紫的小花星星点点散落其间，疑是天上的星星跌落下来，只是夜里它闪着金光装饰那苍茫深邃的蓝，而白天它泛着银光点缀这无穷无尽真实的绿，让所有亲近它的人都赏心悦目；一些色彩亮丽的小鸟在空中飞来飞去，时而发出清脆悦耳的鸣叫；在水草较矮的地段，总有牛群悠然自得地漫步其中，或吃草，或驻足聆听观望，或低头沉思，间或还要找一树桩或石块蹭痒痒，一切动作都是舒缓而从容悠闲的，我想牛儿定是动物界的哲学家，而拉萨的牛便是最幸福的；距牛群不远处总见三五一群，七八一伙的小孩半裸或全脱了衣服在水中戏耍，看他们玩得那么开心，我们也经不住诱惑，找了一处水较清的地方，将鞋袜提在手中，裤腿卷于膝上，勇敢地踏入水中……冰凉的水立时侵入骨中，再轻轻迈出第二步，脚踏过浮草穿过清水再落到水底淤泥中，突然想水里是否会钻出虫蛇之类，吓得赶忙跨出十来步跳出湿地，回望那几个小孩依然很专注地在找虫子或鱼苗，真佩服他们的勇敢坚强，心想这种极强的好奇心和顽强的探索精神，也许正是人类得以不断进步、科学不断有新发现的原始动力，而我们一般人随着年龄增长，身心都变得麻木、懒惰而脆弱。

拉萨的夏天在白天艳阳高照，夜里细雨滋润，平均气温只有22℃左右的凉爽怡人中悄然过去。由于工作较忙，而夏日黄昏散步总喜欢去波涛汹涌的拉萨河边，故有好一阵没有来关注湿地，直到十月下旬的一天偶得闲暇，午饭后信步往北来到湿地边。哇！远远望去，一片金黄。原来无论你关注与否，大自然从来就没停止过工作，曾几何时，它已将那一片汪洋的绿换了妆容！紧走几步穿过济公桥，近距离看才发现整个草地是七彩的，所有夏天的绿色植物此时都各自换了不同的色，其中有一种植物变成了玫瑰紫色，一小片一小片地散居于广阔的草坪上，整个湿地便如一块巨大无比的彩色地毯；另一种植物周身成了火红色，一簇簇散落开来点缀着金色草坪，这耀眼夺目的火红色宛如盛开在金色草坪这一巨大植被上的艳丽花朵；更震撼人的是那广袤无边的大面积的橘红、金黄、米黄、土黄色等等深浅错递开来的系列黄色，极目远眺，这一片黄在夕阳的光辉下整个镀上了一层金光，更显富丽堂皇，光彩夺目！我的心为这一美景兴奋不已，为这一发现狂喜不已，如此美景让我独享，真太奢侈了，心里充满了喜悦急于与人分享，于是拨通了内地居于嘈杂都市、窝在水泥墙中的好友电话，问她：你见过七色草坪吗？到家后还不罢休，又发 E-mail 向好友详细描述了湿地的秋景，直勾得她恨不得马上飞过来。

……

拉萨的冬天并没有冰天雪地，反而像一位热情好客的老人，送给人们一个充满阳光、充满温暖的美好记忆。此时的湿地别有一番景象，虽然整个草地变得枯黄萧条，但处在没有任何污染的高原净土上，枯黄也是干净悦目的。冬天使大地变成乞丐，但湿地仍然那么富有。冬季里湿地水位的自然下降，加上从仲秋起拉萨未降一点雨雪，湿地地表的大部分已变得干硬了，轻轻走进去，但见有人仨俩一伙或坐或卧于草地上，悠闲地进行日光浴；牛儿在暖暖的阳光下懒懒地吃草；一种黄白黑三色相间的大鸟悠然地在草中觅食，时而展翅高飞，其状大如鹰；但很美；在湿地低洼处自然形成一些水池，水池中可见些许小鱼苗，许多野鸭在水中自由嬉戏；在半干的水渠边竟然捡拾到许多极小的贝壳；再往深处走，大片大片一人多高的芦苇拦住去路，芦苇丛中更隐藏着许多不知名的水鸟。夏天的时候只看到一片汪洋的绿，根本想象不出还有如此高的草；一些比较大的草枯黄后匍匐在地上，脚踩上去软绵绵的，疑是走在海绵上。哦，那边还有一大片高约一米的蒲公英，每个枝杈上都安静地擎着一朵正欲飞扬的净白的花絮，刚想过去吹散一朵，忽然脚下一滑，不觉间陷入一片"沼泽地"，轻轻拔出脚，再小心翼翼地绕道而行，原来，有的地方虽地表干了，下面却隐藏着充足的水分，一旦踩下去必是一脚稀泥。啊，这里处处充满灵动。

夏天的湿地是茂盛的，秋天的湿地是丰盛的，而冬天的湿地除了富有，更多了几分灵动。

在暖暖的心境中送走了冬季，眼看着湿地边的树木变绿了，发芽了，细细尖尖嫩叶在目光的注视下一天一个样的快速地长着，湿地里的草也慢慢返青，只两天不见已是翠绿一片，春天悄然降临了！湿地地表下面的水也在一点一点加速往外渗出，已经可以看到大面积的积水，一群牛儿依然在从容地吃草。近日接连几场春雪，更使得湿地及周围万物生机盎然，清晨漫步湿地边、河水旁，湿润、清新、洁净的空气沁人心脾，深吸一口气，感觉五脏六腑都有如洗过一般，倍感神清气爽。放眼远望，那山那树都如刚刚沐浴过一样纯净鲜亮，真是赏心悦目，心旷神怡。

……

现在，自治区政府为了更好地保护湿地，已明令禁止任何行人入内。我想，每一个热爱自然、热爱这座城市的人都应自觉遵守，不再去打扰湿地，共同保护我们的天然氧仓！但我们可以近距离地静静欣赏。

——子嫣：《感受西藏之一：多彩的冬季》《感受西藏之二：珍贵的城市湿地》，载于《西藏文学》2004年第4期。

西藏，世界上离天最近的地方。她遥远神秘，放射着奇异的光芒。经过将近一天的旅程，终于"飞"上这片神奇的土地，脚下就是闻名于世的拉萨贡嘎机场。一出机舱，头顶上的蓝天白云便给人强烈的震撼，它超过了以往所有的蓝天白云给我的印象。

那蓝天的蓝，通透明澈一碧如洗。是湛蓝、是碧蓝、是超蓝、是无限的让心境高远明快的蓝。蓝天下，那装满人和事的心一下子空灵、轻盈起来。脑袋里清晰地出现一个词：单纯。原来单纯是如此一种明净的美！

那白云，是鲜活的云、灵动的云、不知疲倦为你展示的云。它忽而如雪舒缓凝重，忽而如棉祥瑞朵朵，忽而又如柳絮淡薄飘逸，又忽儿如海浪怒涛滚滚。我看见悠闲的云、赶路的云、舞蹈的云、雕塑的云，下雨的云、如霞的云。以蓝天为背景，蓝白相间，辉映成趣。你看那云卷云舒云起云落云聚云散有如自然穹幕，不断地演绎着一幅幅纯净明快丰富美丽的图画。这美景，让人心旷神怡心驰神往心动神摇心醉神迷，让人的心灵得到极大的满足，进而生出不虚此行甚至是不虚此生的感慨。

高原上，飞驰的车轮载着你仿佛和蓝天白云之间展开一场追逐的游戏，在忘情中，冷不丁地会被一束强光照得睁不开眼，那是高原的阳光，是离太阳最近的光芒。白白的，直直的，灼灼的，赤烈地发着光和热，将你温暖着炙烤着。我知道它要尽快地把贴在墙上的牛粪饼晒干，让藏族阿妈烧酥油茶温青稞酒；它要把千年的雪山融化让淙淙的小溪汇成滋养大地山川的血脉；它用无比的纯净和明亮点化你心灵的同时，也用超强的紫外线把你的脸色皮肤弄黑给你留一点高原的纪念。

这阳光，只看一眼便会在心中永驻，它驱散阴霾，让生活明亮远离琐碎。我清楚地知道，在我接受它的光芒的一刹那，我的内心已起了变化。

置身在雪域高原，在蜿蜒的山路上艰难地攀登，与蓝天白云雪山草地相连的，是绝壁、峡谷、险峰，是雪崩、塌方、泥石流，每一步都有可能付出生命的代价，每一刻都要付出情感。那无尽的长路遥远的攀登，让人学会坚忍与执着；那巍峨的群山险峻的雪峰让生命显得渺小脆弱，而遥望珠穆朗玛又深深地赞叹人类探索精神的伟大；那无穷无尽的山外山、无际无涯的天外天让人自知学会妥协与生活讲和；那翻越高峰一览众山小的时候，让人的心胸豁然开阔，一下子觉得原来不能接受、不能容忍的东西此刻可以微微一笑。

沿着青藏公路穿行，最让我的心灵震撼的不是天地的杰作，而是人类的精神。我看见苍茫的荒原上青藏铁路工人简易的工棚和寒风中劳作的身影，还有不时闪现的写给自己看的标语牌。这一切连缀起来已可见一条顽强伸展的铁路雏形。到那一天，堪称世界之最可与长城媲美的高原金桥架起来的时候，也许，曾经鲜活的生命已倒下去了！生命的渺小与人类的伟大就这样纠结在一起无法分开。

——张素青：《感悟雪域高原》，载于《中关村》2004年第3期。

2005

拉萨是一座古老而神秘的城市。1952年年底，当我第一次踏上这座被誉为日光城的那天，拉萨给我的强烈印象是：坦荡。

这种坦荡是她特有的地理位置所决定的，拉萨为高海拔地区，阳光灿烂、空气干燥，整个城市如一座世纪堡垒，神秘而又古老。

当时我们一行三人怀着一种复杂而好奇的感情，走进拉萨市内一片帐篷街。帐篷街居住着成千上万藏族同胞最低层，生活在这里的人们，上无片瓦、下无立锥之地，一贫如洗，无家可归。

他们居住的帐篷，像渔网，似彩球。有的就是两张破麻袋，有的用牦牛角筑墙，牦牛骨做架，上盖片草，有的用牛粪堆成。

帐篷周围大便堆积如山，小便冰冻尺余，早上覆盖一层厚厚的冰霜，在太阳光照射下，闪闪发光。中午时分，热浪冲天，随着水蒸气的蒸发，浓烈的异味扑鼻。

各式各样的狗，与衣不遮体、食不果腹的男女和小孩混杂在一起。狗和人唯一的希望是吃饱饭，而食粮来源，大都是贵族从华丽的楼房阳台上扔下她们吃剩下的奶渣、糌粑团、奶油等残渣剩羹。

狗在阳光下嬉戏、追逐，人蓬头垢面，啼饥号寒，过着牛马不如的生活。阳光下的老人都充满凝重和沧桑，相聚一起，相互捉着头上的虱子，有的对着阳光，将虱子抖落在地上，有的放到嘴里，嚼得有滋有味，目不忍睹。

一群群狗，几乎无处不在，没有人与它为敌。相反，我走进一个五六岁一丝不挂的小男孩身边，阳光下他正与一只小洋狗嬉戏，我用藏语问他叫什么名字？他摇摇头。住在哪个帐篷？他又摇摇头。那天真无邪的小脸，在阳光下散发着纯真，他的小嘴还时不时地嘟哝着给小洋狗讲话，似乎小洋狗会给他极大安慰。

这就是刚刚获得解放的帐篷街，在这座被称为"日光城"的古城里，帐篷街无疑是一块巨大而沉重的阴影，作为旧社会拉萨留下的疮痍，这阴影是旧社会给拉萨人民的缩影。

历史留给拉萨的贫困和荒凉，使我们深感肩负的责任重大，如何在最短的时间内，医治好旧社会遗留的千孔百疮，让西藏百万农奴过富足的生活，成为人民军队的唯一目的。

时代赋予我们的是责任、义务和奉献，1950年挺进西藏的中国人民解放军，第18军全体将士，从此将青春与热血奉献给了巍巍高原。西藏从此走进了一个崭新的时代。

笔者1950年8月随18军52师155团进藏，1972年8月奉命内调，在世界屋脊度过22个春秋。当我要离开我的第二故乡西藏这块热土时，我专程驱车到拉萨，去寻找第一次见到的帐篷街，然而我失望了，帐篷街早已无影无踪，取而代之的是一片生机勃勃的新景观，楼房林立，物质丰富，人民生活幸福。

一位拉萨市的房东告诉我：帐篷街早已随着一个新时代的到来，退出了历史舞台，今日的拉萨正散发着青春的活力。

——成炎：《消失的拉萨帐篷街》，载于《西藏文学》2005年第5期。

当我们乘坐的飞机徐徐降落在拉萨贡嘎机场时，我的心情无法再平静下来。是啊，对于我们这些生长在拉萨的人来说，早日回到拉萨是个永恒的唤不醒的梦。

……

也许《逛新城》的优美旋律至今会令我们陶醉和遐想。但是，今天的圣地拉萨早已不再是孕育那首广为流传的民歌的民主改革初期的模样了。在党和国家的关怀下和兄弟省市的支援下，市政建设、道路交通、环境保护都取得了巨大成就，市容市貌发生了巨大变化，古城拉萨以脱胎换骨的新形象，给新老朋友带来意料之外的惊喜和振奋。一式的柏油路面笔直、平坦、宽阔。彩砖镶嵌的人行道上绿树成荫，枝叶相接。大街两旁，新的楼房如雨后春笋，鳞次栉比。这里有现代化的拉萨饭店、电信大楼、拉萨剧院、图书馆、博物馆、彩电中心，还有人民路步行街和藏族建筑特色的东西南北居民住宅区。

我们拉萨人这几年最深的体会之一是出行方便了，市区道路布局合理，公交车、出租车穿梭其间，一条条宽阔、整洁的新大道通向拉萨的四面八方……

古老的拉萨城，你已走过了1300多年，在这漫长的日子里，你经历了风雨的洗礼，岁月的坎坷。你有过欣喜，也有过悲伤。到了20世纪中叶，古城显得越发苍老。于是，自治区人民政府决定改造老城区，要将老百姓从低矮狭小、阴暗潮湿的危旧房中解救。老城区的改造，投资全部由国家承担。这是头一次对老城区危旧住房进行大规模改造。拉萨市老城区危房改造领导小组具体实施市政府这些要求，施工部门坚持了"两个必须和两个不能变"的工作原则，即"老城区基础设施必须改造，老城区传统建筑内部设施必须改造，以满足居民现代化生活的需要""老城区整体巷布局不能变，具有较高历史价值的传统建筑的外观风貌不能变"。

……

有人说古老的拉萨像一座大花园。的确，藏民族爱花的历史悠久。在我们拉萨，家家户户的窗台上摆满了五颜六色的各种鲜花；有迷人的藤蔓攀附的蔷薇，那妩媚的大丽，粉红色的喇叭花，那铜铃般摇曳的吊金钟，那花大叶肥的芙蓉，像天上的星星似的在你的瞳孔里闪烁。

……

拉萨旧城的核心是环绕大昭寺的八廓街，这条古色古香街道成为圣地拉萨著名的国际商埠，也有人戏称它是西藏的纽约和小香港。其实，我们拉萨的八廓街并不大，但它却让所有在这条街住过的人终生梦绕魂牵，给所有到过这里的人终生留下一个深刻奇特神秘的印象。

……

八廓街是一条宗教气息很浓的河,同时也是充满希望的一条生活的河。我觉得八廓街比世界所有的城市街道都富于内容。它有精神的重要含义,也有物质上的价值。它有值得骄傲的悠久历史,也有缤纷多姿的现代色彩。

在八廓街,人们生活中所需要的东西几乎应有尽有。货物有来自邻国印度、尼泊尔,也有来自英国、瑞士、美国、日本等国的。也有从祖国内地运来的,更多的自然是藏区的土特产。从香水洋烟到鼻烟,从电子产品到古董,从化妆品到日用品,从酥油到砖茶,从寺院的宗教用具到妇女的一切用品样样都有。

……

我们拉萨人,在夏天特别酷爱逛林卡(游园)。无论城区还是郊区,到处都有极其漂亮的林卡,在雪域高原强烈的日照下如同绿翡翠一般。它们和金碧辉煌的大昭寺,红白相间的布达拉宫互相映衬,把我们美丽的故乡日光城拉萨变成一个充满神奇的世界。

在夏日的拉萨,酷爱户外生活的拉萨人,喜爱风餐露宿,喜爱小桥流水、鲜花绿地。人们就纷纷涌向林卡,搭起各种颜色的帐篷,花围布,随心所欲地跳起欢乐的舞蹈。此时,风也变得温柔了,绿草如茵,鲜花怒放,到处赏心悦目,简直变成了人间的香巴拉!

今天,拉萨人也坐起豪华的汽车,奔驰、桑塔纳、现代和本田等等。同时,我们拉萨人也在包装自己。阿迪达斯,皮尔卡丹西服,金利来衬衫,意大利皮鞋、皮包,全身的"名牌"。

拉萨人单调的夜生活已经一去不复返了。世界屋脊上的这座古城夜生活从春到冬一直火爆热烈,缤纷多姿。每当夜幕轻遮,你顺北京中路,青年路骑车游逛,就常常可能看到这样的情景:具有民族特色的"朗玛"厅(民族歌舞厅),卡拉OK歌舞厅,舞厅门前的"招客灯"或如流泉挂瀑,或如火树银花,诱惑着游客和市民去消遣一番,娱乐一阵。如果说以八廓街为核心的老城区是拉萨的旅游、文化中心,那么围绕北京西路和金珠西路而建的西城区则是一片富有现代气息,以购物、休闲、娱乐、饮食为主要功能的新城区。在街道大巷、建筑物上、广场边、绿地旁,你不但能看到"海尔""海

信""长虹""中国联通""上海大众"等国内知名企业的品牌,也能见到我们西藏自己企业的广告:"拉萨啤酒""高争水泥""奇正藏药""甘露藏药""珠峰摩托""圣地矿泉水"等。这些民族企业的形象正是通过户外广告等形式走入千家万户的生活,走向五彩缤纷的世界。

拉萨在变,变得让人高兴,变得使人陶醉。

啊!我热恋的故乡,圣地拉萨!

——尼玛泽仁:《圣地拉萨,我热恋的故乡》,载于《西藏文学》2005年第5期。

和许多朋友谈起西藏的时候,他们都对这个神秘的地方充满了神往。探窥天下之神奇必在远险,寻觅世上神秘莫如高危。路途远、海拔高,艰险与苦难相伴,使西藏充满了神奇与神秘的刺激。这也是他们向往西藏的主要原因,但一具体说起来,他们对西藏的印象就是布达拉宫、大昭寺、帐篷和满山遍野的牛羊,在他们眼中,西藏就代表着神秘和落后。这不能怪他们,其实在我来西藏之前也是同样的感觉,尽管我还查阅了一些有关西藏的资料,但大多是介绍一些旅游方面的东西,而且有些还是远远过时了的介绍。然而,作为援藏干部,我来到了西藏才知道,现在的西藏和内地人的一些看法实是相差甚远,更令我意料不到的是,近几年西藏的发展甚至超过了内地的一些地方。透过西藏自治区首府拉萨,你就可以领略到西藏惊人的变化。

……

改革开放以来,拉萨的政治、经济、文化飞速发展,今天的拉萨已不可同日而语。来到拉萨你会发现,以布达拉宫为标志,城东和城西的建筑风格明显不同,城西是比较繁华的地段,这里有著名的德吉路餐饮一条街,建筑风格和各类店铺餐馆散发出现代文明的气息,在这里你会感觉和内地没什么区别。而城西是老城,到处浸润着传统文化底蕴,建筑风格以藏式为主,和城西相比,这里是比较热闹的地段,著名的大昭寺就在这一地区,因而千里迢迢来此转经朝圣的藏族人特别多。只有在这里,你才真正感受到你已置身西藏这块神秘的土地。现代文明与传统文化相互交织融合,而又显得那么融洽和谐，也只有在拉萨才能将之发挥到极致。

　　现代文明与传统文化的交织还不只体现在拉萨的城市风貌中。在和藏族人的接触中，你会发现在藏族家庭中也同样存在着现代文明与传统文化的融合。这种融合体现在老一辈人和年轻人身上。在老一辈人中，会讲汉语的不是很多，一些普通百姓也不太会说汉语，他们的生活习惯也很传统。通常他们早晨起来洗漱完后会去打一桶清水或酒来供佛，这在藏族传统中是很重要的一个习俗，然后去转经，回来后才会吃早餐。年长一点的藏族人还喜欢去茶馆小坐，他们对茶馆的环境似乎要求也不太高，只要很悠闲地在茶馆里坐坐，喝壶甜茶、吃碗藏面，和老朋友聊聊天就会很满足。而年轻人就有很大不同，他们平时很少穿藏装，所以你不和他们说话时甚至会以为他们是汉族人，只有在藏历年、春节或重大喜庆日子他们才会穿上鲜艳漂亮的藏装。他们的生活习惯也和老一辈人有很大不同，他们更喜欢到酒吧去喝酒聊天，或是去朗玛厅（藏式歌舞厅）、迪厅去跳舞。

　　在藏族家庭中之所以会出现现代文明与传统文化的融合，我想这和生活在城市中的藏族人的观念的转变不无关系。随着西藏现代化程度的提高，人们越来越重视教育问题，西藏的学校都是双语教育，因此学生们都能讲一口流利的汉语。很多孩子甚至在小学时就被送到内地去读书，直到大学，家长都是不惜花费巨资的。我在西藏认识的几个藏族朋友都受过高等文化教育，在和他们聊天中，我发现他们不仅汉语很流利，为和你争论一个问题，他们还引经据典，让我也自叹弗如。

　　如今拉萨的巨大变化令我感叹，然而，西藏人的环保意识更是令笔者感动不已。走在拉萨街头，你会发现马路上干净整洁，很少看到有人乱扔垃圾，即使人们在某地小坐一会儿，走后地上也会干干净净，有的人手里拿着喝完的饮料瓶会走出很远，直到看到垃圾箱，手里的空瓶子才得以脱手。在拉萨，商店里是不用塑料袋的，这也是从环保的角度考虑，如有哪个商店用了塑料袋，就会被处以罚款。其实，西藏人并不是怕被罚款才注意环保的，他们深知西藏是唯一没有被污染的地方，他们珍惜这一片净土，所以，不管走到哪里，他们都非常注意环保。有一次我和同事下乡扶贫，由于路途较远，中午不可能赶到，大家就决定在路边野餐。食物都是各自从家里带来的，大家围坐在一起共享这丰盛的午餐，吃完后当然是满地的垃圾。我以为这是在野外，大家不会对这些垃圾很在意，可就在大家起身离开时，每人都随手把身边的垃圾收起来，装进袋子里随身带走。我还发现，他们在路上吃过的糖果塑料包装，都随手装进衣袋里，只有喝完的饮料瓶，才在路过某个村子时扔在路边。我感到不解，问他们为什么瓶子乱扔，而塑料包装却不一起随手扔掉。同事解释说，瓶子是可以回收的，会有人把它捡回去，而塑料包装是不会有人要的，这些垃圾属不可分解的，所以不能乱扔。这种细节他们也能想到，这让我对西藏人的环保意识由衷地感到敬佩。正是西藏人的这种环保意识，才使得现在的西藏还是那样的清秀脱俗、美丽依然。

——刘刚：《拉萨印象》，载于《中国民族》2005年第8期。

2006

遭遇拉萨，本是为了偿还一个许愿和承诺。我的想象中，所有对拉萨的赞美与礼颂，不过是身陷红尘的都市人的有病呻吟，就像是大快朵颐、饱食珍馐的人们对一碟农家腊味或山林野菜的怀念。

而现实的拉萨，却让所有曾与我有一样想法的人感到汗颜。

夏夜晚上十点的拉萨，宛如出浴的少女，恬淡安详，端庄静穆。也有清淡舒爽缱绻流连的月色星辉，也有朦胧隐约、流动跳跃的霓虹灯火。这月色这星辉，这霓虹这灯火，丝丝缕缕都仿佛带着温婉的心意和情愫，让人身心柔软得像时光河流里一颗静美的水草。绝不像我们栖身的都市，那些冷漠的浮光和轻佻的流萤，只勾引我们空洞的目光，却不能给苍白的心灵一丝抚慰。

……

有人说，在拉萨最没用的可能就是时钟了。而我觉得，时钟价值之所以遗失在拉萨，不是因为这古城老态龙钟的步履和这里悠闲散漫的生活节奏，而是摇响在冰凌岁月里茶马古道上的铃声一直徘徊留恋这份净土，久久不愿飘散，把我们与机器轰鸣的工业时代拉开了距离。

铃声响在路上，我们就是那无所挂碍牵绊，无所谓起点和终点的旅人，我们可以忘了时间概念，只是朝前走着走着……走在现代物语生动而不张扬的细节里，走在历史静默而不死寂的古韵陈香里……你可以蓦然惊艳于翻飞飘摇的裙裾，也可以声色不露地打量镂花镶边的民族风情……

……

拉萨古城八廓街阡陌纵横的街道，每一条都是一个时间的断面。

漫步八廓街，吸引你的不是琳琅缤纷的店面商品，而是一种恬淡随意的生活态度。所谓带有民族特色地域特色的、个性彰显的手工皮具和其他手工艺品，并没有太高的艺术收藏价值。熙来攘往、前仆后继的游客们，更愿意在一种淡漠了利益、近乎寒暄聊天的氛围中，体验和感受一种自我独特眼光和审美倾向的实现……

在八廓街，最有意思的是在街上闲逛的、漫不经心、肤色各异、语言各异、年龄各异的游人们，簇拥在街中，不停比画的手势和状如孩童般天真的神情，仿佛让这古老文明动情地再次发出遥远的逸响。

在拉萨，在八廓街，你就是你，本色且纯净的自己。当然，你也可以坦坦荡荡、从从容容地把自己当成一个隐者，抛却俗世的喧嚣与物累，安享这短暂遗尘天机的隐者。

……

从乡间细如麻绳的小路迂回走近拉萨河，就好像突然到了一处与世隔绝的地方。拉萨河就在你的面前，它的旁边也就是拉萨城区，但你的感觉，一定就如走进了隔壁邻家，倏然之间就遇到了一个早已洞透世事，胸怀能够容纳五湖四海的千岁老人。

拉萨河的身上，挂满了阅世历时的饱经沧桑，让人莫名地生出亲近和感动；拉萨河的河谷，简洁、自然、原始、粗犷，让人不得不感慨于大自然的雄奇和精雕细琢；拉萨河的流水，安静、贤淑，让人对拉萨更加滋生了一种无言而铭刻于心的爱怜。拉萨河，只是看看，就让人心驰神往，流连忘返。

在拉萨河边流连，恬淡舒适不是一种印象，而是一种真切的感受。想象着西藏雄伟千年的山川河谷，自己的脸上就淌出了幸福。

因为，在拉萨河畔，幸福的感觉真实得可以触摸；在拉萨河畔，幸福的感觉近在隔壁；在拉萨河畔，幸福是位面目慈祥的老人，胡须伸入隔世，让我们不再恐惧轮回……

附录　作家笔下的拉萨

……

这些年，人在旅途的时候很多，但一直都以过客的心境，看过的风景、名胜、古迹，都恍如过眼云烟，不留一丝痕迹。

而在拉萨，一切仿佛从前。

拉萨，轻柔得就像是昨夜的风，微风拂面，让你感觉到拉萨是如何的真实。

罗布林卡的亭榭楼台、小桥流水，布达拉宫前面的露天广场，老城区的幽深小巷，无处不在向人们昭示着一段段生活的真实韵味和一处处高原人们心中神圣的殿堂。这世界上，唯一一个不可能迷路的地方，或许就是摇篮了。古城柔软氤氲的时光，不正是停泊我们疲惫的身心，回到从前的摇篮吗？

现在，拉萨晚上的露天广场，只要是晴夜，都会游人如织。人们穿梭在宽阔的广场上，心中会自然地燃起熊熊的篝火，广场上轻柔的、粗犷的音乐之声，无不向你展示着藏民族火热的情感和好客的传统，广场边水池里也会漾动着载歌载舞的身影，身影的逸动中还可以隐隐听见古城的心跳……

而当天上街市星灯尤冷的时候，古城的灯火已暖。坐在暖暖的灯火中，坐在古城酒吧别样的情调里，感觉时光柔软得只会让每一个濯净的心灵更加纯洁，让每一个高尚的灵魂更有灵魂如风的瑰丽与闲适。

古城不夜，记住那些绿色的歌声吧，把微醺的自己带回住所，也做一个绿色的梦吧。

——张祖文：《拉萨　昨夜的风》，载于《西藏文学》2006年第2期。

20世纪90年代初，初到拉萨的时候，我惊诧它是那样小，步行1个多小时就走完了整座城市。那时，拉萨市内只有两三条线路的小公交车，也叫"招手停"——你站在路边招手，它就停下来，你要下车的时候，需用四川的通用句式喊一声："师傅，刹一脚！"——那是些很旧的十几座面包车。除了在7月雪顿节期间它会满座，其余时候乘客都寥寥无几。我最熟悉的，是堆龙德庆区到大昭寺广场前的线路，每当停车，售票兼拉客的藏族少年就会从车上跳下来。收款的钱包斜挎在他的肩膀上，他的脖子很黑，如果车从西往东，他就含糊不清地喊："堆龙，堆龙！"如果车从东边来，他就喊："拉萨，拉萨！"我最初不明白车已经在拉萨市内，他为什么还要喊"拉萨"。后来我才知道，在拉萨人的记忆里，拉萨比我看到的还要简单得多……

……

围绕着八廓街，往东叫"东郊"——当地藏族人主要住在东郊。他们多是拉萨的老坐地户，笨重的砖头房子，窗台上总摆着鲜艳的花，阳台上的狗叫声不绝。每到年底的燃灯节，那些窗台最是灿烂夺目，因为夜幕降临之后，每家每户都会在窗外点燃很多盏酥油灯。拉萨透明的黑夜里，酥油灯的光芒和质感是霓虹灯无法比拟的。

八廓街往西叫"西郊"，很多单位都在西郊。办公楼和宿舍的建筑都比较四川化，外墙几乎都贴着瓷砖。这里有拉萨当时最高的五层楼房，居民以汉族人和外来人居多。

从八廓街往北到色拉山脚下（色拉寺坐落在山腰），叫"北郊"。那一带比较荒凉，有很多土路；八廓街往南就不叫"南郊"了，拉萨没有南郊，城南横着一条河——拉萨河，拉萨河波光粼粼、静静流淌。河对岸是那些圆乎乎、植被稀少的山，同样是静悄悄的。冬季里那些山披着一身黄褐色，6月份以后，山体像长出绿色的汗毛。刮风时也看不出草儿们摩肩接踵。

……

说到吃，突然想起拉萨人很感亲切的食品——绿色包装的军用红烧肉罐头和用这种午餐肉罐头烧的白菜，在过去的很多很多年中，由于交通不便，运进拉萨的物资十分有限，罐头和白菜是保存时间最长的东西，渐渐的这种口味就被接受并保留了下来，我刚来拉萨的那时，在街上买到的红烧肉罐头往往是过期的，有时我们就托军队的朋友，一次性买上几箱还没过期的罐头。据说到20世纪80年代末期，20年前的干菜罐头在街上仍旧有卖。到了90年代中期。拉萨的市场已经很丰富了，全国各地的水果、水产品、蔬菜，都会空运到拉萨。四川餐馆、湖南餐馆、山西餐馆、东北餐馆、西北餐馆、尼泊尔餐馆……各地风味的餐馆在拉萨都可以见到，可是。在家常的食谱中，人们仍旧喜欢用高压锅来一顿红烧肉煮白菜，午餐肉煮白菜。高压锅也是拉萨人厨房里最合手的炊具，这里的海拔高，水的沸点才80多摄氏度，用普通的锅煮面条和饺子、米饭都不够熟，而高压锅解决了所有的问题。

附录　作家笔下的拉萨

……

进入夏季以来，拉萨每天晚上都会下一场雨，雨持续20分钟到1个小时，那时真的很美，淡淡的云雾就像蒸气一样飘荡在房子的半腰，房子仿佛高耸云端，阵雨过后，碧空如洗，透着无比幽深的蓝……

……

贯穿拉萨的路叫北京路，北京路分三段，挨着八廓街和冲赛康的那一截叫北京东路，往西到布达拉宫广场的那一段是北京中路，转过牦牛城雕再往西的那一截是北京西路。

在我的记忆中，北京东路那一截属于生活气息最为强烈的地方，除了挨着八廓街，对旅客有购物吸引力，那也是当地人和外地藏族们来拉萨的生活之地。冲赛康一直是酥油集散地，同时又是农贸、小商品批发市场，跟北京东路相连，包括八廓街中的农贸市场通常不是游客光顾的地方，却与任何农贸市场不同。不同之处在于，我们知道的只要有条件任何城里的农贸市场都不反对卖活的禽类和鱼类、海鲜等等，宰杀更是要替顾客做好的。在这里因为藏族的民族习惯不允许卖活的东西，更不许当众宰杀，虽然拉萨人的生活习惯这些年变化很大，但这一点却没有改变，直到现在，八廓街和冲赛康仍保持着不杀生的习惯。

……

每想到八廓街和北京东路，我难免怅然若失。如今那一带的卫生状况越来越好，自从尼泊尔餐馆和印度西餐馆在那一带增多以后，我记忆中的拉萨越来越都市化了，藏装也变得时装化……

藏在记忆深处的还有拉萨满城的野狗，它们懒洋洋地在街边徜徉。很多时候，你在餐馆吃饭，野狗们就像旧墩布一样趴在桌子下面，你一伸脚就能踢到它们，而它们并不会因此冲你发威，它们顶多抬头看你一眼，如果你愿意给它们东西吃，它们也就吃了，你不给也没关系，反正它们性情温和，未必对你有所求。

……

野狗的消失，从城市环境的角度去说，是好的现象。

……

10年前在拉萨横穿马路的，是慢条斯理的牦牛群，还有脖子上戴着漂亮铃铛的马群和羊群，拉萨人有耐性，他们总是静静地等待它们走过去。

……

每当想到拉萨时，我都有一种复杂的心情，仿佛总是带着某种骄傲去看待它的变化，好像我看见的才是真正重要的部分，其实，这不过是一种妒忌，就像一个女人不愿意别人过多地关注她的心上人。

我与曾经一起在拉萨度过一生中最好年华的老朋友见面时，我们回忆的是拉萨"那时"的美好时光，你知道，回忆总是带着许多自恋色彩。

——张惋惋：《我们的西部》，见黄茵：《一路向西》，广州：岭南美术出版社，2006年12月版，第139—158页。

2007

山有多高啊 / 水有多长 / 通往天堂的路太难 / 终于盼来啊 / 这条天路 / 像巨龙飞在高原上 / 穿过草原啊 / 越过山川 / 载着梦想和吉祥 / 幸福的歌啊 / 一路地唱 / 唱到了唐古拉山 / 坐上了火车去拉萨 / 去看那神奇的布达拉 / 去看那最美的格桑花呀 / 盛开在雪山下 / 坐上了火车去拉萨 / 跳起那热烈的雪山朗玛 / 喝下那最香浓的青稞酒呀 / 醉在神话天堂

——何沐阳词曲：《坐上火车去拉萨》，收录在《彩云之南》专辑，2007年7月。

最初我来拉萨的时候，这儿的人口不足10万，面积仅有十几平方公里。老城都是碎石铺的小巷，到处都是垃圾尿迹，骄阳下阵风吹来恶臭臊气冲鼻。布达拉宫周围拥挤着低矮破旧的民房，全城只有宇拓路、康昂东路和布达拉宫前是柏油路，其他都是"扬灰路"和"水泥路"。如今的布达拉宫广场，过去大半是沼泽地，随手可从沼泽水沟中抓到鱼儿。从拉萨中学到铜牛雕塑，从假日酒店到西藏宾馆一带，到处耸立着高大的沙岗，刮起风来，黄沙滚滚。这是拉萨的流沙河未改造前的景观。

附录 作家笔下的拉萨

到70年代末，拉萨全城仅有布达拉宫广场东端和邮局、农行相交处一座交通岗亭，全城仅有三个饭馆，即民航售票处背后的交通食堂、宇拓路中间的人民路食堂和大昭寺右侧的拉萨饭店。这三个食堂当时是一日三餐、定时开饭，过时只能望着饭馆饿肚子。我曾多次遇到问我饭店的外地人、旅游者，问到哪儿能吃到饭。我回答他们，你到哪个单位出差办事就到哪个单位的食堂吃，或者找老乡到他们家里吃。那时，全城仅四五个商店，即今日的拉萨百货大楼（过去称"贸总"）、东郊的河坝林商店、西郊的巴尔库商店和北郊商店。那时，全城仅有两路公共汽车，一是大昭寺至皮革厂，二是文化宫到总医院。人们"逛新城"往返都是招手截车，不管谁见到汽车就往货箱上爬。有时还提前打听一下车往哪儿开，大多数人问也不问，搭错了就喊停车，然后再搭。免费搭车或招手截车最多敬上一支烟，说上两句客气话，不用花钱。由于拉萨商店、饭馆少，供应紧张，大都吃食堂划折子，一般单位不准开火做饭，因此拉萨人都喜欢"囤积居奇"：买粮食成袋子，买罐头成箱子，买香烟成条子，买清油成桶子……还有这样的顺口溜描述拉萨：柏油马路都是坑，自来水管尽出风，全城一座交通岗，出行全靠招手停，家家百货大囤积，全城彼此都相识，来个生人认得清（外地来人少）。还有拉萨"三大怪"：公共汽车跑郊外，购物都是用麻袋，穷人吃肉富人吃菜。

拉萨昔日气候差，绿化少，住房大多是干打垒、土坯墙、铁皮顶，城区裸露地面多，到处是臭水沟、沙土岗。风季一到，漫天纸屑、落叶、飞沙走石。据说西郊皮革厂宿舍顶上的铁皮就被刮到了城里。全城仅二三个理发店，一个浴池。人民路（现宇拓路）理发店、浴池仿佛永远是拥挤的。过年过节理发要排两三个小时的队。城里仅一二家服装店，我曾见到有个裁剪师傅在人民路理发店前支个摊子，仅凭一条皮尺一把剪刀赚大钱，拿着布料等候量体裁剪的人排了里外三层，有上百人之多。如今的服装店老板看到这种情景定会羡慕得吐舌头。拉萨无一家锦旗广告装潢店，各单位做会标、锦旗十分困难，拉中一名援藏教师有祖传的徒手剪字手艺，因此许多单位做会标、锦旗都慕名前去找他，此人剪字夫人粘贴，收费不菲，生意兴隆。拉萨人出差休假乘飞机，个个都是大包小袋超重不少，人们从成都乘飞机返藏什么东西都带，特别是肉食品和细菜、水果。曾有人背着火腿披着皮大衣登机，机场检票员发现他肩头露出猪蹄，问那是什么，回答是小提琴。还有人用皮鞋盒子装雏鸡雏鸭回来饲养。超重在成都机场被罚款不少，我本人就有这样的经历，因物品太重而不能登机，东西就干脆扔掉。青菜、水果在成都很便宜，如付超重款很不划算。在双流机场安检处因超重而摔东西的现象屡见不鲜。谁从内地出差休假回来，送你一把青菜、几个水果，真是金贵得很呢！

过去，拉萨人下基层有三必带：一是电筒，二是皮大衣，三是成箱成袋的食物。到阿里、那曲等地出差还要带上武器、军用盒式电话机和爬电线杆子用的脚勾。因路途遥远要经过无人区，途中无食宿的地方，皮大衣就是被子，随处可睡，有食物特别是煮好的牛羊肉用喷灯一烤即可食用。话机和脚勾可在汽车抛锚或陷在冰河水中出不来时，爬到路边的电线杆上报救急。

……

我们喝着新西藏的甜茶，莫忘旧西藏的苦水。松柏把岁月计入年轮，我们把这块热土的变迁铭记在心上。提起拉萨翻天覆地的变化，我这个"老西藏"更有说不完的话。

1983年，国务院批准了拉萨市的城市总体规划，拉萨的发展突飞猛进。旧城改造在保持传统风格的原则下有序进行，老城区的供电网、给水网、地下排水系统已经建成。那种垃圾尿迹遍地、恶臭臊味难闻的状况已经绝迹。新城区内的沙岗、沼泽地、龙须沟、干打垒、退房、"扬灰路"……被现代市政设施齐备的藏式建筑、高楼大厦、宽广的水泥马路所取代，日光城迅速崛起的新建筑群与用巨资维修的古老的布达拉宫、大昭寺、八廓街交相辉映，使拉萨变得多姿多彩。

在党中央、国务院的亲切领导下，在全国各族人民的大力支援下，新拉萨的街道跳动着时代脉搏。……日光城在保持浓郁藏民族传统特色的同时，已初具现代化城市规模。现在商业街、大商场和各色店铺、娱乐场所无所不有，真可说是店铺林立，鳞次栉比。买东西方便极了，拉萨人购物再不用成箱成袋往回扛、家家百货大囤积了。"穷人吃肉富人吃菜"已成为历史，出差休假乘飞机回拉萨不用大包小袋往回带了，登机超重罚款的尴尬再也看不到了。拉萨郊区建成了五六百公顷塑料大棚和蔬菜基地，每天有大批新鲜蔬菜、水果、鲜鱼、鲜肉空运进来。宗角禄康、冲赛康、西郊、北郊等农贸市场供应的农副产品花色繁多，品种齐全，应有尽有，任顾客随意挑选。"出行全靠招手停"的截车现象没有了，取而代之的是大公共、中巴车、出租车满街跑，据说仅出租车就有2000多辆。市内昼夜都有出租车、三轮车在跑，任你随意搭乘。如今大餐厅、小饭馆和各种风味的饭店满城皆是，处处飘香，北京西路被誉为餐馆一条街，在拉萨想吃什么就有什么，川味京味、生猛海鲜样样俱全。

——张静璞：《沧海桑田换人间》，见拉萨市文联：《神圣之地 拉萨文学作品选》，北京：中国文联出版社，2007年11月版，第233—239页。

2008

拉萨是个特别休闲的城市，几乎成了悠闲生活的代名词。这里很少有步履匆忙者，无论在哪条转经道上，随时都会看到摇着经筒、带着狗儿的人们，慢悠悠地、闲庭信步一般往前走；街头巷尾茶馆里，坐满了喝茶、打麻将、甩扑克或高谈阔论的人。

时间在这里，运转得十分缓慢。

拉萨是个流动人口较多的城市，就算是本地人，老家也大多不在拉萨。他们的祖辈父辈因一个偶然的机会来了拉萨，于是定居下来。这个偏居一隅的高原城市，虽说也是个省会城市，但由于特殊的地理位置，一直以来就跟"快节奏"呀、"民工潮"啊等没有太大关系。可自从火车开通后，这个跟内地远如天边的城市突然间变得不再遥远，报纸上、网络上时不时就会冒出"民工潮"三个字，也开始探讨生活节奏快慢的优劣。每年春节过后，拉萨街头便会多出很多陌生或熟悉的面孔。回内地探亲的外地人或是回老家过年的"本地人"，都在这个柳芽初绽的季节，提着大包小包赶回了拉萨，和他们一起到拉萨的，还有一股更大的人流，他们一下就把拉萨这个弹丸之地填得满满当当。

综观这股人流，不外乎四种情况：一是有"西藏情结"的人。他们喜欢高原的蓝天白云和淳朴民风，渴望自由自在、没有压力的日子。当这种"渴

望"积淀到一定的程度后，他们就会辞去在内地的工作，拎着大包小包的行李，到拉萨一边打工，一边游玩，本地人称他们"藏漂"。他们其中一部分会租房，开个小家庭旅馆或是小酒吧，借以维持生计；也有一部分会进入艺术、文学等比较感性的行业。二是专业技术者，以赚钱为目的，冲着西藏高薪而来。这种人在酒店业、矿山开采或是建筑、家装行业比较多。他们一般只工作半年，下半年就回内地了。三是本地农牧民的孩子。初中或是高中毕业后，不愿待在农村，便来拉萨打工。只要能吃苦，工作还是比较好找的。在各个建筑工地上都能看到他们的身影。四是外地来的朝圣者。这是一个特殊的群体，他们有着坚定不移的信仰，发誓用身体丈量漫漫朝圣路。到拉萨后，有的朝圣者会因经济困难而找个短期的工作，积攒一点钱后，又会踏上新的征程。

第一种"藏漂"和最后一种"朝佛短工"在拉萨的打工者中，算得上是最有特色的。他们生活都极其简单，住的地方也大同小异：喜欢租住老式居民楼，特别偏爱八廓街或是靠南京八廓街的地方。因为离寺庙近，又能跟本地人接触。他们不太讲究工资的多少，但工作时间不能长，能方便随时出游或是拜佛。

……

拉萨的藏漂里，有个约定俗成的规矩：不谈过往、不问家事。有很多人交往很长时间了，彼此却不知对方是哪里人、叫什么名字，平时称呼的都是到拉萨后自己或者同类随便取的雅号。

……

想家，对于在拉萨打工的人来说，是件非常痛苦的事。高原不比内地，在这里生活上两个月，回内地有低山反应，再回来又有高原反应；再说相隔几千公里，交通又不便利，不是说回就能回的。然而一到冬季，眼看熟悉的朋友接二连三回家团聚去了，常去的酒吧也开始一家接一家的关门，拉萨的街头变得不再热闹，转经道上的人流也不再拥挤……"藏漂"们便开始伤感，开始想念内地的亲人朋友，辞职的浪潮也就开始了。

……

拉萨地处高寒缺氧的雪域高原，其独特的民风民俗让外来的打工者很难融入本地人的生活。无论打工者们在这里生活多久、内心深处有多喜欢这片土地，都很难找到归属感，当所有的新奇退潮，一切成了司空见惯以后，心底便会涌起对过往的思念。不少的内地打工者，不管在拉萨收入有多高，工作有多稳定，都不会想到在这个城市定居，他们用在拉萨打工挣下的钱，早早在老家买下房子，尽管这房子他一年也难得住上几天，甚至会空上几年，他也还是要买，就为了某一天年纪大了，能有个属于自己的"家"！

2005年我在西藏北部草原游历时认识一个男孩，他当时正准备来拉萨找工作，说是这辈子最大的愿望就是当上拉萨人。当时的他说起拉萨，脸泛红光，眼神清亮，仿佛一到拉萨，就到了天堂一般。两年后我偶然在拉萨边上一个小寺庙碰到已穿上僧衣的他，特别惊讶。他是这样解释的："反正都是打工挣工资，当僧人也是一样，也可以挣到钱，收入还稳定。"他现在努力存钱，想给老家的兄弟买一辆摩托车。我问他终于成了拉萨人，心里是什么感觉？他说他不是拉萨人，他是西藏北部人，只是在拉萨工作而已。他不喜欢拉萨，说这里人太多了，车也太多了，什么都要钱买，商场里还有小偷，……他想念在草原上放牧的日子，想念老家的黑帐篷。

在他僧舍的墙壁上，贴了一张大大的风景画，正是他日思夜想的家乡。他说不念经时，他就对着这画看啊看的，常常看得泪流满面。

像他这样的男孩子，在拉萨有很多，他们怀着一个无比美丽的梦想来到拉萨，真到了这里，才发现并不是自己想象的天堂。于是开始想家、想自小就熟悉的天地，然而真正让他们回到草原，他们又会想念拉萨。就像那些在拉萨打过工、生活过的内地人一样，一辈子心里都有个结、一个很矛盾的"西藏情结"。他们习惯了这里慢悠悠的工作节奏，到内地再掐着钟点上班，一天8小时不停地处理公务，便会很不习惯。无论身在多高档的写字楼，心里总会时不时地想起高原，我想他们除了想念这里的阳光，最想念的恐怕就是拉萨的生活方式。然而真的到了这里后，又开始想念内地，想念母亲做的饭菜，想念灯红酒绿、车水马龙的繁华生活。

——羽芊，金勇：《拉萨的"藏漂一族"》，载于《中国西藏》2008年第2期。

天空那蓝蓝得沁人心脾，蓝得极为惹眼，蓝得不容争议。拉萨的天空一直是这样令人徜徉，遐想万分。

把车停在弯道前面的平坝上，上衣扔在车座上，打开车门，迎面扑来的是热辣辣的高原阳光，然而空气却没有这般咄咄逼人。拉萨的空气是凉爽的，是豁然的，是清新的。这就是日光城的天气，虽然炙热但不会让人感觉压抑。

公路边的草地虽近年终岁末但还泛着绿意，也许是心意所使，也许是触觉迷失。总之，在这样的冬日暖阳中，在这样的惬意心情下，你怎么也不能把寒风枯草挤列上悠然的思绪。

静静地平躺在那软软的草地上，仰望着极高处湛蓝湛蓝的天空，任凭思绪漫飞……于是，我看见，蓝天下，朝圣人的脚步叠加丛拥。信奉佛教的信徒，从来都坚信善恶皆有报，诸事有因果。虽不是人人懂得六字真言的奥由，但老老少少男男女女对六字真言的口诀都谙熟于心，朗朗上口。

于是，我听见佛说，真善美就在自己的心中，假恶丑亦在自己的心中。上天堂，就行真善美，摈弃假恶丑的丝毫欲念；入地狱，就沉沦假恶丑，使灵魂遭受蹂躏。

于是，我看见，蓝天下，用身体丈量土地的信徒，尘埃落满了全身，脸上盖满灰尘，神情间却注满虔诚。一种信仰的力量让你由衷地感动。

拉萨的天洁净高远，拉萨的天蓝得心醉，拉萨的天充满诗意。

那蓝，纯粹深透；那蓝，宁静悠远；那蓝，令人心怡。

太阳强烈地照在脸上。侧过身去，我看见一种无名的黄花稀稀落落地紧贴着地面的枯黄的野草间凸显生命，一阵惊喜漫过心底，那花真是可爱。小小的生命，在高原恶劣的气候下，在这样冷淡的季节里，却兀自烂漫地开放着。眼光朝远处望去，一朵、二朵、三朵、四朵，越来越多的小黄花进入眼帘。我兴奋地惊叫着奔向花多的地方，不忍再躺下，双膝着地轻轻地跪在小黄花的面前。

于是，我看见，蓝天下，草原上，小小的黄花漫山遍野。这才发现，蓝和黄的搭配是多么的极致；这才发现，蓝天下，不仅是我心仪憨态，还有这小黄花与我一般。

于是，我看见，蓝天下，草原上，牛羊成群，马儿奔驰。这才发现，冷漠的冬也无法掩饰蠢蠢的激情；这才发现，蓝天下，不仅是我欣然优哉，还有这牛羊与马迷恋草原。

于是，我看见，蓝天下，草原上，牧女婀娜，牧歌悠扬。这才发现，城市欲求和谐的声音是那么的脆弱；这才发现，蓝天下，不仅是我痴迷自然，还有这如画般人与自然的和谐。拉萨那蓝，蓝得透彻；拉萨那蓝，蓝得晶莹；拉萨那蓝，蓝得令人向往又浮想联翩……

——次吉拉姆：《拉萨那蓝》，载于《西藏文学》2008年第3期。

当拉萨朋友的内地朋友的朋友说完他四次来西藏的感触后，独自一口饮尽一杯泛着橙色光芒的啤酒时候，眼神透过酒吧用黄色哈达装点的天花板，突然看着我，问我来了几次西藏，是什么时候来的。这个声音很空灵地回荡在八廓街深深的巷子里。我一直不明白他为什么要问我这样的问题，我在拉萨长大是我拉萨的朋友众所周知的，可能是我皮肤好的缘故，许多初次见面的朋友都以为我是刚来拉萨不久的游客。我拉萨的朋友也没想到他内地朋友的朋友会对他拉萨的朋友问这个问题，没等我拉萨的朋友解释，我就坦然地告诉我拉萨朋友的内地朋友的朋友说，我只来过一次西藏。我的话音刚落在酒吧的灯影下，那面温馨而暧昧的墙上张贴着酒吧主人在她去西藏的一些令刚来的游客梦寐以求的地方留下的照片上时，我拉萨朋友的内地朋友的朋友紧接着又问我说，来了多长时间。我说，三十多年吧。我感觉到了我说出这句话的重量，我也感觉到了我说这句话的后果。我拉萨朋友的内地朋友的朋友走的时候除了没跟我握手，跟在座的每个人都一一握手告别了。

走出酒吧的时候，他说他明天要去阿里，一个可能在拉萨待了一辈子都有没去过的地方。我知道这句话是说给我听的。

——敖超：《敖超篇》，载于《西藏人文地理》2008年第5期。

2009

拉萨的风季是在初春。那时，天气渐渐转暖，风起来了，尘土也开始飞扬。房前街边的褐色树杈上，会飘满塑料薄膜和破布，五颜六色，肃杀颓败。那时，生意人和民工们会乘着火车、汽车，或者飞机，从全国各地来到拉萨，回到他们的商店和建筑工地。冬眠的城市开始苏醒起来，将要进入火热的建设高潮。现在的拉萨，被无数的文人墨客介绍，被众多的游人拍照和描述，也常常出现在电视画面上。古老的街区，到处是成排连片的商店和摊铺。熙熙攘攘的人群填满街道。大昭寺前弥漫着浓浓的桑烟，录音机里的流行歌曲震耳欲聋，还有小贩们操着各种口音的吆喝声。游客在庙堂里相互拍照。老城的四周，一座座水泥楼房拔地而起，马路中卡车轿车三轮车川流不息。这是一个翻天覆地、日新月异的时代。这是一座充满无尽商机和欲望的都市。

——央珍：《拉萨的时间》，载于《民族文学》2009 年第 3 期。

入秋以来，圣城拉萨湛蓝的天空不时飘着毛毛细雨，宗角禄康公园各种花卉依然千姿百态，树木枝叶茂密，鸟语花香，吸引了一批又一批的国内外游客。看着那些退休老人感慨万千，岁月不饶人啊，今年是中华人民共和国成立 60 周年和"西藏和平解放 50 周年"的大喜日子，如今的拉萨和 30 多年前的拉萨相比变化真大。

迎着清爽而神怡的好时光，我和爱人步行去原机械队看望老单位的老朋友。

从宗角禄康公园一直走到自治区石油公司，沿途店铺鳞次栉比，商品琳琅满目。而 50 年前，这里根本就没有一家商店和一条像样的公路。就说 30 年前吧，这条路上除了拉萨中学、自治区测绘局、自治区客运公司、西郊公司、警备司令部、自治区交通厅门诊部、巴尔库派出所、汽车二队、石油公司，就是机械队和它隔壁的设计院了。

30 年前的机械队是西郊唯一的机械修配厂。门口的土路直通西边的堆龙德庆区，东到布达拉宫，说是路，其实靠北、南边全是沙滩和庄稼地，路面上随处可见小山似的垃圾。离机械队不远只有一条土路到罗布林卡公园，途中经过西藏军区第三招待所和一些零星的村庄。而今天，我们去的西郊机械队已经搬迁了。一路上印象最深的莫过于石油公司门口南面新修的民族路了，路两旁高高耸立着拉萨饭店、人民大会堂、加措居委会、博物馆和汽车西站，还有罗布林卡公园周边的绿化带及小桥流水。石油公司北面的天海夜市路附近还建成了拉萨最大的建材市场。

随着天海夜市路熙熙攘攘的人流涌向天海夜市，我不知道哪是前门哪是后门。差不多1个钟头吧，东看看，西瞧瞧，四面八方的商店、饭店、烧烤、百货将夜市挤得水泄不通。好不容易挤出大门，仔细打量了一下方位，哦，这不是原交通中学吗？30多年前，每天清晨，我骑自行车先将两个儿子送到交通中学后，再从学校残缺的后墙翻出去，艰难地将51型加重自行车从墙缝中取出。然后，推着自行车从区旅游车队转个90度的弯，顺着一二尺宽凹凸不平的乡间小道，穿过一片沼泽地、长满灌木的丛林和一块庄稼地，再跨几条小溪，才能到我上班的巴尔库办事处。

今天，可为难了我，没想到，昔日的沼泽地污水塘，现在变成了高楼林立的新村，宽敞的柏油马路四通八达，什么直属工委路、巴尔库路、德吉北路把我搞昏了。我不知道应该走哪条路到巴尔库办事处才是最便捷的路，我曾在办事处工作多年，现在竟然找不到路，太新鲜了！

管它三七二十一，从天海夜市路直接往下走，总算看见拉鲁湿地了。我差点叫起来，我找到了原来的巴尔库办事处了！不过，我高兴得太早了，原来的巴尔库办事处没有了，现已是巴尔库居委会了。可是这个居委会周围的新房，独家独院纵横交错，三层土石结构的藏式楼房比比皆是。我年轻时经常出入这里，不过，那时方圆几十里也没看到哪家修得起楼房。

原来的巴尔库办事处四面八方被农田包围，而今的巴尔库居委会处于国道旁；原来靠庄稼吃饭的农民，变成了新型的居民，彻底改变了他们原来的生活模式。从务农到经商，从农民到工人，从庭院走出雪域高原到内地打工。他们中的佼佼者有的搞房地产，有的西藏北部开矿，有的新开了加油站，特别是参与了第三产业的家庭型农民占绝大多数，他们为拉萨的发展做出了应有的贡献。

原巴尔库办事处辖区夺底乡的妇女主任央金是我的老朋友，我坐602路中巴车前往现夺底乡一村，经多处询问，方在保安人员的带领下好不容易找到了央金新搬的安居小区内一栋约300平方米的二楼独院。

斗转星移，光阴荏苒，她已退休多年了。央金的小孩都已工作了，男孩在派出所工作，儿媳妇在医院当医生，小孙子也上中学了。央金1960年加入中国共产党，是一位基层老干部，住在阳光明媚的楼房里再不会为当年烧茶煮饭晒牛粪饼了，太阳灶、烤箱为央金老阿妈安度晚年带来了很大的方便。合作医疗给央金老阿妈带来了福音。这一切的一切，正如她的肺腑之言："没有中国共产党就没有新西藏，没有社会主义就没有我央金的幸福生活，没有全国人民的大力支持，就没有我央金的幸福家庭。"

——王义明：《腾飞的拉萨》，载于《西藏日报》2009年10月4日。

2010

圣城拉萨，西藏首府，踞守世界屋脊，拱卫中华神州。念青唐古拉、喜马拉雅、冈底斯山，山山相抱；雅鲁藏布江、纳木错湖、羊卓雍湖，水水环绕。三百六十日骄阳当空，是日光之城；三千七百米海拔绝顶，乃天上人间；一千三百年历史兴衰，真殊胜之地。

拉萨之名，名在史。曲贡遗址，存先古人迹。盛唐气象，逢吐蕃崛起。白山羊驮土填泽湖，大昭寺法镇罗刹女，甥舅碑镌刻一家亲，千年古城始奠基。值五代十国，宋金分治，吐蕃解体，圣城凋敝。然中华大势，终归元大统。朝廷设万户、委官吏、驻军队、理徭赋。明清以降，立甘丹颇章政权，开驻藏大臣衙门，圣城重披盛装。鸦片战争，国门洞开；西南边城，覆巢卵危。侵略刺刀破清晓，城下之盟耻于心。政教合一，农奴制度，奴其精神，役其人身。悲兮叹兮！上世纪（20世纪）中叶，雄鸡一唱天下白，订和平协议，迎金珠玛米，民主改革，自治区立，百万农奴做主人。嗟夫，偶有阴云浮现，欲遮丽日蓝天。殊不知，是非史鉴，公道人心。噫吁兮！拉萨之史，犹如百川归海、十指连心。

拉萨之名，名在文。壁画唐卡，宛若流动历史。雕梁画栋，疑为天外巧手。《格萨尔王》，人间最长史诗。藏戏歌舞，引人如痴如醉。藏医藏药，取天地精华调阴阳和谐。大小五明，聚人间灵智育文化奇葩。上千年文明可称道，半世纪发展堪称奇。青藏川藏，玉带条条；神鹰展翅，竞天自由；青藏铁路，银练轻舞。火车新站，跨河路桥；两桥一隧，安居工程；建开发园，辟柳梧区。广播电视，进村入户；网络手机，比比皆是。更有现代工业、生态农业、特色产业、绿色旅游。噫吁兮！拉萨之文明，山高不及人高，路远不及志远。正所谓地球村里无孤岛，中华园内尽良田。

拉萨之名，名在景。一水穿城过，三山镇市内。春风似少女，鹅黄嫩绿现又遮；夏雨似绣娘，远铺茵绿近织锦；秋意似醉翁，层林尽染青稞香；冬雪似老者，苍茫之下显童真。藏历新年齐家庆，萨嘎达瓦香烟升，年中雪顿酸奶宴，秋收望果舞锅庄，年年节节乐融融。布达拉宫，层叠错落，山美宫美天人合一；大小昭寺，香火鼎盛，游者拜者络绎不绝；八廓小巷，商贾林立，人流物流目不暇接；罗布林卡，金色颇章，人在画中画如人；龙王潭边，左旋柳下，庭宽园趣静怡心；拉鲁湿地，城市之肺，水丰草美群鸟飞。广场多宽阔，古城新颜美。噫吁兮！人曰拉萨天地造化，然天时不如地利，地利不如人和，天地造化与人之和谐，呈梦中香格里拉，现今日人间瑶池。

拉萨之名，名在人。松赞干布雄才大略，文成公主兰心慧眼。萨迦班智达携天意凉州同心，贤侄八思巴领圣命受封"帝师"。宗喀巴立格鲁派，建三大寺，史有"师徒三尊"。福康安领兵入藏，驱入侵者，乃定"二十九条"。爱国军民抗英，血染河谷，不屈不挠。张荫棠试新政，如大人花怒放。刘曼卿重使命，凭女儿身征诏。忠信履职主持坐床，热振摄政正气长存。新中国，征战英旅，筑路大军，一里一丰碑。二张众将军，智勇青史垂。还有几代建藏人，边疆为家，雪染双鬓，魂梦相随。更有藏家好儿女，爱家爱国，勤劳智慧，开拓创新。中央关怀如阳光普照，全国支援聚万众一心。噫吁兮！大家庭、拉萨人，高尚比高天，厚德载厚土，是以艰苦不怕吃苦，缺氧不缺精神，海拔高境界更高，乃知苦中之乐为真乐，创业之美为大美。

忆往昔，岁月峥嵘可酬唱；逢盛世，前路漫漫仍修远。盛世需华章彰之，需明史鉴之，更需奋行进之。且以壮歌伴壮行，不教光阴负光景。是以赋。

——谢英：《拉萨赋》，载于《光明日报》2010年3月29日。

当年铁路只通到甘肃的柳园，其余路程全靠那种老式的大客走青藏公路。1976年全国2000多名应届大学毕业生进藏，大都选择这条路线。当终于到了"低"海拔地区，秋季的拉萨扑面而来：天空湛蓝，阳光灿烂，树叶金黄。一路饱受高山反应折磨的我们，兴奋极了：拉萨多么美好，可真繁华啊！

　　那一年正值十年动乱结束，所谓繁华也只相对于沿途的荒寂而言，其实萧条。城区范围不大，人也不多，几条不宽的街道上，只有人民路上的一家餐馆，物不美价不菲，据说曾有几位外地人不明就里吃过一顿，一结账，50元！须知那时俺的工资也才区区55块2毛5；有一间理发店，同样门可罗雀，男同事们都是互助理发；一处配有多个喷头的公共浴室，倒是我们经常光顾的。人民路上还有一家新华书店，街对面是百货公司。当然，上述这些服务设施均为国营，且都是各个行业唯一不二的。

　　物资短缺的状况持续了好几年，粮、油、布、糖等凭票供应，干部和市民共同清贫。厅局级以上的干部享有特权：每月可凭证购买18斤"富强粉"。时有好心的领导把这一优待私相授受，我也就经常可以买到上好面粉到八廓街加工成面条，且待慢慢享用。也有制作糕点的加工厂，不过无论冠以何种名称无一不"干粮"。我牢牢记住了这个位于东郊的食品厂的名字，是因流传在拉萨的一个段子：一辆大车不知硌到了什么，居然猛颠一下蹦起多高。司机好奇，下车查看——哦，原来是东风食品厂生产的蛋糕啊！

　　至于菜蔬，属于稀缺，一年四季三大样：白菜、萝卜、土豆，均为自劳自食。各家单位院内全都辟有菜园，每个周五就是我们在菜地劳作的日子。冬天的餐桌上多为罐头和脱水干菜，细菜为常年所无。但凡有人去内地休假出差，带回各色青菜，送一把蒜薹给至爱亲朋，实为馈赠上品。我曾无师自通地学会了发豆芽，还像养水仙花那样培植蒜苗，兼作室内盆景。鸡蛋是奢侈品，偶有郊区农民携蛋挨户叫卖或物物相易，但是难得碰上。在我怀上儿子六七个月的时间里，仅仅吃过40个鸡蛋，还是一位警察朋友家养了鸡攒下的。次年生子归来，就见拉萨菜市场上，来自青海的大鸡蛋成筐论堆，就叹气，晚来一年多好。

　　与物资匮乏相配套的，是能源的短缺，既无煤炭也无燃气，烧饭用汽油炉，夜晚常备蜡烛。最令人不耐的是在20世纪80年代初，电视剧《射雕英雄传》

风靡,正看得入神,断电了。一群人赶紧骑上自行车,直奔不断电的西藏日报社,挤进人家继续欣赏。90年代初用上电脑,因停电丢失过作品,我还为找不回的灵感大哭过几回。而那时羊湖电站已经开工,风传将于1995年解决电荒。我们心喜又焦急,经常念叨:1995年快快到来吧!

20世纪80年代初期的拉萨仿佛是在一夜间哗地开放的。先头部队是谁?浙江人,修鞋的和做衣服的,缝纫机就摆在街边。后续者四川人,大棚温室种菜的,川菜馆渐渐多起来;甘青以回民为主,从事流通做生意;另有中原各省出苦力的,载客的三轮车夫之类。福建人是随着1985年中央及各省市援建的43项工程而来,有绝活的是石匠;大兴土木那几年,相关各工种人才就此纷至沓来。

差不多就在这一年,为时十年的种菜生涯结束。那时我已在《西藏文学》做了几年编辑,也在后院亲手垦殖的菜地里年复一年地播种浇水施肥除草捉虫,满怀喜悦地看着鲜嫩菜叶一天天长大。当菜市场的蔬菜应有尽有,只好改种花了。看到草本的木本的花朵在拉萨的阳光下竞相芬芳,我这颗热爱种菜的心却难免失落。直到新世纪来临,我在西藏东部昌都走遍了每一个县,还怀揣着"菜篮子"情结,访问了每一县城的菜农。当听说滋养了我们多年的山东大白菜已被更具优势的日本品种取代,我感到了再一次的失落。

物质骤然丰足只是一个方面,自然界的变迁同步进行,可谓天翻地覆。现在的游客不会知道,从前的拉萨,夏季也寒凉,需穿两层衣裳,且是每夜必雨,无一例外;冬季酷寒到必备毛皮大衣,且是整夜大风沙。仿佛追随着改革开放的升温,气候明显转暖,自然规则改变。自从某年夏季某一天,不经意间望见南山阴坡泛起绿色,此后每年夏季都是这样子。拉萨的老人们说,荒山也能长草,那可是从前见所未见的。

20世纪90年代前后那几年里,拉萨城的变化不可谓不神速。布达拉宫下破旧的民房拆除了,宽阔的广场出现了,很好。但是拉萨河上的古玛林卡消失,填河造地,取代为水泥建筑,却让我们一群人耿耿于怀——这个可直译为"小偷"林卡的河心洲,曾被各类植物覆盖,据说旧时作为强盗们的避难地,长久以来则是沐浴节的核心场所。

2006年夏季里,一别三年故地重访。入夜的拉萨华灯初上,布达拉宫广场的喷泉随乐而舞。二三十年间的改变恍若隔世，曾经的艰苦令人怀想，正是在那样的情境中我写下了《藏北游历》《西行阿里》，直到《灵魂像风》。后来物质条件和出行条件都大为改善，对于所有的善待反倒是无话可说了。这样的感受可能是我们这一代人的共同经验吧！此刻我相当怀念的是，每逢下乡前，用煤油炉的微火，在高压锅里烘烤出足有四寸厚的发面饼，那是全世界的最美味。

——马丽华：《亲历拉萨三十年》，见李光，任欢迎：《当代作家笔下的城市人文　读城》，北京：清华大学出版社，2010年5月版，第146—148页。

2011

上世纪（20世纪）70年代初的拉萨市，人口约5万，是真正的祖国西南边陲自治区首府小城。当时的城区以大昭寺和布达拉宫东西两个重点为中心区域，总面积恐怕不及现在城区的十分之一。拉萨市区最高的标志性建筑有自治区人民政府办公楼、自治区筹委会办公楼、人民医院门诊楼、劳动人民文化宫、西藏革命展览馆，均为三层以下铁皮屋顶石头水泥木结构旧楼。现在的宇拓路时称人民路，是拉萨市唯一的商业街，主要商业机构有拉萨市百货商店、五金交电公司、副食品公司、民族服装厂门市部、新华书店、人民路理发店等，这些店铺沿路两边相对而建，均为铁皮房顶或平顶式一层通开式售货厅，商贸活动最热闹的当属冲赛康市场和人民路几家商店。那时人们购物只集中在星期天，到下午5时左右各商店一律关门下班，晚上虽有昏暗的路灯，因为经常停电而街上几无行人，夜间全城仅剩野狗的吠叫声。当时有民谣讽刺西藏的电力供应：电厂点蜡烛，煤矿烧牛粪。单位伙食团烧柴做饭，各单位自行派生活车去林芝林场拉回圆木段劈柴烧火，都是些杉木、松木、高山栎等上等木料。家庭烧饭用电炉（偷着用）或煤油炉，托关系从单位或车队驾驶员那里要些汽油来烧，经常发生火灾，人身与财产安全难以保障。

西藏的计划经济时期以上世纪（20世纪）70年代最为典型。拉萨当时食品和物资供应以单位职工集体户口粮油副食供应本和票证为凭据。各机关企事业单位食堂所需肉类、食用油均按人头供应，由伙食管理员去副食品公司或粮油仓库统一采购，享受优惠供应价格，单位之外的居民群众到冲赛康自由市场购买粮油副食和蔬菜，价格略高于政府统一供应价。各单位都有在市郊区统一划定的菜地，由单位自行安排专人看管，种植和收获季节，各单位干部职工集体劳动去菜地耕种或采收，土豆、萝卜、大白菜（包心菜）"老三样"是多年的当家菜。那时各单位经常安排义务劳动，任务是淘厕所往菜地送粪肥，或去粮油仓库提粮油，单位还专配劳动用工作服。那时部队供应稍微宽裕，有关系的可从部队搞一些红烧猪肉、午餐肉、水果、什锦蔬菜等罐头或压缩干菜、压缩干粮等改善伙食，算是高标准了。那时县处级以上干部有食品特殊福利供应证，县处级干部每月特供12斤富强粉、2斤油、2斤糖，后来作为"资产阶级法权"特权遭批取消了。汉族干部职工回内地休假返藏时，总在登机或乘车前买几样时令蔬菜水果随身带来，或与同事分享或约亲朋好友聚餐，四川话讲是"打牙祭"。那时乘机进藏行李严格限重，手提不得超过5公斤，要过磅称重，只能捎带少量食品果蔬，常有人因超重遭罚款而丢弃，或把多件衣物加穿于身，弄得既尴尬又狼狈。

上世纪（20世纪）70年代是我国计划经济临近终结的时期，各种物资供应匮乏。西藏相对于内地各省市还好一些，凭票证供应的商品范围不算很大，日用百货都来自北京、上海、天津三大直辖市，名牌多质量好，国家给予运费补贴，同类商品与内地省市价差不是很大，但严格限量供应。那时高档家庭日用品首推上海产的永久、凤凰牌自行车，天津产的飞鸽加重自行车，和上海、北京产的手表，如同现在买高档汽车、名牌电器、电脑、手机一样，属于高消费奢侈品，非一般普通职工和城镇居民所能享用，是要"走后门"、托关系、凭特殊商品购物券才可以购买的。直至80年代中期，买彩电、冰箱也要凭票（购物专用券）才能如愿以偿。那时，能买一两辆上海产的名牌自行车，买到21寸进口名牌彩电、冰箱，是身份、地位和人际关系的象征。汉族干部职工内调，以能运回一两辆名牌自行车为荣，让内地的亲友同事眼馋得不行。

70年代也是文化生活极其匮乏的时期。"文革"已近尾声，"极左"路线造成的文艺界百花凋零、万马齐喑的局面仍在持续。新华书店的书以马、恩、列、斯、毛著作为主体，批林批孔批邓以及学习马列经典著作辅导材料摆满书架，文学和历史书籍也以阶级斗争为主题内容，还有八大"样板戏"及其相关的革命文艺作品，经济、科技、法律、生活类书籍鲜有。拉萨市新华书店后面开设了一间毫不起眼、外人少知的"内部书店"，偶尔有一些历史经典新编版本和国内外名著译作，仅限于县处级以下干部凭介绍信或证明限票购买，书后多印有"内部资料""内部参考"字样，书店还要加盖"内部书店"销售章。那时各单位内部资料室和个人藏书都大致相同，阅读范围相似，除了要用很多时间参加单位集体学习马列、毛主席著作，个人业余时间读书学习也基本上是此类内容。至70年代末，国内尚无电视、录音机，仅有的有线广播和无线电台收音机很少播放除样板戏以外的音乐戏剧节目，人们对当时的时事政治新闻失去了信任与兴趣，文化生活匮乏而枯燥。拉萨市那时没有公共图书馆、博物馆，仅有劳动人民文化宫、东方红电影院、胜利电影院和西藏革命展览馆几个文化活动场所，除了有限的国产电影，很少有歌舞、戏剧之类的文艺演出，时遇节庆的文艺演出和展览则按单位发票集体观看（其影响成习，直到现在，拉萨观众尚不习惯买票看文艺演出），人们少有文化生活和业余爱好，精神生活处于干涸荒漠状态。

  今天的拉萨，城市生活变化可谓天翻地覆！城市建设面积扩大了十几倍，公共文化设施及功能逐步齐全，标志性建筑民族特色浓郁，城市绿化美化不断完善，文化生活日益丰富繁荣，居民居住小区合理布局，商业街区网点便民利民，商品琳琅满目供应充足，价格稳定，人们的多样化需求利益得到最大限度满足，生活水平由温饱到小康，更注重追求提升质量。航空、铁路、公路三大通道使人们进出西藏快捷便利，拉萨已成为受国内外关注和喜爱的旅游热点城市。

  回望上世纪（20世纪）70年代，恍若隔世两重天。那个年代思想观念生活方式是由那个历史时期经济发展水平和政治思想路线决定的，人们顺从遵守，知足而安定。那些往事都已成为过去，成为记忆，成为故事。

  ——闻鸣：《70年代拉萨生活缩写》，载于《西藏文学》2011年第4期。

中世纪社会的陈列橱窗

拉萨是历史文化名城,位于雅鲁藏布江中游的拉萨河北岸,海拔3650米。旧时的拉萨是以达赖喇嘛为首的西藏噶厦政府的所在地,城市面积仅约3平方公里,常住人口约3万人,平时朝佛、经商的人口约2万,加上拉萨三大寺的1万多个僧人,共约6万人口。旧城区房屋建筑约23万平方米,街道全是土路,照明靠点油灯。

在"政教合一"的封建农奴社会,拉萨是寺院多、僧侣多、贵族官员多、藏兵多、贫民乞丐多的一个城市,拉萨"朗孜辖"(一个管理市区治安卫生和监禁犯人的机构)门前,一群戴着手铐脚镣和关在木笼里的犯人,每天向行人乞讨,据说"朗孜辖"是不给犯人发囚食的。这里还执行着中世纪的法典。

那时的拉萨是个文化反差极大的城市,雄伟的布达拉宫和金碧辉煌的罗布林卡、高大富丽的贵族宫邸与一片片破烂不堪、低矮潮湿、环境恶劣臭气熏天的贫民窟,形成了鲜明的对比。

这是座宗教气氛浓厚的城市。清晨,沿着八廓街和林廓路,转经的人川流不息。香火旺盛的大昭寺、小昭寺有许多虔诚的人在叩长头,许多人提着油罐在为寺庙"千盏灯"上油。各大寺院不时传来僧人们阵阵诵经声。

拉萨是一个五光十色的商业城市。西藏和平解放前八廓街有900多家商号和商铺,八廓街四周是热闹的商业区。这里有销售内地茶叶、陶瓷、绸缎、玉器、铜器和烟草食品调料的川康帮、云南帮、京津帮、甘青帮的商人,有销售珠宝、香料、干果的新疆商人,有销售法国香水、瑞士手表、英国毛呢、"威士忌""三九牌"香烟、"三枪牌"自行车、意大利皮鞋、德国啤酒、非洲咖啡、荷兰奶粉、克什米尔毛线、拉达克藏红花、印度手镯、尼泊尔手工艺品、不丹大米的印度、尼泊尔、克什米尔、不丹和锡金的商人。拉萨本地的贵族商人和寺院商人经营羊毛、皮草、药材等进出口贸易;小商贩们销售民族手工艺品和土畜产品:氆氇、卡垫、围裙、藏靴、藏帽、藏刀、藏香、铜佛、陶器、木桶、农牧生产用具、牛羊肉、酥油、奶渣,以及建筑木料和做燃料用的干牛粪。拉萨的市场虽然不大,但商品繁多,五光十色,是一个中世纪商品和现代商品的混合橱窗。市场的货币,也是多种多样,主要是藏钞、藏银币、藏铜币,单位为两、钱、分、厘,同时也使用袁头大洋、英镑、

美元、印度卢比和尼泊尔卢比。贸易方式有现金交易，也有汇兑结算，商贩中讨价还价是普遍的，还有以古老的方式在袖筒比画手指讲价还价的，也有少数农畜产品采取以物易物的交换方式。农牧民之间交易，卖方出售完自己的产品，总要在出售的产品上摸一摸，或象征性拿回少许。据说是怕买方把自己的"央"（财运）完全拿走了。

近百年来，拉萨的进出口边境贸易一直为英印商业资本所操纵。英印资本的喜马伦公司和少数贵族买办廉价收购西藏的初级产品牟取暴利。拉萨市场的外汇兑换一直被几家英印大商家控制，西藏的边境进出口贸易一直是进口大于出口，造成西藏金银逐年流失。

回到祖国各民族大家庭

根据和平解放西藏办法的协议，1951年7月进藏人民解放军分别从四川、青海、云南、新疆进入西藏，保卫国防。西藏回到中华人民共和国各民族团结合作的大家庭。进驻拉萨的18军主力部队严格执行"协议"，坚持不驻民房，用数十万大洋购买了大贵族、大商人多余的大宅院，如赤门、裕妥、索康、彭康和乐多仓等宅院，用作机关部队的办公住所。受到拉萨市民的赞扬。由于运输一时跟不上，太昭以西的部队面临粮食短缺的困境，西藏反动分子趁机封锁粮食，市面粮价猛涨，妄图挑动群众不满，饿走人民解放军。进藏部队采取紧急措施，分散驻防，就地筹粮，开荒种地，统一采购，稳定物价。中央也指示西北局紧急向西藏运粮。中央军委从广州调运了3000吨大米，从海上转运到亚东，逐步渡过了难关。

1952年3月，西藏反动上层组织的伪人民会议，在拉萨制造骚乱，反对"协议"。经过中央人民政府驻西藏代表张经武和中共西藏工委的坚决斗争，达赖喇嘛撤销了"鲁康娃和洛桑扎西"两司操职务，宣布解散伪人民会议。

遵照中央指示，西藏工委积极开展爱国统一战线工作团结一切可以团结的人。同时，做好群众工作，认真执行"协议"，胜利护送十世班禅大师回到日喀则，增强了西藏民族的内部团结。

1952年年初，在八廓街南街成立了中国人民银行拉萨办事处、西藏军区采购处（后改名为西藏贸易总公司）、邮电部拉萨办事处。银行大量供应外汇、开展无息农贷和手工业无息贷款、贸易总公司优价收购商人积压的羊

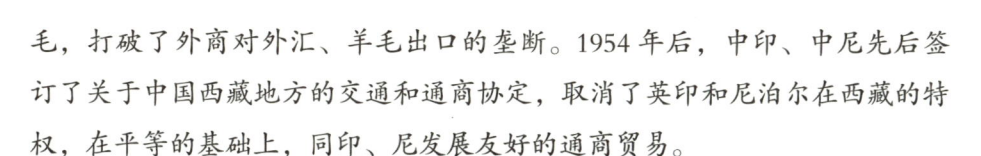

毛，打破了外商对外汇、羊毛出口的垄断。1954年后，中印、中尼先后签订了关于中国西藏地方的交通和通商协定，取消了英印和尼泊尔在西藏的特权，在平等的基础上，同印、尼发展友好的通商贸易。

冲破寒冬绽开的杜鹃花

拉萨藏语文训练班

1952年1月12日，藏语文训练班（后改为西藏军区学校）在拉萨河边林仲吉林卡正式开学。清晨在拉萨河畔1100多名解放军学员在学习藏文藏语。不久该校又设立了社会教育训练班，吸收爱国藏族青年学习汉语文和政治，这个学校为西藏培养了首批汉语文干部。

拉萨第一小学

1952年8月16日，拉萨第一小学经过半年的筹备正式开学。600多名小学生入学。学校举行了升国旗仪式，学生们放声歌唱《歌唱祖国》。这所小学由中共西藏工委副书记、西藏军区司令张国华任董事长，由达赖喇嘛的副经师赤江·洛桑益西任第一校长，第一副校长为社会贤达江洛金·索朗杰布，第二副校长为著名藏学家李安宅教授。学校实行人民助学金，奖励优秀学生，帮助困难学生。

拉萨河巴林回民小学也同时开学，校长是回族人王沛生先生，学生有200多名。

学者云集的翻译机构

1952年5月，由西藏工委和西藏军区聘请藏、汉、蒙、回藏学专家建立了西藏军区编审委员会，开始在桑多仓大院办公。参加编审委员会的专家学者有：藏族著名学者擦珠活佛、江洛金·索朗杰布、噶雪·顿珠、蒙古族藏学家格西曲札，汉族藏学家刘立千、祝维翰、杨化群，回族藏学家马俊明等20多人，编审委员会成立4年多，为西藏的文化事业做出了重要的贡献。

第一份藏文报

1952年7月1日，拉萨第一份藏文报《新闻简讯》开始发行。由18军独立支队宣传部下属的西藏简讯报社编辑、油印、装订成16开本的小册子试发行。1952年10月1日，《西藏日报》的前身《西藏简讯》汉文版创刊（油印4开小报），藏文版的《西藏简讯》也于同日出版（4开小报），发行量

3000 份。

第一所正规的医院

1952 年 9 月 8 日，拉萨创建了第一所正规的医院（自治区第一人民医院的前身）。1951 年 10 月，18 军主力部队进驻拉萨后，解放军的医疗队为拉萨群众免费看病治病。1952 年 5 月后，以西藏军区休养所和西藏工委医疗队为基础，开始筹建拉萨第一所医院。军区卫生部医务主任张学彬为院长，分设内、外、妇、儿 4 科，有 50 张病床，免费收治病人，每天门诊就达四五百人，有时还要出诊，受到拉萨群众的欢迎和赞誉。1953 年 6 月，中央援藏的卫生医疗大队到达拉萨后，医院增加了许多著名的医师和专家。

拉萨市爱国青年文化联谊会

1953 年 1 月 31 日，拉萨市爱国青年文化联谊会经过 1 年多的酝酿筹备正式成立。达拉·洛桑三旦为主任委员，江洛金·索朗杰布、平措旺阶、梁枫、王沛生（回族）、噶雪·顿珠、雪康·土登尼玛、金中·坚赞平措、恰巴·格桑旺堆、牛锦华、魏克等 13 人为常委。这是一个争取团结藏族青年的统一战线性质的组织。联谊会成立后，组织了许多学习、宣传活动，开展文化娱乐活动，后来会员发展到 2700 多人。

广场演出藏语话剧

18 军文工团和 18 军独立支队文工队进入拉萨后，为西藏文艺界增加了新的剧种。1953 年元旦，独立支队文工队和西藏军区文工团在西藏军区广场前面的街道上进行街道广场歌舞戏剧演出，引来拉萨数百观众观看。独立支队文工队把拉萨第一医院的医生治疗好一个藏族老人的事迹，编成话剧，搬上舞台演出。独幕话剧演出了一位叫阿旺的藏族老人，双目失明，经过解放军医生的精心治疗后，双目重见光明的动人情景，激起了观众的共鸣，台上扮演阿旺老人的演员赞颂着"毛主席派来的好门巴（医生）"，观众齐声在台下跟着一道欢呼，反映了拉萨市民对人民解放军的亲切感情。这一独幕话剧还被带到修筑康藏公路拉太段的藏族民工和农牧区中进行演出，获得了好评。

第一个藏语有线广播站

1953 年，18 军独立支队宣传部主办的拉萨有线广播站经过 1 个多月的筹备，于9月下旬在赤门大院开始试播音。筹备期间工作人员白手起家，找来了一台75瓦的扩音器和一部发电机以及到处收集来的电话线，沿着八廓街安装了6只高音喇叭，同时通过在拉萨开小型电影院的印度商人的关系，从印度买回来汽油和部分广播器材，当时的汽油和广播器材是印度禁止向西藏出口的物资。10月1日有线广播站正式播音，呼号是"拉萨有线广播站"，开始曲是《歌唱祖国》，结束曲是《人民解放军进行曲》。自办的节目有：《国内新闻》《西藏新闻》《国际时事》《少数民族地区在前进中》《讲故事》《讲卫生》等，每星期一、三、五的上午10点半到12点播音，全部是用藏语播音，播音员是拉萨市爱国青年文化联谊会派来的义务播音员。他们中有噶厦政府首席噶伦然巴家的小姐然巴·央金卓嘎、阿沛·白玛小姐、大贵族察绒家小姐察绒·顿珠卓玛、茹妥小姐索朗卓嘎以及乌金次仁、松多、夏洛扎西诺布等。由于他们都有很显赫的家庭背景，加上拉萨市爱国青年文化联谊会广大会员的支持，广播站能为当时拉萨各种政治力量所接受，确保广播站的安全播音，使广播站成为当时爱国统一战线很受欢迎的宣传形式。

拉萨经济建设开始起步

1954年12月25日，川藏、青藏公路通车拉萨后，拉萨的经济建设开始起步，根据1955年3月9日国务院全体会议第七次会议关于帮助西藏地方进行建设事项的决定，拉萨修建了夺底水电厂，解决了拉萨的照明，修建了一条碎石公路的街道，改善大昭寺到罗布林卡之间的道路；修建了拉萨河的防洪堤，解决夏季洪水泛滥的隐患。1956年拉萨还修建了拉萨大礼堂、自治区筹委会办公大楼、拉萨招待所、班禅小楼（班禅大师在拉萨活动期间的官邸）、拉萨汽车修配厂、拉萨运输站、拉萨中学、西藏地方干校教学楼等一批建筑工程，迎接西藏自治区筹委会的成立。

回忆西藏和平解放初期拉萨的点滴，喜看今日拉萨的飞跃发展，令人感到欣慰、鼓舞！

——吴健礼：《回忆解放初期拉萨点滴》，载于《西藏人文地理》2011年第5期。

我是 1960 年大学毕业响应祖国的召唤到拉萨工作的，眨眼已过去了 50 个春秋。但初到圣城的印象仍然历历在目，难以忘怀。古老的宫阙、庙宇娓娓讲述着历史的沧桑，河畔垂柳伸出细嫩粉红的手背荡起一圈圈涟漪，男女老少路灯下的即兴歌舞淋漓尽致地展示出高原民族豪放乐观的天性禀赋。一草一木，一人一事，都勾起我这个远道而来的汉族大学生无边无际的遐想。拉萨，她古老而又年轻，美丽而不矜持，神奇而又实在，酷似苦恋中的情人，让我难舍。

《逛新城》和八廓街的变迁

每次提起拉萨，我脑海里就会响起上个世纪（20 世纪）60 年代初期那首风靡全国的名曲《逛新城》欢快的旋律。歌曲通过父女的对唱真实地反映了民主改革初期拉萨欣欣向荣的面貌。一串路灯，一栋新楼，一场物资交流会，都会像春风拂过一潭静水，给长期处于封闭状态的人们带来对新生活的美好憧憬。

21 世纪的拉萨今非昔比。毫不夸张地说，一座以布达拉宫为中心，由鳞次栉比的高楼和星罗棋布的园林组成的现代化城市已经巍然屹立在我们面前，吸引八方游客前来参观游览。

回想 50 年前我刚到拉萨的时候，布达拉宫周围还是一片荒滩和沼泽，要步行许久，跨过古色古香的琉璃桥才看得见八廓街，领略到城市的繁华和喧嚣。历史记载，这里原叫沃塘湖，肯定是拉萨平原最低洼的所在。公元 7 世纪大唐与吐蕃联姻，在文成公主的策划下，松赞干布率领工匠、农奴在这里填土排水修建起高原上的第一座神殿——大昭寺，于是远近信徒、商人和工匠开始向这里云集朝拜，200 年间，商铺、作坊、旅舍林立，围绕大昭寺逐渐形成一圈四方形的街道，通称为八廓街。"八廓"意译就是"转圆圈"，既是善男信女围绕大昭寺祈求释迦牟尼保佑的著名转经路，也寓意这里集聚了天下珍奇，吃、穿、用、玩的商品应有尽有，任何购物者在这里转上一圈都可以尽兴而归。后来人的建筑也便以紧靠八廓街为荣，从转经路沿东南西北四角向外延伸，形成数条或宽或窄的街道。记得我当年撰写游记《拉萨，不再是神秘的城市》时，按我老家四川方言"廓""角"发音相近的理解，望文生义地将八廓街书写成了"八角街"，给街名增添了立体感却远离了"转

圆圈"的原意，实在是一场误会。

　　八廓街的房屋大都是花岗岩石头垒砌起来的，结实耐用，屡经地震却不见史书关于房屋坍塌的记载，表现出藏族人民惊人的建筑技艺。后人的不断扩建，始终沿袭着公元7世纪固定下来的街道格局，楼层越来越高，街面就越来越狭窄。从清晨到傍晚，香客、游人和商贩摩肩接踵，络绎不绝，给人的印象格外古朴、热闹。美中不足的是，没有相应的供水和排水设施，给市民生活带来诸多不便。当年因为所在单位与八廓街近在咫尺，清晨锻炼最好的去处就是八廓街，我便发现两大奇异景观：一是三五成群的少女背着木桶去药王山下、拉萨河边汲水，或嬉戏打闹或哼着轻快的歌，回来的路上却躬着腰一脸疲惫的神色，以至"背水姑娘"一度成为雪域诗人、画家最热衷的写作或绘画题材；二是许多住户门口都蹲着一丝不挂的小孩，严寒冬天也不例外，只是增添了一双棉鞋，排队似的，细细一看，才知道是在拉屎。藏族同事告诉我，这是八廓街居民的传统习惯，能增强孩子抗寒的能力，也是没有供、排水设施，没有家庭专用厕所不得已而为之。

　　记得1961年春天，一位领导在拉萨机关干部职工大会上说，改善人民生活要从一点一滴做起，比如公共厕所，能做的就要马上办。果然，不到两个月，八廓街及其周边街巷都兴建了公厕。60年代中期，又开始大动干戈，铺设了四通八达的排水管道，将自来水引进八廓街的大街小巷，对这座历史文化名城的保护和建设都具有划时代意义。

　　西藏自治区筹备委员会1959年奉命接管政教合一的地方政权，是西藏历史上最伟大的社会变革。大规模的经济、文化建设蓬勃兴起。数年间从西藏各地骤然涌来了成百上千志在建设新西藏的热血青年，另外还有许许多多内地工匠、援藏干部和各学科门类的知识分子，我和我的同伴不得不像沙丁鱼罐头一样挤在狭小的藏式民房里度日。当时最紧迫的工作是修建房屋。原来仅有3平方公里的古城那时已经不堪重负，新的政府机关、科研机构、商店、学校只能选择在市郊破土建高。记得最早出现的是由中央直接拨款修建的雪林多吉颇章和西藏人民广播电台。雪林多吉颇章是在原有的一栋小楼的基础上扩建而成的豪华公馆，包括办公区、生活区和宗教活动区。广播电台包括办公大楼、职工宿舍和发射台。两个建筑群都远离老市区，坐落西郊的药王山和布达拉宫脚下，规模、外观和内部设施均属上乘，让拉萨人赞不绝口，也因此牵动着拉萨新城向西发展的走向。

当年西藏地方财政收入很少，除了上述两座大楼，其他的新建筑大都是土坯垒砌、铁皮盖顶的平房，显示出艰苦朴素的时代风貌。没有套间，一房一户人家，处长、教授也不例外，有小孩的人家会用报纸和木条隔成里外两间，倒也别具情趣。拉萨的一大气象景观——"拉萨夜雨"是我住铁皮平房时最难忘的经历。高原古城一年四季蓝天白云，是有名的"日光城"。雨水都集中在7月到9月，但出门仍然不需要带伞，白天通常见不到雨水，天黑以后，你刚钻进被窝，雨水就稀里哗啦地直往下掉，敲打铁皮的声音像节日点燃数万串鞭炮，像一场两军对垒的争夺战，短枪长炮发出震天动地的吼声。好容易进入梦乡，天明醒来，却不见战士的踪影，又是湛蓝湛蓝的天，蒸发加渗透，地板很快像昨天一样干燥平顺。我曾请教过学气象的朋友，据说是因为这里日照时间特别长，昼夜温差又特别大，白天上升的水蒸气要到夜里才能凝聚为雨水落下来。后来我搬进钢筋水泥的楼房，再也享受不到"拉萨夜雨"的绮丽了。再往后，或许是高原整体气象发生了微妙变化，白天的雨水竟逐渐多了起来。向青年人谈起"拉萨夜雨"的往事，常被误会为在构筑神话。

宇拓路和拉萨的文化生活

宇拓路直通著名的大昭寺，现在是一条仅供游人参观购物的步行街。我刚进藏时这里尚未成型，当然也没有街名。稀稀落落的几栋建筑都是解放军进藏后陆续修建起来的。最早落成的是为庆祝自治区筹委会成立修建的拉萨大礼堂，有1200个座位，气势恢宏，是当时拉萨举办正式的歌舞、戏剧演出的唯一场所。接着在大礼堂的对面修建了第一个被称为"西藏贸易总公司"的国营商店，其实就是一溜平房，商品远不如八廓街的丰富多彩、琳琅满目，但生活日用品还是能保障供应的。礼堂东侧比肩而立的则是新华书店、人民浴池、理发店，已经逐渐具有了半条街道的雏形。因为这里距拉萨最大的几个机关——西藏工委、自治区筹委会、西藏军区等最近，有剧场，有银行，有书店，还可以理发洗澡，所以就演变为所有干部职工休闲、购物、娱乐经常光顾的地方，被戏称为拉萨"职工休闲中心"。

为什么不去大约只有300米之遥的八廓街呢？那里古色古香，应有尽有，可以喝到醇香的酥油茶，吃到美味的手抓羊肉，还不乏国外进口的呢绒、手表、照相机。那是因为囊中羞涩。不是工资太低，而是手里现金有限。突然增加这么多外来人口，为了防止市场物价上涨，影响市民正常生活，一律禁止进藏干部去八廓街购物。政府规定每月只给职工发放10元现金（本地藏族干部例外，可领取全额现金），仅够理发洗澡，购买香烟和牙膏。如果我要添购一件毛衣，必须在"职工休闲中心"选中商品后由商店填写购物单去本单位会计室和银行营业部盖章确认，才能到商店交票取货。凭支票取货的交易方式仅此一家，八廓街是办不到的。虽然程序烦琐，跑来跑去的，却听不到半点怨言，因为我们肩上挑着造福西藏人民的重担，再苦再累也心甘情愿。到了星期天、节假日，机关食堂都只做两餐饭，让大家睡个囫囵觉，梳妆打扮一番，成群结队去"休闲中心"尽兴地游玩。大礼堂周围猛然人流如织，一片自行车的铃铛声，与内地庙会无异。会友，购物，理发，看电影，好不快哉……

　　寒冬一过，拉萨天气越来越暖和，冰河解冻，柳树抽芽，百花盛开，草地如茵，休闲场所开始向林卡转移。结识的藏族朋友多了，我跟着他们认识了许多风景如画的林卡，一起逛的最勤的有西郊的罗布林卡和布达拉宫北面的龙王潭。罗布林卡是历代达赖喇嘛的夏宫，花团锦簇，殿宇辉煌，一直保持着原貌。龙王潭湖水荡漾，古柳密布，但年久失修，围墙残缺不堪，绿茵茵的草地遭牦牛肆意践踏，牛粪、黄叶和污水交混在一起，东面草地已沦为杂草丛生的沼泽。1961年夏季，拉萨市政府动员全市机关职工、学校师生数千人义务劳动，整修道路，铲出杂草，排除污水，给古旧园林带来蓬勃生机。在布达拉宫脚下租借一只牛皮轻舟，荡起双桨在细密的垂柳中穿梭，真是人世间一种绝妙的享受。隆冬时节，湖面南侧结起厚厚冰层，夜晚有成群结队的男女来此溜冰。龙王潭四季开放，无须门票，是市民和职工休闲的最好去处。翻阅我当年给亲朋好友拍摄的照片，以龙王潭湖水、柳林为背景的照片最多。

　　拉萨人的休闲方式随季节变迁而迥然相异。冬春以室内为主，与亲戚朋友聚会聊天、打牌，共庆元旦春节、藏历新年，大都在家庭和寺庙里进行，其中不乏宗教性的祈祷活动。夏秋时节则投向山水花草的怀抱，尽情享受大自然的恩赐。拉萨人造景观不多，休闲设施没法与内地媲美，但郊野空旷，空气清新，蓝天白云，山高水美，却是内地人难以寻觅到的天然乐园。传统的雪顿节、萨噶达娃节、藏林吉桑节都有固定的林卡供所有僧俗大众集中游玩，沐浴节则举家前往拉萨河不同的地段扎下营盘，洗涤被褥衣服，在帐篷里饮酒唱歌，中午河水变暖就跳下河水洗发、沐浴，傍晚一身洁净，树干上晾晒的被褥衣服也已干透，收拾行装打道回府，其乐无穷。"逛林卡"不受固定节日限制，只要你工作有闲，或同学同事，或远道而来的好友相邀，就在河湖水边、草地树林里搭上帐篷或围一圈布帘，同时携带的还有坐垫、青稞酒、风干牛肉、骰子、六弦琴或留声机。一个帐圈就是一个天地，纵情地歌舞、玩耍、畅饮，将人世间遭遇的一切不决和烦恼都丢到九霄云外去了。

庆祝自治区成立的拉萨市政建设

拉萨近60年突飞猛进的变化离不开祖国各族人民的关怀和支援，其发展规模和进度又与祖国的经济实力和西藏重大纪念活动密切相关，呈现出阶梯形模式向上攀升。1965年庆祝西藏自治区成立，中央直接划拨专款用于拉萨市政建设，是民主改革后市政建设的第一个高峰。为了能按时、保质地完成任务，西藏工委和自治区筹委会联合组成了由副书记郭锡兰、秘书长乔加钦为首的领导班子，负责项目的策划和指挥，反复强调务必将每一分钱都花在刀刃上。我当时作为记者曾参与采访有关项目，至今记忆犹新。

布达拉宫正南面的拉萨文化宫就是在这个时候屹立起来的，它坐西朝东，拥有1600多个座椅，沿10多个阶梯拾级而上，高大挺拔，富丽雄伟，迎来了自治区首届人民代表大会的胜利召开。会后又相继在这里修建了图书馆、歌舞团排练场、职工宿舍、水池和亭台，一度成为市民、职工集会和休闲、游玩的重要场所。因为文化宫前面有巨大的广场，北面是西藏标志性建筑布达拉宫，后来，庆祝自治区成立10周年到40周年群众大会都是在这里举行的。

与文化宫同时动工的还有新建、改建的三条街道：北京西路、康昂多南路和宇拓路（当年命名为人民路）。这三条街相互衔接，正好将古老的八廓街与西藏和平解放后十余年间陆续修建的机关单位、企事业单位连成一片，实现了市区以布达拉宫为中心向西拓展的设想。

前面讲述的"职工休闲中心"处于宇拓路、康昂多南路、自治区政府和西藏军区的十字路口,"休闲中心"门前的路沾着自治区成立的光,在市政建设的高峰中延伸至大昭寺,拉萨市人民路从此落成。此前当年这里是一段无名沙石路,北侧是一片农田(上溯200年属于清朝驻藏衙门的蔬菜基地),靠近大昭寺的300米地段污水横流,要绕道琉璃桥才能通行。这次改造不但打通了道路,而且铺设了青藏高原上第一条沥青路面。北侧的贸易总公司经过改造成为全市最大的百货商店,还新修了西藏迎宾宾馆、自治区粮食局。南侧将1962年被烧毁的大礼堂废墟全部推倒,在原址上兴建了一溜书店、商铺和饭店。八一农场在宇拓路开设的餐厅最大,烹制的饭菜都是农场生产的时鲜,美味可口,特别受到援藏汉族职工的青睐。

在北京西路和康昂多南路的交汇处,修建了西藏革命展览馆、邮电营业处、拉萨照相馆,这些建筑与文化宫隔街相望。

两条河流的治理

拉萨市政建设工程中持续时间最长、工程也最艰巨的是拉萨河、流沙河的治理。

拉萨河发源于念青唐古拉山南麓,她像一条天际飞来的绿色飘带,从北向南,又从东到西贯穿整个拉萨市区,在曲水县汇入雅鲁藏布江。在1962年夏天,拉萨接连下了几场暴雨,拉萨河骤然变得暴躁起来,放肆地向市区奔流,很多地方一夜之间沦为泽国,低洼的大昭寺门口需要划船。我所在的广播电台也在办公室、食堂和宿舍间搭起一溜溜木板才能通行。为了整治拉萨河的水患,1964年市政府拨出巨额资金,组织数千名民工、机关干部,历时4年,用水泥和石方在拉萨河北岸修筑了长达18公里的防洪堤;接着,又相继增设了河堤栏杆,并对上游蔡公堂地段的河水进行疏导。从那以后,拉萨市经历过多次洪水考验,始终处于安全状态。拉萨河的治理,也为城市建设向南向西延伸发展出了广阔空间,今天谷玛林卡上的中和城、仙足岛上的居民新区都是得益于当年治理拉萨河的成果。

拉萨河无论如何肆虐,还是被拉萨人亲昵地称为"母亲河",而流沙河则是传说中的魔鬼。它原是发源于林周县嘎啦、嘎木拉山下的两条小溪,汇合后夹杂大量泥沙从拉萨北面流入市区。因为沿途山势陡峭,每到雨季河水来得格外迅猛,超越固有河道放纵奔腾,冲堤决屋,给人民的生命财产和农田带来巨大灾难，沉积的淤沙量达150万立方米。直到上世纪（20世纪）60年代，市郊的赛马场、拉萨中学、汽车队一带还能看到许多比房屋还高的绵延沙丘、沙墙，那些就是"魔鬼"流沙河逞凶造孽留下的遗迹。流沙河的肆虐也逐渐引起全社会的关注，政府有关部门专门召集水利专家、上层人士、老农民开会，调查流沙河的历史，征集整治方案。经过反复比较、设计研究，认定要彻底治理流沙河，必须强迫流沙河向北改道，远离主城区；并加深河床，新筑河堤，变水患为水利。

1974年藏历新年后，党政军民齐上阵，参加流沙河改道工程的劳动大军共有4万多人。当时挖掘、运输机械极其匮乏，几乎全部是手工操作。我们这些记者、机关干部和当地百姓一起挖土背石，起早睡晚苦干了1个多月，才挖成了10公里长、5米多深、20米宽的河道雏形，之后再移交给专业水利工程队伍去细细加工打理。这年夏天，汹涌的洪水开始听从指挥，乖乖地从东北向西南流淌，经七一农场注入拉萨河。

流沙河改道不仅给拉鲁湿地提供了源源不断的活水，而且为后来城市向西北的开发奠定了坚实基础。

——李佳俊：《目睹拉萨城市之变》，载于《西藏人文地理》2011年第5期。

2012

欣赏拉萨城的黄昏，还有另一个无人知晓的绝妙去处。晚饭后，顺着江苏路走一小段，然后沿着解放东路一直前进，就到了拉萨河边。一座拱形的大桥，把桥另一头的荒岛（现在叫仙足岛）与城区连在了一起，桥上随处可见一对对深情相拥的情侣，沐浴着金色的夕阳余晖，对着桥下奔流的拉萨河水，尽情地述说着彼此心中的思念和爱意。

除了一所中学和一个度假村，偌大的岛上很难见到其他人为的建筑痕迹。偶尔会有晚归的藏胞同行，他们总是低着头默默地前行，全身都被霞光染红了，唯有手上的经轮发出金黄的光泽。沿着河边向东，步行十来分钟后，就进入了一片林荫覆盖的山坡，上行二三百米，有一片开阔的平地，在那棵最大的松树前停下来，回转身，就能将河对岸整个拉萨城的轮廓尽收眼底。

夕阳血红地挂在西天，余晖笼罩下的拉萨城，弥漫着一片暗红和金色的光晕，与缭绕升腾的暮霭交织在一起，构成一片神秘的人间秘境。远处的拉鲁湿地偶尔泛出一片白光，低矮的建筑从拉萨河边一直延伸到对面的山峦，稍微宽敞一点儿的街巷里，三三两两的人影在晃动。山峰上终年不化的一圈积雪，如同给山戴上了一顶雪白的帽子。除了河水的流淌，听不见任何声音。眼前的一切，是那样的真实，却又没来由地感到一阵虚无，甚至夹带着几丝恐慌，为内心某个涌动的欲望。

这样的时候，最好什么也不要想，就这样安静地坐着，就地随意找个地方。置身这样的风景中，本身已成风景，没有远山与近景的区别。如果你一时还无法安静，也没有关系。看看远处褐色的山，那些寸草不生的砾石直指天堂，把你的思索连同空冥一起投进那些龟裂的缝隙，无论是顷刻的豁然，还是更加绝望，都属于生命最本原的领会。如果此刻，你依然感到有些烦躁，没有关系，回望近前的那些树吧，那些把翠绿和金黄染遍高原的树，在天地间直直地矗立着，只为给白云留出一丝飘忽的空间，而任凭风的挑逗和奚落。

当你的目光穿透白亮亮的河水后，还残留着几缕忧伤，那就伸手摸摸身旁的小草吧，望着那些在粗糙的砾石上匍匐的小叶片，还有零星夹杂在它们中的那些微微昂起头的藤蔓，你会不会觉得能哭、能笑、能自由地行走，已经很幸福？如果你觉得这一切，依然与你无关，那就请你用心地听听远处传来的隐隐的钟声吧，还有那些随风飘散的诵经声，再用力地吸一口空气中的润湿，然后闭上眼睛，问一个自己最关心的问题吧，你就能听见来自灵魂最深处的回答。

当夕阳散尽最后一抹金光，踏着残存的几丝暮色，和隐隐吐露的星光，舒一口长气，起身回家。四周一片沉寂，唯有拉萨河水，依然在纵情地吟唱着欢快的歌谣……

——刘宏伟：《拉萨的黄昏》，载于《山东文学》2009年第7期。

2013

　　拉萨城是令人产生迷思的所在，尤其对于远道而来又曾经阅读过有关书籍之后的人而言。

　　……

　　拉萨人在某种程度上让我学会了享受生活，虽然这儿的风格偶或觉得稍显过分和漫溢，但让人尊重她们的方式，一种积极入世的世俗理解。

　　啊！她们是多么地喜欢唱着、舞着，陶醉于转瞬即逝的时光亮丽，天塌下来也会用歌声接住的样子。

　　……

　　拉萨女孩们有着令人艳美的阳光晒成的蜜糖肤色，映衬着眉目姣好、略赋南亚格调的容貌，韵致自是特别。她们当中许多人流利交错地使用着藏、汉、英三种语言，偶或有极精于装扮的气质女性突然出现在人流中，夺人目光。随着人流出现在其中的，也会有特别气韵的中老年妇女，带着金丝边眼镜，白皙肤色极好地衬着浅淡格调的传统衣裙。而那些来自乡间的老妇人们则更让人刮目相看，总会让人惊异于她们高超可爱的颜色观念，她们用最纯色明丽的衬衫和丝辫调配暗色调的氆氇裙，在这里，真正的"颜色"属于年老的妇人们。黑色或紫葡萄色（在藏人观念里，这个色是最雅致的氆氇色）氆氇裙往往是她们最基本款式，陪衬它的要么是艳红色丝质衬衫和同色彩辫，要么是紫色衫配紫色辫，翠绿色衫配翠绿色辫，湖蓝色衫配同色辫，总之，她们可不会杂乱地使用颜色。相比起年轻的乡间女性们，这些姥姥级别的妇人们各个是配色高手，令人叫绝，唯有吸引我眼神直到她们完全从视线中消失而去，她们让我眼神完全迷失！当然，纯色艳丽的毛织邦典、叠成三角式的毛织腰围（这两样通常会是自己染色、捻线、手织而成），以及银质镂雕款的腰围扣，脚下足尖和脚后适度的绣花的红腰花靴，在高原璀璨阳光下散发着无限快意，在黑色或紫葡萄色为底的氆氇裙上，如此纯然明快的高手笔色彩运用，若非长久的审美积累，断不能达成。乡土在许多领域表达着一种充满快意、恣肆、纯然表象与深沉文萃浸透的凌厉气质，是一种透气、舒展、

不拘一格的自由自然表达。

如若幸运，蓦地，会在闹市区遇着几个或一群结伴而行的乡间男女，他们会突然高唱上几句民歌，自当是在城里开心快意地逍遥，全然不顾周遭惊奇的顾盼，事实上观望的人们很善意地笑着，很接纳地议论着，是对真性情流露的认可，因为他们突然增添了街道的轻松。一年的夏日，在大昭寺广场边休息时，一阵怀旧的流行歌曲突然传来，循声而去，一位完全80年代着装的瘦高中年男子手提着煤砖录音机戴着蛤蟆镜，甩着长发，米色的大喇叭裤在嘈杂人流当中格外醒目，让人瞬时恍惚是在拍电影还是真实场景，再仔细瞧去那男子不可捉摸的神情已是背影，手提录音机很得意、超现实地传出二十好几年前的歌曲，让人纳闷这老兄在拉萨最热闹的街头这样穿城而过的用意，哦不！他其实蛮可爱，甚至有些勇敢的游戏精神，该怎么形容他的用意，"Camp"的再现？还是他纯粹不客气地恶作剧！在这座有国际旅游城市底蕴的城里，并不稀罕稀奇古怪，或者散发个性的人……然而这出场景真可谓极品一现，啊啦贞钦玛！我是身在幻觉城市吗？那男子仿佛是少女时代电视中模糊的日本电影《阿西门的街》之中的街头青年。

幸福河畔美丽的拉萨城，即使是一生的历程，也无法领略尽她迷人的所在。

——德乾旺姆：《拉萨城》，载于《西藏文学》2013年第5期。

2014

拉萨是个奇怪的地方，集聚着来自全国乃至世界各地各种稀奇古怪的人。一方面你可以说它很包容，另一方面这也代表了某种程度的混乱。一个披着浓郁宗教神秘面纱的地方，纯洁的雪域圣城，人们该回避还是批判，该接受还是抗拒。人群的生活状态就是文化心理最直接的表现，最能说明问题。在拉萨，社会人群中以下几类比较具有代表性。

老一辈的文化人。70到90岁，他们经历见证了西藏翻天覆地的时代巨变，从奴隶社会到今天信息社会的繁荣昌盛，他们所经历的变革及心路历程没有人能真正理解。这些老人一生专注从事自己的事业和追求，坚守奉行自己的道德理想和文化精神。他们淡泊名利，属保守传统派，过着清贫的生活，为传统民族文化在时代演进中的消解感到痛心疾首却又无可奈何。今日俗世的浮华与他们无关，他们眼里只有自己研究的事业和家庭，淡定从容地面对着世间的疯狂。

中年男性知识分子。50岁左右的拉萨文化人主要分为两种，一种事业遇到瓶颈停滞不前，难以有所突破。拉萨藏式闲散、安逸的氛围让他们越加懒散，于是便抱着以往的一点辉煌，以对现实的失望为理由，披着光鲜的外衣整天无所事事吃老本。

到处都是某某著名作家，某某著名诗人，某某著名画家。

"著名"一词在这里已泛滥，到处都是著名的人，但他们心灵空虚，生活颓废，性生活尤其开放，喝酒泡妞，反正拉萨多的是全国各地来的文艺女青年，荒度时光成为他们每天生活的主要内容；另一种有原则有底线的学者，完好保留藏族上等家庭的教养，儒雅稳重，行为规范，家庭稳定。他们的身体和心灵继续受到滋养，但是事业却没有再创造，这是压抑而痛苦的。他们需要新鲜的精神来激活他们的生命的灵感，生活中需要新鲜氧气的注入，而此时礼数教养约束他们，不敢做出违背家庭的不轨行为，于是只能把自己的欲望活活灭掉。

总体来讲拉萨文化圈的男人们大部分是压抑消极的，也许我的感受很片面很主观，但是文化圈思想丧失活力，缺乏有力量的创作，文化的影响力逐渐式微是一个事实。虽然这不是拉萨独有的现象，但在拉萨少数族裔中却表现得特别突出和明显。

"藏漂"也是拉萨比较特殊的一个族群。外来的人混在拉萨，没有固定的工作，也没有固定生活方式，俗称"藏漂"，其中以女性居多。这些人大多数有很浓的文艺情结，往往抱着一种出世而另类的人生态度来拉萨追寻"心灵的平衡"和"特殊的境界"。但很多人其实并不清楚自己到底要什么，她们的生活很混乱。那些行为方式和思维方式都很奇特的女子，我总搞不明白她们来这里的理由，更不知她们到底混在拉萨准备要做些什么。看着一个个涂脂抹粉、装扮妖媚的年轻姑娘天天晃荡在拉萨不大的城市里无所事事，除了喝酒就是找男人，我并不觉得这是一个多么好的"人生境界"。

最后就是拉萨年轻的街头一代。这些孩子已经完全失去了宗教礼法的约束和家庭传统的教养，他们迅速消解内地城市输入的文化快餐，崇拜偶像并蹩脚地模仿，盲目而错乱，整天聚集在各个藏式歌舞夜店朗玛厅和迪吧里喝酒滋事打架。耳朵上可以戴8个耳环，裤裆在膝盖下，染着黄头发，手持山寨手机，在伟大的布达拉宫广场前招摇晃荡。

拉萨的生活原本充斥着宗教，宗教是这里人们生活的核心和精神支柱，而现在宗教影响力从形式到实质一天天消融。精神被抽空，随之而来的是人们空虚心灵背后巨大的空洞。人群正在迷失，他们在时代的巨变前陷入前所未有的困惑和迷惘。

人们不再坚守旧秩序，新秩序陌生而又让人无所适从，他们该如何来应对巨大的挑战和竞争，自己民族的精神该不该保留，又该如何保留？困惑了，真的困惑了。拉萨的藏族每天聚在一起，相同的人，相同的酒，相同的话题，年复一年，周而复始。

一直想画一幅漫画来描摹拉萨的现状。天上和地下：天上是高高的布达拉，人们叩长头膜拜；地下是男人女人们饮酒寻欢作乐。

拉萨，这个曾经向往的地方让我深深产生迷惑，该继续深入还是望而却步？也许这个世界早就没有了最后的圣地。

——黄静薇：《西藏脸书1：一个时代的藏人肖像》，海口：海南出版社，2014年9月版，第195—197页。

"拉漂"一族比本地人更了解拉萨

拉萨的茶馆遍布大街小巷，但这里的茶馆和内地的大不相同：茶馆里没有玩麻将的，没有抽烟的，只有一群用藏语谈天的拉萨人；茶馆里卖的也不是龙井、铁观音，而是甜茶、酥油茶，以及藏面、烤土豆。花几块钱甚至几毛钱，就足以让拉萨人幸福一个下午。

对于拉萨人来说，西郊的天海夜市周边，才是本地生活的大本营：乐百隆的电影与咖啡，朗玛厅里的藏戏与青稞酒，德吉路上的烧烤与洗浴……他们说，这些地方才是真正有拉萨人生活气息的地方。

不过，在拉萨还有那么一群人：他们和拉萨人居住在同一座城市，对拉萨的一切如数家珍，甚至比土生土长的拉萨人更了解这座城市；他们或因为梦想，或因为爱情，从千里乃至万里之外来到这里，并长居于此，融入拉萨成为城市的一分子——这群人被人们称为"拉漂"。

随便找一个"拉漂"开的店，你会惊讶地发现，这群每天都在逗狗、喂猫、看似闲散的年轻人，有的已经周游了数十个国家，有的已经出了好几本与旅行、与拉萨有关的书，还有的仅仅是因为爱上了某个藏族姑娘或是小伙，便在这里安家落户，结婚生子，延续着他们的圣城之恋。

他们不是地道的藏传佛教信徒，却怀着敬畏的心去接受；他们保留自己家乡的饮食习惯，却也会做纯粹的藏餐；他们也许没有拉萨户籍，却也与拉萨本地人做着同样的事：与当地人一起转山，一起点酥油灯祈福，一起磕长头……

他们选择漂在拉萨，只是想过和拉萨本地居民一样简单而无忧的生活，就像一首在拉萨广为传唱的歌里唱的那样：如果我老了，不能做爱了，你还会爱我吗？如果我老了，不能过马路了，你还会搀扶我吗？陪我到大昭寺晒晒太阳，一起跪下磕磕长头；陪我到苍姑寺喝喝甜茶，看我的皱纹，数我的白发，就这样过一生一世吧……

——梁雅祺：《拉萨人：最虔诚的信徒，最低调的土豪》，见《读者·乡士人文版》编辑部：《〈读者·乡士人文版〉2014年度精选集》，兰州：敦煌文艺出版社，2015年4月版，第112页。

圣地拉萨，神圣感中包含着浪漫、信仰和幸福。千年久蕴的藏文化已经深入这座城市的肌理与骨髓。永远不会让人无聊的拉萨，会随时勾引出你的好奇心……处处有惊喜静候。安谧清欢的老墙根下、闲适恬淡的咖啡厅中、野草生长斜阳笼罩的山坡上、水鸟栖息的拉萨河边、摆放着一把摇椅的客栈院子里，甚至是自家开阔的阳台上，拉萨的日子是慵懒的、阳光的、悠闲自在的，每一个日子都是美丽的。

　　待在拉萨你会觉得哪儿也不想去，就想每天到处闲逛，去扫街，去泡吧，去享受美食，或者草地做床、清风为被，呼吸最新鲜的空气，就那样沐天席地地小憩！傻傻地发呆，无念无想地吹风……在拉萨，只要你喜欢，一都可以那么惬意自然。品一口甜茶，感受着拉萨的市井生活，伴着灿烂的阳光，一不小心便柔软了时光，心灵和身体一起舒展，天荒地老也不过如此。喜欢闲适慢生活的人，与这里真是一拍即合。

　　——王颜：《泡在拉萨》，载于《城色》2014年Z1期。

2015

　　到拉萨唯一不适应的就是饮食，虽然现在不少川菜馆子成了很多内地游客得以缓解口味不适的佳处，但对于我这个从不吃辣的人，只能算又一个难以接受的"高地"。好在当地好客的朋友帮忙，正赶上刚逛完雪后拉萨的八廓街，索性就近带着我涮涮藏族的"锅子"。

　　您没听错，藏族也有涮锅子，名为藏式火锅。当这内容丰富的藏式火锅与我谋面时，一种这几日未曾谋面的难以抑制的食欲席卷而来，寒气全无。虽然藏族艺术家卖力地唱着跳着，但眼前的火锅还是再次让我想起了"北京"二字。

　　藏式火锅所使用的锅，很像北京的紫铜锅。吃法并不像其他的火锅一样涮着吃，而是直接把各种各样的菜堆放在锅里一起吃。各种荤菜、素菜堆在锅里，像一座小山丘。配菜通常有4荤4素。荤菜有牛肉、牛舌、猪肉和肉丸子，素菜有胡萝卜、白萝卜、莴笋和木耳。藏式火锅的汤底色泽清亮，微微泛着奶白色。厨师选择的是本地出产的牦牛骨头，用慢火熬，在熬制的过程中需要不断去掉汤表面的浮油，才能保证汤的色泽清亮，味道可口。虽然其名称标志了地理名称性质，但想必是游客因为其中的牦牛汤所以盲目地为这火锅之前加了"藏式"二字。究其历史，肯定与久居北京的满族人有着割舍不断的联系。

　　……

相信这藏式火锅，同样是由那些好吃、会吃、懂吃的满族官员带入西藏的，并经过了西藏的水、西藏的蔬菜以及特别的牦牛底汤的再次融合，为我们奉献上了一道现实版的汉藏融合的最好实例。

在拉萨找北京，在这雪域高原上你会发现从没有一种文化是独立存在的，从没有一段历史是可以被割裂的。这里的艺术绽放着同样的美丽，这里的美食诉说着交融的故事，这里的人们展现着迷人的笑容。

——京根儿：《在拉萨寻找北京》，载于《北京纪事》2015年第6期。

2016

寻找一棵树，/让自己的心开悟；/寻找一片湖，/洗去一身的尘土。//寻找一朵雪莲，/盛开在万山之巅；/寻找一个梦，/美好心愿都能实现。//拉萨并不遥远，/不过是在天边；/拉萨并不遥远，/不过是翻过万水千山。//拉萨并不遥远，/就在你我身边，/拉萨并不遥远，/不过是心中一念。/拉萨并不遥远，/只为今生和你相见。

——化方：《拉萨并不遥远》，载于《词刊》2016年第11期。

后 记

　　《拉萨文学》是拉萨市委、市政府于 2014 年委托西藏社科院主持编撰的重大课题之一。在社科院和市委、市政府的领导下,在编委们的大力支持和不懈努力下,《拉萨文学》终于编辑出版了!

　　该书初拟的大纲框架曾在网上及部分作家和学者朋友中征求意见。方案定下来以后,相关人员积极组稿审稿,为该书的出版尽心尽力。编委杨从彪老师在项目启动后不久,即亲自撰文,并积极组稿,很快发来他组织和创作的相关稿件。其中有《汗水浇灌一路鲜花——洋滔创作散记》《西藏情深——记西藏拉萨市作协副主席李文华》(署名达娃央宗)、《第三极牧歌嘹亮了雪山草原——回族诗人闫振中和他草原牧歌式的诗歌》《我们全部的意义在于不停地行走——杨剑冰的诗歌创作之路》(署名达央)、《福从苦中来,善报天下人——王义明和她的长篇纪实文学〈岁月长河〉》《李知宝和他的散文创作》(署名高峰观)、《有骨感的好诗——小记周世通的诗歌创作》(署名管村)、《智者的诗意独白——色波的小说创作》(署名黎风)、《试谈拉萨市的民间文学》(署名李萨)、《冯启双,西藏歇后语的集大成者》(署名里诗)、《曾有情:从军旅诗人到影视编剧的华丽转身》(署名廖雁容)、《凌仕江,用青春抒写藏地雪原的纯净与诗意》(署名林介)、《恒心铸金字——杨辉麟的创作历程》《那朵云,漂泊在高天厚土——张彦丽的小说创作》(署名平松措)、《杨俊富,拉萨的打工诗人》(署名谢行蓉)、《〈拉萨河〉

发现和团结了一批青年作家》《办得红红火火的〈拉萨晚报〉文学副刊——兼忆创办〈拉萨晚报〉的前前后后》《罗布次仁小说的神秘色彩》《拉萨的皮皮和她的小说创作》（署名洋滔）、《诗歌梦在日光城开花结果——赵培民西藏诗歌写作履记》（署名叶滋）、《羽芊的藏族婚俗小说》（署名罗洪忠）、《罗洪忠的〈人文雅鲁藏布大峡谷〉》（署名赵慧）、《那个年代的歌者——徐官珠和他的诗集〈雪域诗情〉》（署名阿之）等。这些稿件大部分正式刊发过，或于网络发布征询意见。由于全书体例和风格内容的需要，成书时做了相应的修改增删。副主编刘雅君老师组织时为西藏大学文学院硕士研究生的关茂、陈牧、尹欣桐、张媛、高爽参与了敖超、罗布次仁、张彦丽、王义明、陈西胜等作家资料的搜集和文稿初撰。编委蒖青华老师撰写了《〈拉萨晚报〉及其文学副刊〈日光城〉》及《拉萨作家知多少："文学拉萨"与"拉漂"创作》等部分，并参与相关审稿。编委王彦杰老师为项目的立项和正常进行以及最后的编审等做了大量的日常工作。措姆、王剑箫、罗布次仁、南杰旺扎、白玛央金、琼吉、李美萍等编委从大纲框架的确定，到全书最终的成型，也都提出了很好的意见，并参与了相关章节的修改补充和编审。另外，作家刘志华、赵培民、杨俊富、敖超、羽芊、张彦丽、罗布旺堆、色波等也给予了诸多方便，或接受采访咨询，或提供相关资料。西藏社科院的涂健、边珍、宋必远等做了大量的联络协调工作，白玛措、陈振兴等提供了相关帮助。友人次仁罗布、胡沛萍、于宏、魏春春等也提出了诸多好的建议。在此表示感谢。需要说明的是，因山水相隔、时机不逮，原本计划的全体编委统稿会未能召开，主编蓝国华补充撰写了有关章节并主持统稿修订，有关错漏均由其负责。

在本书完成之际，笔者愈加怀念西藏社科院已故原副院长仲布·次仁多杰，正是他的坚持和要求，本书才得以立项。拖沓几年，勉强脱稿，至为惭愧。谬误颇多，恳望读者朋友批评指正。

主编：蓝国华

2017年11月5日